Les vrais paradis sont les paradis qu'on a perdus.
Les années heureuses sont les années perdues, on attend une souffrance pour travailler.

MARCEL PROUST

À LA RECHERCHE DU TEMPS PERDU

Le Côté de Guermantes

追忆
似水年华

第三卷　盖尔芒特家那边

[法国] 马塞尔·普鲁斯特 著
潘丽珍 许渊冲 译

译林出版社

LE CÔTÉ DE GUERMANTES

目 录

赠挚友莱翁·都德：
谨致衷心的感激和敬意。

马塞尔·普鲁斯特

LE CÔTÉ DE GUERMANTES

第一部

清晨，鸟儿叽叽啾啾的叫声在弗朗索瓦丝听来没有趣味。“女佣”们说一句话都会把她吓一跳，走一走路都会使她受到惊扰，会使她猜想是谁在走动，因为我们搬家了。其实，在我们旧居的“七楼”，仆人们来回走动的声音也不算小，但她熟悉他们，听到他们走来走去的脚步声感到非常亲切。现在，即使是寂静无声，她也会觉得难以忍受。我们的旧居门窗朝着一条热闹的林荫大道，而我们的新居所在的地区却很幽静，只要有个过路人唱唱歌（哪怕歌声非常微弱，远远听来，也像管弦乐的主旋律那样清楚），被迫搬家的弗朗索瓦丝听了也会激动得眼泪盈眶。因此，虽然我曾嘲笑她为了不得不离开一幢“到处受到尊敬”的房子而内心忧伤（按照贡布雷的惯例，她在收拾行李时哭哭啼啼，口口声声说，到哪里也找不到比我们的旧居更好的房子），但是，当我看到我们家的这位老女仆因为初次见面的门房没有向她表示尊敬而几乎垂头丧气时（因为尊敬对她来说是不可缺少的精神营养），我就向她走了过去。我这个人虽不留恋旧东西，但也难适应新环境。只有她才能理解我。自然，她的那个年轻的听差决不会理解我的心情。他几乎还不能算贡布雷的人。搬家，迁入新区，对他说来就像度假一样，新鲜的事儿使他开心，有如做了一次旅行；他以为自己到了乡下；他得了一次鼻炎，这就好似在没有关严窗户的车厢里吹来了一股“穿堂风”，使他产生了一种见过世面的奇妙印象；他每次打喷嚏，都为找到了一份如此称心的差事而高兴，因为他一直盼望能遇上一个经常旅行的东家。因此，我没有想去找他，而是直接去找弗朗索瓦丝了。我曾对搬家满不在乎，甚至见她伤心落泪还嘲笑她，因此，当她见我愁眉不展时，便故意装出冷冰冰的样子，更何况她也和我一样沉闷忧郁呢。神经过敏的人越是“敏感”，就越自私；他们只许自己有痛苦，却不让别人在他们面前流露出半点不快。弗朗索瓦丝对她感到的痛苦，哪怕是最轻微的，都要一一仔细回味；要是我不高兴了，她便故意扭过头去，使我的痛苦得不到同情，甚至引不起注意。我刚想同她谈我们的新居，她就把头扭过去了。两天之后，弗朗索瓦丝不得不回到我们刚搬离的房子去找几件遗忘在那里的衣服，她显示了女人的变幻莫测，回来后竟说，她在我们过去的那条街上差点儿没给憋死，她这次回旧居实在感到“不得其所”，她从没见过那样不方便的楼梯。她还说，“即使回去可以当上皇后”，她也不回那里去住了，哪怕给她几百万钞票（反正这样瞎说又不要她花钱！），我们新居的一切（也不过就是厨房和走廊）“布置”得不知要比旧居好多少。可那时，搬家后我的“烧”还没有退，我就像刚吞下一头牛的蟒蛇，感到自己痛苦地被一只箱子撑得变了形，凸得我连看一眼都觉得吃不消。然而，写到这里，我该做个交代，我们的新居是盖尔芒特府附属建筑中的一套单元房。我们搬来这里，是因为我的外祖母身体欠安，需要更洁净的空气，而这条理由，我们对她是避而不谈了。

在某一个年龄阶段，名字被我们注入了不可知的特性，因而它为我们提供了不可知的形象，同时，也给我们指明了一个真实的地点，迫使我们把名字和真实的地点统一起来，甚至我们可以动身去某个城市寻找一个为该城市所不能容纳，但我们不再有权剥夺其名称的灵魂。在这个年龄阶段，名字不仅像寓意画那样使城市和河流有了个性，不仅使物质世界五光十色，绚丽多姿，而且使人类社会呈现出光怪陆离的画面：每一座著名的城堡、公馆或宫殿，都有它们的女主人或仙女，正如森林有森林神，水域有水神一样。有时候，仙女深深地隐藏在她的名字后面，受到我们想象力的滋养，随着我们想象力的变化而变化。因此，尽管多少年来，德·盖尔芒特夫人于我不过是一张幻灯片或一块彩绘玻璃窗上的图像，但当完全不一样的梦幻用急流溅射的泡沫把它弄湿了时，它也就开始失去光泽。

然而，只要我们接近名字所指的真实的人，仙女就会消失，因为这个人一旦和她的名字统一，也就不再是仙女；如果我们离开她，仙女就会再现；但是，只要我们待在她身边不走，仙女就会最终消失，名字也会随之消失，例如吕西尼昂家族[1]，在梅吕西娜仙女[2]离去的那天，可能也黯然失色了。名字不过是一张有照

[1] 吕西尼昂家族为法国西部省份普瓦图的家族，许多成员参加过十字军东征。其中一支系袭拉马斯和昂古莱姆伯爵爵位，但直到于格八世的儿子们时期，该家族才兴盛起来。

[2] 梅吕西娜为中世纪传说中的人物，因犯有错误，被罚每星期六变成蛇女。她被视作吕西尼昂家族的始祖，歌德从中汲取灵感创作了神话故事。

片的普通身份证，如果迎面走来一个人，我们就看一看这张身份证，好弄清楚我们认不认识这个过路人，该不该同他打招呼；名字经过我们一次又一次的想象而变了样，但是，我们还能发现一个我们素不相识女人的原始倩影。但是，尽管从前某年所产生的某种感觉，会像那些能记录并保留不同艺术家演奏时的声音和风格的乐器那样，使这个名字在我们记忆中重现，使我们重新听见这个名字，而且听上去仍然是从前的声音，表面上没有什么变化，我们仍能感觉得到，相同的声音在我们身上引起的一连串梦幻是各不相同的。有时候，在从前一个春天听到的名字现在又听见了，我们会像挤绘画颜料管似的，从中挤出逝去时光的神秘而新鲜的、被人遗忘了的细腻感情；当我们像一个蹩脚的画家，把我们的过去整个儿地展现在同一张画布上，任凭我们的记忆给予它传统的、千篇一律的色彩的时候，我们以为对过去的每时每刻仍然记忆犹新。然而恰恰相反，过去的每一时刻，作为独到的创作，使用的色彩都带有时代特征，而且十分和谐，这些色彩我们已不熟悉了，可是仍会突然使我们感到心醉神迷。我就有过这种体会。贝斯比埃小姐结婚已经多年，可是，一次偶然的机会，盖尔芒特这个名字又突然恢复了我在她喜庆之日所听到的声音，与今天的声音迥然不同，此刻我心里高兴得发颤，它使我又看到了年轻的公爵夫人佩戴的鼓鼓囊囊的领结，淡紫的颜色是那样柔美悦目，是那样光辉灿烂、新颖别致；还有她那双炯炯有神的眼睛，闪烁着蓝晶晶的微笑，宛若一朵永开不败的不可采撷的长春花。那时候，盖尔芒特的名字也像一个注入了氧气或另一种气体的小球：当我终于把它戳破，放出里面的气体时，我呼吸到了那一年那一天贡布雷的空气，空气中混杂有山楂花的香味。是广场一角的风儿把这香味吹过来的。这预示着将要下雨的风儿使太阳时隐时现，把阳光洒在教堂圣器室的红羊毛地毯上，使它呈现出天竺葵的肉色，或像玫瑰花的粉色，光彩夺目，它又像盛大音乐会上演奏的瓦格纳的乐曲，高雅华贵，轻松愉快，令人心旷神怡。此刻，我们会突然感到这个原始的实体在颤动，恢复了它在今天已不复存在的那些音节内部的形式和雕刻花纹。然而，即使在这样难得的时刻，即使名字在令人眼花缭乱的日常生活的旋涡中，仅仅成了一种惯用的称呼，失去了任何色彩，好似一个棱柱形的陀螺，飞速地、如醉似狂地旋转着，可是，当我们在幻想中冥思苦想时，为了回溯以往，我们会力图减缓和中止我们已被卷入其中的永恒的运动，渐渐地，又会重新看到某个名字在我们一生中向我们连续展开的斑斓色彩，层层叠叠，但各各相异。

当然，在我小时候，当我的乳母轻轻摇着我，给我唱《光荣属于德·盖尔芒特侯爵夫人》那首古老歌谣的时候（也许，她也和我今天一样并不知道这首歌为谁而写），或者过了几年，当年迈的德·盖尔芒特元帅在香榭丽舍大街上停下来，夸我是漂亮的孩子，并从一只小糖盒里取出一块巧克力给我吃的时候（为此，我的保姆感到十分自豪），我不知道盖尔芒特这个名字当时在我眼前显示了什么样的形象。孩提时候的事情我毫无印象，就像跟我没关系似的，我只能从别人那里听到一些，仿佛是在我出生前发生的事。但后来，当这个名字在我脑际留下印象后，先后出现过七八个迥然不同的形象，最先出现的形象最甜美：我的梦幻为现实所迫，逐渐放弃一个难守的阵地，后退一步，固守新的阵地，直到被迫做出新的退让为止。德·盖尔芒特夫人的住所也像她本人一样，在我的印象中发生着变化。她的住所也以盖尔芒特命名，年复一年，我听到的这样或那样的谈话改变着我的梦幻，使这个名字逐渐充实：这个住所，在它那些已经变得像云彩或湖泊那样具有反射面的石头中，映照出我的梦幻。起初是一座城堡的主塔，墙壁不厚，不过是一条橙色的光带，领主和他的夫人在城堡顶端决定他们附庸的生死，继而城堡让位于一片土地，土地上奔腾着一条湍流，就在“盖尔芒特那边”的一端：多少个风和日丽的下午，我和父母亲一起沿着维福纳河散步；公爵夫人教我钓鳟鱼，告诉我那些一串串挂在附近低矮篱笆上的紫红色和淡红色的花儿叫什么名字。这是一块世袭的土地，一座充满着诗情画意的城堡，高傲的盖尔芒特家族，犹如一座经历了漫长岁月、饰有花叶的古老苍黄的塔楼，高高地矗立在法兰西土地上。在这一家族兴起的时候，法兰西巴黎圣母院和夏尔特尔圣母院的上空还一无所有，后来才建造了这两座教堂；拉昂[1]山顶的圣母大教堂尚未问世，那高高屹立的塔楼，就像停在亚拉腊山[2]上的挪亚方舟，族长和他们的家人一个个忧心忡忡，俯身窗口，观察上帝是否已经

[1] 拉昂位于法国埃纳省，俯瞰香巴尼平原。拉昂山顶的圣母大教堂是法国著名的哥特式教堂，建于12世纪至14世纪。

[2] 亚拉腊山在土耳其东部高原上，是高大的死火山。据《圣经》记载，洪水退落后，挪亚方舟就停在山顶上。

息怒；他们带着各种各样的植物，准备在大地上种植，还带了各种动物，这些动物像是要从钟楼逃出去似的，牛在钟楼的屋顶上安详地闲步，居高临下，眺望着香巴尼平原；那时，如果游客傍晚时分离开博韦[1]，回头一看，还看不见圣皮埃尔大教堂在残阳的金色帷幕上展开它那多分支的黑翅膀，紧跟在他后面飞翔。盖尔芒特家族就像一本小说的背景，一片虚构的风景，我很难想象得出它的面貌，但越是这样，就越想去发现它。它是一块飞地，周围是真实的土地和道路。这些土地，这些道路，在离一个火车站两里[2]路的地方，突然充满了纹章的特征。我想起了邻近几个地方的名字，仿佛就在帕尔那索斯山[3]或赫利孔山[4]的山脚下，它们犹如会产生神秘现象的物质环境（就地形学而言），对我来说弥足珍贵。我又看到了画在贡布雷彩绘玻璃窗底部的盾形纹章，经过好几个世纪，这个显赫的家族，通过联姻或者购买，从德国、意大利和法国各个地方，获得了许多领地，一一刻在了纹章四个纵横等分的盾面上：北方的大片土地，南方有权势的城邦，同盖尔芒特家族合而为一后实质上已不再存在，只象征性地把它们绿色或银色图案的城堡刻入盖尔芒特家族纹章的蓝色底面上。我曾听人谈到过闻名遐迩的盖尔芒特挂毯，蓝色，有点粗糙，具有中世纪风格。我看见它们像一片云彩，在这古老的森林边缘，在这深紫

---

[1] 博韦是法国瓦兹省内的一个县城，那里有圣皮埃尔大教堂。

[2] 系法国古里，一古里约合四公里。后面译文中的“里”都指古里。

[3] 帕尔那索斯山为希腊山峰名，希腊神话中太阳神阿波罗和文艺女神缪斯的灵地。

[4] 赫利孔山，希腊山峰名，希腊神话中缪斯的居住地。

红色的传奇式的名字上空飘游，希尔德贝[1]常在这片森林里狩猎。这深邃而神秘的土地，这遥远的年代，只要我和这个女领主，湖泊的仙女德·盖尔芒特夫人在巴黎接触过一次，我就可以像进行了一次旅行那样洞察到它们的秘密，仿佛在她的脸上和言谈中具有乔木林和湖堤的魅力，像她档案室那本破旧的习俗汇编那样刻有世纪的特征。可就在那时候，我认识了圣卢。他告诉我，他们家是在十七世纪买下这座城堡的，仅仅从那时起它才取名盖尔芒特。在这以前，他们家在附近的地方，封号不是在这个地区获得的。后来，城堡周围建起了村庄，也以盖尔芒特命名。为了不使城堡的景致遭受破坏，颁布了地役法，规定道路的走向和限制房屋的高度。至于挂毯，底图全都出自布歇[2]之手，是盖尔芒特家族一个艺术爱好者于十九世纪购置的。它们张挂在到处蒙着红棉布和长毛绒布的非常俗气的客厅里，并排挂着几幅拙劣的狩猎图，是那位艺术爱好者亲手画就的。圣卢向我揭示了与这座城堡的名字不相关的东西，这样一来，我就不再像从前那样，只根据盖尔芒特这个名字响亮的音节来看这座城堡了。于是，在名字的深处，我看到的不再是这个城堡在湖面上模糊不清的倒影。对我来说，德·盖尔芒特夫人的住所就是她在巴黎的府邸，盖尔芒特府，它像她的名字一样清澈可鉴，因为它还没有受到任何庸俗的、不透明的物质侵扰。正如教堂不仅意味着礼拜堂，而且还包括全体善

---

[1] 希尔德贝（495—558）：巴黎国王。

[2] 布歇（1703—1770）：法国画家，洛可可风格的主要代表。以熟练的笔法，浮华的色调，作牧歌、神话题材的富有装饰性的绘画，反映了没落贵族的生活情调。

男信女一样，盖尔芒特府也同样包括所有分享公爵夫人生活的人。可是她那些挚友，我与他们素未谋面，他们于我不过是一些知名的富有诗意的名字；知其名而不知其人，这就只会增加和保护公爵夫人的神秘色彩，在她周围加上一圈很大的光轮，这圈光轮最多不过会逐渐减弱罢了。

因为我丝毫也想象不出应邀出席公爵夫人晚宴的宾客长着怎样的身子，蓄着怎样的小胡须，穿着怎样的半筒靴，用怎样一种合乎人情和理性的方式，讲着乏味的甚至是别出心裁的话语，所以，这些急速旋转着的名字，不会比围着德·盖尔芒特夫人这个萨克森瓷像举行的幽灵宴会或舞会带给我更多的信息。它们使她的玻璃府邸保持着玻璃橱窗的透明性。后来，圣卢又给我讲了他这位舅妈的园丁和小教堂神甫的几件逸事，盖尔芒特府就像从前的卢浮宫那样[1]，变成了一座城堡，位于巴黎市中心，周围是它的世袭领地，是根据一个奇怪地残存下来的古老权利继承的领地，德·盖尔芒特夫人还在对它行使封建特权。但是，我们搬来这里，住进了这座公馆一个侧翼的一套单元房里，与德·盖尔芒特夫人为邻，紧挨着德·维尔巴里西斯夫人，这时候，上面所说的城堡已消失得无影无踪了。这是一幢旧宅。像这样的住宅现在兴许还能看到。也许是民主的巨澜形成的冲积层，或者是历史的遗赠物（因为在较古的时候，各种行业都聚集在领主周围），在这类住宅

[1] 在腓力二世（1180—1223年在位）统治时期，卢浮宫曾是堡垒，查理五世（1364—1380年在位）时改建成住宅。

的主院两侧，常有商店的后间和工场，甚至还有鞋匠或裁缝的木屋小店（这种小店在教堂的两旁也能看见，建筑工程师的审美观未能把它们彻底清除）；一个补鞋匠兼门房在院子里养鸡种花；院子深处，在被称作“公馆”的府内，住着一位“伯爵夫人”，当她帽子上插着几朵旱金莲花（大概是从门房的小花园里摘来的），坐着她那辆破旧的由两匹马拉套的敞篷四轮车出门的时候（马车夫身旁坐着一个听差，他到本区的各家贵族公馆去投折了角的名片），一视同仁地朝门房的孩子和此刻正巧同她迎面而过的中产房客颔首微笑，挥手致意，和蔼之中露出轻视，平等之中藏着高傲。

在我们刚刚搬进的这幢房子里，住在院子深处的贵妇是一位公爵夫人，举止优雅，看上去还很年轻。她就是德·盖尔芒特夫人。多亏弗朗索瓦丝，我不久就掌握了这座“公馆”的情况，因为盖尔芒特家的人从早到晚都挂在她的嘴边。她常用“楼下”“底下”称呼他们。早晨，她给妈妈梳头时，禁不住朝院子里瞟一眼，说：“瞧！两个嬷嬷。肯定是到楼下去的。”或者说：“啊！厨房的窗口上挂着漂亮的野鸡，不用问是从哪里来的，公爵去打过猎了。”到了晚上，她给我准备睡衣的时候，如果听到钢琴声或一曲小调，她就推断说：“他们底下请客啦，真快活！”这时，在她端正的脸庞上，在她满头的银发下，绽出动人而得体的笑容。这个焕发着青春的笑容，把她脸部的每根线条暂时放到了适当的位置上，显得协调和谐，但也有点矫揉造作，就像人们跳四对舞之前的脸部表情。

然而，盖尔芒特一家的生活中最能引起弗朗索瓦丝兴趣、最令她高兴同时又最使她痛苦的时刻，是通车辆的大门打开，公爵夫人登上她的敞篷马车的时刻，一般在我家仆人刚吃完午饭之后。他们每日的午餐，像犹太人过逾越节[1]那样神圣，谁也不能打扰，这成了如此神圣不可侵犯的“禁忌”，就连我父亲也不敢摇铃使唤他们。他知道，摇五次铃和摇一次铃的效果一样，都不会有人来听他使唤。再说，干这种不知趣的事儿，不仅白费力气，而且对他一无好处。因为弗朗索瓦丝会一整天都板着脸，给他颜色看。自从上了岁数以后，她的脸简直像小孩子的脸，说变就变。长期积压的牢骚和她内心不高兴的缘由，都写在她那张布满了红红的楔形细皱纹的脸上，既明显，又令人捉摸不透。此外，她大声诉说她的不满，不过，我们谁也听不清她在说些什么。她把这称作给我们做一整天的“小弥撒”，以为这会使我们丧气、“难过”或者“恼火”。

最后的仪式结束后，弗朗索瓦丝犹如早期基督教堂主持弥撒的神甫，同时又是做弥撒的信徒，给自己斟满最后一杯酒，从脖子上解下餐巾叠起来，用它擦了擦嘴唇（因为上面残留着咖啡和掺了大量水的红葡萄酒），然后把它放进饭桌上束餐巾的圆环中，以忧郁的眼神看了看“她”年轻的听差以示感谢，因为这个年轻人过分殷勤地对她说：“夫人，再来一点，怎么样？这酒味道不错。”然后，她赶紧去把窗子打开，借口说“这该死的厨房”太

---

[1] 逾越节为犹太民族的主要节日。犹太历以此节为一年的开始，约在阳历三、四月间。据《圣经》记载，摩西率领犹太人摆脱埃及的奴役，上帝命犹太人宰羊涂血于门楣，天使击杀埃及人时见有血做标记的人家即越门而过，称为“逾越”。

热。她转动窗把手，透了口气，一面敏捷而又漫不经心地朝院子深处瞥了一眼。这偷偷的一瞥使她确信公爵夫人还没有准备停当，于是她非常想看却又装出不在乎的样子看了看套好的马车。她的眼睛专注地看过地上的东西后，又抬头望了望天空。她早就猜到天空万里无云了，因为她感觉到空气甜丝丝的，太阳暖融融的。她凝视屋顶的一个角落，恰好在我卧室壁炉的上方，每年冬去春来，鸽子都到那里来做窝。在贡布雷，弗朗索瓦丝的厨房里也有这种鸽子咕咕地叫个不停。

“啊！贡布雷，贡布雷。”她叫了起来。（她诵读这一祈求时的那种近乎唱歌的声调以及她脸上洋溢着阿尔[1]人的纯正的表情，会使人怀疑弗朗索瓦丝是南方人，而她的故乡——她常常为离开她的故乡而惋惜——不过是她的第二故乡。但是，也许这样说是错的，因为没有一个省没有它的“南方”，我们不是能碰到不少萨瓦[2]人和布列塔尼[3]人，他们说话时也像南方人那样，总是很容易把长元音和短元音颠倒。）“啊！贡布雷，可怜的故乡，什么时候我能再见到你！什么时候我能在你的山楂花和我们可怜的丁香花下过上一整天，听金丝雀唱歌，听维福纳河像人那样悄悄说话，而不是像现在这样，不停地听见我们小少爷的讨厌的铃声。他不到半小时就要害我沿着这可恶的走廊跑一趟。而且，他还嫌我去

---

[1] 阿尔为法国南部城市，地处罗讷河三角洲头。

[2] 萨瓦为法国东南部省名，地处阿尔卑斯山区。

[3] 布列塔尼为法国西北部突出在大西洋上的半岛，包括北滨海、菲尼斯泰尔、莫比昂和伊尔-维兰四省。

得不及时，好像我应该在他拉铃前就听见铃声，你要是晚了一分钟，他‘又会再发’可怕的脾气。唉！可怜的贡布雷！兴许要等我死后才能见到你了，他们会像扔一块石头似的把我扔进坟坑里。到那时，我就再也闻不到山楂花的香味了，你那些美丽而洁白的山楂花。不过，我想，我活着时已经让我吃足苦头的三记铃声，我在九泉之下还会再听见的。”

可是，院子里那个专做背心的裁缝在向她打招呼了，她停止了絮叨。从前有一天，我外祖母去看望德·维尔巴里西斯夫人，对这个裁缝很感兴趣，而弗朗索瓦丝对他也颇有好感。他听到开窗的声音就抬起了头，一直在设法引起他的女邻居的注意，以便向她问好。弗朗索瓦丝向絮比安扮出少女的娇态，在絮比安看来，我们家这个爱咕哝的老厨娘那张被年龄、坏脾气和炉灶的热气弄得死板的脸变得好看了。她含蓄、亲昵而又腼腆地、动人地向裁缝挥手致意，但没有同他说话。因为她即使敢违背妈妈的嘱咐朝院子里张望，也不敢在窗口同人交谈；弗朗索瓦丝想，这会惹起太太的“一番申斥”。她指了指套好的马车，仿佛在说：“那匹马真漂亮，是不是？”可嘴里却嘀咕说：“瞧那破家伙！”她知道他会回答她的。他把手放在嘴边，好让他压低了的声音传到她的耳朵里：“你们想要，也会有的，甚至会比他们更多，只是你们不喜欢这些东西罢了。”

弗朗索瓦丝高兴、谦逊而又含糊地向他回了个手势，意思是说：“各有各的派头。在这里，一切得从简。”然后关上了窗子，怕妈妈会突然闯进来。絮比安所说的“你们会比盖尔芒特家有更多的马”中的“你们”，实际上应该指我们，当然他用“你们”也不无道理，因为除非为了满足某种纯个人的自尊心（譬如，当她整天咳嗽不止，使全家人担心会被她传染上感冒时，她会带着讨厌的冷笑说，她没有感冒），弗朗索瓦丝已同我们合为一体了，就像那些植物，它们和动物紧密相连，动物为植物捕捉食物，吞食和消化食物，最后把它们变成可吸收的粪便，提供给植物作养料。应该由我们进行筹划，按照我们的道德，我们的财产，我们的生活方式和地位，对她生活中那部分不可或缺的自尊心给予小小的满足。另外，我们承认她有权按照传统的习惯，自由地享用神圣不可侵犯的午餐。餐后可以在窗口透透空气，有权上街逛逛，买点东西，星期天去探望她的侄女。

读者这下该明白，为什么弗朗索瓦丝在搬家后的头几天里会那样无精打采。我父亲的各种荣誉头衔还没有被我们新居的居民知道，她感到浑身不舒服。她自己称这种不舒服为烦闷。这种烦闷，就是高乃依作品中这个词所表达的强烈意思，或者是那些因思念自己的未婚妻和家乡而“厌烦”得想自杀的士兵笔下所表达的意思。弗朗索瓦丝的烦闷很快就被治愈了，恰恰是被絮比安治愈的，因为他一上来就讲了一句使她高兴的话，就跟我们决定要买一辆车子时使她产生的愉快一样强烈，甚至更为高雅。“真是好人哪，这些朱利安（弗朗索瓦丝乐意把新词和她已经掌握的词混用）是正直的人，一看就知道。”絮比安果然善解人意，他逢人便讲，我们没有马车，是因为我们不想要。

弗朗索瓦丝的这个朋友很少待在家里，他在某部谋得了一个职业，在那里当雇员。这个做背心的裁缝起初和一个“顽皮的女孩子”一起生活，我外祖母曾误以为他们是父女。从前，我的外祖母曾去拜访过德·维尔巴里西斯夫人，那时候女孩子还很小，可是裙子做得很像样了。当她转做女装，成为女裙裁缝时，絮比安再干他的老本行就无利可图了。她先在一个专做女装的女裁缝铺子里当“艺徒”，缲缲边儿，缝缝边饰，钉钉纽扣或“揿钮”，用别针固定腰身，但很快就晋升为二级继而是一级技工了。她的顾客都是上流社会的贵妇。她上顾客家，也就是说，上我们院来做活，常有铺里的一两个小姐妹陪她来，她们是她的徒弟。从此，絮比安在她身边就用处不大了。固然，小姑娘长大后，还常要给人缝背心，但是有朋友们当帮手，就不需要别人了。于是，姑娘的叔父絮比安申请了一份工作。起初他只是给人当助手，每天中午可以回家，后来他取而代之，到晚餐时候方能回来。幸好，我们搬到这里后过了几个星期，他才被“正式任用”，因此，他有足够的时间向弗朗索瓦丝献殷勤，帮助她不太痛苦地度过这开始阶段异常难熬的时光。尽管我不否认絮比安作为“过渡药剂”对弗朗索瓦丝所起的作用，但我不得不承认，初接触时，我并不喜欢他。从近处看，会发现他的眼睛充满怜悯、忧伤和迷惘。这种眼神彻底摧毁了他那肥大的双颊和红润的肤色可能产生的效果，会使人感到他病得厉害，或刚死了亲人，精神受到了打击。其实，他既没有生病，也没有丧事，而且能说会道，说起话来总是冷冰冰的，爱嘲笑人。这种在眼神和讲话语气之间的不一致，产生了某种虚假的现象，非但不会引起人好感，甚至使他本人也似乎感到很尴尬，就像一个穿着短上衣出席晚会的来宾，看到别人都穿燕尾服而感到难堪，或像一个必须回答某殿下的问话，却又不知从何答起的人，只好说一些毫无意义的话来摆脱困境。我不过打个比方罢了，相反，絮比安讲话总是娓娓动听。我很快就发现，他身上蕴藏着一种非凡的才智，这也许同漫布在他脸上的怜悯、忧郁和迷惘的眼神相吻合（同他混熟后，我就不再去注意他的眼神了）。他这种非凡的才智，是我所认识的最有文学天赋的人所具有的，也就是说，他虽然文化程度不高，但只要浏览几本书，便能精通或者掌握语言的最瑰丽的表达方法。我认识的最有天赋的人，都是风华正茂就去世了。因此我断言，絮比安很快也会死的。他心地善良，富有怜悯心，感情细腻而丰富。

他在弗朗索瓦丝生活中的作用很快就不那么重要了。她学会了替代他演出他的角色。甚至，当一个供货人或一个仆人登门送货时，弗朗索瓦丝会巧妙地利用他们到厨房等候妈妈回话的片刻，装出不屑理睬的样子，继续干她的活，只是神态冷漠地指给他们一把椅子，示意他们坐下。这样，当这个供货人或仆人离开的时候，他们的脑海里一般都会深深刻下这个印象："我们没有，是因为我们不想要。"此外，她如此坚持要别人知道我们有钱（她把"我们有点钱"说成"我们有钱"，因为她不会使用圣卢所说的部分冠词，而只会说"有钱"，"拿水来"，不会说"有点钱"，"拿点水来"），要别人知道我们很富，并非因为在她眼里财富是至高无上的东西，有了财富就不再需要别的，道德也不要了，而是因为光有道德，没有财富也不是她的理想。在她看来，财富是必需条件，没有财富，道德也就没有价值，没有魅力。她很少把财富和道德分开，久而久之，最终把它们混为一谈，以为道德会使人舒适，认为财富会给人启发教育。

窗子关上后，弗朗索瓦丝叹口气，很快开始收拾厨房的桌子，要不然，妈妈“什么样的骂人话都会说出口来”。

“在椅子街还住着盖尔芒特家的人哪。”贴身男仆说，“我有个朋友曾在那里干过，是他们家的第二马车夫。我认识一个人，这个人可不是我的朋友，而是我朋友的内弟，他和盖尔芒特男爵的一个马夫在同一个团里服过役。”“得了，管他呢，又不是我的父亲！”贴身男仆接着开了句玩笑。当他唠叨他的陈谷子烂芝麻的时候，中间总要插进一两句新鲜的玩笑话。

弗朗索瓦丝上了年岁，视力减退了，但还能看见贡布雷天边的东西，可是贴身男仆这句话中的玩笑意味她却听不出来。不过，她觉得这里应该有一句玩笑，因为它和下面的话没有联系，而且，她知道说出这句有分量话的人平时很爱开玩笑。于是她宽厚而又赞叹地笑了笑，仿佛在说：“这个维克多，还是那个脾气！”况且，她心里也很高兴，因为她知道，能听到这一类俏皮话，跟社交界有教养人的乐趣多少挨了点边。为了得到这份快乐，社会各阶层的人争先恐后地梳妆打扮，甚至冒着伤风的危险。再说她认为这个贴身男仆是她的一个朋友，因为他常在她面前愤愤不平地揭露共和国对神职人员将要采取骇人听闻的措施。弗朗索瓦丝还不懂得，最残忍的敌手，并不是那些和我们持不同看法，并且试图说服我们的人，而是那些火上加油、无中生有、用一些坏消息使我们心里难受的人。他们还唯恐我们有一丝一毫的理由可以减轻痛苦，可以对胜利的一方产生微弱的好印象；为了使我们遭受最痛苦的折磨，他们硬要向我们证明，对方不但是毫不留情，而且是得意扬扬。

“公爵夫人和那些人可能有姻亲关系。”弗朗索瓦丝又回到了住在椅子街的盖尔芒特这个话题上，就像在重奏一段行板乐曲。“我记不清是谁跟我讲的，反正他们中有人把一个表妹嫁给公爵大人了。不管怎样，他们都是在同一个‘括号’内的。盖尔芒特可是个‘大家族’哪！”她极其崇敬地补充说。她根据这个家族众多的人口和响亮的声誉，断言这是个“大”家族，正如帕斯卡依据理性和《圣经》的权威性确定宗教的真实性一样。因为，既然这两样东西只能用一个“大”字来形容，那么，在她看来，它们也就合二为一了。这样一来，她的词汇也就像某些宝石那样，有些地方出现了瑕疵，甚至在弗朗索瓦丝的思想上投下了阴影。

“我寻思，也许就是 eusse（他们）[1] 在盖尔芒特村有一座城堡，离贡布雷有十里路。要是这样，他们和盖尔芒特家那个阿尔及尔表姐就沾上亲戚了。”这个阿尔及尔表姐会是谁？我和我母亲琢磨了好久。后来，我们到底弄明白了，弗朗索瓦丝所说的阿尔及尔，原来是昂热市。我们可能知道远处的地方，却不大知道近处的地名。弗朗索瓦丝不知道昂热，却知道阿尔及尔，是因为元旦那天我们收到了一包样子十分难看的阿尔及尔椰枣。她的词汇，

[1] 弗朗索瓦丝自己创造的词，将 ils（他们）的重读形式 eux 说成 eusse。

尤其是她的地名词汇，也像法兰西语言本身，到处是错误。“我早就想同他们家的膳食总管聊一聊……大家叫他什么来着？”她顿了一下，似乎在给自己提一个礼节性问题，接着她又自己做了回答：“啊，想起来了，大家叫他安托万。”好像安托万是一个爵位似的。“他本来可以同我聊一聊的，可是他摆出贵族老爷的派头，像是有学问的人，舌头好像被人割掉了，要不，他就是忘记学说话了。你同他讲话，他总是爱理不理的样子。”弗朗索瓦丝补充说，她像是德·塞维尼夫人那样，用“爱理不理”这个词语。“但是，”她又真诚地说，“既然我知道我有下锅的东西，也就不去管别人的闲事了。反正这个人不怎么样。再说他也不是个勇敢的人。（这个评语会使人觉得弗朗索瓦丝对勇敢的理解和过去不同了。在贡布雷时，她认为像野兽般勇猛的人才算勇敢，可是，这里她说的勇敢就是勤劳。）还有人说他是惯偷。不过，听说的不一定可靠。由于看门人爱嫉妒，常在公爵夫人面前搬弄是非，这院里的雇工都走光了。不过，有一点可以肯定，这个安托万是个大懒鬼，他的‘安托万奈丝’也不比他好到哪里去。”弗朗索瓦丝为了给安托万这个名字找到一个阴性形式，用来指膳食总管的妻子，根据语法规则创造出“安托万奈丝”这个新词时，也许她无意识地参照了夏努瓦和夏努瓦奈丝[1]。她是有根据的。如今在巴黎圣母院附

---

[1] 夏努瓦和夏努瓦奈丝分别为 chanoine 和 chanoinesse 的音译。前者意为议事司铎，后者是前者的阴性形式，是在前者上加了阴性后缀 -esse 而成，意为修女。弗朗索瓦丝根据这条规则，给 Antoine（安托万）找了个阴性形式 Antoinesse（安托万奈丝）。

近，还有一条街叫夏努瓦奈丝街，因为从前这条街上住的全是修女，所以当时的法国人给它起了这个名字。事实上，弗朗索瓦丝是那些法国人的同代人。再说，我们马上就会看到，还有一个名词，它的阴性形式也是用这种方式构成的，因为弗朗索瓦丝接着又说："不过，可以绝对肯定，盖尔芒特城堡是公爵夫人[1]的，她是当地的女镇长哪，够了不起的啦。"

"我明白了，确实了不起。"听差深信不疑地说，却没有听出她话中的讽刺意味。

"我的孩子，你真以为这了不起吗？可是，对于像他们这样的人，当个镇长和女镇长，太有失身份了。啊！要是盖尔芒特城堡是我的，我才不常在巴黎待着呢。像我们家先生和太太这样有钱的东家，这样有钱的人，脑袋瓜里也不知想的是什么，会愿意待在这个闷气的城市里，不回贡布雷去。他们现在自由自在的，谁也不会留他们。他们什么也不缺，干吗非得等到退休呢？等死了以后再回去呀？啊！要是我有干面包啃，冬天有木柴取暖，我早就回贡布雷我兄弟的穷屋子去了。在那里，至少我觉得是在过日子，面前没有这些房子挡着，四周静悄悄的，夜里能听见两里以外的青蛙呱呱唱歌的声音。"

"这真是太美了，太太。"年轻的听差赞叹地叫了起来，仿佛这最后一个特征是贡布雷固有的，正如水上轻舟是威尼斯城一大

[1] "公爵夫人"在法语中是 duchesse，由 duc（公爵）加表示阴性名词的后缀 -esse 变来。下文"女镇长"为 mairesse，是 maire（镇长）的阴性形式。

特征一样。

再说，听差来我家的时间比贴身男仆晚一些，他和弗朗索瓦丝谈话的内容，他自己不感兴趣没关系，只要弗朗索瓦丝感兴趣就行。弗朗索瓦丝看到有人把她当厨娘看待，总会不高兴地蹙眉噘嘴，可是，听差谈起她时，总称她为“女管家”，因此，她对他总是特别亲切，有如一些二流亲王看到诚心诚意的青年称他们为殿下时，也会流露出这种好感。

“至少，你知道自己在做什么，知道是什么季节了。哪像这里呀，复活节和圣诞节没什么两样，连朵平常的黄花毛茛都看不见。早晨，当我撑着这副老骨架起床时，连祈祷的钟声都听不见。在贡布雷，每个小时都敲钟，虽然只有一只可怜的钟，但是，你到时候就会说：‘我兄弟该从地里回来了。’你看着日头落山，人们敲钟祈祷人间幸福，你在掌灯之前能回到家里。这里，过完白天，就是黑夜，天黑了你就去睡觉，白天你干了些什么，你不见得会比畜生说得更清楚。”

“太太，好像梅塞格利丝也很美，是不是？”年轻的听差意外想起了我们在饭桌上谈起过的梅塞格利丝，打断她说。按照他的意愿，谈话转入了抽象的主题。

“啊！梅塞格利丝！”弗朗索瓦丝高兴得满脸笑容。每当有人提起梅塞格利丝、贡布雷和当松维尔，她总会笑得合不拢嘴。这些名字是她生活的组成部分。每当她在外面碰到或在谈话中听到这些名字，甜蜜的感觉便油然而生，就像学生听到一个教员在讲课中影射当代的一位名人，深感出乎意料，会高兴得欢腾起来。

弗朗索瓦丝有这种快感，还因为这些地方有些东西只属于她一个人，而不属于别人，它们是她的老朋友，她和它们在一起玩过；她向它们微笑，仿佛它们是有灵魂的人，因为她在它们身上找到了她自身的许多东西。

“是的，我的孩子，你可以这样说，梅塞格利丝相当漂亮。”她狡黠地笑了笑，又说，“可是，你，你怎么会知道梅塞格利丝的？”

“你问我怎么会知道的？它不是很出名吗？有人跟我谈起过，谈过好几次呢。”他回答时，说得含含糊糊，很不明确，就像吞吞吐吐地提供假情况的人一样，每当我们想客观地了解一桩与我们有关的事情同别人有没有重大关系时，他们总不可能给我们满意的答复。

“啊！我向你们保证，那里樱桃树下的空气新鲜极了，哪像这里炉灶旁哪。”

她甚至给他们讲起欧拉莉来了，说她是个好人。欧拉莉在世时，弗朗索瓦丝不大喜欢她，可是在她去世后，弗朗索瓦丝早把这事忘得一干二净了。她对欧拉莉，就像对任何缺衣少食，“饿破肚子”，一无所长，却倚仗富人的施舍，到他们家里来“装腔作势”的人一样，是不大喜欢的。欧拉莉每个星期都要巧施计谋，让我的姑妈给她赏钱。现在，弗朗索瓦丝再也用不着容忍欧拉莉了。至于我的姑妈，她也不停地为她唱赞歌。

“您那时候就在贡布雷，在太太的一个表姐妹家里吗？”年轻的听差问。

“是的，在奥克达夫夫人家。嗯，她可是圣女哪，我的孩子们。她家里总有好东西招待你，尽是些高级东西，好东西。真是个好心肠的女人哪，你们可以这样说，她对小鹧鸪呀，野鸡呀，从不怜惜，她对什么都不怜惜，你们可以五个一群，六个一伙地到她家里做客，肉有的是，都是上等货，还有白葡萄酒、红葡萄酒，要什么有什么。（弗朗索瓦丝用“怜惜”这个动词，和拉布吕耶尔[1]用“吝惜”的意思一样。）一切费用都由她负担，即使来做客的是一家人，一住就是几个月，甚至几年。（她这句话丝毫不会得罪人，因为在弗朗索瓦丝那个时代，“费用”并不限于法院的“诉讼费”，而是表示一般的“费用”。[2]）啊！我向你们保证，客人不会饿着肚子离开她家。本堂神甫多次对我们说，如果有一个女人可以到仁慈的上帝身边去的话，那肯定是她。可怜的太太，我现在还好像听见她用细嗓门对我说：‘弗朗索瓦丝，您知道，我是吃不下的，但是，我希望您只当我也在吃一样，为大家把饭菜做好。’当然不是为她做的。你们要是在，也肯定会看到，她的体重还不如一袋樱桃重，没有人会像她那样轻。她不愿意相信我，她从来不愿意找大夫。啊！那里吃饭才不匆忙呢。她希望她的仆人都能吃饱吃好。哪像这里呀，今天早晨，我们匆忙得连吃早饭的

---

[1] 拉布吕耶尔（1645—1696）：法国作家。擅长散文，著有《论性格》一书，暴露路易十四时期上层社会的罪恶，描写农民的痛苦生活。

[2] 原文中用了 dépense 一词，有“诉讼费”之意，一般由输方负担。在法语中，être aux dépens de qn 可以理解为由某人负担诉讼费，也可理解为由某人负担一般费用。

时间都没有。干什么都是匆匆忙忙的。”

她对我父亲吃烤面包干尤其恼火。她确信，我父亲是在摆主人的架子，是为了“随意差遣”她。“我可以说，我从来没有见过这等事。”年轻的听差随声附和道，好像他无所不知，有千年的阅历，对世界各国，对它们的风俗习惯了如指掌；好像跑遍世界，也找不到烤面包干这个习惯。“是的，是的。”膳食总管喃喃地说，“不过，这一切都会改变的。加拿大工人可能罢工了。有天晚上，部长对我们家先生说，为这事他拿到二十万法郎呢。”膳食总管对部长毫无责备之意。倒不是因为他自己为人正直，而是他认为从政的人没有一个不腐败。他觉得，贪污罪还不如最轻的盗窃罪严重。他也不问问自己，这句颇有分量的话会不会听错了，由罪犯亲口告诉我父亲，而我父亲却没有把他撵出门去，这合不合情理。但是，贡布雷的哲学束缚了弗朗索瓦丝的手脚，她不可能希望加拿大的罢工对烤面包干的习惯产生影响。她说：“只要世界还是世界，你们瞧好了，总有主人把我们使唤得团团转，也总有仆人随心所欲，自行其是。”弗朗索瓦丝说是忙得团团转，可是，我母亲唠叨已有一刻钟了：“他们都在干什么？他们在饭桌上待了两个多小时了。”大概我母亲用来测定他们用饭时间的单位和弗朗索瓦丝的不一样。她犹犹豫豫地摇了三四回铃。弗朗索瓦丝、她的听差和膳食总管听到铃声根本没当回事，没想去应差，而是把它当作乐器定弦时发出的头几个音，音乐会即将重新开始，幕间休息只剩几分钟了。因此，当铃声不断重复，而且越来越坚决时，我们的仆人这才留意，他们看到时间不多了，又要开始干活了。

当又一声“丁零”响起，而且比前面的几声更响，他们这才叹口气，各自下了决心，听差去门口抽烟，弗朗索瓦丝先对我们发表几句诸如“他们肯定好动成癖”之类的批评意见，然后上她的七楼整理衣物，膳食总管到我的房间找信纸，迅速地写了封私信发走了。

尽管盖尔芒特家的膳食总管神气傲慢，不可一世，可是不几天，弗朗索瓦丝便打听清楚，并告诉我说，盖尔芒特家不是根据什么古老的权利，而是根据不久前签订的一项租约住进这座公馆的。公馆的花园——那地方我还没有去过——跟所有接邻房屋的花园一样，小得可怜。我终于探听到，在盖尔芒特府，看不见领主的绞架、防卫的风车、支柱上的鸽舍；看不见公用的烘炉、带甬道的谷仓、小型的城堡、桥梁、吊桥或便桥、收过桥税的人；也没有钟楼的尖顶、刻在墙上的契据或用作路标的石堆。记得当巴尔贝克海滩在我眼里失去昔日的神秘，变成地球浩瀚海水的一个部分，可以同随便哪个海水域互换的时候，埃尔斯蒂尔曾对我说，这是惠斯勒[1]画笔下的乳白色的海湾，银蓝两色协调有致，他这句话使巴尔贝克海滩陡然恢复了个性。与此相仿，一天，正当盖尔芒特这个姓氏看到它最后一幢住宅在弗朗索瓦丝的猛烈打击下就要坍塌的时候，我父亲的一个老朋友谈起了公爵夫人，对我们说：“她在圣日耳曼区享有最高的地位，她在圣日耳曼区有第

[1] 惠斯勒（1834—1903）：美国油画家和版画家。主张“为艺术而艺术”，强调线条与色彩的和谐。普鲁斯特曾于1905年在巴黎艺术学校大厦观看过惠斯勒的画展。

一流的房子。”诚然，圣日耳曼区第一流的沙龙，第一流的房子，同我前后梦见过的他们的住所相比，算不了什么，但是，这幢房子——也许是最后一幢了——尽管简陋异常，仍不失其价值，它超越自身的物质，成了一种秘密的区别标志。

当德·盖尔芒特夫人上午步行、下午坐车出门的时候，我在她身上总找不到她名字的奥秘，因此，我必须到她的“沙龙”里，在她的朋友中去寻找。诚然，从前在贡布雷的教堂里，她就以光辉灿烂的化身出现在我面前，代替了我那破灭的梦幻，盖尔芒特姓氏的绚丽色彩以及维福纳河畔下午的斑斓阳光，照不透她的脸颊，她宛若天神或仙女下凡变成的天鹅或垂柳，臣服于大自然的法则，在水中滑翔或随风摇曳。然而，我刚离开她，那些已经消逝的映象，立即又在把它们捣碎的船桨后面复现，宛若残阳玫瑰色和绿色的倒映。这时，在我孤独的思想中，名字很快就占据了面孔的地位。可是现在，我经常看见她，在她居室的窗口，在院子里，在街上；即使我不能将盖尔芒特这个姓氏和她合为一体，想象不出她就是德·盖尔芒特夫人，但至少我可以怪我的思想没有能力，不能把我要求它做的事情做到底。但是她，我们的邻居，似乎也和我犯了同样的错误。更有甚者，她做了错事还若无其事，不像我那样忐忑不安，甚至根本没有意识到这是个错误。这样，德·盖尔芒特夫人穿着新颖别致的衣裙，显示出对时髦的追求，似乎她确信自己和别的女人没有两样，渴望把自己打扮得优美雅致，可若是如此，任何一个女人都能同她平分秋色，甚至可以略胜她一筹。我曾看见她在街上，盯着一个穿戴入时的女演员瞧个不停，流露出羡慕的神情。早晨，在她步行出门前（仿佛行人的评价是对她的裁判，当她不拘礼节地把她神秘莫测的生活向他们展示时，她的高雅仿佛能衬托出他们的粗野），我可以远远地看见她对镜梳妆，就像将要在一出宫廷喜剧中扮演女仆的王后，满怀信心地、诚心诚意地、狂热而自尊地、心烦意乱地扮演着与她的身份极不相称的风雅女人的角色。令人难以置信的是，她完全忘记了自己的高贵出身，她瞧一瞧短面纱是否拉直，把袖管上的皱褶抚抚平，把大衣整一整，像天神变成的天鹅，做着它那一类动物的种种动作，两只化了妆的眼睛守在喙两旁，连看都不看一眼，忽然她向前抓住门把或雨伞，完全是天鹅的动作，忘记了自己是天神，而不是天鹅。但是，正如一个游客到了一个城市，对它的外貌大失所望时，他会安慰自己说，不妨进去参观一下博物馆，了解一下市民，光顾一下图书馆，也许会深刻地感受到它的魅力；我也像这位游客，对我自己说，如果我到德·盖尔芒特夫人家做客，如果我是她的一个朋友，如果我深入她的生活中去，我肯定会了解到，在她光彩夺目的橙色躯壳下，她的名字对于别人包含着怎样真实而客观的内容。因为我父亲的那位朋友说过，盖尔芒特家的环境在圣日耳曼区可称得上与众不同。

我想象中的这个环境里的生活，与常人的生活截然不同，我觉得它应该别具一格，因此，我不能设想，在公爵夫人的晚宴上，会出现我从前经常来往的那号人，一些真实的人，因为江山易改，本性难移，他们在那里只会吐出一些平淡无奇的我听惯了的言语；他们的交谈者必须屈尊俯就，用他们这号人的语言同他们交谈。怎能设想，在圣日耳曼区这个第一流的沙龙里，有天晚上会出现我从前所经历过的那些时刻呢？确实，我的脑子不管用了。耶稣基督的圣体在圣饼上显灵对我来说够神秘莫测的了，可是比起右岸圣日耳曼区第一流的沙龙来，却是小巫见大巫。（每天一清早，我在卧室里能听到他们拍打家具的声音。）但是，那条把我同圣日耳曼区隔离的分界线，尽管是想象出来的，对我却因此而更加真实；我确确实实地感到，横在赤道线那边的盖尔芒特家的那块门毯就已经是圣日耳曼区了。一天，他们家的门敞开着，我母亲也远远地看见了这块门毯，她竟说它太旧了。此外，他们的餐厅和摆着红长毛绒家具的光线暗淡的走廊（我从我们家厨房的窗口有时能看见），又怎能不使我相信它们具有圣日耳曼区的神秘魅力，是这个区的主要组成部分，而且从地理位置上讲就在这个区里呢？因为在这间餐厅里受到接待，无异于去了一趟圣日耳曼区，呼吸了它的空气；因为就餐前挨着德·盖尔芒特夫人坐在长沙发上的，都是圣日耳曼区的常客。当然，在圣日耳曼区以外的地方，在有些晚宴上，偶尔也能看到一两个这样的人，混迹于一群俗不可耐的风雅人中间，显得举止庄严，他们不过是些名字，当我们力图想象他们的模样，他们时而像一场骑士比武，时而像一片封建领地的森林。但在这里，在圣日耳曼区第一流的沙龙里，在昏暗的走廊里，除他们之外别无他人。他们是由珍贵的材料做成的支撑着教堂的柱子。即使是小型聚会，德·盖尔芒特夫人也只能在他们之间挑选她的宾客，十二个人围坐在铺着桌布、摆满佳肴的桌子旁欢宴，宛若圣徒小教堂[1]圣桌前的耶稣十二信徒的金塑像，行祝圣礼的象征性的支柱。至于那伸展在公馆后面、高墙中间的小花园，夏天，晚宴结束后，德·盖尔芒特夫人命人在那里摆上利口酒和橙子水，对此，我禁不住会想，晚间九点至十一点，坐在花园的铁椅子上——铁椅子也具有皮长沙发的神奇威力——怎能不同时呼吸圣日耳曼区特有的和风，正如在菲吉格[2]绿洲睡午觉怎能不置身于非洲？唯有想象和信仰才能将一些物和人同其他一些物和人区别开来，才能创造一种气氛。唉！圣日耳曼区绚丽多彩的景色，高低起伏的天然地势，具有地方色彩的古玩、艺术珍品，大概我一辈子都无缘涉足其中了。我只要能远远地望见那张破门毡，就像航海人在大海上远远望见岸上清真寺的尖塔、第一棵棕榈树、异国情调的工厂烟囱和植物那样，即使永远不能接近，我也心满意足、喜不自胜了。

对我而言，盖尔芒特府始于它前厅的门口，可是，按照公爵的看法，它的属地应该延伸到很远的地方。公爵把他的房客都看作佃农、平民、国家财产的买主，认为他们的意见微不足道。一清早，他穿着睡衣在窗口刮胡须，然后下到院子里，根据他的冷热感觉，有时着衬衫，有时穿睡衣，有时罩一件颜色少见的苏格兰长毛格子花呢上衣，有时披一件比他的上衣还要短的浅色短大

[1] 圣徒小教堂是巴黎的教堂，哥特式教堂的杰作，陈放耶稣受难圣物的地方。圣徒小教堂位于西岱岛现在的巴黎法院内，分为楼上小教堂和楼下小教堂。楼下小教堂供奉圣母。

[2] 菲吉格位于摩洛哥，是撒哈拉大沙漠中的绿洲。

衣，让他的一个马夫在前面牵着刚买来的一匹马在院子里小跑，马不止一次地撞坏了絮比安的铺面，絮比安要求赔偿损失，公爵大光其火。德·盖尔芒特先生说：“公爵夫人在本公馆和本教区行了那么多善，可这家伙还要我们赔钱，实属卑鄙！”但是絮比安寸步不让，似乎根本不知道公爵夫人行过“善”。然而，她确实在行善，不过，正如不能强求人人都行善那样，一个人感到得意的事情，绝不能在别人面前炫耀，以免引起反感。况且，从行善之外的其他观点看，公爵大人从来都把他所在的地区看作他院子的延伸——延伸到很远很远的地方，是他的马的广阔跑道。让他的新马独自跑了一阵后，他就叫马夫把它套上车，到邻近各条街上走一走。马夫手执缰绳，跟在马车旁奔跑，马在公爵面前来回经过；公爵站在人行道上，他身高体胖，穿着浅色的衣服，嘴里叼着雪茄，昂着头，戴一副奇特的单片眼镜。接着，他跳上马车，想亲自试一试，驾着他这架新套车，到香榭丽舍大街找他的情妇去了。德·盖尔芒特先生在院子里向两对夫妇问了安，他们多少同他那个圈子沾点边：其中一对是他的表亲，和那些做工的夫妇一样，他们从来不在家中照管孩子，因为一清早妻子就得到“圣乐学校”去传授对位法和赋格曲，而丈夫要去雕刻室干活，在木头和压出凸纹饰的皮革上雕刻；另一对是诺布瓦男爵和男爵夫人，两人总是穿一身黑衣服，妻子的打扮像出租椅子的妇人，丈夫像承办丧葬的男人，一天要去教堂好几次。他们是一位前大使的侄子。这位前大使是我们家的老相识。有一次，我父亲恰好在楼梯的拱门下遇见他，心里纳闷他怎么会上这里来。因为我父亲认为，像这样一个要人，过去经常同欧洲最杰出的人物打交道，想必对贵族虚浮的荣誉不会产生兴趣，不应该同这些默默无闻、目光短浅、拥护教权的贵族来往。男爵夫妇住进这幢房子不久，就在丈夫同德·盖尔芒特先生打招呼的时候，絮比安走到院子里同他搭讪，称呼他“诺布瓦先生”，因为不知道他的确切姓名。

“哈！诺布瓦先生。哈！这个名字真妙！耐心点！待会儿这个人要叫您诺布瓦公民了！”德·盖尔芒特先生转向男爵，大叫大嚷。他总算有机会在絮比安身上出出气了，谁让他只称呼他“先生”，而不喊他“公爵先生”的呢。

一天，德·盖尔芒特先生需要了解我父亲的职业情况，便亲自登门，摆出一副温文尔雅的样子。从此，他常常有事没事就来找我父亲谈谈。一看见我父亲从楼梯上下来（其实我父亲在考虑一件工作，不希望碰见任何人），公爵便离开他的车马侍从，到院子里来迎我的父亲，替他把大衣领子整一整，像从前国王的侍从那样悉心服务，然后拉住他的手，轻轻抚摩着，犹如一个高级妓女，厚颜无耻地想向他证明他随时准备奉献自己宝贵的肉体。他把我父亲一直送到通车辆的大门才松手，可是我父亲对他厌烦透顶，心里直想着要把他摆脱掉。一天，他和他妻子一道乘车出门，碰见了我们，便热情地同我们打招呼，而且可能把我的名字告诉他妻子了。要是她能记住我的名字和面孔，那我真是三生有幸了。况且，我不过是作为她的一个房客被介绍给她的，这样的介绍别提有多寒碜！要是我能在德·维尔巴里西斯夫人家遇见并被介绍给公爵夫人，那该有多好！况且，德·维尔巴里西斯夫人已通过我外祖母，邀请我上她家做客。当她知道我立志从事写作时，还特别关照地说，我在她家可以结识一些作家。可我父亲却认为我年纪尚小，不宜进入社交界，再说我的身体状况着实令他担忧，他不愿意为我提供无益的外出机会。

德·盖尔芒特夫人的一个仆人经常跟弗朗索瓦丝聊天，我听见他提到几个她常光顾的沙龙，可是，这些沙龙是什么样子，我怎么也想象不出来。既然它们是她生活的组成部分，而我又只能通过她的名字窥见她的生活，它们不也就不可揣测了吗？

“今晚帕尔马公主那里有盛大晚会，演皮影戏，”仆人说道，“但是我们去不成啦。因为夫人要赶五点钟的火车去尚蒂伊[1]，到德·奥马尔公爵家去住两天，贴身女佣和男仆跟着去。我留下来。帕尔马公主要不高兴啦，她给公爵夫人写了四五封信了。”

“那么，你们今年不再回盖尔芒特城堡了吗？”

“去不成了，这还是第一次哩，就因为公爵先生得了风湿病。大夫说，那里不安装好暖气设备，我们就不能去。可是以前我们每年都去，待到一月份才回来。要是暖气设备没安装好，可能夫人要到戛纳的德·吉斯公爵夫人家去小住几天，还没有定下来。”

“那么戏院呢，你们常去吗？”

“有时去看歌剧，有时去看帕尔马公主预订票的夜场戏，一个

---

[1] 尚蒂伊为法国瓦兹省城镇，有蒙莫朗西家族和孔代家族的城堡，其中藏有丰富的艺术品。1886 年，德·奥马尔公爵将城堡赠予法兰西研究院。

礼拜一次。在那里可是一饱眼福，话剧、歌剧，应有尽有。公爵夫人不愿意预订戏票，不过，我们还是去了几次。一次坐在夫人一个朋友的包厢里，还有一次坐在另一个包厢里，多数是在盖尔芒特亲王夫人的楼下包厢里，她是公爵先生一位堂弟的妻子，是德·巴伐利亚公爵的姐妹……您这就上去吗？”仆人说。尽管他算是盖尔芒特家的人了，可是他对于主人的概念通常是政治性的，因此他对弗朗索瓦丝总是彬彬有礼，好像她也在某个公爵夫人家待过似的。“您身体挺硬朗哪，太太。”

“唉！没有这该死的腿就好了！在平原上走路还凑合。（弗朗索瓦丝所说的平原，实际指院子和大街，她总喜欢在那些地方散步。总而言之，是平地。）可是，这些讨厌的楼梯我就对付不了啦。待会儿见，先生，没准晚上还能见到您。”

盖尔芒特家的这个仆人告诉过她，公爵的儿子常常被授予亲王爵位，直到他们的父亲去世。因此，弗朗索瓦丝还想同他聊一聊。也许，在法国人民对贵族阶级的崇拜心理中，还混杂有一种反抗精神。这种从法国的采邑制度世袭下来的对贵族既崇拜又反抗的心理大概是根深蒂固的。因为如果有人在弗朗索瓦丝面前谈论拿破仑的天才或无线电报，她会不加理会，照样除她壁炉里的灰烬，摆她餐桌上的餐具，动作丝毫不会放慢，可是，只要听到谈论贵族的这些特殊问题，听到德·盖尔芒特公爵的小儿子通常叫奥莱龙亲王，她便会嚷起来：“啧啧，太好了！”她会目眩神迷，仿佛置身于一扇彩绘玻璃窗前。

德·阿格里让特亲王的贴身男仆常来公爵夫人家送信，同弗朗索瓦丝混得很熟。他告诉弗朗索瓦丝，他确实听到社交界在议论德·圣卢侯爵和德·昂布勒萨克小姐的婚事，这差不多已经定了。

德·盖尔芒特夫人把她的生活注入那幢别墅和那间楼下包厢里，因此，在我看来，它们同她的居室一样神奇如梦境。帕尔马、盖尔芒特-巴伐利亚和吉斯这些名字，使公爵夫人前往度假的别墅不同于其他所有的别墅，使她每天从公馆乘坐她的马车前去参加的晚会不同于其他所有的晚会。但是，即使这些名字告诉我，德·盖尔芒特夫人的生活连续不断地存在于这些度假别墅和晚会中，但它们却不可能向我提供有关她本人的任何情况。每幢度假别墅，每次晚会，都给予公爵夫人的生活以一种不同的确定性，但是，它们仅仅使它换上一层神秘的色彩，却不能使它有半点泄露，它被一块壁板挡住，被装进一只坛子里，只是随众人的生活波涛而流动。狂欢节，公爵夫人可以面朝地中海用午餐，但这是在德·吉斯夫人的别墅里，巴黎社交界的女王身穿白凸纹布连衣裙，在众多的亲王夫人中间，不过是一个普通的女宾，和别的女宾没有差别，这就更令我神往，而她自己也像一个舞蹈明星获得了新生，在一场奇特虚幻的芭蕾舞中，她的女舞伴一个个都被她取而代之；她可以观看皮影戏，但这是在帕尔马公主的一次晚会上；她可以听悲剧或歌剧，但这是在德·盖尔芒特亲王夫人的包厢里。

我们往往把一个人生活中的各种可能性，把对他将要离开或将去会见的熟人的记忆，都集中于他的身上，因此，当我从弗朗索瓦丝那里得知，德·盖尔芒特夫人要步行去帕尔马公主家赴午宴，而在将近中午时分，当我看见她从家里出来，穿一条粉红色的缎子连衣裙，裙子上方露出相同色彩的脸蛋，犹如夕阳下的一片彩云，这时候，我看见圣日耳曼区的所有快乐都呈现在我面前，集中在她小小的身躯下，就像集中在一只贝壳里，夹在玫瑰色珍珠层那发光的壳瓣中间一样。

我父亲在部里有一个朋友，叫 A.J. 莫罗。为了区别于其他莫罗，他总留意在他的姓前加上他名字的两个首字母，久而久之，大家干脆叫他 A.J. 了。可是，我不知道这位 A.J. 是怎样弄到一张歌剧院盛大演出会的池座票的。他把这张票寄给我父亲了。因为拉贝玛要演出《淮德拉》中的一幕（从我第一次对她的演出感到失望以来，就再没有看过她演出），外祖母设法让父亲把这张票给我了。

说实话，这次能不能去听拉贝玛演出对我倒无所谓，可是几年前，她曾使我神魂颠倒，如醉如痴。当我看到我从前迷恋的，甚至比健康和休息还要珍视的东西，现在却引不起我的兴趣时，我也有怅然若失之感。我何尝不想离得近一些去静观我的想象力朦胧地看到的，被分割成一片一片的宝贵的现实呢？而且这种热情不减当年。但是现在，我的想象力不再把它们置于一个名伶念台词的技巧之中了。自从我到埃尔斯蒂尔家去过几次后，我从前对拉贝玛的朗诵技巧，对她的悲剧艺术的迷信，已转移到某些挂毯和现代画上了。既然我的信念，我的愿望不再能使我对拉贝玛的朗诵和姿态保持永恒的崇拜，它们在我心中的“复身”也就渐渐萎谢了，正如古埃及死人的“复身”[1]，必须不断地为它提供食粮，才能维持它的存在。这一艺术如今变得稀薄如纸，一撕就破，已经失去了内在的生命力。

我利用我父亲收到的那张戏票，登上了歌剧院的大楼梯。我瞧见前面有个人，开始我把他当成德·夏吕斯先生，他的背影看上去很像德·夏吕斯先生。当他回头向剧场的一个职员打听什么事情时，我发现我弄错了。但是，我根据这个陌生人的衣着以及他同男检票员和女引座员——他们没有马上搭腔——讲话的姿态，毫不犹豫地把他归入德·夏吕斯先生那个阶层中。因为尽管各人有各人的特征，可是在那个时代，在富有的、服饰华丽的爵爷和富有的、服饰华丽的金融家或大企业家之间，总存有非常明显的差别。金融家或企业家对下级讲话口气傲慢，不容置辩，并以为这就是他的潇洒风度。可这些爵爷却笑容可掬，和蔼可亲，露出谦逊而耐心的神态，装成一名普通的观众，并把这看成他良好教养的一个特征。当一个银行家的阔少爷此刻走进剧院，看见这位爵爷满脸微笑中透着善良，掩盖了他那个特定阶层在他身上划下的不可逾越的界限，要不是阔少爷发现他的相貌和最近报上刊登的现在正在巴黎逗留的奥地利皇侄萨克森亲王的肖像十分相像，真会把他当作一个出身寒微的平民。我知道他是盖尔芒特家的挚友。当我走到检票员身边时，听见萨克森亲王（或者是假定的那

---

[1] 古埃及人认为，人死后会有一个看不见摸不着的复身留在尸体附近；人们给它供奉祭品以维持其生存。

位亲王）笑吟吟地说：“我不知道是几号包厢，我表姐跟我说，我一问便可知道。”

也许他就是萨克森亲王。当他在说“我表姐跟我说，我一问便可知道”这句话时，他的眼睛通过想象而看见的也许就是德·盖尔芒特夫人（她要是真在，我就能一睹她在堂弟媳的楼下包厢里的生活片段了，她的生活总是令我难以想象）。因此，这个与众不同的微笑的眼神，这些极其普通的言语，用可能有的幸福和靠不住的声誉这两根触须，交替抚摩着我的心，它们带给我的温情远非一个抽象的梦幻所能比拟。至少，他向检票员讲这句话的时候，把一条可能通往一个新世界的道路，连接到我日常生活中的一个平凡的夜晚上来了。检票员说了句“楼下包厢”，并用手指了指走廊，他便走了进去。走廊潮湿异常，墙壁裂缝累累，仿佛通往海底岩洞，通往神奇的海洋仙女的王国。我前面只有一个渐渐远去的穿晚礼服的先生，可是，我不停地在想，他是萨克森亲王，他要去看望德·盖尔芒特公爵夫人。这个念头就像一个不灵便的反射镜，围绕着他转动，却不能把光线正确无误地投射到他身上。虽然他孤身一人，但是这个和他毫无关系的、摸不到的、无边无际的、像投影那样不连贯地跳动着的念头，仿佛走在他的前头，在给他引路，它像雅典娜女神，与她的希腊士兵寸步不离，而别人却看不见她。

我来到座位上，一面竭力回忆《淮德拉》剧中的一句诗，可我记不确切了。按照我背出来的这句诗看，它的音步数跟规定的数目不一样，但是因为我不想试着去数音步，所以我感到在这个不规范的诗句和一个古典诗句之间，是不存在任何可比性的。它显得那样冗长，哪怕去掉六个甚至更多的音节，以改成一句十二音节的诗，我都不会感到吃惊。但我蓦地回忆起这句诗来了，骤然间，一个不通人性的世界那些难以铲平的凸凹不平，竟魔术般地烟消云散了，诗句的音节顿时符合十二音节诗的韵律，多余的音节犹如一浮出水面就破裂的气泡，轻松而灵巧地消失了。我白费了半天脑筋，其实它才多出一个音步。

池座的一些票是在剧院售票处零售的，卖给假充高雅的人或好奇的人，他们想尽情观望那些他们平时没有机会从近处看到的人。的确，在这里，他们可以公开观察这些人通常是隐秘的社会生活的真实面，因为帕尔马公主把二楼、楼下以及楼厅的各个包厢全都分给了她的朋友们，剧场仿佛成了沙龙，每个人随意离开座位，到这个或那个女友身边去坐一坐。

我周围尽是些庸俗之辈，他们并不认识预订戏票的观众，却想表明自己可以认出他们来，便大声喊着他们的姓名。他们还说，这些预订戏票的人来这里犹如进了自己的沙龙，言下之意，他们是不会专心看戏的。可是相反的事情发生了。一个有才气的大学生，为了听拉贝玛演唱而买了张池座票，一心想的是不要弄脏手套，不要妨碍别人，同机遇赐予他的邻座搞好关系，不时微笑着追踪一个稍纵即逝的目光，不礼貌地避开一个相遇的目光，一个熟人的目光，当他在剧场里发现这个熟人时，他心慌意乱，不知所措，但还是决定前去同她打个招呼，他还来不及走近她身边，就听得三下铃响，他就好像希伯来人在红海中逃跑[1]那样，从男女观众组成的两股汹涌澎湃的浪峰中间溜回去了。他要他们站起身，他踏破了她们的裙子，踩脏了他们的半筒靴。相反，唯有上流社会的人才会有闲情逸致看戏（当然还得有才智才能看懂戏），因为他们坐在楼厅栏杆后的包厢中，就像坐在悬空的揭掉了隔板的小沙龙里，或者像在供应牛奶和铁线蕨糖浆浓茶的小咖啡馆里一样，不会被这座那不勒斯风格建筑物的金框镜子和红椅子吓坏——因为他们满不在乎地把一只手放在支撑这个歌剧艺术殿堂的镀金柱子上——因为他们对两个张开双臂的雕像把棕榈和桂花献给他们的包厢这种过分的荣誉并不感到受之有愧。

起初周围只是一片昏暗。突然，人们的目光遇到从黑暗中发出的磷火般的光芒，那是一位知名人物的眼睛犹如看不见的宝石在闪闪发光；人们看见德·奥马尔公爵弯着身子的侧影，就像清晰地呈现在黑底徽章上的亨利四世的头像。一个隐蔽在黑暗中的贵妇人大声地在跟他说话："请亲王殿下允许我给您脱大衣。"可是亲王却回答说："不敢当，怎么好劳驾您呢，德·昂布勒萨克夫人。"尽管亲王委婉拒绝，她还是坚持给他脱下了大衣，而她也因获此殊荣而受到众人艳羡。

但是，在其他包厢内，那些坐在这些昏暗的神龛中的白衣女神，全都靠在内壁上隐蔽起来了，谁也看不见她们。然而，随

[1] 据《圣经》记载，希伯来人在摩西率领下逃离埃及。行至红海，发现埃及法老带人追踪而至。上帝使出强烈东风刮开海水，出现一条旱道，希伯来人就从这条旱道上过了海。埃及人追至海中，海水合拢，把他们全部吞噬掉。

着演出的进行，她们模糊的人影从容不迫地、一个接一个地从铺满了她们影子的深暗处浮现出来，向着亮光升起，露出半裸的躯体，停留在包厢那垂直的边界和半明半暗的海面上。她们的脸光辉灿烂，羽毛扇在她们面前扇出滚滚波涛，轻盈，欢快，泡沫四溅；她们绛红色的头发闪着珠光宝气，似随海潮波动。接着，池座开始显现。这是凡人的所在地，和那昏暗而透明的海上王国永远隔离，海洋女神明澈的双眸反射的光焰散布在平展的海面上，为这个王国确立了边界。海岸上的活动椅子，池座中的奇形怪状，根据透视法的唯一法则和不同的入射角映入她们的眼帘，正如对于外部世界的两个部分，即对于矿物，对于同我们毫无交往的人，我们并不屑朝他们微笑或看他们一眼，因为我们深知，他们根本没有和我们一样的灵魂。相反，在海上王国的疆域内，容光焕发的海洋的女儿们不时地回过头来，冲着吊在曲折边界上的蓄着胡须的半人半鱼神们，或朝着一位一半是人的海神嫣然微笑。这个半人半神，头盖像一块光溜溜的鹅卵石，上面沾着一根被海潮卷来的柔滑的海藻，眼睛宛若大水晶石做成的圆盘。她们向他们俯下身子，给他们递送糖果。有时，海潮让出一条干道，迎来一位仙女，她姗姗来迟，面带笑容和羞色，似一朵怒放的鲜花，刚刚浮出黑暗。一幕剧演完了，被凡间悦耳的喧哗声吸引到海面的众仙女，此刻不再希望听到这些声音了，一起潜入海底，消失在茫茫黑暗中。这些好奇的女神是为了稍微看一看凡人的作品，才出现在她们隐蔽所的门口的，而凡人却无法走近。在所有这些隐蔽所中最负盛名的是德·盖尔芒特亲王夫人名下的正厅包厢，那块半明半暗的大礁岩。

德·盖尔芒特亲王夫人俨然是一位伟大的女神，从远处主持众女神的娱乐活动。她故意退缩在后，坐在侧面的长沙发椅上，鲜红夺目的长沙发犹如露出海面的红珊瑚岩礁。旁边有一道宽大的玻璃反光，大概是一面镜子，好似一束光线射在晶莹夺目的水面上形成的切面，垂直，暗淡，流动。一朵硕大的白花，毛茸茸的像翅膀，从亲王夫人的额头沿着脸颊的一边垂下，似羽毛，似花冠，又似海花，妖艳，轻柔，生机勃勃，情意绵绵，随脸颊的曲线波动，遮住了半个脸蛋，像一枚肉色的翠鸟蛋，藏在柔软的窝里。亲王夫人头上的发网直垂眉际，继而又在下面的喉部复现，是用南半球的一些海洋上捕捉到的白贝壳做成的，点缀着一颗颗珍珠，犹如一件刚刚浮出波涛的海上镶嵌画，不时地沉入黑暗中。即使在黑暗中，亲王夫人那双晶莹闪光的眸子仍然表明她的存在。她天香国色，美貌绝伦，尽管在半明半暗中的少女一个个花容月貌，秀色可餐，却难以同她媲美争辉。她的美不单单表现在她的肉体上，即表现在她的颈背、肩膀、胳膊和腰部。她那妙不可言、引人入胜的身段线条，是无数看不见的线条准确和必然的出发点，这些看不见的线条从亲王夫人周围四散展开，犹如一尊理想的塑像在半明半暗中投下的光谱，光怪陆离，使人幻觉丛生，想入非非。

“那是德·盖尔芒特亲王夫人。”我的邻座对同她一起来的先生说，故意把“亲”字拉长，使这一称呼显得滑稽可笑。“她满身都是珠宝。我想，要是我有这么多珠宝，我决不会像她那样摆阔。我认为这有失体统。”

然而，那些到处打听有谁来看戏的人，一旦认出亲王夫人，就会感到美的宝座非她莫属。的确，像德·卢森堡公爵夫人、德·莫里安瓦尔夫人、德·圣德费尔特夫人以及其他一些贵妇人，她们的面部特征是，一张兔唇和一个大红鼻子离得很近，或者上唇又细又密的汗毛和满脸皱纹难解难分。再说，这些特征已经够迷人的了，因为它们虽然像签名那样只有约定的价值，却能使人读到这个大名时肃然起敬；不仅如此，它们最终会使人相信，长相丑陋乃是贵族特有的一大标志。一个名门贵妇，她的脸只要能显出尊贵就行，美不美倒无所谓。但是，有如某些画家，他们在画布下端不是署上自己的名姓，而是画上美丽的图案，一只蝴蝶，一只蜥蜴，或是一朵花；同样，德·盖尔芒特亲王夫人也在她包厢的一角藏下了一个美妙的躯体和一张动人的脸蛋，以此表明美也许是最高贵的签名。因为德·盖尔芒特亲王夫人带到剧院来的，都是她生活圈里的人，她的光临，在那些崇拜贵族的人眼里，无疑最有力地证明了她的包厢所展示的图画具有雄辩的真实性。这个包厢展现了亲王夫人在她慕尼黑和巴黎府邸中那与众不同的生活画面的一个侧影。

我们的想象力好比一架出了故障的手摇风琴，弹出的调子总跟指定的乐曲不一样。每当我听到有人谈起德·盖尔芒特-巴伐利亚亲王夫人，总会联想到十六世纪的某些作品。现在她就在我面前，正在请一个穿燕尾服的胖男人吃冰冻糖果，因此，我必须竭力摆脱她在我身上引起的这些联想。诚然，我还不能由此得出结论，说她和她的客人同旁人没有两样。我深深懂得，他们在这里所做的一切，不过是逢场作戏；为了拉开他们真实生活的序幕（当然，他们生活中的最重要的一幕并不在这里演出），他们约好按照他们的礼节行事，而我对他们这套礼节却一窍不通。他们一个佯装请吃糖果，一个佯装拒绝。这样的举动毫无意义，是事先规定好了的，就像舞蹈演员的舞步，时而踮起足尖，时而围着一条披肩旋转。谁知道呢？说不定女神在递糖果的时候，会以揶揄的口吻说："您要糖吗？"因为我看见她在微笑。可是，这与我有什么关系？我似乎觉得，这句话由一个女神向一个半人半神说出来，虽然故意冷淡生硬，具有梅里美[1]或梅拉克[2]笔下的风格，却高雅优美，令人回味无穷。而那个半人半神，心里非常清楚他们两人所要概括的崇高的思想究竟是什么，因为他们就要重温他们真实的生活。他顺应这场游戏的规则，以同样神秘而狡黠的语气说："是的，我很想要一颗樱桃。"我仿佛在凝神聆听这场对话，听得津津有味，就像在聆听《少女的选择》[3]中的一场。这出歌剧缺少我所熟悉的诗意和深奥见地，而我设想梅拉克是完全有能力

---

[1] 梅里美（1803—1870）：法国作家。写有戏剧集、诗集和小说，尤以中短篇小说著称。

[2] 梅拉克（1831—1897）：法国剧作家，著有多部滑稽歌剧。

[3] 《少女的选择》是法国剧作家梅拉克的四幕喜剧。剧中少女尼娜有两种选择，一是选择正直但乏味的朗贝蒂埃，后者也愿意娶她为妻，另一种是选择富裕的蓝地子爵，但后者只想让她当情妇。她曾想用一局惠斯特牌来决定自己的选择，最后却由当时的情况替她做了选择。

使他的剧作充满诗意和深奥见地的，不过，我认为没有这些东西反倒显得优雅，一种传统的优雅，因而也就更为神秘，对人更有启迪。

“那个胖子是德·加南塞侯爵。”我的邻座装出很知情的样子说，后头人嘁嘁喳喳议论的名字，他没有听见。

德·帕朗西侯爵伸长脖子，侧着脸，滴溜滚圆的大眼睛贴在单片眼镜的镜片上，在透明的黑暗中徐徐移动。他似乎目无池座里的观众，活似玻璃鱼缸中的一条鱼，在里面游来游去，对前来参观的好奇的观众视若不见。他时而停步不前，浑身披着苔藓，喘着气，令人起敬；而观众却说不出他是否无恙，是在睡觉，还是在游动，或者在产卵，或者勉强在呼吸。我对他羡慕极了，谁也没有像他那样使我羡慕过：因为我一看便知道，他是这个包厢的常客，亲王夫人给他递糖时，他神态冷漠，爱理不理。于是，亲王夫人用她那双钻石雕琢成的美丽眸子向他瞥了一眼。每逢她这样瞧人时，智慧和友谊会使她美丽的眼睛变成一汪秋水；但当它们静止时，它们的美就变成了纯物质的东西，只会发射出矿物的光辉，如果反射作用使它们稍微移动一下，它们就会迸发出一条垂直的非人所有的灿烂光焰，把整个池座映得通红。可是拉贝玛演出的那幕《淮德拉》即将开始，亲王夫人向包厢的头一排走来。这时候，她仿佛演员登场似的，随着她经过的光区不同，我看见她的首饰不仅改变了色彩，而且改变了物质。包厢干涸了，显露了，不再是海洋的世界了，亲王夫人也不再是海洋女神了。她头上裹着的蓝白两色的缠巾，酷似身穿扎伊尔（也可能是奥罗泽马纳[1]）戏装的出色的悲剧演员。她在第一排坐了下来。我看见那个温暖的翠鸟窝，好似天国的一只大鸟，软绵绵、毛茸茸的，灿烂夺目，温情脉脉地保护着她那白里透红的脸蛋。

这时候，来了一个女人，我的视线离开德·盖尔芒特亲王夫人的包厢，向她投去。我见她身材矮小，衣冠不整，相貌奇丑，但目光炯炯有神。她同随行的两个青年男子在离我几个座位的地方坐了下来。接着，帷幕拉开了。我不无忧伤地发现，我从前那种对戏剧艺术、对拉贝玛的好感，已经荡然无存。曾记得，为了不放过她这个踏遍天涯海角我也要去瞻望的奇才，我聚精会神，专心致志，有如天文学家即将安装在非洲和安的列斯群岛的用来精确观察彗星或日食的敏感的仪器；我担心会出现一片乌云，比如说演员状态不佳，观众席上发生意外，致使演出不能发挥最高水平；假如我去的剧院不是那个把她奉若神明的剧院，我就会觉得不是在最好的条件下看戏，而在那个剧院里，我会觉得，那些她亲口点名要的戴着白石竹花的舞台监督，那个位于坐满衣冠不整观众的池座上方正厅包厢的底部建筑，那些出售刊登着她剧照的节目表的女引座员，还有广场中心花园里的栗树，所有这些，仍然是她在小小的红帷幕下登场的组成部分，尽管是次要部分。它们似乎是我当时所想的不可分离的伙伴和心腹。那时候，《淮德拉》、该剧中“吐露爱情”那场戏以及拉贝玛本人，对我几乎是一

[1] 扎伊尔是18世纪法国作家伏尔泰的悲剧作品《扎伊尔》中的女主人公，奥罗泽马纳是剧中的男主人公。该剧通过一个爱情悲剧对宗教偏见提出了强烈的控诉。

种绝对的存在。他们远离常人的生活实践，靠他们自己就能存在；我必须接近他们，尽我所能地深刻了解他们。然而，我睁大眼睛，敞开心灵，也只能汲取极少一点儿东西。可我感到生活是多么美好！我本人的生活虽然微不足道，但这无关紧要，就像穿衣和准备出门，不过是小事一桩。因为在更远的地方，绝对地存在着《淮德拉》以及拉贝玛念台词的腔调。这些更为牢固的真实，人们很难接近它们，也不可能把它们全部掌握。我整日幻想着有尽善尽美的戏剧艺术，就像一节不断充电的电池；倘若有人把我白天或黑夜任何一个时刻的思想进行分析，就能从我的梦想中抽出大量的样品。还曾有这样的时候，我生病了，可是，哪怕我病死，也得去看拉贝玛的戏。可是现在，这一切成了一座小山，远看似乎和青天合二为一，近看普普通通，它们离开了绝对世界，变得和其他事物——我生活在其中并为我所熟悉的事物——毫无二致，演员们也不比我熟识的人高明。他们尽最大的努力吟诵《淮德拉》的诗句，而这些诗句也不再是超凡的、个别的和与众不同的了，而是一些或多或少地获得了成功的诗句，准备回到法国诗词的无垠的物质中去，加入它们的阵营。尤其因为我梦寐以求的事物已不复存在，我就更感到气馁。然而，我那喜欢环绕一件事物进行无穷遐想的禀性却依然存在，虽然年复一年有所改变，但还会导致我一时冲动而不顾及危险。一天晚上，我抱病前往一座城堡，去看埃尔斯蒂尔的一幅画作和中世纪的一幅挂毯。这一晚和我将动身前往威尼斯的那一天，和我去看拉贝玛演出或动身前往巴尔贝克海滩的那一天多么相似，我预感到我现在为之做出牺牲的物品，不消多久就会使我感到兴味索然，我可以从这幅画和这些挂毯旁边经过而不向它们扫一眼，尽管当时我为了这些挂毯而常常夜不成寐，忍受着无限的病痛。我为之做出牺牲的物品是不稳定的，我从中感觉到了我的努力也是徒劳无益，我的牺牲大得我真不敢相信，就像那些神经衰弱症患者，当有人提醒他们累了，他们反会觉得疲劳增加了一倍。目前，我的梦想使一切可能与这梦想有关的东西都变得令人心醉神迷。甚至我在我的肉欲中，在这总是朝着一定的方向、集中在同一个梦想周围的最强烈的肉欲中，也能辨认出一个主导思想，我可以为它献出自己的生命。这个思想的核心就是尽善尽美。从前，在贡布雷，每当我下午在花园里读书时尽情遐想的时候，我的主导思想也是这个尽善尽美。

我对阿里西、伊斯梅娜和希波吕托斯[1]在道白和动作中表现的柔情或愤怒是否用得恰到好处，不再像从前那样宽容了。倒不是因为这些演员——还是那些人——不如过去聪明，不能像过去那样时而使他们的声音抑扬顿挫，温柔感人，或者故意模棱两可，含糊其词；时而使他们的动作带有浓厚的悲剧色彩，或者流露出向人哀求的痛苦。他们的语调对声音下命令："你要轻柔些，要唱得像夜莺那样婉转缠绵，娓娓动听。"或者相反："你现在必须大发雷霆。"于是，语调扑向声音，试图用暴力将它战胜。可是声音奋力反抗，我行我素，顽固不化地维持自然的声音；它物质上的

[1] 阿里西、伊斯梅娜和希波吕托斯都是拉辛的悲剧《淮德拉》的剧中人物。阿里西是雅典的一位公主，希波吕托斯爱上了她。伊斯梅娜是阿里西的好友。

缺陷和魅力，它日常的粗俗或矫饰一仍其旧，丝毫未变，只展示了一整套声学现象或社会现象，被朗诵诗句内含的感情没有对它产生丝毫影响。

同样，这几位演员的动作也对他们的手臂和无袖长袍下达命令："你们要英姿勃勃。"可是，不听使唤的上肢，仍然让一块对角色全然无知的二头肌，在肩膀和肘之间神气活现；它们一如既往，继续表演平淡无奇的日常生活，不去揭示拉辛诗句的细腻感情，而只是显示出肌肉之间的联系；有褶皱的宽大衣袍被它们举起，继而沿着垂直的方向落下，唯有令人乏味的织物的柔软性在同自由落体定律争个高低。就在此刻，坐在我旁边的那个矮个子太太大声嚷了起来：

"不要给她鼓掌！瞧她穿得那个怪样！她太老啦，不能再演戏了。换别人早就下台了。"

周围发出"嘘"声，陪她来的那两个年轻人设法让她安静下来，她不再大叫大嚷了，但还从眼睛中迸发出怒火。这种愤怒只是对成功和荣誉发出来的，因为拉贝玛尽管挣钱很多，却欠了许多债。她常常约好要去买东西，或和朋友约会，却不能践约，在各条街上都有穿制服的服务员追着她取消买卖，她在旅馆里预订了房间却从不去住，她订购了大量香水给她的狗洗澡却不去买，她还要付给各家老板违约赔偿金。即使她花钱不如克里奥佩特拉[1]

[1] 克里奥佩特拉（前69—前30）：埃及女王，美貌非凡，骄奢淫逸，曾为罗马大帝恺撒和安东尼的情妇。

大手大脚，也不像她那样骄奢淫逸，但她用气压传送信件和乘坐出租马车的花费也能让几个省、几个王国变穷。但是，这个矮个子太太是一个时运不佳的女演员，她对拉贝玛恨之入骨。刚才，拉贝玛登场了。啊，真是奇迹！对于拉贝玛的才华，从前，我曾经废寝忘食地想把它的实质抓住，但它总是避开我；可是这几年我不去想它了，而且此刻我对它毫无兴趣，它却轻而易举地博得了我的赞叹。正如那些功课，晚上我们拼命学习，搞得筋疲力尽，也未能把它们装进脑子里，但是睡上一觉，我们就把它们全记住了；也如那些死人的面孔，我们的记忆竭力去追寻，却始终回忆不起来，可是当我们不去想它们时，它们却会活生生地出现在我们眼前。从前，为了要孤立地看出拉贝玛的才华，我几乎把我事先研究过的所有扮演《淮德拉》的女演员的共性从我对角色特性的理解中除掉，以便看到剩下来的只是拉贝玛女士的才华。然而，这一才华，尽管我竭力想在角色之外看见它，它却同角色浑然一体，不可分离。这同大音乐家的情况类似（凡德伊弹钢琴时就是这样），演奏出自一个如此伟大的钢琴家，听众甚至忘记了这个艺术家是音乐家了，因为这种演奏不运用一整套的指法（而卓著的效果到处可见），不运用一连串飞溅的音符（至少，那些如堕五里雾中的听众以为从中发现了物质的、可以摸到的才华），它变得那样透明，那样富有内涵，听众不再感觉到它的存在，它仿佛成了一扇窗户，朝着一部杰作打开。阿里西、伊斯梅娜和希波吕托斯的声音和动作的用意，像一道环绕周围的庄严或精致的边界，但我还能分辨得出来，然而，淮德拉却把她的声音和动作的用意内在化了，我费尽脑汁，也不能从语调和姿势中发现她的用意，或从它们过于简单一致的表面上捕捉它们的效果，因为它们完全融于其中，没有突出地显示出来。在拉贝玛的声音中，不再存留任何无生气的和不听使唤的残渣余屑，它不让人看出在它周围有过量的眼泪，可是在阿里西或伊斯梅娜大理石般的声音上，可以看到有泪珠在滚动，因为泪珠没有被吸收；声音融于最小的细胞内，变得微妙地轻柔，犹如大提琴家的提琴，当大家夸奖它音质优美时，想称赞的不是它的物理属性，而是它的高尚灵魂；又如一幅古代风景画，画面上仙女消逝的地方有一潭静静的泉水，一个可辨别的具体的用意，变成了一种具有音色特征的东西，清澈得出奇，明净而又冰冷。拉贝玛的声音被诗句送出她的嘴唇，同样，她的双臂似乎也被诗句轻轻举到胸口，就像那些树叶，被溢出的水推着移动位置；她那逐步形成的，而且还在不断完善的舞台风姿，都一一经过仔细推敲，她一举一动的道理和其他演员隐约可见的动作的道理有着不同的深度。她的道理不再受意志的控制，而是融于淮德拉这个人物发出的，丰富而复杂的颤抖的光辉之中，入迷的观众竟不把它们看作艺术家的一大成就，而是生活中的一个事实。而那些白面纱，疲倦不堪，忠心耿耿，仿佛是有生命的物质，由半异教半冉森派[1]的痛苦编织而成，像一只娇弱而又怕冷的蚕茧，在这痛苦周围收缩。所有这一切，声音、风姿、动作、

[1] 冉森派一译扬申派，或詹森派。崇尚虔诚和严格持守教会法规。教会的最高权力不属于教皇而属于公众会。后被罗马教皇作为异端，下谕禁绝。

面纱，环绕在一个思想，即一句诗这个躯体周围，而这个躯体与人体不同，不是不透明的起障碍作用的物质，而是一件纯净的超尘脱俗的衣服。它们不过是外加的包裹，不但没有遮住灵魂，反而使它更加灿烂，而灵魂把它们吸收，并在它们中间散发。它们不过是半透明物质的熔岩流，层层叠叠，使穿透它们而受到阻碍的那束中心光柱，折射出越来越富丽的光芒，并使被包在光柱外面的火焰渗透了的物质散发得更广，变得更珍贵、更美丽。这就是拉贝玛对作品的表演。她的天才赋予作品以生命，并且创造了第二部作品。

说实话，我这次对拉贝玛的印象，尽管比以前更好，但没有什么不同。只不过我不再拿我的印象，同我头脑中对于戏剧天才先入为主的、抽象而错误的观念做对比罢了。我觉得戏剧天才恰恰就是指这种没有成见的看法。刚才我想，我第一次听拉贝玛的戏时没有享受到乐趣，就是因为我对她寄予的希望太大，正如我以前去香榭丽舍大街会我的情人希尔贝特一样，因为对她热情过高，欲望过强，反而感到失望。在这两次失望之间，除了要求过高这一点相同之外，或许还有另外一点，而且是更深刻的相同点。如果一个人、一部作品（或对作品的表演）个性鲜明，别具一格，人们对它的印象也会特别。在我们的思想中早已形成了诸如“美”“风格浑厚”“哀婉动人”等观念，在必要时，我们可以幻想在一个艺人平常的表演中，在一张平淡无奇的脸孔上，也能发现这些特点，但在我们聚精会神的思想面前不停地飘动着一个形式，我们的思想中还没有和这个形式对等的东西，必须使这个未知的东西脱颖而出。我们的思想听到一个尖锐的声音，一个奇特的提问的腔调。它问自己："这是美吗？我感到的是赞美吗？这是不是绚丽的色彩，高雅雄浑的风格？"可再一次回答它的，仍然是一个尖锐的声音，一个奇特的提问的腔调，是一个不曾相识的人不容分说的印象，完全物质的印象，没有给"表演范围"留下一点空间。正因为如此，恰恰是那些真正优美的作品，我越是认真地听，就越感到失望，因为在我们大脑搜集的观念中，还没有一个观念和这种个别的印象吻合。

这正是拉贝玛的表演向我展示的东西。朗诵的风格高雅而巧妙。正是这样。现在我懂得一种浑厚、刚健、出神入化的表演所具有的价值了。更确切地说，人们就是要把这些称号赋予这样的表演，不过，这好比把一些毫无神话意义的星座命名为玛斯、维纳斯、萨图恩[1]一样。我们在这一个世界感觉，在另一个世界思想、命名，我们可以使这两个世界协调一致，却不能把它们之间的距离拉近。我第一次去看拉贝玛演出的那天，要跨越的也正是这个距离，这个断层；我凝神聆听，却难以同我头脑中的"表演高雅""风格独特"的观念汇合。我愣了一会儿才给她鼓掌。这掌声仿佛不来自我的印象，倒像同我头脑中的早就存在的观念有关，是因为我终于愉快地听到拉贝玛演戏了。一个极有个性的人或一部极有特色的作品，同美的观念之间存在的距离，同样存在于这

[1] 法语中，有些星座的名称是用罗马神话中的神命名的，用战神玛斯命名火星，爱神维纳斯命名金星，农神萨图恩命名土星。

个人或这部作品留给我们的印象和我们头脑中已有的爱慕和欣赏的观念之间，因此我们不会予以承认。我在听拉贝玛演戏时，感觉不到快乐（就像我去看望热恋中的情人希尔贝特时感觉不到乐趣一样），于是我心里嘀咕：“这么说，我对她并不欣赏。”可那个时候，我一门心思研究这个名伶的演技，乐此不疲，并且竭力敞开思想，最大限度地接受她的表演所蕴涵的内容。现在我才明白，这本身就是对她的欣赏。

拉贝玛的表演所显露的才华，是否仅仅是拉辛的才华呢？

起初我是这样认为的。可是《淮德拉》的一幕刚演完，等演员应观众鼓掌谢了几次幕之后，我就清醒了，因为在演员谢幕的时候，我身旁那位爱发脾气的年迈女士，斜着身子，把她瘦弱的上身挺得直直的，面部的肌肉绷得紧紧的，双臂交叉着放在胸口，表明她不屑和大家一起鼓掌，好使她的抗议更引起人们的注意。她满以为这一招会有强烈的反应，却不料谁也没有看见。下一个剧是新剧。从前，由于新剧没有名气，我总觉得它们单薄，特别，在舞台之外就不再存在。可这一次我却并不感到这部杰作的生命力像一场应景戏，仅仅存在于舞台上，仅仅存在于短短的演出中，我也没有感到兴味索然，大失所望。再说，我感觉到，新剧中的长篇独白备受观众喜爱；虽然过去没有人捧场，默默无闻，但有朝一日会变得赫赫有名，只要艺人做出相反的努力，不要把这出戏当作未成名的新作，而要施展全部本领，把新戏看成在今后一定会同作者其他几部名剧相提并论的杰作来演，那他就会获得成功。因此拉贝玛演的这个角色，或许有一天会被纳入她表演得最成功的角色之列，与淮德拉并肩媲美。倒不是因为这个角色本身具有文学价值，而是由于拉贝玛的演技超群，像在《淮德拉》剧中一样，把角色演得惟妙惟肖，栩栩如生。于是我豁然开朗。原来悲剧作者的作品，不过是悲剧演员创造表演杰作的原料，一种微不足道的原料。这同我在巴尔贝克结识的那个大画家埃尔斯蒂尔的情况十分相似，他从一所毫无特色的学校和一座本身就是一部杰作的大教堂身上，找到了两个具有同等价值的画题。正如画家把房屋、运货马车、人物融化在光的巨大效果中，从而使它们协调一致，拉贝玛似乎也铺开了巨大的画布，画出了无比的恐惧和温情，她所朗诵的台词，不管是高雅的，还是平淡的，全都融于一体，若是一个没有才华的演员，肯定会把它们念得断断续续，前后脱节。当然各人有各人的抑扬顿挫，而拉贝玛的声调并不妨碍我们感觉到诗句的存在。当我们听到一个韵脚，一个和前面的韵脚既相同又不完全相同的东西，它既受前面韵脚的限制，又引进了新的思想，这时，我们就会感到有两个重叠的体系，一个是思想体系，另一个是韵律体系，而这重叠的体系本身不就已经是井井有条的复杂性，不就是美的首要因素了吗？然而，拉贝玛把词、诗句，甚至把“长篇独白”都糅进比它们自身更大的体系中，看到它们不得不在这些体系的边缘停留，我们会心醉神迷；正如诗人选词时先要考虑到韵脚，音乐家写歌词时要把一句句话语纳入同一个旋律中，既束缚它们，又带动它们。因此，拉贝玛善于把痛苦、高雅和激情这些宏伟的形象，糅进现代戏剧的台词中，就像把它们糅进拉辛的诗句中一样，而这些形象正是她独特的创造，人们一看便知道是她的杰作，正如在一个画家根据不同的模特儿画成的肖像上，人们能够认出是同一个画家的作品一样。

我不再像从前那样，希望拉贝玛的姿势能静止不动，希望她在倏忽即逝的照明中产生的优美而短暂的、不再复现的色彩效果能永不消逝，我也不再希望她把一句诗重复一百遍。我终于懂得我从前的期望太高，要求太严，超过了诗人、女演员和她的导演兼布景师的意愿；那种在一句诗上飞快传播的魅力，那些变幻莫测的姿势和一个接一个的场景，是戏剧艺术力求达到的瞬间的效果、短暂的目的、变幻无定的杰作，而一个对作品过于入迷的观众总想使这种瞬间的效果静止不动，这样也就破坏了这一效果。我甚至不想再来看拉贝玛演出了，我对她已经心满意足。从前，正因为我对赞美的对象——不管是希尔贝特还是拉贝玛——寄予的希望太大，所以每次都感到很失望，于是我会因为头一天没有得到愉快的印象而寄希望于第二天。这一次我感受到了快乐，但不想去仔细品味，如果我愿意，也许会体会得更深；我只是像我中学时代的一个同学那样，自言自语地说："冠军的宝座我认为非拉贝玛莫属！"但我隐约感到，虽然我说出了我的喜爱，把冠军的称号给了拉贝玛，我的内心也因此而得到安宁，但这并没有非常准确地表达出拉贝玛的非凡才华。

就在第二个剧目开始的时候，我朝德·盖尔芒特亲王夫人的包厢瞧了瞧。亲王夫人刚扭过头去，朝包厢的深处张望，我仿佛看见她扭头的动作在虚无缥缈中留下了优美动人的线条。她的客人全都站了起来，也朝包厢的门口望去。在他们形成的夹道中，身穿白平纹细布的德·盖尔芒特夫人款款而入，散发着胜利者的自信和女神的威严。一丝装出来的不好意思的微笑，使她的脸上漾出了难得的温柔：她用这一微笑为自己姗姗来迟，为打扰了众人看戏而向大家表示歉意。她径直朝她的堂弟媳走过去，向坐在头排的一个金发青年恭恭敬敬地行了一个屈膝礼，然后转过身，向浮游在海底的神圣不可侵犯的海怪们致以老朋友的亲切问候，暗示她和他们十五年来日复一日的亲密关系。此刻，这些赛马俱乐部的半神半人的先生们，特别是德·帕朗西伯爵，是我最羡慕的人了。我多么想成为他们中间的一员啊！她和他们一一握手，向他们微笑，双眸放射出晶莹的蓝光。我感到这微笑的目光充溢着神秘，但我无法破解。假如我能分解这个眼神的棱柱，分析它的结晶，也许我能充分了解此时此刻它所展示出来的我所不熟悉的生活。德·盖尔芒特公爵跟在妻子后面，单片眼镜欢乐的反光、露出满口白牙的笑意、衣服扣眼或有裥纹的前胸的反光，使人看不见他的眉毛、嘴唇和燕尾服，只看到一闪一烁的光辉。上身是人下身是鱼的小海神们纷纷为他让位，他把身子挺得笔直，脑袋一动不动，伸手按在他们肩上，示意他们坐下，然后朝那个金发青年深深鞠了一躬。公爵夫人似乎有先见之明，知道今晚上她的堂弟媳会打扮得花里胡哨，像穿了“戏装”似的（有人说，她经常嘲笑她的堂弟媳服饰过于浮夸。按照她奉行中庸之道的法国精神，日耳曼的诗意和热情很快就得了个浮夸的美名），想告诉她什么是高雅的趣味。亲王夫人头上插着柔软而优美的羽毛，一直垂到脖子上，罩着用贝壳和珍珠做成的发网；公爵夫人却相反，头发上除了一枚极普通的羽饰外，再没有别的装饰。这枚羽饰宛若鸟的羽冠，居高临下，俯瞰着她的鹰钩鼻和金鱼眼。她的颈脖和肩膀袒露在雪白的细平纹布的波涛外面，一把羽毛扇拍打在波涛上，连衣裙紧贴在她身上，清楚地突出了她的优美的线条。数不胜数的闪光片是她上衣的唯一装饰物，有钻石的，也有其他金属的，长的长，圆的圆，光彩夺目，美不胜收。但是，尽管两人的打扮迥然不同，在亲王夫人把自己的座位让给堂嫂后，她们却互相转过脸来，用赞赏的目光你看着我，我看着你。

也许第二天，当德·盖尔芒特夫人同别人谈起亲王夫人过于烦琐的发式时，脸上会露出揶揄的微笑，但她肯定会说，亲王夫人仍然使人心醉神迷，她的打扮仍然令人赞叹不已。尽管亲王夫人感到她堂嫂的服饰有点儿平淡乏味，多少露出了一点时装店的痕迹，但她也发现她的打扮于朴素之中显高雅。此外，她们所受的教育注定她们和谐一致，这样也就抵消了她们在服饰和姿态上的差异。优美的仪态在她们之间展示了一条条无形的有着强大磁力的线条，亲王夫人爽朗的性格和这些线条合而为一，而公爵夫人正直的品格受到磁力的吸引，又折射回来，散发出温柔和魅力。如同正在舞台上演出的戏剧那样，要了解拉贝玛出神入化、个性鲜明的表演，只需把她扮演的，而且只有她才能扮演的角色交给随便哪个演员去演，就可以比较出高低。与此相仿，如果观众向楼座举目张望，就会发现在两个包厢中有一种“安排”，观众会以为是德·盖尔芒特亲王夫人故意做出的安排：他们会看到德·莫里安瓦尔男爵夫人矜持，缺乏教养，煞费苦心地模仿德·盖尔芒特夫人的打扮和风度；而德·康布尔梅夫人干瘪的身子挺得笔直，尖头尖脑，头发上竖着一根柩车上的羽饰，活像一个领抚恤金的踩在钢丝绳上的乡下女人。按理说，在这个荟萃着当年最令人瞩目女性的剧场内不应该有德·康布尔梅夫人的一席之地。在这个剧场里，那些包厢——包括最高层的包厢，从底下看，高层的包厢犹如一个个插着人花的大笼子，被天鹅绒隔墙的红缰绳系在大厅的圆拱上——和坐在包厢里的最出风头的贵妇构成了巴黎社交界的一幅短暂的全景图。死亡、丑闻、疾病、不睦很快会使这全景发生变化，但此刻注意力、烘热、眩晕、灰尘、优雅和厌烦，却把它固定在这下意识的等待和平静的冬眠状态那悲壮而永恒的一刹那间。事后人们会感到，这一刻好像是炸弹爆炸前的平静，或是一场火灾第一股火光的前兆。

德·康布尔梅夫人能在这里出现，得归功于帕尔马公主。像大多数货真价实的公主一样，帕尔马公主毫不崇尚时髦，热衷于慈善事业，并且引以为豪。她对慈善的热爱可以同她对所谓艺术的情趣相提并论。她常常把这个或那个包厢让给像德·康布尔梅夫人那样的人。这些人虽不属于上流社会，但由于在一起搞慈善，帕尔马公主同她们联系密切。德·康布尔梅夫人目不转睛地看着德·盖尔芒特公爵夫人和亲王夫人。这对她也许更自然些，因为她同她们没有正式交往，不能凑上去同她们打招呼。然而，她很想到这两位尊贵的夫人府上去做客，这是她十年来苦苦追求的目标。她打算在五年内实现这个目标。可是她得了一种不治之症，她自以为医学知识渊博，认定自己的疾病医不好了，因而担心活不到那个时候。但是这天晚上，当她一想到那些不屑与自己交往的贵妇一定会注意到她身边坐着她们的一个朋友，年轻的德·博泽让侯爵，就不禁喜形于色。这位年轻的侯爵是德·阿让古尔夫人的兄弟，和两个社交界都有来往，二流社交界的女人总喜欢带着他出现在上流社会的贵妇面前，以抬高自己的身价。他坐在德·康布尔梅夫人身后的一把椅子上，椅子横放着，便于他朝其他包厢张望。那些包厢里的人他都认识。他一头金发，相貌英俊，风度翩翩。他潇洒而迷人地挺直腰，微微抬高身子，向各个包厢里的人致意，碧蓝的双眸闪烁着微笑，彬彬有礼，落落大方，宛若古铜版画上的一个高傲而爱献殷勤的大贵人，形象逼真地刻在他那个包厢的长方形的斜面上。他经常和德·康布尔梅夫人一起上剧院看戏。在剧场内，在出口处和门厅里，他勇敢地站在她身旁，而周围到处是他的有身份的女友，他尽量少和她们讲话，免得她们为难，就好像他身边带了个坏女人似的。假如这时德·盖尔芒特亲王夫人从他身边经过，袅袅婷婷，千姿百态，身后一件无与伦比的大衣一直拖到地面，像是狄安娜女神下凡，引得众人都回过头来看她（尤其是德·康布尔梅夫人），德·博泽让先生就会和他的女伴交谈得更加热烈，对亲王夫人投来的亲切而迷人的笑靥，只报以不自然的微笑，含蓄而不失礼貌，冷淡而不失宽厚，害怕向她献殷勤会使她一时陷入窘境。

德·康布尔梅夫人即便不知道包厢属于德·盖尔芒特亲王夫人，也能通过德·盖尔芒特公爵夫人对演出的专注程度猜出她是客人。公爵夫人是为了使她的女主人高兴才做出兴致勃勃的样子来的。但是，与这股离心力并存的还有一股向心力，这股由同一个愿望——讨女主人高兴的愿望——发展起来的向心力，把公爵夫人的注意力拉回到她自己的（她的羽饰，她的项链，她的裙子上衣）和亲王夫人的打扮上。她似乎在当众宣布她是她堂弟媳的臣民和奴隶，是为了看望她的堂弟媳才到这里来的，包厢的女主人心血来潮愿到哪里，她都打算跟到哪里。她把剧场里的其他人都看作好奇心强、爱东张西望的陌生人，尽管那里有她的许多朋友，而且，前几个星期，她还坐在他们的包厢里，对他们表示出一周一次的同样专一、同样相对的忠诚。德·康布尔梅夫人没想到今晚能看见公爵夫人，因而不胜惊讶。她知道今天很晚的时候公爵夫人还在盖尔芒特城堡，推测她不会离开那里。不过，她听人说过，有时候，巴黎上演的某一出戏使德·盖尔芒特夫人感兴趣，她和到盖尔芒特森林狩猎的人一起用完茶，就会叫人给她备车，黄昏启程，飞速穿过薄暮笼罩的森林，登上大路，在贡布雷换乘火车，晚上赶回巴黎。“可能她是专程从盖尔芒特赶来听拉贝玛唱戏的。”德·康布尔梅夫人寻思着，对她不胜崇敬。她记得曾听斯万含糊其词地说过（他和德·夏吕斯先生在一起时尽用这种隐语）：“公爵夫人是巴黎最高贵的人，是千里挑一、万里挑一的精华。”然而，我是通过盖尔芒特、巴伐利亚和孔代这些名字，想象出这对堂妯娌的生活和思想的（她们的面貌我不可能再去想象了，因为我见过她们），因此我更愿了解她们对《淮德拉》的评价，这比世界上最伟大的评论家的评论对我更有吸引力。因为在批评家的评论中只有智慧，尽管比我高明，但本质是一样的。可是，德·盖尔芒特公爵夫人和亲王夫人的内心世界，我是通过她们的名字想象出来的，我假设她们的内心世界有一种不可思议的诱惑力，可以向我提供一份极其宝贵的资料，使我了解这两个富有诗意的女性是怎样的人。我像发烧的病人，怀着思旧和渴望的情绪，想从她们对《淮德拉》的评价中，再次体味昔日夏天的下午，我在盖尔芒特城堡附近散步时所感受到的魅力。

德·康布尔梅夫人试图区分这对堂妯娌的服饰的样式。而我并不怀疑她们的服饰是她们所特有的，就像从前红领或蓝翻边的制服专门属于盖尔芒特家和孔代家的仆役一样，或者，打个更贴切的比方，就像鸟的羽毛，不仅是美的装饰品，而且是身躯的外延。在我看来，这两个女人的服饰是她们内心活动的具体体现，或白衣素服，或五光十色，绚丽多彩；我认为我所看到的德·盖尔芒特亲王夫人的一举一动，都受到一个隐秘思想的支配，而从她额头垂下的羽毛和她堂嫂那件光辉闪烁的裙上衣，似乎也都包含着一种意义，是这两个女人各自的象征。我很想了解这些特征的意义；我觉得天国的神鸟似乎和她们当中的一个不可分离，就像孔雀和朱诺[1]永远紧紧相依；而另一个的饰有金银箔的裙上衣，如同密涅瓦[2]的饰有流苏、闪闪发光的神盾，绝对不可能被任何别的女人侵占。剧场天顶上画满了平淡乏味的寓意画，我宁愿看德·盖尔芒特亲王夫人的正厅包厢，也不愿意往天顶上瞧一眼。

---

[1] 朱诺为罗马神话中主神朱庇特的妻子，即希腊神话中的赫拉。孔雀是朱诺的象征。

[2] 密涅瓦为罗马神话中的智慧女神，即希腊神话中的雅典娜。

当我举眸凝望她这间包厢的时候，层层叠叠的云雾奇迹般地裂开，我从云隙中仿佛看见天神们聚集在天国的两根柱子中间，在一块红色的顶篷下凝神观看凡人的表演，周围云雾缭绕，唯有他们的所在地露出了一块金光灿灿的晴空。我局促不安地观望这短暂而荣耀的场面，可我转念一想，感到这些永生不死的天神并不认识我，不安的心情也就平静了一些。公爵夫人和她的丈夫曾见过我一次，但她肯定记不起我来了；她只要从她包厢的座位上偶尔看一眼池座观众席上这一大片无名无姓的石珊瑚，我就会感到无法忍受，因为我现在已完完全全融化在这片茫茫的石珊瑚中了。就在这时，我看见一双蓝眼睛闪出一道亮光，想必根据光的折射原理，我这个失去了个人生命的原生动物的模糊影像，已映入这双蓝眼睛的冷淡的视线中了：公爵夫人由女神变成了凡人，我顿时觉得她美了一千倍，一万倍。她把放在包厢边上的那只戴了白手套的手向我举起来，亲切地挥了挥，我的目光感觉到了亲王夫人的双眸中射过来的火一般炽热的光线。她为了知道她的堂嫂在同谁打招呼，不由自主地移动了一下眼睛，从而使眼里迸射出火一般的光芒。她的堂嫂认出了我，朝我频频微笑，那雨点般向我投来的微笑闪烁着奇妙的光辉。

现在，每天上午，她还没有出门，我就早早地出去了，绕个大弯，来到她习惯走的那条街的拐角处，等候在那里。当我感到她就要从这条街经过时，便装着漫不经心的样子走过去，眼睛看着相反的方向；当我走到她跟前，抬头看她时，我故作惊讶，好像根本没料到会在这里碰见她。头几天，为了更有把握，我索性在门口等候。每当通车辆的大门打开（人们接踵而过，但看不见我要等的人出来），开门的声音会在我心中持续振荡，久久不能平息。当观众崇拜一个红得发紫的女伶时，尽管不认识她，也会心情激动地“鹄立”在演员出入的门口，等候女伶出来；当愤怒的或对某个伟人狂热崇拜的人群聚集在监狱或王宫的大门口，等着把一个判了刑的犯人凌辱一顿，或把这个伟人举起来欢呼他的胜利，每每从里面传来一点儿声音，便会以为犯人或伟人就要出来，这时，他们也会激动万分。但是，无论是名伶的崇拜者，还是等候判了刑的犯人的愤怒人群，或是伟人的敬慕者，他们再激动，也没有我在等候这位尊贵的公爵夫人出门时的心情激动。公爵夫人服饰淡雅，步态优美（和她步入某个沙龙或包厢时的姿态迥然不同），她善于把每天早晨的散步——对我而言，世界上只有她一个人散步——变成一首脍炙人口的诗歌，一条精美雅致的项链，一朵春天的奇葩。但是三天后，我怕门房看破我的诡计，就不再守候在门口，而是到公爵夫人必经之地去等她。看歌剧以前，若是天晴，我常常在午饭前这样出去溜上一圈；若是下雨，只要天空一晴，我便下去走走。我来到仍然透着湿气的人行道上（阳光把湿漉漉的人行道照得金晃晃，像是镀了一层金色），在一个弥漫着雾霭，但在太阳的照耀下发出一道道金光的十字路口，我看见一个女学生，后面跟着她的女教师，或者看见一个戴白袖套的送奶姑娘，我木木地站在那里，一只手按在胸口上，我的心已经飞向一种我从未体验过的生活。我竭力回忆那条街，那个时辰和那扇门（有几次，我跟着这个女孩子，一直跟到她的校门口，她在门后消失了，没有再出来）。我回想着这些形象，希望能再见到她们，幸亏她们旋踵即逝，没有在我记忆中生根。这没什么。既然巴黎的街头也像巴尔贝克的公路一样，经常能看见美丽的少女（从前我常常幻想在梅塞格利丝的树林里能有美丽的少女出现），每一个少女都能在我身上激起一种强烈的欲望（而这种欲望也只有她们才能使我得到满足），因此，我即使生了病，也不会再像从前那样忧虑，即使没有勇气开始工作，着手写一本书，也不会再像从前那样忧愁，我觉得大地更加适宜居住，人生旅程更加充满乐趣。

从歌剧院回家的路上，我就为第二天做好打算了，除了几天来我渴望找回的形象外，还得加上德·盖尔芒特夫人的形象，她那修长的身材，高高隆起的轻盈的金发，还有她从堂弟媳的包厢里向我投来的蕴含着温柔的微笑。我决定走弗朗索瓦丝向我透露的公爵夫人习惯走的那条路。但是，为了再看一眼前天遇见的那两个少女，我要尽量不错过教理课的下课时间。但眼下，德·盖尔芒特夫人那闪烁的微笑却不时浮现在我眼前，使我产生一阵阵愉悦的战栗。我几乎是下意识地试图把那闪烁的微笑和愉悦的快感，同我头脑中早就存在的浪漫想法加以比较（就像一个女人刚从别人手中得到几枚宝石纽扣，就立即想看一看它们对她的裙子会产生怎样的效果），是阿尔贝蒂娜的冷漠无情，希塞尔的过早离开，以及在这之前同希尔贝特两相情愿，但一拖再拖的分道扬镳，使我这些浪漫的想法（例如我渴望得到一个女人的爱，和她共同生活，等等）摆脱了束缚，自由地飞翔起来。接着，我又把那两个少女的形象同我这些想法逐一加以比较，然后，我又努力使我对公爵夫人的记忆同这些想法相适应。与这些想法相比较，德·盖尔芒特公爵夫人看歌剧留给我的记忆实在微不足道，她就像一颗小小的星星，在那光芒万丈的彗星长尾巴旁变得黯然无光。再说，我在认识德·盖尔芒特夫人之前就对这些想法非常熟悉了，相反，我对德·盖尔芒特夫人的记忆却是不完整的，断断续续的。它开始像其他俏丽女人的形象那样飘忽不定，继而渐渐排斥了其他一切形象，最终专一地和我那些久已存在的浪漫想法融为一体了。就是在这样的时候，在我对德·盖尔芒特夫人的记忆变得最清晰的时候，我才敢弄清楚这个记忆的真面目。可我当时并不知道它对我的重要性；它就好比我想象中的同德·盖尔芒特夫人的第一次约会，使我产生一种甜蜜愉快的感觉。仅此而已。这是德·盖尔芒特夫人生活的真实写照，是根据她的生活描画出来的第一幅草图，是她唯一真正的形象。然而，在我有幸占有这个记忆，却不知道如何注意它的几个小时内，应该是令人心醉神迷的，因为在这个时刻，我的爱欲总是无拘无束、不慌不忙、不知疲倦和无忧无虑地回到这记忆的身边，但是，随着它被这些欲念逐步固定下来，当它从它们那里获得了更大的力量，它本身也就变得模糊不清，不久一点也认不出来了；毫无疑问，我在梦幻中把德·盖尔芒特夫人在我记忆中的形象变得面目全非了，因为我每每看见德·盖尔芒特夫人，总能发现我想象中的她和现实中的她之间存在着差距，而且每一次的差距都不一样。当然，现在，每当德·盖尔芒特夫人在那条街的尽头出现的时候，我远远看见的仍然是那修长的身影和在轻盈的金发下闪着明亮目光的脸蛋（我就是为了这些才到这里来的，但我故意把眼睛看着别处，不让她看出我来这里的目的），然而，几秒钟后，当我走到她的身边，把目光转到她身上的时候，我看见的却是一张无精打采的脸孔和满脸的红疙瘩。我不知道她怎么会有这一脸红疙瘩的，也许是经常户外活动的缘故，或者是粉刺。我故作惊讶地和她打招呼，她似乎不大高兴，朝我冷冷地点了点头，再也没有看《淮德拉》那天晚上的和蔼可亲的笑容了。在开始的几天，那两个少女的形象同德·盖尔芒特夫人的形象争夺得十分激烈，双方都想把我的爱占有，但终因力量悬殊，几天以后，两个少女的形象败下阵来，渐渐消失，而德·盖尔芒特夫人的形象却自然而然地不断浮现在我的脑际。我终于把我的爱全部转移到她身上。归根结底，这是我心甘情愿的，经过选择的，同时也是为了使自己得到消遣。我把那两个上教理课的少女和那个送奶姑娘抛到了脑后；可我再也不希望在大街上找到我从前想寻找的东西了，再也不想看见在剧院里看到的那蕴藏于微笑中的温柔，那修长的身影和金发下亮晶晶的脸蛋了，只有在远看的时候它们才存在。现在，我甚至说不清楚德·盖尔芒特夫人长什么模样，是根据什么认出她来的，因为从外表的总体看，她的脸也和她的裙子、帽子一样，一天变一个样子。

有一天，我看见迎面走来一个妇人，淡紫色长大衣的风帽下，露出柔美而光洁的脸孔，碧蓝的眼睛周围对称地释放出诱人的魅力，鼻梁的线条似乎在脸上消失了。当我看见这个妇人时，为什么我会感到一阵兴奋的战栗掠遍全身，知道不看见德·盖尔芒特夫人决不会罢休呢？为什么我会惶惑不安，故意装着无动于衷的样子，漫不经心地转过脑袋，就像前一天当我在一条近道上看见德·盖尔芒特夫人的侧影时一样呢？她戴一顶海蓝色的无边软帽，从侧面看去，在红通通的脸颊上纵向延伸着鸟喙般的鼻子，左右横着目光锋利的眼睛，宛若一个埃及女神。就只一次，我看到的不只是一个长着鸟喙鼻子的女人，而是一只真正的鸟儿：德·盖尔芒特夫人的衣裙，乃至她的无边软帽都是毛皮做成的。她浑身包在毛皮中，不露出一丝棉布的痕迹，自然就像一只秃鹫，覆盖着黄褐色的单调的羽毛，柔软而丰满，就像是兽类的毛皮。在这天然的羽毛中间，小脑袋把她的鸟喙鼻子弯成圆形，那双金鱼眼睛闪烁着锋利的蓝光。

有一天，我在那条街上来回踯躅了半天，始终不见德·盖尔芒特夫人的身影。蓦地，我看见隐蔽在这个贵族和平民杂居区的两座私邸中间的一家乳品铺中，出现了一张模糊不清的陌生脸孔，一个服饰优雅的女人正在让店主给她拿“瑞士干酪”。我还没来得及看清楚她是谁，公爵夫人那锐利的目光便闪电般地落到了我的身上，过了一会儿，她的形象的其余部分才映入我的眼帘。还有一次，我一直等到中午十二点也没有遇见她，我知道没有必要再等下去了，便郁郁寡欢地往家里走去。我心里沮丧至极，愣愣地看着一辆车开过去，却是视而不见。蓦地，我意识到车中一位贵妇透过车门在向我点头示意。她正是德·盖尔芒特夫人！她那松弛而苍白的，或者反过来说紧张而鲜明的脸部线条，在一顶圆帽下，或者说在一根高耸的羽饰下，展示出一个陌生女人的脸孔，我一时竟没有认出来。对于她的问候，我没有来得及还礼。还有几次，我回到住处，在门房附近发现了她，那个可憎的门房——我最讨厌他瞟来瞟去的审视的目光了——正在毕恭毕敬地向她请安，当然少不了向她打“小报告”。因为盖尔芒特家的下人全都躲在窗帘后面，胆战心惊地窥视着这场他们听不见的谈话，在这之后，公爵夫人肯定会禁止这个或那个仆人外出，他们一定是被这个“爱进谗言”的门房出卖了。

由于德·盖尔芒特夫人连续不断地向我展现出一张张迥然不同的面孔，而这一张张面孔，在她的整个打扮中占据的位置是相对的、多变的，时而大，时而小，因此，我对德·盖尔芒特夫人的爱，并不是倾注在这千变万化的肉体和纺织品的某个部分上。她可以一天换一张脸，一天换一身服饰，看到她我照样会心慌意乱，手足无措。因为透过这不断变化的脸孔和服饰，透过这新的衣领和陌生的脸颊，我依然感觉得到那是德·盖尔芒特夫人。我钟情的是这个指挥着这一切的看不见的女人。就是她，她对我有敌意，我就会黯然神伤；她靠近我，我就会心慌意乱，惶惑不安；我渴望能把她征服，把她的朋友从她的身边统统赶走。她可以插一根醒目的蓝羽毛，也可以炫耀她赭红色的肌肤，她这些行动对我不会丧失意义。

我自己倒没有觉出德·盖尔芒特夫人讨厌每天在路上遇到我，不过，我从弗朗索瓦丝的脸上看出了几分。每天早晨，当弗朗索瓦丝侍候我出门时，她的脸上充溢着冷漠、责备和怜悯。我刚开口问她要我的衣服，就感觉到从她肌肉收缩、神态尴尬的脸上升起了一股逆风。我根本没有想赢得弗朗索瓦丝的信任，我觉得这是白费力气。她拥有一种神秘的力量——这对我始终是个谜——能迅速知道我们——我和我的父母亲——会发生什么不愉快的事情。也许这算不上一种超自然的力量，可以用某些特殊的情报手段来解释。有些野蛮部族就是通过一种特殊的方式获得某些信息的，要比邮局把这些信息传送到欧洲殖民地早好几天，其实不是通过心灵感应，而是借助于烽火，从一个山岗传到另一个山岗，最后传到他们那里。因此，就我每天上午散步这个特殊情况而言，可能是德·盖尔芒特夫人的仆人听到他们女主人对每天在路上遇见我表露过厌烦情绪，而他们也可能把这些话讲给弗朗索瓦丝听。说实话，即使我父母不让弗朗索瓦丝，而让另一个人来侍候我，情况也不会好到哪里去。从某种意义上讲，弗朗索瓦丝比别的仆人要少一些仆人气。她的感觉，她的善良和慈爱，她的严厉和高傲，她的狡猾和局限性，她的白皙的肌肤和通红的双手，都说明她是个乡下姑娘，她的父母亲“日子过得挺不错”，但后来破产了，不得不送她出来当仆人。她在我们家，好比是乡村的空气和庄园的社会生活，五十年前，它们被一种颠倒的旅行——不是旅行者走向旅游胜地，而是旅游胜地走向旅游者——带到了我们家中。正如某地区博物馆中的玻璃橱柜，装饰着农妇们制作并用金银线镶边的稀奇古怪的物品一样，我们巴黎这套单元房间，也装饰着弗朗索瓦丝从传统和地方的观念汲取的臣服于源远流长规则的话语。她善于绘声绘色地描述——就好像用彩色丝绒刺绣一样——她儿时的樱桃树和小鸟、她母亲的灵床。这一切她都还记忆犹新，历历在目。但是尽管如此，当她踏进巴黎，到我们家当仆人后，没过多久就和各层楼上的仆人在意见上和法学观念上一致起来了（更何况任何人处在她的地位也会有同样的变化），她因不得不对我们表示尊敬而耿耿于怀，把五楼的厨娘骂她主人的粗话学给我们听，那副扬眉吐气的神情，使我们生平第一次感到和五楼那个令人讨厌的女房客有了共同的利害关系，我们不禁心想，也许我们真的是主人呢。弗朗索瓦丝性格的变化也许是不可避免的。有些极不正常的生活方式，必定孕育着某些瑕疵，就像法国国王的生活，他在凡尔赛宫，周围是他的侍臣，他的生活，同古埃及的法老和中世纪的威尼斯总督的生活一样奇特，不仅是国王的生活，还得加上侍臣的生活。仆人的生活自然就更加奇特了，只是习惯蒙住了我们的眼睛，使我们觉察不到。但是，即使我把弗朗索瓦丝辞退了，我仍然需要有一个仆人待在我身边，这人有同样的甚至更加特别的缺点。因为我后来又用过好几个仆人，仆人的一般缺点他们应有尽有，但到我家后仍然很快发生了变化。道高一尺，魔高一丈，为了不被我性格的锋利尖角刺伤，他们都在自己性格相应的部位上装进一个相应的凹角。反过来，他们还利用我的空子插进他们的尖角。而这些空子正因为是空子，我甚至还不知道它们的存在，也不知道这些是我的仆人钻空子伸过来的尖角。但是我的仆人得寸进尺，越变越坏，使我终于知道了存在于我性格中的空子。正是通过他们不断养成的缺点，我才看到了我固有的不可克服的缺点，可以说他们的性格是我的性格的反证。从前，我和母亲经常讥笑萨士拉夫人，因为她总是用“那种人，那类人”称呼仆人。但我不得不承认，我不想更换弗朗索瓦丝，恰恰是因为换上来的仆人不可避免地还是属于仆人那种人，还会是我的仆人那类的人。

言归正传。我一生中每受到一次凌辱，事先都能在弗朗索瓦丝的脸上找到同情和安慰。看到她怜悯我，我就会恼火，就会打肿脸充胖子，说我没有失败，而是取得了成功。但是，当我看到她脸上流露出有节制的，但又是明显的怀疑神情时，看到她对自己的预感充满了信心时，我的谎言又不攻自破了。因为她了解事情的真相，但却不吭声，只是动一动嘴唇，仿佛嘴里塞满了肉，在慢慢地咀嚼。她真不会讲出去吗？至少有很长的时间我是这样认为的，因为那个时候我认为只是通过说话才能告诉别人真情，连别人同我说的话，我也会原封不动地把它们储存在我敏感的大脑中，因此，我决不相信曾对我说过爱我的人会不爱我，就像弗朗索瓦丝一样，当她在“报上”读到有个神甫或有个先生将违背邮局规定，免费给我们寄来能祛百病的灵丹妙药，或把我们的收入提高百倍的诀窍妙方时，她会深信不疑。（相反，如果我们的医生给她最普通的药膏治她的鼻炎，尽管她平时什么样的痛苦都能忍受，却会因为不得不给她的鼻子上药而发出痛苦的呻吟，确信这药“会使她的鼻子掉一层皮”，让她没脸见人。）弗朗索瓦丝第一个给我做出了样子（这个道理我是后来才明白，而且付出了更痛苦的代价，读者会在本书的最后几卷中看到，是我的一个心爱的人给了我教训），真情不说也会泄露出去，可以从无数的外表迹象，甚至从个性世界某些看不见的、与自然界的大气变化相类似的现象中搜集到。这样也许更可靠，用不着等别人说出来，甚至对别人说的话根本不必重视。按说我是可以觉察到这个问题的，因为那时我自己说话也常常言不由衷，可我的身体和行为却不由自主地泄露了隐情，弗朗索瓦丝一看便明白了真相；我是可以觉察到的，不过，我必须认识到自己有时也会撒谎，也会欺诈。然而，我和大家一样，说谎和欺诈直接地、偶然地受着一种个人利益的支配，是为了捍卫这一利益。为了一个美好的理想，我的思想任凭我的性格暗中完成这些紧迫而微不足道的工作，听之任之，不加干涉。

有时候，到了晚上，弗朗索瓦丝会对我很亲热，求我允许她在我房内坐一坐。每当这个时候，我似乎发现她的脸变得透明了，我看到了她的善良和真诚。可是不久，絮比安——我后来才知道他会多嘴——向我透露说，弗朗索瓦丝背地里说我坏透了，变着法子折磨她，说要吊死我，还怕会玷污她的绳子。絮比安的这番话，仿佛在我面前用一种见所未见的色彩，印了一张表现我和弗朗索瓦丝关系的照片。这张照片，和我平时百看不厌的展现弗朗索瓦丝对我衷心爱戴、不失一切时机为我唱颂歌的照片相差何止十万八千里！这使我恍然大悟，不只是物质世界会呈现出同我们所见的世界截然不同的面貌，而且，任何真实都可能会不同于我们直接的感觉，不同于我们借助一些隐蔽而又活跃的思想编造的真实；正如树木、太阳和天空，倘若长着和我们不一样眼睛的人去观察它们，或者某些不用眼睛而是靠别的器官进行感觉的人去感觉它们（这时，树木、太阳和天空就成了非视觉的对等物），就会和我们所看见的完全不同。就这样，絮比安向我打开了真实世界的大门，这意想不到的泄露把我吓得目瞪口呆。这还仅仅涉及弗朗索瓦丝，她在我眼里并不是十分重要的人物。是不是人与人之间的关系都是这样的呢？假如有一天爱情中也出现这种事情，那会给我带来多大的痛苦！这是未来的秘密。现在还只涉及弗朗索瓦丝一人。她对絮比安讲的这番话是她的真实想法吗？会不会是为了离间我和絮比安呢？可能是怕我同絮比安的女儿亲近而把她疏远了吧？我绞尽脑汁，左猜右想，但我心里明白，弗朗索瓦丝究竟是爱我还是讨厌我，不管用直接的或间接的方式，我都是无法弄清楚的。总而言之，是弗朗索瓦丝第一个使我懂得了这个道理，一个人，他的优缺点，他的计划，以及他对我们的意图，并不像我过去认为的那样是一目了然、固定不变的（就像从栅栏外看里面的花园和它的全部花坛一样），而是一个我们永远不能深入了解，也不能直接认识的朦胧的影子，我们对于这个影子的许多看法都是根据它的言行得出来的，而它的言行提供的情况往往很不充分，而且互相矛盾。我们完全能够想象得出，在这片阴影上交替闪烁着恨的怒火和爱的光辉。

我真心实意地爱着德·盖尔芒特夫人。我要祈求上帝赐予我最大的幸福，让她遭受各种灾祸，让她破产，让她名誉扫地，让她失去横在她和我之间的一切特权，让她没有住处，也没有人愿意理睬她，这样，她就会来求我，会到我这里来避难。我在想象中仿佛看见她来找我了。晚上，当周围的气氛发生一些变化，或者我自己的身体有明显好转时，我的思想会变得非常活跃，那些早已被我遗忘了的感想，会似滚滚的波涛涌入我的脑海，然而，我没有利用我那刚刚恢复的体力，来厘清平时难得出现在我头脑中的这些思想，没有开始写作，而是喜欢大喊大叫，把我内心的想法以一种激烈的、外露的方式抒发出来；这不过是空洞的演说，毫无意义的手势，一部地地道道的艳遇小说，枯燥乏味，信口开河，小说中的主人公德·盖尔芒特公爵夫人一贫如洗，来乞求我的施舍，而我却时来运转，变成了有权有势的富翁。就这样，我几个小时几个小时地遐想着，嘴里念念有词，大声说着我在接待公爵夫人时应该说的话。尽管如此，我的处境依然如故。唉！事实上，我正是选择向这个可能集中了各种优势，因而也就不会把我放在眼里的女人奉献我的爱情的。因为她家资雄厚，可同世界上最大的富翁相提并论，但又比他们高贵；还不算她本人非凡的魅力，这使她成为众人的女王，煊赫一时，遐迩闻名。

我也感觉到了，每天上午我去迎她时，她并不高兴。可是，即使我鼓足勇气，两三天内不到她散步的路上去等她（这对我无疑是莫大的牺牲），德·盖尔芒特夫人也不一定会注意到，或者，会把我这个克制的行动，归因于我发生了什么意外的事情。只要还有可能，我是下不了这个决心的，因为我需要和她相遇，成为她瞬间注意的对象和打招呼的人。这种需要反复出现，使我不能自已，也就顾不得会惹她不高兴了。我应该离开一段时间，但没有这个勇气。有时候我似乎拿定了主意，我让弗朗索瓦丝给我收拾行李，可是她刚收拾好，我又叫她把衣服放回原处了*。她不喜欢这样，说我总是“摇摆不定”（她用了圣西门的语言。每当她不想和现代人竞争时，总会用圣西门的语言）。不过，她更不喜欢我用主人的腔调说话。她知道这对我不适合，我天生不是这样的人。她用“装腔作势不适合我”这句话来表达这个想法。我要走，也一定要到能使我和德·盖尔芒特夫人接近的地方去，否则，我是万万没有勇气离开的。也不是没有这个可能。假如我远离德·盖尔芒特夫人，到她认识的一个人那里去，她知道这个人择友非常挑剔，可他对我却非常赏识，他可以在她面前谈起我，这样，即使不能从她那里得到，至少也可以让她知道我想要得到的东西；我可以同这个人商量能不能请他替我传递消息，只要有商量的可能性，哪怕他不同意，我也就可以给我那孤独而无声的梦想披上一层新的、有声的、积极的形式，在我看来，这就前进了一步，可以说是一大成就；假如能有这种可能性，我不就离她更近一些了吗？这总比每天上午孤孤单单、忍辱丢脸地在那条街上来回逛荡要强吧。再逛也逛不出个结果来，我想向她倾诉的心曲，一个也传不到她的耳朵里。她作为“德·盖尔芒特夫人”有着怎样神秘的生活，常使我魂牵梦萦，想入非非；如果利用一个有资格进出公爵夫人的府邸、出席她的晚宴、可以同她进行长时间谈话的人作为媒介，像借用一根操纵杆那样，间接地介入她的生活，这

* 正如有模仿癖的人，在模仿别人的作品时，为了不落俗套，总要毁了自己最自然、最自信的形式，弗朗索瓦丝也从她的女儿那里借来了一个词语，说我是个痴子。[有的版本将此段打星号的文字列入正文。]

同我每天上午到街上去看她相比，固然距离远了一些，但岂不是一种更为有效的接触吗?

圣卢同我很有交情，对我也很赏识，但我总感到受之有愧，因此从没有把他的盛情厚谊当作一回事。可是我突然对此产生了兴趣。我多么希望他能把我们之间的友谊和他对我的赏识说给德·盖尔芒特夫人听啊！我完全有可能向他提出这个请求的。因为热恋中的男人，如果有什么长处还没有被人了解，哪怕是非常微不足道的长处，总会想方设法透露给心爱的女人听的，就像被剥夺了继承权的人，通常总要让人知道他有继承权一样。他为心上人不知道他有这些长处而苦恼，他竭力自我安慰，便对自己说，正因为你的这些长处是看不见的，说不定她还可能认为你有一些别人所不知道的优点呢。

圣卢很久没能来巴黎了，他说是公务缠身，其实是心情忧郁，因为他和情妇的关系紧张，曾两度濒于破裂。他常对我说，如果我能到他部队的驻地去看望他，那对他是莫大的好事。我在我这位朋友离开巴尔贝克的第三天，就收到了他写来的第一封信。当我在信封上看到他部队驻地的名字时，一股喜悦之情油然而生。这是一个小巧玲珑的城市，市内住着贵族和军人，周围有一望无垠的原野，这种乡村风光会使人相信它离巴尔贝克海滩很远。其实不然。天晴的时候，远处常常飘起断断续续的声音，宛若一片浮在天边的有声水汽；正如一排蜿蜒曲折的白杨，会使人看出树下边有一条看不见的河流一样，这片有声的水汽告诉人们，有一个骑兵团在那里变换队形，进行操练。这此起彼伏的声音，使得市内各条街道、林荫大道以及各个广场的空气最终也颤动起来，经久不息地回荡着战争的音乐，四轮载货车或有轨电车发出的粗野的轰鸣声持续不断，有如军号吹出的震耳欲聋的集合号，在那些有幻听感觉的人耳畔经久回荡，不让他们有片刻的安宁。这个城市离巴黎不很远，乘快车我可以赶回家睡觉，回到我母亲和外祖母身边。当我明白了我当天就可以返回巴黎时，我就被一种痛苦的思念折磨得心绪不宁，下不了决心到底是回巴黎，还是在这个城市过夜。但我也没有勇气阻止车站的一个职员把我的行李扛到一辆出租马车上；我只好像一个没有外祖母盼望外孙归家的旅客，随随便便地跟在这个职员的后面，跟着行李走了；我只好什么也不想，装着知道自己想干什么的样子，从从容容地上了马车；我把骑兵营房的地址给了马车夫。我生平第一次同这个城市接触，我想，为了减轻我心中的不安，圣卢一定会到我下榻的旅馆来陪我过夜的。警卫去找他了。我在军营的大门口等候。十一月的冷风在这个酷似一条大船的军营中呼呼地吹着。正是晚上六点钟，走出军营上街的人络绎不绝，都是两个两个的，一个个踉踉跄跄，似乎刚刚上岸，在异国他乡的港口暂时停留。

圣卢来了。他的身子前后左右地摇晃着，眼前的单片眼镜也随着他身子一摇一晃。我没有让警卫通报我的姓名，急于看到圣卢惊喜若狂的样子。

“啊！真不凑巧！”他一看见我就嚷了起来，脸一直红到耳朵根。“这个星期我刚好值勤，一周之内不能外出。”

他想到这第一夜没有人陪我，有点担心（因为他比任何人都了解我，知道我一到晚上就会忧虑不安，在巴尔贝克海滩他就发现我有这个毛病，常常设法为我排解忧愁），于是他停止了抱怨，向我转过身，朝我投来一个个微笑和一道道温柔可亲但变化不定的目光，微笑直接从他眼睛中射出，目光却经过了单片眼镜的反射，但无不泄露了和我重逢的激动心情，同时也暗示着那非常重要的，过去我一直不理解，而现在却对我至关重要的东西：我们的友谊。

“我的上帝！您住到哪里去好呢？说实话，我不会劝您去住我们搭伙的那个饭店的，它挨着展览馆，那里就要举行开幕式，人多得不得了。不去那里！还是住到佛兰德斯旅馆去吧。那是一座十八世纪的豪华建筑，里面饰有古老的挂毯。这‘显得’像一座‘具有历史意义的古色古香的老宅’。”

圣卢总喜欢用“显得”代替“好像”，因为口头语言也和书面语言一样，常常需要词的意义有点改变，需要寻求高雅的表达方式。新闻记者往往不知道他们使用的“高雅词语”出自哪个文学流派，圣卢也一样，他的词汇，他的措辞，可以同时模仿三个不同的修辞学家，他同他们没有直接打过交道，但是通过间接途径的反复灌输，耳濡目染，他对那些语言形式也就运用自如了。“况且，”他下结论说，“这个旅馆对您的听觉过敏症尤其适合。不会有邻居打扰您。我承认，这个有利条件不值得一提，因为保不住明天会有游人来投宿，也就不必为这个靠不住的理由选择这个旅馆了。这不是主要原因。我让您住到那里去，是因为那里的外观雅致。房间相当舒适，家具古色古香，赏心悦目，有一种叫人放心的感觉。”但是，我没有圣卢的艺术鉴赏力，一所漂亮的房子带给我的快乐是微乎其微的，不可能排解正在我心中升起的忧闷。从前在贡布雷，当我的母亲不到我房间来向我道晚安的时候，还有，当我到达巴尔贝克的那天，一个人待在空空荡荡、飘溢着浓郁的香根草味的房间里的时候，也曾产生过这种难以忍受的忧闷。圣卢见我目光呆滞，忧形于色，也就心中有数了。

“看来，可怜的小家伙，您是看不上这个漂亮的旅馆啰，瞧您脸色多么苍白。我真像一个不近情理的人，给您谈什么挂毯之类的，您哪有心思去欣赏这些东西。您要住的那个房间我很熟悉，我个人觉得它很舒服，但我也知道您很敏感，您的感觉跟我的不一样。可不要认为我不理解您，我们两人的感觉是不一样，但我能理解您。”

一名士官在院子里驯马，正忙着教马跳跃，士兵向他行礼，他也不还礼，可是谁要是挡了他的路，他就破口大骂。这时，他朝圣卢笑了笑，发现圣卢在和一个朋友说话，便打起招呼来。可是他的马发起了脾气，兀立嘶叫。圣卢扑上前去，抓住缰绳，把马制服后，又回到我的身边。

“是的，”他说，“我向您保证，我是了解您的，您的痛苦也就是我的痛苦。我想，”他接着又说，一面亲切地把手放到我肩上，“要是我能待在您身边，和您痛痛快快地聊上一夜，也许能使您减轻一些痛苦。我一想到不能这样做就心里难过。我可以借给您很多书看，不过，像您现在这样的心情，是不可能读书的。可惜我无论如何也不能找人来替我值班了，我连着请了两次假，因为我女朋友来了。”

他皱了皱眉头，因为他在爱情上遇到了麻烦，也因为他在苦思冥想，就像一个医生，想找一副良药为我医治病痛。

“快去给我房间生火。”他看到一个士兵过来，吩咐道。“喂，快跑，抓紧点！”

说完，他又转向我，单片眼镜和近视目光都表露了我们之间的深厚友谊。

“真没想到您会到这里来，到这个我对您朝思暮想的军营里来。我简直不敢相信自己的眼睛。我是不是在做梦？说真的，身体怎么样？比过去好些了吗？待会儿您给我好好讲一讲。上我寝室去，别在院子里待久了，这里的风太大，我无所谓，可您刚来，不习惯，我怕您会着凉。书呢？开始写了吗？没有？您太怪了！要是我有您这样的禀赋，我相信我会从早写到晚的。您觉得什么事也不做更快活。像我这样的平庸之辈总想写些什么，而那些能干的人却不愿意写，这真是莫大的不幸！瞧我只管说，忘了问您外祖母大人的情况了。她送给我的普鲁东[1]的亲笔信一直不离我的身边。”

一位身材魁伟、英俊威武的军官庄重而缓慢地走下楼梯。圣卢朝他行礼。当他把手举到帽檐的时候，他那总是扭动着的身躯暂时静止不动了。可他举手的动作是那样匆忙，那样用力，挺身

[1] 普鲁东（1809—1865）：法国小资产阶级经济学家和社会学家，无政府主义创始人之一。普鲁斯特的外祖母曾买下普鲁东好多亲笔信，后来送给圣卢了。

的动作是那样急促，礼毕后放下手的动作又是那样突然，使得肩膀、腿和单片眼镜都改变了位置。因此，这一时刻与其说是静止的，倒不如说是颤动而紧张的，那些刚刚完成的和即将开始的过于频繁的动作，在这紧张的一刻互相抵消了。然而，那位军官没有朝我们走来。他镇静、庄重、和蔼可亲，具有皇家风度，一句话，与圣卢完全相反。他也把手举向帽子，但他从容不迫，不慌不忙。

“我要跟上尉说句话，”圣卢低声对我说，“请您到我房里去等我，四楼右边第二个门，我待会儿就回去。”

说完，他疾步朝上尉走去，单片眼镜在他眼前晃动。上尉庄重而缓慢地走着，这时有人给他牵来了马，上马前他下了几道命令，手势显示出一种矫揉造作的高雅，好像是在哪张历史画卷上学来的，仿佛即将奔赴第一帝国的战场，其实他是回家去，回到他在东锡埃尔租的房子去。房子坐落在一个广场上。就好像是未卜先知，对这个拿破仑式的人物嘲弄似的，这个广场命名为共和广场。我上了楼梯，梯级上钉着大头圆钉，每走一步都差点滑倒。我看见几间寝室，里面整整齐齐地放着两排床和背包，墙上光秃秃的什么也没有。有人给我指了圣卢的房间。我在紧闭的门扉前站了一会儿，因为我听见里面有动静。有人在移动一件东西，碰翻了另一件。我觉得房间不是空的，里面有人。其实是壁炉里刚生的火在燃烧。它一刻也不安宁，笨手笨脚地移动着木柴。我推开门，走了进去。火把一根木柴推到一边，让另一根冒起了烟。它不动时，也会像粗人那样，时时刻刻发出吱吱声；从我看到冒出火苗时起，我就听到了火的声音；但是，如果我在墙外，我肯定会以为有人在擤鼻涕，在走路。最后，我在房里坐了下来。十八世纪的浅底花绸和德国深色布做成的帷幔，使圣卢的卧室免受弥漫在建筑物其余部分的，似变质黑面包那样难闻的气味的侵蚀。我就要在这里，在这间可爱的卧室里，幸福而安宁地用晚餐和睡觉了。我感到圣卢就在房间里，因为写字台上放着他读的书，书旁边是照片，我认出有我的一张，还有德·盖尔芒特夫人的一张；火对壁炉终于适应了，它像一头野兽，静卧着，焦急而忠实地等待着，只是隔一段时间就抖下一根木炭，木炭即刻变成灰烬，或者用火苗舔一舔炉子的内壁。我听见圣卢的表发出嘀嗒嘀嗒的响声，想必它离我不会太远。这嘀嗒声时刻变动着位置，因为我看不见表；我感到这声音忽前忽后，忽左忽右，有时消失了，好像离我很远很远。突然，我发现表就在写字台上。于是，我听见嘀嗒声固定在一个地方，再也不动了。我以为听见它在那里，其实不是听见，而是看见。声音没有地点。至少我们把声音和运动联系在一起了，声音因此也就有了用处，能向我们预示运动，使运动显得必然和自然。当然也会有这样的情况，当一个病人耳朵堵得严严实实时，就不再会听见此刻圣卢的炉火发出的毕毕剥剥的声音（火正在把木柴变成木炭和灰烬，然后把它们抖进它的篓筐中）；也不会听见有轨电车经过东锡埃尔大广场时不时弹出的乐曲。这时候，病人看书，翻书时会听不见一点声息，仿佛有一个天神在帮他翻书。准备洗澡水时弄出的巨大响声减弱了，变轻了，远离了，仿佛是天河发出的淙淙声。声音的远离和变小，能消除它对我们神经的刺激。刚才榔头的敲击声似乎把我们头顶上的天花板都震动了，我们被搞得心烦意乱，坐立不安，而现在它们犹如在公路上同微风玩耍的树叶发出的沙沙声，遥远，轻微，撩拨人心，叫人越听越想听。我们用纸牌玩“打通关”，但听不见翻牌的声音，会以为不是我们在翻牌，而是牌自己在动，是为了迎合我们的愿望，主动和我们玩起来的。那么，我们能不能由此而推想，对于爱情——甚至可以加上对生活和对荣誉的热爱，因为有些人似乎非常热爱这两样东西——也采取同样的办法，不是让声音停止，而是把耳朵堵住呢？能不能模仿他们，把我们的注意力，我们的防卫力转移到我们自己身上，不是去损害我们所爱的人，而是减少我们自身忍受的痛苦呢？

还是回到声音上来。如果把塞住耳朵的棉球加厚，就会使少女在我们楼上弹奏的奔流激荡的钢琴曲，听起来宛若小溪流水般的轻音乐。如果在一只棉球上涂上一种油脂，这样整所房子都会听从它的摆布，屋内和屋外顿时变得鸦雀无声。这时，用轻柔的乐段来形容演奏就不够了。棉球瞬间闭上了钢琴的键盘，音乐课突然结束了；在我们楼上走动的先生突然停止了走动；马车和电车中断了行驶，好像在恭候一个国家元首的驾临。可是像这样的减弱声音，非但不能使人安寝，反而搅得人睡不着觉。昨天，那缠绵不断、无休无止地向我们描绘着街上和屋内运动的声音，像一本枯燥乏味的书本，终于把我们带进了梦乡；今天，我们塞住了耳朵，睡得正酣，周围寂静无声，突然当啷一声，比其他的声音更加响亮，但在我们听来却轻得像人们的叹息声，同其他的声音没有联系，真是神秘；我们会被惊醒，想知道这是什么声音。相反，如果把塞在病人鼓膜上的一层层棉花暂时取出来，声音构成的光线，又会像一轮红日升起，在宇宙中再生，刺得人睁不开眼睛；被流放在外的众声音，也会全速赶回来；我们会听到人声复活了，有如音乐天使们在诵诗篇。寂静无声的大街，顿时被长着翅膀、风驰电掣、接连不断地开来的电车天使的歌声淹没。在房间里，病人创造了火的声音，而不是像普罗米修斯那样创造了火。如果一会儿加厚塞耳朵的棉团，一会儿又把它们取出来，这样，就如同在交替踩动装在外部音响世界上的两个脚蹬子。

不过，有些人听不见声音并不是暂时的。有人耳朵完全聋了，他要煮牛奶，也不得不用眼睛紧紧盯着掀开的锅盖，窥伺着像是预示一场北极暴风雪的白光，这是牛奶煮沸的前兆。明智的做法是看见这个前兆就拔去电插头，就像上帝挡住波涛一样。因为牛奶煮沸了，奶孵出的卵在痉挛，在升腾，经过几次斜向的翻滚，完成了发育，几叶被奶皮弄得皱巴巴的风帆倾斜着，鼓满了风，一叶珠色的风帆向着暴风雪冲去；如果切断电流，及时驱除暴风雪，就会使风帆原地旋转，变成木兰花瓣，在奶的海洋中漂流。如果这个病人没有及时采取措施，切断电源，那他的书、他的表，顷刻间就会被牛奶的白色海洋吞噬，怒潮过后微微露出海面，他只得呼唤老女仆前来帮忙；尽管他是个赫赫有名的政治家或德高望重的大作家，老女仆仍然会数落他还不如五岁的孩儿懂事。在别的时候，门紧闭着，一位不速之客突然闯入这神奇的房间，我们没有听见他进来，他就像木偶戏中的木偶，光做手势不说话，这使那些听腻了讲话的人耳边得到了清静。至于这个耳朵全聋的人，既然失去一种官能也和获得这种官能一样，能给世界增辉添美，当他在一块还没有诞生声音的伊甸园式的土地上闲步时，他会感到赏心悦目，其乐无穷。世界上最大的瀑布，单为他的眼睛显示那水晶般透明的水帘，比风平浪静的大海还要平静，同天堂中的瀑布一样纯洁。因为在他耳聋之前，声音于他是引起运动的可感知的形式，所以无声而动的物体似乎是动而无因；这些物体失却了声音的特性，展现出自发的运动，似乎有了生命；它们自发地运动，静止，着火；它们自发地飞起来，就像史前长着翅膀的巨兽。在聋子这个没有邻居、冷冷清清的家庭中，在他还没有全聋的时候，开饭时仆人就已经够谨慎的了，总是不声不响地上菜，而现在却是由哑巴开饭，看上去有点儿偷偷摸摸，像童话剧中给国王摆饭一样。聋子在窗口看到的建筑物——兵营、教堂或市政厅——也不过是童话剧中的布景。这座建筑物一旦坍塌，会释放出眼睛可以看到的铺天盖地的灰尘和成堆成堆的瓦砾；虽然它不像舞台上的宫殿那么单薄，但也不那么具有物质性，即便沉重的巨石坠入神奇的世界，也不会发出任何声音来扰乱那纤尘不染的宁静。

笼罩在这间我刚来不久的军人小房间里相对的宁静突然被打破了。门打开了，圣卢风风火火地走进来，让他的单片眼镜落到胸前。

“啊！罗贝，在您这里太舒服了！”我对他说，“能在这里吃晚饭和睡觉，那该多好啊！”

的确，要不是军纪禁止客人留宿，我一定能享受到平静而无忧无虑的休息。军营中被许多遵守生活规律、心境恬淡、意志坚强的人和无所挂虑、幽默诙谐的人维持着的那种安谧、警惕和欢快的气氛会使我高枕无忧地进入梦乡。在这个大家庭中，时间披上了行动的形式，悲哀的报时钟声被欢快的军号声取而代之，这集合的号声余音缭绕，犹如浮尘，永远飘荡在城市街道的上空——它确信人们在洗耳恭听，它像音乐那样悦耳动听，因为它不仅意味着权力需要人服从，而且表明服从会使人得到幸福。

“哈！这样说您是喜欢跟我睡在这里，而不愿意一个人住到旅馆里去啰？”圣卢笑嘻嘻地对我说。

“喂！罗贝，您还讥笑我呢，您太残酷了！”我对他说，“您明明知道我住在这里是不可能的，而去那里我会遭受多大的痛苦。”

“您可冤枉我了！我高兴都来不及哩！”他对我说，“因为我们不谋而合，我也希望您今晚留在这里。刚才我就是为此去请示上尉了。”

“他批准了？”我嚷了起来。

“很顺利。”

“啊！我崇敬他！”

“不！这太过分了。现在让我把勤务兵叫来，让他给我们准备晚饭。”当我转过头去掩饰我的眼泪时，他又说了一句。

有好几次，圣卢的这个或那个同事闯入房间，都被他赶走了。

“得了，滚出去！”

我恳求他让他们留下来。

“不，他们会让您讨厌的，他们都是些老粗，缺乏教养，不是谈梳刷马匹，便是谈赛马。再说，就是为了我，也不能让他们待在这里，他们会把我渴望已久的这个宝贵时刻搅得毫无趣味的。不过，您得看到，我给您谈我的同事粗俗，不等于说军人都智力低下。远不是这样。我们有一个少校，他就是值得钦佩的人。他教过一门课程，用示范表演和教代数的方法给我们上军史课，有时归纳，有时演绎，即使从美学的观点看，也是非常出色的，您听他的课也一定会赞不绝口。”

“不是那位上尉批准我留在这里的吗？”

“不是。真是谢天谢地！因为您为了这点小事就不胜‘崇敬’的那个人，是地球上从没有过的大傻瓜。他很会管理部队的伙食和士兵的服装，一天好几个小时都同上士和裁缝泡在一起。这就是他的德行。但是他也和大家一样，非常瞧不起我给您讲的那个值得钦佩的少校。谁都不和少校来往，因为他是共济会会员，不到教堂去忏悔。鲍罗季诺亲王从来不邀请他这个小资产阶级。可他自己也不过是一个小庄园主的重孙，这是无人不晓的，假如没有拿破仑战争，他自己很可能也是个小庄园主，有什么可以充英雄的。况且，他也有点意识到他的不伦不类的社会地位。他几乎从来不到赛马俱乐部去，因为他在那里很尴尬，这位冒牌的亲王。”罗贝补充说。他的模仿精神促使他同时接受了他老师的社会理论和他父母亲的社会偏见，因此，连他自己也没有意识到，他一面看不起第一帝国的显贵，一面却对民主极其崇尚。

我凝视着他舅妈的照片，心想圣卢既然有这张照片，就有可能把它送给我，因此我也就更加珍爱圣卢了，愿意为他效一千次劳，只要能换来这张照片，赴汤蹈火也在所不辞，因为看到这张照片，就如同又一次遇见了德·盖尔芒特夫人，甚至是一次永恒的相遇，仿佛我们的关系突然有了转机。她头戴太阳帽，停在了我身边，第一次让我尽情地睇视这丰满的腮颊、侧着的颈背和眉梢（这些至今对我仍好像蒙上了一层薄纱，因为她总是匆匆而过，而我的印象也是瞬息万变，令人眼花缭乱，我的记忆也很不稳定，很不可靠）；凝视照片，就如同凝视一个我从未见其穿袒胸露臂连衣裙的女人的胸脯和胳膊，对我来说无疑是发现了一种销魂的快感，使我受宠若惊。这些线条对我似乎是禁区，现在我可以在照片上对它们进行研究，就像研究对我唯一有价值的几何著作中的线条一样。后来，当我把目光移到罗贝身上时，发现他简直是他舅妈的复制品，一种使我感到神魂颠倒的奥秘把他们联系在一起，因为虽说他们两人的脸不完全一样，但是血缘相同。德·盖尔芒特公爵夫人那深深印入我贡布雷的视觉中的脸部线条、鹰钩鼻、锐利的蓝眼睛，似乎也用来勾勒出罗贝的脸部轮廓，同样异常细腻的肌肤，只是面容稍显清癯。我看着显露在他脸上的盖尔芒特家族的特征，心中不胜羡慕；这个家族在世界上占有特殊的地位，永远不会消失；它远离人群，周围有一种神妙非凡的神鸟的光轮，因为它似乎诞生在神话时代，是一个女神和一只神鸟结合的后裔。

罗贝见我温情脉脉的样子，极是感动，但他并不知道我动情的缘由。况且，炉火的热气和香槟酒使我感到阵阵快意，因而也使这种柔情有增无已。我的额头沁出了一粒粒汗珠，眼睛里也饱含着泪水。我们喝着香槟酒，吃着小山鹑。我一面吃，一面赞不绝口，就像一个不信教的人，不管属于哪个派别，当他在不熟悉的生活中，发现了他认为应该受到这种生活排斥的东西（例如，自由思想家在教士的住所品尝到精美的晚餐），会发出啧啧的赞叹。第二天醒来，我好奇地跑到圣卢的窗口（窗子很高，俯瞰着整个地区），想看一看、认识认识周围的田野，因为我昨天到得太晚，田野已在夜幕下入睡了，我没能够看清它的面目。可是尽管它很早就醒来了，当我打开窗子时，只见它仍然裹在那件用晨雾做成的柔软而温暖的白袍里，我几乎什么也看不清，仿佛站在城堡的窗口朝着池塘的方向遥望，看到的只是白茫茫一片。但我知道，不等在院中刷洗军马的骑兵结束工作，田野就会卸去晨装。我现在只能看见一个瘦骨嶙峋的山丘，把它那已经退尽阴影、纤弱而凸凹不平的背脊，紧紧地贴着军营。我透过装点着白霜的透明帷幔，目不转睛地看着这个陌生人，而它也是第一次在把我凝望。后来我习惯到军营来了，每次来，我都意识到山丘的存在，因此，即使看不见，也会觉得它比巴尔贝克的旅社，比我们在巴黎的住所来得真实（我也常常思念巴尔贝克的旅社和我们在巴黎的住所，但就像思念不在我身边的人或死去的人一样，也就是说，不太相信他们的存在）；我的这种意识，会使山丘的侧影不知不觉地反射到我在东锡埃尔的最细微的印象上，就今天早晨而言，是反射到圣卢的勤务兵在这间舒适的卧室里为我准备巧克力时给予我的那种热气腾腾的美好印象上。这间卧室似乎成了一个可以凝视山丘的光心[1]，晨雾弥漫，我只能从屋里远眺山丘，不可能到那里去散步。这浸润山丘的茫茫雾霭，尽管丝毫没有引起我的注意，但它与巧克力的香味，和我当时思想的整个脉络一结合，也就滋润了我头脑中的想法，正如巴尔贝克留给我的是永不变色的金碧辉煌的印象，而贡布雷给我的印象却是屋外黑陶土的楼梯留下的一层灰暗的色彩。晨雾没过多久就退下去了，太阳光向雾幕射出几支金箭，却无济于事，只给雾幕镶上了几道灿烂的光辉，但最后终于将它制服，山丘此刻向彤彤旭日献出了它的灰圆顶。一小时后，当我沿着城市的街道漫步，只见金灿灿的朝阳照射着树叶和墙上的选举宣传画，使树叶的红色和宣传画的红色和蓝色变得更加艳丽夺目，我不禁情绪激奋，边哼着歌，边在马路上逛荡，要不是我竭力克制自己，真会高兴得在街上蹦跳起来。

第二天我就得去住旅馆了。还没有去，我就知道我在那里会感到忧郁。这种忧郁的心情好比一种令人窒息的香气，自我出生以来，任何一个新房间，换句话说，任何一个房间，都会散发出这种使我透不过气来的香味。在我平时住的房间里，我似乎并不存在，我的思想在别处，仅仅让习惯代替思想起作用。可是到了一个新地方，我不可能再叫习惯——这个不如我敏感的女仆——照管我的衣物，因为我比她早到，孤零零一个人，必须使“我”同新地方的事物接触；而这个“我”，隔几年才找回一次，但他始

[1] 光心指透镜主轴上的一个特殊点。通过光心的光线，出射方向和入射方向相互平行，但可以有旁向的平行位移。

终没有变化，从我离开贡布雷以来，从我第一次到巴尔贝克海滩以来，一直不见他长大，他待在一只弄得乱七八糟的箱子旁哭得不可开交。

然而我错了。我没有工夫忧郁，因为我一分钟也没能单独待着。这座古老的建筑物仍然保留了满得快要溢出来的奢华。这极度的奢华在一座现代化的旅馆里会没有用武之地，但在这里却一点也不显得矫揉造作，在无所事事中显示出一种生命力。走廊弯弯曲曲，漫无目的地游来游去，随时都能碰见；客房的前厅长似走廊，装饰得和客厅一样，与其说是旅馆的一部分，毋宁说是旅馆的客人，它们没有被纳入一套套的单元房间之内，而是围绕我那套房间徘徊，我一到，它们就来和我做伴——它们有点像旧时代的小幽灵，游手好闲，但默不作声，人们让它们待在客房门口，每当我在路上和它们相遇，它们总向我表示默默的关怀。总之，住宅的一般概念——如果说住宅仅仅是我们现实生活的场所，能使我们避免挨冻，不让外人看见——那是绝对不适合这幢房子的。这里，一间间屋子就像一个个人那样真实，虽说是不声不响，但人们从外面回来，不可避免地要同它们相遇，要么避开它们，要么热情地接待它们。大客厅从十八世纪起就习惯于暗黄的四壁和五彩的天花板，它静静地躺在那里，人们尽量不去打搅它，每次看见它总要向它表示敬意。那些小房间更使人感到亲切和好奇，它们多得数也数不清，就像一群逃兵，也不管对称不对称，整齐不整齐，从大客厅向着四周溃逃，张皇失措，乱成一团，一直逃到花园，走过三级破破烂烂的台阶，顺利地消失在花园中。

如果我进出不想乘电梯，也不想在大楼梯上被人撞见，就会有一条较为狭窄的、废弃不用的便梯向我伸出它的台阶。台阶一级挨一级，上下巧妙地排列着，在递进中仿佛释放出一种完美无缺的和谐，就是我们在颜色、芳香和美味中能感觉到的，常常会激起我们感官无限快乐的那种和谐。但是，上下楼梯激起的感官快乐，我还是来到这里后才感受到，就像从前那样，只是到了阿尔卑斯山，我才知道呼吸这个平时不引人注目的行为，会给人一种恒久的快感。我第一次爬这些台阶就感到非常省力（一般来说，只是用惯了的东西才会省力），仿佛我在认识它们之前，它们就对我很熟悉了，仿佛能把只有习惯才会产生的舒适感提前给了我（我还没有养成习惯，况且，一旦养成习惯，习惯的威力对我也就会减弱），可能是它们从前每天迎送的主人把这种舒适感糅进它们内部了。我打开一个房间，双扉门在我身后合拢，打褶的帷幔带来了肃静，但我感到好像当了国王一样心醉神迷。一具饰有铜雕的大理石壁炉——如果认为它只能代表督政府[1]时代的艺术，那就大错而特错了——为我生着了火，一把矮脚椅供我坐着烤火取暖，我像坐在地毯上一样舒服。墙壁紧紧拥抱房间，把它与世隔绝；墙上有壁橱，以便把要装的东西装到里面去；还留出一块地方放床，床两边有几根柱子，轻轻地支撑着床头加高了的天花板。大房间里首有两个小房间，和大房间一般宽，后面一间的墙壁上挂着一串用蓝蝴蝶花的根块串成的念珠，这串给人以快感的念珠，

[1] 指 1795—1799 年间的法国政府。

为那些想来这里静心养身的人增添了愉快的芳香；如果我躲进这小房间时让一道道门敞开，就会使小房间陡然扩大三倍，又不致破坏它的和谐感，不仅使我的眼睛在享受紧缩的快感后又饱尝扩大的乐趣，而且还会使我那不可侵犯的，但已不再是封闭式清静的快感增加几分自由的感觉。这个小房间的窗户开向一个院子，像在俯视一个孤独的美女；第二天早晨，我发现这个院子被周围没有窗户的高墙封锁住，院中只有两棵苍黄的大树，但足以给万里无云的蓝天增添一丝淡紫色的柔和，我不禁为有这个孤独的美女为邻而感到幸福。

睡觉前，我走出房间，想对我这神奇的领地进行一次全面的勘探。我沿着一条走廊朝前走去，走廊很长，依次向我展示它的宝物，只要我没有睡意，它愿把它的全部宝物都敬献给我：一把在角落里放着的安乐椅，一架古钢琴，一个摆在蜗形腿桌子上的插满瓜叶菊的蓝陶花瓶，镶在一个古老镜框里的幽灵似的古代妇人，扑了白粉的头发上插着几朵蓝花，手里拿着一束石竹花。我来到走廊的尽头，一堵不开门的墙诚恳地对我说：“现在该往回走了，不过，你看见了，这里就是你的家。”可是，柔软的地毯为表示受惠知报，对我说，如果夜里我不睡觉，完全可以光着脚来，而那几扇朝向野外、没有百叶板的窗户向我保证它们彻夜不眠，无论我什么时候来，都不必担心会把它们吵醒。在一个帷幔后面，我发现有一间小屋，被墙堵住了去路，要逃也逃不了，提心吊胆地躲在那里，惶恐不安地瞪着被月光染成葱白色的牛眼睛看着我。我上床睡觉了，但是鸭绒被、小圆柱、小壁炉使我的注意力处在一种和我在巴黎时完全不同的状态，使我不能按照老习惯胡思乱想地做梦。注意力的这种特殊状态围绕着睡眠，影响了、改变了睡眠，使它同我们的某个记忆系列直接挂钩，因此，我第一夜的梦中所充斥的形象，不能同我平常睡眠中打交道的记忆系列挂钩。睡觉时，我试图把自己拉回到我习惯的记忆系列中，但是那张我还没有适应的床，以及翻身时对睡姿不得不给予的注意，就会出来校正或维持我做梦的新思路。睡眠同我们对外部世界的感觉是一个道理。只要把我们的习惯稍微改变一下，就能使睡眠充满诗情画意，比如还没有脱完衣服，就倒在床上呼呼睡着了，睡眠的深浅就会发生变化，它的美感也容易领略到。我们醒来，看看表是四点钟，其实只是凌晨四点，会以为睡了整整一天，因为在我们看来，这几分钟意外的睡眠充足而踏实，有如皇帝的金球[1]，是上帝根据某个至高无上的权利授予我们的。第二天清晨，我正梦见外祖父一切准备就绪，在等我一起到梅塞格利丝那边去，我心里好生烦恼，可就在这时，骑兵团的军乐声把我惊醒。这个骑兵团每天都要从我窗前经过。但也有两三次——我这样说不无道理，因为人的生活是沉浸在睡眠中的，睡眠夜复一夜地围绕着生活，犹如海水围绕着半岛，如果我们不把生活沉浸在睡眠中，就不可能把它淋漓尽致地描绘出来——我睡得死极了，任凭军乐声吼叫，我仍然什么也听不见。其他时候，我会被科学产生的乐声惊醒一会儿，但我的意识刚从睡梦中醒来，仍然蒙蒙眬眬，尖厉

[1] 置于十字架上象征君王权力的标志。

的笛声对我的意识不过是轻柔的抚摸，犹如晨鸟轻柔而清新的呢喃，这现象如同事先上了麻药的器官，灼痛感开始并不明显，只是到最后才有感觉，像是轻微的烫伤引起的疼痛。但是，龙骑兵还没有全部从我窗前过完，睡眠就夺走了声音花束最后几枝怒放的鲜花，我又沉入梦乡。我的意识和这个声音花束的干茎接触的面是那样小，受睡眠的哄骗是那样深，后来当圣卢问我听没听见乐声时，我甚至怀疑那军乐声是我想象出来的；就像在白天，只要稍微听到街道上空升起一点声音，我就会以为是军乐声。也许我是在梦中听到这个声音的，怕被惊醒，或者相反，怕醒不过来，看不见龙骑兵的队伍。因为常有这样的事，我以为被声音惊醒了，其实我还睡得好好的，这以后一个小时内我都迷迷糊糊，似睡非睡，我会在睡眠的白幕布上，给自己演出各种各样的皮影戏，睡眠竭力阻挠，但我却在幻觉中看到了瘦长的影子。

的确，有些本该在白天做的事，有时会在睡眠时到梦中去完成。换句话说，先要经过一个改变方向的昏昏欲睡的阶段，遵循一条完全不同于我们醒着时所遵循的道路。同一件事有两种不同的结局。尽管如此，我们在睡眠中生活的世界与现实世界是那样不同，失眠者首先想到的是要摆脱现实世界。他们连续几个小时闭着眼睛，脑子里盘旋着和他们睁眼时同样的想法，一旦发现头一分钟出现了一个异常的想法，从表面上看，这想法与逻辑规律和现实生活相抵触，他们就会恢复勇气。这个短暂的“失神”表明睡眠的大门已经打开，也许他们马上就可以溜进门去，脱离现实感觉，到离开现实多少有段距离的地方歇歇脚，这样，他们就会或长或短地“美美”地睡上一觉。但是，当我们背向现实，接触到前面几个龙潭虎穴时，我们也就前进了一大步。在这些龙潭虎穴中，“自我暗示”就像巫婆，正在准备可怕的食物，使我们想象出各种疾病，或导致神经官能病复发，并且窥伺着疾病在无意识的睡眠中凶猛发作，好把睡眠打断。

离此不远是留作专用的花园。在这座花园里，生长着各种不同鲜为人知的催眠之花，有曼陀罗、印度大麻、各种乙醚精，还有颠茄、鸦片、缬草。这些睡眠花迟迟不开，直到那个负有天命的陌生人前来触动它们一下，它们便绽开出奇丽的花朵，连续好几个小时在睡眠者身上释放出一个个睡梦，那郁烈的香味令人惊异万状，赞叹不绝。花园深处是修道院，窗子全部敞开，不断地回响着我们睡前学习的功课，只有到觉醒时才能记熟。这时，我们心里的闹钟嘀嗒嘀嗒地响个不停（这是觉醒的预兆），闹钟的定时万无一失，因为我们心里有牵挂，而当家庭主妇来向我们报告七点钟时，发现我们已经醒来。在这间向睡梦敞开大门的房间里，睡梦在不倦地工作，使人们忘记了爱情的忧愁。有时，这项工作会被一个充满模糊记忆的噩梦打断，但它很快又会重新开始。我们醒来后，仍然有梦的记忆悬挂在房间黑漆漆的墙壁上，但这些记忆被黑暗笼罩，往往要到下午，当一个相似的印象把光线投到它们身上时，我们才第一次看见它们。有几个已变得面目全非，难以辨认，尽管在梦中是那样协调、清晰。当我们认不出来时，只好匆匆把它们埋入泥土中，就像埋葬很快就腐烂的尸体或遗骸旁的物品，这些物品已经受到严重损坏，即使最高明的修理匠，也难以使它们复原，再派用场。

栅栏旁是采矿场，深睡到这里来寻找浸泡脑子的涂料。这种涂料坚硬无比，如果睡眠者的意志要把自己唤醒，即使在一个黄金般美好的早晨，也必须像年轻的齐格弗里德[1]那样挥舞刀斧，大砍一阵。再过去仍然是噩梦的世界。愚蠢的医生硬说噩梦比失眠更容易使人疲倦。其实相反，它们能使爱沉思的人转移注意力。噩梦会向我们呈现一本本怪诞的画册，比如，我们已故的双亲刚刚发生了一起严重车祸，但不排除不久就能痊愈的可能性。在等待父母痊愈的过程中，我们把他们圈入一个小老鼠笼内，他们变得比白鼠还要小，浑身长满了大红水疱，每个水疱上插着一根羽毛，模仿西塞罗在给我们发表雄辩的演说。在这本画册旁边是觉醒的转盘。因为这个转盘，我们会暂时遇到烦恼，必须回到五十年前就已倒塌的房子里去，然而，随着睡意的退却，这幢房子的形象逐渐消失，取而代之的是好几个不同的形象，等到转盘停止转动，我们得到最后一个形象，同我们睁开双眼所见的形象竟会吻合。

有时我什么也没有听见，因为我陷入了仿若万丈深渊的睡眠中，幸亏我不久逃了出来，真有说不出的高兴，但我脑袋沉甸甸的，塞满了东西，要把那些灵活的植物性神经系统——它们很像喂养赫丘利[2]的仙女——在我睡觉时加倍活动而带给我的东西全部

[1] 齐格弗里德是德国神话中的英雄。

[2] 赫丘利是罗马神话中的大英雄，为主神朱庇特和凡女所生，遭到天后朱诺陷害，但自小受到仙女庇护。

消化掉。

我们把这种睡眠叫作铅睡，也就是沉睡，因为这样的睡眠中止后，甚至过了很长时间，我们还会感到浑身死沉沉的像个铅人。我们不再是什么活人了。可是，为什么当我们像寻找遗失的物品那样寻找自己的思想和个性的时候，最终找回来的总是“我”，而不是别人呢？为什么当我们重新开始思考时，在我们身上表现出来的仍然是以前的个性呢？我们看不出是什么在支配这种选择，为什么在成千上万个可能的候选人中，偏偏选中了昨天的“我”。当思想确实被阻断的时候（或者一觉睡到天亮，或者梦的内容与清醒时意识中的印象完全不同），究竟是什么在给我们引路呢？也确实有过死亡，例如当心脏停止了跳动，而舌节律性牵引法[1]使我们苏醒的时候。一个房间，哪怕我们只见过一次，也可能会唤醒我们的记忆，而在这些记忆上面，还悬着更悠久的记忆；或者它们中有的会被埋在我们的思想深处，我们现在才意识到。经过睡眠这个大有好处的灵魂脱窍，觉醒时的情景，实际上应该和我们回忆起遗忘了的名字、诗句或副歌时的情景是一样的。如果把灵魂的死而复生当作记忆的一个奇特现象，那倒也许是可以理解的。

我醒了。阳光灿烂的天空要拉我起床，但是初冬那明媚清寒的早晨却透着凉气，使我不敢离开被窝。我仰起头，伸长脖子，让一半身子仍藏在被窝中，我瞪大眼睛，望着窗外的树木。树叶一改以前的模样，犹如画在一块看不见的画布上的一两团色块，

---

[1] 刺激窒息者的呼吸反射。

金灿灿，红艳艳，悬挂在空中。我就像一只正在变态的蝶蛹，具有双重性，一种环境很难适应我身体的各个部分：我的视觉只要求色彩，不在乎温暖，相反，我的胸脯却只需要温暖，不在乎色彩。我等火生好后才起床。金灿灿和紫莹莹的早晨宛若一幅透明悦目的图画。我凝视着这幅晨景图，刚才我拨了拨火，人为地在这幅寒冷的图画上增添了一层它所缺少的暖色。火像烟斗一样，欢快地燃烧，冒烟，使我产生了一种既粗俗又微妙的快感。说粗俗，是因为快感建立在肉体舒适的基础上，说微妙，是因为快感使我产生了一种朦胧而纯洁的幻想。我的盥洗室里糊着一张刺眼的红纸，上面印满了黑花和白花，我的眼睛很难适应。但是这些花在我面前不停地以新的姿态出现，迫使我同它们接触而不是产生冲突，使我起床时的充满歌声的欢快气氛发生了变化；这些花迫使我站在红色的海洋中去看我这个新住所，这个不同于巴黎的世界。这个新住所是一块愉快的屏风，新鲜空气源源流入，跟我父母的房子朝向完全不同。有几天我心神不定，或者渴望见到我的外祖母，怕她在家生病，或者想起了搁在巴黎的一件正在进行的工作，眼下进展并不顺利。（即使在这里，有时候我也有办法故意给自己找点别扭。）这些忧虑，不是这个便是那个，会冒出来扰乱我的睡眠，我无力驱散我的忧愁，我觉得顷刻间我的整个生命都笼罩了愁云。于是我从旅馆找了个人，让他去军营捎个口信给圣卢，告诉他如果有可能——我知道这是困难的——希望他到我这里来一趟。一小时后他来了。一听见门铃响，我感到我的一切忧虑顿然烟消云散。我知道，忧虑在我面前是强者，但在圣卢面前却是弱者。他一来，我的注意力就抛开了我的忧虑，转移到他身上，期待他做出决定。他刚进来，就把一清早他充分展现的活力带到了我的周围，创造了与我房间的气氛迥然相异的朝气蓬勃的环境。我一下就适应了这个新环境，并且做出了恰如其分的反应。

“对不起，打搅您了。我心里烦得很，您想必猜到了。”

“不，我只以为您想见我，我感到这很好。您叫人去找我，我很高兴。怎么啦？哪里不舒服？我能为您做些什么？”

我向他直抒胸中的忧虑。他倾听着，简明地回答我的问题。但是他还没有讲话，就已经把我变成和他一样的人了。他工作繁重，这使他整天匆匆忙忙，身手敏捷，心情舒畅。我也像他那样感到，刚才使我心绪纷扰的那些烦恼，与他繁重的工作相比，实在微不足道。我就像一个病人，好几天睁不开眼了，人们请来了大夫，大夫轻轻地、灵巧地把病人的眼皮分开，从中取出一颗沙子；病人治好了病，心也就安定了。我所有的烦恼化作一份电报，圣卢自告奋勇，承担了发电报的任务。我仿佛觉得生活完全变了，变得那样美好，我感到浑身充满了力量，真想做些事情。

“您现在干什么？”我问圣卢。

“我马上就得走，一刻钟后部队要去操练，要我去。”

“把您叫来，让您为难了吧？”

“没什么为难的，上尉很客气，他说既然是您叫我，我就应该来，但我不想耽搁太久。”

“要是我赶快起床，到您操练的地方去，这会使我很感兴趣的，说不定在您休息的时候还可以同您聊上几句呢。”

“我劝您别这样。您一宵没有合眼，为了一件小事（是小事，我敢向您保证！）愁了一夜，现在刚平静下来，还是把头放回到枕头上去吧，好好睡上一觉，这对您的身体大有好处，您的神经细胞排出的无机盐太多了。不要马上就睡着，因为我们讨厌的军乐又要从您窗前经过。不过，我想，军乐过后您就会清静的。晚饭见。”

但是不久，我对军事理论开始感兴趣了（圣卢的朋友们在晚饭时经常谈论），于是我就常去看骑兵团演习。我头脑中整天想着要从近处看看他们的各级长官，正像那些把音乐作为主要研究对象，整天生活在音乐会中的人一样，会兴致勃勃地出没于咖啡馆，投入乐师的生活中去。到练兵场要走好多路，累得我脑袋晕晕乎乎，不时地东歪西倒，吃罢晚饭就想睡觉。第二天，我发现我没有听见军乐声。在巴尔贝克海滩也是这样，每当圣卢带我到里夫贝尔去吃晚餐，第二天也总听不见海滩的音乐会。我想起床时，感到动弹不了——这是一种十分舒适的感觉。我仿佛被肌肉的和滋养的侧根紧紧地缚在一块深不可测的看不见的土地上，疲劳使我的关节变得异常敏感。我感到浑身有使不完的劲，前面的生活道路似乎变长了，因为我又退回到了我的童年时代。那时在贡布雷，每次我们到盖尔芒特那边去散步，第二天我总会累得起不了床。诗人们总说，当我们回到童年时代生活过的一幢房子、一座花园，刹那间就会找回从前的我们。像这样的旧地重游全凭运气，失望和成功的可能各占一半。固定的地方经历过不同的岁月，最好还是到我们自己身上去寻找那些岁月。因此，极度的疲劳再加上一宵的沉睡，在一定程度上有利于我们寻回过去的岁月。疲劳为使我们沉入睡眠最深的地道（那里，昨天的回光返照、记忆的微弱光线，再也照不亮内心的独白，即使独白本身不想停止也不行），孜孜不倦地翻掘着我们身体这块土地和岩层，使我们在肌肉插入和扭曲它们的侧根、吸入新生命的地方，找回孩提时代玩耍的花园。用不着长途跋涉去寻找这个花园，而是应该深入地道。覆盖大地的东西不再覆盖在大地身上，而是铺在底下；要参观一个古城的遗迹，光长途跋涉是不够的，还应该在地下发掘。但是，我们也会发现，有时候某些偶然的瞬间的印象，比这种身体的疲劳更容易使我们回忆起往事，使往事好像长了翅膀，在我们眼前轻轻掠过，形象更加逼真，更加令人心旷神怡，令人耳晕目眩，令人终生难忘。

有时候我累得快要散架了，因为连续几天看演习，没能睡觉。我多么希望能回到旅馆去啊！上床时，我感到如释重负，庆幸终于摆脱了魔法师和巫师，这些术士充斥于人们喜闻乐见的十七世纪的“小说”中。睡眠和第二天早晨的懒觉不只是一则迷人的童话故事了，不仅迷人，也许还有好处。我思忖，任何痛苦都可以找到避难所，好的找不到，至少可以得到休息。这些想法给我带来了意想不到的好处。

有时假日圣卢不能外出，我便常去军营看望他。军营离旅馆有好一段路，必须出城，穿过一座旱桥。我站在旱桥上极目远望，感到视野非常宽广。大风在这些高地上刮个不停，军营院子三面的房屋都灌满了风，仿佛成了风魔窟，不停地在咆哮怒吼。如果罗贝有事，我就在他的房门口或在饭厅里等他，同他的朋友聊聊天。他把他的朋友都介绍给我了，有时他不在军营时我也会来看他们。我从窗口俯视底下一百米的田野，田野光秃秃的，但是点缀着一块块绿油油的新苗田，常常被雨水淋得湿漉漉的，在阳光的照耀下闪闪发光，给田野铺上了一条条光辉灿烂的、像珐琅那样透明的绿带。我在等他的时候，常听到有人议论他。我很快就了解到他的人缘很好，大家都喜欢他。有几个士兵，不和他一个中队，出身于富裕的中产阶级，只能从外部看见贵族上流社会，从没能涉足其间，对圣卢的性格略知一二，因此对他产生了好感，同时，这个年轻人在他们心目中享有崇高的威望，因为他们到巴黎过周末时，总能看见他在和平咖啡馆同德·于塞斯公爵和德·奥尔良亲王一起消夜。正因为这样，他们从圣卢英俊的脸庞，从他走路和同人打招呼的笨拙姿势，从他不停地甩动单片眼镜的动作，从他高高耸起的军帽和质地太细、颜色太红的军裤，引进了“帅”的概念。他们确信，骑兵团最优雅的军官，即使是那位批准我在军营留宿一夜的威武上尉，都缺少这种“帅”劲。与他相比，上尉显得过于庄重，可以说有点平庸。

其中有一个人说：“上尉买了匹新马。”“他可以把想买的马都买下来。星期天上午，我在槐树路遇见了圣卢，他骑的那匹新马那才叫帅呢！”另一个反驳说。说这话的人看上去很内行，因为这帮年轻人所属的阶级，即使与上流社会不常有来往，但有的是金钱，也有空闲，凡是可以用金钱买来的风雅，他们都买来了，在这一点上，与贵族阶级别无二致。他们的风雅，例如衣着，比起圣卢的那种不拘小节、漫不经心的风雅来（我外祖母就特别欣赏他这种风度），最多带有一种更加刻意追求完美的意味罢了。对于这些大银行家或证券经纪人的儿子，当他们看完戏去吃牡蛎的时候，能在邻桌看见圣卢士官，这不能不说是令人激动的事。每星期一，当人们休假归营，谈起各种见闻，其中一个人是罗贝那个中队的，他说罗贝“十分亲切地”向他问好了；另一个不和他一个中队，但他确信圣卢认出他来了，因为他不止一次地用单片眼镜朝他的方向张望。

“真的，我兄弟在和平咖啡馆看见他了。”还有一个在情妇家里待了一天的人说，“他穿的礼服看上去又长又肥。”

“他穿什么样的背心？”

“他没有穿白背心，而是淡紫色的，佩戴着各式各样的棕榈叶状勋章，有趣极了！”

至于那些老兵（都是些平民百姓，不知道有赛马俱乐部，只是把圣卢归入非常有钱的士官之列。大凡生活相当阔绰、有一笔可观的收入或债务、对士兵慷慨大方的士官，也不管有没有破产，都被他们归入此类），圣卢走路的姿态、单片眼镜、军裤和军帽，在他们看来，这些东西即使说不上有什么贵族特色，却别有一番风味。他们认为圣卢的这些特征，随和的举止风度、不迎合长官意图的个性，完全符合他们为骑兵团最受欢迎的士官规定的性格和风度。他们认为，对士兵好，就必然不迎合长官意图。早晨在寝室里用咖啡，或者中午躺在床上休息时，如果有个老兵向既馋又懒的骑兵班讲一段关于圣卢一顶军帽的饶有趣味的故事，大家就会喝得更香，或者休息得更好。

“跟我的背包一样高呢。”

“得了吧，老兄，你想诓我们哪，怎么可能跟你的背包一样高呢？”一个年轻的文学院毕业生打断他说。他用“诓”这个方言，是想不露出自己是个新兵，而他敢于这样反驳老兵，是为了证实一个使他非常感兴趣的事实。

“什么！没有我的背包高？你量过呀？我跟你说吧，中校的眼睛老盯着他看，像要把他关禁闭似的。可别以为我那个大名鼎鼎的圣卢会大吃一惊，他走来走去，低头抬头，不停地甩动他的单片眼镜。不过，要看上尉怎么说。啊！他很可能什么也不会说，但可以肯定，他是不会高兴的。那顶军帽才算不了什么呢。据说在他城里家中还有三十多顶哪！”

“你是怎么知道的，老兄？又是从我们那位该死的下士那里打听到的吧？”年轻的学士咬文嚼字地问道，卖弄着他刚学来的新的语法形式[1]，为能用它们来装点自己的谈话而得意扬扬。

“我怎么知道的？当然是听他的勤务兵说的啰！”

“你说的那个人日子肯定过得不错吧！”

“那当然！他钞票比我多，这是肯定的！再说德·圣卢还送衣服给他，什么都送。他在食堂总吃不饱肚子。我的德·圣卢到食堂

[1] 前文“你是怎么知道的”原文为 Comment que tu le sais，其中 comment que（怎么）是巴黎郊区工人使用的语言，标准法语中没有 que。

来了，炊事兵听见圣卢说：‘我要他吃得好，吃多少钱都不打紧。’”

老兵有力的声调弥补了平淡的言谈，他的模仿尽管不很高明，但却十分成功。

离开军营前我转了一圈。夕阳西下，我就朝我的旅馆走去，休息两个钟头，看看书，等时间到了，我就到圣卢和他那伙朋友包膳的饭店去和他共进晚餐。广场上，残阳给城堡那宛若火药筒的屋顶，蒙上了一朵朵与砖色相协调的玫瑰红云彩，同时通过反照使砖色变得柔和，从而使砖和瓦的色调和谐一致。一股生命流注入我的神经，我做任何动作都不能使之耗尽衰竭；我每走一步，脚踩在广场的铺路石上都会弹起来，仿佛足跟上长了墨丘利[1]的翅膀。有一个喷水池闪烁着淡红色的光辉，另一个在月光的照耀下泛出乳光。一群顽童在两池中间嬉戏，尽情地欢叫，由于天色已晚，只能像雨燕或蝙蝠似的转着圈子。旅馆旁边是故宫和路易十六的橘园，现在已被储蓄银行和兵团占用。故宫和橘园内已点燃了煤气灯。煤气灯散发出金黄的微光，在这仍透着亮光的薄暮中，与残留着落日余晖的十八世纪式的高大窗扉十分协调，犹如一枚金黄的玳瑁首饰戴在闪着红光的头发上。看到这幽幽的灯光，我恨不得马上能重新看见我的炉火和我的灯光。在我下榻的旅馆正面，只有我房内的那盏灯在同黄昏进行着搏斗；为了能早点看到灯光，我饶有兴致地就像要赶回家去吃晚点心似的，赶在天黑前回到了旅馆。在我的临时住所中，我的感觉还像在外面一样敏

[1] 罗马神话中诸神的使者，亡灵的接引神，穿一双装有翅膀的草鞋，行走如飞。

锐饱满。这种敏锐的感觉，使那些平时看来平淡无奇、毫无装饰的表面，例如昏黄的火光、天蓝的糊墙纸（黄昏像一个中学生在墙纸上面画着图画）、玫瑰红的开瓶塞钻、铺在圆桌上的印有奇异图案的桌毯和正在眼巴巴地等着我的一沓小学生用纸、一瓶墨水和一本贝戈特的小说，都变得那样充实饱满，我仿佛感到它们从此蕴含着一种特殊的生命，只要我能够再看见它们，就能从它们身上提取这种生命。我愉快地回忆着我刚离开的军营，军营的风标随风旋转着。就像潜水员常用一根露出水面的管子呼吸那样，对我来说，把这个军营，这个居高临下、鸟瞰纵横交错的绿色苗带的瞭望台作为停泊的港口，就如同把我和有益于健康的生活和自由的空气联系在一起；什么时候愿意，什么时候我就能到军营的库房和宿舍去，并且每次都能受到热情接待，我把这些看作我希望永不丧失的宝贵特权。

七点钟，我套上外衣又出门了，到圣卢包膳的饭店和他共进晚餐。我喜欢走着去。天黑漆漆的。从我到这里的第三天起，天一黑，就刮起了凛冽的寒风，好像要下雪似的。按理说，在路上我应该时刻思念德·盖尔芒特夫人，因为正是为了接近她，我才来到罗贝的驻地的。但是人的记忆和忧虑是变幻莫测的。有时候它们走得远远的，我们几乎看不见它们，以为它们从此离开了我们。于是我们开始注意起别的东西。在我们住惯了的城市中，街道仅仅是沟通两地的简单工具，但我刚到这个城市，街上的一切都使我感到新奇。我觉得这个陌生世界中的居民，他们的生活是奇特而绝妙的。一所住宅透着灯光的玻璃窗，常常向我展示出一幅幅我无法深入了解的、神秘而真实的生活画面，我会收住脚步，伫立在黑暗中久久凝望。这里，火神用一幅染成紫色的图画，展出了一个栗子商人的小酒店，在店里，有两个士官在专心致志地玩纸牌，椅子上放着他们的腰带，他们万万没有想到，魔法师使他们从黑暗中冒了出来，就像使剧中人物登台一样，把他们此时此刻的形象赤裸裸地暴露在一个停下来张望，而他们自己却看不见的行人眼前。在那边一个小旧货铺内，一支烧剩半截的蜡烛把荧荧红光投在一块版画上，把它变成了红粉笔画，而那盏大灯在与黑暗搏击，把亮光洒向周围，把一块皮革染成了棕色，使一把匕首发出闪闪的银光，给几幅不过是拙劣的复制画涂上了一层珍贵的金色，就像是旧铜器生了锈或者旧木器涂上了漆一样，最后，把这个充斥着赝品和面包皮的、肮脏不堪的陋室，变成了一幅极其珍贵的伦勃朗的杰作。有时我甚至会抬头仰望一套没有关上百叶窗的古色古香的大房间。那里面，一群水陆两栖的男女，一到晚上就要使自己重新适应与白天不同的生活环境，在油腻腻的液体中缓缓游动；一到傍晚，这种油状液体就会从灯的蓄油池中源源流出，流满各个房间，一直漫到房间的石头和玻璃内壁的边沿；那些男女在液体中移动着躯体，传播着金黄油腻的漩涡。我继续往前走。在教堂前那条黑魆魆的小街上，难以抑制的情欲使我迈不开脚步，就像从前在去梅塞格利丝的小路上一样。我感到将会有一个女人突然出现，来满足我的情欲。在黑暗中，如果我突然感到有一条裙子从我身边轻轻擦过，我会快活得全身战栗，竟不相信与这轻轻擦过的裙子完全是萍水相逢，我禁不住张开双臂，想去拥抱一个惊慌失措的过路女人。这条中世纪式的小街在我看来是那样真实，如果我真能在这里抱起一个女人并且占有她，我不能不认为是古老的情欲将我们两人结合，哪怕这个女人不过是每天晚上站在街上拉客的娼妓，但是冬天、黑暗、人地生疏感和中世纪式的街道，给她涂上了一层神秘色彩。我思考着未来：试图忘记德·盖尔芒特夫人对我来说是可怕的，但也是理智的，我第一次感到这可以做到，而且也许不难做到。街上寂静无声。突然，我听见前面传来了说话声和笑声，想必是喝得烂醉的行人在回家去。我停下来看他们，眼睛盯着传出声音的方向。我等了很久，因为周围静得出奇，老远的声音也以一种不可抗拒的力量清楚地传进我的耳朵里。最后，那些人出现了，但不像我猜想的那样在我前面，而是在我后面，离我很远。或许因为街道交叉，中间隔了一座座房屋，声音的折射引起了听觉的差错；也可能因为我不熟悉这个地方，很难判断声音的方位。反正我搞错了。距离和方向全都搞错了。

风越刮越大，好像就要下大雪似的，冷得使人毛骨悚然，浑身起鸡皮疙瘩。我又来到了大街上，跳上一辆小无轨电车，一个军官从车厢外的平台上爱理不理地向在人行道上对他敬礼的士兵还礼。士兵们看上去笨头笨脑的，脸上像是被冷风涂了层刺目的红颜色，这使人联想起老勃鲁盖尔[1]画上快活而贪吃的农民冻得发

[1] 老勃鲁盖尔（1525—1569）：佛兰德斯最伟大的画家，出身于农民家庭，所作油画或版画多反映农村生活和社会风俗，风景画也反映农民生活和大自然的结合，别具风格。有的作品以民间寓言和谚语为题材，他还用风俗画的手法处理宗教题材。

紫的脸孔；秋天突然一下子变成了初冬，似乎把这个城市向北拉过去了许多。

我来到了我和圣卢及其朋友们碰头的饭店，隔壁展览馆就要开始的庆祝活动把许多乡邻和外地人都吸引到这里来了。饭店的院子通向厨房，厨房里呈现出淡红色的反光，人们在烤鸡烤猪，把活蹦乱跳的龙虾扔进饭店老板所谓的“不熄的炉灶”中。我直接穿过院子时，看见人群拥了进来，这种景象堪与佛兰德斯[1]老画家们的作品（例如《伯利恒的人口调查》[2]）中所描绘的景象相比；他们问老板或他的一个助手接不接待顾客，让不让住宿；老板见有些人看上去不像好人，宁愿把他们打发到城里别的旅馆去。一个小伙计拎着一只家禽走了过去，这只被他揪住脖子的家禽在他手中乱扑腾。在到达我朋友等候我的那间小餐厅之前，先要穿过大餐厅。我是第一次从这里经过。我看见侍者们气喘吁吁地端来鱼、肥嫩的小母鸡、大松鸡、山鹬、鸽子等，五颜六色，热气腾腾，丰盛的菜肴也使我联想到那些洋溢着古代纯朴风格和佛兰德斯夸张风格的圣餐画。为了跑得更快，侍者在镶木地板上滑行，把那些鸡鹬之类的东西都放到一张巨大的蜗形腿桌子上；它们刚放上桌就立即被剁开，但都原封不动地堆在

[1] 佛兰德斯为法国和比利时旧地区名。位于今法国东北部，是 13 世纪至 14 世纪欧洲最发达的毛纺中心之一。14 世纪被法国占领。历史上出过许多著名画家，上文提到的老勃鲁盖尔就是其中之一。

[2] 伯利恒位于耶路撒冷以南 8 公里。《新约全书》称其为耶稣诞生地。《伯利恒的人口调查》为老勃鲁盖尔的代表作。

那里（我进来时许多人都快吃完了），似乎菜肴的丰盛和端菜人的匆忙，不是为了满足顾客的需求，而是一丝不苟地遵照《圣经》中的描述（但一举一动的素材却又取自佛兰德斯的真实生活），或是出于美学和宗教的考虑，想用食物的丰盛和侍者的殷勤来向人们展示节日的热烈气氛。有一个侍者站在饭厅一端的餐具柜旁沉思。我想向他打听我们的餐桌安排在哪间屋子，因为只有他似乎比较安静，可以回答我的问题。我朝他走过去，隔几步就有一个暖锅，是为了给晚来的人热菜用的。（然而，餐后点心却由一个身材硕大的人托在手中，他站在餐厅中央，有时站在一只水晶鸭——其实是冰雕鸭——的翅膀上，这鸭子是每天由一个手艺好的厨师按照地道的佛兰德斯风格用烧红的烙铁刻成的。）一路上我几次差点被人撞倒。我发现这个侍者很像那些传统宗教画中的一个人物，惟妙惟肖地再现了画中人的面容和表情：塌鼻子，相貌平淡，但纯朴憨厚，耽于幻想，并且在别人还没有猜到时，就已经隐隐预感到会有神灵降临。此外，或许是因为庆典活动即将开始之故吧，餐厅中除了这个侍者外，又增加了一个天神，完完全全是从天上的小天使和最高天使的队伍中描摹下来的。一个少年音乐天使，一头的金发，一张十四岁孩童的嫩脸，其实他不是在奏乐，而是面对着一面锣或一摞盘子在出神，那些比他年长的天使在宽敞的饭厅里穿梭般来回走动，挂在他们身上的像原始人的翅膀那样的尖形拭巾，随着他们的走动不住地弹奏出颤抖的乐曲。我避开那些被棕榈树帷幔隔开的界线不明的地区——从那里走出来的侍者，犹如从遥远的九霄云外下凡的神仙——辟开一条道路，来到圣卢餐桌所在的小餐厅。我看见圣卢的朋友已经来了几个。这些向来都和圣卢共进晚餐的朋友，除了个别人是平民外，其他都出身于名门望族。而这几个平民子弟，在中学时代就被贵族子弟当作朋友，贵族子弟主动和他们来往，证明原则上贵族并不与平民对立，哪怕平民是共和国的拥护者，只要双手干净，到教堂去做弥撒，就能得到他们的信任。我初次来这里晚餐，没等大家入席，就把圣卢拉到小餐厅的一个角落里，当着大家的面，但不让大家听见，悄悄地对他说：

“罗贝，选择这样的时刻和这样的地点给您讲那件事是不合适的，但一会儿就讲完了。在军营里我总忘了问您，您桌上的那张照片不是德·盖尔芒特夫人吧？”

“怎么不是？就是我的好舅妈呀。”

“瞧，可不是嘛！我真傻，我早就知道了，可就是没往那上面想。我的上帝，您的朋友们该不耐烦了，咱们快点讲吧，他们在瞧我们呢，要不等下次再讲吧，反正没什么大事。”

“不，您尽管讲，让他们去等好了。”

“不能这样，我得有礼貌，他们太客气了，再说，您知道，那件事也不是什么大不了的事。”

“您认识她，那个善良的奥丽阿娜？”

就像他说“好奥丽阿娜”一样，这个“善良的奥丽阿娜”并不表明圣卢把德·盖尔芒特夫人看得特别好。在这种情况下，“好”“杰出”“善良”仅仅用来加强“那个”，指一个双方都认识的人，但因对方不是你圈子里的人，不知道该同他说什么。“好”充当冷菜，可以让人思考片刻，以便找到下文：“您经常看见她吗？”或“我有好几个月没看见她了”或“我星期二去看她”或“她的黄金时代已经过去”。

“您说那张照片上是她，我太高兴了，因为我们现在住在她的公馆里，我听到许多关于她的闻所未闻的奇事（我不便公开讲出来），因此我对她产生了兴趣。这是从文学角度讲的，您明白这个意思，怎么说呢，是从巴尔扎克的角度讲的。您绝顶聪明，用不着我细说。不扯远了，我问您，您那些朋友对我的教养有什么看法？”

“什么看法也没有。我对他们说了，您是高尚的人，因此他们比您更受拘束。”

“您太好了。啊，下面就谈正题，我问您，德·盖尔芒特夫人不会知道我认识您吧，是不是？”

“我什么也不知道。从夏天到现在，我还没有见过她呢。从她回巴黎以后，我休假时还没去过她那里。”

“因为我要对您说，有人肯定地告诉我，她认为我是个大傻瓜。”

“这我可不相信，奥丽阿娜虽算不上才智出众，可也算不上愚蠢。”

“您知道，在一般情况下，我是不希望您把您对我的好印象讲给别人听的，因为我不是爱虚荣的人。您在您朋友面前讲我的好话，我感到于心不安（两秒钟后我们就能回到他们身边）。但是，对于德·盖尔芒特夫人，如果您能让她知道您对我的印象，哪怕有点言过其实，我也会感到高兴的。”

“乐意效劳。如果您求我做的就是这么点小事，那不费吹灰之力。不过，她对您的印象如何，这同您有什么关系呢？我想您不会在乎别人对您的印象。如果仅仅是为了这件事，我们完全可以当着大家的面讲，或者等我们单独在一起时讲也不迟呀，我是怕您这样站着太吃力，太不舒服，而我们有的是单独在一起的机会。”

殊不知正是这个不舒服才给了我同罗贝谈这件事的勇气。有别人在场，我就有了借口，措辞就可以简短，不连贯；当我对朋友说，我忘记了他同公爵夫人的亲戚关系时，我可以用这种简短和不连贯的话，来掩饰我的谎言，同时也为了不让他有时间盘问我，为什么想让德·盖尔芒特夫人知道我同他的联系，为什么一味强调他是聪明人，等等。如果他盘问我这些问题，我实在不知道怎样回答，因此我会陷入困境。

“罗贝，您那么聪明，竟不明白对朋友的请求只应该从命，而不应该提出疑问，这实在太叫我吃惊了。要是我，不管您要我做什么（我甚至希望您叫我帮您做点什么），我向您保证，我决不会要您做任何解释。其实我也是言过其实。我并不是非要结识德·盖尔芒特夫人。但为了考验您，我本要对您说我想和德·盖尔芒特夫人共进晚餐，我知道，我即便说了，您也不会帮忙。”

“不仅会，而且一定照办。”

“什么时候？”

“等我回到巴黎再说，可能还得过三个星期。”

“到时候看吧。再说，她也不一定愿意。我真不知道应该怎样感谢您！”

“不用。这没什么。”

“不要这样说，这就很了不起了，因为我已看到您确实够朋友。我求您做的事，不管重要不重要，是不是令人愉快，不管是我真有这样的想法，还是为了考验您，这都无关紧要，您说您一定照办，这就证明您是一个聪明人，一个重感情的人。只有蠢人才会提出疑问。”

刚才他恰恰向我提出了疑问。不过，我这是为了将他一军，但我也真是这样想的，因为在我看来，衡量一个人价值的唯一试金石，就是看他愿不愿意为我唯一看重的东西——我的爱情尽心效劳。接着，也许是由于表里不一，或者是由于感激，由于关注，或是看到血缘关系使罗贝的面孔同他舅妈十分相像，我的柔情被激发起来了，我又对他说：

“啊，该回到他们那儿去了，我刚才只求您做了两件事中的一件，不重要的一件。另一件对我更重要，但我怕您会拒绝：我们彼此以‘你’相称，您会感到不方便吗？”

“有什么不方便呢！这太好了！快乐！快乐得哭泣！从未有过的至福！”

“太感谢您……你了。当您开始用‘你’称呼我时，我一定会非常高兴的。如果您愿意的话，德·盖尔芒特夫人的那件事您都可以不做，只要您称呼我‘你’，我就满足了。”

“两件事都做。”

“啊！罗贝！听我说，”在餐桌上我又一次对圣卢说，“啊！刚才那场前言不搭后语的谈话太富有喜剧性了，而且我不知道为什么——您知道我刚才同您讲的那个夫人是谁吗？”

“知道。”

“您真知道我想说谁吗？”

“您怎么啦？！您把我当成瓦莱[1]的呆子啦，当成傻头傻脑的人啦！”

“您不会乐意把她的照片给我吧？”

我本打算向他借用几天，可开口时，我犹豫了，感到我的要求不得体。为了不让他看出来，我索性把我的要求说得更加唐突，更不得体，似乎这样一来就非常自然了。

“不行，我先得征得她的同意。”他回答说。

圣卢的脸唰地红了。我明白他有什么想法不好说出口，他认为我有隐蔽的动机，只能为我的爱情效一半劳，他要保留某些道德原则。我真有点恨他了。

然而，我和圣卢一回到他的朋友中间，就见他在他们面前对我格外亲切，这使我深受感动。他对我再亲热，若我认为是装出来的，我也不会动情；然而，我感到他并不是在装模作样，他只是说了些我不在场时他可能在别人面前说我的，而我们单独在一

[1] 瓦莱为现瑞士的一个州，历史上曾属于法国。

起时他没说的话罢了。当然，我们两人促膝谈心时，我猜得到他是很乐意和我交谈的，但他从没有明确地表露出来。我说的话，平时他只仔细品味，但不露声色，而现在，他用眼角察看他的朋友，注意我的言谈在他们身上会不会产生预期的符合他向他们预言的效果。一个母亲对初登舞台的女儿在舞台上的对白和观众的反应，也比不上圣卢对我讲话的关注。我有哪句话说得不清楚，假如没有人在场，他只是莞尔一笑，但有人在场，他怕别人没听明白，便对我说："什么，什么？"好让我重复一遍，也是想引起别人的注意，继而把眼睛转向大家，笑眯眯地看着他们，不由自主地当上了训练他们发笑的教练，这样，他也就第一次向我表露了他对我的看法——他在朋友们面前经常谈起的看法。我也就突然看到了我的外表，就像人们在报纸上看到自己的名字，或在镜子中照见自己的面孔一样。

有天晚上，我想给他们讲布朗代夫人的一个故事，挺逗人发笑的。但我开了头就没往下讲，因为我突然想起圣卢已经知道这个故事，我记得到这里的第二天就想给他讲的，可他却打断我说："在巴尔贝克您给我讲过了。"不料这一天晚上他却鼓励我往下讲，说他确实没听过这个故事，并且说他肯定会感兴趣的，这使我颇感诧异，就对他说："您一时忘了，但您很快就会想起来的。""不，你记错了，我向你保证。你从没有给我讲过。快讲吧。"在我讲的过程中，他始终很激动，喜悦的眼睛时而盯着我看，时而盯着他的朋友们。我直到讲完后，在大家的欢笑中，才明白他是想通过这个故事使他的朋友们对我的才智有充分的了解。就是为了这点，他才装出没有听过的样子。这就是友谊。

第三天晚上，他的一个朋友同我交谈了很长时间，因为前两次他没有机会同我谈话。我听见他悄声对圣卢说，他感到和我交谈非常有意思。事实上，我们谈了几乎整整一个晚上，面前放着索泰尔纳酒[1]，但我们光讲话，不喝酒，男人之间的好感像一层灿烂的帷幕遮掩着我们，把我们同其他人隔开。这种好感，虽然没有肉体吸引力作为基础，却是一种独一无二的使人感到神秘莫测的感情。圣卢在巴尔贝克海滩对我产生的好感，在我看来也是这样神秘莫测，当然它同我们谈话的趣味不能混为一谈，它脱离了任何物质的联系，看不见，摸不着，然而圣卢心中却充分感觉到它的存在，就像感觉到一种燃素[2]、一种煤气的存在一样，因此，他可以微笑着谈论这种感情。也许，在这里，在一个晚上就产生的这种好感中，还蕴含着一种更加惊人的东西，就像一朵花，在这间温暖的小餐厅内，几分钟就完全开放了。当罗贝同我讲巴尔贝克时，我忍不住问他，是不是他真的下了决心，要娶德·昂布勒萨克小姐。他向我声明，他不但没有下这个决心，而且根本没有这回事。他从没有见过这位小姐，也不知道她是谁。如果这时我能看见几个传播过这桩婚事的上流社会人士，他们也

[1] 法国索泰尔纳地方产的白葡萄酒。

[2] 早期化学理论的术语。有关火的假说认为每种可燃物质都含有一部分燃素。根据这种理论，燃烧现象（现在称氧化）是由于释放燃素而引起的，物质失掉燃素后，则成为灰烬或残渣。18 世纪末，科学的燃烧氧化说取代了错误的燃素说。

许会告诉我，德·昂布勒萨克小姐要嫁的并非圣卢，而圣卢要娶的也并非德·昂布勒萨克小姐。假如我提醒他们不久前他们说过相反的话，他们会露出十分惊讶的神情。为了使这种玩笑能够继续下去，并且围绕一个名字能够源源不断地制造出各种各样的假消息，上帝给了爱开这种玩笑的人一对轻信的耳朵和一个健忘的脑袋。

圣卢给我谈起过他的另一个同事，他也来这里了，他们的关系尤其融洽，因为在这群人中，就他们两个主张重审德雷福斯案件[1]。

“噢，他呀！他跟圣卢不一样，狂热得不得了。”我的新朋友对我说，“他甚至不够诚实。开始他说：‘等着吧。有个人我很熟悉，是德·布瓦德弗尔[2]将军，非常精明，非常善良。我们可以毫不犹豫地接受他的观点。’但当他知道德·布瓦德弗尔将军声明德雷福斯有罪时，就把他看得一钱不值，说是教权主义和参谋部的偏见妨碍他做出真诚的判断，尽管没有人——至少在过去，在德雷福斯事件之前——比我们这位朋友更崇拜教权主义了。于

[1] 德雷福斯是法国犹太血统的军官，1894 年，法国军事当局诬告他出卖国防机密给德国而被判终身苦役。当事实证明为诬告后，当局却拒绝重审，引起广大群众不满，导致民主力量（德雷福斯派）与反动势力（反德雷福斯派）之间的尖锐政治斗争。在舆论压力下，1899 年，德雷福斯被政府宣告无罪。

[2] 布瓦德弗尔（1839—1919）：法国军官、外交家。德雷福斯案件中任检方证人，曾警告丑闻将会削弱法国，并引起和德国开战的危险。1898 年 8 月 31 日，情报局长亨利中校因伪造陷害德雷福斯的“秘密档案”而在狱中自杀，于是布瓦德弗尔辞职，从此退出政界。

是，他对我们说，真相总会大白于天下的，因为这个案件就要由索西埃[1]受理了，说这个人是拥护共和政体的老兵（我们这位朋友出身于一个极端拥护君主政体的家庭），有钢铁般的意志，不屈不挠的信念。可是当索西埃声明埃斯代阿西[2]无罪时，他又为这一判决找到了新的解释，不过不是对德雷福斯不利，而是对索西埃不利。他说是军国主义思想蒙住了索西埃的眼睛（请注意，他本人既是军国主义者，又是教权主义者，至少是军国主义者，我都不知道该怎样看他了）。他家里人看到他思想这样狂热，都快愁死了。”

“你瞧，”我说，把脸转过一半朝着圣卢，为了照顾到两面，又把另一半对着他的同事，好让他参与谈话，“因为人们认为环境对人有影响，可是思想对人的影响更大。人都有思想观点。但思想观点比人少得多。因此，有同样观点的人都差不多。但思想观点并不是具体的，因此，在有一种思想观点的人周围生活着的具体的人，丝毫也改变不了这个人的思想观点。”

这时，圣卢的呵责声打断了我的话头，因为刚才有一个年轻的军人笑嘻嘻地指着我对他说：“迪洛克，和迪洛克完全一样。”我不知道这是什么意思，但我感到那张怯生生的脸上表情十分亲

[1] 索西埃（1828—1905）：巴黎军区司令（1884—1898），曾劝陆军部长不要起诉德雷福斯，但后来迫于压力，下令对此案展开调查。

[2] 埃斯代阿西是匈牙利籍的法国军官，在法军参谋部任职，在德雷福斯案中被指控出卖军事情报给德军，后又被军事法庭宣布无罪。

切。* 在圣卢看来，当我讲话的时候，别人对我的称赞是多此一举，他要求大家保持安静，就像一个乐队指挥，当听到有人弄出了声音，就敲敲琴弓，让他的乐师停止演奏，圣卢也一样，他呵斥捣乱分子。“吉贝格，”他说，“别人说话时不要插嘴。要说也等人家说完再说。”“好了，您继续往下讲。”他对我说。

我松了口气，因为我担心他会让我从头开始。

“因为一个思想观点，”我继续说，“并不是物质利益的一部分，也不可能享有物质利益，因此有同样思想观点的人不会受物质利益的影响。”

“喂！孩子们，这下你们可目瞪口呆了吧！”我刚说完，圣卢就惊呼起来，他眼睛一直没有离开我，神情关切而忧虑，就像我在走钢丝一样。“吉贝格，您刚才想说什么？”

---

* 圣卢并不满足于这一比较。他兴奋极了，而想让我在他朋友们面前露一手的欲念又使他的兴致倍增。他一面抚摸着我，就像抚摸一匹第一个跑到终点的马儿，一面兴高采烈、滔滔不绝地对我说：“你知道，你是我所认识的最聪明的人。”接着又改口说：“还有埃尔斯蒂尔。你不会不高兴吧？你明白，这叫留有余地。打个比方，我这样对你说，就好比有人对巴尔扎克说：您是本世纪最伟大的小说家，还有司汤达。你明白，多留些余地，实际上是无限的赞美。你不同意？不同意加上司汤达？”他又说道，对我的判断力表示出天真的信赖，而这种信赖从他那笑眯眯的绿眼睛里射出来的迷人而几乎是幼稚的询问目光中流露了出来。“啊！好，我看你同意我的看法了，布洛克不喜欢司汤达，我感到他很愚蠢。《巴马修道院》不是很了不起吗？你同意我的看法，我很高兴。你最喜欢《巴马修道院》中的什么？请回答我。”他急着命令我做出回答，显示出青年人容易冲动的性格，而他身体散发的威力使他这个问题有点吓人。“莫斯加还是法布利斯？”我战战兢兢地回答说，“莫斯加有点像德·诺布瓦先生。”齐格弗里德－圣卢听后仰天大笑。“可是莫斯加比他聪明得多，但没有他爱卖弄学问。”我这句话还没有说完，就听见罗贝边笑边拍手叫好，他笑得差点儿憋不过气来。他大声喊道：“高见！太妙了！你真了不起！”［有的版本将此段打星号的文字列入正文］

“我说这位先生很像迪洛克少校。刚才我还以为是少校在讲话呢。”

“我早就想到了。”圣卢回答道，“是有许多相像的地方，但您会看到他有许多东西是迪洛克所没有的。”

这个贵族出身的士官有一个兄弟在巴黎圣乐学校读书，他的兄弟对任何一部新问世的音乐作品，总和他父母、表兄妹以及俱乐部同事们的看法迥然不同，而和圣乐学校其他学生的看法完全一致；圣卢的这个朋友也是这样，他的“心态”，正如有些人所说的，和所有德雷福斯分子的心态，尤其和布洛克的心态如出一辙——当我同布洛克谈起这件事时，他对这个士官产生了一种非同寻常的看法，他听说他和自己属于同一派很受感动，但鉴于这个士官出身贵族，受过宗教和军事的教育，便把他想象得与众不同，就像远道而来的游客，具有非凡的吸引力——他的家庭传统和职业利益却没有对他的心态产生任何影响。同样，圣卢的一个表兄娶了一位年轻的东方公主，据说，她赋的诗可以同维克多·雨果或阿尔弗雷·德·维尼[1]的诗媲美，尽管如此，人们仍然认为她的思想与众不同，是一个幽居在《一千零一夜》式宫殿中的东方公主的思想。而那些有特权接近她的作家，当他们听到她的一次谈话后，就会感到她不是山鲁佐德[2]式的，而是维尼或雨果

[1] 维尼（1797—1863）：法国诗人、剧作家和小说家，浪漫主义文学的代表之一。他的精巧的诗歌对唯美派诗人颇有影响。

[2] 《一千零一夜》中说故事的女人。她是宰相的大女儿。国王沙赫里亚尔因妻子不忠而憎恨所有女性，每天娶一新娘，然后杀死。山鲁佐德为拯救自己和其他女子，坚决要求父亲把她嫁给国王。她每天夜里给国王讲一个故事，但不讲完。因故事有趣，国王想听到结尾，就一次次推迟处死她的日期，最后放弃了这个残酷的决定。

式的天才，就会大失所望，或者不如说，会喜出望外。

我特别喜欢同这个年轻人聊天，谈军营，谈驻军的军官和军队。这也是我和罗贝的其他朋友，和罗贝本人经常谈论的问题。在我们平时吃饭、聊天和生活的环境中有各种各样的事物，不管它们多么微不足道，只要我们看多了，它们在我们眼里就会破格升级，就会大大增值，使其他事物相形失色，被搁置一旁，像梦幻一样虚无缥缈，甚至不复存在。就是这样，我开始对军营中的各个要人，对我去看圣卢时在院子里遇见的，或早晨醒来，当骑兵团经过我窗前时看见的军官，都产生了浓厚的兴趣。我想详细了解深受圣卢敬佩的那个少校，了解即使从美学观点看也令我悠然神往的那门军史课。我知道，罗贝讲话咬文嚼字，常常空洞无物，可有时却表明他理解了，并且吸收了一些深刻的思想。可惜，在军队这个问题上，罗贝这段时间满脑子的德雷福斯案件。他很少谈论这个案件，因为餐桌上只有他一人主张重审德雷福斯案，其他人都激烈反对，除了我的邻座。我这位新朋友观点常常摇摆不定。他对上校佩服得五体投地。上校被公认为出类拔萃的军官，他抨击在各种现实问题上的反军骚动，因而被认为是反重审派。我的邻座得知他的长官无意中透露了几个表明他对德雷福斯罪状有所怀疑的论点，得知他对皮卡尔[1]很尊重。不管怎样，就这最后一点来看，说上校是相对的重审派是没有根据的，正如围绕任何

[1] 皮卡尔（1854—1914）：法国将军，1895年曾任情报局长，确信德雷福斯无罪，竭力主张重审此案。

大案总会产生种种莫名其妙的谣传一样。因为没过多久，上校负责审查原情报局长皮卡尔将军时，对他的粗暴和蔑视是前所未有的。无论怎样，尽管我的邻座不敢冒昧直接打听上校的情况，但为了向圣卢表示礼貌，对他说——说话的语气就好像是一个天主教女信徒在告诉一个犹太女人，她的本堂神甫谴责过俄国对犹太人的大屠杀，赞美过某些以色列人的宽宏大量——上校并不像人们所描绘的那样是重审派，至少是某种重审派狂热而狭隘的敌对分子。

“这我不感到惊奇，”圣卢说，“因为他是个聪明人。尽管如此，出身的偏见，尤其是教权主义迷住了他的眼睛。嘿！”他对我说，“迪洛克少校，就是我给你讲过的那个军史教官，看起来是完全赞同我们的观点的。再说，他不赞成我们的观点那才叫我吃惊呢，因为他不仅是一个高尚而聪明的人，而且是一个激进社会党人和共济会会员。”

出于对圣卢那些朋友们的礼貌（他的政治主张实在叫他们受不了），同时也因为少校的其他事情更使我感兴趣，我问我的邻座，少校是不是真的把军史课讲得具有真正的美学价值。

“千真万确。”

“您意思指的是什么？”

“嗯，打个比方吧，您在一个军事报告里读到的一切，哪怕是最小的事实，最小的事件，我认为从里面都可以发现思想的蛛丝马迹，这些思想常常互相重叠，就像在隐迹纸上写的字一样，你必须把它们理出来。这样，您就有了同任何科学或艺术一样的知识体系，可以满足我们大脑的需要。”

“对不起，请举些例子。”

“这很难给你讲清楚，”圣卢插嘴说，“比方说，你读到这样一句话：一支部队试图……在你往下读之前，这支部队的名称、组成不是没有意义的。如果这次行动不是首次尝试，如果在同一次行动中我们看见又有另一支部队出现，这可能表明前面几支部队在上述战斗中已被歼灭，或者损失惨重，不能将这次行动进行到底。然而，应该设法搞清楚今天被歼的这支部队是什么样的部队。如果它是用来强攻的突击队，那么，一支战斗力更弱的新部队就很难在它失败的地方获胜。此外，这支新部队如果不是在作战开始阶段就已存在，那它就可能是拼凑起来的，这样我们就可以推算出交战的这一方还拥有多少兵力，他们的兵力可能在什么时候不如对方的兵力，这就使这支部队将进行的这次行动有了不同的意义，因为它如果不能弥补损失，按照逻辑推理，它的成功也只会导致全军覆灭。此外，敌军的番号也不是没有意义的。例如，如果这支部队的兵力比对方弱得多，但已经消耗了对方好几支重要部队的兵力，那军事行动也就改变性质了，因为即使它最终会丢失防守的阵地，但是如果用少量兵力就已经摧毁了敌人的大量兵力，那么能守住阵地一段时间也就是一大胜利。如果说，分析双方投入的兵力能使我们从中发现一些重要的东西，那么，研究阵地和阵地控制的公路、铁路以及阵地保护的后勤供应，也就更具有意义了。这一点，我想你是会明白的。应该研究整个地理背景，这是我起的名称。”他得意地笑着说。（的确，他非常满意地理背景这个提法，后来，甚至过了几个月，每次用到这个名称时，他总会露出同样的笑容。）“交战的一方正在准备一次行动，如果你读到它的一支侦察队在阵地附近被另一方歼灭，你可以得出的一个结论是，交战的这一方是想侦察敌方的防御设施，以免另一方用该设施来挫败它的进攻。对某一地方极其猛烈的进攻，可能意味着企图攻占这个地方，但也可能想要牵制敌人，不想在敌人进攻的地方还击，或者仅仅是佯攻，用凌厉的攻势掩盖从这里后撤部队的真实意图（这种佯攻战术是拿破仑战争的传统战术）。另一方面，为了弄清一次军事行动的意义和目的，以及为了达到这个目的而同时部署的其他配合行动，还要进行什么行动，就应该多多查阅国家军事条令，而不要轻信指挥部的公告，因为这种公告可能是为了迷惑对方，从而掩盖一次可能是失败的行动。这一点至关重要。我们总可以做这样的假设，一个军试图采取的行动，是根据现行条令的规定拟订的。比方说，如果条令规定正面攻击要用侧翼攻击作掩护，如果侧翼攻击没有成功，指挥部可以宣称它与正面攻击没有关系，不过是一次佯攻，那么，我们就可以在条令中，而不是从指挥部的公告中找到根据。每个军不仅有自己的军事条令，而且还有自己的传统、作风和原则。此外，对外交行动的研究也不应当忽视，外交总是要对军事做出反应或采取措施的。一些表面上并不重要的外交事件，在当时并没有引起人们的重视，然而你可以通过对事件的分析了解到，敌人想争取的援助实际上并没有得到，其实他们只执行了部分战略计划。因此，如果会读军事史的话，那么，在一般读者看来是杂乱无章的叙述，对你却是合理的、连贯的，就像看一幅画，一个内行的绘画爱好者能看懂画上的人物身上背着什么，手中拿着什么，而一个外行参观博物馆只会目瞪口呆，被大片大片的色彩搞得迷迷糊糊，头晕目眩。但对于某些画作，光注意画中人物拿着一个圣餐杯是不够的，还应该知道画家为什么要把圣餐杯放在他手中，它象征着什么；同样，这些军事行动，除了直接目的外，通常是指挥作战的将军在有意模仿一些比较古老的战役。这些古战役，如果你愿意的话，可以看作新战役的过去，看作它的图书馆、知识库和词源，它的贵族家世。请注意，我现在没有讲战役的地方性，怎么说好呢，就说战役的空间性吧。这个问题是存在的。一个战场在历史上不会只发生一次战争，将来也不会不发生战争。它之所以是战场，是因为它集中了某些地理位置和地质特性等方面的有利条件，甚至还集中了某些缺点，可以牵制敌人的行动（例如一条河流把它截成两半），这些条件决定它成了一个好战场。因此，它过去是一个好战场，将来也还是一个好战场。既然不是随便哪个房间都可以充当画室，那么，也不是随便哪个地方都可以选作战场的。有些地方天然可以做战场。但是，我再说一遍，我刚才讲的不是指地方，而是指人们模仿的战役类型，是一种依样画葫芦的战略，也可以说是改头换面的战术，是再版的乌尔姆[1]战役，洛

[1] 乌尔姆为德国城市。1805 年 10 月，奥地利将军马克在此遭拿破仑围困，最后弃战投降。

迪[1]战役，莱比锡[2]战役，坎尼[3]战役。我不知道今后还会不会有战争，也不知道在哪些国家的人民之间进行，但是只要有战争，就还会有（从指挥官方面讲是有意这样做的）坎尼战役、奥斯特利茨[4]战役、罗斯巴赫[5]战役、滑铁卢[6]战役，且不谈其他战役。有些人明白地表示了这种看法。冯·施里芬元帅[7]和法肯浩森[8]将军预先制订了一次坎尼战役计划对付法国，他们效仿汉尼拔[9]的打法，把敌军钳制在整个战线上，从两侧，尤其是从右侧的比利时包抄过去；而贝恩哈迪将军[10]却偏爱腓特烈大帝[11]的斜向战斗序

---

[1] 洛迪为意大利城市。1796年5月，拿破仑在此大败奥地利人。

[2] 莱比锡为德国城市。1813年，拿破仑和同盟军在此城周围展开血战，以法军失败告终。

[3] 坎尼为古罗马地名。公元前216年，迦太基人和罗马人在此一场血战，罗马人大败。坎尼战役被军事家誉为用包抄侧翼战术歼灭敌军的范例。

[4] 奥斯特利茨为捷克城市。1805年，拿破仑在此大败奥俄联军。

[5] 罗斯巴赫为德国城市。1757年，普鲁士王腓特烈大帝在此大败法国人。

[6] 滑铁卢为比利时城市。1815年6月18日，拿破仑在著名的滑铁卢战役中失败。

[7] 施里芬（1833—1913）：德国元帅，1891年至1905年任参谋总长。所定《施里芬计划》是第一次世界大战德国战略计划的基础。主张在战线侧翼集中兵力进行包围，力求速战速决，认为正面突破不是制胜战法。

[8] 法肯浩森（1844—1936）：德国将军，著有多部兵法书。

[9] 汉尼拔（前247—前183）：迦太基统帅。公元前218年率部远征意大利，是为第二次布匿战争之始。在坎尼战役中败罗马军。

[10] 贝恩哈迪（1849—1930）：德国将军，军事理论家，主张泛日耳曼主义，把战争说成一种道德义务。

[11] 腓特烈大帝（1712—1786）：普鲁士国王。在位时维护农奴制，加强军事官僚专制制度，扩大军队。曾数次发动侵略战争。严酷的纪律和机械的训练方法对以后的普军有很大影响。

列[1]，宁愿打洛伊滕[2]战役而不愿打坎尼战役。还有些人讲话比较婉转，但是，我向你保证，我的老朋友，博贡塞耶（就是我前几天给你介绍的那个中队长，那个前程似锦的军官）拟订了一份普拉岑高地小型攻击方案，背得滚瓜烂熟，并且把它保存了起来，一旦有机会实施这一方案，他是决不会错过的，会向我们和盘托出。要知道，一旦爆发战争，里沃利[3]的中间突破还会再一次被采用。这种战术不见得比《伊利亚特》过时。再说，也只好搞正面进攻，因为谁也不愿意重蹈七〇年错误[4]的覆辙。进攻，只有进攻。不过有一件事使我大惑不解，我看到竭力反对这卓有成效进攻理论的人，都是些思想跟不上趟的人，可是我的一个最年轻的教官，名叫芒香，才华横溢，却提出要给防御以应有的地位，自然是临时的地位。当他举奥斯特利茨为例时，大家十分尴尬，不知道怎样回答他，其实这次战役采用的防御战术，只不过是进攻和胜利的前奏曲。”

圣卢的这一套理论使我听了非常高兴。我想，这次我到东锡埃尔也许没有白来，这些军官没有骗我。他们边喝边谈，索泰尔纳酒把它娇媚的反光投到他们脸上；在这里，人物的形象都变得高大了，就和在巴尔贝克海滩一样，只要我在那里待着，大洋洲

---

[1] 斜向战斗序列，指用侧翼和敌人接触的战斗序列，洛伊滕战役就采用这种序列。

[2] 洛伊滕为波兰地名，今卢蒂尼河，1757 年普鲁士国王腓特烈大帝在这里大败奥地利军。

[3] 里沃利：意大利地名。1797 年拿破仑在这里战胜奥地利人。

[4] 影射 1870 年法国将领在普法战争中模仿拿破仑的防御战术，结果遭到惨重失败。

的国王和王后、四美食家小社会、年轻的赌徒、勒格朗丹的内弟，他们在我眼里都一一变得非常高大，可现在他们却变渺小了，甚至不复存在。今天使我感到赏心悦目的东西，也许再也不会像从前的东西那样如过眼云烟，第二天就在我眼里变得一文不值。按照我现在的内心世界，也许我不会马上去毁坏过去的东西，因为圣卢刚才所谈的战争艺术，在我这几个晚上产生的短暂而炽烈的热情中，在有关军事生活的一切问题上，又加上了一个恒久不变的知识基础，足以牢牢吸引住我的注意力，使我用不着自欺欺人就能相信，当我离开东锡埃尔后，我对我这里的朋友们所从事的工作仍会感兴趣，我很快就会回到他们中间。然而，为了从"艺术"这个词的抽象意义上进一步肯定战争的艺术确实是一门艺术，我又向圣卢提了个问题。

"您讲的，噢，对不起，你讲的东西我非常感兴趣，"我对圣卢说，"但有一点使我感到不安，你给我讲讲。我觉得我可能会迷上军事艺术的，但是，要使我入迷，我必须一改从前的看法，而认为军事艺术和其他艺术没有什么不同，只要学到规则就行了。你说人们模仿一些战役，我觉得，正像你刚才所说的，过去的某次战役在一次现代的战役中重演，颇有些美学意味。这个观念对我吸引力之大是难以用言语表达的。不过，我要问你，指挥官的才能难道一点作用都不起吗？他只管应用规则就行了吗？在同等条件下会不会出现一些伟大的将领呢？就像有些伟大的外科医生，面对两个从客观角度看完全相同的病例，也许凭着经验，他们会感觉出 ·点细微的差异，并且做出不同的解释，认为对这一病例应该做这样处理，而对那个病例应该做那样的处理，对这个病人最好动手术，而对那个病人最好用保守疗法。”

“当然有！你会看到拿破仑就是这样。如果照搬兵法，他就必须进攻，可他就是不进攻，一种朦胧的预感在劝他放弃进攻。例如他在奥斯特利茨或一八〇六年给拉纳[1]的指示。但你也会看到，有些将军机械照搬拿破仑的某次战役，结果适得其反。这样的例子光一八七〇年就可举出十个。但是，甚至连敌人可能做的事，也可以做出种种解释。敌人做的事不过是一种迹象，可以有许多不同的目的，如果光讲道理，或从科学观点来看，这些不同的目的都有可能是真实的目的。这好比某些复杂的病例，当今世界的医学还不能确定看不见的肿瘤到底是不是纤维瘤，要不要进行手术一样。使伟大的将军和伟大的医生下决策的，是德·泰布夫人[2]式的嗅觉和预感（我想你明白我这个意思）。因此，我在前面就给你举例讲了在战役开始阶段，侦察可能起的作用。一次侦察可能有十种不同的解释。例如，为了使敌人以为我方要攻击某一个点，而实际上是要攻击另一个点；为了布置一道伪装物，使敌方看不清我方真实行动的准备工作；迫使敌方调遣部队并把它钳制在一个没有必要死守的地方；摸清敌方兵力，掌握它的底细，迫使它亮出底牌。甚至有这样的情况，在一次行动中投入了大量的兵力，但这并不表明行动是真的，因为可以假戏真做，使假戏

[1] 拉纳（1769—1809）：法国元帅，跟随拿破仑南征北战，深受器重。

[2] 德·泰布夫人（1865—1916）：著名手相术士，住在巴黎瓦格拉姆街 29 号。普鲁斯特曾于 1894 年请她看手相，被断言为“在健康方面情况不佳”。

具有更大的欺骗性。关于这一点，要是我有时间给你讲讲拿破仑战争，嗳！我向你保证，当你通过战争中部队的传统行军（我们正在研究和实践，如果你有雅兴，走去看看，小伙子——啊，对不起，你有病，不能去），感觉到了最高司令部的警惕性、推理和研究的深度，你就会像置身于一座灯塔朴素无华的灯光前那样激动无比，因为灯塔不仅是物质的光，而且还流溢出思想，搜索着空间，向航船报告险情。我也许不该光给你讲战争的学问。其实，正如土壤的成分、风向和光照的方位能说明一棵树朝哪一边生长一样，一场战役在什么条件下进行，当地有什么特征，可以说决定并且限制了军事将领对作战方案的选择。因此，在某些平原地区的山谷一带，沿山而行，你可以预言，部队的行军必定像雪崩那样气势磅礴，蔚为壮观。”

“现在你又否定你刚才谈到的指挥官的选择自由，否定敌军对指挥官的作战方案可能有的预见性了。”

“绝对不是！你一定还记得我同你在巴尔贝克读过的那本哲学书[1]吧，可能的世界比真实的世界丰富多彩。嗳！军事艺术也一样。在一种特定的条件下，有四种方案摆在一个将领面前，他可以做出选择，就像一种疾病可能会出现几个病程，医生必须早就料到一样。这里，人的能力高低强弱是决定局势的新因素。何以见得？比如说，一些不太重要的因素（如要达到的次要目的，或

[1] 指德国自然科学家、数学家、哲学家莱布尼茨（1646—1716）的《单子论》（1714）。

时间紧迫，或兵力不足，或后勤供应困难）迫使将领在四个方案中选择了第一方案，尽管这一方案不如其他的理想，然而代价比较小，见效比较快，战区比较富裕，能保障部队的后勤供应。他起初实施第一方案。敌人开始摸不着头脑，但很快就会识破他的意图。由于敌人阻力太大，他可能不成功——我把这叫作人的能力薄弱造成的偶然性。于是他放弃第一方案，试行第二、第三或第四方案。可是，他也可能佯装试行第一方案——这就是我所说的人的高明——以便牵制敌人的兵力，而在敌人以为不可能挨打的地方对他们突然袭击。乌尔姆战役就是这样，奥地利将军马克在西边等候敌人，不料敌人却从他以为太平无事的北边把他重重包围。我举这个例子也许不很恰当。乌尔姆战役是包围战中较好的战例，将来还可能发生类似的战役，因为它不仅是将军们效法的典范，而且可以说是一种必要的方式（尤其是一种‘必要’的方式，这样就可以有所选择，也可以多样化），一种结晶的形式。然而这一切都无关紧要，因为这些条条框框毕竟是人为的。还是回到我们的哲学书上来吧，它就好比是理论原则，或者说科学规律，现实与它基本相符，但是，你回想一下伟大的数学家普恩加来[1]，他就不说数学百分之百的精确。至于我前面给你讲的军事条令，它们毕竟不那么重要，况且经常会有变化。就拿我们这些骑兵来说，我们实践的是一八九五年的《作战条例规定》，可以说它

[1] 普恩加来（1854—1912）：法国数学家。在几乎所有数学领域及其在物理学上的应用方面，都做出过重大贡献。

过时了，因为它建立在陈旧的过时的理论基础之上，认为骑兵的战斗作用仅在于向敌人发起冲锋，给敌人造成精神上的恐惧。但是我们团里最聪明的教官，骑兵部队的精华，尤其是我给你讲过的那个少校，他们的看法恰恰相反，认为胜负取决于一场真正的混战，敌我双方刀剑相对，谁坚持到底谁就胜利，不仅指精神上的胜利，造成对方心理恐惧，而且指物质上的胜利。”

“圣卢言之有理，说不定以后的《作战条例》就可以看到这种发展的迹象了。”我的邻座说。

“你能赞同我的观点，我感到很高兴，因为你的意见似乎比我的更能引起我朋友的兴趣。”圣卢笑着说。或许因为他的同事和我之间开始产生的好感使他有点不快，也可能因为他正式看到了这种好感，认为有必要予以确认。“我刚才也许贬低了条例的作用。条例不断在变化，这是肯定的。但目前它们仍然左右着军事局面、作战计划和部队集结的方案。倘若它们反映了一种错误的战略观念，就可能成为失败的基本原因，这一切对你似乎太专业了。”他对我说，“你好好想一想，最能加速战争艺术发展的，说到底还是战争本身。在一次战役中，如果历时较久，我们将看到交战的一方会借鉴另一方的成败来改进自己的方法，而敌方也会得到提高。但这已经成为历史。现在炮兵有了突飞猛进的发展，未来的战争——如果还有战争的话——将是速决战，人们还没来得及汲取教训，和平就已经恢复了。”

“你别太敏感了。”我对圣卢说，这是回击他前面所说的话，“我听你讲话可专心致志呢！”

“如果你不再生气，如果你还允许的话，”圣卢的朋友又说，“我想对你刚才讲的做一点补充。战役的模仿和雷同，不只是和指挥官的思想有关，指挥官的判断错误（如对敌人的英勇顽强估计不足）也可能使他要求部队做出重大的牺牲，有些部队以一种极其崇高的忘我精神做出了这种牺牲，因而他们也就起到了另一次战役中另一个部队的作用，在历史上会作为可互相替代的战例被人引用。就拿一八七〇年来说，普鲁士的先头部队在圣普里瓦[1]，土耳其人[2]在维桑堡[3]和弗勒施维雷尔[4]就是这种情况。”

“啊！互相替代，太确切了！妙极了！你很聪明。”圣卢说。

圣卢的朋友列举的这几个战例我不是不感兴趣，每当有人像这样通过个别向我阐述一般时，我总是听得津津有味的。然而，我最感兴趣的还是指挥官的才能。我很想了解指挥官的才能指的是什么，在特定的条件下，为什么没有才华的指挥官会抵挡不住敌兵，而才华出众的指挥官却能扭转危局，克敌制胜。按照圣卢的说法，这是很可能的，拿破仑就曾好几次反败为胜。我想弄懂什么叫军事才能，因此我要他们在我知道名字的将军之间做一个

[1] 圣普里瓦为法国地名，1870 年 8 月 18 日普鲁士第一、第二军团在这里攻击法军，使法军溃退。

[2] 这里的土耳其人指旧时在法国军队中当步兵的阿尔及利亚人，因为 1830 年以前，阿尔及利亚一直是土耳其的殖民地。

[3] 维桑堡为法国地名。维桑堡战役揭开了 1870 年到 1871 年普法战争的序幕，普军在这里突然袭击法军，法军被迫撤退。

[4] 弗勒施维雷尔为法国地名。维桑堡一战，法军惨败，继而集中在弗勒施维雷尔，但又被普军战败。这次失败导致普军占领阿尔萨斯。

比较，告诉我谁最有指挥官的气质和战术家的天资。我知道这会让我的新朋友感到厌烦，但他们至少没有流露出来，而是不倦地、耐心地回答我的问题。

我感到我同寒冷的黑夜隔开了，只是时而听见火车的鸣叫——这声音只会使我在这里感到更加愉快——或报时的钟声——幸而离这些年轻人拿起战刀赶回营房还有一段时间；不仅如此，我甚至感到同外界的一切忧虑都隔开了，我差点把德·盖尔芒特夫人忘得精光。这得归功于圣卢，也得归功于他的朋友们，他们的热情似乎使圣卢变得更加殷勤；还因为这间小餐厅温暖宜人，侍者端来的佳肴美味可口。这些佳肴激发了我的想象力和食欲；有时它们的母体，自然界的一小块或一小段，如残留着几滴咸水的凸凹不平的牡蛎贝壳，残存在一串葡萄上的疙里疙瘩的枯黄色蔓藤，仍然环绕在它们周围，虽不能食用，但像一处风景那样遥远，富有诗意，使我在晚餐时心潮起伏，浮想联翩，忽而在一棵葡萄树下午睡，忽而在大海上漫游。有几次，菜肴的新颖特色是由厨师精心设计出来的，他把菜肴当作艺术珍品，配以自然的环境端上餐桌；一条用葡萄酒奶油汤汁烩制的鲜鱼，放在一个长方形的陶瓷盘上，犹如躺在绿油油的草丛中，鲜艳夺目，永久存在，但因为是被活活地扔进滚烫的开水中，故而显得歪歪扭扭，周围镶满了贝壳类动物、寄生动物，如螃蟹、虾和贻贝等，看上去活像是绘在贝尔纳·帕利西[1]的陶瓷品上的彩图。

---

[1] 帕利西（1510—1589）：法国著名的陶瓷工和学者，发现了瓷釉的秘密。

“我好嫉妒，好生气。”圣卢半开玩笑半认真地对我说，影射我和他朋友没完没了的窃窃私语，“您认为他比我更聪明？您对他比对我更喜欢？您就这样心中只有他了吗？（那些特别喜欢女人、惯于在女人中周旋的男人，往往会开一些在别人看来有失大雅而不敢开的玩笑。)”

当话题由个别转入一般时，大家总避开德雷福斯案件，以免惹恼圣卢。可是，一个星期后，他的两个同事挑起了话头，说他生活在这样一个军人环境中，竟会站在德雷福斯一边，几乎成了反军国主义者，实在令人费解。“这是因为环境的影响不如人们想象的那么重要……”我插了一句，并不想详细讨论这个问题。我本想到此为止，没打算把前几天我给圣卢谈的看法再说一遍。但因为刚才那句话和我上次说的几乎一字不差，我又为自己辩解似的补充说：“这正是前几天……”然而，我忽视了罗贝对我和其他几个人的发自内心的钦佩还有另外的一面。他在钦佩的同时，还完整地吸收了我们的思想，以至四十八小时后，他竟忘记这些思想是从别人那里吸收来的了。因此，对于我这个寻常的论点，圣卢认为应该向我表示热烈的欢迎和赞同，似乎这个论点本来在他头脑中久已存在，而我不过是在他的领地上狩猎而已。

“对极了！环境并不重要。”

他似乎怕我打断他的话头，或不明白他的意思，紧接着又强调说：

“真正的影响是思想环境的影响！人都有思想观点！”

他稍停片刻，就像一个吃下食物很快就消化的人，心满意足地微笑着，摘下单片眼镜，用螺旋钻般的目光盯着我：

“持同一观点的人都差不多。”他神气活现地对我说。显然，他全然忘了他头脑中的这些想法，是我前几天同他讲的。

我每天晚上到圣卢的饭店时，心情并不都是一样的。虽说我们的一个记忆，一种忧虑可能会暂时销声匿迹，不再纠缠我们，但是还会回来，有时久久萦绕在我们心头。有几个晚上，我穿过城市到饭店去时，一路苦苦思念德·盖尔芒特夫人，连呼吸都感到很困难，仿佛我的胸腔被一个高明的解剖医生切开，割除了一部分，补上了一块同样大小的非物质的痛苦，补上了等量的怀旧和爱情。尽管刀口缝合得很好，但当对某人的思念代替了内脏时，我们总会有不舒服的感觉，它似乎比内脏占的位置更大，再说，不得不想着身体的一个部分，这种感觉说它像什么，它又不像什么。不过我们变得更娇贵了。稍微有点微风，我们就会叹息，是因为气闷，也是由于抑郁。我仰望天空。如果月光皎洁，星光灿烂，我便想：“也许她正在乡下，和我瞻望着同样的星星，说不定当我到饭店时，罗贝会对我说：‘好消息，我舅妈刚给我来了封信，她想见你，就要到这里来了。’”我对德·盖尔芒特夫人的思念不仅仅寄托在苍穹。一阵温馨的微风从我身边掠过，会给我捎来她的信息，就像从前在梅塞格利丝的麦田里，微风给我捎来希尔贝特的信息一样：人总是那样，会在另一个人的感情中掺入许多并不属于他，而仅仅是他唤醒的朦朦胧胧的感情。而这些特殊的感情，我们身上总有一股力量在使它趋向真实，也就是使它汇合到一种更普遍、为人类所共有的感情中去，而人，还有人给我们酿成的痛苦，只能使我们同这种普遍的感情沟通：当我知道我的痛苦是人类普遍爱情的一个小小的组成部分时，我在痛苦中也就感到了快慰。我现在感到的痛苦，使我想起了我从前对希尔贝特的忧思，想起了在贡布雷，当妈妈晚上不在我房间时我感到的愁闷，同时也使我回忆起贝戈特小说中伤感的几页；德·盖尔芒特夫人、她的冷漠和不在我身边同我痛苦的关系，不像是学者头脑中的因果关系，但我并不就此下结论说，德·盖尔芒特夫人不是我痛苦的根源。我们的身体不是会出现一种漫射状疼痛吗？疼痛渗透到患病部位以外的地方，但一个医生压住痛点时，这些地方就会失去疼痛的感觉。可是在这之前，由于疼痛到处渗透，我们说不清楚是怎样的疼痛，也不知道究竟是哪里疼痛，以为这是命中注定，肯定治不好了。我朝饭店走去，心里想着："已有十四天没看见德·盖尔芒特夫人了。"（十四天也只有对我才显得漫长，凡是涉及德·盖尔芒特夫人，我总是用分秒来计算时间的。）我对德·盖尔芒特夫人的思念已不限于临风叹息了，甚至连时间的数学刻度也呈现出痛苦，富有诗情画意。现在，每一天都像是一个轮廓模糊的山峰，变幻无常：走下山坡我感到可以忘掉一切，走上山顶我又渴望再见到公爵夫人，因而内心烦忧。我时而下坡，时而上坡，在上下坡之间摇摆不定。有一天我对自己说："说不定今天晚上会收到一封信呢。"当我到饭店吃晚饭时，鼓足勇气问圣卢：

"随便问一声，你有没有巴黎的消息？"

“有的，”他回答我说，脸色看上去不太高兴，“不愉快的消息。”

当我明白是他有了烦心的事，他得到了情妇的消息时，我才松了口气。但我马上又意识到，这些不愉快的消息可能产生的一个后果是，他近来恐怕不能带我到他舅妈家去了。

我得知他和情妇吵了一架，可能是在信上吵的，也可能她来过一次，早班车来，晚班车走。他们经常吵架，真真假假，好像总有解决不了的矛盾。她心情很不好，常为一些莫名其妙的理由就跺脚，哭鼻子，就像把自己关在小黑屋里的孩子，不出来吃晚饭，也不说明缘由，当父母气急了，动手打他们一下时，他们就益发哭得起劲。

圣卢因为和情妇的关系出现裂痕内心异常痛苦。不过，这样说未免太简单，会使人曲解这种痛苦。他一个人待着时，别的什么也不想，只想他的情妇。想到她看见他精力充沛，因而对他充满了敬意，想到她是带着这样的心情离开他的，他起初感到的忧愁也就在不可挽回的局面前消散了，那时的滋味是那样甘美，那样令人愉快，因此关系破裂一经明确，也会像和解一样使他陶醉。过些时候他再感到的痛苦，便是继发性的痛苦症状了：当他想到她可能很想同他接近，可能在等他的一句话，而此间，为了报复，她可能会在某个晚上某个地方做某件事，他只要给她发个电报说他要去找她，她可能就不会干这件事了；想到别人也许会乘虚而入，过几天再去找她会为时太晚，因为她可能被别人占有；想到这些，痛苦的波涛又会在他胸中翻腾。到底是怎么回事，他一无所知。他的情妇保持沉默，这使他的痛苦最后达到了失控的程度，他甚至怀疑她可能藏在东锡埃尔，或者去了印度。

有人说沉默是一种力量；从另一种意义上看，沉默被心爱的人利用，是一种可怕的力量。它会增加等待一方的相思。世界上最没有比分离更能使两个情人朝思暮想的了！还有什么比沉默更难跨越的障碍呢？也有人说沉默是一种酷刑，会使身陷囹圄、被迫受此酷刑的人发疯。可是，忍受心上人的沉默又是怎样的酷刑啊！这比自己保持沉默还要令人难以忍受！罗贝心里嘀咕："她干什么去了？怎么会杳无音信？她会不会欺骗我，同别人搞上了？"他还想："我究竟哪里得罪她了，她居然这样一点消息都不给我？她可能恨我了，永远恨我了。"于是他拼命自责。沉默果然把他逼疯了，一是由于嫉妒，二是由于内疚。而且，这种沉默本身就是座监狱，甚至比监狱还要残酷。这个隔在两人之间的，空无一物，但被遗弃者的视线不能穿透的空气隔板，是一堵非物质的，但又是难以逾越的围墙。还有比沉默发出的光更可怕的吗？它让我们看见的不是一个，而是成千上万个失踪的女人，每一个都表现出对爱情的不忠诚。有时候，罗贝会突然心情舒缓，以为沉默即将打破，日夜盼望的信就要飞来。他看见信朝他飞来了，他留心着每一个声音，他的渴望仿佛得到了满足，他喃喃自语："信！信！"他像这样隐约看见了一块想象中的温情的绿洲后，又回到了无穷无尽的沉默这块真实的沙漠中，焦急地等待着。

他一无遗漏地想象着绝交后的各种痛苦，但在别的时候，他却认为可以避免这样的结局，就像那些不切实际地想要移居国外，因而把所有的事务了结一清的人那样，不知道明天该想些什么，心中烦躁不安，他们的思想已经脱离了他们的躯体，就像病人身上摘下的心脏，离开病人的躯体还在继续怦怦地跳动。不管怎么说，他情妇会回到他身旁的希望，给了他坚持绝交的勇气，正如坚信自己打仗能活着回来，可以帮助人去迎击死神。因为在人类的植物中，唯有习惯这种植物最不需要肥沃的土壤，能第一个出现在表面看来最荒芜的岩石上，因此，如果提前设想同情妇断绝关系，也许最后事到临头也就完全习惯了。但是绝不绝交还不能肯定，这使他仍处在一种和恋爱相似的状态中，心里牵挂着这个女人。可他强迫自己不给她写信（也许他认为失去情妇的日子固然难熬，但同她凑凑合合地生活在一起更不好受，或者认为他们是吵架后分手的，必须等她来道歉，这样他觉得即使不能维持她对他的爱情，至少也可以使她坚持对他的尊敬和尊重）。他只到电话局去打电话（东锡埃尔刚开电话业务不久），向他安插在他女友身旁的一个贴身女仆打听消息或下达指示。这种电话联系非常复杂，占据他很多时间，因为他的情妇不久前已搬到凡尔赛附近的一座小别墅去了。她租下这座房子，是因为和她要好的文人学士不断地向她宣传首都丑恶论，但更是为了她的动物，为了她的狗、猴子、金丝雀和鹦鹉，她的巴黎房东再也无法忍受这些动物无休无止的噪声了。可是圣卢在东锡埃尔却是夜不成眠。有一次他到我那里，实在累得不行，就打了一会儿瞌睡。突然他又讲话了，他想奔跑，他想阻止一件事发生，大声喊着："我听见她的声音，您不要……您不要……"他醒了。他对我说，刚才他做了个梦，梦见自己在乡下，在上士家里。上士竭力阻拦他到屋子的一个角落去。圣卢猜到他家里藏着一个非常有钱又非常坏的中尉，他知道这中尉对他女友垂涎三尺。突然，他在梦中清楚地听见他情妇在性欲高潮时习惯发出的间断而规则的呻吟。他强迫上士带他到房里去。上士拦住不让他进去，被这冒失的行为气得满脸愤怒。罗贝说，此情此景他一辈子也不会忘记。

“我这梦太愚蠢了！”他又说了一句，仍然喘不过气来。

但我后来确实看到有几次他想打电话给他的情妇，要求同她言归于好。我父亲不久前倒是装了个电话，但我不知道这对圣卢是否一定有用。况且，我觉得让我的父母——即使仅仅通过装在家里的电话——充当圣卢和他情妇的中间人是不妥当的，不管他情妇的情感多么高尚，多么纯洁。圣卢的噩梦慢慢从他头脑中消失了。在这严酷的日子里，他每天都来找我，魂不守舍，两眼发呆。这些日子，一天接着一天，在我看来好像一排弯弯曲曲、漂漂亮亮、结结实实的铁栏杆，罗贝待在栏杆后面，寻思他女友会做出怎样的决定。

她终于来信请求他谅解了。他刚意识到绝交已经避免，马上又看到了和解带来的种种不利。然而，他心里舒展多了，他几乎情愿接受新的痛苦。他知道一旦言归于好，不消几个月就会有新的痛苦来折磨他。他没怎么犹豫。或者说，就是因为他终于确信能够重新得到情妇他才犹豫的；既然能和好，那就和好吧。不过，她要求圣卢元旦不要回巴黎，好让她恢复平静。而他到了巴黎是绝对忍不住不去看她的。此外，她同意和他一起去旅行，可是要去旅行就必须有真正的假期，而德·鲍罗季诺上尉却不准假。

“这使我感到不安，因为去拜访我舅妈的事得往后拖了。复活节[1]我一定回巴黎。”

“到那时我就不可能去拜访德·盖尔芒特夫人了，因为我要到巴尔贝克去。不能就不能吧，这无所谓。”

“到巴尔贝克去？可您从来都是八月份去的呀！”

“对，可是今年我身体不好，他们老早就会把我送去的。”

他怕我听了他的叙述后，会对他情妇产生不好的印象，于是又说：“她只是因为太直率，感情太专一，才这样蛮横无理的。其实她心灵高尚得很。你想象不出她的感情多么细腻，多么富有诗意。每年万灵节她都要去布鲁日[2]。这‘很好’是不是？以后如果你能认识她，你会看到她多么高尚……”他的讲话充溢着这个女人周围的文人学士使用的辞藻：“她有点像灿烂的星星，甚至有点像先知，你懂吧，她几乎是个神甫般的诗人。”

在吃晚餐的时候，我绞尽脑汁，想找到一个借口，能让圣卢请求他的舅妈不等他来巴黎就先接见我。这个借口我终于找到了：我和圣卢在巴尔贝克时结识了大画家埃尔斯蒂尔，我想再看看他的画作。借口固然是借口，但也有几分真实。从前我去拜访埃尔斯蒂尔，是想让他的画引导我去理解和热爱比画更美的现实：比如说名副其实的冰雪消融的景致，外省一个真实的广场，海滩上

[1] 复活节日期无定，一般在 3 月 22 日到 4 月 25 日之间。

[2] 布鲁日为比利时城市，西佛兰德斯省会。圣卢的情妇每年去那里拜谒，是因为比利时法语作家乔治·罗当巴克（1855—1898）的长篇小说《死亡的布鲁日》（1892）。

栩栩如生的妇女（最多也就是让他给我描绘像山楂树丛生的小径那样无法深入欣赏的现实，不是要他为我保存，而是要他帮我发现现实的美）；然而现在恰恰相反，是这些画的独特风格和诱惑力激起了我的欲望，尤其是我想欣赏埃尔斯蒂尔的其他几幅画。

况且，在我看来，就是他最不成功的作品，与那些比他伟大的画家的杰作相比，也是独辟蹊径，不落窠臼。他的作品宛若一个封闭的王国，有着不可逾越的边界和独一无二的内容。难得有杂志刊登研究埃尔斯蒂尔的文章，凡有这样的杂志，我都如饥似渴地把它们收集起来。从那些文章中，我了解到他画风景画和静物画的时间不长，他是从神话题材开始他的绘画生涯的（我在他的画室里有幸见过两幅神话题材画的照片），后来很长一段时间一直受日本艺术的影响。

他的画有各种风格，其中最具特色的几幅流散在外省。在莱桑德利的一间农舍里，珍藏着他最美的一幅风景画。这间农舍在我看来异常珍贵，会激起我想去旅行的强烈愿望，就像夏尔特尔的一个村庄，在这个村庄的磨石粗砂岩上，镶嵌着教堂壮丽的彩绘玻璃窗。收藏者可能花了几千法郎才买下这幅杰作，他如同星相学家，深居简出，躲在大路旁他的陋舍里，向世界的一面镜子——埃尔斯蒂尔的一幅画——提出各种各样的问题；我感到一种使那些在某个重要问题上看法一致的人心灵沟通、意趣相投的情感把我和这个人联结在一起了。但在我收藏的杂志中有一本提到，我心爱的画家有三幅重要的作品可能在德·盖尔芒特夫人家里。因此，在圣卢告诉我他女友将去布鲁日的那天晚上，在饭桌上，当着他朋友的面，我能够真诚地、出其不意地问他：

“听我说，可以吗？还是我们谈过的那位夫人，这是最后一次谈她了。你还记得埃尔斯蒂尔吧，我在巴尔贝克认识的那个画家？”

“怎么啦？当然记得。”

“你还记得我很佩服他吗？”

“记得，还有我们托人转交他的那封信。”

“嗯，这是我想结识前面谈到的那位夫人的理由之一，不是最重要的理由，只是一个次要的理由。你肯定知道是谁吧？”

“是啊！怎么那么多插入语！”

“因为她府上珍藏着埃尔斯蒂尔的画，至少有一幅很美的画。”

“啊！我怎么不知道？”

“复活节埃尔斯蒂尔一定会在巴尔贝克的，您知道他现在几乎一年到头都在海边度过。我很想在动身去那里之前看一看这幅画。我不知道您和您的舅妈关系好不好，您能不能求求她——您可以在她面前多给我美言几句，设法让她不拒绝我的请求——让我一个人——因为您不可能在那里——去看这幅画？”

“那还用问？我担保她会答应的，这事包在我身上。”

“罗贝，我多么爱您啊！”

“爱我很好，要是用‘你’称呼我就更好了，这是您答应过的，而且你已经开始这样做了。”

“我希望您不至于在策划离开这里吧，”罗贝的一个朋友对我说，“您知道，即使圣卢去休假也没有什么关系，有我们在嘛。这对您也许少了些乐趣，但是我们会想方设法让您忘记他不在您身边的。”

果然，就在大家都认为罗贝的女友只好一个人去布鲁日的时候，听说德·鲍罗季诺上尉改变了主意，批准圣卢士官到布鲁日去度假，而且给的假期很长。事情是这样的。德·鲍罗季诺亲王的一头浓发是他的骄傲，他是城里最有名的理发师的老主顾。这位理发师从前曾给拿破仑三世的理发师当过伙计。德·鲍罗季诺上尉同他关系很好，因为尽管他老摆出一副神气活现的样子，但对小人物倒也随和。但是，亲王在理发师那里至少有五年的欠账没有偿清，葡萄牙牌香水、君王牌香水、烫发钳、剃刀、磨剃刀的皮带和香波或发式，使亲王的欠账越来越多，自然理发师就更看重当场付钱，而且还有车马的圣卢了。热心的理发师了解到圣卢因为不能和情妇一起去布鲁日而闷闷不乐，便趁给亲王刮胡须之机同他讲了这件事。亲王被一件白大褂裹住了手脚，头仰着，动也不敢动，怕被剃刀割了喉咙。理发师所叙述的关于一个年轻人的风流韵事，博得了上尉亲王波拿巴式的宽容微笑。他当然不大可能想到他的欠账，但是，理发师说的话可以使一个公爵发脾气，也可以使他发善心。反正他下巴颏上的肥皂还没有擦净，他就准假了，而且让圣卢当晚就动身。至于理发师，他平时是个吹牛大王，要吹牛就得会撒谎，用离奇的谎言往自己脸上贴金，可这一次却例外，他帮了圣卢的大忙，不仅闭口不提自己的功劳，而且以后再也没对罗贝提这件事，好像他出于虚荣心去撒谎，既然不需要撒谎了，虚荣心也就变成了谦虚。

罗贝的朋友们都对我说，不管我在东锡埃尔待多久，也不管我什么时候再来，如果罗贝不在，他们的马车、坐骑、住房和业余时间都可归我支配，我感到，这些年轻人一心想用他们的奢侈品和青春活力来帮助我克服我的弱点。

“再说，”圣卢的朋友们在恳求我留下后又说，“您为什么不每年都来呢？您不是也感到这里可爱的生活使您很快乐吗？您甚至就像一个老兵，对团里发生的一切都感兴趣。”

他们把我称作老兵，是因为看到我仍然兴趣勃勃地要求他们根据自己的看法，把我知道名字的军官按照他们的德才分一分类，就像从前读中学时，我让同学给法兰西剧院的演员排一排队一样。有些将军的名字，如加利费或内格里埃什么的，被人提到时，总是先于其他所有的将军，这时，如果圣卢的一个朋友说：“内格里埃呀，是最平庸的将军了”，继而抛出一个完美无缺、饶有趣味的新名字，如博将军或谢斯兰·德·勃良第将军，我会感到又惊又喜，就和从前看到迪龙或法布夫尔的名字大势已去，被一个闻所未闻，但突然变得赫赫有名的阿莫里击退时的心情完全一样。“啊！甚至比内格里埃还要卓绝？在哪方面？请给我举个例子。”我希望他们把团里的军官，甚至包括下级军官，做一个明确的区分，我想看他们是怎样区分军官的，从而掌握判断军人优劣的标准。在我最感兴趣、最乐意听人谈论的军官中，有一个是德·鲍罗季诺亲王，因为我见到他的机会最多。可是，尽管圣卢和他的朋友无不公认这个漂亮的军官确保骑兵中队有着无与伦比的军装，但他们谁都不喜欢他。当然，他们还是把德·鲍罗季诺先生同有些行伍出身，并且是共济会会员的军官，那些独善其身、很少与人交往、保持军士粗野外表的人区别对待，但似乎也不把他归入贵族出身的军官之列。不过，说实在的，即使在对待圣卢的态度上，他也和其他贵族军官大不一样。那些贵族出身的军官，知道罗贝还是个小小的士官，如果邀请他吃饭，他有权有势的家庭会感到高兴（要不是因为这点，他家才不会瞧得起他们呢），因此，当一个对年轻的中士可能有用的大人物到他们家做客时，他们会不失时机地邀请圣卢去赴宴。只有德·鲍罗季诺上尉例外。他和罗贝仅仅保持工作关系，而且关系很不错。德·鲍罗季诺亲王的祖父曾被拿破仑皇帝册封为元帅和公爵亲王，续而又同皇室联姻，后来他父亲也娶了拿破仑三世的一个表妹，政变[1]后两次出任部长，但他仍然感到圣卢和盖尔芒特社交圈瞧不起自己。既然和圣卢他们不志同道合，反过来他也就不把他们放在眼里了。他也知道，尽管他同霍亨索伦皇族[2]有亲戚关系，但在圣卢眼里他不是真正的贵族，而是庄园主的孙子；反过来他认为圣卢也没什么了不起，圣卢父亲的伯爵领地是拿破仑皇帝确认的（圣日耳曼区的人称之为重新册封的伯爵），向皇帝要了个省长的官位，后来又申请了另一个职位，但比起当国务部长的德·鲍罗季诺亲王殿下低一大截，得听从他的指挥，给他写信时称他为“阁下”。这个德·鲍罗季诺亲王还是皇帝的外甥呢。

[1] 指拿破仑三世于1851年12月发动的军事政变。此后拿破仑三世在法国实行独裁，1852年12月称帝，建立法兰西第二帝国。

[2] 霍亨索伦皇族为德国古老的皇族。

可能比外甥还要近。据说，第一位鲍罗季诺公主曾随拿破仑一世流放厄尔巴岛，被认为对皇帝关怀备至；第二位公主对拿破仑三世体贴入微。在上尉那张安详的脸上，即使找不出拿破仑一世自然的脸部特征，至少也能发现同样矫揉造作的威严；而他那忧郁而和善的眼神、长长的小胡子，更能使人想到拿破仑三世。他和拿破仑三世是那样惊人地相似，以至发生了一件趣事：色当[1]战役后，他要求和拿破仑三世关在同一个监狱里，他被带到俾斯麦[2]跟前，普鲁士首相开始一口拒绝，就像拒绝所有人的要求一样，但他偶尔抬头看了看这个正准备离开的青年，突然发现他和拿破仑三世十分相像，不由得惊呆了，于是改变主意，喊他回来，同意了他的请求。

德·鲍罗季诺亲王不肯主动接近圣卢和团里另外几名圣日耳曼社交圈的人（然而，他却经常邀请两个讨人喜欢的平民出身的中尉），是因为他以皇室身份自居，对他的下级一概不放在眼里，把他们区分成两类。对于有自知之明的下级，他乐意同他们接近，因为他表面上虽然威严，其实脾气随和而开朗，而对于另外一些自以为比别人高贵的下级，他便很少同他们交往，他不能容忍他们以高贵自恃。因此，尽管团里所有的军官都对圣卢殷勤、热情，

---

[1] 色当为法国东北边境马斯河畔的城镇。1870 年 9 月，法军在此被普鲁士军打败，拿破仑三世举白旗投降，后被囚禁监狱。

[2] 俾斯麦（1815—1898）：普鲁士王国首相（1862—1890）、德意志帝国宰相（1870—1890）。任首相时，推行铁血政策，发动丹麦战争、普奥战争和普法战争，通过王朝战争统一了德意志。

而德·鲍罗季诺亲王因受某元帅关照，在工作中对圣卢倒也客气（再说圣卢在这方面确实无可挑剔），但他从不把他请到家里。只有一次例外，出于无奈他邀请了圣卢，凑巧我又在东锡埃尔逗留，他要他把我也带去。那天晚上，我看着餐桌上的圣卢和上尉，不费吹灰之力就从他们各自的举止风度和优雅的仪表中分辨出了两种贵族——旧贵族和帝国新贵族——之间的差异。旧贵族至少有一个世纪不行使真正的权力了，他们不再把待人接物的礼貌——这是教育给予他们的起保护作用的外衣——当作一回事，而只看作和骑马、击剑一样，没有认真的目的，纯粹是为了消遣，他们瞧不起平民，不愿对他们热情，免得他们得意，也不愿和他们不拘礼节，免得他们感到光荣；圣卢出身在旧贵族，他的血液里融进了旧贵族的缺点，尽管他竭尽全部智慧，也没有能把它们清除干净，如果有人给他介绍一个平民，他甚至没有听说过他的姓名，也会亲切地同他握手，和他聊天（时而跷起时而放下二郎腿，头向后仰着，手握着脚，一副落拓不羁、不拘小节的姿态），把他们称为“亲爱的”。相反，新贵族的各种爵位现在仍然没有失去意义，爵位的继承人仍然原封不动地享受着他们父辈因功受封的巨大财产，这世袭的财产使人想起他们所居的高位，所指挥的众多人员，所结识的各式各样的高级人物；德·鲍罗季诺亲王出身于新贵族，他把自己的门第看作一种实实在在的特权，即使在思想上没有明确的意识，但至少在身体上通过他的举止和仪表也有明显的流露。圣卢对平民可能会拍拍他们的肩膀，挽起他们的胳膊，而德·鲍罗季诺亲王却会亲切而不失身份地同他们交谈，语气既和蔼可亲，又带有一种装腔作势的高傲，充满威严的持重，削弱了自然的微笑中蕴涵的淳厚。当然，这是因为他离大使馆和宫廷比圣卢更近，他父亲曾在宫中充任最高职务，而圣卢那种胳膊肘撑在桌子上、脚握在手中的不拘小节的姿态，在宫廷里肯定不会受到欢迎；更重要的原因是，他不像圣卢那样瞧不起平民，因为平民是新贵族取之不尽用之不竭的人才宝库，第一个皇帝从中汲取了他的元帅和贵族，第二个皇帝在里面找到了富尔德[1]和鲁埃[2]。

德·鲍罗季诺先生作为皇帝的子孙，除了指挥一个骑兵中队，便不再有其他事情可做，没有努力的目标，因此，他父亲或祖父念念不忘的东西，就不可能真正存在于他的头脑中。但是，正如一个艺术家雕刻一座塑像，竣工多年，他的思想仍继续在造型，与此相仿，德·鲍罗季诺亲王父辈念念不忘的东西，已成为他躯体的一个组成部分，在他身上有了具体的体现，他的脸部表情恰恰反映了这些忧虑。当他斥责一个下士时，他那冲动的声音使人想起第一个皇帝；当他吐出一口烟时，他那沉思而忧郁的神情又使人想起第二个皇帝。当他穿着便衣经过东锡埃尔的街头时，从圆顶硬毡帽下的眼睛中射出来的光芒，使这个上尉的周围闪烁着一个隐姓埋名的君王的光辉；当他带着军士和司务长踏进上士的办公室，上士会吓得双腿颤抖，因为这两个随从俨然像贝蒂

---

[1] 富尔德（1800—1867）：曾在拿破仑三世统治下当过财政部长，参议员，国务部长，主张经济自由发展。

[2] 鲁埃（1814—1884）：法国政治家，当过司法部长，商、农和公共交通事业部长以及国务部长。

惠斯勒

《蓝与银的和谐》

埃[1]和马塞纳[2]。当他为骑兵中队选军裤面料时，他盯住下士服装师的目光足以挫败塔列朗[3]，迷惑亚历山大[4]。有时候，他正在检查内务，会忽然停下来，让那双奇妙的蓝眼睛露出沉思，捻着小胡须，好像在谋划建立一个新普鲁士和新意大利[5]。可是他马上又会从拿破仑三世变回到拿破仑一世，指出士兵背包擦得不亮，或是尝一尝他们的伙食。在他的私生活中，如果他在家宴请平民军官（当然不是共济会会员）的妻子，他不仅要摆上一套只有大使才有资格享用的塞夫勒产的天蓝色瓷餐具（是拿破仑馈赠他父亲的礼品，这套餐具如果摆在马伊河畔他那幢乡间别墅里，人们会感到更加珍贵，正如旅游者来到一个古老城堡改装成的兴旺热闹的庄园，看见粗陋的衣柜里放着一些稀世瓷器，一定会倍加赞美），而且还要摆出皇帝其他的馈赠物：那高贵而迷人的仪表（如果相信有些人的说法，一个人的出身不应该使他终生受到最不公正的排挤，那么，上尉这堂堂的仪表在某一外交职位上，定能使人赞叹不绝）、那亲热的手势、和蔼的神态、优雅的风度，以及那神秘而炯炯有神的目光——这是皇帝遗传给后世的珍宝，在那天蓝色的珐琅般晶莹的双眸中保存了光辉灿烂的形象。

---

[1] 贝蒂埃（1753—1815）：法国元帅，拿破仑最亲密的合作者。

[2] 马塞纳（1756—1817）：法国元帅，在意大利战争中功绩卓著，被拿破仑誉为“胜利女神宠爱的孩子”。

[3] 塔列朗（1754—1838）：历任督政府、执政府、第一帝国和复辟王朝初期的外交大臣。他以权变多诈闻名，为19世纪资产阶级外交家的重要代表人物之一。

[4] 亚历山大（1777—1825）：指俄国沙皇亚历山大一世。

[5] 拿破仑三世在德国和意大利的统一中曾起到决定性作用。

关于亲王在东锡埃尔与平民的关系，有必要谈谈下面一件事。中校钢琴弹得很出色，主任医生的妻子歌唱得很美妙，就好像在巴黎音乐学院得过一等奖似的。军医夫妇和中校夫妇每周都在德·鲍罗季诺先生府上进一次晚餐。这当然使他们很得意，因为他们知道，亲王到巴黎度假，总在德·布达莱斯夫人、缪拉以及其他有地位人的府上吃晚饭。但他们对自己说："他是一个普通的上尉，我们到他府上来做客他感到特别高兴，再说他是我们真正的朋友。"后来，德·鲍罗季诺先生调到博韦任职（这是他长期活动的结果，他想离巴黎近一些），他搬了家，后来竟把这两对音乐家夫妇忘得一干二净，就像忘了东锡埃尔的剧院和他经常订购午饭的小饭店一样。尤其使中校和军医气愤的是，尽管他们是亲王餐桌上的常客，竟再也没有得到他的任何音讯。

一天上午，圣卢向我承认，他给我外祖母写了封信，跟她谈了我的情况，并且建议她和我通一次话，因为东锡埃尔和巴黎之间已经开办电话业务了。总之，我外祖母当天要给我打电话，他叮嘱我四点差一刻到邮局去。在那个时代，电话还没有今天这样普及。然而，我们只用很少一点时间就养成了习惯，使我们初次接触的神圣力量很快就失去神秘性，因此当我看到电话没有马上接通，就感到等的时间太久，使用太不方便，我差点想去投诉了。那时候我的心情和现在所有人的心情一样，嫌那会突然出现的、令人赞叹的奇境出现得太慢。其实我们想通话的人很快就会出现在我们身边，虽然看不见，但确实在我们身边。他待在他居住的城市里（对我外祖母来说是巴黎），坐在他的餐桌旁，他那里的天空和我们这里的不一样，天气也可能不同，他的情况和思想我们全然不知，但他马上就会把这些都告诉我们。就在我们心血来潮，要他出现的时候，他（他和他周围的气氛）突然被带到了几百里外的地方，被带到了我们的耳边。我们仿佛成了童话故事中的主人公，女巫根据我们的意愿，让我们的外祖母或未婚妻突然出现在我们眼前，然而又非常遥远，在他们真正生活的地方，在看书，在掉泪，在摘花，那样清晰，那样逼真，简直令人不可思议。要使奇迹出现，只消把嘴唇凑近神奇的小金属板，呼叫——有时要等很久，但我乐意——值班女神，每天我们都听到她们的声音，但从来没看到过她们的脸孔，她们是我们的守护天神，小心翼翼地监视着令人头晕目眩的黑暗大门；我们呼叫万能的女神，她们让远离我们的亲人出现在我们身边，却不让我们看见；我们呼叫看不见的达那伊得斯[1]，她们日夜不停，把声音的箱子倒空、注满和传递；我们呼叫爱奚落人的复仇女神，当我们给女友讲知心话、不希望被人听见时，她们会恶狠狠地喊着说："我听着呢！"这些电话女郎是神秘莫测、容易生气的女侍，是只闻其声、不见其人、疑心重重的女祭司！

我们的呼叫声刚刚响起，在这到处都是幽灵，只有我们耳朵在凝神聆听的黑暗中，一个轻微的声音——一个抽象的声音——消灭了距离的声音——我们亲人的声音就同我们讲起话来。

---

[1] 希腊神话中埃及王达那俄斯的女儿，共五十人，除一人外，其余四十九人奉父命在新婚之夜杀死丈夫，后来又遭杀害，死后被罚永远在地狱中往一个无底的水槽里注水。

是她，是她的声音在同我们说话。这声音近在身边！然而又那么遥远！多少回我听着听着就忧从中来，好像我们即使走很远很远的路，也不可能见到这个声音萦绕在我们耳畔的人；我们感到在这令人心驰意荡的唇耳接触中，在这似乎伸手就能拥抱我们亲人的时刻，实际上离她们有千里之遥，这是多么令人失望啊！这个真实的声音似乎离我们很近，其实却离得很远！它还可能预示着永久的分离！常有这种情况，我听得见声音，却看不见远方跟我讲话的人，就会感到那是从万丈深渊里发出来的绝望的呼叫，一股惆怅忧虑之情就会涌上我的心头；我还尝过一种忧虑，当一个声音，单独一个声音，离开了一个我可能再也见不到的躯体，又一次来到我耳边窃窃私语的时候，我却想顺便从说话人的嘴唇上亲吻这些话语，但这两片嘴唇早已化为尘土，这时，忧虑会压得我喘不过气来！

唉！那天在东锡埃尔，奇迹没有出现。当我到达邮局时，我外祖母已经打来电话了。我走进电话间，线被占了，有人在讲话，显然不知道没有人回答，因为当我拿起听筒，就听见那段木头像木偶戏中的驼背丑角，在尖声尖气地说话。我把它放回原处，它就不响了。可是我再拿起时，它又像驼背丑角喋喋不休地唠叨开了。我无可奈何，只好挂上电话，不再去碰它，这段会说话的木头这才停止痉挛，直到最后一秒钟它还在唠叨。我去找邮局职员，他叫我稍等片刻；然后我就讲话了；开始没有声响，可是突然我听到一个声音。我以为自己一定熟悉这个声音，其实不然，因为以前，当外祖母同我说话时，我总是边听边看着她划分成一块一块的脸和占据着很大一块地方的眼睛，而她的声音，今天我还是第一次单独听到。因为这个声音成了一切，我感到它变形了。当它像这样没有脸部线条陪伴，单独来到我身边时，我发现它充满了柔情。它可能从来也没有像今天这样温柔过！可能我外祖母感到我离开了家，怪可怜的，认为完全可以向我抒发她的感情了；而在平时，这位女教育家总是恪守“原则”，克制自己，不让这种感情流露出来。这声音很温柔，但也很忧郁。这忧郁的感觉首先是由温柔引起的，因为它明净纯洁，几乎一尘不染，任何冷酷、自私和同别人格格不入的东西都被洗涤一清，人类的声音是很难达到这般纯净的。这声音由于过分体贴而显得脆弱，似乎随时都有可能被打碎，化作一串纯净的泪珠而消失。再说，这声音单独出现在我身边，不再戴着脸孔这个面具，我第一次发现它充满了忧伤，而这忧伤，在人生历程中，已使声音出现了裂痕。

此外，难道仅仅是因为我孤立地听见了声音，才产生这种令人心碎的新感觉的吗？不是的。更确切地说，声音的孤独似乎使我想起人的孤独，我外祖母的孤独（她第一次同我分离）。声音的孤独是人之孤独的象征和直接结果。平时，我外祖母一天到晚指挥我做这做那，不准我做这做那，服从的烦恼和抵抗的冲动抵消了我对她的温情，此刻，这一切都消失得无影无踪，甚至将来也不会再现（因为我外祖母不再要我回到她的身边，受她的统治了。她正在对我说，希望我干脆在东锡埃尔待着不要回去，不行的话，无论如何也得尽可能多待些时间，这于我身体和写作都有好处）。此外，我在耳边的听筒下感觉到的，是我们两人相互的体贴。这种体贴摆脱了平时同它抗衡的相反力量，从此变得不可抗拒，这使我心潮起伏，感慨万千。外祖母叫我留下来，这反倒使我渴望，并且使我感到迫切需要回到她身旁。我从没想过她会同意我留下。从此我自由了。但是我骤然感到这自由充满了伤感，就仿佛在我爱着她的时候，她猝然永远离开了我，我获得了自由，但我会感到十分惆怅。我喊着："外婆，外婆。"我真想拥抱她，可是在我身边只有这个幽灵般的声音，和我外祖母死后来探望我的鬼魂一样看不见摸不着。"同我说话吧！"可就在这时，声音突然消失，我变得更加孤独。外祖母听不见我说话了，她把电话挂了，我们不再面对面待着，互相听见对方说话。我继续在黑暗中摸索，大声呼喊外婆，我感到连对她的呼喊也似乎迷失了方向。我忧心如焚。很久以前，在我孩提时代，一天，我夹在熙熙攘攘的人群中，突然找不见外祖母时，也曾有过这揪心的忧虑，这感觉与其说是因为找不到外祖母而引起的，毋宁说是由于我感到她在找我，感到她心里想着我也在找她；当我们同那些再也不会回答我们的人说话时，也会产生这种揪心的忧虑：我们多么想把过去没有同他们讲的话讲给他们听，多么想让他们知道我们无灾无难，无病无痛啊！我感到她已经成了一个心爱的亡灵了，刚才我没能把它留住，它已消失在其他亡灵中。我孤孤单单，站在电话机前，不停地、徒然地呼喊着："外婆，外婆"，就像俄耳甫斯[1]孤零零地重复

[1] 俄耳甫斯是希腊神话中的诗人和歌手，善弹竖琴。妻子欧律狄克死后，他追到阴间，冥后被他的琴声感动，答应让他把妻子带回人间，但在路上不得回顾。当他快到地面时，回头看了看妻子，结果欧律狄克又回到阴间。

着亡妻的名字一样。我决定离开邮局，回到饭店去找罗贝，告诉他我可能会收到一封催我回去的电报，不管怎样，想打听一下火车的时刻表。但是，在下决心离开之前，我本想最后一次求助于黑夜的女儿，传话的使者，看不见脸的女神；可是喜怒无常的值班女神不再愿意——也可能是爱莫能助——为我打开神奇的大门；也许她们根据惯例，也曾不厌其烦地求助于年高德劭的印刷术发明人，叫唤过热爱印象派画的开汽车的年轻亲王（后者是德·鲍罗季诺上尉的侄子），但古登堡[1]和瓦格拉姆[2]对她们的恳求置之不理。我知道，不管我怎样请求，看不见的女神都将不为所动，于是我离开了邮局。

回到罗贝和他朋友身边后，我没有实话告诉他们我的心已经不和他们在一起，也没说我已下决心要离开他们。圣卢似乎信以为真，但我知道，他一上来就明白我的犹豫绝不是假装的，他明白第二天就找不到我了。他的朋友让他们面前的饭菜凉着，和他一起查阅火车时刻表，弄清楚我可以乘哪一趟车返回巴黎；机车的汽笛声在满天星斗的寒冷夜空中嘶鸣，可是我此刻心潮翻腾，失去了平衡。在这里，朋友们的友谊和从远处传来的火车长鸣声，使我度过了多少个心境恬淡的夜晚啊！就是今天晚上，他们还在为我效劳，不过用另一种形式罢了。当我知道不再是我一个人为

[1] 古登堡（生于1393年至1400年间，卒于1468年）：德国人，完成了金属活字的铸造和金属活字版印刷的研究，还用压印原理制成木质印刷机械代替手工印刷。这里系指古登堡电话局，是巴黎两大电话局之一，拥有六千用户，于1893年投入使用。

[2] 此处指瓦格拉姆电话局，为巴黎两大电话局之一，开办于1892年，有三千用户。

我动身问题操心的时候，当我感到我那些精力充沛的朋友——罗贝的同事——和另一些身强力壮的朋友——火车——都在充分调动积极性为我的动身而效劳的时候，我就感到心里踏实多了。火车每天早晚往返于东锡埃尔和巴黎之间，事后回想起来，这滚滚的车轮把我因和外祖母长期分离而产生的浓浓的、不可忍受的惆怅之情轧得粉碎，轧成了每天都有可能踏上归途的希望。

“我相信你讲的是真话，你还不打算离开这里，”圣卢微笑着对我说，“可是你还是做好走的准备，明天一大早就来同我告别，否则我可能见不着你了。我凑巧要到城里去吃午饭，上尉准假了。我得赶在两点钟前回到营房，因为我们要操练一整天。这没问题，我吃饭的那家老爷会用车子把我按时送回营房的。他家离这儿三公里。”

圣卢刚说完，我下榻的旅馆就有人来找我，要我到邮局去听电话。我是跑去的，因为就要打烊了。邮局职员回我话时，都说是“长途电话”。我心里不安极了，因为是外祖母来的电话。邮局就要关门。电话终于接通了。“是外婆吗？”一个带着浓重英国口音的声音回答我：“是呀，可我怎么听不出是您的声音？”我也听不出同我说话的人是我外祖母，况且，她从来不用“您”称呼我。最后疑团终于解开：原来，这个外祖母要找的那个年轻人几乎和我同名，而且也下榻在我住的旅馆的一座附属建筑里。凑巧这一天我也曾想给外祖母打电话，听到有人叫我接电话，我就深信不疑是她老人家打来的了。然而，刚才邮局和旅馆双方都搞错，纯属巧合。

第二天早晨，我磨磨蹭蹭地去找圣卢时，他已去邻近的那个城堡赴宴了。将近一点半钟时，我准备到军营去碰碰运气，好等他回来就同他告别。在一条通往军营的林荫道上，我看见一辆轻便马车从后面驶过来。当马车驶近我跟前时，我给它让道。驾车的是一个士官，戴着单片眼镜。正是圣卢。他身边坐着那位请他吃饭的朋友，我在罗贝的饭店里同他见过一面。我看见圣卢不是一个人，就没敢喊他，可我又想叫他停车把我捎走，就使劲地朝他挥了挥手——有不认识的人在场一般都做这个动作——想引起他的注意。我知道罗贝是近视眼，但我深信只要他看见我，就一定会认出我的。可是他看见我同他打招呼了，也还了礼，却没有停车。他飞驰而去，面部表情凝固，没有一丝笑纹，只是把手举到帽檐上，足足举了两分钟，仿佛在给一个不认识的士兵还礼似的。我朝军营奔去，但路还远着呢，当我跑到那里，骑兵团已在院子里集合了。人家不让我待在院子里。我没能和圣卢告别，心里懊恼万分。我上楼到他宿舍去找他，他已不在了。我看见一群病号站在窗口观看骑兵整队，还有几个免去队列训练的新兵、一个老兵，以及那个年轻的业士。我上前向他们打听。

“你们没看见圣卢中士吗？”我问。

“先生，他已经下去了。”老兵说。

“我没看见。”年轻的业士说。

“你没看见？”老兵说，把我撇在一旁再也不理了，“你没看见我们那位大名鼎鼎的圣卢？他穿着簇新的裤子，帅极了！军官呢的料子！一会儿上尉看见了非剋他不可！”

“什么！军官呢！别开玩笑了！”年轻的业士说。他因为生病留在寝室里，不去参加队列训练，试着和老兵耍嘴皮子，不过心里总不免有些忐忑不安，“你说的军官呢就是这种呢吧。”

“先生？”提到军官呢的那个“老兵”光火了。

他对业士不相信圣卢的裤料是军官呢感到非常生气。但他是布列塔尼人，从小生长在一个名叫邦居埃尔恩-斯代雷登的小村庄里，学讲法语就像学讲英语或德语那样费力气。他一激动就重复两三次“先生”，好有时间找到该说的话。经过一番准备后，他就开始发表长篇大论了，其实也就是重复几个比别人掌握得要好一些的词语而已。但他不慌不忙，小心翼翼，避免在发音上出差错。

“什么！是这种呢？”他气愤地接着说，越说越气，越说越慢。“什么！是这种呢？当我跟你说军官呢，当——我——跟——你——说——这——个——，既——然——我——跟——你——说——这——个，因为我知道这个。咱可不会吹牛皮。”

“啊！是这样。”年轻的业士被他这番理由说得心服口服了。

“瞧，那不是上尉来了吗？不，你看圣卢，你看他腿的动作，再看他的脑袋，他像士官吗？还有单片眼镜，啊！甩来甩去的多带劲！”

我看见这些士兵光顾说话，把我冷落在一旁，便恳求他们也让我从窗口看一看。他们没有说不让，但也没有挪动身子。我看见德·鲍罗季诺上尉骑马小跑而过，气宇轩昂，威风凛凛，他仿佛产生了幻觉，仿佛正置身于奥斯特利茨战役中。有几个行人围在军营门口，观看骑兵团开出营门。鲍罗季诺亲王直挺挺地骑在马背上，胖乎乎的脸，饱满的两腮，一副帝王的福相，眼睛清澈明亮。他仿佛已进入奇妙的幻境，就像我似的，每当电车驶过，车轮滚动声被寂静代替，我就会产生一种幻觉，会朦朦胧胧地听见优美动听的颤音掠过寂静的天空，划出一道道波纹。我没有能和圣卢告别，心里非常懊恼，但我还是动身了，因为我只想早点回到外祖母身边：自从我来到这个小城，每当我思念外祖母，想象她一个人在做什么事时，浮现在我脑际的形象，仍然是和我在一起的那个外祖母，只不过我把自己抹去了，一点没有考虑我不在她身边会给她带来多大的痛苦；现在，我恨不得马上回到她的怀抱，摆脱那个纠缠着我的、骤然被她的声音召来的意想不到的幽灵。这是一个确实已同我分离的、上了年纪的外祖母的幽灵。我还是第一次感到我外祖母上了年纪。她形单影只，听天由命，待在一套空空荡荡的房间里——就是从前我到巴尔贝克时，我想象妈妈一个人待着的那套房间里——刚刚收到了我的信。

唉！当我突然走进客厅时（我没有事先通知外祖母），一眼看见的正是这个幽灵。外祖母正在看书。我站在客厅里（更确切地说，我还没有进入客厅，因为她还没发现我），我看见她在沉思，在思考一些从没有在我面前显露过的问题，就像在偷偷地做一件针线活儿，有人进来，她就会立即把它藏起。只有我一个见证人，只有我一个旁观者，我一身旅行装束，我是外人，是摄影师，来给今生再也见不到的地方拍张照片——这是一种特权，尽管转眼就会消失，但在我们回到家的一刹那间，能意外地看到我们不在家时的情景。在我突然看见外祖母的一瞬间，我的眼睛确实像照相机那样摄下了一张照片。我们看见至亲至爱的人，从来都要经过缠绵的温情加工，在温情永恒的运动中加工，不等亲人的脸孔在我们脑海中留下形象，温情先把形象卷进旋涡，使它同我们头脑中的一贯印象粘在一起，合二为一。既然在我的想象中，外祖母的前额和脸颊反映了她思想深处最经常、最细腻的感情，既然每一个习惯的目光都有一种魅力，每一张心爱的脸孔都是过去的镜子，我又怎么能看见我外祖母那日益变得迟钝而衰老的形象呢？何况我们的眼睛反映我们的思想，在生活中即使是最无关紧要的场面，我们的眼睛也会像一出古典悲剧那样，对那些与剧情无关的东西不屑一顾，只保留能使剧情变得明白易懂的形象。但是，如果我们不是用眼睛，而是用一个纯物质的东西，用一架照相机去看东西，那么，比如说，我们在法兰西研究院的院子里看见的，就不是一个院士正在走出院子去叫出租马车，而是这个院士因怕摔跤而小心翼翼、摇摇晃晃走路的样子，是他摔倒时的抛物线，仿佛他喝醉了，或是地上结着一层薄冰。同样，如果老天爷偶尔和我们开一次残酷的玩笑，使我们灵活而虔诚的温情没有及时赶来，把绝对不能让我们看见的东西隐蔽起来，而是让我们的眼睛第一个赶到现场，自由地行动，像照相机那样机械地工作，这时，我们看见的将不是那个被我们的温情每天无数次地披上一件珍贵而虚假外衣的熟悉形象，而是一个死亡才会显示的身影。其实，如果不是温情千方百计加以阻挠，我们早就应该看到这个身影了。对我来说，外祖母还是我自己的一部分，我从来都是通过自己的心灵，通过一个个大同小异、互相重叠的透明回忆来看见她的。她总是过去某一时期的她。一个久不照镜子，平时仅仅根据理想的形象想象自己的脸孔是什么样子的病人，当在一面镜子中猛然看见自己真实的形象，看见一张干枯而凄凉的脸孔上，高高耸起一个埃及金字塔式的粉红大鼻子时，会吓得后退一步，我就像这个病人，当我在我们的客厅里，在这个属于一个新世界的、一个时间的世界的、一个生活着“随时间而变老”的陌生人的世界的客厅里，突然看见一个意气消沉的陌生老妪坐在沙发上，在昏暗而沉闷的红色灯光下读一本书，满腹心事，满脸病容，一双有点失常的眼睛在书上来回移动，这时，我才第一次看见我外祖母这种精疲力竭、老态龙钟的真实形象，但仅仅在片刻之间，因为这个形象转眼就消失了。

那一次，我向圣卢提出想去看德·盖尔芒特夫人珍藏的埃尔斯蒂尔的画时，他对我说：“我担保她会答应的。”不幸的是，在德·盖尔芒特夫人看来，担保的是他，而不是她自己。我们的头脑对别人会产生各种印象，当我们任意运用这些印象时，就不假思索地担保别人会答应。当然，即便在这个时候，我们也会考虑到因别人的性格和我们的不同而造成的一些困难，我们会想出这样或那样的办法，或诱之以利，或服之以理，或动之以情，向人们施加有力影响，认为这样一来，他们就不会提出相反的意见。但是，别人同我们性格上的差异，仍然是我们的主观想象；这些困难靠我们排除；采取什么有效的措施，要靠我们决定。有些行动，我们在想象中让另一个人做过一百遍，可以说得心应手了，可是真要让这个人干起来，就大不相同。我们会遇到一些意外的，也许是不可克服的阻力。最大的阻力莫过于一个单相思的男人在一个不爱自己的女人身上引起的反感了。这种反感散发出一种难以消除的恶臭：在圣卢没有来巴黎的漫长的几个星期内，他舅妈一次也没有邀请我到她家去看埃尔斯蒂尔的画作，但我肯定圣卢给她写过信。

在这幢房子里还有一个人对我也很冷淡，那就是絮比安。他是不是认为我从东锡埃尔归来时，应该先去向他请安，然后再回家？我母亲说不是这个原因，叫我不必大惊小怪。弗朗索瓦丝对她说过，絮比安就是这个脾气，会无缘无故地突然不高兴，但很快就好了。

可是，冬天快过去了。连续几个星期天气恶劣，常有暴风骤雨，夹杂着雪花或冰雹。然而有一天早晨，我听见壁炉里传来一阵咕咕声——而不是每天刮个不停的时强时弱的风啸声，扰得我心烦意乱，使我天天盼望着到海边去——这是在墙上做窝的鸽子发出的叫声：这声音散发出彩虹般的光环，像突然开放的第一朵风信子花，轻轻撕开充满养料的花心，绽开出柔滑如缎、能唱歌的淡紫色花朵，就像一扇敞开的窗户，把第一个晴天暖融融的阳光，送进我那仍然紧闭着门窗的黑洞洞的卧室里，使我感到眼花缭乱，又困又累。那天早晨，我突然发觉自己哼起了一首咖啡馆的小调来。这个小调，我可能是在去佛罗伦萨和威尼斯的那一年听到过的，后来就忘得一干二净了。根据每天的具体情况，周围的气氛会对我们的机体产生深刻的影响，从我们模糊不清的记忆中取出已被忘却的，虽然登记入册但还没有演奏过的曲子。我如梦如醉，如痴如迷，但却更清醒地听着我这个音乐家演奏，虽然没有一下听出演奏的是什么。

在我去巴尔贝克海滩之前，那里的教堂对我有着强烈的吸引力，但当我到了那里，却感到这个教堂不如我想象的那样迷人。我觉得，这种情况不是个别的。在佛罗伦萨、帕尔马或威尼斯也一样，我的想象力也不能代替我的眼睛去看东西。这一点我深有感触。同样，在一个新年的晚上，夕阳西下，我在一个广告栏前产生了幻觉，以为某些节日和另一些节日有着本质的不同。然而，当我在佛罗伦萨度过一个圣周[1]后，我的记忆仍然把圣周当作这个花城的氛围，既使复活节披上佛罗伦萨的色彩，又使佛罗伦萨带点复活节的气息。圣周离现在还远，但圣周的那几天已清晰地呈现在我面前，就像远远看见的农舍，被一道光线照亮，在阴暗和光亮的对照中，看得分外清楚。

天气转暖了。我父母劝我出来散散步，这样我也就有借口和从前一样在上午出门了。我因为害怕碰见德·盖尔芒特夫人，故意停了一段时间。可是正因为我不再出去散步了，心里反而老想着这件事，每时每刻都想为自己找到一条出门的理由，而每一条理由都和德·盖尔芒特夫人无关，这样我也就骗得自己相信，即使她不存在，我照样会在这个时候出去散步的。

唉，真要是这样就好了！对我来说，除她以外，遇见任何

[1] 指复活节前一周。

一个人我都不会感兴趣；可是对她而言，只要不碰见我，不管和谁相遇，她都可以忍受。她每天上午在街上散步时，会有许多傻瓜——她认为是傻瓜——向她致敬。但她认为这些人如果不是说想讨她喜欢，至少可以认为他们是偶然碰上的。她高兴时也会叫他们停下来，因为有时候人们需要摆脱自我，让别人向自己敞开心灵，只要是一颗陌生的心灵，不管它多么平庸，多么丑陋。可是她恼怒地感到，她在我这颗心中看见的，仍然是她自己。因此，尽管我有别的理由和她走同一条路线，但当我从她身边经过时，我仍然像犯了罪似的浑身颤抖。有时，为了不显得过于主动，我勉强给她还礼，或者只用眼睛看她，不同她打招呼，这样一来，她就更加气恼，而且开始认为我傲慢无礼，没有教养。

现在，她穿的裙子更薄了，至少颜色更浅。她沿街而行。街上，在错落不齐地掺杂在古老而宽敞的贵族宅第中间的狭窄店铺前，在黄油店、果品店、蔬菜店女老板的屋檐下，已经挂起了遮阳的卷帘，仿佛春天已经来临。我心里思量，我远远看见的这个沿街缓行、边走边打开小阳伞的女人，在行家们眼里，是当代最伟大的艺术家，她这些动作优美动人，妙不可言。然而，她只管朝前走：她那单薄而倔强的躯体，并不知道人们私下对它的赞誉，毫不考虑别人对它的评价，自行其是，披着一条紫罗兰色的斜纹绸肩巾，拼命地挺起胸脯；那双明亮而无精打采的眼睛，漫不经心地看着前方，可能已经看见我了；她咬着唇角；我看见她抬起暖手笼，给一个穷人施舍，向一个卖花女买了一束紫罗兰，她那种好奇的样子和我观看一个大画家挥毫作画时的神情毫无二致。

当她走到我跟前时，朝我点点头，有时还会赐给我一个淡淡的微笑，仿佛为我画了一幅水彩画之后，还在这张杰作上亲笔题词似的。在我看来，她的每一条连衣裙都像是一个自然而必需的环境，像是她内心世界的一个侧面。封斋期[1]的一个上午，她在外面吃饭，我遇见她时她穿着一件淡红色的天鹅绒连衣裙，领口微呈新月形。德·盖尔芒特夫人金色的秀发下露出一张沉思的脸孔。我不像往常那样伤感了，因为她脸上的忧郁表情和连衣裙的鲜艳色彩，仿佛组成了一道高墙，把她同世界隔开，使她显得可怜、孤独，使我感到放心、宽慰。我觉得，这条连衣裙向周围发出的鲜红光辉，象征着她那颗鲜红的心，对这颗心我还不大了解，但我也许能给它以安慰；德·盖尔芒特夫人躲在微波荡漾、神秘莫测的天鹅绒的红光中，就像是早期的基督教女圣徒。于是，我感到不该用眼光折磨这个殉教者，我为自己的行为感到羞愧。“可是，街道毕竟是属于大家的呀！”

“街道是属于大家的”，我重复了一遍，但使这句话有了另一层意思。我由衷地钦佩德·盖尔芒特公爵夫人。她走在这条常被雨水淋得透湿，变得和意大利古城的街道一样宝贵的大街上，夹在川流不息的人群中，让自己隐秘的生活加入公众生活中，神秘地出现在大家面前，任人接触，就像那些异乎寻常地免费供人欣赏的名画一样。每逢我彻夜不眠之后第二天上午又出去散步，到了下午，我父母总劝我上床躺一躺，想法子睡一会儿。要找到睡

[1] 基督教的斋戒节期，即复活节前四十天，节期内停止一切娱乐活动。

眠，只要有习惯就行，用不着老想着如何睡着，甚至不想更容易入睡。可我下午既没有睡觉的习惯，也不可能不去想如何睡着。入睡前，我老想着要睡着，结果反而睡不着；即使睡着了，还在想没睡着。这不过是朦胧的黑暗中出现的一抹微光，但足以把我睡不着的想法反射到睡眠中；继而这反光又一次反射，使我感到我是在睡眠中产生睡不着的想法的；接着又一次新的反射，把我的觉醒……反射到一次新的睡眠中，我想对到我房间里来的朋友们说，刚才我睡着了，但我却以为没有睡着。睡眠中的幻影模模糊糊，难以辨认，必须有极其敏锐和虚幻的感觉才能把它们抓住。后来在威尼斯我也有过同样的感受：夕阳早已西下，天似乎全黑了，但由于视觉和听觉一样有持续作用，即使天黑了，也看得见天黑前的形象，所以运河上空就像余音萦绕一样，久久回荡着最后一线光亮；多亏这个余音的看不见的回声，我看见一座座披着黑天鹅绒的宫殿映照在灰蒙蒙的水面上，仿佛永远不会消失似的。当我睡不着时，我经常想象一个海景；这一海景同它在中古时代的景象混合在一起，成了我经常做的一个梦。睡梦中，我看见大海的波涛凝固不动，就像彩绘玻璃上的画图，中间有一座中世纪的古城；一个海峡把城市一分为二；绿色的海水在我脚下延伸出去，沐浴着对岸一座东方风格的教堂和一些古老的房屋；这些房屋在十四世纪还存在，因此，朝它们走去，就仿佛在追溯历史。在这个梦中，大自然学会了艺术，大海变得具有中世纪风格；在这个梦中，我渴望做到并且以为做到了力所不及的事。这种梦，我似乎做过很多次，但是，因为梦中想象的东西一般都属于过去，虽然从没有见过，却十分眼熟，所以我以为不是在做梦。可是相反，我发现我的确常常做这种梦。

人在睡眠时会变得软弱无力，这一特征也反映到我的睡眠中，不过是象征性的：在黑暗中，我看不清朋友的面孔，因为人睡觉时闭着眼睛；我在梦中没完没了地为自己辩解，但当我想对朋友陈说理由时，我感到声音哽在喉咙口出不去，因为人睡眠时说话总是含含糊糊；我想走到他们身边去，但我挪不开腿，因为人在睡眠时不走路；突然我出现在他们面前，满面羞愧，因为人睡觉时不穿衣服。因此，闭紧眼睛，抿紧嘴唇，捆住双腿，赤裸着身体，这就是我在睡眠中所看见的睡眠人的图像，它很像斯万送给我的那几幅著名的寓意画，在画中乔托[1]把嫉妒女神画成嘴里衔着一条毒蛇的恶神。

圣卢来巴黎了，但只能待几个小时。他向我保证，他一直没有机会同他舅妈谈我的事："奥丽阿娜一点也不讨人喜欢，"他对我说，真诚地暴露了他的思想，"她已不是从前的奥丽阿娜，人家把她变坏了。我向你保证，她不值得你关心。你太看重她了。你愿意我把你介绍给我的普瓦克提埃表嫂吗？"他又说，也不管我感不感兴趣。"她年轻，聪明，一定会中你意的。她嫁给了我的表哥德·普瓦克提埃公爵。我表哥人挺好，就是不太聪明。我同我表嫂谈起过你。她要我把你带去。她比奥丽阿娜可漂亮多了，也比

[1] 乔托（1266—1337）：意大利文艺复兴初期的画家、雕刻家和建筑师，是意大利文艺复兴时期第一个探索用新的方法作画的画家，创作了许多具有生活气息的宗教画。

她年轻。她是一个可爱的人，你知道，是一个顶好的人。”这是罗贝最近用更大的热情学会的表达方式，表示一个人性情温和：“我不能说她是重审派，应该考虑她所处的环境。不过她毕竟说了句公道话：‘假如德雷福斯是无辜的，那把他囚禁在魔鬼岛[1]就太可怕了！’你听明白了，是吧？此外，她对她从前的几个女教师都很好，家里人让她们走侧边的楼梯，她坚决不同意。我向你保证，这是一个顶好的人。其实奥丽阿娜并不喜欢她，因为她感到人家比自己聪明。”

尽管弗朗索瓦丝的全部心思都用在同情盖尔芒特府上的一个仆人——这个仆人甚至在公爵夫人不在家时，也不能去看望他的未婚妻，因为门房很快就会打小报告——可她照样为圣卢来访时她不在场遗憾了半天。她没见着圣卢是因为她现在也经常出门。哪天我需要她了，哪天她必定出门。不是去看兄弟，就是去看侄女。最近她女儿来巴黎，她出门就更勤了。我因为她不在我身边侍候我，心里很不愉快，再加上她去看望的又都是她的亲人，我就更是恼怒不已，因为我预料到她会把这种串亲戚说成是天经地义的事，符合圣安德烈教堂的规定。因此，我一听到她解释，就会很不公正地大发脾气，何况她说话的方式特别，我就更是怒不可遏。她从不说：“我去看我的兄弟了，我去看我的侄女了。”而是说：“我去看兄弟了，我‘跑着’进去给侄女（或我卖肉的侄

[1] 魔鬼岛是拉美法属圭亚那沿海的岛屿，德雷福斯于1895年4月至1899年6月被囚禁在该岛。

女）问声好了。”弗朗索瓦丝要她女儿回贡布雷去，可她女儿却不干，学着风雅女人的样，讲话中插进一些缩略语，听上去俗不可耐。她说，贡布雷连《不妥协》[1]都没有，在那里待一个星期都受不了。她更不愿去弗朗索瓦丝的妹妹家，那里是山区，她说：“山区不怎么有趣。”她在说这句话的时候，使“有趣”这个词有了一个新的可怕的含义。弗朗索瓦丝的女儿下不了决心回梅塞格利丝，她认为那里的人“蠢得不行”，在集市上，那些饶舌妇，那些“乡巴佬”会发现自己同她沾亲带故，会说：“哟，那不是已故巴齐罗的女儿吗？”她宁死也不肯回到那里去定居。“现在她尝到巴黎生活的滋味了。”弗朗索瓦丝说。尽管弗朗索瓦丝思想守旧，但当女儿对她说：“嗳，母亲，如果你不能出门，就给我寄一封气压传送快信来好了。”这时，为了使女儿高兴，她也不得不对这个新“巴黎女郎”的革新精神表示赞赏。

天气突然又转冷了。“出去？出去干什么？找死呀？”弗朗索瓦丝说，因为这个星期她的女儿、兄弟和卖肉的侄女都到贡布雷去了，她宁愿待在家里。况且，她是我莱奥妮姑妈的“物理说”的最后一个信徒，我姑妈的这个理论对她多少还有影响，因为，她在谈到这个不合时宜的倒春寒时又补充了一句：“因为上帝还没有息怒。”对她的抱怨，我只是无精打采地付之一笑。她的预言丝毫也不使我感兴趣，因为无论如何我会有好天气的。我仿佛已经

[1] 此处《不妥协》（*Intran*）是《不妥协人报》（*Intransigeants*）的缩写，1880年由亨利·罗什福尔创办。这家报纸曾为鼓吹沙文主义的布朗热将军宣传，后采取反德雷福斯的立场。

看见菲埃索尔市[1]山顶上初升的太阳发出万道光芒，我沐浴着和煦的阳光，浑身暖洋洋；炫目的光线刺得我眯缝着眼睛，像是在微笑；眼睑犹如用晶莹洁白的大理石做成的长明灯，弥漫着淡淡的红光。我仿佛又听见了意大利的钟声，不仅如此，意大利也仿佛随着钟声来到我的身旁。我一定能手捧鲜花，庆祝我意大利之行周年的纪念日，因为自从巴黎出现倒春寒，林荫道上的栗树、梧桐树和我们院子里的那棵树，仿佛浸没在凛冽的寒风中，但也吐出了嫩芽，就像老桥[2]上种在净水杯里的水仙花、长寿花和银莲花，迎着寒风半吐嫩叶。记得有一年，当我们为封斋期结束后的旅行做准备时，也遇到过这种情况。

我父亲说，他现在知道那天他在盖尔芒特府上遇见德·诺布瓦先生时，他要到哪里去。是 A.J. 鲍罗季诺先生告诉他的。

“他是去拜访德·维尔巴里西斯夫人。他同她很熟，我从前一点也不知道。看来德·维尔巴里西斯夫人是一个讨人喜欢的女人，一个非凡的女人。你应该去看看她。”他对我说，“此外，我感到很吃惊。他同我谈德·盖尔芒特先生时，就像在谈一个非常高雅的人，可我还一直以为他俗不可耐呢。据说他见多识广，情趣高雅，其实，他不过只是为他的姓氏和婚姻感到骄傲罢了。此外，照诺布瓦的说法，他很有地位，不仅在这里，而且在全欧洲。据

[1] 意大利城市，位于一座山上，先是古代伊特鲁立亚，继而是罗马的文化发源地。

[2] 指佛罗伦萨阿尔诺河上的老石桥，建于 1170 年，1333 年被洪水冲毁，1345 年重建，桥上原有鱼铺、肉店，16 世纪起，为保持环境卫生，由金银珠宝店取代，故又称金桥。

说奥皇、俄皇都把他当朋友看待。诺布瓦老头对我说，德·维尔巴里西斯夫人很喜欢你，你在她的沙龙里可以结识许多对你有用的人。他在我面前可是把你夸奖了一番。你会在她那里遇见他的，哪怕你想写书，也可以让他给你出出主意嘛。我看你将来不会干别的事情了。别人可能认为当作家前程远大，我呢，本来我是不主张你干这一行的，可你马上就要长大成人，我们总不能一辈子守着你，因此不应该阻止你按照自己的爱好选择职业。”

唉，要是我能动手写就好了！可是，不管我在什么条件下开始写作（就像我开始打算不喝酒，打算睡午觉，睡好觉，养好身体一样），在狂热的、井井有条和兴致勃勃的情况下写作也好，或为写作而取消散步、推迟散步、把散步当作一种奖赏，身体好的时候每天写一小时，身体不好不得不待在家里时也用来写作，总之，我做了种种努力，可结果注定是一张只字未写的白纸，就像变纸牌戏法一样，不管你事先怎样洗牌，最后注定要抽到魔术师迫使你抽的那张牌。我被习惯牵着鼻子走，习惯不工作，习惯不睡觉，习惯睡不着。习惯无论如何是要得逞的。如果哪天我不违抗习惯，让习惯从偶然出现的情况中找到借口，为所欲为，那么这一天我就能马马虎虎地过去，不会遇到太多的麻烦，天亮前我还能睡个几小时，我还能读几页书，酒也不会喝得太多；可是如果我违抗习惯，非要早点上床睡觉，强迫自己只喝水不喝酒，强迫自己工作，那么习惯就会大发雷霆，会采取断然措施，会让我生病，我不得不喝更多的酒，两天都睡不着觉，甚至连书都不能看了，于是我决定下次要更有理智，也就是对自己更没有节制，就像一个遭到拦路抢劫的人，因为怕被杀害，索性让人抢光算了。

这期间，我父亲又遇见过德·盖尔芒特先生一两次。既然德·诺布瓦先生对他说公爵是个了不起的人物，他也就更加注意公爵的讲话了。他们在院子里正好谈到了德·维尔巴里西斯夫人。“他对我说她是他的婶母，他把维尔巴里西斯读成了维巴里西。他对我说她非常有智慧，甚至说她有一个思想办公室[1]。”我父亲补充说。“思想办公室”的意思含糊不清，这使他产生了兴趣。这个表达方式，他确实在一些回忆录中见过一两回，但他没有赋予它明确的词义。我母亲对我父亲一向十分敬重，既然我父亲对德·维尔巴里西斯夫人有个思想办公室这件事颇感兴趣，她也就断定这件事值得重视了。尽管她从我外祖母那里早就知道侯爵夫人的底细，但还是对她立即产生了好感。我外祖母身体不太好，她开始不赞成我去拜访侯爵夫人，后来不坚持了。我们搬进新居以来，德·维尔巴里西斯夫人好几次邀请外祖母，但她每次都写信回绝了，说她现在不出门。也不知是什么原因，外祖母突然改变了习惯，不再亲自封信，而由弗朗索瓦丝代劳。至于我，尽管我想象不出这个“思想办公室”是什么样子，但是，如果我看见巴尔贝克海滩的那个老妇人坐在一张“办公桌”[2]前，我是不会感到吃惊的。况且事实也正是这样。

此外，我父亲打算竞选法兰西研究院自由院士，他想知道

---

[1] 这里，“思想办公室”系指以谈论文学、艺术和科学而自豪的沙龙。

[2] 在这里“办公室”和“办公桌”在法语中是同一个词 bureau。

诺布瓦大使的支持能不能使他赢得更多的选票。说实话，他对德·诺布瓦先生的支持虽然不敢怀疑，但也没有十分把握。部里有人对我父亲说，德·诺布瓦先生想使自己成为外交部在法兰西研究院的唯一代表，他会设置重重障碍，阻挠别人当候选人；况且，他眼下正在支持另一个人，也就更不会支持我父亲了。但我父亲却认为这是对德·诺布瓦先生的诽谤。然而，当杰出的经济学家勒鲁瓦·博里厄劝他参加竞选，并给他分析当选的可能性时，他看到在勒鲁瓦·博里厄列举的支持他的同事中，没有德·诺布瓦先生的名字，很受震动。他不敢直接去找前大使德·诺布瓦先生，但他希望我对德·维尔巴里西斯夫人的拜访，能给他带回德·诺布瓦先生的支持。事不宜迟。德·诺布瓦先生的宣传，能确保我父亲获得法兰西研究院三分之二的选票；况且，大使乐于助人是出了名的，就连最不喜欢他的人对此也不否认。因此我父亲认为得到他的支持很有可能。再说，在部里，他对我父亲要比对其他人的保护更加明显。

我父亲还遇见了一个人，但这个人先是让他大吃一惊，后又引起他极大的愤慨。他在街上碰到了萨士拉夫人。这个女人生活很拮据，因此很少来巴黎，要来也只是到一个女友家里。没有人比萨士拉夫人更使我父亲讨厌的了。每年，我母亲都要温和地恳求我父亲一次：“朋友，我应该邀请萨士拉夫人了，她不会待很久的。”甚至还说：“朋友，听我说，我要求你做一次大的牺牲，去拜访一下萨士拉夫人。你知道我不想让你烦恼，但你要是能去，我就太高兴了。”他笑了，有几分勉强，但还是去了。因此，尽管他不喜欢萨士拉夫人，但当他在街上看见她时，还是朝她走去，并且向她脱帽致敬。可是令他吃惊的是，萨士拉夫人只是迫于礼貌，朝他冷冷地点点头，仿佛他干了什么坏事，或者被判要到另一个半球上去生活。我父亲带着满脸的怒气和惊愕回到家里。第二天，我母亲在一个沙龙里遇见萨士拉夫人。她没有把手伸给我母亲，只是心不在焉地、忧郁地朝她笑了笑，仿佛我母亲是她儿时一起玩耍的朋友，因为生活堕落，嫁了一个苦役犯，或者更糟，嫁给了一个离过婚的人，因而萨士拉夫人同她断绝了来往。然而从前，我父母亲每次见到萨士拉夫人总是彬彬有礼，而萨士拉夫人对我父母亲也一向敬重有加。我母亲哪里知道，在贡布雷，在萨士拉夫人那一类人中，只有她一个人是重审派。而我父亲是梅尔纳[1]先生的朋友，他对德雷福斯的罪状深信无疑。他同事要他在要求重审的请愿书上签字，他让他们碰了一鼻子灰。当他知道我的行动准则和他不一样时，他一个星期没同我说一句话。他的观点无人不晓，都快给他戴上民族主义者的帽子了。至于我的外祖母，家里人数她最宽宏大量，恐怕也只有她一个人流露出怀疑。每当有人谈到德雷福斯可能无罪时，她总是摇摇头，谁也不知道她想表示什么意思，仿佛她正在思考一个非常严肃的问题，被人打搅了，因而摇了摇头。我母亲一方面全心全意地爱着我父亲，另一方面又希望我有独立的见解，因此举棋不定，干脆沉默不语。

---

[1] 梅尔纳（1838—1925）：法国政治家。1896年任内阁总理，竭力反对重审德雷福斯案。

我外祖父崇拜军队（尽管他在国民自卫队里的服役经历是他壮年时代的噩梦），在贡布雷，每次看见一个团从门前经过，他都要脱帽向上校和军旗致敬。这一切足以使萨士拉夫人把我父亲和外祖父看成不公正的帮凶，尽管她完全知道他们大公无私，光明磊落。个人的罪行可以原谅，但参与集体犯罪却绝对不能宽恕。当她得知我父亲是反重审派时，就立即用几个大陆的空间和几个世纪的时间把她自己同我父亲隔开。既然两人在时空上相隔千年，相距万里，我父亲自然就看不见她的致意了，而她也不会想到同他握手和说话，因为这些礼节是不能跨越他们中间的距离的。

圣卢要来巴黎了，他答应带我到德·维尔巴里西斯夫人家去。我希望能在那里遇见德·盖尔芒特夫人，但我没把这个想法告诉他。他要我和他的情妇一起去饭店吃午饭，然后我们送她到剧院去参加排练。我们必须一早动身，到巴黎郊区她的住所去接她。

我对圣卢说，最好到埃梅的饭店去用午餐（在花钱如流水的贵族公子的生活中，饭店的作用和阿拉伯民间故事中放绫罗绸缎的箱子一样重要）。埃梅告诉我，在巴尔贝克海滩旅游旺季到来之前，他在这家饭店当侍应部领班。我日夜梦想着旅行，但却很少出门，能重新看见一个不只是属于我记忆中的巴尔贝克，而且是真正属于巴尔贝克的人，这对我有着巨大的吸引力。埃梅每年都要去那里。当我因身体疲劳或要上学不得不留在巴黎时，他在七月漫长的傍晚，照样隔着大餐厅的玻璃墙壁，遥望太阳冉冉坠入大海，等候顾客来临；当太阳渐渐在大海中消失的时候，天边蓝幽幽的船只张着帆翼，一动不动，宛如一只只摆在玻璃柜中具有异国情调的夜蝴蝶。巴尔贝克是一块强大的磁铁，埃梅由于同它接触而电磁化了，他对我来说也成了一块磁铁。我希望，同他交谈就等于到了巴尔贝克，没有去旅行就体味到旅行的魅力。

我一早就动身了。我走的时候，弗朗索瓦丝还在不停地抱怨，因为头天晚上，那个订了婚的仆人一次也没有能去看望他的未婚妻。弗朗索瓦丝发现他在那里抹眼泪。他真想去把门房揍一顿，但忍住了，因为怕砸了饭碗。

圣卢说好在他家门口等我。我去找他时，在路上遇见了勒格朗丹。我们家自从离开贡布雷后，一直和他没有来往。他现在已经两鬓苍苍，头发灰白，但神态依然年轻、天真。他停下了脚步。

“啊！是您，”他对我说，“好帅！喔，穿着礼服哪！我这个人自由自在惯了，才不愿意穿这种男仆穿的制服呢。不错，你大概是社交界的时髦人物了，拜访的任务繁重啊！如果像我这样，只是随便到一个破坟墩前去做个梦，这条大花领结和这件短上衣是最适合不过的了。您知道，我一向很钦佩您有高尚的品格，看到您同贵族同流合污，背弃了您的灵魂，我是多么遗憾啊。那些沙龙的气氛在我看来，实在令人作呕，令人窒息，您在里面待一刻钟，都会就此葬送您的前途，受到先知的谴责。我看得出来，您同那些‘逍遥自在的人’过从甚密，来往于贵族府邸之间。这就是当今资产阶级的恶习。啊，贵族！恐怖时代[1]犯了大错误，没有把他们斩尽杀绝。贵族不是十足的傻瓜，便是阴险毒辣的恶棍。

---

[1] 指 1793 年 5 月到 1794 年 7 月间捕杀贵族的法国资产阶级革命。

好吧，可怜的孩子，只要您觉得愉快，您就去吧！当您在哪家沙龙参加下午 five o'clock[1] 茶会时，您的老朋友可要比您幸福得多，他独自一人，待在某个郊区，仰望玫瑰色的月亮爬上紫罗兰色的天空。事实上，我几乎不能算是地球上的人，我在这里有一种流落他乡之感，万有引力必须使出全部力量才能把我吸引住，才能使我不逃到另一个天体上去。我是另一个星球的人。再见了，不要误解维福纳河农民——也还是多瑙河的农民[2]——传统的坦率性格。为了向您证明我很看重您，我要把我最新出版的小说寄给您一本。但您是不会喜欢的。您会认为我这部小说还不够腐败，不够有世纪末的气味，它太坦率，太诚实。您需要贝戈特，这您供认不讳。像您这样食不厌精、脍不厌细的人，需要用堕落的文学来满足您麻木的味觉。您圈子里的人大概把我当老兵看待。我不值得花费心血写那些书，我那一套现在不吃香了。再说，人民大众的生活，在您乐于交往的赶时髦的年轻女人眼里还不够高雅，不会引起她们的兴趣。好了，有空您就想一想基督的教导：'你这样做，就能永生！'别了，朋友。"

我和勒格朗丹分手后，并不太怪他。有些往事仿佛是我们共同的朋友，能在中间充当调解人。那座架在堆积着封建社会的废墟、长满了黄澄澄毛茛的田野中间的小木桥，把我们——我和勒格朗丹——连接在一起，就像把维福纳河两岸连接在一起一样。

---

[1] 英语，意为五点钟。

[2] 指拉封丹寓言诗《多瑙河的农民》。多瑙河的一个农民来到罗马，在元老院发表讲话，谴责罗马道德败坏。他的雄辩受人欣赏，并因此而得到奖赏。

春天已降临巴黎，可是林荫道上的树木才刚刚绽出新芽。当环城火车载着我们——我和圣卢——离开巴黎，停在圣卢情妇居住的那个郊区村庄时，我们却惊奇地看到一棵棵果树都挂满了白花，犹如临时搭成的白色大祭坛，装饰着一个个花园。这里像是有隆重的节日似的，人们在固定的时节，从老远赶来欣赏这奇特而富有诗意的、短暂的地方节日。但这一次节日却是大自然的馈赠。樱桃树开满了白花，就好像穿着白色的紧身衣裙，夹杂在那些既没开花也没长叶的光秃秃的树木中间，在这仍然透着凛冽寒气的晴天，远远望去，会以为望见了一片片白雪，别处的雪都融化了，唯独灌木丛后还有残雪。高大的梨树环绕着一座座房屋和一个个普通院子，梨树的白花开满枝头，形成了更广阔、更单一、更灿烂夺目的白色世界，仿佛村里家家户户都在同时举行第一次领圣体仪式。

在巴黎郊区的这些村庄，各家门口都保留着十七世纪或十八世纪的花园。这些花园原本是皇亲国戚的管家和宠妾们的“游乐园”。园艺匠利用比路面低的花园种上了果树（也许仅仅保留了那个时代的大果园的布局）。梨树栽成梅花形，比我以前见过的梨树行距要大一些，梅花瓣不够明显，中间隔着低矮的围墙，形成了巨大的白色四边形。太阳在四边形的四条边上留下了或明或暗的光线，使这些没有屋顶的露天房间，看上去就像在希腊克里特岛可能见到的太阳宫一样；阳光或明或暗地照射在高低不同的台地上，犹如在春天的大海上嬉戏，使这里那里涌出一朵朵亮晶晶、毛茸茸的白花，而泡沫四溅的白花，在蔚蓝的树木织成的透光的栅栏中闪闪发光。看到这番景致，人们又会感到这些露天房间很像一个个养鱼池，又像海上围起来的一块块捕鱼区或牡蛎养殖场。

这是一个古老的村庄。村公所看上去破破烂烂。金黄色的砖墙，门前有三棵梨树，充当夺彩竿[1]和旗杆。树上仿佛装饰着优美的白缎子，好像在庆祝当地的一个节日似的。

一路上，罗贝不停地给我讲他的情妇。我从来也没有见他对他情妇如此深情。我感到他心里只有她一人。当然，他在军队的前程、在社交界的地位和他的家庭，对他并不是无关紧要，但与他情妇——哪怕是最微不足道的事——相比，就不算什么了。他的情妇才是头等重要的人，盖尔芒特家族和地球上所有的国王都不能同她相提并论。我不知道他心里是否明确他的情妇胜过一切，但他只注意同她有关的事。有了她，他才可能有喜怒哀乐；为了她，他甚至可以去杀人。在他看来，真正有意义的、能使他动心的事，莫过于他的情妇想要并将要做的事，他情妇头脑中思考的问题，他最多也只能从她额头之下、下巴之上这个狭小空间的瞬间表情中猜到一二。他办事向来合情合理，可是他却盘算着和一个有钱人家的小姐结婚，目的却仅仅是为了能继续供养并拴住他的情妇。假如有人心里嘀咕，他这样做要付出多大代价，我相信代价之大是谁也想象不到的。他不娶她，是因为实用主义的本能告诉他，一旦她对他不再有什么期待，她就会离开他，至少会随心所欲地生活。因此，他必须让她永远处在等待中，从而把她牢

[1] 竿顶悬挂奖品，竿上涂了肥皂，让人爬上去夺奖。

牢拴住。因为他推测她可能并不爱他。当然，被叫作爱情的这个通病可能会迫使他——就像迫使所有的男人一样——不时地相信她爱他。但他心里很清楚，她即使爱他，也不能消除从他那里捞钱的欲念，一旦她不再对他有什么期待，就会立即离开他（他想，她的文学界朋友们的理论害了她，尽管她爱他，还是会离开他的）。

“如果她今天表现好，”他对我说，“我就送她一件礼物，她会很高兴的。是一串项链，她在宝诗龙珠宝店里看到过。要三万法郎，就我目前的经济状况，嫌贵了些。可是这个可怜的宝贝生活中没有多少乐趣。我一买她会高兴得心花怒放。她向我提起过这串项链。她说她认识一个人，那人也许会买给她。我不信真有其事，但我还是同宝诗龙说好了，让他们给我留着，这家店是我们的供货商。我一想到你就要看见她了，心里就高兴。她并不像雕像那样完美无缺，这你知道（我看得出，他心里却认为她十全十美，他是为了使我更赞美她才这样说的），但她有非凡的判断力。在你面前她可能不大敢说话，但我一想到她以后会同我谈她对你的印象，现在就感到心里乐滋滋的。你知道，她讲的话可以使人进行无穷无尽的想象，真有点像德尔菲城的女祭司！”

我们沿着小花园朝她的房子走去，我情不自禁地停下了脚步，因为花园内的樱花、梨花琳琅满目，银光闪闪，晃得人睁不开眼睛：显然，这些花园，昨天还像没人居住的房屋，显得空荡荒凉，一夜间突然来了许多白衣少女，把它们装饰得千媚百娇。隔着栅栏，可以看见这些美丽的白衣少女在花园小径的拐角处亭亭玉立。

“听着，我看既然你像诗人，留恋美景，”罗贝对我说，“那你干脆待着别动，我朋友就住在附近，我去找她来。”

我等他的时候，在附近溜了一圈。我从几个小花园前经过。当我抬头时，有时看见窗口有少女的倩影。就是在露天，在一层楼的窗边，叶丛间也垂下一串串鲜艳的丁香花，穿着紫莹莹的衣裙，绰约多姿，随风曼舞，对于过路行人穿透绿叶丛投来的目光不屑一顾。这一串串紫丁香使我想起从前春光融融的下午，我在斯万先生花园门口看见的紫丁香，它们琳琅满目地挂在花园的围墙上，犹如一幅散发出浓郁乡村气息的令人心旷神怡的紫色挂毯。我从一条小道来到一块草地上。这里冷风飕飕，和贡布雷的风儿一样刺骨；但在这块和维福纳河畔的土地一样肥沃而湿润的草地中间，照样钻出一棵银装素裹、高大挺拔的梨树，它和它的同伴一样，准时前来赴约，向太阳欢快地摆动着梨花；梨花在寒风中痉挛抽搐，但被阳光涂上一层银灿灿的光辉，形成一块有形的可以触摸得到的光幕。

突然，圣卢在他情妇陪同下出现在我眼前。这个女人是圣卢全部的爱情，是他生活中可能有的全部乐趣。她的个性仿佛被神秘地封闭在一个圣龛内，激发了我朋友无穷无尽的想象。圣卢觉得自己好像永远也不会了解她。他常常问自己：“在她的身上，在她的目光和皮肉后面究竟隐藏着什么？”这个女人，我一眼就认出了她是“拉谢尔，当从天主”[1]。几年前，她曾对妓院的鸨母说（女

[1] 圣卢的情妇叫拉谢尔，与歌剧《犹太女人》中的女主人公同名。当年她在妓院内，人们把该剧中的一首曲名“拉谢尔，当从天主”送她作雅号。

人不改变境遇则已，一改变就快得难以想象）：“那么说定了，明天我有空，要是有人来，您可别忘了叫我。”

当果真有客人“来找她”，只剩她和这个“客人”在房间里时，她是那样内行，锁上门后——出于女人的谨慎或是习惯性动作——就立即开始脱衣裳，动作非常敏捷，仿佛有医生要给她听诊似的；只是因为这个“客人”不喜欢裸体，叫她不必脱掉内衣时（就像有些医生，听觉灵敏，同时又害怕病人着凉，只隔着衣裳听诊肺和心脏），她才中途停下来。这个女人的生活，她的思想和过去，哪些男人占有过她的身体，这在我看来是那样无足轻重，如果她给我讲这些事，我出于礼貌才会听一听，而且几乎什么也听不进去；可是圣卢却向她献出全部的爱情，为她忧悒不寐，忍受折磨，甚至把她——在我看来不过是一个木偶玩具——看作自己无限痛苦的根源，比他的生命还要宝贵。看到这两个毫无关联的拉谢尔（因为我是在一个妓院里认识“拉谢尔，当从天主”的），我恍然大悟，男人为女人活着，为她们受苦，为她们自杀，但她们中的许多人就是拉谢尔，她们对于别人的价值就如同拉谢尔对于我的价值一样。想到有人对她的生活抱着一种好奇和痛苦的态度，我不禁为之愕然。我本来可以把拉谢尔经常同别人睡觉的事告诉罗贝，在我看来，这根本不算什么，可是这会给罗贝带来多大的痛苦啊！他为了知道她同谁睡过觉，什么事没有做过呢？结果还是一无所获！

我意识到，如果男人是通过想象认识一个女人的，那么他会想象在这个女人小小的脸孔后面，蕴藏着无限美好的东西；相反，如果他是以最粗俗的方式认识她的，那么他魂牵梦萦的东西，可能会分解成微不足道、毫无意义的物质成分。我认识到，我在妓院花二十法郎得到的一个女人，在我看来，她不过是一个想得到二十法郎的女人，其实她本人不值二十法郎；可是，如果我一上来就把她想象成一个奇妙而神秘的、难以得手、难以留在身边的女人，那么，她的价值就可能超越百万，比一切受人羡慕的地位，甚至比家庭的温存还要重要。不错，我和罗贝看见的是同一张瘦削而狭长的小脸，但是，我们是从两条相反的、永远也不会交叉的道路走到她跟前的，我们决不会看到同一副面孔。这张脸以及眼神、笑容和嘴角的动作，我是从外部认识的。这张脸和任何一个为了二十法郎就向我出卖肉体的女人的脸并无二致。同样，这张脸上的眼神、笑容和嘴角的动作，在我看来，仅仅是极其普通的动作，毫无个性，毫无意义，我根本没有兴趣去寻找具体的人。然而，可以说我一开始就得到的东西——这张任人抚摸和亲吻的脸——对罗贝来说却是终点。他是怀着多大的希望、疑虑、猜疑和梦幻朝这个目标走去的呀！是的，为了得到这个为二十法郎就出卖肉体的女人，为了不让她落到别人手中，罗贝付出的钱何止百万！他花了那么多钱，有时却不能得手，可能由于出现了意外的情况，那个准备委身于他的女人突然躲开了，也可能另有约会，或有什么事使她那天更难相处。如果她同一个多愁善感的男人打交道，即使她没有觉察，尤其是她有所觉察，就会有一场可怕的追逐。这个多情的男子心灰意懒，但又不能没有这个女人，于是穷追不舍，而她却拼命躲避，这样，他为了博得一个微笑，一个他不敢再奢望得到的微笑，付出的代价要比得到一个女人委身还高一千倍。在这种情况下，有时因为判断上的失误，或在痛苦面前胆怯，你会狂热地把一个妓女当作不可接近的偶像，这样，你就永远也别想得到这个女人的温存，别想得到她的第一个吻，甚至你连要求都不敢提，怕违背了你那柏拉图式精神恋爱的信念。在你离开人世时，你连同心爱的女人接吻的滋味都没有尝到，这有多么痛苦！不过圣卢还算走运，拉谢尔的百般温存，他都体味过。当然，如果他现在知道他情妇曾为一个金路易[1]而把自己的肉体出卖给随便哪个男人，他可能会感到揪心彻骨的痛苦，但为了不失去她的欢心，他仍然会付给她这一百万法郎的，因为他所知道的事还不足以使他迷途知返（对人重要的事，往往不受人意志的控制，而受某种自然规律的支配），他仍然在梦幻中想象她的脸，因而看不清她的真面目。现在她那张瘦削的脸孔一动不动，毫无表情，就像承受了两个巨大的大气压力的纸片，被两股无限大的力量维持着平衡，这两股力量一齐通到她身上，却没有相遇，因为被她隔开了。我和罗贝都在凝视她，我们从不同的角度看见了她身上的奥秘。

我并不觉得“拉谢尔，当从天主”有什么了不起，而是觉得人的想象力、人的幻想具有伟大的力量，爱情的痛苦就是人的幻想造成的。罗贝看出我在激动。我扭过头去看对面花园中的梨树和樱桃树，好使罗贝相信是果树的美景使我动的情。而事实上，这些美景也的确打动我的心，把那些不仅要用眼睛看，而且要用

[1] 第一次世界大战前法国使用的面值二十法郎的金币。

心感觉的东西呈现在我面前。我把在花园中看见的这些果树，当成素未谋面的天使了，我会不会和玛德莱娜[1]一样看错呢？耶稣复活的那天，也是在一个花园里，玛德莱娜看见一个人的形体，“以为是一个园丁”。这些向着适宜于午睡、垂钓和看书的树影俯下身躯的、令人赞叹不绝的白衣少女难道不就是天使吗？这些白衣少女维护着我们对黄金时代的记忆，她们向我们保证，真实并不像人想象的那么美好，但只要我们努力使自己配得上，作为报酬，真实也可能散发出诗的光辉，纯洁而奇妙的光辉。我和圣卢的情妇寒暄了几句。我们抄近路穿过村子。房屋很脏。但即使在最肮脏的、像是被硝酸雨烧焦了的房屋前，也站立着一个神秘的旅客，要在这受到诅咒的城镇里停留一天。这个光辉灿烂的天使伫立在那里，展开令人炫目的白翅膀，保护着肮脏不堪的房屋：这天使就是一棵挂满白花的梨树。圣卢和我朝前走了几步：

“我宁愿我们，我和你，一起等她，我甚至更乐意和你单独在一起吃午餐，一直单独待到去我舅妈家的时候。可是这个可怜的女孩子，她多么希望我们来接她呀！她对我太好了，你知道，我不能拒绝她。再说，她会使你愉快的，她很有文学天赋，很容易动感情。况且，和她一起在饭店共进午餐是非常愉快的事。她是那么可爱，那么朴实，总是对什么都满意。”

然而，我相信恰恰在那天上午，很可能是唯一的一次，罗贝

[1] 《新约全书》中看见耶稣复活的女圣徒。耶稣遇难后，玛德莱娜到耶稣的坟墓去给他涂圣油，发现尸体不在洞穴，她在寻找途中，遇见复活后的耶稣，错以为是园丁。

在一瞬间摆脱了他通过一个个温存的印象慢慢地组合起来的女人，猛然看见不远处站着另一个拉谢尔，和他的拉谢尔长得一模一样，但却是一个截然不同的人，一个傻头傻脑的小娼妓。离开爽心悦目的果园后，我们就去赶火车回巴黎了。在车站上，拉谢尔走在我们前面，相隔几步远。突然，有几个和她一样俗不可耐的“野鸡”认出了她，她们以为她是只身一人，便咋咋呼呼地嚷了起来：“是你啊，拉谢尔，和我们一起上吗？吕西安娜和谢尔梅娜都在车上，正好还有空位子。来吧，和我们一起去溜冰。”她们正要把各自的情夫，也就是把站在她们身边的两个“时新百货商店的职员”介绍给她，突然发现拉谢尔有点局促不安，便好奇地朝旁边张望，发现了我们，连忙道歉，同她告别；她也同她们道了再见，有点尴尬，但很友好。这是两个可怜的小野鸡，衣服大翻领是用假水獭皮做的。圣卢第一次邂逅拉谢尔时，她差不多也是这个模样。圣卢不认识她们，也不知道她们的姓名，看见她们和他的情妇关系这样密切，便顿时生了疑团：他的情妇也许从前过着，甚至现在仍然过着一种见不得人的生活，一种同他和她的生活完全不同的生活，也就是为了一个金路易而出卖肉体的生活。他不仅隐约看见了这种生活，而且还隐约看见了另一个拉谢尔，一个陌生的拉谢尔，和那两个小野鸡一样的拉谢尔，二十法郎身价的拉谢尔。总之，他感到拉谢尔在瞬间分成了两半，他在他的拉谢尔身旁隐约看见小野鸡拉谢尔，那个真实的拉谢尔——如果能说野鸡拉谢尔比另一个拉谢尔真实的话。此时此刻，也许圣卢心里在想，他本打算用自己的高贵门第去做一笔交易，同一个有钱的小姐结婚，以便能每年继续用十万法郎供养拉谢尔，现在看来没有这个必要了，他完全能轻易地摆脱他目前生活的地狱，花一点儿钱就可以得到他情妇的欢心，就像那两个时新商店的职员，用很少的钱就买到了那两个娼妓的欢心一样。可是怎么办呢？她没有什么过错呀。给她的钱少了，她对他的热情就会减少，她就不会再对他说一些使他神魂颠倒的甜言蜜语了。为了炫耀自己，他常常把情妇信上的话念给同事听，要他们知道她多么温柔，却从不向他们透露他花了多少钱供养她：不管她送给他什么，一张照片上的题词也好，电报上最后的客套话也好，这些最简单、最珍贵的语言，也都是金钱转化成的。即使他避而不说拉谢尔难得的温存是用高价买来的，我们也不能认为，他这样做是出于自尊和虚荣，尽管这个简单片面的推理，常被人荒谬地用到所有花钱供养女人的情夫和许许多多丈夫身上。圣卢不是傻瓜。他清楚，那些满足虚荣心的一切快乐，凭他高贵的门第和英俊的面孔，他不花一分钱，就能轻而易举地在上流社会得到；相反，他和拉谢尔的暧昧关系，只能使他同上流社会疏远，使他在人们的心目中贬值。他这种想显示自己不花一分钱就赢得恋人绵绵情意的自尊心，不过是爱情的衍生物，是需要向自己，同时也向别人表明，他被心爱的人深深地热爱着。拉谢尔朝我们走过来，那两个女人也上了车。但是，吕西安娜和谢尔梅娜的名字，如同她们的假水獭皮翻领和时新百货商店职员装模作样的神态一样，使新拉谢尔的形象延续了一会儿。在这一瞬间，圣卢想象出巴黎皮卡尔广场的生活，陌生的朋友，肮脏的钱财，盲目作乐的下午；他似乎感到连接克利希林荫道的各条大街上，阳光不如从前他和他情妇散步时那样明媚灿烂了，因为爱情和同爱情形影不离的痛苦，就像酒醉心明一样，能使我们的感觉变得细腻。他怀疑在巴黎似乎还有一个城中城；他觉得，同拉谢尔交往，就像在探索一种一无所知的生活，尽管拉谢尔和他在一起的时候像是他的同类，因为她和他的共同生活毕竟是她真实生活的一部分，甚至是最宝贵的一部分，因为他给她的钱数不胜数，这能使她受到女友们的羡慕，同时又能使她有一天攒足钱后隐居乡下，或跻身于大剧院。罗贝本想问拉谢尔，吕西安娜和谢尔梅娜是谁，如果她去她们的车厢，她们会给她讲些什么，她和她的女伴们在一起将怎样度过这一天。他想，如果他和我不在场，她们溜完冰可能会到奥林匹亚酒店寻找高级消遣。有一刻工夫，奥林匹亚酒店及其周围的一切——他一向都很讨厌这些地方——使他既好奇又痛苦；科马丁街春天的阳光使他产生了一丝怀旧情愫，假如拉谢尔不曾同他相识，待会儿她也许会到那条街上去挣一个金路易。可是，向拉谢尔提这些问题又有什么意思呢？不用问他就知道，她的回答不是沉默，便是谎言，或是不说明任何问题，却会给他带来痛苦的话。两个拉谢尔持续了很长时间。列车员要关车门了，我们赶紧登上了一节头等车厢。拉谢尔珠围翠绕，这让罗贝再次感到她是一个无价之宝。他抚摸着她，又把她嵌入自己的心中，在心里默默地凝视着，就和从前一贯做的那样——除了看见她在印象派画家的皮卡尔广场[1]上——

[1] 法国印象派画家雷诺阿（1841—1919）曾于1880年画过皮卡尔广场。

火车开动了。

她确实有点“文学天赋”。她滔滔不绝地给我谈书，谈新艺术和托尔斯泰主义，只是偶尔停下来，责备罗贝酒喝得太多。

“啊！要是你能和我生活一年，你瞧吧，我就光让你喝水，你会活得比现在更好。”

“一言为定，我们到很远的地方去。”

“可是你知道我要做的事情很多（因为她对戏剧艺术态度十分认真）。况且，你家里人会怎么讲？”

接着，她开始在我面前谴责罗贝的家庭。我感到她的责备非常正确，圣卢也完全赞同她的看法，不过，他却违抗她的禁令，不停地喝着香槟酒。我也认为他饮酒不好，并且感到她对他的影响不坏，我准备劝他不必管家里人怎么讲。谈话间我不慎提到德雷福斯，这个年轻的女人眼泪都要流出来了。

“可怜的受苦人，”她呜咽道，“他们要让他死在那里。”

“放心吧，塞塞特[1]，他会回来的，他一定会被释放，冤情一定会得到昭雪。”

“可是等不到那天他就可能死了！不过至少他的子女会有清白的名声。可是一想到他受的苦，我心里就难过死了。您能相信吗？罗贝的母亲，一个心地善良的女人，竟会说即使他无罪，也要让他待在魔鬼岛。这不是太可怕了吗？”

“是的，一点不错，她是说过，”罗贝确认道，“她是我母亲，

[1] 塞塞特是圣卢·德·罗贝对拉谢特的爱称。

我不好反驳，不过有一点我敢说，她不像塞塞特这样富有同情心。”

圣卢对我说，和拉谢尔共进午餐是“非常愉快的事”。可事实上，这一类午餐总是不欢而散。因为圣卢同他的情妇一到公共场所，他就会胡思乱想，总感到他情妇的眼睛老在男人身上打转，他就会变得闷闷不乐；她发觉他情绪不好，可能会作弄他，给他火上浇油。但更经常的是，因为圣卢说话的语气伤害了她愚蠢的自尊心，她故意装出不想为他解除烦恼的样子，假装目不转睛地看这个或那个男顾客，再说，这也不总是在演戏。的确，当他们去剧院或咖啡馆时，只要他们的邻座——甚至是他们乘坐的出租马车的车夫——稍有一点风度，嫉妒心就会向罗贝发出信号，他会比他的情妇先注意到那个人；他立即把那人看作下流坯，也就是他在巴尔贝克同我讲起过的那种腐蚀玷污女性、玩弄女性的人，他央求他的情妇不要看那个人，这样对她反倒是个提醒。但有时她发现罗贝的怀疑中蕴含着鉴赏力，她最后会不再作弄他，让他放下心来，同意给她跑腿买东西，这样她就有时间同那个陌生人交谈几句，常常是订个约会，间或还来得及去偷一次情。

我们刚进饭店，我就发现罗贝露出了担心的神色，因为他一进门就发现——在巴尔贝克时，我们谁也没有注意到——领班埃梅站在他那帮平庸的同事中，显得容光焕发，彬彬有礼，毫不做作地散发出一股大凡长有轻盈头发和希腊式鼻子的人在好几年中都会散发的浪漫气息。正因为如此，他在那些侍者堆里显得与众不同。而他的同事几乎都上了年纪，又猥琐庸俗，好似伪善的本堂神甫或假装虔诚的忏悔人。他们更像旧时代的喜剧演员，有一个方糖般的脑门，一般只有在观众很少的小剧院里，在陈列着一幅幅有不胜今昔之感的古老剧照的休息厅内，才能看到这种喜剧演员扮演的侍仆或古罗马大祭司长的剧照，只有在这些剧照上才有这种脑门；而这个饭店仿佛经过了精心挑选，也可能通过一种世代相传的任命模式，把那些喜剧演员的庄重典范用类似占卜团的形式全都保留下来了。遗憾的是，偏偏是埃梅认出了我们，走过来让我们点菜，而那些轻歌剧中的大祭司长们却向其他餐桌走去。埃梅问我外祖母身体怎样，我向他了解他妻儿的近况。他充满感情地给我做了介绍，因为他是一个家庭观念很重的男人。他看上去聪明，充满活力，待人彬彬有礼。圣卢的情妇开始目不转睛地端详他了。但埃梅那双凹陷的眼睛深藏在毫无表情的脸中间，没有流露出任何反应，浅度近视使他的眸子看上去莫测高深，不露真情。他到巴尔贝克工作之前，曾在外省的一个饭店服务多年，那时他俊美的相貌——可现在脸色枯黄，面带倦容——没有能引起人们的注意；年复一年，他总是站在同一个地方，就在几乎没人光顾的餐厅尽头，宛如一幅欧仁亲王[1]的铜版画。因为无人识货，他一直不知道自己的脸有很高的艺术价值。再说他生性冷漠，不喜欢出头露面。最多只有一两个过路的巴黎女郎，偶尔下榻在他的旅馆，抬眼注意到他，在她乘火车离开之前把他请到她的房间里。这样，在这个好丈夫和外省仆役那若明若暗、单调而深沉的空虚生活中，深深埋进了一次逢场作戏的谁也不会到这里来揭

[1] 欧仁亲王（1663—1736）：奥地利政治家、军事家、人文主义者和绘画爱好者。

穿的隐私。然而，这位女演员那经久不移的目光，埃梅不可能没有感觉到。罗贝也不可能视而不见。我看见罗贝的脸上积起了红云，但不像他突然激动时涨红的脸，而是疏疏淡淡的微红。

“塞塞特，这个领班很有趣味，是不是？”罗贝把埃梅粗暴地打发走后问他的情妇，“好像你很想对他做一番研究。”

“你看，又来了！我早就猜到了！”

“什么又来了，我的宝贝？即使我错了，我可什么也没说呀，算了，不说这个了。不过，我毕竟有权让你当心这个奴才，我在巴尔贝克就认识他了（要不我才不在乎呢），他是地球上从没有过的十足的大流氓。”

她好像愿意听从罗贝的劝告，同我交谈起文学来，罗贝跟着也参加进来了。同她交谈文学我并不感到乏味，因为她对我推崇备至的那些作品很熟悉，对作品的评价也和我大致相近。但我曾听德·维尔巴里西斯夫人说，拉谢尔才疏学浅，因此，我也就不太看重她这方面的修养了。她机智聪颖，谈笑风生，若不是她老爱用文艺俱乐部和画室的行话来刺激人的神经，她倒是一个讨人喜欢的女人。她不论谈什么都会用上行话。例如，她有一个习惯，当谈到一幅印象派的画或一出瓦格纳的歌剧时，她会说：“啊！这很棒。”有一天，一个小伙子吻她的耳朵，她假装颤抖了一下，小伙子很受感动，装出羞怯的样子，她对他说：“不要这样，作为感觉，我认为这很棒。”但更叫我吃惊的是，罗贝惯用的表达方式（况且，很可能是从他情妇认识的文人那里传出来的），她在他面前使用，他也在她面前使用，仿佛这是一些必不可少的用语，岂知一个新颖的表达方式，一旦被滥用，就会变得毫无意义。

她吃饭时，手很不灵活。这让人想到，当她在舞台上表演时，也会像这样笨手笨脚。她只有在做爱时才显得灵巧敏捷，有一种动人心弦的预知力，就像那些狂热地爱着一个男人的女人，一上来就知道怎样使他享受到最大的快感，然而他的肉体和她们自己的又是那样不同。

当谈话转到戏剧时，我就闭口不言了，因为在这个问题上，拉谢尔有点过于咄咄逼人。不错，她在用一种怜悯的语气为拉贝玛辩护（她同圣卢针锋相对，这证明她在他面前经常攻击拉贝玛）。她说："啊！不，她是一个出色的女人。当然，她的表演不如从前动人了，与我们的要求不再完全合拍。不过，我们不应该拿现在的眼光去看她。她是有功之臣。她做了许多了不起的事情，你知道。再说，她非常正直，心灵高尚。当然，我们感兴趣的东西，她并不喜欢，但是她曾有过一张动人的脸孔，显露过出色的才华。"（她在对艺术做评价时，不是千篇一律，只做同一个手指动作。如果是一幅画，为了表明这是幅好画，色彩浓重，只要跷起大拇指就行了。可是"出色的才华"要求更高。必须伸出两个指头，更确切地说，两个指甲，仿佛要把一粒灰尘弹掉似的。）但是，除了这个特例，圣卢的情妇在谈论最有名望的演员时，语气中充满了揶揄和优越感，这使我很生气，因为我认为——在这个问题上我错了——她不如别人。她看得清清楚楚，我把她当成平庸的演员看待了，相反，对那些被她瞧不起的人，我却非常尊敬。不过她没有生气，因为她纵然有出众的才华，却还没有得到公认；

即使她很自信，也难免带点自卑。再说我们又总是按照我们现有的地位，而不是根据我们自身的才能、见识、见解去要求和衡量别人对我们的尊重。（一小时后，我将看到，圣卢的情妇对她严肃批评过的演员，表示出极大的尊敬。）因此，即使我的沉默使她多少起了疑心，但她仍然坚持晚上要和我一起吃饭，说是同谁交谈也没有同我交谈使她开心。午饭后我们要去看戏。虽然我们现在还在饭店里，还没有去剧院，但我们仿佛已置身于一个挂满旧剧照的“演员休息室”里了，因为领班们的脸看上去很像杰出艺术家的脸；随着一代艺术家的消失，这种类型的脸似乎已不复存在。这些领班看上去也很像法兰西研究院院士：其中一个站在一张桌子前研究梨子，他的脸，还有那漫不经心和好奇的神态，让人联想到德·絮西厄[1]先生；其他人站在他身边，好奇而冷漠地望着餐厅，这种审视的目光使人想到法兰西研究院的某些院士，当他们来到一个公共场所时，也会这样好奇而冷漠地打量观众，一面还要悄声交谈几句，不让人听见。这是常客中间大家熟悉的脸谱。然而，人们发现来了一个新客人，相貌与众不同，鼻子上点缀着皱纹，嘴唇露出虚伪的虔诚，用拉谢尔的话来说，他是一个“假圣人”。顾客们都在兴致勃勃地打量这个新来的人。但是不一会儿，拉谢尔就向邻桌一个正在同朋友吃饭的年轻大学生送递秋波，也许她想用这个办法把罗贝气走，好同埃梅单独待一会儿。

“塞塞特，求求你，别这样看那个年轻人。”圣卢说，他脸上

[1] 絮西厄（1797—1853）：法国植物学家，法兰西学院院士。

的红云刚才只是疏疏淡淡的，现在突然涌了上来，把我这位朋友松弛的线条胀得鼓鼓的，颜色也越来越深。“如果你一定要让我们当众出丑，我宁愿躲到一边去吃饭，吃完后到剧院去等你。”

这时，有人过来对埃梅说，有一位先生请他到他的车门口去说话。圣卢很不安，担心有人给他情妇捎情书什么的，便隔窗向外望去，看见有一辆轿式马车，车里坐着德·夏吕斯先生，戴着黑条纹白手套，西装翻领的饰纽孔上插着花。

“你看，”他小声对我说，“我家派人盯梢都盯到这里来了。拜托你，我自己不能去，既然你同这个领班很熟，你去对他说别到车子那里去，他肯定会把我们出卖的。无论如何，得让一个不认识我的人去。如果他对我舅舅说他不认识我，我知道我舅舅，他决不会进咖啡馆来找我的。他讨厌这些地方。像他这样一个追逐女性的老色鬼，却没完没了地教训我，甚至跑到这里来监视我，真叫人受不了。”

埃梅得到我的指示，便派一个伙计去了，要他对德·夏吕斯先生说埃梅脱不开身，如果先生要找德·圣卢侯爵，就说不认识他。马车很快开走了。但圣卢的情妇听不见我们说什么，以为我们在谈那个年轻的大学生，因为圣卢刚才责备她暗送秋波了。她就勃然发作，破口大骂起来。

“行啊！轮到这个年轻人了，是不是？你事先提醒我，这很好。啊！在这种条件下吃饭太愉快了！您别听他胡说，他神经有点毛病，尤其是，”她把脸转到我一边，“他这样说，是因为他相信摆出嫉妒的样子就显得高雅，就有大老爷风度。”

她又挥手，又跺足，显得烦躁不安。

“可是，塞塞特，不愉快的应该是我。你当着那位先生的面出我们的洋相，他该相信你对他有好感了。而在我看来，他的长相要多糟有多糟。”

“恰恰相反，他很讨我喜欢。首先，他的眼睛很迷人，看女人时有一种特别的神采，让人感到他可能很喜欢女人。”

“别说了，至少在我走之前别说。你是不是疯啦？”罗贝嚷了起来，“侍者，把我的衣服拿来。”

我不知道该不该跟他走。

“不，我需要一个人清静一会儿。”他恶狠狠地对我说，就和他刚才跟情妇说话时的语气一样，好像也在跟我生气似的。他的愤怒就好比歌剧中的一个乐句，好几段尾白都用这同一个乐句。尽管在脚本中它们的意思和性质各不相同，但是乐句把它们融进了同一个感情中。罗贝走后，他情妇叫来埃梅，问了他许多情况。然后，她想知道我对他的印象。

“他的眼睛很有意思，是不是？您明白，我感兴趣的，是想知道如果我要他常来侍候我，要他跟我去旅行，他会怎么想。仅此而已。要是喜欢一个就爱一个，那就太可怕了。罗贝不该胡思乱想。我那些想法在我头脑中会自生自灭。罗贝完全可以放心。（她一直看着埃梅。）您看他的黑眼睛，我想知道那里面藏着什么。”

不一会儿，有人来对她说，罗贝叫她到一个单间去。刚才，他没有穿过餐厅，而是从另一道门到那个单间去结束他的午饭的。就剩下我一个人了。不多久，罗贝把我也叫了去。我看见他情妇躺在长沙发上，满面春风，笑逐颜开；圣卢在拼命地亲她，抚摸她。他们在喝香槟酒。“好呀，您！”她不时地对他说，因为她刚刚学会这个说法，她认为这最能表达柔情和幽默。我饭吃得很少，心里很不自在，尽管勒格朗丹说过的那些话对我没起什么作用，但当我想到这第一个春光明媚的下午，开始于饭店的一个单间，结束于剧院的后台，不免感到惋惜。拉谢尔看着表，怕耽误演出时间，然后给我斟了一杯香槟酒，递给我一支东方香烟，从衣服上取下一朵玫瑰花送给我。我心想：“我没有必要过分抱怨浪费了这一天。我在这个年轻女人身边度过的几个小时并不是毫无所获，我有了一朵玫瑰花，一支香喷喷的香烟，一杯香槟酒，这是她好意给我的，花多少钱你也买不来。”我这样想，是为了使这枯燥乏味的几个小时具有美学价值，从而使自己心安理得，既来之，则安之。也许我应该想一想，需要找一个理由来减轻我的厌烦情绪，这本身就足以证明我一点也不感到这几个小时有什么美学价值。至于罗贝和他的情妇，看样子他们把刚才的那场争吵已经忘得一干二净，也不记得我是个目击者了。他们连提都不提，既不为刚才的争争吵吵，也不为现在的卿卿我我、难解难分（前后对比多么鲜明！）寻找任何辩解的理由。我同他们一起喝了许多香槟酒，感到醉意蒙胧，有点像我在里夫贝尔[1]感觉到的醉意，但不完全一样。醉有各种各样的醉法，阳光或旅行引起的，疲劳或喝酒

[1] 里夫贝尔在巴尔贝克附近，主人公跟圣卢一起去那里吃过晚饭，并在那里遇见画家埃尔斯蒂尔。

引起的；醉还可以标出各种程度，就像海洋可以标出水的深度一样；不仅每一种醉，而且每一级醉，都会把我们的醉态一丝不差、一览无余地展现出来。圣卢的单间很小，只装饰着一面镜子，但镜子非常奇特，似乎反射出三十来个相同的屋子，沿着无限的视景伸展出去。晚上，把镜子顶上的电灯打开，从镜子中会连续不断地反射出三十来盏相同的电灯。如果有人在这个单间饮酒，哪怕是孤零零一个人，看到镜子中反射出来的一盏接着一盏的电灯，会感到心潮起伏，浮想联翩，会产生许多美妙的感觉，周围的空间也似乎和他的感觉一样无限增加。尽管他一个人关在这间小屋里，但他统治着一个比“巴黎公园”的小径还要长的空间，光灿灿的曲线向着无限延伸出去。然而，此刻我就是这个饮酒人。我到镜子里去寻找这个饮酒人。突然，我看见他了，是一个相貌奇丑的陌生人。他也在瞪眼瞅我。酒醉使我心境酣畅，也就顾不得厌恶镜子里的丑人了。也不知是高兴还是挑衅，我给他扮了一个微笑，他也还我一个微笑。我在这一刹那间的感觉是那样强烈，我感到自己完全处于它短暂而强大的控制下，竟不知道我在想些什么了，我唯一忧虑的，也许就是担心我刚才从镜子里看到的那个面目狰狞的“我”会很快死去，担心在我人生的旅程中再也见不到这个陌生人。

罗贝只对我不愿意在他情妇面前进一步显示我的口才感到不满意。

“喂，你上午遇到的那个先生，就是把时髦主义和天文学混为一谈的那个先生，你给她吹一吹，我记不太清楚了。”罗贝一面说，一面用眼角偷看他的情妇。

“可是，亲爱的，除了你刚才讲的以外，我没什么好讲的了。”

“你真叫人扫兴。这样吧，你给她讲讲弗朗索瓦丝在香榭丽舍大街上的事，这会使她非常高兴的！”

“太好了！博贝[1]多次给我提到过弗朗索瓦丝。”她用手托着圣卢的下巴，把它拉到亮处，一面重复她的陈词滥调：“好呀，您！”

自从我认为演员不只是在朗诵和表演风格上具有艺术真实性以来，我对演员本人产生了兴趣。当我看见扮演天真少女的演员一面漫不经心地聆听男主角向她表露爱情，一面盯着刚进入剧场的一个贵族公子的脸孔看个不停，而那位男主角一面倾吐火一般炽烈的情话，一面向坐在附近包厢里的一个珠光宝气得令他赞叹的老夫人频送灼热的秋波时，我感到饶有兴味，仿佛在欣赏一部旧喜剧小说中的人物。就这样，尤其通过圣卢给我介绍的有关演员的私生活，我在这部有声的戏剧下面，看到了另一部无声的富有表现力的戏中戏。这部有声戏剧尽管平淡无奇，但我仍看得津津有味；由于灯光的效果，由于演员脸上涂着角色的脂粉，戴着角色的面具，心灵上凝结着角色的台词，我感到剧中人物短暂而鲜明的个性，在一个小时内得到了充分的展现，栩栩如生，沁人心脾。人们热爱这些个性鲜明的人物，欣赏和怜惜他们，一旦离开剧院还想再看见他们，可他们已解体成一个不再是剧中人物的

[1] 博贝是拉谢尔对圣卢·德·罗贝的爱称。

喜剧演员，一本不再能展示演员面孔的剧本，一粒染上了油彩、被手帕擦掉的脂粉。总之，演出一结束，剧中人物的鲜明个性也就消失得无影无踪，我们会像失去了心爱的人那样，怀疑自身的存在，思考起死亡的问题来。

有一个节目叫我看了心里极不舒服。一个初登舞台的年轻女演员要演唱几首老歌，她把自己的前途和家里人的希望全部压在这场演出中。拉谢尔和她的几位女友都憎恨她。这个女演员的臀部过于肥大，大得让人看了发笑；嗓门挺甜，但是太小，一激动就变得更小。这小嗓门和大臀部形成了鲜明的对照。拉谢尔在剧场内埋伏了她的男女朋友，他们的任务就是用冷嘲热讽，把这个舞台新手（因为他们知道她一定怯场）搞得心慌意乱，不知所措，最后彻底垮台，这样剧院经理就不会和她签订合同。这个倒霉的女演员刚唱了个头，就有几个被专门搜罗来干这种勾当的男观众背朝舞台，纵声狂笑。另有几个同谋的女观众笑得更响。而笛子的每一个音符又为这场有预谋的狂笑增加了声浪。剧场内顿时乱成一团。倒霉的女演员心里痛苦之至，搽抹脂粉的脸上淌着汗水。她试着斗争了一会儿，接着向周围的观众投去痛苦而愤怒的目光。这就使得喝倒彩的声浪愈加高涨。模仿的本能和想表现自己聪明和勇敢的欲望，使一些漂亮的女演员加入起哄者的行列中。她们本不是同谋，但向那些家伙送去了恶毒而默契的眼波，放肆地捧腹大笑，致使舞台监督在女演员唱完第二首歌后——尽管还有五首歌没唱——就下令拉下了幕布。我竭力克制自己，不去想这个意外事件，就像从前当我的姑祖父为了戏弄我的外祖母，故意让我的外祖父喝白兰地酒时，我也尽量不去想我外祖母的痛苦一样。因为对我来说，恶作剧也是令人痛苦的。然而，正如我们对不幸人的怜悯很可能会怜悯得不是地方，因为我们会把他想象得痛不欲生，可是，他迫于要同痛苦斗争，根本不想自悲自怜；同样，恶作剧的人在灵魂深处也不见得有我们想象的残忍，不见得只想把快乐建筑在别人的痛苦之上。仇恨煽起了他的坏心，愤怒给了他热情和活力，而这种热情和活力并没有什么快乐可言；只有那些施虐成性的人才可能从中得到快乐。施虐者总认为他所虐待的对象也是一个恶人。拉谢尔想必认为她所折磨的女演员并不是一个值得注目的人，她认为给她喝倒彩无论如何也是为高雅的情趣报仇，是向一个蹩脚的同行提出忠告。不过，我最好还是不谈这件事，因为我一没有勇气，二没有能力阻止事情发生；再说，即使我为受害者鸣冤叫屈，我也很难把那些折磨这位女演员的人，说成是在满足他们残酷的本性。

但是，这场演出的开场以另一种方式引起我的兴趣。我终于有点明白为什么圣卢对拉谢尔会产生错觉，为什么今天上午当我们——我和圣卢——在白花怒放的梨树下看到他的情妇时得到的印象会有天壤之别。拉谢尔在一出小剧中扮演配角。但她在台上和台下简直判若两人。拉谢尔的脸远看像朵花（不一定在舞台上，因为世界是更大的剧场），可是近看却不怎么样。站在她身边，只看见一片模模糊糊的星云，一条布满雀斑和疱疹的银河；但是如果离她适当的距离，红雀斑和小疱疹会从面颊上隐去，会消失，一个秀丽而洁净的鼻子会在脸上升起，宛若一弯新月，这时，你就想——假如你从没有在近处看见过她的话——成为她注意的对象，希望时时刻刻能看见她，把她留在你身旁。我不属于这种人，但圣卢第一次看她演出就是如此。那时圣卢想着怎样才能接近她，认识她，在他的心中展现了一个奇妙的世界，她生活的世界，从里面放射出一道道美妙的光线，但他却不能涉足其间。他第一次见她是在几年以前，在外省一个城市的剧院里。戏散场后，他准备离开剧院，一面想着心事，他对自己说，给她写信可能是蠢人干的事，她不会给他回信，尽管他准备把自己的财产和姓氏奉献给她，奉献给这个在他的想象中，生活在一个比他熟悉的现实要优越得多的、被愿望和梦想美化了的世界中的女人。就在他准备离开的时候，在演员出口处，他看见刚才登台表演的演员，各戴一顶雅致的帽子，说说笑笑地从一道门里走出来。有几个认识她们的年轻小伙子在门口等候她们。人类棋子的数目，不如它们可能组合的数目多，在一个举目不见熟人的大厅里，出乎意料地来了一个人，我们万万没有想到能在这里遇见他，他来得正是时候，我们会以为是上帝为我们安排的巧遇，殊不知如果我们不在这里，而在别的地方，也会有另外的巧遇，会产生另一些欲望，会遇到另一个熟人来帮助我们实现这些欲望。梦想世界的金色大门，在圣卢看见拉谢尔走出剧院之前，就已在她身后合拢，因此，她脸上的红雀斑和小疱疹也就无关紧要了。不过，那些玩意儿叫他看了也不舒服，因为他现在不再是一个人，不再有在剧院看戏时那样的想象力了。但是尽管他看见的不再是舞台上的拉谢尔，她却仍然支配着他的行动，就像那些天体，即使在我们看不见的时候，也仍然用引力统治着我们。因此，罗贝想占有那个面目清秀的女演员的欲望——尽管他已记不清她的模样——驱使他一个箭步奔到在这里不期而遇的那位老同学跟前，恳求他把自己介绍给（既然是同一个人）这个相貌平庸、长着一脸红雀斑的女人，心想以后再来研究这个女演员到底是舞台上的，还是舞台下的。但她急着要走，甚至连话都没有跟圣卢讲，只是过了几天，他才终于说服她离开她的同伴们，把她带回住处。他已经爱上她了。他需要梦想。他渴望通过梦想中的情人得到幸福。这使他很快就把自己可能的幸福全部寄托在几天前在舞台上偶然发现的女人身上。而那时他还不认识她，她对他还是一个可有可无的人。

幕间休息时，我们到后台去了。这种地方我从没有来过，心里有些紧张，不知道该摆出怎样的姿态，因此，我很想赶紧同圣卢说说话，这样，我就可以假装沉浸在谈话中，别人就会以为我全神贯注于谈话，对周围的事物不关心，就会认为我的脸部表情自然而然和这个地方不相适应了（坦率地说，我快要不知道我在哪里了）。为了摆脱困境，我抓住我头脑中闪过的第一个话题：

"你知道，"我对罗贝说，"我走的那天去和你告别了，我们一直没有机会谈这件事。我在街上还和你打招呼呢。"

"别提这件事，"他回答说，"我感到很对不起你。我们在军营附近碰见，但我却不能停下来，因为我已经迟到了。我向你保证，我心里很不安。"

这么说，他是认出我来了！那天的情景我还历历在目：他把手举到帽檐上，不带任何感情地给我行了个军礼，既没有用眼神表明他认出了我，也没有用手势显示他因为不能停车而感到歉意。当然，他装作没有认出我来，倒使事情变简单了。可是他竟如此果断，反射作用还没有来得及把他第一个印象表露出来，他就做出了决定，这不能不叫我惊讶。在巴尔贝克时我就注意到，他一方面有一张真诚朴实的脸孔，白皙的肌肤能使他勃发的激情一目了然，但同时他还有一个训练有素、能随机应变的身子，他就像优秀的喜剧演员，在兵营和社交生活中，能相继扮演各种不同的角色。在他扮演的一个角色中，他爱我爱得那样深沉，对我情同手足；他从前是我的兄长，现在还是我的兄长，但中间却有那么一瞬间突然变成了另外一个人，他不认识我，手持缰绳，戴着单片眼镜，不看我一眼，不给我一个微笑，把手举到帽檐上，端端正正地给我行了个军礼！

布景还没有拆去，我从布景中间穿过。大布景师在置景时把距离和灯光可能带来的效果也考虑进去了，因此当这些布景失去距离和灯光时，也就变得毫无价值了。当我走近拉谢尔时，发现她受到的损失不亚于布景。她那可爱的鼻翼也和布景的立体感一样，留在剧场和舞台之间的视景中了。她完全成了另外一个人，我只能从她的眼睛认出是她，她的个性藏在她的眸子中。这颗新星，方才还那么明亮，现在却变得黯然无光。相反，正如我们从近处看月球时，会感到月球不再有玫瑰色和金色的光辉一样，在这张刚才还是那样平滑洁净的脸上，我看到的全是雀斑和坑坑洼洼。

一群记者和社交人士像在社交场合那样抽着烟，聊着天，不停地同人打招呼。他们是女演员的朋友。我高兴地发现，在他们中间有一个年轻人，戴着黑绒无檐帽，穿着绣球花色裙子，脸上涂得红红的，像是华托[1]画册中用红铅笔勾勒的肖像画；他嘴边漾出微笑，眼里闪着蓝光，用手掌做出各种优美的动作，轻盈地蹦来跳去，同他周围那些穿短上衣和礼服的有理智的人好像不属于同一类；他像一个精神病人，如醉如痴地追踪着自己的梦幻，他的梦同周围人的忧虑毫不相干，在周围人的文明形成之前就久已存在，不受任何自然法则的束缚；他就像一只涂脂施粉的迷途蝴蝶，张着翅膀，自由自在地在天空布景中间飞来飞去，在上面画出一幅幅自然朴素的阿拉伯装饰图案。看到此番情景，人们会感到心境恬静爽快。可就在这时，圣卢想象他的情妇对这个正在做最后一次练习、准备登场表演的男舞蹈演员产生了兴趣，他的脸唰地沉了下来。

“你眼睛可以看着别处嘛。”他阴沉地对她说，“你知道这些舞蹈演员还不如一根钢丝绳值钱，他们最好还是去踩钢丝，把腰摔断算了。待一会儿，他们又要到处吹嘘，说你注意他们了。再说你明明听见叫你到化妆室去换装了嘛。你又该迟到了。”

这时，有三个先生——三个记者——被圣卢气呼呼的样子逗乐了，走过来想听听他在说什么。因为另一边正在安布景，我们被挤到他们身上了。

---

[1] 华托（1684—1712）：法国画家。多数作品描绘贵族的闲逸生活，他为后人留下大量素描。

“啊！可我认出他了呀，他是我的朋友。”圣卢的情妇眼睛看着舞蹈演员，嚷了起来，“瞧他身材多好，你们看他那双小手，舞得多来劲，一动全身都动了！”

舞蹈演员朝她转过脸来。他虽然已化装成空气中的精灵，但还看得出人的形体。他的眸子犹如一条灰色的霜带，在染了色的僵直的睫毛中间颤动、闪光，一缕微笑把他的嘴角咧向两边，延伸到涂了红粉的脸蛋上。接着，为了讨好这个年轻的女人，他开始像小孩子一样兴致勃勃、惟妙惟肖地把他刚才的手掌动作又做了一遍，就像一个歌唱演员，当我们赞扬他哪首歌唱得好时，他会讨好地把这首歌低声地再给我们唱上一遍。

“啊！太棒了，简直和刚才一模一样！”拉谢尔拍手叫好。

“求求你，我的宝贝，”圣卢伤心地对她说，“别这样出洋相了，我受不了。我向你发誓。如果你再说一句，我就不陪你到化妆室去了，我要离开这里。行了，别淘气。喂，你不要再待在腾腾的烟气中了，这对你不好。”他把脸转向我又说，脸上流露出对我的关怀。自从我们在巴尔贝克相识以来，他总像这样关心我。

“啊！你走吧，我求之不得！”

“告诉你，我再也不来了。”

“不敢有此奢望。”

“听着，你知道，我答应过给你买项链的，只要你乖一些，可是，既然你这样对我……”

“哈！你这样做，我才不感到意外呢。你给我许了愿，我早该料到你不会履行诺言的。你想炫耀你有钱，我可不像你那样有私心。我不稀罕你的项链。有人会给我的。”

“谁也给不了你，因为我让宝诗龙替我留下了，他们答应除我以外谁也不卖。”

“一点不错，你想讹诈我，你事先把什么都策划好了。怪不得人家说马桑特[1]的意思是 Mater Semita[2]，这个名字散发出犹太人的臭气！”拉谢尔在回答中错用了一个词源，把“闪米特族”[3]说成“羊肠小道”了，民族主义者把这个词源用于圣卢身上，是因为他主张重审德雷福斯案件[4]。可是圣卢之所以成为重审派，完全是因为这个女演员（她最没有资格把马桑特夫人说成犹太人了，再说，那些社会人种史学家除了发现圣卢的母亲同犹太族的莱维·米尔普瓦家族沾亲带故之外，其他一无所获）。“不过，我会有办法弄到那串项链的，请你相信。宝诗龙在那种情况下许下的诺言一钱不值。你背叛了我，宝诗龙会知道的，有人会出双倍价钱买那串项链。你放心好了，很快你就会有我的消息。”

罗贝有一百个理。但事情总是那样错综复杂，乱七八糟，拿着一百个理的人，也许会有一次没有理。我不由得回想起罗贝在巴尔贝克时说的那句令人不快，但又是无辜的话：“这样，我就可以控制她了。”

---

[1] 原文为 Marsantes，圣卢的母亲是德·马桑特伯爵夫人，她反对重审德雷福斯案。

[2] 拉丁语，拉谢尔想表达“闪米特人的母亲”。其实，Mater 虽为“母亲”，但 Semita 是“羊肠小道”的意思。

[3] 闪米特族在古代指巴比伦人、亚述人、希伯来人和腓尼基人；近代主要指阿拉伯人和犹太人。

[4] 圣卢的情妇拉谢尔是犹太人。

“关于项链，你误解我的意思了。我没有明确答应送给你。既然你变着法儿要我离开你，我不给你项链是理所当然的。我不明白我怎么背叛你了。我哪一点有私心啦？怎么能说我炫耀自己有钱呢？我一直对你说我是个穷光蛋，分文不名。你这样认为就错了，我的宝贝。我哪一点有私心呢？你明明知道，我唯一关心的就是你。”

“对，对，你尽管讲下去。”她揶揄地对他说，同时做了个表示蔑视的动作，然后把脸转向那个舞蹈演员：

“啊！他那双手太不可思议了。我是女人，但我做不出那样优美的动作。”她把脸对着他，用手指着罗贝那张抽搐的脸说：“你看，他受不了啦。”她低声对那位舞蹈演员说，一时的冲动使她变得和暴虐狂一样残酷，然而这并不是她对圣卢的真实感情。

“听着，最后一次，我向你发誓，一星期后你要后悔死的，你求我来我也不来了，酒杯已经满啦，你当心点，没有办法再挽回了。你总有一天要后悔的，那时可就来不及啰。”

也许这是他的心里话。离开情妇他固然很痛苦，但在他看来，与其像这样在她身边受罪，倒不如早一点分手的好。

“亲爱的，”他又对我说，“别待在那里，我跟你说，你会咳嗽的。”

我向他指了指我身边的布景，意思是说我动不了。他轻轻摸了摸头上的帽子，对身旁那个记者说：

“先生，请您把雪茄扔掉好不好，我朋友不能闻烟味。”

他情妇没有等他，就朝她的化妆室走去了，走了几步，她又回过头来：

“和女人在一起的时候，他那双小手也像这样灵巧吗？”她假装天真，用做作的、动听的声音向着舞台深处的那个男舞蹈演员喊道：“你看上去真像个女人，我相信，我跟你就像跟一个女朋友一样，会相处得很好。”

“据我所知，这里并不禁止抽烟呀！有病就该待在家里嘛！”记者说。

男舞蹈演员向女喜剧演员神秘地笑了笑。

“啊！别说话，你让我发疯了。”她对他喊道，“我们以后再约会！”

“不管怎么说，先生，您不太礼貌。”圣卢对记者说，仍然心平气和，彬彬有礼，仿佛只是在确认一个事实，在对一次事故做出事后的裁决似的。

就在这时，我看见圣卢把胳膊举得高高的，仿佛在给一个我看不见的人打手势，或者像一个乐队指挥，刚说完这几句有礼貌的话，就举起手来在记者的脸上掴了一记响亮的耳光，中间没有任何过渡，就像在一组交响乐或芭蕾舞曲中那样，只根据琴弓的一个动作，优美的行板乐曲即刻换成了狂暴的旋律。

现在，战争的狂怒接替了外交家温文尔雅的谈话，接替了和平时期的微笑策略，如果你打一记，我还一拳，双方不打个头破血流那才怪呢。但我不明白（我就像看到两国之间本来可以通过调整边界解决的矛盾，竟然发展成为战争，或者看到一个病人仅仅因患肝肿瘤就丧失了生命那样，感到这极不公正），圣卢刚才说话还带点儿客气的意味，怎么会突然做出同前面那些话毫无关联的动作。这个举手打人的动作不仅侵犯了人权，而且违背了因果关系的原则。然而，在容易冲动的一代人身上，是会 ex nibilo[1] 做出这个动作来的。幸好记者没有还手。这记猛烈的耳光打得他差点儿摔倒，他的脸唰地变白，他犹豫了一下，但没有把手举起来。至于他的朋友们，有一个很快别过脑袋，假装专心在看后台一个显然并不存在的人；第二个装作眼睛里掉进了一粒灰尘，使劲地合上眼皮，痛苦地做着怪相；第三个则喊着冲到台下：

“我的上帝，我想演出就要开始了，去晚了会没有位子的。”

我本想劝一劝圣卢，可我看见他对那个男舞蹈演员生那样大的气，怒火都要从他的眼睛里冒出来了。这股怒火犹如骨架，把他的脸颊绷得紧紧的；他内心的激愤完全凝固在脸上，他甚至无意使脸部肌肉放松。既然是这样，他就根本不会听我的话，也不会做出响应。记者的三个朋友看见事情已经结束，便回到他们的朋友身边，但仍心有余悸。可是，尽管他们为自己的行动感到惭愧，却仍然坚持要他相信他们确实不知道刚才发生的事。因此，他们一个说眼睛里掉进了灰尘，另一个说闹了场虚惊，以为戏就要开始了，第三个则说看见有一个人走过去，长得和他兄弟像极了。他们甚至还抱怨，说他不了解他们的心情。

“怎么，你没看见？你眼睛看不清了？”

“那就是说，你们是一群胆小鬼。”被掴耳光的记者小声嘀咕

[1] 拉丁语，意为无缘无故。

了一句。

按照刚才虚构的事实，他们应该——但没有想起来——装出听不懂的样子，然而与逻辑相反，他们喊出了一句在这种场合人们习惯说的话："你的气还不小哇，别小题大做了，好像你嘴里咬着马嚼子似的。"

上午，我站在挂满白花的梨树前，突然明白罗贝对"拉谢尔，当从天主"的爱情是建立在幻梦之上的。同时，我也意识到这个爱情确实酿成了痛苦。一个钟头以来，他不停地受着痛苦的折磨，现在痛苦收缩了，缩回到他的身上，时显时隐、若有若无地显露在他的眼睛中。圣卢和我，我们离开剧院，在一起走了一程。我在加布里埃尔大街的一个拐弯处稍稍停了一会儿。从前，我常见到希尔贝特从那条街上走来。我停了一会儿，试图回顾那些往事。我正要"小跑步"去追圣卢，蓦然看见一个衣冠不整的先生好像在同他说话，两人离得相当近。我由此推断，这是圣卢的朋友。可是，两人好像还在继续靠近。突然，我看见一些卵形物体以令人眩晕的速度，占领了圣卢面前的空间，形成一个变化无定的星座。这些卵形物体好像是用一只弹弓打出来的，我看至少有七个。然而，这不是什么弹弓射出的物体，而是圣卢的两个拳头。拳头飞快地变换着位置，看起来像是好几个拳头做出了一整套完美无缺、煞是好看的动作。这阵拳头的好斗性——而不是审美性——我一上来就从那个衣冠不整的先生狼狈的样子看出了几分。他张皇失措，颌骨似乎脱开，流了许多血。一群人围上来询问情况，他撒了谎，没有讲真话。他转过头，当他看见圣卢头也不回地朝我走来时，怨恨而沮丧地，但毫不气恼地看着他离去。相反，圣卢却怒形于色。尽管他没有挨打，但当他走到我跟前时，我看见他的眼睛还在冒火。我认为，这件事与剧院里掴耳光事件毫无关系。那是一个有同性恋癖的过路人，看见圣卢是一个漂亮英俊的军人，就向他提出不正当的建议。我的朋友惊魂未定。这帮“恶棍”竟不等天黑就想冒险！当他给我讲述那人的建议时，就像报纸在报道一起光天化日之下，在巴黎市中心发生的持械抢劫事件那样，情绪异常激愤。然而，挨打的那个瘾君子也无可厚非，他顺着斜坡滑下去，一心只图快点享受，以为长得漂亮就是对他的允诺。而圣卢长得确实漂亮，这一点是无可争议的。对付刚才上来同他搭讪的那号人，拳头固然可以教他们认真思索一番，但时间毕竟太短，不可能使他们改邪归正，从而逃脱法律的制裁。因此，尽管圣卢不假思索地给了对方一顿拳头，但这种惩罚即使能帮法律的忙，却不可能移风易俗。

接踵而来的这两件事，尤其是他想得最多的那一件，当然会促使圣卢想单独待一会儿。因为不久他就提出同我分手了，要我独自去德·维尔巴里西斯夫人家，他在那里和我碰头。他说我们不一起进去，这样他好装出刚到巴黎的样子，不让人家猜到他已和我一起度过了下午的部分时间。

德·维尔巴里西斯夫人的生活环境，果然和德·盖尔芒特夫人的环境不大相同，这一点，我在巴尔贝克海滩与德·维尔巴里西斯夫人相识之前就料想到了。侯爵夫人属于这样一类女人，出身名门望族，夫家也同样是高门显贵，然而在社交界却不享有崇高的地位。除了几个公爵夫人（都是她的侄女、外甥女或妯娌）和一两个王妃（是她家的故交）以外，到她沙龙来的人全都是三流人物：资产者、外省的或名声不好的贵族。由于这些人同她过从甚密，久而久之，那些高雅之士和赶时髦的人也就对她敬而远之。再说，他们同她非亲非故，用不着到她的沙龙来尽义务。固然，我没有花多少时间，也没有费任何气力就弄明白，在巴尔贝克海滩，为什么德·维尔巴里西斯夫人消息比我们还要灵通，对我父亲和德·诺布瓦先生正在西班牙进行的访问了如指掌。可是，即便是这样，我也难以想象，德·维尔巴里西斯夫人同大使先生二十余年的暧昧关系，会是侯爵夫人在社交界地位一落千丈的根本原因，因为那些最出风头的贵妇在社交界炫耀的情夫还不如德·诺布瓦先生有身份。况且，他大概早就不再是她的情夫，而仅仅是她的一个老朋友了。那么，德·维尔巴里西斯夫人从前是不是有过其他风流事呢？那时候，她的性格比现在狂热。现在她人老珠黄，变得平静和虔诚了，这也许得部分地归功于她拼命享受生活的狂热年代。她在外省生活多年，就不会闹出几场丑闻？她这些浪漫史后人并不知道，只是从她沙龙乌七八糟的成员看到了后果；倘若没有这些丑闻，她的沙龙肯定会是纯而又纯的沙龙之一。她的侄儿说她讲话“尖酸刻薄”，那么，她那张利嘴会不会使她在那个年代树敌过多？会不会促使她利用自己对男人的某些成功向女人实施报复？这一切都是可能的。尽管德·维尔巴里西斯夫人在谈论廉耻和慈爱时，神态高雅，富有同情心，不仅用词细腻入微，而且语调也时强时弱，时重时轻，但这些并不能使这种假设不成立。因为那些奢谈某些美德，并且感觉到它们的魅力，甚至深有体会的人（他们会在回忆录中塑造一个具备这些美德的可敬形象），常常出生于，但并不属于那个实践着这些美德的默默无闻、缺乏教养和艺术修养的一代。那一代人在他们身上会有表现，但不会延续。他们的性格和那一代人的不同，他们敏感，有才智，但这种性格却不利于行动。德·维尔巴里西斯夫人一生中有没有丑闻，这无关痛痒。即使有，也被她家姓氏的光辉遮盖了。肯定地说，她在社交界失势的根本原因是她的出众才智，一种与其说是上流社会女人的，不如说是二流作家的才智。

毫无疑问，德·维尔巴里西斯夫人特别鼓吹稳健和节制，这种品质一般不会使人产生激情。说到节制，如果要说得完全恰当，我认为光有节制是不够的，还必须兼备作家的某些素质，必须有不太节制的激情。我在巴尔贝克海滩就注意到，德·维尔巴里西斯夫人并不理解某些大艺术家的才华，她只知道用幽默的玩笑对他们冷嘲热讽，使她的不理解披上一层诙谐而优雅的外衣。但是，她这种诙谐和优雅，已达到炉火纯青的地步，竟变成了——在另一个平面上，被用来贬低那些最杰出的作品——她真正的艺术素质。然而，这种素质会对一个人的社交地位产生不良的影响，会导致一种医生们所说的挑挑拣拣的毛病。这种毛病具有异常强大的瓦解力，即使你在社交界的地位十分稳固，不消几年，也会被它动摇基础。艺术家们所说的才智，对上流社会来说似乎是纯粹的奢望，而上流社会的人不可能像他们那样仅以唯一的角度去看待一切，决不会理解他们对选词或对比为什么有那样浓厚的兴趣，因此在他们身边会觉得疲倦，感到恼火，会很快产生反感。然而，德·维尔巴里西斯夫人的谈吐，只显示出一种完全是上流社会的高雅，这在她以后出版的回忆录中也可以得到证实。一些重大的事件，她只是轻描淡写、笼而统之地提一提；对于她过去的岁月，她几乎只谈了一些轻薄的琐事，不过，她的描写却绘声绘色、恰如其分。但是，一部作品，即或涉及的题材是非精神性的，也还是智力的产物；要在一本书或一场谈话中（因为谈话和写书差别不大）使人得到一种轻薄已经登峰造极的印象，必须要有一定分量的严肃性，那是一个十足轻薄的人所不具备的。在某些由女人撰写的被公认为杰作的回忆录中，有的句子被人视作高雅而轻浮，引为范例，但总使人想到，要达到这种轻薄程度，作者想必早已精通一门比较沉闷的科学，一门讨厌的学问，她在少女时代，在她的女友眼里，可能是一个令人讨厌的女学究。某些文学素质会导致社交生活的失败，文学素质和社交生活之间的联系是那样必然，今天，当我们拜读德·维尔巴里西斯夫人的回忆录时，只要读到某个贴切的形容词和某些前后连贯的比喻，就可以重新看到勒鲁瓦夫人那样的假上流人物，在某大使馆的楼梯上可能向老侯爵夫人冷冰冰地行礼的情景。勒鲁瓦夫人去盖尔芒特府的时候，也许会顺便送给德·维尔巴里西斯夫人一张折了角的名片[1]，但决不会走进她的沙龙。因为勒鲁瓦夫人害怕同医生或公证人的妻子

[1] 在名片上折一只角就表示亲自来访。

混在一起会有失身份。德·维尔巴里西斯夫人少女时代可能是一个女学究。她自以为博古通今，顾盼自得，但很可能锋芒毕露，咄咄逼人，得罪了上流社会中某些不及她聪明，又不如她有学问的人，而那些受到伤害的人却对她耿耿于怀，记恨终生。

再说，才华不是一种附加物，可以随便加到那些能使人获得成功的各种素质之中，从而造就上流人士所说的"完美女人"。才华是某种精神气质的活的产物。一般地说，在这种气质中，有许多特点是不存在的，占主导地位的是敏感性。这种敏感性的某些表现形式，在书中可能感觉不到，但在生活中却会顽强地表现出来，例如好奇心、耽于幻想、突然想到这里或那里去走一走，是为了消遣，而不是为了扩大或维持社交关系，或者仅仅是为了发挥社交关系的作用。在巴尔贝克海滩时，我看见德·维尔巴里西斯夫人把自己关在她的圈子中，对坐在旅社大厅里的人不屑一顾。但我感到她并不是生性冷漠才不和别人来往的，而且也不总是闭门谢客。心血来潮时，她也想结识这个或那个没有资格受她接待的无名人士，可能因为她觉得那人长得漂亮，或者仅仅因为听人说他很讨人喜欢，或者认为他与她熟悉的人不一样。而她所熟悉的人全都是最纯正的圣日耳曼社交圈里的人。在那个时代，她对他们很不以为然，因为在她看来，他们决不会抛弃她。那个得到她赏识的生活放荡的青年，没有身份的小市民，对她的邀请不肯赏光，她就不得不一再发出邀请，久而久之，她在那些假上流人的眼里渐渐威信扫地，因为他们评定一个沙龙好坏，往往根据女主人不接待什么样的人，而不是根据她接待什么样的人。的确，如果说德·维尔巴里西斯夫人年轻时对自己是贵族的精华感到乏味，有意得罪她周围的人，以作践自己的地位而自娱的话，那么，当她在社交界的地位一落千丈后，反倒眷恋起她失去的地位了。从前，如果说她为了向她们显示自己比她们高明，她们不敢做的事她敢说敢做的话，那么现在，除了她的亲属之外，公爵夫人们都不愿光临她的沙龙，她觉得自己变得渺小了，她还希望能独霸一方，但不再是用思想，而是用别的方法。她想把过去竭力排斥的贵妇都吸引到自己的沙龙里来。不知有多少女人，一生就像这样被分割成若干个对比鲜明的阶段！况且，对她们的生活，人们知道甚少（因为每个人按照不同的年龄，似乎有着不同的世界，老人们守口如瓶，使得年轻人对过去很难有明确的概念，很难了解人生的整个过程）。当她们走到人生最后一个阶段时，她们又会不遗余力地去夺回她们在前一个阶段心甘情愿地抛弃的东西。那么是用怎样的方式抛弃的呢？当今的青年是想象不到的。更何况他们眼前是一个德高望重的德·维尔巴里西斯侯爵夫人，怎么也不会想到，这个一本正经的回忆录作者，戴着白发套显得那么庄重，却曾经是一宵千金的风流女人，使多少现在已长眠地下的男人丧魂失魄，财产耗尽。尽管德·维尔巴里西斯夫人曾巧妙而自然地、坚持不懈地作践她高贵的出身给予她的地位，但这并不能说明，即使在那个遥远的年代，她对她的地位毫不重视。同样，一个神经衰弱症患者可以整天为自己密谋一种清静而懈怠的生活，但他仍然认为这种生活不堪忍受；当他赶紧在束缚他的网上再开一个洞眼时，很可能他只梦想舞会、狩猎和旅行。我们无时无刻不在确立我们的生活方式，但是，我们会身不由己地把我们现在的特征，而不是理想的特征作为临摹的图样。勒鲁瓦夫人同德·维尔巴里西斯夫人打招呼时表现出的轻蔑态度，在某种意义上可能反映了德·维尔巴里西斯夫人的本性，却丝毫也不符合她的愿望。

毫无疑问，当勒鲁瓦夫人同侯爵夫人“割断来往”（这是斯万夫人心爱的用语）时，侯爵夫人为了自我安慰，可能会回想起玛丽-阿梅莉王后[1]从前对她说过的一句话：“我爱您就像爱女儿一样。”但是王后的这种恩宠是不公开的，没有人会知道，它就像艺术学院旧时颁发的头等文凭，上面布满了灰尘，它仅仅对侯爵夫人才具有存在的价值。在上流社会中，唯有那些能创造生活，并且会随时消失的好处才是真正的好处，享有这些好处的人既不想保留，也不想到处张扬，因为在同一天中，还会有一百个好处接踵而来。尽管德·维尔巴里西斯夫人必要时会回忆王后的话聊以自慰，但她却宁愿用王后的话换取经常邀请勒鲁瓦夫人的权利。就像一个大艺术家走进一家饭店，谁也不认识他，他那件过时的旧上衣和脸上腼腆的神情也显示不出他的才华，他宁愿自己成为邻桌那个年轻的场外证券经纪人，尽管这个人属于社会最低层，却有两个女演员相陪，老板、侍应部领班、侍者、穿制服的服务员，就连学厨的小徒弟，全都走出厨房，络绎不绝地跑来向他大

[1] 玛丽-阿梅莉王后（1782—1866）：斐迪南一世（1751—1825）之女，1809年嫁与德·奥尔良公爵（1773　1850）为妻，生有八个子女。

献殷勤，就像童话剧中看到的那样，而那个饮料总管手里拿着满是灰尘的酒瓶，浑身上下也都布满灰尘，被光线刺得睁不开眼睛，一瘸一拐地朝着经纪人走来，像是刚才从黑暗的酒窖上来时，半路上把脚给崴了。

然而，应该承认，勒鲁瓦夫人没有出席德·维尔巴里西斯夫人的沙龙，尽管使女主人伤心难过，却没有引起多少客人的注意。他们根本不知道勒鲁瓦夫人的特殊地位，因为她仅仅在上流社会有名气。他们毫不怀疑，德·维尔巴里西斯夫人的招待会是巴黎最出色的招待会，正如今天她的回忆录的读者所确信的那样。

离开圣卢后，我就去拜访德·维尔巴里西斯夫人。这是我第一次去她家里，是德·诺布瓦先生向我父亲提议的。我在她的客厅里看见了她。客厅的墙壁装饰着黄绸，沙发和令人赞叹不绝的安乐椅，椅子用博韦的绒绣做面，玫瑰红色，几乎可以说是紫罗兰的颜色，看上去就像成熟的覆盆子，与墙壁的黄绸相映生辉。在盖尔芒特和维尔巴里西斯两家人的肖像旁边，还可以看到玛丽-阿梅莉王后、比利时王后、德·儒安维尔亲王和奥地利皇后的肖像，这是他们亲自赠送的。德·维尔巴里西斯夫人头戴一顶旧时的镶着黑色花边的软帽（她以一种对地方色彩或历史色彩先入为主的本能保留了这顶软帽，就像从布列塔尼来的旅店老板，尽管他的顾客全都换了巴黎人，仍然认为应该让他的女仆们戴帽子和穿大袖管衣服），坐在一张小书桌前，桌上放着画笔、调色板和一幅刚动笔的水彩画，旁边是玻璃杯、茶碟和茶杯，里面放着苔蔷薇、百日草和铁线蕨。客人纷至沓来，她这时已停止画花，那些杯、碟中的花草，似乎像一张十八世纪的铜版画上的花卉，就放在一个卖花女的柜台上。客厅里暖烘烘的，因为侯爵夫人在从城堡回来的路上受凉得了感冒，屋里特意生了火。我来到客厅时，已有几个客人在了。其中一个是档案保管员。今天上午，德·维尔巴里西斯夫人和他一起，把历史人物写给她的亲笔信归了归类。这些真迹 facsimiles[1] 后，准备作为证明文件，放进她正在撰写的回忆录中。在这些客人里，还有一个是历史学家，看上去惶惶不安，不苟言笑。他得知德·维尔巴里西斯夫人继承了一张德·蒙莫朗西公爵夫人[2] 的画像，想复制一份，作为他那部关于投石党运动[3] 的著作的插图，因此前来恳求得到她的同意。我的老同学布洛克也来了。他现在是青年剧作家，德·维尔巴里西斯夫人指望他能提供一些不要报酬的演员，参加她即将举办的日场演出。诚然，社会的万花筒正在转动，德雷福斯案件就要把犹太人贬入社会最底层，但是，一方面，尽管为德雷福斯翻案狂风四起，波涛在暴风雨开始阶段是不会达到高潮的。再说，德·维尔巴里西斯夫人至今还置身于德雷福斯案件之外，不闻不问，漠不关心，听到家里有人怒斥犹太人，她也听而不闻。最后，像布洛克这样的青年犹太人，还是个无名小卒，不会引起任何人注意，而他们党

[1] 拉丁语，意为复制。

[2] 蒙莫朗西家族是法国最有影响的贵族家族之一。德·蒙莫朗西公爵夫人（1601—1666）是亨利第二，即德·蒙莫朗西公爵（1595—1632）的妻子。她丈夫因反对黎塞留而被斩首。她于 1634 年退隐于她在穆兰创办的往见会修道院，1657 年成为该修道院的修女，后任修道院院长。

[3] 投石党运动指 1648 年至 1653 年间法国反专制制度的政治运动。

内有代表性的知名犹太人却正在受到威胁。现在，他下巴上点缀着“山羊胡”，戴着夹鼻眼镜，穿着紧身长礼服，手里拿着手套，犹如拿着一卷纸莎草纸。罗马尼亚人、埃及人和土耳其人会讨厌犹太人。但是在一个法国沙龙里，这些人民之间的差别微乎其微，很难感觉得到。一个犹太人走进一个沙龙，就好像走出了大沙漠，像鬣狗那样倾斜着身体，弯着颈背，口中不停地说着“萨拉姆”[1]，这副模样和神情，恰好能满足人们对东方风味的好奇心。不过，这个犹太人必须不属于“上流社会”，否则，他的外表很快就会像一个英国贵族，举止风度会完全法国化，这样一来，他那桀骜不驯、像金莲花那样胡乱生长的鼻子，会使人想到马斯卡里耶[2],而不是所罗门[3]。但是布洛克还没有被“圣日耳曼区”的训练变得柔软，也没有因为同英国和西班牙接触而变得高贵，尽管他一身欧洲装束。但对于那些爱好异国情调的人来说，他仍然是德刚[4]画笔下的犹太人，奇特颖异，饶有趣味。这个种族具有令人惊奇的生命力，世世代代，繁衍生息，把一个完整的手指一直伸到现代的巴黎，伸到我们剧院的走廊里和银行、邮局、商店的营业窗口后面，伸到葬礼中和大街上；它使现代的帽子犹太化，吞并了欧洲的装束，使人忘记了旧式礼服，使之就范，总之，使之

---

[1] 萨拉姆是阿拉伯人表示问候的用语，意为祝你一切如意。

[2] 马斯卡里耶是法国17世纪喜剧作家莫里哀的剧中人物，一个诙谐快活、厚颜无耻的仆人。

[3] 所罗门（前972—前932）：以色列王大卫的儿子，继承王位后，以色列达到鼎盛时期。

[4] 德刚（1803—1860）：法国画家，东方风格画的杰出代表。

和画在大流士一世[1]宫门前一座苏萨[2]风格建筑物中楣上的亚述律法家所穿的衣服十分相像。(一小时后，德·夏吕斯先生向人打听布洛克这个名字是否是犹太人的名字，布洛克就认为夏吕斯对犹太人怀有敌意，其实这纯粹出于对艺术的好奇心和对地方色彩的热爱。)但是，谈种族的延续性，并不能确切地表达我们对犹太人、希腊人、波斯人，对所有这些人民的印象，最好还是让他们各有各的特色。我们从古代画中熟悉了古希腊人的面孔，在苏萨一个宫殿的三角楣上看到过亚述人。然而，当我们在社交场合邂逅这个或那个种族的东方人时，仍然会感到他们是超自然的人，是靠招魂术的力量招来的幽灵。我们仅有一个表面印象，现在这个印象有了深度，它在三维空间上伸展开来，它在动。年轻的希腊女郎，一个银行阔老板的女儿，当今最时髦的女子，看上去就像在一出历史芭蕾舞剧中扮演群众角色的女演员，活生生地代表着希腊艺术；但在戏剧中，导演使这些人物形象变得苍白无力。相反，当一个土耳其女人、一个犹太男人进入一个沙龙，我们会看到一幅动人的场面，人物形象会变得生动活泼，奇妙非凡，仿佛真是招魂术招来的亡灵。是灵魂（更确切地说，至少是那些亡灵显形说中一贯宣扬的灵魂）在我们面前做着这种令人不解的手势和表情，是我们从前在独一无二的博物馆中模模糊糊看到过的灵魂，从微不足道的先于经验存在的生活中找出来的古希

[1] 大流士一世（约前 558—前 486）：波斯帝国国王。

[2] 苏萨为波斯城市名，波斯帝国大流士一世统治时的都城。那里有大流士一世王宫的废墟。

腊人和古犹太人的灵魂。在那个年轻的希腊女郎身上，我们想拥抱的——但这只是妄想，因为我们靠近她，她就闪开——是画在一只花瓶上的曾受人赞美的人物形象，如果我利用德·维尔巴里西斯夫人客厅的光线给布洛克照几张相，我认为我们得到的以色列的形象，正是那些亡灵的照片显示的形象。这形象是那样撩拨人心，因为它不像人；可又那样令人失望，因为它毕竟与人类太相像。更广义地说，在我们每天生活的可怜世界上，连我们周围人说的毫无意义的话，我们也会感到它们具有超自然的力量；在这个可怜的世界上，即使是一个有才华的人，尽管我们像围着一张招魂术的灵动桌那样围在他的身边，等待他道出无穷世界的奥秘，他也只会说出布洛克刚才说的话："但愿他们注意我这顶大礼帽。"

"我的上帝，那些大臣，我亲爱的先生，"我走进客厅时，德·维尔巴里西斯夫人好像正在和我的老同学说话，我的闯入打断了她的话头，不过她立刻又接上了，"那些大臣，谁也不想见他们。尽管我那时还小，但我清楚地记得，国王曾要我祖父邀请德卡兹[1]先生参加一个舞会。舞会上，我父亲要同德·贝里公爵夫人[2]跳舞。国王对我祖父说：'您会让我高兴的，弗洛里蒙。'我

[1] 德卡兹（1780—1860）：路易十八的顾问，曾任总警务大臣和内务大臣，不久后出任总理大臣，但因路易十八的侄子贝里公爵于1820年2月在巴黎歌剧院遇刺身亡而被迫辞职。

[2] 德·贝里公爵夫人（1798—1870）：1816年嫁给查理十世次子德·贝里公爵，1832年曾试图煽动旺代省反对路易-菲利浦，但未遂。

祖父耳朵有点背，听成了德·加斯特里[1]先生，感到国王的请求很自然。当他明白是要他邀请德卡兹先生时，他心里一阵反感，但还是折腰应允，并且当晚就给德卡兹先生发出请柬，请他光临他下周举办的舞会。因为，先生，那时候的人都很讲礼貌，女主人不可能只满足于在请柬上亲笔写‘清茶一杯’，‘跳舞茶会’，或‘音乐茶会’。然而，他们既懂得礼貌，也会表现出无礼。德卡兹先生接受邀请了，可是舞会前夕，大家得知我祖父因身体不适而把舞会取消了。他没有违抗国王，但也没有让德卡兹先生参加他的舞会……是的，先生，我清楚地记得莫莱[2]先生，他很风趣，他在法兰西学士院欢迎德·维尼先生时就证明了这一点。但他十分拘泥虚礼，我仿佛还看见他在家里手拿大礼帽下楼来吃晚饭的情景。”

“啊！这很能使人想到受腓力斯人[3]影响相当深的一个时代，因为毫无疑问，在家里把帽子拿在手上是普遍的习惯。”布洛克说，他很想利用这个难得的机会，向一个见证人了解昔日贵族的生活特点，而那位有时兼任侯爵夫人秘书的档案保管员，向侯爵夫人投去了温柔的目光，仿佛在对我们说：“瞧！她多么了不起！

[1] 德·加斯特里（1756—1842）：依靠贝里公爵帮助，于1814年当上贵族院议员和世袭公爵。

[2] 莫莱（1781—1855）：法国政治人物，在第一帝国和波旁王朝复辟时期任过要职。他于1846年1月29日发表演说，欢迎维尼加入法兰西学士院。他指责维尼在长篇小说《桑-马尔斯》中把法兰西学士院创始人黎塞留红衣主教写得嗜血成性，但同时又说他也做出巧妙的努力，以捍卫和保存历史的真实。

[3] 腓力斯人是地中海东岸的古代居民，泛指没有文艺修养且粗俗的人。

她什么都知道，谁都认识。你们可以随便问她。她是一个非凡的女人。”

“不对，”德·维尔巴里西斯夫人答道，一面把浸着铁线蕨的玻璃杯挪近一些，待会儿她还要画花，“这仅仅是莫莱的习惯。我从没见过我父亲在家还拿着帽子。除非国王驾临，因为国王到哪儿都是家，而主人在自家的客厅里反而成了客人。”

“亚里士多德在第二章中对我们有过教导……”投石党历史学家比埃尔先生壮着胆子说道。可他说话时畏首畏尾，怯声怯气，结果谁也没有注意他。他患神经性失眠症已有几个星期了，吃什么药都不管用，天天睡不着觉，累得精疲力竭，因此除了工作需要外很少出门。别人出门是家常便饭，可他就像从月球上下来一样费劲。正因为他不能经常出去走走，当他看到别人的生活不能随时发挥最大的效率，以满足他生活中勃发的冲动时，就会感到万分惊讶。他每次去图书馆总要穿紧身礼服，尽量使自己挺直腰板，站稳脚跟，就像威尔斯[1]笔下的人物，可他常常吃闭门羹。值得庆幸的是，他来德·维尔巴里西斯夫人家却没有被拒之门外，他马上就可以看见那幅肖像了。

布洛克打断了他的话头。

“真的，”他说，这是对德·维尔巴里西斯夫人所讲的国王驾临的礼节问题做出的反应，“您说的我一点也不知道（好像他不应

---

[1] 威尔斯（1866—1946）：英国作家。作品大多讽刺资本主义社会的丑恶现象。在他的科幻小说《隐身人》中，主人公格里芬身穿礼服，以便混迹于其他男人之中。

该不知道似的)。”

“说到国王驾临，您知道昨天上午我侄儿巴赞同我开的愚蠢的玩笑吗？”德·维尔巴里西斯夫人问档案保管员，“他自己没来，而是派人来告诉我，瑞典王后[1]想见我。”

“啊！他就这样冷漠地派人来同您说一说就完了！这不是开玩笑嘛！”布洛克高声说，说完便哈哈大笑起来，而那位历史学家只是羞怯而庄重地稍微笑了笑。

“我大吃一惊，因为我刚从乡下回来不几天，想清静一下，我要求大家不要把我回来的消息告诉任何人。我心里纳闷，瑞典王后怎么会知道我在巴黎了，也不让我歇两天喘口气。”德·维尔巴里西斯夫人这番话使她的客人无不感到惊讶：瑞典王后想登门拜访，而女主人却认为这不是什么了不得的大事！

的确，如果说上午，德·维尔巴里西斯夫人还在同档案保管员查阅她回忆录的有关资料的话，那么现在，她已不知不觉地试图用回忆录的结构和魔力，来影响一个代表着她未来读者的一般听众了。德·维尔巴里西斯夫人的沙龙，同一个真正高雅的沙龙是会有差别的。在高雅的沙龙里，不大可能出现德·维尔巴里西斯夫人接待的那种庸俗女人，相反却能看见最终被勒鲁瓦夫人吸引过去的杰出贵妇。但是，这种细微的差别在她的回忆录中却看不出来。作者没有把那些出身低微的朋友写进去，因为没有机会

---

[1] 这里，瑞典王后指索菲娅·德·纳索公主（1836—1913），1857年嫁给瑞典的奥斯卡（1829—1927），后者于1872年当上瑞典和挪威国王，称为奥斯卡二世。

提到她们，却塞进了一些实际上并不存在的贵宾，因为回忆录的篇幅有限，不能写进很多人。如果写进回忆录的人都是王公贵族和历史人物，那么读者就会从中得到最深刻的印象：某某沙龙是一个高雅的沙龙。按照勒鲁瓦夫人的评价，德·维尔巴里西斯夫人的沙龙是一个三流沙龙，为此，德·维尔巴里西斯夫人深感痛苦。如今，几乎没有人知道勒鲁瓦夫人了，她这个评价也烟消云散。德·维尔巴里西斯夫人的沙龙，这个昔日常有德·奥马尔公爵、德·布洛伊公爵、梯也尔、蒙达朗贝、迪邦卢殿下来访，今天又有瑞典王后光临的沙龙，会被丝毫没有改变价值观念的后代子孙誉为十九世纪光彩夺目的沙龙之一。从荷马和品达罗斯[1]时代起，人类的子孙依然如故。在他们眼里，值得羡慕的地位是高贵的门第、皇亲国戚或准皇亲国戚，是国王、平民领袖和杰出人物的友谊。

然而，所有这些，德·维尔巴里西斯夫人都沾点边，无论是她现在的沙龙，还是在回忆录中。她借助于回忆录，把她现在的沙龙延伸到过去，有些事稍微做了润色。再说，德·诺布瓦先生虽没有能力恢复他女友在上流社会的真正地位，却把外国或法国政治家带进了她的沙龙。这些政治家需要诺布瓦先生。他们知道，经常去拜访德·维尔巴里西斯夫人，是讨好前大使先生最有效的办法。勒鲁瓦夫人大概也同这些欧洲的名流相识。但她是一个知趣的女人，总是避免使自己的谈吐像个女学究，绝对不和总理们

[1] 品达罗斯（约前 518—前 438）：古希腊抒情诗人，以写合唱颂歌著称。

谈论东方问题，不和小说家、哲学家谈论爱情的本质。有一次，一个矜夸的贵妇问她：“您对爱情有何高见？”她回答说：“您问爱情？我只管实践，从不谈论。”如果文学名流和政治人物来到她的沙龙，她同德·盖尔芒特公爵夫人一样，只让他们玩扑克牌。不过，他们常常宁愿打扑克，也不愿意受德·维尔巴里西斯夫人的束缚，一味地漫谈闲聊。这种闲谈，在上流社会也许是荒谬可笑的，但她却从中汲取了宝贵的素材和政治见解，写出了具有高乃依[1]式悲剧作品那样良好效果的回忆录。况且，只有德·维尔巴里西斯夫人们的沙龙可以传给后代，因为勒鲁瓦夫人们不会写，即使会，也没有空闲。如果说德·维尔巴里西斯夫人们的文学禀赋，是使勒鲁瓦夫人们看不起的原因，那么反过来说，勒鲁瓦夫人们的蔑视，却大大有利于德·维尔巴里西斯夫人们文学禀赋的发展，使这些女学究有闲从事文学生涯。上帝要人写出几本好书，便在勒鲁瓦夫人们的心里煽起了蔑视之火，因为他知道，如果她们邀请德·维尔巴里西斯夫人们赴晚宴，德·维尔巴里西斯夫人们就得立刻撂下文具匣，吩咐给她们套好马车，八点就得动身。

过了一会儿，一个身材高大的老妇款款而入。她神态庄重，卷边草帽下露出玛丽-安托瓦内特[2]式的高高隆起的白发。那时我还不知道她就是巴黎社交界还能见到的三个特别的贵妇之一。这三个女人和德·维尔巴里西斯夫人一样出身名门，但由于种种原

[1] 高乃依（1606—1684）：法国剧作家，法国古典主义戏剧的创始人。

[2] 玛丽-安托瓦内特（1755—1793）：奥地利女大公，法国国王路易十六的妻子。

因（这些原因已随时间的消逝而沉入黑暗，恐怕只有一两个从那个时代过来的风流老手才能向我们吐露真情），只剩下一些无人问津的末流之辈光顾她们的沙龙了。这三个贵妇都有自己的"德·盖尔芒特公爵夫人"，也就是她们的侄女。这个光彩夺目的侄女来向她们尽礼仪，但始终也没能把另外两个贵妇的"德·盖尔芒特公爵夫人"吸引到她姑妈的沙龙里来。德·维尔巴里西斯夫人同这三个贵妇来往密切，但并不喜欢她们。也许因为她们的处境和她相似，会使她触景生情而心中不快。此外，她们也和她一样尖酸刻薄，博学多才，幻想通过经常演出独幕滑稽剧组成所谓的沙龙。她们之间竞争激烈，这种竞争又因她们一生挥霍无度，如今几乎囊空如洗，而变成了一种生存之争，不得不依靠或利用某个演员的无偿援助，惨淡经营着她们的沙龙。再说，这个梳着玛丽-安托瓦内特发型的夫人，每次看见德·维尔巴里西斯夫人，不免总要想起德·盖尔芒特公爵夫人从没有出席过她的星期五聚会。不过，每星期五，她忠实的亲戚德·普瓦亲王夫人必到，这多少给了她一点安慰。这是她的"德·盖尔芒特公爵夫人"。尽管德·普瓦亲王夫人是德·盖尔芒特公爵夫人的好朋友，但她从来不去德·维尔巴里西斯夫人家做客。

然而，从马拉盖滨河路的公馆到图尔农街、椅子街和圣奥诺雷区的沙龙，一种互相依存却又彼此憎恨的关系，把这三个遭到贬谪的女神紧密地联结在一起。我真想查一查社会神话学辞典，弄清楚她们究竟做了什么风流韵事，冒犯了哪一条天规，会遭到如此悲惨的惩罚。也许在很大程度上就因为她们出身高贵，当前又都身处逆境，才不得不彼此既憎恨，又密切相连的。再说，她们每个人都在其他二人身上找到了向自己的客人献殷勤的好办法。试想，当她们把客人介绍给一个很有身份的，有一个姐妹嫁给了某萨冈公爵或某利涅亲王的贵妇时，她们的客人怎能不以为自己已跨进了最封闭的贵妇沙龙呢？况且，报上成天谈论这些所谓的沙龙，而对于真正的沙龙却很少报道。就连那些侄儿外甥，那些上流社会的“精华”（尤其是圣卢），当有同学要求把他们引进上流社会时，也会说：“我带你们去我的维尔巴里西斯姑婆家，或某某姨婆家……这是一个很有趣味的沙龙。”他们清楚地知道，把朋友引进德·维尔巴里西斯夫人们的沙龙，也许比带他们到这些夫人漂亮而高雅的侄女或妯娌家更容易一些。有些老头和少妇从他们那里了解到情况对我说，这几个老太太之所以不为上流社会接纳，是因为她们从前行为过于放荡。当我反驳他们说，行为放荡不应该妨碍她们高雅时，他们提醒我说，她们的放荡超过了人们今天的想象力。这些神态庄重、正襟危坐的夫人，她们的不轨行为经人一传，就带上一种令人难以想象的史前时期和猛犸时代的神秘色彩。总之，这三个白发、蓝发或红发的命运女神[1]，曾为不计其数的男人纺过不祥的生命之线。我想，当今人们总是夸大这些传说中时代的恶行，如同希腊人创造伊卡洛斯[2]、忒修斯[3]、赫拉

[1] 希腊神话中掌管人类命运和生死的三个女神。其中一个纺织生命之线，另一个决定生命之线的长短，第三个负责切断生命之线。

[2] 伊卡洛斯是希腊神话中迷宫的建造者代达罗斯的儿子。

[3] 忒修斯是希腊神话中的英雄，雅典王子，后统一全国，被认为是雅典国家的奠基人。

克勒斯[1]一样，可是这些人物的原型和很久以后仍然把他们奉若神明的人之间并没有什么不同。但是，人们总要等一个人不大可能再做坏事时，才来清算他从前的过失，只看见他正在遭受社会惩罚，并且根据惩罚的大小，来衡量、想象，甚至夸大他犯过的罪行。在“上流社会”这个展出象征派画像的长廊里，真正轻浮的女人，彻头彻尾的荡妇，总是以一个年逾古稀、神态庄重、目空一切的夫人面目出现，她能接见多少人就接见多少人，而不是想接见谁就接见谁，行为有些不端的女人不敢问津她的沙龙，罗马教皇常常赐给她“金玫瑰”。她偶尔也写一部关于拉马丁[2]青年时代的著作，受到过法兰西学士院的褒扬。“您好，阿利克斯。”德·维尔巴里西斯夫人对梳着玛丽-安托瓦内特发型的夫人说。后者用锐利的目光环视客厅，企图寻找对她的沙龙有用的目标。她必须亲自去发现，因为毫无疑问，刁滑的德·维尔巴里西斯夫人肯定不会把有价值的人介绍给她。果真是这样！德·维尔巴里西斯夫人小心翼翼，故意不给她介绍布洛克，怕布洛克会把在她这里演出的独幕滑稽剧拿到马拉盖滨河路去上演。况且这是以牙还牙。因为前一天，马拉盖滨河路的这位夫人把里斯多里夫人[3]请去朗诵诗了，而且也很保密，没让德·维尔巴里西斯夫人知道，因

[1] 赫拉克勒斯是希腊神话中的英雄，一生曾完成十二项英雄业绩。

[2] 拉马丁（1790—1869）：法国诗人。

[3] 里斯多里（1822—1906）：意大利悲剧女演员。1855 年，在巴黎法兰西喜剧院演出，大受欢迎。第二年，又在法国演出勒古韦（1807—1903）的《美狄亚》，一举成名。从此定期在巴黎演出，直到 1866 年。

为这个意大利女演员是从她那里挖走的。马拉盖滨河路的夫人不想让德·维尔巴里西斯夫人从报上知道这件事，同时也怕她见怪，就来同她说一声，好像没有做亏心事似的。德·维尔巴里西斯夫人大概认为我不像布洛克，把我介绍给滨河路的玛丽-安托瓦内特不会出什么差错，所以把我的名字告诉了她。滨河路的夫人尽量不动身子，想使自己衰老的外表保持夸瑟沃[1]的维纳斯女神的线条（在遥远的过去，风流潇洒的青年曾为她神魂颠倒，就是现在也还有不少冒牌文人在押韵的短诗中把她赞美）——况且她已养成习惯，总是摆成一副高傲的神态。大凡受到特殊贬抑，又不得不主动接近别人的人，都会摆出这副补偿性神态——她冷漠而庄严地微微点了点头，随即就把脸转向别处，再也不理我了，只当我不存在似的。她这是一箭双雕，仿佛在对德·维尔巴里西斯夫人说："您看见了吧，我才不在乎多一两个关系呢，我对毛头小伙子不感兴趣。他们专会诽谤人。"可是一刻钟后，当她告辞时，却趁着混乱，悄悄地邀请我下星期五到她的包厢去。和我一起去的还有这三位夫人中的一个，她的名字——况且她娘家姓舒瓦瑟尔[2]——使我产生了奇妙的印象。

"先生，我估摸您是想写德·蒙莫朗西公爵夫人吧。"德·维

[1] 夸瑟沃（1640—1720）：法国雕刻家和装饰家。他的《蹲着的维纳斯》驰名于世界。

[2] 舒瓦瑟尔家族约在10世纪末定居巴西尼亚。1824年，舒瓦瑟尔-普拉兰公爵（1805—1847）娶塞巴斯蒂亚尼将军之女为妻，但他始乱终弃，并于1847年将她杀死，公爵因此而被捕，最后服毒自杀。

尔巴里西斯夫人对投石党历史学家说，像是低声抱怨似的。她哪里知道，她的和蔼可亲的神态，已被这赌气般的咕哝，被衰老引起的生理性忧愤，被模仿旧贵族农民气十足的声调而造成的不自然弄得皱皱巴巴，裂痕条条了。“我马上就让你看她的画像。我这幅是原件，卢浮宫的那幅是复制品。”

她把画笔往花旁边一搁，站起身，露出腰上的小围裙。她是怕颜料弄脏衣裳才围围裙的。本来，她那顶无边软帽和那副笨重的眼镜已经使她像乡下女人了，围上这条小围裙，就更显得土气。而她的仆从和给客人端茶上点心的膳食总管，还有听到铃声前来照亮德·蒙莫朗西公爵夫人（她是法国东部一个最享盛名的教务会的女修道院院长）画像的仆人，一个个都穿着华丽的制服，与德·维尔巴里西斯夫人那身土里土气的装束形成鲜明的对照。大家都站了起来。“有意思的是，”她说，“我们的姑婆、姨婆那一辈人，常常是这些教务会中的女修道院院长，可是，法国国王的女儿却没有被接纳。这些教务会是很难加入的。”“没有被接纳？国王的女儿？为什么？”布洛克惊讶不已，问道。“因为自从法国王族与非王族联姻后，王族的地盘缩小了。”布洛克更加吃惊了。“与非王族联姻？法国王族？怎么回事？”

“就是同美第奇家族[1]呗。”德·维尔巴里西斯夫人用极其自然的口吻回答说。“这画像很漂亮，是不是？保存得很好。”她又说。

---

[1] 美第奇家族是意大利的大家族，成员多为商人和银行家，不是王族。1600年，该家族的玛丽·德·美第奇与法王亨利四世结婚。

“我亲爱的朋友，”梳着玛丽－安托瓦内特发型的夫人说，“您还记得吗？那天我把李斯特带到您这儿来时，他对您说，这幅画是复制品。”

“如果说音乐，我会对李斯特的意见心悦诚服的，但绘画不行！再说他已经年老昏聩。我不记得他讲过这句话了。不过，也不是您把他带来的呀。在这之前，我在塞恩－维特根斯坦公主[1]府上和他共进晚餐已经不下二十次了。”

阿利克斯见这一招没有成功，便闭口不言，一动不动地站在那里。她那张扑了一层层香粉的脸孔活像石膏脸。她的侧影显得雍容华贵，宛若公园里一尊风化了的女神塑像，短斗篷遮住了长满青苔的三角形底座。

“啊！又是一幅漂亮的画像。”历史学家说。

门打开了，德·盖尔芒特夫人走进来。

“你来啦，你好。”德·维尔巴里西斯夫人说，连头都没有点，从围裙的口袋里抽出一只手，递给刚进来的德·盖尔芒特夫人，马上又把头转向历史学家，不再理她了。“这是德·拉罗什富科公爵夫人的画像……”

一个年轻的仆人托着一个盘子走进来，盘子里有一张名片。他看上去很有胆量，脸长得也很可爱（不过，为了使自己完美无缺，他把脸修得恰到好处，鼻子微微发红，皮肤稍稍发亮，仿佛

[1] 塞恩－维特根斯坦（1819—1887）：波兰王妃，李斯特的“第二位心上人”。他们相识于1847年，在魏玛共同生活了十二年。1861年，李斯特准备娶她为妻，但她已结婚，而教皇又不批准她离婚，于是，她退隐罗马，撰写神学著作。

还保留着刚用刀雕刻过的痕迹）。

“是那个曾多次来看过侯爵夫人的先生。”

“您同他说我有客人了吗？”

“他听到说话声音了。”

“那好吧，就让他进来。是别人给我介绍的。”德·维尔巴里西斯夫人说，“他对我说，他很想在这里受到接待。我从来没有同意。可他来过五次了。总不能让人不高兴吧。先生，”她对我说，“还有您，先生，”她又指着投石党历史学家说，“我给你们介绍我的侄女，德·盖尔芒特公爵夫人。”

历史学家和我一样深深地鞠了一躬，他以为施礼后总会得到一点儿友好的表示，眼睛发亮，嘴正准备张开，可是德·盖尔芒特夫人的表情却一下使他凉了半截。德·盖尔芒特夫人利用她独立自主的上半身，用过分做作的姿态向前施了一礼，然后抬起头来，头抬得不高不低，使目光看上去似乎没有注意到前面还站着两个人。她轻轻地哼了一声，然后鼻翼动了动，恰到好处地表明她的注意力实在闲极无聊，我和历史学家没有给她留下任何印象。

不知趣的客人进来了，他径直朝德·维尔巴里西斯夫人走去，神情天真而热诚。是勒格朗丹！

“夫人，您能接见我，我铭感终身。”他说道，并且加重“铭感”二字，“您给了一个孤独的老人一种不同一般的、妙不可言的快乐。我向您保证，它的反响……”

他看见我了，猛地刹住话头。

“我正在让这位先生看德·拉罗什富科公爵夫人那幅漂亮的画

像呢，她是《箴言集》[1]作者的妻子，画像是家传的。”

德·盖尔芒特夫人在同阿利克斯寒暄，说她今年自己没能像其他人那样去看她，深感抱歉。“我通过玛德莱娜[2]经常得到您的消息。”她又说。

“今天她在我那里吃午饭了。”马拉盖滨河路的侯爵夫人说。一想到德·维尔巴里西斯夫人永远也不能说这句话，不禁得意扬扬。

在她们寒暄的时候，我同布洛克交谈。因为我听说他父亲对他的态度有所改变，我怕他羡慕我的生活，便对他说他生活得想必比我幸福。这纯粹是一句客套话，但是，那些自尊心强的人听了，很容易相信自己果真鸿运高照，或者很想说服别人相信他们交了好运。“不错，我的确生活得很愉快。”布洛克乐呵呵地对我说，“我有三个莫逆之交，多一个我也不要。我有一个令人羡慕的情妇，我幸福极了。天父宙斯很少赐予人这样的幸福。”我相信他主要是想炫耀自己，让人羡慕，但在他的乐观中也许还隐藏着一种追求独特风格的愿望。很显然，他不愿意人云亦云，庸俗地回答一句“啊！这没什么”，等等。从前，有一天下午，他家举行舞会，我因故没能参加。当我问他“好玩不好玩”时，他平淡而冷漠地，就像在谈别人的事似的回答我说：“是的，好玩极了，再没有比这更成功的舞会。真叫人乐而忘归。”

---

[1] 《箴言集》是17世纪作家拉罗什富科的名著。

[2] 玛德莱娜为前面提到的德·普瓦亲王夫人。

“您给我们讲的事，我非常感兴趣，”勒格朗丹对德 · 维尔巴里西斯夫人说，“那天我还想，您的风格同他[1]很相仿，文笔干脆利落。如果用两个相矛盾的字眼来形容，那就是动中有静，瞬息间有永恒。今晚我真想把您讲的话全都记在本子上，不过，我一定会把它们铭记在脑子里的。您讲的东西，用儒贝[2]的话来说（我想是他说的），是记忆的良师益友。您从没有读过儒贝的书？啊！您要是读他的书，他在地下有知会多高兴啊！请允许我今晚就给您送他的书，我为能向您介绍他的思想而感到自豪。他没有您的才干，却和您一样文笔优美。”

我本想立即走过去向勒格朗丹问好，可他总是尽量离得我远远的。显然，他不希望我听见他对德 · 维尔巴里西斯夫人滔滔不绝、娓娓动听的恭维。

她笑着耸耸肩，就像听到了一番讥笑似的，然后把头转向历史学家。

“这个女人是赫赫有名的玛丽 · 德 · 罗昂，就是德 · 谢弗勒丝公爵夫人，她的第一个丈夫是德 · 吕伊纳先生。”

“亲爱的，说起德 · 吕伊纳夫人，倒使我想起了约朗德。她昨天上我那里去了。我要是知道您昨晚没有客人，我就叫人来请您了。里斯多里夫人是突然来的，当着作者的面朗诵了加门 · 西尔法王后的台词。美极了！”

---

[1] 指上文提到的《箴言集》的作者。

[2] 儒贝（1754—1824）：法国伦理学家，对人和文学有独到的见解。著有《思想、随笔和箴言》（1842）。他的《书信集》（1849）以清晰的思考和文体著称。

“真缺德！”德·维尔巴里西斯夫人心里想，“那天，她同德·博兰古夫人和德·夏波纳夫人窃窃私语，肯定是讲这件事。”但她回答说：“昨天我不忙，可您来请我我也不会去的。里斯多里夫人走运的时候，我看过她的演出，她的黄金时代已经过去了。再说，我不喜欢加门·西尔法王后的台词。那位里斯多里夫人到这里来过一次，是德·奥斯塔公爵夫人带她来的，她吟诵了但丁《地狱》中的一个章节。吟诵得妙极了，简直无可比拟。”

阿利克斯坚强地经受住打击，依然冷若冰霜，无动于衷。她目光锐利，不露表情，鹰钩鼻使她显得庄重高贵。但她的一边脸颊上好像长了鳞片似的，显得斑斑驳驳。下巴颏上稀稀拉拉地长着古里古怪的赘生物，有绿的，也有红的。可能再过一个冬天，她就会趴倒在地上再也起不来了。

“噢，先生，要是您喜欢绘画，不妨看一看德·蒙莫朗西夫人的画像。”德·维尔巴里西斯夫人看见勒格朗丹又要开始恭维，就以这句话来堵住他的嘴。

勒格朗丹去看画了，德·盖尔芒特夫人乘机用揶揄和询问的目光问她的婶母这人是谁。

“是勒格朗丹先生，”德·维尔巴里西斯夫人低声说，“他有个姐妹，叫德·康布尔梅夫人，或许，你知道的不会比我多。”

“怎么不知道？我很熟悉她，”德·盖尔芒特夫人用手捂着嘴叫了起来，“也可以说我不熟悉她。不过，巴赞不知道在哪里遇见了她丈夫，鬼使神差般地叫这个胖女人来看我。那叫什么拜访呀！她一见我就说，她到伦敦去了，她把不列颠博物馆的藏画如数家珍般地一一向我介绍。您看我这样子，离开您这里后，还要到这个怪物家去送一张名片。别以为这是件轻松事，她借口快要死了，整天待在家里，也不管人家是晚上七点去，还是上午九点去，她尽让你吃草莓馅饼。是的，一点不错，就是个怪物。”德·盖尔芒特夫人看见她婶母投来询问的目光，便又说了一句。“这个女人实在叫人难以忍受：她尽说什么‘笔杆子’之类的怪词。”“‘笔杆子’是什么意思？”德·维尔巴里西斯夫人问她的侄女。“谁知道！”公爵夫人假装生气地说，“我不想知道。我才不讲这种法语呢。”她看见婶母确实不知道笔杆子的意思，为了显示自己不仅博学多才，而且讲求语言纯洁性，也为了在讥笑德·康布尔梅夫人之后，对她的婶母也来一番嘲讽：“我知道是什么意思，”她说，并且挤出一丝笑容，但又被残留在脸上的假装生气的表情挤跑了，“谁都知道，笔杆子就是作家，就是舞文弄墨的人。不过，这个词太可怕了，会把人的大牙都吓掉的。以后谁也别想再叫我讲了……怎么，这是她的兄弟！我还没有弄明白。不过，说到底，还不难理解。她也和床前的小地毯一样低贱，和转动的书橱一样有学问。她也会奉承拍马，也一样令人讨厌。我对这种血缘关系的概念开始有比较深刻的体会了。”

“坐下，喝口茶，”德·维尔巴里西斯夫人对德·盖尔芒特夫人说，“你自己来。那是你曾祖一辈的画像，你不需要看，你和我一样熟悉。”

说着，德·维尔巴里西斯夫人又坐到书桌旁，开始画画了。大家都围上去，我乘机走到勒格朗丹跟前。我并不觉得他到德·维尔巴里西斯夫人家来有什么不对，于是一句话脱口而出，压根儿没想到会伤害他，也没有想到他会认为我存心要伤害他："喂，先生，我到一个沙龙来可以原谅了吧，因为您也来了。"勒格朗丹听后，就断定我是一个专爱干坏事的顶顶坏的小坏蛋（至少，这是他几天以后给我的评语）。

"您不能懂点规矩，先向我问个好吗？"他回答我，没有把手伸出来，声音愤怒而俗气，我都听不出是他的声音了。这和他平时说的话没有合理的联系，只和他的感受有更直接、更强烈的联系。因为当我们决定把自身的感觉掩盖起来时，绝对不会想到将用怎样的方式去表现感觉。突然，我们内心深处有一头邪恶而陌生的野兽咆哮起来了，它的声调是那样可怕，有时你听到它无意识地、简单地、几乎是难以抑制地暴露你的缺点或恶习时，你会感到毛骨悚然；正如一个罪犯，当他情不自禁地忏悔自己杀了人，而你又不知道他是罪犯，这种意外而间接的奇怪的认罪，也会把你吓得心惊肉跳。固然，我知道，理想主义，即便是主观的理想主义，也不能阻止哲学大师贪吃美食或百折不挠地争取选入法兰西学士院。但是，勒格朗丹确实没有必要反复提醒别人，他们这些人属于另一个星球，其实，他发怒或献殷勤所引起的脸部抽搐，只不过是想在那个星球上得到一个显赫的位置而已。

"当然，如果有人三番五次地纠缠我，要我到某个地方去，"他继续低声说，"尽管我有我的自由，但我总不能做一个不近情理的人吧。"

德·盖尔芒特夫人坐下喝茶了。她的名字加上了封号，也就使她的躯体加上了公爵的采邑。公爵采邑向着四周延伸出去，使她的圆垫式矮凳周围，客厅中央，笼罩着一片盖尔芒特树林的浓荫，清新爽朗，金光灿烂。我只是感到惊讶，为什么公爵夫人的脸上看不出同盖尔芒特树林有什么相似之处，她的脸没有一点植物的特征，最多脸颊上的粉刺——她的脸颊倒是打上了盖尔芒特家族纹章的印记——可以算作她经常骑马出游的结果，但不能认为是这种户外活动的写照。后来，当公爵夫人在我眼里变得无足轻重时，我才开始了解她的许多特征，尤其是——我只限于谈当时我已感受到魅力，却还不善于鉴赏的东西——她的眼睛，法国下午的蓝天被禁锢在她的眸子中，就像被画在画上一样，碧空如洗，即使没有太阳，也沐浴在一片亮光中；还有她的声音，听到她沙哑的声音，会以为是下等人在讲话，那种没精打采地拖着的长音，犹如照在贡布雷教堂台阶上或广场糕点铺里的外省的阳光，金煌煌，懒洋洋，油腻腻。但这是第一天，我什么也没能辨别出来。我高度集中的注意力，即刻把我可能有的一点感觉融化了，不然，我也许会发现一些盖尔芒特这个姓氏的奥秘。我心里想，不管怎样，在大家看来，她就是德·盖尔芒特公爵夫人。这个姓氏所表示的不可思议的生活，全都包容在她的躯体中。刚才，她的躯体把她神秘的生活带进了客厅，带到各种各样的人中间。客厅从四面八方将她的生活包围，而她的生活对客厅的反作用是那样强大，在生活不再往前伸展的地方，我仿佛看见沸腾起伏的线条为它确立了边界：在似气球般鼓起的北京蓝条纹绸裙投给地毯的清晰的影子上，在公爵夫人那清澈明亮，时而充溢着忧虑和回忆，充溢着轻蔑、愉悦、好奇和莫测高深的思想，时而映照出光怪陆离的形象的眸子中。如果我是在德·维尔巴里西斯夫人的一次晚会上，而不是像现在这样，在侯爵夫人的一个“接待日”，在她的一次茶会上，遇见德·盖尔芒特公爵夫人，也许我的心情不会如此激动。因为这种茶会不过是那些女人外出时的一次短暂的憩息。刚才她们戴着帽子四处奔走，像走马灯似的走过一个又一个沙龙，进屋后连帽子也不摘，这就给沙龙带来了户外清新的空气，给薄暮中的巴黎带来了光明，就连那些敞开的不时传来辚辚马车声的高大的窗户，也不可能带进比这更多的光明。德·盖尔芒特公爵夫人头戴饰有矢车菊花的平顶草帽。这顶草帽使我想到的，不是遥远童年时代的阳光，不是那照射在我采撷矢车菊花的贡布雷的田野上和当松维尔篱外斜坡上的阳光，而是薄暮的气味和尘埃，就是刚才德·盖尔芒特夫人穿过和平街时的气味和尘埃。她微笑着，神态傲慢而心不在焉，一面抿唇噘嘴，一面用小阳伞的尖头在地毯上画圆圈，仿佛在用她神秘生活的触角画圆圈似的。接着，她冷漠地把在座的人轮番打量一遍，这目光一上来就使她注意的对象和她脱离了接触。继而她又审视长沙发和安乐椅，但是，这些她所熟悉的，可以说是通了人性的东西，它们的存在尽管微不足道，却在她身上唤起了一种同情心，使她的目光变得温柔了一些，因为这些家具和我们不同，多少有点属于她的世界，同她婶母的生活紧密相连。她的目光又从博韦的家具转移到人身上，于是她又恢复了洞察入微和不满意的神态。对婶母的尊重使她不好把这种情绪流露出来，但是，如果她在安乐椅上看到的不是我们，而是一团油迹或是一层灰尘，她肯定是会感到不满的。

杰出的作家G进来了。他来拜访德·维尔巴里西斯夫人，把这看作是一件苦差。德·盖尔芒特公爵夫人看见他很高兴，但没有同他打招呼。不过，他到她身边去了。这是很自然的，因为他感到，她的魅力、敏锐和淳朴，足以说明她是一个聪明的女人。况且，出于礼貌他也应该去。因为德·盖尔芒特夫人知道他和蔼可亲，又赫赫有名，常邀请他吃饭，甚至让他单独同她和她的丈夫共进午餐；或者在秋高气爽时，她利用他们之间的亲密关系，把他请到盖尔芒特城堡，让他同一些渴望会见他的亲王殿下共进晚餐。公爵夫人喜欢招待杰出人物，但有一个条件，他们必须是未婚男子。有的人结了婚，也只能单身去她那里，因为他们的妻子一般都是平庸之辈，会给巴黎最高雅、最漂亮的沙龙抹黑，公爵夫人邀请他们时从来不邀请他们的妻子。为了避免多心，公爵向这些无名有实的鳏夫解释说，公爵夫人不接待女士，不习惯同女士交往。他说这话就好像在叙述医生的嘱咐似的，就好像在说她不能待在一个有气味的房间里，不能吃得太咸，不能背对行车方向旅行，或不能穿紧身胸衣。当然，这些杰出的人物在德·盖尔芒特夫人的沙龙里会看见帕尔马公主、德·萨冈亲王夫人（弗朗索瓦丝常听人提到德·萨冈亲王夫人，久而久之，就把萨冈读成了萨冈特，以为这个阴性形式是语法的要求），还有其他许多公主和亲王夫人之类人物，但主人解释说，她们不是亲戚，便是童年时代的朋友，不能拒之门外。那些名人对公爵的解释不管是不是相信，都向妻子做了传达，告诉她们公爵夫人得了一种不能同女人交往的怪病。她们中有的人寻思，疾病不过是掩盖嫉妒的托词，因为公爵夫人想一个人独霸崇拜者。还有人更天真，认为公爵夫人一定举止怪异，甚至有过不光彩的经历，致使女人不愿登门拜访，她只好编造这些荒唐的借口。还有一些心地善良的妻子，听到丈夫把公爵夫人的聪明才智说得天花乱坠，神乎其神，便以为她出类拔萃，超群绝伦，同自己这样笨口拙舌的女人来往当然会感到无聊。确实，公爵夫人同女人在一起会感到厌烦，除非她们的王族身份使她们有一种特殊的吸引力。但是，如果那些被拒之门外的妻子认为公爵夫人只接见男士，是为了能谈论文学、科学和哲学，那就大错特错了。因为她从不谈及这些，至少和文人学士在一起时不谈论。正如大军事家的女儿总把军队的事看作她们最自豪、最关注的事一样，同样，公爵夫人作为同梯也尔[1]、梅里美和奥吉埃[2]等大人物有密切关系的女人的后代，禀承家庭传统，认为无论如何也要在她的沙龙里给博学多才的名流留出空位子。但另一方面，从前盖尔芒特城堡的女主人总是屈尊俯就而又亲密无间地款待那些名流，公爵夫人耳濡目染，渐渐养成了习惯，把他们当作亲密的朋友看待，对他们的才华从不流露出赞叹的神色，同他们在一起时，决不谈论他们的著作，况且谈了他们也不

[1] 梯也尔（1797—1877）：法国政治活动家，资产阶级历史学家。

[2] 奥吉埃（1820—1889）：法国戏剧作家，他的风俗喜剧忠实地反映了第二帝国资产阶级的思想。

会感兴趣。再说，她的性格同梅里美、梅拉克和阿莱维[1]的性格相近，她不像上一代人那样多愁善感，说起话来既不夸夸其谈，也不用表达高雅情感的辞藻。当她和诗人或音乐家在一起时，只同他们谈论菜肴或即将开始的纸牌游戏，并使这种极其平常的谈话具有一种优雅的韵味。这种克制，会使一个不了解情况的第三者感到迷惑不解，甚至感到神秘莫测。如果德·盖尔芒特夫人问这个人愿不愿意和某某大诗人一起受到邀请，他受好奇心驱使，会准时赴宴。公爵夫人同诗人先拉一会儿家常，然后入席。“您喜欢这样烹调的鸡蛋吗？”她问诗人。诗人赞不绝口，她和他意见一致，因为在她看来，她家的食品没有一样不精美可口，甚至连从盖尔芒特城堡运来的一种劣等苹果酒也变成了美味饮料。征得诗人同意，她吩咐膳食总管：“再给先生上份鸡蛋。”而那位陪客却焦急地等着听诗人和公爵夫人谈些什么。他认为既然他们做出会面的安排，纵然有重重困难，在诗人告辞前，他们也要设法谈一谈。午宴在继续，佳肴撤了一批又一批，并非没有给德·盖尔芒特夫人提供开幽默玩笑或讲趣闻逸事的机会。诗人吃个不停，公爵和公爵夫人似乎也忘记了他是诗人。不一会儿，午宴结束，然后是告别。自始至终没有谈一句诗，然而大家都喜欢诗，但出于持重——就是从前斯万使我尝过滋味的那种持重——谁都避而不谈。这种持重仅仅是礼仪的需要。但是如果那位陪客稍假思

[1] 阿莱维（1834—1908）：法国戏剧家和小说家，与梅拉克合作，写了多部优秀歌剧。

索，就会发现其中的忧郁和压抑。盖尔芒特府上的宴会，使人联想到羞怯的恋人们的幽会。他们尽谈一些无关紧要的事，可能因为羞怯和腼腆，也可能是笨口拙舌，直到分手也没敢互相倾吐深藏心底的秘密。若是能互诉衷肠，岂不更加幸福吗？此外，必须说明，即使不谈高深的东西——人们渴望能一饱耳福，但却不能如愿以偿——可以算作公爵夫人的性格特征，但这也不是绝对的。德·盖尔芒特夫人年轻时生活的环境和现在有所不同，虽然都是贵族环境，但过去远不如现在辉煌、奢侈，尤其不像现在轻浮，但比现在更有文化修养。尽管公爵夫人现在也浅薄、轻浮，但她年轻时生活的环境为她铺垫了一层比较坚固的、隐蔽而富有营养的基石。她甚至到这层基石当中寻找（偶然这样，因为她不喜欢卖弄学问）维克多·雨果或拉马丁的语录。她吟诵得恰是地方，美丽的眸子流露出真挚的感情，使人惊讶，使人心醉神迷。有时，她也会不谨慎地、中肯而纯朴地向某个剧作家，法兰西学士院院士提出有远见的劝告，让他删去某个情景，或改变剧本的结局。

即使在德·维尔巴里西斯夫人的沙龙里（就像从前在贡布雷教堂参加德·贝斯比埃小姐的婚礼时那样），我在德·盖尔芒特夫人那张很有人情味的妩媚的脸孔上，也难找到她名字所蕴含的不可知的东西。但我寻思，至少当她开口讲话时，她的深奥而神秘的言谈，会散发出中世纪挂毯和哥特式彩绘大玻璃窗的奇异光彩。但是，要我在听了一个名叫德·盖尔芒特夫人的女人谈话后不感到失望，她就应该说出——即使我不爱她——精辟、漂亮而深奥的话语，而且还要使她的话反照出她名字最后一个音节的深紫红的色彩。从我第一次看见她起，就为没有能在她身上发现这种色彩感到诧异。我想象这种深紫红色一定深藏在她的思想中。当然，我曾听到德·维尔巴里西斯夫人和圣卢以及一些并不绝顶聪明的人随口说出盖尔芒特这个名字，就像随口说出一个将要来访或将同我们共进晚餐者的名字一样，仿佛没有感到这个名字具有黄色树林的外观和外省某个角落的神秘色彩。但是，他们也许在装模作样，就和古典诗人一样，尽管有深邃的意图，却故弄玄虚，不告诉我们。我也一样。我竭力模仿他们，装出极其自然的声调喊着德·盖尔芒特公爵夫人，仿佛这是一个普普通通的名字。况且，谁都说她是一个极端聪明的女人，谈吐诙谐幽默，生活在最有趣味的小圈子里：这些话使我的梦想长出了翅膀。因为当我听到他们说聪明的小圈子和幽默的谈吐等话时，我想象的聪明绝对不是我平时所熟悉的，也不是那些最有才华人的聪明，这个小圈子的成员也绝对不是贝戈特那号人。不！我想象的聪明，应该指一种金光灿烂，而且充满森林气息的不可名状的机能。我殷切期待的正是这种非常特殊的机能，因此，即使德·盖尔芒特夫人说出最聪明（指一个哲学家或评论家的聪明）的话，我仍然会感到失望，倒不如只说一些无聊的事，谈一点烹饪法或城堡的家具，举几个她的女邻居或亲戚的名字，这固然也会使我失望，但却向我展现了她的生活。

“我以为在这里能看见巴赞，他说要来看您的。”德·盖尔芒特夫人对她婶母说。

“我有好几天没看见你丈夫了。”德·维尔巴里西斯夫人回答说，听上去有些不高兴，“我没看见他，或者说见过他一次吧，他给我开了一个可爱的玩笑，让仆人进来通报说瑞典王后驾到。”

德·盖尔芒特夫人抿了抿嘴，就算是笑了，倒像是在咬她的小面罩。

“昨天，我们和她一起在布朗施·勒鲁瓦府上吃晚饭。您可能认不出她了，她胖得不像样子，我敢肯定她有病。”

“我刚才恰好同这些先生说，你发现她像一只青蛙。”

德·盖尔芒特夫人发出一个嘶哑的冷笑，以表明她问心无愧。

“我不知道我是不是打过这个可爱的比喻。不过，假如把她比作青蛙，那么，这只青蛙已变得跟牛一样大了。这样比还不大确切，因为她的肉全堆在肚子上，不如把她比作一只怀孕的青蛙。”

“啊！我觉得你这个比喻太荒唐了。”德·维尔巴里西斯夫人说。其实，她心里很为客人们能听到她侄女的幽默而自豪。

“这个比喻太武断了，”德·盖尔芒特夫人回答说，嘲笑般地把这个精选的形容词读得很重，就像斯万说话那样，“因为我承认，我从没见过怀孕的青蛙。不管怎么说，这只青蛙（她其实并不要国王，因为我看她在丈夫死后比以往任何时候都快乐）下星期要来家里做客。我说了，无论如何我会提前告诉您的。”

德·维尔巴里西斯夫人小声地咕哝了一句，没人听清她说什么。

“我知道她前天是在德·梅克伦堡夫人那里吃晚饭的。”她补充说，“阿尼巴尔·德·布雷奥代也去了。他来给我讲过这件事，应该说，他讲得相当幽默。”

“在这次晚宴上，有一个人比巴巴尔还要幽默，”德·盖尔芒特夫人说，她和德·布雷奥代-贡萨维先生关系十分亲密，因此坚持用昵称称呼他，“是贝戈特先生。”

我从没有想过会有人认为贝戈特幽默。再说，我认为他是混到聪明人中间去的。也就是说，他同我隐约看见过的那个楼下包厢绛红色帷幔下的神秘王国相隔着十万八千里。在这个王国中，德·布雷奥代先生为了使公爵夫人开颜，用神的语言同她进行令人难以想象的谈话——圣日耳曼区的人之间的谈话。平衡被打破了，贝戈特竟比德·布雷奥代还要幽默，我感到心里不是滋味。但我更感到懊丧，因为看《淮德拉》的那天晚上，我故意躲开贝戈特，没有上前同他打招呼。就在这时，我又听见德·盖尔芒特夫人对德·维尔巴里西斯夫人说：

“这是我唯一渴望认识的人，”公爵夫人又说，她的精神也有涨潮和落潮的时候，每当她对文人名士的好奇心高涨之日，就是她崇尚时髦的贵族派头低落之时，“要是我能认识他，我会很高兴！”

在看《淮德拉》的那天晚上，我本来是有机会同贝戈特待在一起的，但我以为德·盖尔芒特夫人会因此而对我印象不好。现在看来其实相反，他在我身边也许会给我带来好运气，德·盖尔芒特夫人也许会乐意要我到她的包厢去，请求我哪天带这个大作家到她府上吃饭。

“据说他不大平易近人。有人把他介绍给德·科堡先生，可他一句话也没同他说。”德·盖尔芒特夫人接着说，她在指出这个不可思议的行为时，就好像在讲一个中国人用纸擤鼻涕一样。“他一次也没有称他为‘阁下’。”她又说，看上去很高兴。在她看来，这个细节和耶稣教徒在受罗马教皇接见时，拒绝向教皇陛下下跪一样有趣。

德·盖尔芒特公爵夫人兴致勃勃地谈着贝戈特的特点，而且，她似乎并不认为他的这些特点应该受到谴责，相反，倒认为这是他的优点似的，但她自己也不清楚这是什么类型的优点。尽管德·盖尔芒特夫人对贝戈特的独特风格理解得颇有些古怪，但后来我却感到，她使许多人大吃一惊的，认为贝戈特比德·布雷奥代先生幽默的看法不无道理。就这样，这些独特而带破坏性的，却又是正确的看法，被一些超群非凡的人带进了社交界。这些看法是上流社会新价值观念的雏形，下一代会摒弃旧的观念，使这个新观念臻于完善。

德·阿让古尔侯爵一瘸一拐地走了进来。他是比利时代办，是德·维尔巴里西斯夫人的小表兄。侯爵后面紧跟着两个年轻人，德·盖尔芒特男爵和德·夏特勒罗公爵殿下。德·盖尔芒特夫人对德·夏特勒罗公爵说：“你好，我的小夏特勒罗。”她说话时漫不经心，没有从她的圆垫式矮凳上站起来，因为她是他母亲的好友，而这位年轻的公爵从小就十分敬重她。德·盖尔芒特男爵和德·夏特勒罗公爵正当青春，身材颀长，肌肤和头发都是金黄色，是典型的盖尔芒特家族中的人。他们进来后，仿佛把漫溢在整个大厅里的春天落日的余晖都凝聚到他们身上了。按照时下流行的风俗，他们把大礼帽放在脚边。投石党历史学家心想，他们就和农民进市政府一样，局促不安，手足无措，不知道该把帽子放在哪里好。他认为应该发发善心，帮助他们消除拘束和胆怯的心理：

“不，不，”他对他们说，“别放在地上，会弄脏的。”

德·盖尔芒特男爵朝他瞟了一眼，眼珠斜着，从里面射出一道强烈而锋利的蓝光，使这位好心的历史学家吓得一时不知所措。

“这个先生叫什么？”男爵问我。德·维尔巴里西斯夫人刚才已把我介绍给他了。

“皮埃尔先生。”我小声答道。

“姓什么？”

“就姓皮埃尔，是一个很有名望的历史学家。”

“哦！……是这样！”

“不，这些先生习惯把帽子放在地上，时下流行这个，”德·维尔巴里西斯夫人解释说，“我跟您一样，对这很不习惯。但我觉得这比我侄孙罗贝的做法要好一些。他总喜欢把帽子放在前厅。我看见他光着脑袋进来，就说他像个钟表匠，问他是不是来给挂钟上发条的。”

“侯爵夫人，您刚才讲到了莫莱先生的帽子，我们可以像亚里士多德那样，立刻对这个问题做一番假想的考证。”投石党历史学家说。德·维尔巴里西斯夫人的一席话使他放下了心，然而他说话时仍然细声细气，除了我，谁也没有听见。

“这位可爱的公爵夫人，确实了不起，”德·阿让古尔先生指着正在同 G 聊天的德·盖尔芒特夫人说，“不管在哪个沙龙，名人一来总坐到她身边。当然啰，只有权威人士才能这样。不可能每天都是博雷利，施伦贝格尔[1]，或阿弗内尔[2]。不过，不是他们，也会有皮埃尔·洛蒂先生[3]或埃德蒙·罗斯当先生[4]。昨晚，在杜多维尔府上（顺便提一句，她头上戴着祖母绿冠冕形发饰，身上穿着有长拖裙的玫瑰色晚礼服，显得光彩照人），她的一边坐着德沙涅尔先生[5]，另一边坐着德国大使。她同他们激烈地争论着中国问题。客人大多离他们有一段距离，听不清他们说什么，以为要爆发战争了。说真的，她俨然像小圈子的王后。”

大家都围到德·维尔巴里西斯夫人身边看她画画。

“这些花的颜色真像天空的玫瑰色，”勒格朗丹说，“我是说玫瑰色的天空的颜色。因为既然有天空的蓝色，也就有天空的玫瑰色。不过，”他压低嗓门，想只让侯爵夫人听见，“我相信我更喜欢您这画上的肉红色，丝一般的光亮，就像真的一样。啊！皮萨内罗[6]和扬·范·于斯絮姆[7]画的花草虽然精致，但是缺乏生气，比起你的画来真是望尘莫及。”

不管多么谦逊的艺术家，都愿意人家说喜欢他甚于他的同行，不过也会随便为他们说几句公道话。

---

[1] 施伦贝格尔（1844—1929）：法国历史学家。普鲁斯特在书信中说他是“坏蛋”“史前时代的水牛”。施伦贝格尔在谈到普鲁斯特时则说：“他写的书有些人欣赏，有些人觉得无法理解，我属于后者。”

[2] 阿弗内尔（1855—1939）：法国历史学家、经济学家。

[3] 洛蒂（1850—1923）：法国作家，著有《冰岛渔夫》《洛蒂的婚姻》等。

[4] 埃德蒙·罗斯当（1868—1918）：法国诗人和剧作家，著有《西哈诺》。

[5] 德沙涅尔（1855—1922）：法国政界人物。

[6] 皮萨内罗（1395—1455）：意大利画家。

[7] 扬·范·于斯絮姆（1659—1716）：荷兰画家，擅长画风景和花卉。

“您之所以有这个印象，是因为他们画的全是他们那个时代的花卉，我们并不熟悉。不过，他们的艺术造诣还是很高的。”

“啊！那个时代的花卉！妙极了！”勒格朗丹惊叹道。

“您是在画美丽的樱花吧……要不就是五月的玫瑰。”投石党历史学家说。对于花卉他不大内行，但声音听上去却很自信，因为他已经忘记帽子的插曲了。

“不，这是苹果花。”德·盖尔芒特公爵夫人对她婶母说。

“啊！我看你倒是个真正的乡下人，和我一样，善于识别各种花卉。”

“啊！太对了！可我还以为苹果树的开花期已经过了呢。”投石党历史学家为替自己辩解，信口说道。

“不，恰恰相反，现在苹果树还没有开花，半个月内都开不了，也许还得过三个星期呢。”档案保管员说。他有时也兼管德·维尔巴里西斯夫人的田产，所以对乡下的事比较了解。

“对，就连开花季节比较早的巴黎郊区，苹果树也还没有开花呢。而在西北部的诺曼底，比如说在他父亲的庄园里，”她指着德·夏特勒罗公爵说，“要到五月二十日后才真正开出粉红的花朵。他父亲在海边有一片美丽的苹果园，就和画在日本屏风上的景致一样美。”

“我从来不去看苹果园，”年轻的公爵说，“因为一看到，我就会得枯草热，怪极了。”

“枯草热？我从没有听说过。”历史学家说。

“这是流行病。”档案保管员说。

“这要看情况，如果这年苹果树结果，那么您就可能不会得这种病。您懂诺曼底方言吧，苹果树结果的一年，就是……”德·阿让古尔先生说，他不是地地道道的法国人，却想装出巴黎人的神气。

“你讲对了。”德·维尔巴里西斯夫人对她侄女说。“这是南方的苹果树。一个卖花女给我送来的，她要我收下。法尔内尔先生，”她转身对档案保管员说，“一个卖花女给我送苹果枝，这让您觉得意外了，是不是？虽然我上了年纪，但我还认识一些普通人，还有几个朋友。”她笑眯眯地补充说。一般人会以为她老实才这样讲的，但依我看，却是因为她觉得自己的朋友中不但有名人雅士，还有一个卖花女郎，这很新鲜，可以显得自己与众不同，高人一等。

布洛克起身，也走过来欣赏德·维尔巴里西斯夫人画的花卉。

“这不要紧的，侯爵夫人，”历史学家回到座位上后说，“哪怕再爆发一场曾多次血染法国历史那样的革命——我的上帝，在我们当今这个时代，什么样的事都可能发生。”他审慎地环视一下周围，仿佛要看看大厅里有没有“不怀好意的人”，尽管他相信没有——“像您这样才华盖世、通晓五种语言的人，是肯定能摆脱困境的。”

投石党历史学家在体会休息的滋味，因为他忘记自己有失眠症了。可他蓦地想起已有六天未曾合眼，一种发自大脑的难以忍受的疲劳感，使他双腿疲软，肩膀收缩，脑袋下垂，面色憔悴，他的脸变成了一个老头脸。

布洛克想做一个手势，以表示他对画的赞美，不料胳膊肘碰翻了插着苹果枝的花瓶，水流到地毯上了。

“您真是心灵手巧。”历史学家夸奖侯爵夫人说。此刻他背朝我，没有看见布洛克干的蠢事。

可是，布洛克以为历史学家的话是冲他来的，他故意装出傲慢的样子，好掩饰刚才的笨拙带给他的羞愧：

“这没什么，”他说，“我的衣服没有湿。”

德·维尔巴里西斯夫人摇摇铃，就有一个仆人来擦干地毯，捡走花瓶的碎片。她邀请两个年轻人参加她的日场演出会，也邀请了德·盖尔芒特夫人，并吩咐她说：

“记住，让希塞尔和贝特，就是德·奥贝雄公爵夫人和德·博特凡公爵夫人，让她们两点前来帮忙。”她说话的口气就好像在命令临时膳食总管提前来做果酱似的。

德·维尔巴里西斯夫人同我，同历史学家、戈达尔大夫和布洛克说话时，彬彬有礼，和颜悦色，但同她的侄儿们，同德·诺布瓦先生说话时，就不这样和蔼了。在她看来，他们的用处就是为我们的好奇心提供精神食粮。因为她知道，她在他们眼里不是一个出众的女人，而是他们父亲或舅舅叔伯们敏感而又得罪不起的姐妹，她认为没有必要同他们讲礼节。在他们面前炫耀自己是毫无意义的，不管她炫耀什么，地位高也好，低也好，他们都不会相信。他们比谁都了解她的历史，比谁都尊重她的显赫家族。但是，他们对于她，更像是一根枯树枝，不会再开花结果，因此，不会把他们的新朋友介绍给她，使她分享他们的快乐。她只能争取到他们来参加她下午五点的招待会，或在招待会上谈起他们，就像她后来在回忆录中叙述的那样。这种招待会可以说是她的回忆录的预演，她在向一个小圈子第一次朗读她的著作。所有这些贵族亲戚，仅仅是她的御用工具，用以吸引像戈达尔、布洛克和有名望的剧作家、形形色色的投石党历史学家一类人，使他们兴高采烈，目眩神迷，乐而忘返。而对于德·维尔巴里西斯夫人来说，这一伙人——因为优雅之士不光临她的沙龙——就是运动，就是新鲜事物和娱乐，就是生活。恰恰是这些人为她提供了社交生活（他们完全值得她把德·盖尔芒特公爵夫人介绍给他们，尽管他们永远也不可能同公爵夫人来往）：同一些有名望的，并有作品使她倾倒的人物共进晚餐，请剧作家到她家里组织一场滑稽剧演出或精心排练一幕哑剧，去剧院包厢看奇妙的节目，等等。布洛克起身准备告辞。刚才他大声地说打翻花瓶不要紧，可他低声咕哝的却完全是另外一回事，心里想的就更不一样了："既然家里的仆人没有经过严格训练，不知道把花瓶摆到合适的地方，那就干脆不用这些奢侈品，免得弄湿甚至碰伤客人。"他是一种气量窄、容易"神经过敏"的人，做了什么笨拙的蠢事就会感到有失面子（而且他不承认自己做了蠢事），认为发生这样的事，这一天就别想过得愉快。他恼羞成怒，感到种种阴郁的念头涌入心中，再也不想回社交界来了。碰上这种情况，就应该设法使他分心。幸亏德·维尔巴里西斯夫人立即出来挽留他。也许因为她知道她朋友们的观点，知道反犹主义浪潮正在掀起，也可能一时疏忽，刚才没有把他介绍给在座的客人。可他对社交习俗了解甚微，觉得离开时应该同大家随便打个招呼，认为这是社交礼节的需要。他接连点了几次头，把胡子拉碴的下巴埋进衬衣的活领子中，透过夹鼻眼镜，用冷淡而不满的目光把在座的人挨个儿扫了一遍。但是德·维尔巴里西斯夫人不让他走。她还要同他商量将在她家演出的短剧。再说，她还没有把他介绍给德·诺布瓦先生，她不愿意让他带着这个遗憾离开她家（她心中纳闷，为什么德·诺布瓦先生迟迟不来），尽管这种介绍是多余的，因为布洛克已答应说服他谈起过的那两个演员到侯爵夫人的招待会上演歌剧，不收报酬，而是为了他们的荣誉，因为欧洲的杰出人物经常参加她的招待会。此外，他甚至还给她推荐了一个“长着碧蓝的眼睛、和天后赫拉一样美丽”的悲剧演员，说她朗诵抒情散文有一种艺术造型美。可是，德·维尔巴里西斯夫人一听名字就回绝了，因为这个演员是圣卢的情妇。

“我有好消息，”她悄悄对我说，“我相信他们已经陷入困境，很快就会分手的。尽管有一个军官在这里面起了很坏的作用。”她又加了一句。（因为德·鲍罗季诺上尉在理发师的恳求下，批准罗贝到布鲁日去度假，罗贝家里人恨他恨得要死，指责他怂恿一种可耻的暧昧关系。）“这个人太坏了。”德·维尔巴里西斯夫人用盖尔芒特——甚至是最堕落的盖尔芒特——那种正直的声调对我说。“太——太——太——坏了。”她又重复一遍，把“太”拉长了三个音。我感到，她毫不怀疑德·鲍罗季诺上尉在罗贝同他情妇的放荡生活中，起着推波助澜的作用。但是，因为和蔼待人是侯爵夫人的一贯原则，尽管她在提到德·鲍罗季诺亲王的名字时，语气夸张而揶揄，仿佛法兰西帝国在她眼里一文不值，但到最后，她对这个可憎的上尉表露出来的蹙额皱眉的严肃表情，却化作对我的温柔微笑，朝我机械地眨眨眼睛，好像我也含含糊糊成了她的同伙似的。

“我挺喜欢德·圣卢－昂－布雷，”布洛克说，“尽管是一条恶狗，但我喜欢他，因为他很有教养。我非常喜欢很有教养的人，现在这种人可是凤毛麟角啊。”他只管往下说，丝毫没有察觉到在座的人对他的话很反感，因为他自己就是一个很没有教养的人。“我给你们举个例子，我感到这个例子足以说明他受过良好的教育。有一次，我遇见他和一个小伙子在一起。他正要上马车。马车的轮辋漂亮极了。他亲手把光灿灿的缰绳套到两匹马上，马吃饱了燕麦和大麦，不用闪光的鞭子抽打，也会跑得飞快。他给我和那个小伙子做了介绍，但我没有听清小伙子的名字。因为常常是这样，当别人给你介绍一个人时，你是听不清楚名字的。”他笑着又补充了一句，因为这是他父亲说过的一句玩笑话，“德·圣卢－昂－布雷还是一如既往，在小伙子面前不过于殷勤，但也丝毫不拘谨。然而，过了几天后，我无意中才知道这个小伙子原来是鲁弗斯·以色列爵士的公子！”

故事的结尾不像开头那样有刺激性，因为大家听不懂是什么意思。的确，鲁弗斯·以色列爵士对布洛克和他父亲而言，几乎是一个国王般的人物，圣卢在他面前应该发抖。可是，对盖尔芒特圈子里的人来说，他不过是一个发迹的、得到上流社会宽容的外国人，他们绝对不会为有他的友谊而感到骄傲。绝对不会！

“我是从鲁弗斯·以色列爵士的代理人那里知道的。”布洛克说，“那人是我父亲的朋友，一个不寻常的人。啊！一个绝对不可思议的人。”他补充说，语气肯定而有力，声调热情洋溢，只有不是靠自己形成信念的人才会用这种语气和声调说话。“喂，告诉我，”布洛克非常低声地对我说，“圣卢大概有多少财产？你明白，即使我问你这个问题，也不能说明我对这感兴趣，我是从巴尔扎克的观点提出这个问题的，这你明白。如果他拥有法国和外国的股票，拥有地产，你知道该怎样投资吗？”

我什么也回答不上来。布洛克不再悄悄说话了，而是大声问能不能打开窗户，没等有人回答，他就朝窗口走去了。德·维尔巴里西斯夫人说不能开窗，她感冒了。“啊！既然如此，那就算了！”布洛克颇感失望地回答，“不过，确实是热！”说完放声大笑，眼睛扫视听众，想找个盟友共同对付德·维尔巴里西斯夫人。但在场的人都很有教养，没有一个支持他。他那双燃烧的眼睛没能把人们鼓动起来，无可奈何，只好恢复严肃的神情。但他不甘失败，又声明说：“至少有二十二度。就是说有二十五度，我也不会吃惊。我几乎浑身是汗。我可没有哲人安忒诺耳[1]的本事，他是阿尔俄斐斯河神的儿子，为了止住汗水，先在他父亲的怀里浸一浸，然后坐进一只光滑的浴缸里，再往身上涂一层清香的圣油。”接着，就像有必要向别人概述医学理论，使他们明白这些理论对大家都有好处似的：“既然你们认为这样好，那就算了！我的看法

[1] 希腊神话中特洛伊的长老，最聪明的哲人之一。

和你们截然不同。怪不得你们会感冒呢。”

布洛克想到要把他介绍给德 · 诺布瓦先生，心里很高兴。他说，他很想叫他谈一谈德雷福斯案件。

“有一种人的心态我还不大了解。同这个举足轻重的外交官进行一次访谈，我想会别有一番趣味。”他用讥讽的口吻说，好让人感到他并不认为自己比大使逊色。

德 · 维尔巴里西斯夫人见他说这句话嗓门仍然很大，心里颇有些不高兴，因为她的档案保管员是一个民族主义者，她不敢和他有不同的看法，但见他离得很远，听不见布洛克说什么，也就不计较了。可是布洛克从小没有受过良好的教育，养成了自命不凡、目空一切的恶习，此刻他学着他父亲的腔调，开了个玩笑，更使侯爵夫人感到反感。他问道：

“我不是读过他的一本很有见地的专著吗？他在书中无可辩驳地论证了俄日战争[1]的结果将是俄国人胜利，日本人失败。我说，他是不是有点儿老糊涂了？我仿佛看见他在抢座位，一看准了，就蹬着轱辘像溜冰似的溜过去了。”

“胡说八道！请等一等，”侯爵夫人又说，“我不知道他在忙活些什么。”

她摇了摇铃。仆人进来后，她当众吩咐仆人，似乎不想隐瞒，甚至希望让人知道她的老朋友大部分时间都待在她家里：

---

[1] 指1904—1905年爆发的日俄战争，是日俄为争夺中国东北和朝鲜的权益而进行的侵略战争，最终俄国战败，被迫将南满铁路、旅顺和大连的租借权转让给日本，并承认日本对朝鲜的特权，割让库页岛南部。

“去叫德·诺布瓦先生来一趟，他在我书房里整理文件呢。说好二十分钟就来的，可我等他有一小时零三刻钟了。他会给您讲德雷福斯案件的，您想知道什么，他就会讲什么，”她赌气似的对布洛克说，“他对部里的一些做法不大赞成。”

因为德·诺布瓦先生同现在这个部的关系不好。尽管德·诺布瓦先生不敢贸然把政府官员带进德·维尔巴里西斯夫人的沙龙（她总以大贵妇自居，不屑于同那些他不得不维持关系的人来往，甚至凌驾于他们之上），但常把部里的事情告诉她。同样，这些政界人物也不敢要求德·诺布瓦先生把他们介绍给德·维尔巴里西斯夫人。不过，不少人到她乡下的住所找过他，那是因为他们遇到了麻烦，需要他的帮助。他们知道地址。他们到城堡去找他。女主人不露面。但是吃晚饭时，她对他说：“先生，我知道有人来打搅您了。事情有进展吗？”

“您没有太急的事要办吧？”德·维尔巴里西斯夫人问布洛克。

“没有，没有。我想走，是因为我身体不大舒服。我胆囊有毛病，恐怕要到维希去疗养一段时间。”他以魔鬼般恶毒的讽刺语气说，每一个字的发音都很清楚。

“噢！刚好我的外甥孙夏特勒罗也要到那里去，你们可以一起做个安排。他还在吗？他很可爱，您知道。”德·维尔巴里西斯夫人说这话也许出于诚意，她认为既然两个人她都认识，他们就没有理由不来往。

“啊！我不知道他愿不愿意，我还不怎么……认识他。他在那边呢。”布洛克说，他喜出望外，但又有点局促不安。

膳食总管可能没有不折不扣地完成德·维尔巴里西斯夫人交代的任务。因为德·诺布瓦先生为了装出刚从外面进来，还没有见到女主人的样子，在前厅顺手拿了一顶帽子（我似乎很眼熟），走到德·维尔巴里西斯夫人身边，拘泥礼仪地吻了吻她的手，关切地问了问她的近况，仿佛已有很长时间没有见面了。他哪里知道，这场喜剧还没有开场，就早已被侯爵夫人剥去了伪装，而且只演到一半就陡然停止，因为侯爵夫人把德·诺布瓦先生和布洛克带到隔壁的会客室去了。布洛克还不知道来者是谁，当他看到大家都亲切问候大使，大使也矜持而优雅地、毕恭毕敬地一一还礼时，他便有受冷落之感，以为那人绝对不会同他打招呼了，感到十分恼火，但为了装得若无其事，他对我说：“这个傻瓜是谁？”再说，德·诺布瓦先生这种点头哈腰的虚礼，同布洛克身上的优点，同一个新社会阶层的坦率品质格格不入，他心里也或多或少真诚地认为这种礼节滑稽可笑。不管怎样，当德·诺布瓦先生向他问候时，他就不再觉得这种虚礼可笑了，相反他感到喜出望外。

“大使先生，”德·维尔巴里西斯夫人说，“我想介绍您认识这位客人。布洛克先生，德·诺布瓦侯爵。”尽管她对德·诺布瓦先生的态度不太客气，但仍然用“大使先生”称呼。这样做一是社交礼节的需要，另外也说明她把大使的地位看得很重（这是德·诺布瓦侯爵反复向她开导的结果）。再说，在一个贵妇沙龙里，如果对某一个人特别随便，不拘礼仪，而对其他人却客客气气，拘泥虚礼，这反而更容易让人看出这个人是她的情夫。

德·诺布瓦先生把他蓝色的目光埋进他的白胡须中，就像在向布洛克的名字鞠躬似的，深深弯下高大的身躯，仿佛这个名字遐迩闻名，令人敬畏。他喃喃地说：“认识您很荣幸！”而他年轻的对话者激动不已，但又觉得这位著名的外交家过于客气，便急忙改变态度，说：“别这样，相反，感到荣幸的是我！”出于对德·维尔巴里西斯夫人的友情，德·诺布瓦先生对他的老相好给他介绍的每一个人，都同样彬彬有礼。然而，德·维尔巴里西斯夫人却感到这个礼节用在布洛克身上显得轻了些，于是她对布洛克说：

“您想知道什么，快问他呀。如果您觉得在这里说话不方便，就把他带到一边去。他会很乐意和您交谈的。我想，您是要同他谈德雷福斯案吧。”她又加了一句，也不管德·诺布瓦先生愿不愿谈这个问题，就像刚才她先让人给历史学家照明看德·蒙莫朗西公爵夫人的画像时并没有征求客人的同意，上茶时也没有问大家一样。

“说话大点声，”她对布洛克说，“他耳朵有点背。不过，您要他讲什么，他就会讲什么。他同俾斯麦，同加富尔[1]很熟，对不对，先生？”她大声说，“您从前和俾斯麦很熟吧？”

“您在写点什么吧，是不是？”德·诺布瓦先生一面同我亲切握手，一面心照不宣地问我。我乘机殷勤地把他为了礼节而认为

[1] 加富尔（1810—1861）：意大利政治家。曾任撒丁王国首相，意大利统一后，当了一年意大利王国首相，后病死。

应该拿在手中的帽子接了过来，因为我发现他在前厅顺手拿的这顶帽子是我的。“您给我看过一部小作品，我觉得它过于雕琢，过于琐细，我曾坦率地同您谈过我的意见。您做的那些事情不值得写到纸上去。您是不是在为我们准备些什么？您很崇拜贝戈特，如果我没记错的话。”“喂！不要讲贝戈特的坏话。”公爵夫人喊了起来。“我不否认贝戈特有善于刻画的才能，这一点谁也不否认，公爵夫人。即便他没有谢比利埃[1]的才华，不能写出一部伟大的作品，但他擅长用雕刻刀或硝镪水精雕细琢。不过，我觉得，我们这个时代把文艺作品的分类搞乱了。小说家的任务是构思情节，赋予小说中的人物以高尚的情操，而不是用干巴巴的笔尖精雕细琢扉页的插图和章末的装饰图案。”接着，他把脸转过来，对我说，“星期天，我会在那个诚实的A.J.家里见到您父亲的。”

当我看到他同德·盖尔芒特夫人讲话时，我曾产生过一线希望：说不定他能帮助我实现登门拜访德·盖尔芒特夫人的夙愿。过去，我曾求他把我引见给斯万夫人，但他拒绝了。“我佩服的另一个画家是埃尔斯蒂尔，”我对他说，“听说德·盖尔芒特公爵夫人珍藏着他的几幅优秀作品，尤其是那把小萝卜，画得好极了，我在画展上见过，真想再看一眼。这幅画实在是一幅了不起的杰作！”确实，假如我是一个知名人物，假如有人问我最喜欢哪张画，我一定会举出那把小萝卜来的。

---

[1] 谢比利埃（1829—1899）：法国小说家和评论家。善于描写世界各国的社会，尤其擅长写画面宏伟的历史小说，把人物的奇遇和历史融为一体。

“您说是杰作？”德·诺布瓦先生叫了起来，脸上流露出惊讶和责备，“它甚至不能算是一幅画，只不过是张素描而已（这一点他并没有讲错）。如果您把这样一张速写也称为杰作，那么，埃贝[1]或达尼昂-布弗雷[2]的《圣母像》又该叫什么呢？”

“听说您不同意罗贝的女朋友来演出。”德·盖尔芒特夫人在布洛克把大使拉到一旁后，对她的婶母说，“我相信您没有什么好遗憾的，您知道她平庸至极，毫无才能。再说，她言谈举止也令人发笑。”

“您怎么会认识她的，公爵夫人？”德·阿让古尔先生说。

“怎么，您不知道她最早是我在家演出的吗？我并不因此而感到自豪。”德·盖尔芒特夫人笑吟吟地说，然而她心里却很高兴。既然谈到这个女演员，不妨让大家知道，是她最先掌握女演员的笑柄。“行了，这下我该走了。”她又说，但没有起身。

原来她看见丈夫进来了。听到她这句话，人们会喜剧性地相信她要和她那位身高体胖、日趋衰老，但无忧无虑、总过着年轻人生活的丈夫一起去参加一个婚礼，而不会想到他们旷日持久的别别扭扭的夫妻关系。公爵那双圆滚滚的眸子，看上去就像不偏不倚地安装在靶心的黑点，而他这个高明的射手，总能瞄准并且击中靶心；他把亲切而狡黠的、被落日余晖照得有点晃耀的目光，

[1] 埃贝（1817—1908）：法国画家。1839 年荣获罗马大奖，1889 年获世界画展大奖。他的《拯救的圣母》珍藏于法国格勒诺布尔博物馆。

[2] 达尼昂-布弗雷（1852—1929）：法国画家。1876 年获罗马大奖，以画肖像画著称。他的《圣母像》于 1885 年在巴黎美术展览会上展出。

引向坐在桌旁喝茶的一群人身上，惊叹地、缓慢而谨慎地挪动着脚步，仿佛在这群熠熠生辉的人面前望而生畏似的，害怕踩着他们的裙子，打搅他们的讲话。他唇际挂着伊夫托的好国王[1]那种微带醉意的笑容，一只手稍稍弯曲，像鲨鱼的鳍在胸旁摆动，一视同仁地让他的老朋友，或让被介绍给他的陌生人握一握，这样，他不用做一个动作，也不用停住脚步，就可以应付热情的问候。他温厚而懒洋洋地、像国王那样威严地围桌子转了一圈，嘴里不停地说："晚安，亲爱的，晚安，朋友，认识您很荣幸，布洛克先生，晚安，阿让古尔。"我算是最幸运的了，当他走到我跟前，听到介绍我的名字时，他对我说："晚安，我的小邻居。您父亲好吗，他是个多好的人哪！您知道，我和他成了莫逆之交啦。"为了讨好我，他又加了一句。他只给德·维尔巴里西斯夫人施大礼，德·维尔巴里西斯夫人朝他点点头，从她的小围裙里伸出一只手。

在一个越来越不富裕的世界上，德·盖尔芒特公爵可算得上是一个大阔佬，他已和巨富的概念合二为一了。在他身上，既有贵族大老爷的虚荣心，又有大富翁的自负；贵族温文尔雅的举止，恰恰遏制了富翁的自负。况且，谁都知道，他在女人身上的成功——这给他妻子造成了不幸——不完全归功于他的姓氏和家产，因为他看上去仍然很漂亮，他的侧影像某些希腊神，纯粹、坚定。

---

[1] 伊夫托是法国地名，为诺曼底的城市。《伊夫托国王》是一首歌名，由法国歌谣诗人贝朗瑞写于1813年，当时法国人民对拿破仑征战深感厌烦，渴望和平。

“真的？她在您府上演出过？”德·阿让古尔先生问公爵夫人。

“当然是真的！她来朗诵过，手里拿着一束百合花，她的裙子‘上头’也都是百合花。”（同德·维尔巴里西斯夫人一样，德·盖尔芒特夫人有些字故意学乡下人发音，不过，她不像她婶母那样用舌尖发颤音。）

在德·诺布瓦先生被迫带布洛克到窗口谈话之前，我又走到这个老外交家的身边，悄悄地对他说，我想和他谈谈我父亲在法兰西学士院的席位问题。他起初想把这个问题推到以后再谈，但我不同意，说我马上就要去巴尔贝克海滩了。“怎么！您又要去巴尔贝克？您真成了环球旅行家啦！”然后，他就让步了。听到勒鲁瓦·博里厄的名字，德·诺布瓦先生用怀疑的目光凝视我。我猜想他也许在勒鲁瓦·博里厄面前说过对我父亲不利的话，担心这位经济学家把他说的话讲给我父亲听了。忽然，他似乎对我父亲流露出了真正的感情。他先是慢吞吞地哼哈几声，突然喷出一句话来，仿佛连他自己都意想不到，而是不可抗拒的信念把他刚才吞吞吐吐、想保持缄默的努力化为乌有：“不，不！”他激动地对我说，“您父亲不应该参加竞选。这是为他着想，为了他的利益，为了尊重他的才华。他很有才华，干这种冒险事会毁了他。他的价值要比当一个法兰西学士院的院士大得多。他当上院士，就会失去一切，却什么也不会得到。谢天谢地，他不是演说家。我那些可爱的同僚最看重演说才能，即使讲的全都是陈词滥调。您父亲在生活中有更重要的目标，他应该勇往直前，不要拐到荆棘从中去寻找猎物，即使那是柏拉图学园[1]中的荆棘丛，也是刺多于花。况且，他只能得到几票。法兰西学士院在接纳申请人入院前，一般先要让申请人等上一段时间。现在没什么事好做。以后怎样，我也说不上。不过，要由法兰西学士院亲自来找他。法兰西学士院盲目地实践着我们阿尔卑斯山那边的邻居信仰的原则：'farà da se'[2]，但是失败多于成功。勒鲁瓦·博里厄同我谈起这些事时，样子总叫人不愉快。此外，我猜想他和您父亲可能是一派，是吧？……我曾明确地使勒鲁瓦·博里厄感到，他只懂得棉花和金属，正如俾斯麦所讲的，不可能知道难以估计的因素会起什么作用。最要紧的是，应该说服您父亲不参加竞选：'Principiis obsta'[3]。要是他固执己见，让他的朋友们面对既成事实，那他们就不好办了。听着，"他突然用蓝眼睛紧盯着我，诚恳地对我说，"我多么喜欢您父亲，我要告诉您一件事，会让您大吃一惊。嗳！正因为我喜欢他（我和他是两个不可分离的难兄难弟，Arcades ambo[4]），而且知道如果他继续留在领导岗位上，能为国家效劳，能使国家避开暗礁，出于友谊和尊敬，出于爱国主义，我决不会投他一票！而且，我相信我曾向他做过暗示。（我在他的眼睛里，仿佛看见了勒鲁瓦·博里厄那种亚述人的严肃侧面影。）如果我投

[1] 指公元前387年古希腊唯心主义哲学家柏拉图在雅典附近创办的一所学校，是宣扬唯心主义的主要机构。

[2] 意大利语，意为事要自己做。

[3] 拉丁语，意为在灾难刚有苗头时，就应该同它做斗争，不然就会无可挽救。

[4] 拉丁语，原意为两个阿卡狄亚人。阿卡狄亚是古希腊的一个高原地区，比喻有田园牧歌式淳朴生活的地方。此话常用作讽刺，此处的意思是"两个难兄难弟"。

他一票，就意味着我说话不算数。”德·诺布瓦先生谈话中好几次都把他的同僚当成老顽固。除了其他理由之外，还因为一个俱乐部或一个学院的每一个成员都把自己的同僚看作同他自己的性格截然相反的人。他们这样做并不是为了能说：“啊！这件事要是由我一人做主就好了”，而是为了向人显示他的头衔是最难获得的，也是最令人自豪的。“我跟您说，”他做结论道，“为了你们大家的利益，我宁愿让您的父亲在十年或十五年后的竞选中再获得胜利。”我认为，他说这话如果不是出于嫉妒，至少也是缺少助人为乐的精神。可是，他这句话后来在同一件事情上获得了不同的意思。*

“巴赞，您知道我们在谈谁吗？”公爵夫人对她丈夫说。

“当然知道，我猜是她。”公爵说，“啊！她可不是我们所说的

* “您无意同法兰西研究院谈谈投石党运动时期面包的价格吗？”投石党历史学家怯声怯气地问德·诺布瓦先生。“您在这个问题上会大获成功（意思是说您给我好好宣扬一番）。”他微笑着、胆怯而温柔地补充了一句，他因这温柔而抬起了眼睑，露出了一双大得像天空的眼睛。我似曾见过这个目光，可我今天才认识这位历史学家。突然，我记起来了：我在一位巴西医生的眼睛里也看到过同样的目光。这位医生声称，可以用吸入植物香精的荒唐方法，治愈像我这样病人的呼吸困难症。为了让他更好地给我治病，我告诉他，我认识戈达尔大夫，他像是为戈达尔着想似的，回答我说：“如果您同他谈谈这个方法的话，倒是可以为他提供一篇学术论文的材料，在医学科学院宣读一定会引起轰动。”他不敢坚持，但他用询问的眼光看着我，那是一种胆怯的、怀有私心的、恳求的眼光。刚才，我在投石党历史学家的眼睛里欣赏到的，正是这样的目光。诚然，这两个人互不相识，也不怎么相像，可是，心理规则和生理规则一样，都有一定的普遍性。如果必须的条件相同，那么，作为动物的不同人的眼睛里，会闪烁出相同的目光，正如地球上相距遥远的地方，会被相同的晨空照亮一样。我没有听见大使的回答，因为客厅里有点嘈杂，大家已经走到德·维尔巴里西斯夫人身边，看她作画了。［有的版本将此段打星号的文字列入正文］

正宗喜剧演员。”

“您肯定没有想过会有比她更可笑的人。”德·盖尔芒特夫人接着又对德·阿让古尔先生说。

“她甚至让人看了发噱。”德·盖尔芒特先生打断妻子的话说。他那古里古怪的用词，上流社会人士听了会说他不是一个笨蛋，文人听了却会认为他是最大的傻瓜。

“我不明白，”公爵夫人接着说，“罗贝怎么会爱上她的。啊！我知道这件事是不应该讨论的。”她又说，就像一个豁达豪爽的哲学家和一个多愁善感，但已从幻梦中觉醒的人，做了一个漂亮的噘嘴。“我知道不论是谁都可以有所爱，而且，”她进一步又说，尽管她对新文学依然冷嘲热讽，但新文学可能通过报纸的宣传或某些谈话，慢慢渗透到她的思想中了。“这甚至是爱情蕴含的美，因为恰恰是这一点使爱情变得‘神秘莫测’。”

“神秘莫测！啊，我的表姐，我承认，这有点叫我难以相信。”德·阿让古尔伯爵说。

“是的，爱情就是神秘莫测。”公爵夫人又说。她露出温柔的微笑，这是一个讨人喜欢的上流社会贵妇的微笑；同时她又显示出毫不动摇的信念，这是瓦格纳的女崇拜者的信念，她在向圈子里的一个男子保证，在《女武神》[1]中并非只有歌声。“再说，事实

[1] 《女武神》是瓦格纳的歌剧四部曲《尼伯龙根的指环》中的第二部。主要内容是：诸神之王佛旦的长女，女武神布兰希尔德在西格林德的恳求下，答应救英雄西格蒙特的性命，但违抗了父命，佛旦把她贬入凡间，让她沉睡，等待一位英雄相救。西格林德和西格蒙特的遗腹子齐格弗里德救了她，并与她结为夫妻。

上，谁也不知道一个人为什么爱另一个人，也许根本不像我们所想的那样。”她莞尔一笑，又说，这样，她刚发表的看法一下子又被她的解释推翻了。“再说，事实上，我们永远也不会知道。”她断言道，露出了怀疑和疲倦的神色。“因此，您懂了吧，永远也不要讨论谁选择了怎样的情人，这样做也许更‘聪明’一些。”

可是，她刚提出这条原则，就又自己打自己的嘴巴，因为她批评起圣卢的选择来了。

“您看，不管怎样，我依然认为，如果能在一个可笑的人身上发现魅力，那是令人吃惊的。”

布洛克听见我们在谈圣卢，知道他也在巴黎，就开始讲他的坏话，言辞不堪入耳，引得大家非常反感。他开始对人有仇恨了，为了报复，他不管遇到什么障碍，似乎都不会后退。他定下了一条原则，自己要有高尚的道德标准，凡是参加布里俱乐部（一个他认为是风雅人士组成的体育俱乐部）的人都该下监狱，因此，不管他用什么方式教训这些人，都是值得称道的。有一次，他甚至声称，他想对一个参加布里俱乐部的朋友起诉。在起诉中，他打算做伪证，但要做得天衣无缝，使被告无法证明这是伪证。布洛克试图以这一招——不过，他没有把这计划付诸实施——使他的朋友更加灰心丧气，狼狈不堪。既然他要打击的人是一个一味追求风雅的人，是布里俱乐部的成员，既然对付这种人什么样的武器都可以使用，尤其是像他布洛克这样的圣人，那么做伪证又有什么不妥呢？

“可是，您看斯万。”德·阿让古尔先生提出异议说。他终于弄清楚他表姐那番话的意思了，认为她说得一点不错，令人震惊。他竭力在记忆中寻找例子，用以证明有些男人喜欢的女人，恰恰是他不喜欢的人。

“得了！斯万可不是这样。”公爵夫人抗议道，“不过，这仍然是不可思议的，因为那个女人[1]是一个可爱的白痴，但她从前并不可笑，长得也漂亮。”

“哼！哼！”德·维尔巴里西斯夫人轻轻地哼了两声。

“啊！您认为她不漂亮？不，她曾经非常迷人，有过很好看的眼睛，秀美的头发。她从前穿戴很入时，即使现在也不减当年。我承认，她现在让人看了讨厌，可她从前是一个非常可爱的人。尽管这样，当夏尔娶她做妻子时，我们为他感到难过，因为他完全没有必要娶她。”

公爵夫人并不感到自己讲了什么一鸣惊人的话，但她看到德·阿让古尔先生哈哈大笑，便又重复了一遍，可能她认为这句话挺有意思，也可能觉得笑的人很可爱。她开始含情脉脉地凝视德·阿让古尔先生，想在她的思想魅力上再加上一层感情色彩。她接着又说：

“您说是不是，没有必要娶她吧。不过，毕竟她还是有魅力的，有人爱她我完全能理解。可是罗贝的那位小姐，我向您保证，她那个样子叫人看了会把门牙都笑掉。我知道有人会用奥吉埃的陈词滥调反驳我：‘只要酒能醉人，管他是什么酒瓶！’唉！罗贝

[1] 指斯万的妻子奥黛特。

倒是醉了，可他在选择酒瓶时，实在缺乏高雅的情趣！首先，您想象一下，她竟要求我在客厅中间架一道楼梯。这不是太没意思了吗？而且，她还向我宣布，她要伏在台阶上。此外，您要是听过她朗诵，您就会明白了。我只看过她一次演出，但我认为很难想象会有那样的剧作，戏名叫《七位公主》[1]。”

“《七位公主》？啊，是吗？是吗？真会赶时髦！”德·阿让古尔先生吃惊地叫起来，“啊！等一等，这部戏我从头到尾都很熟，作者把剧本寄给国王了，国王看后如堕五里雾中，要我给他讲解。”

“请问这是不是贝拉当王[2]的作品？”投石党历史学家问道，他想显示自己精明现实，但声音很轻，没有人注意到他提的问题。

“啊！您认识七位公主？”公爵夫人对德·阿让古尔先生说，“恭喜！恭喜！我才认识一个，可我再也不想认识其余六位了。她们肯定不会比我见过的那一位好到哪里去！”

“笨得像头驴！”我心里暗想。我在生她的气，因为她刚才怠慢我了。当我看到她对梅特林克[3]一无所知时，不由得暗暗高兴。“我每天上午走好几公里路，就是为的这个女人？我的心也太好了！现在该轮到我不要她了！”我自言自语，但心里想的却完全

[1] 《七位公主》是比利时剧作家梅特林克（1862—1949）的剧作。

[2] 贝拉当（1859—1918）：法国作家，狂热信奉天主教，自称是巴比伦一个国王的后代，所以有“王”之称。

[3] 梅特林克（1862—1949）：比利时剧作家。用法语写作。著有剧本《盲人》《七位公主》等二十余部。1911 年获诺贝尔文学奖。象征主义戏剧的代表作家。

是另一回事。这纯粹是交谈性语言，我们在过分激动而不愿意单独待着的时候，会感到需要同自己（因为找不到别人）说说话儿，但却好像在同一个陌生人交谈，说的并不是真心话。

“我无法向您形容，”公爵夫人继续说，“她的朗诵让人笑破肚子，一有机会，大家就笑个不停，甚至故意做得过分一些，因为那个可爱的人不喜欢。其实，为这事罗贝一直对我耿耿于怀。不过，我并不后悔，因为不这样，那位小姐可能会再来。我寻思，这件事不知让玛丽－埃纳尔多高兴哩！”

家里人都这样称呼罗贝的母亲德·马桑特夫人，埃纳尔·德·圣卢的遗孀，用以区别于她的堂弟媳德·盖尔芒特－巴伐利亚公主，另一个玛丽。为了避免混淆，巴伐利亚公主的侄儿、堂兄妹和夫兄弟在她的名字后面或者加上她丈夫的名字，或者加上她自己的另一个名字，这样就成了玛丽－希尔贝，或玛丽－海德维格。

“她头天晚上预演了一下，真是洋相百出！”德·盖尔芒特夫人揶揄地继续说，“您想象一下她是怎样朗诵的吧，刚念了一句，甚至不到一句，仅仅念了四分之一句，就停下来，一停就是五分钟，我一点也没有夸大。”

“是吗，是吗，是吗！”德·阿让古尔先生惊叫起来。

“我极有礼貌地向她暗示说，她这样停顿，会让人感到莫名其妙。她回答我的原话是这样的：‘念台词就应该像在作诗一样。’您想一想，这个回答不是太怪了吗？”

“我以前一直认为她诗朗诵得不坏哩。”两个年轻人中有一个说。

“她一窍不通，”德·盖尔芒特夫人说，“再说，我不用听她朗诵，只要看见她手里拿着百合花，就心中有数了！我一看见百合花，就立刻知道她没有本事！”

她的话引起了哄堂大笑。

“婶婶，那天我拿瑞典王后给您开了个玩笑，您没介意吧？我向您请罪来了。”

“不，我不介意。你要是饿了，我甚至还让你吃点心呢。”

“喂，法尔内尔先生，您来扮演女招待吧。”德·维尔巴里西斯夫人对档案保管员说，照例开了个玩笑。

德·盖尔芒特先生把靠在安乐椅上的身子直起来（帽子就在他身边的地毯上），心满意足地审视档案保管员给他端来的几盘花式点心。

“好极了。既然我和诸位已慢慢熟悉，就可以吃一块奶油蛋糕了，看样子很好吃。”

“先生扮演女招待像极了。”德·阿让古尔先生学着德·维尔巴里西斯夫人的样开了个玩笑。

档案保管员把点心端给投石党历史学家。

“您干得很出色。”投石党历史学家战战兢兢地说，努力想赢得大家的好感。

因此，他朝那几位也像他那样说了恭维话的人偷偷扫了一眼，仿佛要与他们串通似的。

“请告诉我，我的好婶婶，”德·盖尔芒特先生问德·维尔巴里西斯夫人，“刚才我进来时遇见的那个仪表堂堂的先生是谁？我好像应该认识他似的，因为他很客气地朝我敬礼了，但我没有认出是谁。您知道，我对记名字最头疼，这很讨厌。”他得意地说。

“勒格朗丹先生。”

“喔！奥丽阿娜有一个表妹，她母亲的娘家姓格朗丹。我记得清清楚楚，是鹰派格朗丹。”

“不对，”德·维尔巴里西斯夫人说，“这之间没有任何联系。他们就叫格朗丹，什么称号也没有。但是，他们求之不得，你给他们加什么，他们就会要什么。那人的姐妹就叫德·康布尔梅夫人。”

“喂，巴赞，您肯定知道婶婶讲的是谁，”公爵夫人愤愤地说，“就是那天您一时心血来潮，打发来看我的那个肥胖的食草动物的兄弟。她待了一小时，我想我都快要疯了。可是刚开始，当我看见一个我素不相识的长得像一头母牛的女人进来时，我以为来了个疯子。”

“听着，奥丽阿娜，她恳求我要您接待她，我总不能对她失礼吧。再说，嘿，您也太夸大其词了，她怎么会像一头母牛呢。”他又说了一句，像是在埋怨，可是却微笑着朝听众偷偷看了一眼。

他知道，他妻子的兴致需要用合乎情理的反话刺激，譬如说，不能把一个女人比作一头母牛啦，等等。这样，德·盖尔芒特夫人会说出比第一个比喻更幽默、更妙趣横生、更别出心裁的话来。公爵天真地毛遂自荐，不露声色地帮助妻子大显身手，就像是在一节车厢里偷偷帮助赌徒玩猜牌赌博的秘密同伙。

“我承认她不像一头母牛，因为她像一群母牛。”德·盖尔芒特夫人大声说，“我向您发誓，当我看见这群母牛头戴帽子，走进我的客厅向我问候时，我不知道说什么好。我一边很想对她说：‘不，母牛群，你弄错了，你不能同我交往，因为你是一群母牛。’但一边又搜索记忆，终于想起来您的康布尔梅是多罗西娅公主（她说过要来看我，也长得像头母牛），我差点儿叫她公主殿下，用第三人称同一群母牛说话。她和瑞典王后也有相像之处，都长着鸟类的砂囊。此外，她从远距离向我发起凌厉的攻势，非常艺术。不知道从什么时候开始，她就接二连三地给我送名片。我家里到处是她的名片，没有一件家具上没有，好像是商品广告似的。我不知道她这样大做广告目的何在。在我家里到处可以看到‘德·康布尔梅侯爵和侯爵夫人’，还写着地址，我记不起来了，再说，我也不会用上那地址的。”

“不过，像一个王后是很荣幸的。”投石党历史学家说。

“啊！我的上帝！先生，在我们这个时代，国王和王后算得了什么！”德·盖尔芒特先生说，因为他想显示自己是一个有自由思想的新派人物，同时也为了装出不把同王族的关系放在眼里，尽管他把这看得比什么都重要。

布洛克和德·诺布瓦先生站起身，向我们走来。

“先生，”德·维尔巴里西斯夫人说，“您同他谈德雷福斯案了吗？”

德·诺布瓦先生仰头望了望天（但仍面带笑容），像是为了证明他心爱的女人要他做这件事是强人所难。然而，他还是非常亲切地对布洛克说，法国正经历着骇人听闻的，或许是极其痛苦的年代。这很可能表明德·诺布瓦先生是一个狂热的反重审派（然而，布洛克曾明确对他说过，他相信德雷福斯无罪），因此，当布洛克看见大使的态度和蔼可亲，看见他故意装出认为他的交谈者言之有理，毫不怀疑他们之间观点相同，并且想与他携起手来共同谴责政府的神态，此刻他感到虚荣心得到了满足，好奇心更加强烈。他暗自思忖，德·诺布瓦先生没有明确指出的，但似乎暗示他们之间看法一致的重要问题是什么？他对德雷福斯案的看法究竟在哪几点上和自己一致？布洛克尤其感到惊讶的是，在他和德·诺布瓦先生之间存在的这种神秘的一致性，似乎不仅仅与政治有关，因为德·维尔巴里西斯夫人还对德·诺布瓦先生详细介绍过他的文学作品。

“您倒不赶潮流，”前大使对布洛克说，“因此我要祝贺您。在现在这个时代，公正不偏的研究已不再存在，尽向公众兜售淫秽或荒唐可笑的货色，可您却不。假如我们有一个好政府的话，您做出的努力按说是应该受到鼓励的。”

布洛克看见在这场世界性海上遇难中，只有自己还漂浮在海上，感到得意忘形。但是，在这个问题上，他仍然想了解细节，他想知道德·诺布瓦先生所说的荒唐可笑的货色是指什么。布洛克感到自己的创作路子跟多数人没什么两样，并不认为有什么与众不同。他又回到德雷福斯案件，但无法厘清德·诺布瓦先生的观点。他竭力想让他谈一谈现在报界经常提到名字的军官；他们比介入这一案件的政界人物更令人瞩目，因为政界人物早已遐迩闻名，而军官们却不见经传；他们身穿军服，刚从一种截然不同的生活中走出来，打破了严格保持的沉默，就像罗恩格林[1]从一只由天鹅拖曳的小船中走出来一样，激起人无限的好奇心。布洛克认识一个主张民族主义的律师，多亏这个律师，他多次旁听了左拉诉讼案[2]的庭审。他随身带着三明治和一瓶咖啡，一早就到那里，晚上才出来，就像去参加中学优等生会考或中学毕业作文比赛一样。习惯的改变使他的神经异常兴奋，而咖啡和激动人心的庭审又把他热烈的情绪推到顶点，当他离开法庭后，对那里发生的一切仍然念念不忘，晚上回到家里，还想重返美丽的梦境，他跑到两派经常出没的饭馆去找观点相同的人，和他们没完没了地谈论白天发生的事，用命令的口吻——这使他幻想自己在发号施令——要来一份夜宵，以弥补这一早就开始的、中间没有进餐的一天给他带来的疲劳与饥饿。人总是生活在实际经验和想象中间，对于我们认识的人，总想深入猜想他们如何生活，而对那些我们只能猜想如何生活的人，又渴望认识他们。德·诺布瓦先生对布洛克的问题做了回答：

“已有两名军官介入这个案件，我曾听到一个人谈起过他们。这个人是德·米里贝尔先生，他的判断力我是信得过的，他对那

[1] 罗恩格林是德国传说中的人物。他奉命保护一个女公爵，乘坐天鹅拖曳的小船，去把女公爵从敌对的封臣手中解救出来。后来与女公爵结为伉俪。

[2] 左拉（1840—1902）：法国自然主义作家。德雷福斯案件发生后，他于1898年发表《我控诉》一文，抨击法国当局，因此被判犯有诽谤罪。

两个军官很赏识。一个是亨利中校[1]，另一个是皮卡尔中校[2]。”

“可是，”布洛克喊道，“宙斯的女儿雅典娜女神，在他们的头脑中注入了截然相反的看法。他们就像两头雄狮，争斗不休。皮卡尔中校在军中身居要职，但是他的摩伊拉[3]把他引到了不该去的地方。民族主义者的利剑一定会斩断他虚弱的身躯，他会成为食肉动物和食尸飞禽的佳肴。”

德·诺布瓦先生没做回答。

“他们躲在那里闲聊什么？”德·盖尔芒特先生指着德·诺布瓦先生和布洛克问德·维尔巴里西斯夫人。

“德雷福斯案件。”

“啊！见鬼！对了，你们知道谁是德雷福斯最狂热的支持者吗？你们谁也猜不着。是我的外甥罗贝！我甚至可以告诉你们，当赛马俱乐部的人听到他的‘光辉业绩’时，都群起而攻之，把他骂得狗血喷头。再过一个星期，他就要参加……”

“当然，”公爵夫人插嘴道，“如果他们都像吉尔贝，主张把全部犹太人遣返耶路撒冷……”

“啊！这么说，德·盖尔芒特亲王同我的看法不谋而合啰。”德·阿让古尔先生打断公爵夫人说。

公爵常把妻子当门面炫耀，但并不爱她。他“唯我独尊”，讨

[1] 亨利（1846—1898）：法国军官，在德雷福斯案件中捏造证据，加害德雷福斯，后因伪证罪行被揭露，被捕后自杀身亡。

[2] 皮卡尔是坚持重审德雷福斯案件的正直的法国军官。

[3] 摩伊拉是希腊神话中命运女神的总称。

厌别人打断他说话，况且，他在家里向来对妻子很粗暴。作为一个坏丈夫和一个油嘴滑舌的男人，他看到妻子非但不听他说话，而且还打断了他的话头，不由得恼羞成怒，浑身颤抖，便立即收住话头，朝公爵夫人狠狠瞪了一眼，瞪得四座莫名其妙，困惑不解。

“您怎么想得出来跟我们说吉尔贝和耶路撒冷的？”他终于又说话了，“风马牛不相及嘛。不过，”他缓和了一点语气又说，“您一定会承认，如果我们家里有人被赛马俱乐部开除了，尤其是罗贝，因为他父亲在那里当过十年主席，终归是一件不光彩的事吧。我有什么办法呢，亲爱的？这件事让那些人很不高兴，一个个都吹胡子瞪眼睛的。我不能责怪他们。您是知道的，我本人没有任何种族偏见，我认为种族偏见不符合时代潮流，我很想与时俱进。可是，见鬼，当一个人有了德·圣卢侯爵的称号，他就不应该是重审派！您要我同您说什么呢！”

德·盖尔芒特先生在说到“当一个人有了德·圣卢侯爵的称号”时，语气十分夸张。然而他清楚地知道，一个有了“德·盖尔芒特公爵”称号的人更了不起。但是，如果说他的自尊心使他想夸大德·盖尔芒特公爵高人一等地位的话，那么，他的想象力的规律也许比高雅情趣的规则更促使他贬低公爵称号。谁都这样，总是此山望着彼山高，家花不如野花香，想象力这种放之四海而皆准的规律，不但适用于其他人，也适用于公爵。不仅是想象力的规律，语言的规律也一样。不过语言的两条规律不管哪一条在这里都用得上。其中一条要求一个人的谈吐符合他思想所属的阶级，而不是他本人所属的阶层。因此，德·盖尔芒特先生哪怕在谈论贵族时，他的谈吐也很可能像平庸的资产者，会像他们那样说“当一个人有了德·盖尔芒特公爵的称号”之类的话，而一个文人，一个像斯万和勒格朗丹那样的人，是不会这样说的。一个公爵，哪怕以上流社会的习俗为题材，也会写出充斥小市民气味的小说，贵族爵号在这里毫无用武之地，而一个平民写的小说却可以冠以贵族的称号。至于德·盖尔芒特先生究竟是听哪个资产者说过“当一个人有了……称号”这句话的，恐怕连他自己也说不清楚了。但是，语言的另一条规律要求不时地有一些新表达方式问世，就像一些疾病，出现后不久就销声匿迹，以后再也听不见有人谈起；在同一个时期内，可以听到有人不约而同地使用这些表达方式，但谁也不知道它们的由来，可能是自然产生的，也可能是偶然，就像一种美洲野草，一次偶然的机会，野草种子粘在旅行毯的绒毛上，然后又落在法国一条铁路的斜坡上，就在法国发芽生长了。然而，正如有一年，布洛克对我谈起他自己时说过的一句话（“那些最可爱、最杰出、最有地位、最苛求的人发现，只有一个人他们认为绝顶聪明、讨人喜欢和不可缺少的，那就是我布洛克”），我从一些和他素不相识的人嘴里也听到过，只不过是把布洛克换成他们自己的名字罢了，同样，听到“当一个人有了……称号”这句话之后，又有什么可大惊小怪的呢？

“您要我说什么呢，”公爵继续说，“种族偏见在那里占优势，因此，这是不难理解的。”

“这尤其是可笑的，”公爵夫人回答说，“他母亲坚决反对重审，成天在我们耳边唠叨法兰西祖国联盟[1]，怎么就对他没有影响？”

“是这样。可不光有他的母亲呀，别给我们瞎吹了。不是还有一个不正经的女人吗？一个品行不端、最坏最坏的女人，她对他的影响更大，而她又恰好是德雷福斯先生的同胞。她把她的精神状态传给罗贝了。”

“公爵先生，您大概还不知道可以用一个新词来表达这种精神状态吧。”档案保管员说，他是反重审委员会的秘书，“用‘心态’，这个词和‘精神状态’表达的意思完全相同，但至少谁也听不懂。妙就妙在这里，正如有人说的，这是‘最时髦’的词。”

然而，档案保管员刚才听说了布洛克这个犹太名字，现在又看见他在向德·诺布瓦先生提问题，因而露出不安的神色，侯爵夫人见状也惴惴不安，如坐针毡，只是理由不同罢了。侯爵夫人在档案保管员面前战战兢兢地装出反对重审的样子，生怕他知道她接待了一个同“工会”[2]多少有点关系的犹太人会责备她。

“啊！心态，我得记在本子上，以后我要用的。”公爵说。（这不是故作姿态，公爵确实有一个小本本，记满了“引语”，每赴重大宴会之前总要温习一遍。）“我喜欢这个词。许多这样的新词出现后，不久就销声匿迹了。最近我读到一句话，说是一个作家很有

---

[1] 法兰西祖国联盟是反对重审德雷福斯案件的民族主义组织，成立于 1898 年，德雷福斯案件结束后即宣告解散。

[2] 在德雷福斯案期间，法国反犹主义者认为，有一个强大而秘密的“犹太人工会”，在策划反法国的阴谋。

‘才具’。随便你怎么理解都可以。后来我再也没有看见过这个词。”

“心态可比才具用得广，”投石党历史学家插了一句，“我是国民教育部下属一个委员会的成员，我在那里多次听到人用这个词。我在我那个圈子，也就是沃尔内俱乐部[1]里，甚至在埃米尔·奥利维埃先生家的晚宴上也听说过。”

“我没有这个荣幸，我不是国民教育部的人。”公爵装出谦卑的样子回答说，但又那样踌躇满志，他的嘴巴禁不住露出微笑，眼睛禁不住向听众投去得意目光，可怜的历史学家看见公爵嘲笑的目光，羞得面红耳赤，“我没有这个荣幸，我既不是国民教育部的成员，”他自鸣得意地慢悠悠地重复道，“也不是沃尔内俱乐部的人（我不过是联盟俱乐部[2]和赛马俱乐部的成员而已）……先生，您没参加赛马俱乐部吗？”他问历史学家，历史学家嗅出了他话中的傲慢，但感到茫然不解，不由得浑身颤抖，“我也不到埃米尔·奥利维埃先生家去吃晚饭，我承认我不知道心态。阿让古尔，我想您也和我一样……您知道为什么不能把德雷福斯背叛行为的证据公布于众吗？据说因为他是陆军部长妻子的情夫，私下里都这样说。”

“啊！我还以为是内阁总理妻子的呢。”德·阿让古尔先生说。

“我觉得你们这些人好无聊，成天谈这个案件。”德·盖尔芒特公爵夫人说，她从社交的观点出发，一心想显示自己不随波逐

[1] 沃尔内俱乐部为文艺俱乐部，位于巴黎第二区沃尔内街 7 号，成立于 1874 年。

[2] 联盟俱乐部位于巴黎玛德莱娜林荫大道 11 号，和赛马俱乐部一样，也是一个十分封闭的俱乐部。

流，人云亦云。“这个案件对我不会有任何影响，因为我的关系中没有一个犹太人，我打算永远像这样当一个幸运的局外人。但是，另一方面，我觉得玛丽-埃纳尔和维克迪尼埃娜的做法实在令人难以忍受，她们强迫我们与一大堆我们素不相识的，叫什么迪朗或迪布瓦的女人为伍，说她们很有头脑啦，她们不在犹太商人那里买东西啦，她们的小阳伞上写着‘处死犹太人’啦，等等。前天我到玛丽-埃纳尔家去了。从前她家的聚会是很吸引人的。可现在，那里尽是些我们一生都想避开的人，就因为她们仇恨德雷福斯就聚到她家来了。还有一些人更是不三不四。”

“不，是陆军部长的妻子。至少在贵妇的内室沙龙里是这样传的。”公爵又说，他在讲话中经常喜欢用一些他认为是旧制度的表达方式。“不过，众所周知，无论如何，我个人的看法是同我堂兄弟希尔贝的看法完全相反的。我不像他那样是领主，我可以同一个黑人在一起散步，如果这个黑人是我朋友的话；我对第三者和第四者的看法毫不在乎。不过，您总该承认，当一个人有德·圣卢侯爵称号的时候，他就不能开这个玩笑，就不能和大家的意见，和比伏尔泰，甚至比我外甥更有头脑的大家的意见背道而驰。尤其是再过一个星期他就要参加赛马俱乐部的选举了，在这节骨眼上，绝不能干出被我叫作走钢丝的傻事来！钢丝绳绷得有点太紧了！不，很可能是他的小娼妓让他忘乎所以的。她可能说服他站到了‘文人’[1]一边。文人是赛马俱乐部那些先生的‘奶油水果馅

[1] 这里的“文人”指主张重审德雷福斯案件的法国作家。

饼’[1]。此外，这个表达方式玩了一个相当漂亮，却又用心险恶的文字游戏。”

接着，公爵悄声地对公爵夫人和德·阿让古尔先生说，“马桑特是闪米特人的母亲”这个玩笑在赛马俱乐部已传开了，因为在所有能够旅行的种子中，玩笑这颗种子的翅膀最结实，能传播到离发源地很远很远的地方。

“我们可以让那位先生解释一下，他看上去很像一个女才子。”公爵指着历史学家说，“不过，最好还是不谈这件事，因为这完全是无中生有。我不像我的表姐妹米尔普瓦那样野心勃勃，她声称她家的世系可以追溯到耶稣基督诞生前的利末[2]部族，但我可以保证，在我们家族的血管里，从没有流过一滴犹太人的血。但是，毕竟谁也骗不了我们，我的外甥先生的高明见解肯定会在朗德尔诺引起相当大的反响[3]。更何况弗桑萨克病了，将由迪拉斯掌管一切。你们知道，他很喜欢制造麻烦。”公爵说道，对于有些词，他从来也没有弄清楚意思，以为“制造麻烦”不是虚张声势，而是制造纠纷。

“不管怎么说，即使那位德雷福斯是无辜的，”公爵夫人打断公爵说，“他也没有拿出像样的证据。他从魔鬼岛上写的信太没有

[1] “奶油水果馅饼”在这里的意思是“口头禅”。

[2] 利末是犹太人的祖先雅各的十二个儿子中的一个。雅各的十二个儿子后来成为以色列的十二个部族。

[3] 朗德尔诺为法国菲尼斯泰尔省城市。“会在朗德尔诺引起相当大的反响”出自法国剧作家亚历山大·杜瓦尔（1767—1842）的独幕喜剧《海滩，或遗产继承人》（1796），意为“雄心壮志可能会受到挫折”。

水平，太夸张！我不知道埃斯代阿西先生是不是比他有更高的价值，但他的文笔潇洒，别有一种色彩。这一点可能使德雷福斯先生的支持者们很恼火。他们总不能更换无辜者吧，这对他们说来实在太不幸了！”

众人哈哈大笑……“您听到奥丽阿娜用的词了吗？”德·盖尔芒特公爵贪得无厌地问德·维尔巴里西斯夫人。“是的，我觉得很滑稽。”公爵认为这样的回答不过瘾：“嗨，我可不感到滑稽。更确切地说，滑稽不滑稽对我都无所谓，我对笑话根本不感兴趣。”德·阿让古尔先生表示反对。“他说话总是口不择言。”公爵夫人低声咕哝说了一句。“可能因为我当过议员，我听到过许多出色的但又毫无意义的演说。我学会了欣赏演说的逻辑。可能就因为这个，我后来落选了。滑稽的东西对我无所谓。”“巴赞，您不要扮演约瑟夫·普吕多姆[1]了，我的孩子，您知道谁也没有您喜欢笑话。”“让我把话说完嘛。正因为我对某一类笑话麻木不仁，才更看重我妻子的幽默。因为她的幽默往往来自正确的观察。她说起理来像一个男人，用起词来又像一个作家。”

布洛克挖空心思，想让德·诺布瓦先生谈皮卡尔中校。

“只要政府认为这里面确有蹊跷，”德·诺布瓦先生回答说，“就必然要有中校的证词。我知道，就因为我支持这种看法，我的同仁中不止一人曾大发雷霆。但是，依我看，政府应该让中校说

[1] 约瑟夫·普吕多姆是法国作家莫尼埃（1799—1877）的小说中的人物，平庸自负，好用教训人的口吻说些蠢话。

话。一味回避，政府就无法摆脱困境，相反会陷入泥潭。在第一次庭审时，证词对中校非常有利。当他身穿戎装威武地走上法庭，用极其朴实、极其坦率的口吻讲述他的见闻和看法的时候，当他说‘我以军人的荣誉发誓（说到这里，德·诺布瓦先生的声音里微微颤动着爱国的热忱），我深信不疑’时，不可否认，他给人留下了极其深刻的印象。”

“行了，看来他是重审派，再没有什么可怀疑的了。”布洛克心想。

“可是，他同档案官格里布兰的对质，把他一上来赢得的同情全部化为乌有。当人们听到这个老仆人，这个言而有信的男子汉说话的时候（德·诺布瓦先生真诚而有力地加重了下面的话），当人们看见他敢于正视他的上司，不怕同上司对质，用一种不容抗辩的口吻说：‘您瞧，中校，您知道我一生中从没有撒过谎，您知道在这个时刻，我和往常一样讲的全是真话’，这时候，大家的看法就转变了，在以后几次庭审中，皮卡尔先生想尽一切办法，也没能挽回败局。”

“不，他肯定是反重审派，这也在意料之中。”布洛克暗自思忖，“可是，如果他相信皮卡尔是一个撒谎的叛徒，又怎能重视并引用他的揭发，似乎认为这些揭发很有魅力，真实可信的呢？如果相反，他把皮卡尔看作一个坦率而正直的人，又怎能推测他在同格里布兰对质时撒谎呢？”

德·诺布瓦先生像这样同布洛克谈话，仿佛两人的意见一致似的，这很可能就因为他是一个彻头彻尾的反重审派，他觉得政府反对重审的立场还不够坚决，于是和重审派一样成了政府的敌人。也许还因为他给自己规定的政治目标具有更深刻的内容，不在国内，而在国外，重审派不过是一种无足轻重的特殊形态，不值得一个胸怀外交大事的爱国者挂心。更确切地说，也许因为他的明哲的政治格言只适用于形式、程序和机会等问题，而对实质问题，就显得一筹莫展了，正如在哲学上，纯逻辑无法解决生存问题一样，或者因为他这种明哲的政治头脑使他感到讨论这些问题要担风险，为了谨慎起见，索性只谈一些鸡毛蒜皮的小事。但是，布洛克错就错在他认为，德·诺布瓦先生性格再谨慎，思想再绝对，只要他愿意，还是会把亨利、皮卡尔、迪巴蒂·德·克拉姆[1]的作用和这个案件的详情细节如实告诉他的。事实上，布洛克不可能怀疑德·诺布瓦先生了解事情真相。既然他同部长们有来往，怎么会不了解呢？当然，布洛克认为政治的真相可以被头脑最清醒的人大体分析出来，但他和大多数国民一样，想象这种真相永远无可置疑地、实实在在地存在于共和国总统和内阁总理的秘密档案里，而总统和总理肯定会把实情告诉各位部长的。然而，即使政治的真相与文件有一定的关系，但这些文件的价值无论如何也比不上一张X光片子的价值；人们一般认为，病人的疾病会清楚地显示在X光片子上，其实X光片仅仅提供一个新的判断数据，它和其他许多数据汇合，医生据此做出推论和诊断。所以，

[1] 迪巴蒂·德·克拉姆：法国陆军总参谋部成员，在德雷福斯案件中负责侦讯工作，篡改、编造罪证，加害德雷福斯。

当我们接近知情人，并以为就要了解实情时，政治的真相却会偷偷地溜走。甚至在后来——还是谈德雷福斯案件——当亨利供罪，继而又自杀时，对于这样一个显而易见的事实，那些主张重审的部长立即同经办此案的卡芬雅克[1]和居伊涅[2]做出截然相反的解释，而卡芬雅克和居伊涅本人也发现指控德雷福斯的证据是假的；即使是主张重审的部长，尽管他们有相同的感情色彩，不仅用作判断的证据相同，而且本着同一种精神，但他们对亨利扮演的角色，解释也是截然相反，一部分人认为亨利是埃斯代阿西的同谋，另一部分人却认为迪巴蒂·德·克拉姆是同谋，这样，他们也就转而支持他们的对手居伊涅的论点，却同他们的同党雷纳克[3]背道而驰。布洛克从德·诺布瓦身上可能得到的全部印象是，如果总参谋长德·布瓦德弗尔将军[4]果真派人给罗什福尔[5]秘密传递过消息，那么，这里面肯定有什么令人遗憾的事。

“请您相信，陆军部长至少在心里诅咒他的总参谋长该下地狱了。依我看，公开否认绝不是多此一举。但是陆军部长只是在茶

---

[1] 卡芬雅克（1853—1905）：曾担任过陆军部长，狂热鼓吹军国主义，顽固反对重审德雷福斯案，否认亨利做伪证。

[2] 居伊涅：法国陆军总参谋部上尉军官，亨利做伪证被揭露后，他负责核实工作，很快就发现亨利伪造证据的痕迹。

[3] 雷纳克（1856—1921）：法国政治人物和记者，当过众议员，支持重审德雷福斯案件。

[4] 德·布瓦德弗尔（1839—1919）：法国政治人物。德雷福斯案期间，曾任法国陆军总参谋长，他知道指控德雷福斯的罪证是假的，但他仍然主张维持对德雷福斯的判决。

[5] 罗什福尔（1830—1913）：法国作家和政治人物。1895 年，多次发起宣传运动，声讨德雷福斯，赞成极端民族主义。

余酒后明确地谈过自己的看法。再说，有些问题必须慎重，如果引起骚动，会导致无法控制的局面。”

“不过，这些证据显然是假的呀。”布洛克说。

德·诺布瓦先生不做回答。但他声称他不赞成亨利·德·奥尔良亲王[1]在法庭上大吵大闹：

“再说，他这样做只会扰乱法庭，引起骚动，而这种骚动不管从哪方面讲都是令人遗憾的。当然啦，我们必须制止反军国主义的阴谋，但是，我们也不需要由右派挑起的争斗。右派非但不鼓动人民爱国，反而利用人民的爱国热情。谢天谢地，法国不是南美模式的共和国，不需要一个搞军事政变的将军。”

布洛克试图让他谈谈德雷福斯的罪行，预测一下法庭对这场审理之中的民事诉讼会做出怎样的判决。但他枉费心机。不过，德·诺布瓦先生似乎很乐意对判决的后果谈一些细节问题。

“如果是判刑，”他说，“就很可能被撤销，因为这场诉讼案的证词很多，不会没有可供律师援引的不合法定手续的证词。关于亨利·德·奥尔良亲王大闹法庭一事，我还想再说一句，我很怀疑这符合他父亲的口味。”

“您是说德·夏尔特尔公爵[2]站到德雷福斯一边去了？”公爵夫人微笑地问道，但她的眼睛都瞪圆了，脸涨得通红，鼻子埋在她的点心盘中，露出愤慨的神色。

---

[1] 德·奥尔良亲王（1867—1901）：法国探险家。曾几次到中亚、东非探险，反对重审德雷福斯案件。

[2] 德·夏尔特尔公爵（1840—1910）：亨利·奥尔良亲王的父亲。

“丝毫也不。我只是想说，一个家庭中在这方面有一种政治意识。这种意识，我们在可敬可佩的克莱芒蒂纳公主[1]身上看到了它的登峰造极，而她的儿子德·费迪南亲王[2]犹如继承一份珍贵的遗产那样把它继承了下来。德·保加利亚亲王[3]可不会把埃斯代阿西少校搂在怀里。”

“他宁愿搂一个普通士兵。”德·盖尔芒特夫人咕哝道。她经常和这个保加利亚人在德·儒安维尔亲王府共进晚餐。有一次，他问她是不是爱嫉妒，她回答说：“是的，殿下，我连您的手链都嫉妒。”

“您今晚不去参加德·萨冈夫人的舞会吗？”德·诺布瓦先生为了结束同布洛克的谈话，对德·维尔巴里西斯夫人说。

大使不是不喜欢布洛克。他后来不无真诚地同我们谈起了他对他的印象，当然这是因为在布洛克的语言中保留着他已抛弃不用的新荷马风格的痕迹：“他相当有意思，说话文绉绉的，尽用些古词。他和拉马丁或让·巴蒂斯特·卢梭[4]一样，动不动就提‘九位文艺女神’。这在当代青年中寥寥无几，即使在上一辈青年中也

[1] 克莱芒蒂纳公主（1817—1907）：出身于波旁王朝一支奥尔良家族，法国国王路易－菲利浦的女儿。

[2] 德·费迪南亲王（1861—1948）：克莱芒蒂纳公主的儿子。1887 年至 1908 年为保加利亚亲王，1908 年至 1918 年为保加利亚国王。一生野心勃勃，统一保加利亚，促进国家进步。

[3] 德·保加利亚亲王即德·费迪南亲王。

[4] 让·巴蒂斯特·卢梭（1671—1741）：法国诗人，著有《大合唱》《赞美诗》《颂歌》等诗集，大多以神话为题材。

是屈指可数。我们这些人过去都有些浪漫。”但是，即使他觉得谈话人有一种新奇感，他也认为谈话的时间太长了。

“不去，先生，我不再参加舞会了。”德·维尔巴里西斯夫人露出老年妇女迷人的微笑回答道。“你们呢，都去吗？这是你们这个年龄做的事。”她继而又说，眼睛望着她的朋友德·夏特勒罗公爵和布洛克。“我也受到邀请啦，”她开玩笑地装出引以为荣的样子说，“人家甚至上门来请我呢。”（“人家”是指德·萨冈亲王夫人。）

“我没有请柬。”布洛克说，心想德·维尔巴里西斯夫人可能会送他一张，既然德·萨冈夫人亲自登门邀请她，就不会把她的一个朋友拒之门外的。

侯爵夫人毫无反应，布洛克也就不再多说。他还有一件更严肃的事要同她商量，他刚才已向她提出要她两天后再接见他一次。他听那两个年轻人说，他们已退出王家街的俱乐部了，他们觉得加入这家俱乐部太过自由，布洛克想请德·维尔巴里西斯夫人把他引进这家俱乐部。

“萨冈家的人不会是冒充高雅、冒充时髦吧。”他冷嘲热讽地说。

“才不呢，他们是最高雅、最时髦的了。”德·阿让古尔回答说，巴黎的玩笑他全都学会了。

“那么，”布洛克半讥笑半正经地说，“这是所谓的一次盛会，一次符合潮流的社交活动的盛会啰！”

德·维尔巴里西斯夫人兴致勃勃地对德·盖尔芒特夫人说：

“真的吗？德·萨冈夫人的舞会是社交活动的盛会吗？”

“您怎么来问我呢？”公爵夫人揶揄地回答道，“我还没有搞清楚社交活动的盛会是怎么回事呢。况且，我对社交活动的事知道得不多。”

“啊！我还以为您知道呢。”布洛克说，以为德·盖尔芒特夫人讲的是真心话。

布洛克还是放不下德雷福斯，又向德·诺布瓦先生提出了一大堆问题，德·诺布瓦先生无可奈何，只好回答他说，他的“初步”印象是，迪巴蒂·德·克拉姆上校有点稀里糊涂，被选来经办这个案子不很合适，像这样一件棘手事，没有极其冷静的头脑、高度的判断力和专门的知识是难以胜任的。

“我知道社会党强烈要求判处迪巴蒂上校死刑，立即释放魔鬼岛上的囚徒。但我想，我们还不至于落到让谢罗代尔－里夏[1]之流任意凌辱的地步。这个案子至今还没有理出头绪。我不说双方没有什么相当卑劣的行径要掩盖。我也不想否认，在您那一派中，有些支持德雷福斯的人可能多少有点公心，甚至是一片好心。但是，要知道，好心也会办坏事！”他目光狡黠地补充了一句。“关键在于，政府要让人觉得，它既不受左派集团的控制，也不俯首听命于某个御用军队，请相信我，那不是军队。不言而喻，如果再发生意外，重审程序就会开始。后果是明摆着的。要求重审不过是闯进敞开的大门，轻而易举。到那时，政府就该知道要理直

---

[1] 谢罗代尔－里夏（1860—1911）：法国记者和政治家，社会党人。

气壮地表明态度了，否则就得放弃它的主要权力。光东拉西扯、不痛不痒地说几句是不够的。应该把德雷福斯提交法官审理。这事不费吹灰之力嘛，因为尽管在我们温和的、喜欢自我诽谤的法国，人人养成了习惯，相信或让人相信要听到真实的公正的声音，必须穿过英吉利海峡，这往往是到达施普雷河[1]的间接途径，尽管如此，并不是只有柏林才有法官[2]。不过，一旦政府开始行动，您会听它的话吗？当它敦促您履行您的公民义务，您会站到它一边吗？如果它发出爱国号召，您会装聋作哑，不回答‘到’吗？”

德·诺布瓦先生向布洛克提这些问题时，语气很激烈，这使我的同学既惶惑不安，又喜出望外。因为大使对他讲话，就像在同一个党的全体成员讲话，他向布洛克提问的神气，很像是得到了这个党的信任，并且对做出的决定能承担责任似的。“如果您不缴械投降，”德·诺布瓦先生不等布洛克回答，就又继续下去了，“如果您相信某个蛊惑人心的口号，在确立重审程序的法令颁布后，您不立即缴械投降，相反仍坚持某些人所谓的 l'ultima ratio[3] 的无益的敌对立场，如果您愤而引退，破釜沉舟，决不回头，您就可能要吃大亏。您难道被那些制造混乱的人俘虏了？您对他们发过誓？”布洛克不知如何回答。德·诺布瓦先生也不给他时间回

---

[1] 施普雷河为德国河流，穿越柏林。

[2] 这里暗指一首诗体童话《无忧磨坊主》，作者是弗朗索瓦·安德里厄（1759—1833）。该童话取材于普鲁士十分流行的传说：国王想把一座磨坊占为己有，因为磨坊破坏了王宫的景致。磨坊主把国王告上法庭，法官判磨坊主胜诉，以证明司法独立。磨坊主得出结论：“幸好我们有柏林的法官。”

[3] 拉丁语，意为最后一张王牌。

答。“如果像我认为的那样，您的回答是否定的，如果在您身上有一点我认为在您的上司和朋友们身上恰恰缺少的东西，也就是有那么一点政治意识，如果在刑事法庭开庭的那天，您不会被那些浑水摸鱼的人拉入伙，那么您就会受到全巴黎的赞誉。我不能保证整个陆军总参谋部都能摆脱干净，但是如果有一部分人能不激起公愤而挽回面子，我看这就不错了。此外，显然应该由政府颁布法令，减少逍遥法外的罪犯（这样的人太多了），而不是听信社会党人或某一个丘八的挑唆。”他接着又说，边说边看着布洛克的眼睛，他也许和所有保守派一样，说话时，本能地想在敌对阵营寻求支持。“政府的行动应该不受有些人竞相许诺的影响，不管是谁的许诺。谢天谢地，现在的政府既不在右派德里安上校[1]，也不在左派克雷孟梭[2]先生的控制下。对于那些职业闹事者，应该采取强硬态度，不让他们抬头。绝大多数法国人都渴望安居乐业！这也是我追求的目标。但是不要怕引导舆论。如果有几只绵羊——是我们的拉伯雷非常熟悉的绵羊[3]——低着头硬往水中跳，就应该向他们指出水是浑的，是被一些外来的败类为掩盖险象丛生的海底而故意搅浑的。政府在行使基本上属于它的职责，也就是发挥

---

[1] 德里安（1855—1916）：法国军官和作家，曾当过法国政治冒险家布朗热将军的副官，并随其到了陆军部，布朗热政变阴谋败露后，他也跟着倒霉，1905 年离开军队。

[2] 克雷孟梭（1841—1929）：法国政治家。第二帝国时属左翼共和派，后为激进派领袖。1906 年至 1920 年曾任两届总理，外号“老虎”。

[3] 这里影射拉伯雷《巨人传》中的俗语“巴汝奇的绵羊”。这个俗语的意思是，一只绵羊投入水中，其他绵羊也跟着投水，引申为“互相模仿的蠢人”。

司法女神作用的时候，千万不要让人感到它摆脱被动是出于无奈。政府会接受您的全部建议的。如果政府能证明法院确实有错误，它就能得到绝大多数国民的支持，也就有了活动余地。”

“您，先生，”布洛克转身对德·阿让古尔先生说，刚才他和其他人一起被介绍给德·阿让古尔先生了，“毫无疑问您是重审派吧，因为外国人都是重审派。”

“这个案子不就是法国人之间的事吗？”德·阿让古尔先生傲慢地回答说。他用这种口气说话，是要把对方显然——因为他刚说过相反的看法——不同意的一种看法归于对方。

布洛克脸红了；德·阿让古尔先生环视周围，得意地微笑着。当他向其他人投去微笑时，笑中含有对布洛克的讥讽，但当他最后把微笑停留在我朋友身上时，目光就变得真诚了，因为他不想让布洛克为他刚才那句话生气，但是，尽管如此，这丝毫也不能减轻那句话的残酷性。德·盖尔芒特夫人在德·阿让古尔先生耳边悄悄说了句话，我没有听见，想必与布洛克的宗教信仰有关，因为此刻公爵夫人的脸上闪过一种迟疑而做作的表情，一个说长道短的人害怕被议论的人听见时，脸上会出现的这种吞吞吐吐、装模作样的表情，同时还夹杂着一种面对一群陌生人时可能产生的好奇而存心不良的快感。为了挽回面子，布洛克转身对德·夏特勒罗公爵说：“先生，您是法国人，您肯定知道外国人都是重审派吧，尽管大家都说法国人从来不知道法国以外发生的事。此外，我知道跟您还是可以谈谈的，圣卢对我说过。”但是年轻的公爵感到大家都在和布洛克作对，便就像社交界司空见惯的那样，采取卑怯的做法，施展他也许从德·夏吕斯先生那里隔代继承下来的冒充风雅和刻薄的才智，对布洛克说："先生，请您原谅，我不能和您讨论德雷福斯，不过，我的原则是，这个案件只能在雅弗[1]的后代中间谈论。"大家都乐了，只有布洛克不笑，并不是他不习惯对他的犹太血统，对他同西奈半岛多少有点联系的祖籍说几句嘲笑话，可是，他一扣动体内的语言扳机，送到他嘴边的却不是嘲笑（可能还没有准备好），而是另外一句话。只听见他说："您怎么知道的？谁对您说的？"这倒像是一个凶犯儿子说的话。此外，由于他有一个让人一听就知道不是基督徒的名字，一看就有一张与众不同的面孔，因此，他这种惊讶也就显出了几分天真。

布洛克对德·诺布瓦先生所说的还不满足，他走到档案保管员身边，问他迪巴蒂·德·克拉姆先生或约瑟夫·雷纳克先生是不是偶尔也来拜访德·维尔巴里西斯夫人。档案保管员不做回答。他是民族主义者，他不停地向侯爵夫人宣传，不久就要爆发一场社会战争，要她择友格外小心。他心里暗想，布洛克可能是工会派来打听情况的密使，便立即把布洛克刚才的问题对德·维尔巴里西斯夫人重复了一遍。德·维尔巴里西斯夫人认为，布洛克至少可以说缺乏教养，也可能会危及德·诺布瓦先生的地位。最后，她决定满足档案保管员的愿望，他是唯一使她害怕的人，也是唯一向她灌输某种思想的人，尽管谈不上成功（每天早晨，他给她

[1] 雅弗是挪亚第三个儿子。据《圣经》记载，他是印欧人的祖先。

念絮代[1]先生在《小日报》上发表的文章)。因此，她想暗示布洛克以后不要再来了。她在她的社交保留节目中，很自然地找到了一个贵妇把一位客人撵走的办法，演这出戏绝对不会有我们想象的攘臂瞋目的场面。当布洛克过去向她告辞时，她深深地埋在那把大安乐椅中，看上去睡眼蒙眬，似醒非醒。她那茫然的目光像一颗珍珠的闪光，微弱而迷人。布洛克告辞时，侯爵夫人勉强在脸上挤出一抹无精打采的笑容，但没有说一句话，也没有伸出手。这场戏使布洛克大为吃惊，但因为周围的人都在看着，他认为继续下去对他一无好处，既然侯爵夫人不伸出手来，他就主动把手伸了过去。这下可冒犯了德·维尔巴里西斯夫人。然而，尽管她很想满足档案保管员和反重审派小圈子的欲望，但她也得为将来着想，便装着没有看见，只是垂下眼睑，半睁半闭着眼睛。

“我想她睡着了。”布洛克对档案保管员说。档案保管员觉得侯爵夫人在为自己撑腰，有恃无恐，便装出气愤的样子。“再见，夫人。”布洛克大声说。

侯爵夫人微微翕动嘴唇，就像一个临终的人，想张嘴说话，但目光已认不出人。而当布洛克带着她得了“智力衰退症”的想法离开时，她立即以一种恢复生命的勃勃生气朝德·阿让古尔侯爵转过脸去。几天后，布洛克受好奇心和想弄明白一件奇事的愿望所驱使，又来看望

---

[1] 絮代（1851—1943）：法国记者，《小日报》的编辑，狂热反对重审德雷福斯案件。因鼓动德法亲善，后逃往瑞士，1923 年被缺席审判。《小日报》创办于 1863 年，每份一个苏，这标志着大量发行报刊的开始，1890 年发行量达一百万份。絮代的民族主义思想对《小日报》的影响很大。

德 · 维尔巴里西斯夫人。侯爵夫人给予他亲切的接待，因为她是一个善良的女人，再说档案保管员不在场，另外她也舍不得放弃布洛克答应在她府上组织演出的那场独幕剧，况且，上次布洛克告别时，她不过是演了一出戏，扮演了她渴望扮演的贵妇而已。她那场戏当晚轰动了许多沙龙，受到普遍的称赞和评论，只不过已传得面目全非了。

“公爵夫人，您刚才谈到《七位公主》，您知道（我并不因此而更感到自豪），这个……怎么说呢，这部有争议作品的作者还是我的一个同胞呢。”德 · 阿让古尔先生揶揄地说，外加几分得意，因为他比别人更了解刚才谈到的那部戏的作者。“是的，他是比利时人，从他的身份证来说。”他又补充一句。

“真的吗？不过，我们并没有指责您在《七位公主》中负有什么责任呀。值得庆幸的是，您和您的同胞同这部荒谬作品的作者完全不一样。我认识一些可爱的比利时人，您算一个，还有你们的国王，虽然胆小怕事，却很风趣，还有我的利涅表兄弟们，还有其他许多人。但是，幸亏你们不和《七位公主》的作者讲同一种语言。况且，我直言不讳地对您说，这种人连提都不要提，因为他们半文不值。他们竭力说一些晦涩难懂的话，必要时故意装出滑稽可笑的样子，以掩盖他们贫乏的思想。如果说这里面隐藏着什么的话，那我可以告诉您，就是胆大妄为。”她郑重其事地说道，“既然有思想，就会有胆大妄为。我不知道您看过博雷利[1]的

[1] 博雷利（1837—1906）：法国诗人、剧作家，他的诗歌曾三次荣获法兰西学士院奖。下文提到的戏剧是博雷利的独幕剧《阿兰 · 夏蒂埃》，1889 年 5 月 20 日在法兰西剧院首演，但并不很成功。

戏没有。许多人看了都皱眉头。我嘛，哪怕会招来攻击，”她继而又说，岂知她不会担任何大风险，“我也敢承认，我觉得那出戏很有意思。可是《七位公主》！尽管她们中有一位对我的外甥很好，我也不能使家族的感情……”

公爵夫人猛然收住话头，因为一位女士进来了，她是罗贝的母亲德·马桑特子爵夫人。德·马桑特夫人在圣日耳曼区是数一数二的好人，天使般善良、温顺。我早就听人说过，但我没有特别的理由对这种说法感到惊讶，因为那时候我还不知道她是德·盖尔芒特公爵的胞妹。后来，在圣日耳曼区小圈子里，每当我听到有些像彩绘玻璃窗上完美无缺的女圣徒那样忧郁、纯洁、富于牺牲精神和受人尊敬的女人，却和粗鲁、放荡而卑鄙的兄弟是同一棵系谱树上的两个果子的时候，我就会感到说不出的惊讶。我认为，既然兄弟姐妹脸长得一样，例如，德·马桑特夫人就很像德·盖尔芒特公爵，那么他们的智力和心肠也应该一样，正如一个人可以有好运气，也可以有坏运气，但思想狭隘的人就不可能有宽广的胸怀，冷酷的人就不可能有崇高的忘我精神。

德·马桑特夫人拜师于布吕纳蒂埃[1]门下。她使圣日耳曼区的人为之倾倒，同时她还春风化雨，用她圣人的生活感化圣日耳曼区的人。然而，她的长相和她的公爵兄弟一模一样，都有漂亮的鼻子和敏锐的目光。这种外貌的相像，使我认为她和德·盖尔芒特先生的智力和道德观也应该一样。我怎么也不能相信，就因

[1] 布吕纳蒂埃（1849—1906）：法国文学评论家、文学史家。

为她是一个女人，或许遭到过不幸，外加得到大家好评，就可以和她的家里人有天壤之别，就像中世纪武功诗中所描述的，所有的美德和魅力都集中在妹妹身上，可他们的兄长却总是一个凶狠毒辣的恶神。在我看来，大自然不会有古代诗人那样的自由，而是应该使一个家庭具有专门的共同特征，我不相信它会有如此的创新精神，能用制造傻瓜或粗汉的原料，塑造出一个不做傻事的聪明人，或一尘不染的女圣人。德·马桑特夫人身穿一件印有大棕榈叶图案的白绸裙，衣服上别着黑布花，与棕榈叶相映成趣。因为三个星期前，她的表兄德·蒙莫朗西先生病故了，但这并不妨碍她出入社交界，参加小型晚宴，她只是戴上孝罢了。这是一个高贵的妇人。隔代相传在她的心灵上深深打上了轻浮的宫廷生活——不管它多么肤浅，多么严格——的烙印。德·马桑特夫人在双亲死后，没有力量长期沉浸于悲痛中，但她为了一个表兄病故，一个月中绝对不穿色彩鲜艳的衣服。她对我非常客气，因为一来我是罗贝的朋友，二来我和罗贝不属于同一个世界。她客气中还夹着几分装出来的羞怯，声音、眼神和思想不时地显出退缩的样子，仿佛在把一条绷得太开的裙子拉回到身边，不让裙子占据过多的空间，使它既显得柔软，又保持平整，正如良好的教育所要求的那样。不过，对于良好的教育，请不要过于从字面上理解，因为在这些贵妇中间，有不少人很快就堕落了，但却近乎幼稚地使她们的言行举止保持高雅的风度。德·马桑特夫人说话时会使人感到不舒服，因为每当她和一个平民，例如和贝戈特或埃尔斯蒂尔说话时，为了强调一个字，总把字咬得很清楚，她用盖尔芒特家族特有的吟诵般的两种不同声调说“能遇见贝戈特先生，能认识埃尔斯蒂尔先生，我感到很荣幸，非常荣幸”等等，可能是为了让人赞赏她的谦虚，也可能因为她有和德·盖尔芒特先生同样的嗜好，喜欢使用过时的语言形式，以示对不大使用“荣幸”之类语言形式的坏教育的抗议。不管是哪一条理由，都使人感到，当德·马桑特夫人说“我很荣幸，非常荣幸”之类话时，以为自己在扮演一个重要角色，在证明自己很懂得尊重社会名流，即使是在她的城堡外遇见这些名流，她也会像在城堡内一样热情欢迎他们。再者，她家是名门望族，她很热爱这个家族，同时她想通过慢条斯理的叙述和详细周到的解释，使人了解她家的亲戚关系，她随时随地都会把那些在神圣罗马帝国时候降格的欧洲各大家族一一讲给人听（并不是要使人感到惊讶，只不过是爱讲一些可怜的农民和高尚的猎人而已），但那些不很出色的人就不原谅她了，如果他们还有点知识的话，就会笑她像个傻瓜。

在乡下，德·马桑特夫人因乐善好施而受人崇敬，但尤其是因为她那纯而又纯的贵族血统（好几代人都是法国历史上最高贵的血统）使她的举止摆脱了平民所说的“装腔作势”，显得朴实无华，落落大方。她不怕拥抱一个不幸的贫苦妇女，叫她到城堡里去拉一车木柴。据说她是一个尽善尽美的基督徒。她一心想让罗贝和一个富豪家的小姐成婚。既然是贵妇，就要像个贵妇样，从某个方面讲，就要装出朴实无华的样子。这是一场代价昂贵的赌注，因为只有在别人知道你可以不朴实无华，也就是知道你非常有钱的情况下，你假装的朴实无华才能使人心醉神迷。后来，当我同一个人讲起我见过她时，那人问我：“您一定觉得她很迷人吧。”但是真正的美是那么特别，那么新奇，以至我们看不出那是一种美。那天，我只在心里说，她有小小的鼻子，碧蓝的眼睛，细长的脖子和忧郁的神情。

“听着，”德·维尔巴里西斯夫人对德·盖尔芒特公爵夫人说，“我想，过一会儿，有一个你不愿意交往的女人要来看我，我还是先跟你打个招呼好，免得你到时措手不及。不过，你尽管放心，以后她再也不会来了，但今天得破例让她来一次。是斯万的妻子。”

斯万夫人看到德雷福斯案子越闹越凶，担心她丈夫的犹太血统会给她带来麻烦，早就恳求斯万无论如何不要讲德雷福斯无罪。斯万不和她在一起时，她就更是变本加厉，公开鼓吹最狂热的民族主义。而且，她竭力仿效维尔迪兰夫人，亦步亦趋；在维尔迪兰夫人的沙龙里，一种潜在的资产阶级反犹意识正在觉醒，并且已达到了激烈的程度。斯万夫人的反犹态度使她终于加入了社交界的几个反犹妇女联盟。这一类组织纷纷成立，并和有些贵妇沙龙建立了联系。德·盖尔芒特公爵夫人是斯万的好友，但她非但不模仿那些贵妇，就连斯万毫不掩饰地想把妻子介绍给她的愿望，她也一直不予以满足。德·盖尔芒特夫人的这种做法似乎令人觉得奇怪。但我们以后会看到，这是公爵夫人与众不同性格的一种表现形式，她认为“不必”做这做那，却武断地，非常武断地把她“自由意志”所做的决定强加于人。

“谢谢您给我打招呼。”公爵夫人说，“的确，这对我是很扫兴的。不过，我看见她能认出来，我会及时离开的。”

“我向您保证，奥丽阿娜，她很讨人喜欢，是一个很出众的女人。”德·马桑特夫人说。

“我不怀疑，但感到不需要我亲自去证实。”

“你接到伊斯拉埃尔夫人的邀请了吗？”德·维尔巴里西斯夫人为了改变话题，问公爵夫人。

“啊！感谢上帝，我不认识她。”德·盖尔芒特夫人回答说，“你应该去问玛丽-埃纳尔，她认识，我一直弄不清楚是怎么回事儿。”

“不错，我认识她，”德·马桑特夫人回答说，“我承认我错了。但我已决定不再和她来往了。看来她是一个坏女人，而且毫不掩饰。况且，我们过去太轻信人，太好客。以后我再也不和这个民族的人打交道了。我们放着外省同一血缘的远房亲戚不来往，却向犹太人敞开大门。现在该看到他们是怎样感谢我们的了。唉！我有什么好说的，我有一个很可爱的儿子，可他竟像个疯子，什么样的蠢话都说得出来。”她听见德·阿让古尔先生影射罗贝，便又说了一句。“真的，说到罗贝，您没有看见他吗？”她问德·维尔巴里西斯夫人。“今天是礼拜六，我想他会到巴黎来待二十四小时的，他肯定来看过您了。”

其实，德·马桑特夫人认为她儿子不会有假。她知道罗贝即使有假，也不会来看望德·维尔巴里西斯夫人，因此，她希望通过假装相信能在这里看见罗贝，使她疑神疑鬼的婶母原谅她的儿子。

“罗贝在这里！他甚至连一个字都没给我写过。我想，从巴尔贝克海滩回来后，我就一直没见过他。”

“他太忙，有那么多事要做。”德·马桑特夫人说。

一丝不易觉察的笑容使德·盖尔芒特夫人的眼睫毛微微颤动，眼睛看着小阳伞的尖头在地毯上画出的圆圈。每当公爵过于明显地冷落他的妻子时，德·马桑特夫人总站在嫂子一边，狠狠地指责她的同胞兄弟。德·盖尔芒特夫人每每想起她的保护，心里总不免充满感激和怨恨。她对罗贝的放荡其实是半恼半喜。就在这时，门又一次打开，罗贝走了进来。

“瞧，说到圣卢，圣卢就到。”德·盖尔芒特夫人说。

德·马桑特夫人背朝门，没看见儿子进来。当她看见时，她那颗慈母的心高兴得都要跳出来了。她的身子微微向前挺起，脸颤动着，又惊又喜地凝视罗贝：

“怎么，你来了！真叫人高兴！太意想不到了！”

“啊！说到圣卢，我懂了[1]。”比利时外交官说完哈哈大笑。

“是很有趣。”德·盖尔芒特夫人冷冷地回了一句。她不喜欢用同音异义的谐语，刚才她像是为了自嘲才这样说的。“你好，罗贝，”她说，“嘿！你把你的舅妈都忘啦！”

他们在一起交谈了几句，肯定是在谈我，因为当圣卢要去向他母亲问好时，德·盖尔芒特夫人朝我转过脸来了。

---

[1] 法语中有一条谚语：“说到狼，就看到狼的尾巴。”圣卢的“卢”和法语中的“狼”同音。这里德·盖尔芒特夫人用了一个同音异义的谐语，引起了比利时外交官的兴趣。

“您好，身体好吗？”她对我说。

她把蓝色的目光倾泻到我身上，犹豫了一下，把弯着的胳膊伸出来，让身子向前倾，身子刚有点弯下，就立即收了回去，好像是一棵被人按倒的灌木，一朝恢复自由，便立即回到自然的姿势。就这样，她在圣卢火一般的目光逼视下完成了这些动作；圣卢在一旁看着他的舅妈，竭力想让她更热情一些。他怕谈话热不起来，就又加了把火，代我回答说：

“他身体不大好，常感到疲劳。不过，他要是能经常见到你，可能会好一些。因为，我不想瞒你，他非常想见你。”

“啊！不过，这很好嘛，”德·盖尔芒特夫人故意用一种平淡的语气说，就好像我给她拿来了她的大衣似的，“我很高兴。”

“好了，我要到我母亲那里去了，你坐到我的椅子上来。”圣卢对我说，一面把我拽到他舅妈身边。

我们俩谁也不说话。

“有时候我上午能看见您。”她对我说，好像我没有看见她似的，她在向我报告一条新闻，“这对身体很有好处。”

“奥丽阿娜，”德·马桑特夫人小声地说，“您说您要去看德·圣弗雷奥夫人，您能不能同她说一声，叫她不要等我吃晚饭了？既然罗贝回来了，我就得待在家里。如果可以的话，您顺便叫个人马上去买几盒罗贝爱抽的雪茄，‘柯罗纳’牌的，家里没有了。”

罗贝走过来。他只听到德·圣弗雷奥夫人的名字。

“德·圣弗雷奥夫人？她又是谁？”他用一种惊讶而一定要得

到回答的语气问道，因为他假装对社交界的事一无所知。

“怎么啦，亲爱的，你怎么会不知道？”他母亲说，“她就是德·韦芒杜瓦伯爵的姐妹呀，你心爱的台球不就是她送的吗？”

“怎么，是德·韦芒杜瓦伯爵的姐妹！我压根儿没往这上面想。啊！我们家的人真了不起，”他把脸转过一半对着我说，无意中用了布洛克说话的腔调，好像这想法是从布洛克那里借来的，“尽认识一些稀奇古怪的人，一些名字好赖叫圣弗雷奥的人（他把每一个字的最后一个辅音说得很重），他们参加舞会，坐四轮敞篷马车四处游逛，过着神仙般的生活。真是妙哉！”

德·盖尔芒特夫人的喉咙里又发出了那种轻微、短促而有力的声音，犹如强压下去的笑声，表示她迫于亲戚关系，不得不对她外甥的幽默有所反应。仆人进来通报说，法芬海姆-蒙斯特堡-魏尼根亲王让人转告德·诺布瓦先生，他来了。

“去请他进来吧，先生。”德·维尔巴里西斯夫人对前大使说。前大使出去迎接德国总理。

但侯爵夫人又喊他回来：

“请等一等，先生，您说我要不要把夏洛特皇后[1]的肖像细密画拿给他看？”

“啊！我相信他会不胜高兴。”大使用一种深信无疑的口吻说，仿佛他对这个走运的总理将受到的优待很羡慕。

---

[1] 夏洛特（1840—1927）：又称比利时的夏洛特，墨西哥皇后，后随丈夫从墨西哥回到欧洲，因丈夫被杀受刺激而发疯。

老勃鲁盖尔

《伯利恒的人口调查》

“啊！我知道他的思想很正统，”德·马桑特夫人说，“这在外国人中是少有的。但我听说他是反犹主义的化身。”

德国亲王名字的头几个音节，如果用音乐语言来描绘，送出的音明快有力，按音节读起来给人以一种结结巴巴、翻来覆去的感觉。就在这明快和重复中，亲王的名字保留着一种冲劲，一种做作的纯朴，保留着日耳曼民族的重中有“轻”，刚中有“柔”的特色，犹如投影在涂有深蓝色珐琅的“房屋”[1]上的浅绿色树枝，在具有德国十八世纪风格的精雕细刻、平淡无奇的镀金饰物后面，展现出一块彩绘大玻璃窗的神秘感。这个名字由好几个成分组成，其中一个是德国一座小温泉城镇名，小时候我和外祖母去过那里，在一座山脚下，歌德常去山上散步，我和外祖母在疗养院喝用山上的葡萄酿制的美酒。酒名由一串地名组成，听上去像荷马给予他的英雄们的称号那样响亮悦耳。所以，当我听到有人通报亲王的名字时，我还没有来得及联想到那个温泉疗养院，就立即觉得这个名字变小了，充满了人情味，就像得到了批准和指定似的加入我的记忆中，无拘无束，平平凡凡，形象生动，轻盈活泼，饶有趣味，它在我的记忆中占有一席之地，我感到心满意足。还不止这些。当德·盖尔芒特先生介绍亲王的情况时，一口气列举了他的好几个封号。我听出了一个村庄的名字，一条小河流过的村庄，每天晚上，治疗结束后，我坐着小船，穿过成群结队的蚊子，

[1] 德国亲王名叫法芬海姆-蒙斯特堡-魏尼根，法芬海姆中的“海姆”与德语中的“房屋”同音。

到村子里去玩耍；我还听出了一个森林的名字，森林很远，医生不准我到那里去散步。事实上，领主权可以向四周的村庄延伸出去，当我们听到列举领主的封号时，自然而然地会把在一张地图上读到的紧挨着的许多村庄联系起来。因此，在神圣罗马帝国[1]亲王和法兰克尼亚王国[2]骑士头盔的脸甲下，露出的面孔是一片心爱的土地，我仿佛看见傍晚六点钟的阳光常常照在这片土地上，至少，在这位亲王，莱茵河地区的伯爵和选帝侯驾临之前，我看见的就是那落日的余晖。因为我很快就知道，亲王利用住着土地神的森林和住着水神的河流的收入，利用那座矗立着古老的小城寨，并记载着罗退耳[3]和日耳曼人路易[4]的历史的神奇大山的收入，购买了五辆夏龙牌小汽车，还在巴黎和伦敦各买了一幢房子，另外，每星期一在巴黎歌剧院里有包厢，每星期二在“法兰西剧院”也有他的包厢。我并不认为——他也一样——他同那些财富和他匹敌、年龄和他相仿、家世不如他富有诗意的人有什么两样。他和他们有一样的文化和理想，他为他的地位沾沾自喜，但仅仅因为

---

[1] 神圣罗马帝国是欧洲的封建帝国。公元 962 年德意志国王鄂图一世在罗马由教皇加冕称帝，创立神圣罗马帝国。极盛时疆域包括德意志、捷克、意大利北部和中部以及勃艮第、尼德兰等地。1806 年，被拿破仑一世推翻。

[2] 法兰克尼亚王国是日耳曼人法兰克族于公元 5 世纪建立的早期封建国家。公元 800 年，加洛林王朝查理加冕称帝，法兰克尼亚王国成为查理曼帝国。公元 843 年，查理大帝的三个孙子订立《凡尔登条约》，分全国为三部分。

[3] 罗退耳（795—855）：查理帝国的创始人查理大帝的长孙，他按照《凡尔登条约》承袭皇帝称号，并领有自莱茵河下游以南，经罗纳河流城，至意大利中部地区的疆域。

[4] 路易（804—876）：称作日耳曼人，罗退耳的弟弟，按照《凡尔登条约》，分得莱茵河以东地区，称东法兰克尼亚王国。

有利可图。他这辈子只有一个奢望，那就是成为法兰西伦理学和政治学院[1]的通讯院士。就因为这个缘故，他来拜访德·维尔巴里西斯夫人。

亲王的妻子领导着柏林最时髦的小圈子，他今天登门求见侯爵夫人，实在是迫不得已，刚开始他并没有这种愿望。多少年来，他为竞选法兰西研究院院士绞尽了脑汁，不幸的是，打算投他票的院士从没有超过五人。他知道，德·诺布瓦先生一人就至少控制十票左右，如果经过巧妙的交易，还可以再增加几票。为此，亲王去找过德·诺布瓦先生，他们在俄国当大使时就认识了。为了得到他的支持，他能做的都做了。但是，无论他多么恳切殷勤，提议授予德·诺布瓦侯爵俄国勋章也罢，在外交政策文章中提到他的名字也罢，一切都于事无补，他面前的人不为所动，所有这些殷勤在这个人看来似乎半文不值，他始终没有帮他的忙，甚至连他自己的一票都没有答应给他。亲王的竞选仍在原地踏步！当然，德·诺布瓦先生对他彬彬有礼，甚至不要“劳他大驾登门”，而是亲自去亲王府拜访。当日耳曼骑士提出“我很想成为您的同仁”时，德·诺布瓦先生用深信不疑的语气说：“啊！我将会感到很高兴！”若是像戈达尔大夫那样头脑简单的人，听了这话肯定会想：“瞧，他在我家里，是他自己坚持要来的，因为他觉得我比他重要。他对我说，我当通讯院士他会感到很高兴。话总有个意思

[1] 法兰西伦理学和政治学院是法兰西研究院下属的五个学院之一，1795 年建立，设六个学部：哲学、伦理学、法学、政治经济学、统计学和财政学、历史和地理学。

吧，见鬼！他不主动提出来要投我一票，那是因为他想不到。他一个劲儿地谈我的权力如何大，大概以为我稳操胜券，已经掌握需要的票数了，因此他就不提出要投我一票。我只要逼他表态，在我们两人之间达成协议，只要对他说：那么投我一票吧，他就不得不投。”然而，法芬海姆亲王可不是一个头脑简单的人，戈达尔大夫可能会把他叫作“精明的外交家”。德国亲王深知德·诺布瓦先生也是一个精明的外交家，不会不知道投候选人一票能讨候选人欢心。亲王在充任大使和外交部长的生涯中，为他的国家（不像现在为他自己）进行过多少次这样的会谈，事先就猜到对方的要求和对方不想让你说的话。他知道在外交语言中，会谈就是给予。因此，他设法让德·诺布瓦先生获得了圣安德烈绶带[1]。但是，如果他必须向他的政府汇报在这以后他同德·诺布瓦先生会谈的情况的话，他可能会在电文中写明：“我意识到我走错了路。”因为当他重提法兰西研究院时，德·诺布瓦先生又一次对他说：

“您这样做我很高兴，也为我的同僚感到高兴。我想，您能想着他们，他们一定会感到不胜荣幸。您参加竞选是引人注目的事，有点异乎寻常。您知道，法兰西学士院非常墨守成规，稍有新鲜事物出现，他们就如临大敌。我个人不赞成这样。我在同僚面前不知说过多少次了！有一次，不知道怎么的，我甚至连‘因循守旧’——求上帝饶恕我——这个词都用上了。”他进而又说，气愤地挤出一丝微笑，声音很低，就像戏剧中为达到某种效果而

[1] 指俄国骑士团颁发的天蓝色的绶带。该骑士团于1698年成立，1917年取消。

说的旁白一样，他用蓝眼睛迅速地瞟了亲王一眼，好似一个老演员在判断演出的效果，“您明白，亲王，我不愿意让您这样的杰出人物陷入一场注定要失败的赌博中。只要我的同僚们坚持陈旧的观念，我认为您就要慎重一点，不要参加竞选。此外，请您相信，如果有朝一日我在这个快要变成墓地的学院中发现有一种新一点、活跃一点的思想，如果我预计到您能成功，我会第一个跑来告诉您的。”

“我错了，不该授予他圣安德烈绶带，”亲王暗想，“谈判毫无进展，他要的不是这个。我没有掌握开锁的钥匙。”

像这样一种推理方式，德·诺布瓦先生同样也驾轻就熟，运用自如，因为他和亲王都在同一所学校里受过教育。我们可以嘲笑诺布瓦这样的外交官式的迂腐愚蠢，会对一句几乎毫无意义的官话心醉神迷。但是他们的幼稚是有补偿的：外交官们知道，在确保欧洲或其他地区平衡（有人把平衡叫作和平）的天平上，真挚的感情、娓娓动听的演说和苦苦的哀求都无足轻重：真正的、有分量的、起决定性作用的砝码不是这些，而是对方有没有可能（如果对方比较强大，就有可能）通过交换来满足我们的某个愿望。对于这一类事实，一个毫无私心的人，比如我的外祖母，是很难理解的，可是德·诺布瓦先生和冯·某某亲王却经常面临这个问题。德·诺布瓦先生曾在一些同我们处于战争边缘的国家当过代办，他对事态的发展忧心忡忡，但他心里很清楚，人家不会明确告诉他要“和平”还是要“战争”，而是另一个外表看来普普通通，其实是可怕或可喜的字眼，外交官根据密码，即刻就可以破译出来；为了维护法国的尊严，他会用另一个也是非常普通，但敌对国家的部长立即会理解成“战争”的字眼回答。甚至会出现这种情况，根据古老的习惯（就像两个已同意订婚的男女初次会面时，习惯到体育馆剧场观看演出，装出偶然邂逅的样子），双方由命运决定“战争”还是“和平”的会谈，通常不是在部长的办公室内进行，而是在某个疗养院的长椅上。部长和德·诺布瓦先生都到疗养院的温泉去，用小杯子喝有治疗作用的矿泉水。好像有一种默契似的，他们在治疗的时间相遇，先一起散一会儿步，但双方心里明白，这表面上风平浪静的散步，具有动员令一样的严重性。然而，在竞选法兰西研究院通讯院士这样的私事中，德国亲王也用上了他在外交生涯中用过的归纳法，即通过重叠符号的方法来解读。

当然，不能说不懂得这一类心计的人只有我的外祖母和少数几个和她相似的人。世界上有一半人从事前人规划好了的不必担风险的职业，他们部分由于缺乏直觉，也会像我的外祖母那样对这种心计一窍不通，不过，我外祖母不理解，是因为她为人正直，毫无私心。对于那些被供养的男人或女人，我们常常要钻到他们的心里，才能了解他们为了私利和生存而说的话和做的事到底出于什么动机，尽管表面上看来无可指责。男人谁不知道，如果一个要他供养的女人对他说“我们不要谈钱”，这句话如果拿音乐语言来说，应该被看作“无用的一拍”；如果她以后又说“我很伤心，因为你经常不同我讲真话，我已忍无可忍了”，他就应理解为：“是不是有另外一个男人在供给她更多的钱呢？”何况这还是一个和上流社会女人相近的荡妇使用的语言。流氓说的话就更令人瞠目结舌了。但是，德·诺布瓦先生和德国亲王尽管不熟悉流氓，却习惯和国家站在同一个立场上；国家虽然伟大，但也是一个自私和狡诈的东西，只能用武力和利益把它征服。为了私利，国家可以杀人。而杀人也常常是象征性的，因为对于一个国家，在打和不打之间稍有犹豫，就可能意味着“灭亡”。可是，因为这一切都没有写进那些黄皮书[1]或其他颜色的书中，人民通常是和平主义者；如果人民参战，也是出于本能，出于仇恨和怨愤，不像国家元首，他们做出战争的决定，是因为得到了诺布瓦们的警告。

第二年冬天，亲王生了一场重病，病治好了，但他的心脏却已无可救药。“真糟糕！”他暗自思量，“得抓紧时间，再像这样拖拖拉拉，恐怕等不到当上研究院的通讯院士我就呜呼哀哉了。要是那样，可就太惨了。”

他在《两个世界评论》上撰文，探讨近二十年来的政治，多次用最肉麻的语言吹捧德·诺布瓦先生。德·诺布瓦先生去看他，向他致谢，还对他说，他不知道怎样表达他的感激。亲王就像试用了另一把钥匙开过锁似的自言自语道：“还是没有找对。”他送德·诺布瓦先生出门时，觉得有点儿喘不过气来，心里思量：“他妈的，这些家伙不等我死了，是不会让我当院士的。得抓紧。”当晚，他在歌剧院邂逅德·诺布瓦先生：

---

[1] 法国政府为晓之于议会和人民而出版的有关政治、经济和外交问题的文件集，也有的国家用白皮书或蓝皮书。

“亲爱的大使，”他对德·诺布瓦先生说，“您上午对我说，您不知道怎样表示您对我的感谢，您言过其实了，因为您不用感谢我，不过，我可要不揣冒昧地要求您兑现啰。”

正如亲王对德·诺布瓦先生的机智有高度的评价一样，德·诺布瓦先生对亲王的敏锐也有足够的估计。他立即明白，法芬海姆亲王不是要向他提出一个请求，而是一个建议，于是他笑容满面，准备洗耳恭听。

“哦，您可能觉得我太冒失。有两个女人我一向非常爱羡，一个是我的妻子，另一个是约翰大公夫人，当然是以完全不同的方式，待会儿您就会明白的。她们不久前才来巴黎定居，打算永远住在这里。她们想举办几次晚宴，特别是为了款待英国国王和王后，她们看中了一个人，想叫她来陪伴贵宾。尽管她们和她素不相识，但对她敬佩万分。我承认，我不知道怎样满足她们这个愿望，我正在一筹莫展，恰好听说您认识这个人。我知道她深居简出，只愿意和少数人来往，啊！真是 happy few[1]！不过，如果您愿意帮忙，我相信，有您的关照，她会允许您把我介绍给她的，这样，我就可以向她转达大公夫人和亲王夫人的愿望了。说不定她会同意到我家里和英国女王共进晚餐。如果我们不使她感到太乏味的话，谁知道呢，说不定她会到博里厄[2]来，在约翰大公夫人府上和我们一起欢度复活节哩。这个人就是德·维尔巴里西斯

---

[1] 英语，意为有福气的少数。

[2] 博里厄位于法国滨海阿尔卑斯省，是温泉疗养地。

侯爵夫人。我承认，如果我有希望成为她的思想办公室里的常客，我将感到莫大的欣慰，即使放弃竞选法兰西研究院的院士，我也不会感到遗憾了。据说她家还经营智力的交流和睿智的闲谈呢。”

亲王觉得锁开动了，他终于找到了开锁的钥匙，不由得心花怒放。

“亲爱的亲王，用不着放弃竞选，”德·诺布瓦先生回答说，“若论同法兰西研究院的关系，谁也比不上您讲的那个沙龙，它是一个名副其实培养院士的摇篮。我将把您的要求转告德·维尔巴里西斯侯爵夫人，她一定会高兴的。至于到您府上做客，她几乎足不出户，这可能更难办一些。不过，我可以把您介绍给她，您亲自去讲清楚吧。您可不要放弃竞选啊。恰好过两个星期，我要到勒鲁瓦·博里厄府上吃午饭，吃完饭同他一起去参加一个重要会议。没有他的支持，竞选就别想获得成功。我在他面前已提到过您的名字，他当然是久闻大名的啰。他似乎有些异议。不过，下次选举他恰好需要我那伙人的支持，我打算再跟他说说。我要把我们之间的友谊明确告诉他，我会直截了当地对他说，如果您参加竞选，我将要求我的朋友们都投您的票（亲王如释重负地舒了口气）。他知道我有几个朋友。我估计，如果我能得到他的协助，您就十拿九稳了。到了那天，您晚上六点钟到德·维尔巴里西斯夫人家里来，我给您引见，我会把那天上午我和勒鲁瓦·博里厄先生谈话的情况向您汇报的。”

就这样，法芬海姆亲王终于拜访德·维尔巴里西斯夫人来了。当他开口说话时，我感到大失所望。即使一个时代比一个民族具有更明显的特征和共性，以至在一部甚至有智慧女神密涅瓦原画像的插图词典中，套着假发和戴着绉领的莱布尼茨[1]，和马里沃[2]、萨米埃尔·贝尔纳[3]没有多大差别，但我却没有想到，一个民族会比一个社会阶层具有更明显的特征。然而，德国民族的特性，不是以一个我原以为能听见爱尔菲[4]轻轻掠过、科保尔特[5]翩跹起舞的演说飘荡在我耳边，而是体现在带着德语腔的法语中，不过仍能感觉到那个富有诗情画意的民族的特点：莱茵河地区的亲王大腹便便，红光满面，朝德·维尔巴里西斯夫人深深鞠了一躬，用阿尔萨斯看门人的口音说："您好，侯爵夫人。"

"怎么样，要不要给您倒杯茶，或者来点儿水果馅饼，味道不错。"德·盖尔芒特夫人对我说，竭力想装出和蔼可亲的样子，要弥补刚才对我的冷淡。"我这是借花献神。"她又用揶揄的口吻说，这使她的声音带了点喉音，好像把一个嘶哑的笑憋了回去似的。

"先生，"德·维尔巴里西斯夫人对德·诺布瓦先生说，"您待会儿要和亲王谈法兰西学士院的问题吗？"

德·盖尔芒特夫人低下头，把手腕转过来看看几点了。

"啊！我的上帝，要是我还想到德·圣弗雷奥夫人家去转一圈的话，就该向我婶婶告辞了。我要在勒鲁瓦夫人家吃晚饭。"

---

[1] 莱布尼茨（1646—1716）：德国哲学家和科学家。同牛顿并称为微积分的创始人。在认识论方面，是唯心主义唯理论的主要代表人物之一。

[2] 马里沃（1688—1763）：法国戏剧家和作家。

[3] 贝尔纳（1651—1739）：法国金融家。

[4] 爱尔菲是北欧民间传说中象征空气、火、土等的精灵。

[5] 科保尔特是德国民间传说中的山怪和土地神。

她没有向我告别，立起身就走，因为她看见斯万夫人进来了。斯万夫人没想到会在这里遇见我，非常尴尬。她可能想起，是她最早告诉我她确信德雷福斯无罪的。

“我可不愿意我母亲把我介绍给斯万夫人，”圣卢对我说，“她过去是一个荡妇。丈夫是犹太人，可她老在我们耳边谈民族主义。瞧，我的帕拉墨得斯舅舅来了。”

斯万夫人的出现，对我具有特殊的意义。这和几天前发生的一件事有关。这件事后来产生了严重的后果，所以有必要在这里提一提。至于是什么后果，到时候我再详细叙述。现在我们就来谈这件事。几天前，有一个不速之客来看我，是夏尔·莫雷尔，我不认识他，他是我外叔祖父贴身男仆的儿子。我外叔祖父前一年去世了，我在他家里曾遇见过一个穿粉红衣服的女人[1]。他的贴身男仆几次三番表示要来看我。我不知道他来访的目的，但我很乐意接见他，因为我从弗朗索瓦丝口中得知，他深切地怀念我的外叔祖父，一有机会，就到他的墓地去拜谒。可是他因为不得不回老家治病，而且要在那里待很久，只好派他的儿子来看我了。当我看见一个英俊的十八岁青年走进我家时，我惊呆了。他的穿戴与其说是典雅，不如说是华丽；他什么都像，唯独不像侍仆。而且，他一上来就似乎想同他的仆人出身割断关系似的，笑容满面、踌躇满志地告诉我，他获得过巴黎音乐学院的一等奖。他来访的目的是：他父亲在清理我阿道夫外叔祖父的遗物时，把一些

[1] 即奥黛特，也就是后来的斯万夫人。

他认为不适宜寄给我父母亲的东西放在一边了，但他想，那些东西肯定会使一个像我这样年龄的青年感兴趣的。是我外叔祖父生前认识的那些红得发紫的女伶和赫赫有名的荡妇的照片，是一个耽于逸乐的老头最后生活的真实写照，我外叔祖父一直用一层密封的隔板，把他这段生活同他的家庭生活隔开。当小莫雷尔把照片递给我时，我发现他装出和我地位平等的样子同我交谈。他乐于说“您”，尽量少说“先生”，而他的父亲同我父母说话时从来只用“第三人称”。几乎所有的照片上都有“赠给我最好的朋友”之类的题词。有一个女演员更薄情，更精明，她在照片上写道：“赠给朋友中最好的人。”一般人认为，她这样写就可以说，我外叔祖父根本不是，远远不是她最好的朋友，而是一个曾帮过她许多小忙、听她使唤的朋友，一个善良的人，几乎是一个老傻瓜。尽管小莫雷尔竭力想摆脱卑微的出身，但我仍然感到，我的阿道夫外叔祖父在那位老侍仆眼中的那种高大而令人肃然起敬的影子，不停地，几乎是神圣不可侵犯地笼罩着侍仆儿子的童年和青年。我看照片的时候，夏尔·莫雷尔就看我的房间。当我找地方塞那些照片时，我听见他对我说（他无须用语调表达责备，因为他的话本身就是责备）：“在您的房间里，怎么看不到一张您外叔祖父的照片？”我感到血直往脸上涌。我嗫嚅道：“我想我没有他的照片。”“怎么！您的阿道夫外叔祖父那么爱您，您都没有他一张照片？我可以从我父亲保存的大量照片中取出一张寄给您。我希望您把它挂在最醒目的位置上，就挂在这个五斗橱上吧，恰好是您外叔祖父的遗物。”其实，我房间里也没有我父亲或母亲的照片，所以没有阿道夫外叔祖父的照片也就情有可原了。不过，我不难猜到，在老莫雷尔看来——而且他把他的看法传给了他儿子——我外叔祖父是我们家的显赫人物，可我父母亲没有沾到他多少光辉。比较起来，我更受我外叔祖父的宠爱，因为他每天都在他的侍仆耳边叨叨，说我会成为拉辛式和沃拉贝尔[1]式的人物，老莫雷尔几乎把我看成我外叔祖父的一个养子，是他中意的孩子。我很快就看出来，小莫雷尔是一个“野心家”。他自以为有点儿作曲天才，能把诗谱成曲，问我认不认识在“贵族”社会享有重要地位的诗人。我给他说了一个。他不熟悉这位诗人的作品，也从没有听说过他的名字，就把名字记了下来。然而，我后来知道他不久就给诗人写了封信，对他说，他是他的作品的狂热崇拜者，他给他的一首十四行诗谱了曲，要是这首诗的作者能叫人在某某伯爵夫人家里演唱一次，那将是他莫大的荣幸。他这样做未免有点操之过急，把他的计谋暴露无遗。诗人受到了伤害，未加理睬。

夏尔·莫雷尔除了野心之外，似乎生性喜欢比较实际的东西。他看见絮比安的侄女在院里缝背心，就对我说，他正好需要一件“独出心裁”的背心，但我感觉得出来，他嘴上说要背心，其实是对姑娘动了心。他毫不犹豫地请求我下楼去，给他做介绍。“但是，您不要讲我同你们家的关系。您懂吧，关于我父亲，我相信您能守口如瓶的，您就说我是您朋友们认识的一个大艺术家，您

---

[1] 沃拉贝尔（1799—1879）：法国历史学家和政治家，著有多部历史书，曾当过国民教育部长。

明白吧，应该给生意人留下一个好印象。”他向我授意说。我和他不很熟，不可能称呼他“亲爱的朋友”，这点他很理解，但我在姑娘面前可以叫他……“当然不是大师……尽管……但是，如果您愿意的话，就叫我‘亲爱的大艺术家’吧。”尽管他授意我叫他艺术家，但我在裁缝店里却避免——用圣西门的话来说——授予他这个称号，只不过是用“您”来回答他的“您”罢了。他在一堆丝绒布中发现了一匹鲜红颜色的布，红得那样刺眼，尽管他趣味庸俗，也一直没敢把背心穿出来。姑娘和她的两个“学徒”又开始干活了，但我觉得她和夏尔·莫雷尔彼此有了好感，她相信夏尔·莫雷尔“是我那个阶层的人”（只是比我更优雅，更阔气），这使她产生了仰慕之心。刚才在屋里看照片时，我惊奇地发现，在他父亲给我的照片中，有一张是根据埃尔斯蒂尔画的塞克里本特小姐，也就是奥黛特的画像拍成的，因此，当我送他到车马出入的大门口时，我对他说：“我想问您一件事，但我怕您未必知道。我外叔祖父同那个女人很熟吗？我想象不出她同我外叔祖父的哪一段生活有联系。因为斯万先生的关系，我对这事很感兴趣……”“瞧，我忘记告诉您了，我父亲嘱咐我，要我把您的注意力引到这个女人身上。因为您最后一次见您外叔祖父的那天，这个声名狼藉的女人正在他家里吃午饭。我父亲不知道该不该放您进屋去。您似乎很讨这个荡妇的欢心，她希望能再见到您。但就从那时候起，据我父亲说，你们家闹翻了，这以后您就再没有见到过您的外叔祖父！”这时，他远远地向絮比安的侄女送去一个微笑同她告别。她目送他出门，想必在欣赏他那瘦削但五官端正的脸孔，他那轻薄的头发和快活的眼睛。至于我，当我同他握手告别时，心里却想着斯万夫人，我惊奇地对自己说，尽管在我的记忆中，斯万夫人和那个“穿粉红裙子的女人”是不同的两个人，但从今以后我必须把她们看作同一个人了。

德·夏吕斯先生一进门就坐到斯万夫人身边。他不屑与男人为伍，却很讨女人喜欢，不管参加什么聚会，他总是很快就同最风雅的女人粘到一起。他感到她们俏丽入时的打扮也成了他的装饰品。男爵穿着紧腰大衣或燕尾服，看上去很像一个色彩大画家画的男人肖像：身穿黑礼服，但身边的椅子上放着一件色彩艳丽的大衣，他要穿这件大衣去参加一个化装舞会。因为他总是同一个风雅女人——常常是某亲王夫人殿下——并肩而坐，喁喁私语，久而久之，他也就赢得了他所喜爱的特殊待遇。比如，在晚会上，女主人们在前排的女宾席上专门给男爵留一把椅子，而其他男宾只好挤在后面。再说，因为德·夏吕斯先生似乎正在大声地、专心致志地向那个心醉神迷的风雅女人讲着娓娓动听的故事，他就不必再去向其他人问好，也就不必尽这个义务。在一个客厅里，他躲在他选中的美人为他设置的芬芳扑鼻的屏障后面，与别人隔开，就和他在一个剧院中躲在包厢里一样，有人过来向他问好时，由于他身旁坐着美人，他只要稍微应酬一下就行了，不必中断谈话。当然，斯万夫人不一定是他喜欢拿来炫耀的女人，但他仍然想让人知道他对她的赞美和他同斯万的友情。他知道，他对她热情，会使她欣喜若狂，受宠若惊，而只要能和在场最漂亮的女人混在一起，即使名誉受损，他也满不在乎，甚至以此为荣。

再说，德·维尔巴里西斯夫人对德·夏吕斯先生来探望她并不十分高兴。德·夏吕斯先生尽管觉得他婶母有不少缺点，但仍然很爱她。可是他经常会想象出一些牢骚，一气之下，就会给她写极其粗暴的信，把一些过去从没有注意到的鸡毛蒜皮的小事提出来。我可以举一个例子，因为我在巴尔贝克海滩疗养时听说过。德·维尔巴里西斯夫人想在巴尔贝克多待一些日子，担心带去的钱不够，但她又很吝啬，怕多付费用，不想从巴黎汇钱来，就向德·夏吕斯先生借了三千法郎。一个月后，德·夏吕斯先生因一件小事同他婶母怄气，要她把借款电汇给他。他收到了二千九百九十几个法郎。几天后，他在巴黎看见他的婶母，同她亲切交谈，和颜悦色地向她指出，负责汇钱的银行把钱弄错了。“没有错，”德·维尔巴里西斯夫人回答道，“电汇费还要花六法郎七十五生丁嘛。”“啊，既然是有意的，那好极了。”德·夏吕斯先生反驳说，“我以为您不知道，所以给您说了，因为如果收款人不是我，而是一个同您关系不很密切的人，您可能会遇到麻烦的。”“不，不，没有错。”“无论如何，您这样做是完全有道理的。”德·夏吕斯先生愉快地做结论说，并且捧起婶母的手吻了一下。的确，他并不怪她，只是觉得她这样小气未免有点可笑。可是过了一段时间，他认为他的婶母在一件家事中想要弄他，“对他策划了一场阴谋”，当她愚蠢地让一些恰恰被怀疑同她串通一气坑害他的实业家当挡箭牌时，他给她写了一封言辞极其激烈、极其无礼的信。“我不仅要报复，”他在信末附言中写道，“我还要让您当众丢丑。从明天起，我要给大家讲电汇单的事，说您从我借给您的三千法郎中，扣下了六法郎七十五生丁的汇费，我要让您名誉扫地。”第二天，他不仅没有这样做，反而跑去向他的维尔巴里西斯婶母赔礼道歉，说他不该写那封言辞可怕的信。再说，他还能把电汇单的故事讲给谁听呢？因为他现在不想报复了，真心实意地想和解，就不想把这个故事讲给人听了。可是在这以前，他同他的婶母不闹矛盾时，他却逢人便讲，讲的时候并无恶意，只是想让大家笑笑而已，因为他是最不会保守秘密的人。他到处讲给人听，唯独德·维尔巴里西斯夫人还蒙在鼓里。因此，当她从信中得知，他要把亲口说她做得很对的事张扬出去，使她名誉扫地时，她认为他把她耍了，他装出爱她，其实是在撒谎。虽然一切都平静下来了，但他们两人谁也摸不透对方对自己的看法。当然，这不过是世界上经常发生的矛盾中的一个有点特别的例子罢了，这与布洛克和他朋友之间的矛盾性质不同，也和德·夏吕斯先生同德·维尔巴里西斯夫人以外的其他人之间的矛盾（下面我还要讲）完全是两码事。尽管如此，我们应该记住，人与人之间对彼此的看法，一个人同另一个人的友谊，以及我们的家庭关系，从表面上看是稳定的，其实像大海一样变幻莫测。因此，多少对看起来情投意合的夫妇，一时间离婚的传说满天飞，可是不久，当妻子讲起丈夫或丈夫谈起妻子时，又变得那样柔情似水；我们原以为是一对莫逆之交的朋友，其中一个会大讲另一个的坏话，可是，我们还没有来得及从惊讶中恢复镇定，就看见他们又和好如初了；人民之间结盟不久就推翻，这种事也是屡见不鲜的。

“我的上帝，我舅舅和斯万夫人打得火热起来了。”圣卢对我说，“可我妈妈却毫无察觉，来打搅他们了。纯洁的人看什么都是纯洁的！”

我凝视着德·夏吕斯先生。他那簇花白的头发，那只笑眯眯的眼睛和被单片眼镜抬高了的眉毛，以及插着红玫瑰花的饰纽孔，构成了三角形的三个角，抽搐着，变幻着，给人留下了深刻的印象。我没敢同他打招呼，因为他没有理睬我。然而，尽管他没有把脸转向我这边，但我相信他看见我了。当德·夏吕斯男爵同斯万夫人闲扯的时候（斯万夫人那件绚丽的深紫色大衣不时在男爵的一条腿上飘拂），他像在大街上叫卖又怕警察突然出现的商贩，目光游移不定，肯定把客厅所有的角落都搜遍了，一个人也不会漏掉。德·夏特勒罗先生过来向他问好，可是，从他的脸上一点也看不出他早已经看见了年轻公爵的痕迹。在这种客人比较多的聚会中，德·夏吕斯先生总是这样，脸上挂着一种没有固定方向和明确目标的微笑，人家上来同他打招呼之前他就在笑，走到他跟前时，他的微笑也就失去任何亲切的意味了。然而，我必须去向斯万夫人问好。但她不知道我认识德·马桑特夫人和德·夏吕斯先生，因此待我冷冰冰的，可能怕我要她给引见。于是我向德·夏吕斯先生走去，但马上后悔了，因为他尽管看见了我，却装作没看见的样子。当我朝他鞠躬时，他伸出一只胳膊，不让我靠近他的身子，仿佛要我吻他那只没戴戒指的指头，就像主教让人吻他神圣的戒指一样。这样，他好像故意要把责任推给我似的，让我撬开他府上的门锁，偷看到他那永远挂在脸上的没有固定方向和明确目标的微笑。斯万夫人看见男爵对我如此冷淡，也就继续对我冷冰冰了。

“你好像很累，心里很烦似的。”德·马桑特夫人对她儿子说。圣卢是来向德·夏吕斯先生问候的。

的确，罗贝的目光似乎常常看到一个深渊，但是刚接触就又离开了，犹如一个跳水运动员，碰到池底便立即返回水面。这个池底，就是罗贝同情妇关系的破裂，他一想起来就心如刀割，马上就不去想它，但不一会儿又想了起来。

“这没关系，”他母亲又说，一面温柔地抚摸他的脸蛋，“没关系的，能看到心爱的孩子我就心满意足了。”

但是，德·马桑特夫人感到这种爱抚似乎使罗贝不高兴，就把他拉到客厅里首。那里，在一个挂着黄丝绸帷幔的窗口，有几把博韦的安乐椅，上面铺着厚厚的紫罗兰色的绒绣，宛若几只紫红色的蝴蝶，停在开满黄灿灿毛茛花的田野中。斯万夫人因为一个人待着，同时又意识到我和圣卢的关系非同一般，就示意我到她身边去。我有很长时间没有看见她了，不知道该同她说什么好。地毯上放着几顶帽子，我的眼睛一直不离开我那顶，但心里却在好奇地琢磨：有一顶的帽里上写着G，并且画着公爵的冠冕，但它分明不是德·盖尔芒特公爵的，那可能是谁的呢？在场的客人叫什么名字我都知道，可是找不到一个可以做这顶帽子的主人。

“德·诺布瓦先生真好。”我指了指德·诺布瓦先生对斯万夫人说，“当然，罗贝·德·圣卢对我说过他是一个瘟神，可是……”

“他讲得很对。”她回答道。

我从她的目光中看出，她想起了一件一直向我隐瞒着的事。

我再三诘问她。大概是因为她在这个沙龙里几乎举目无亲，很高兴有个人同她说话的缘故吧，她把我拉到了一个旮旯里。

“德 · 圣卢先生想跟您讲的肯定是那件事，”她回答我，“不过，您可不要去对他说啊，他会怪我多嘴的，我很想得到他的尊重，我是非常‘正派的男人’，您知道。最近，夏吕斯在德 · 盖尔芒特亲王夫人家里吃过一次晚饭，我不知道人家是怎样议论您的。德 · 诺布瓦先生可能对他们说——这是无稽之谈，您不要为这烦恼，谁也没把他的话当回事儿，谁不知道，狗嘴里是吐不出象牙来的——说您简直是一个爱奉承的疯子。”

我在前面已经谈到，我父亲的一个朋友，好像是德 · 诺布瓦先生，可能说我是一个爱奉承人的疯子，我听后曾惊得目瞪口呆。现在，我又知道，那天我在同德 · 诺布瓦先生谈起斯万夫人和她女儿希尔贝特时，心情十分激动，这事已经传到我认为是陌生人的德 · 盖尔芒特亲王夫人的耳朵里了，我就更加惊愕不已了。我们的言行和态度，同“世界”之间，同没有直接感觉到我们的言行和态度的人之间，相隔着一个具有无穷渗透力、对我们说来莫测高深的环境。我们谁都有过这种亲身经历：有些很重要的话，尽管我们渴望它们能广为传播（例如对于斯万夫人，我曾说过许多赞美话，我逢人便讲，也不分什么场合，心想散播了那么多良种，总有一颗会发芽生根，长出茎叶），但很快就被掩盖起来，而且往往是我们自己的意愿，因此，我们就更难相信，一句无关紧要，连我们自己也都忘却了的话，一句甚至我们从没说过，而是由另一句话不完全地折射出来的话，会一传十、十传百地传到遥远的地方，甚至传到德·盖尔芒特亲王夫人的耳朵里，成为诸神在筵席上嘲讽我们的笑料！我们记得做过的事，连我们的近邻都不知道；我们不记得说过，甚至从没有说过的话，却会在另一个世界引起哄堂大笑！别人对我们言谈举止的印象，同我们自己的看法相差那么远，还不如一张印坏了的，该白不白、该黑不黑的移印出来的图画更像一幅画。再说，没有印出来的线条很可能是不存在的，但我们渴望看见的东西，相反，我们认为是画蛇添足的部分，恰恰是我们自己的真正面目，但这是我们鼻子底下的东西，所以反而看不见了。因此，这张移印出来的图画虽然在我们看来已经面目全非，有时却具有一张X光照片的真实性，尽管使人感到丧气，但很深透，很有用处。这并不能使我们认出画的是我们自己。一个习惯对着镜子自我欣赏漂亮脸蛋和优美身段的人，如果把他的X光片拿给他看，告诉他这几根肋骨是他的形象，他会怀疑别人搞错了，就像一个人参观画展，在一张少妇的画像前，看到说明上写着"卧着的单峰骆驼"，会产生疑惑。在我们的自画像和别人给我们画的像之间存在着的这种差别，我后来在别人身上也有发现，他们怡然自得、无忧无虑地生活在自拍的相册中，但他们周围却有许多看来可怕的相片在扮着怪相，他们通常看不见，如果偶然有人把那些怪模怪样的相片拿给他们看，对他们说："这就是您"，他们会惊得目瞪口呆。

要是在几年前，我可能会高兴地告诉斯万夫人，"为了什么"我对德·诺布瓦先生那样亲切，因为认识斯万夫人是我的"心愿"。可现在情况有了变化，我不再爱希尔贝特了。再说，我始终也没能把斯万夫人和我小时候看见的那个穿粉红裙子的女人统一起来。因此，我和她谈起了此刻正萦绕我心头的那个女人。

“刚才您看见德·盖尔芒特公爵夫人了吗？”我问斯万夫人。

但因为公爵夫人没有同她打招呼，她就装着把公爵夫人看作一个毫无趣味、毫不引人注目的人。

“我不知道，我没有看清[1]。”她回答说，并且借用了一个英语词，脸上的表情叫人看了很不舒服。

可是，我不仅想了解德·盖尔芒特夫人，而且还想了解所有同她有来往的人，此时此刻，我和布洛克一样，和那些在谈话中不想讨人喜欢，只想把自己感兴趣的问题弄清楚的自私者一样，为了能正确地想象出德·盖尔芒特夫人的生活，我不知轻重地向德·维尔巴里西斯夫人打听勒鲁瓦夫人的情况。

“是的，我知道，”她装出蔑视的样子回答说，“她是那些傻头傻脑的木柴商的女儿。我知道她现在同很多人有来往。但我可以告诉您，我已经老了，不想结识新朋友。我过去认识的人中，有许多人是很有趣、很可爱的，因此，我确实认为勒鲁瓦夫人不会给我增添新的乐趣。”

德·马桑特夫人当起了侯爵夫人的伴妇，把我介绍给法芬海姆亲王。她话还没有说完，德·诺布瓦先生就跟着给我做起介绍来了，而且言辞非常热情。他大概认为，既然有人给我介绍了，

[1] 原文为：je n'ai pas réalisé。此处，réaliser 的意思为“明白，了解，认识清楚”，是受英文 realize 的影响。

干脆做个顺水人情，向我表示一下礼貌，这丝毫不会损害他的声誉；或者他认为一个外国人，即使是名流，对法国沙龙不可能了如指掌，他会认为给他介绍了一个上流社会的青年；或者他想行使自己的一个特权，给介绍增添一种大使亲自推荐的成分；或者他有仿古嗜好，为了取悦于德国亲王，想让亲王殿下重温古代的礼节：谁要想认识亲王殿下，必须有两个教父当介绍人。

德·维尔巴里西斯夫人觉得应该让德·诺布瓦先生亲口对我说，她不认识勒鲁瓦夫人并不遗憾，便大声说：

"大使先生，您说勒鲁瓦夫人是不是一点趣味也没有？是不是比到我这里来的任何人都逊色？我不引她来是不是完全正确的？"

或许是想表示独立自主，或许是累了，德·诺布瓦先生只是恭恭敬敬地还了个礼，看不出是赞成还是反对。

"先生，"德·维尔巴里西斯夫人笑容满面地对他说，"有些人可笑极了。您信不信？今天有一位先生来看我，他非说吻我的手比吻一个年轻女人的手还要有趣味。"

我一听就知道是勒格朗丹。德·诺布瓦先生眯缝着眼睛笑了笑，好像吻她的手是一种很自然的欲念似的，不应该责怪产生这种欲念的人，也可以说是一部小说的开场白，他准备用瓦兹农[1]或小克雷比永[2]对堕落的宽容，原谅甚至怂恿这个开

[1] 瓦兹农（1708—1775）：法国作家，生活放荡，徜徉于巴黎沙龙，著有色情小说、诗歌和喜剧。

[2] 小克雷比永（1707—1777）：法国作家，擅长心理分析，因写色情小说而坐牢多年。

场白。

“年轻女人的手一般画不出我在这里看见的画。”德国亲王指着德·维尔巴里西斯夫人没有画完的水彩画说。

他问她看没看过方丹-拉图尔[1]的花卉画。刚刚在画展上展出过。

“那些画是一流的，正如现在有人说的，它们出自一位高手，一位绘画能手。”德·诺布瓦先生发表了看法，“但我觉得，它们不能和德·维尔巴里西斯夫人的画同日而语，她的花色彩更好看。”

即使我们可以假设，是老情人的偏心、爱恭维人的习惯和小圈子内的一致看法，促使前大使说出这番话的，但我们从中也可以看到，社交界人士的艺术鉴赏力是如何没有情趣，他们的看法是多么随心所欲，一件微不足道的作品会使他们做出荒唐的评价，而且不会有真正的感受使他们中途改变看法。

“我对花不识货，我一直生活在乡下。”德·维尔巴里西斯夫人谦虚地说。“不过，”她又和蔼地对亲王说，“如果说我从小就比其他乡下孩子对花的了解多一些的话，那也得归功于贵国的一位杰出人物，德·施莱格尔[2]先生。我是在布洛伊[3]认识他的，是我的戈德里姑妈（德·卡斯特兰元帅夫人）带我到那里去的。我记

[1] 方丹-拉图尔（1836—1904）：法国画家，他的静物画和花卉画深受喜爱。

[2] 施莱格尔（1768—1845）：德国作家，浪漫派的创始人之一。

[3] 布洛伊：法国地名，位于厄尔省，1716年起为德·布洛伊公爵领地。

得很清楚，勒布伦[1]先生，德·萨尔旺迪[2]先生和杜当[3]先生经常请他谈论花卉。那时我很小，他讲的我不可能全懂。但他老喜欢带我出去玩。他回国后，给我寄来了一本漂亮的植物图集，以纪念我们一同坐着四轮敞篷马车去里谢山谷进行的一次漫游。那次，我坐在他腿上睡着了。我一直保存着这个植物图集，不然我对花的特征可能会视而不见的。当德·巴朗特夫人将布洛伊夫人的几封信公之于世时（信写得很美，但矫揉造作，就像它们的主人），我希望从中能找到德·施莱格尔先生关于花卉的几次谈话。可是，这个女人在大自然中只想为宗教寻找论据。”

罗贝把我叫到客厅里首。他和他母亲在那里。

“你今天真好。”我对他说，“怎样感谢你呢？明天我们可以一起吃晚饭吗？”

“你要是愿意，就明天，不过得让布洛克也来。我在门口碰见他了。开始他对我很冷淡，因为他给我写过两封信，我无意中忘了回信（他没有对我讲是这件事得罪了他，但我心中有数），可是转而他对我那么亲热，我不能对不起一个这样的朋友。我感到我们之间，至少对他而言，是同生共死的朋友。”

我并不认为罗贝完全看错了。布洛克恶语伤人，常常是因为

[1] 勒布伦（1785—1873）：法国诗人和戏剧家。他的作品预示着更加自由的新的审美观。

[2] 萨尔旺迪（1795—1856）：法国政治家。拿破仑的军官，七月王朝时任公共部长，1851 年 12 月政变后退出政治生活。

[3] 杜当（1800—1872）：法国艺术评论家。在他死后，出版了他的四卷书信集，从中可以看出他是一个敏锐的作家，洞察入微的观察家。

他觉得他的满腔热忱得不到应有的报答。他很少想象别人的生活，想象不到别人可能生病，或者出门旅行了，或者有其他事情，一个星期接不到回信，就认为人家是有意冷淡他。因此，我从不相信，他作为一个朋友，后来又是作家的极端粗暴的态度是根深蒂固的。如果你冷冰冰地对他摆出一副尊严，或者对他卑躬屈膝，他就会变本加厉，更加粗暴无礼，反之，如果你对他热情，他常常会软下来。“至于你说我对你好，”圣卢继续说，“你过奖了，其实根本不是我好，我舅妈说，是你在躲着她，一句话也不同她说。她寻思你对她有什么不满呢。”

对我来说值得庆幸的是，即使我相信这些话是真的，但因为我们马上要去巴尔贝克（而且我认为动身在即），所以我不可能再去见德·盖尔芒特夫人，也就不可能向她说明我对她没有不满，从而使她不得不承认其实是她自己对我不满。但是，我只要想一想，她甚至没有让我去她家看埃尔斯蒂尔的画，我就头脑清醒了。况且，这谈不上什么失望，因为我根本就没抱希望，我知道我不讨她喜欢，要她爱我那是痴心妄想。我最大的希望，也就是要她对我热情一些，给我留下一个美好的印象（因为离开巴黎之前我不能再见到她了），我要把这个印象完整地带到巴尔贝克去，使它永远留在我的心田，而不是带走一个充满了忧虑和悲伤的回忆。

德·马桑特夫人同罗贝说话时，经常停下来同我搭话，她说，罗贝常同她谈起我，他多么爱我，等等。她对我可谓热情至极，我感到很不是滋味，因为我觉得她这种热情是受一种恐惧心理支配的，她怕为了我的缘故，她会同儿子闹翻。她今天一直没有见到儿子，迫不及待地想同他单独在一起，她认为她对他的威力难以同我对他的影响相比，她应该慎重一些。在这之前，德 · 马桑特夫人曾听到我向布洛克打听他叔叔纳西姆 · 贝尔纳的情况，于是她问我，这个贝尔纳是不是在尼斯住过。

“这么说，他在德 · 马桑特先生同我结婚前就在那里相识了。”她说，“我丈夫常常同我谈起他，说他善良，心地正直，为人慷慨。”

“想不到他也有不撒谎的时候，真令人难以相信。”布洛克听了可能会这样想。

我一直想对德 · 马桑特夫人说，罗贝对她的感情比对我的要深得多，即使她对我不友好，我也不会企图唆使她的儿子疏远她，反对她的。但是，自从德 · 盖尔芒特夫人走后，我有更多的闲暇观察罗贝了，而仅仅在这时我才发现，愤怒似乎又一次从他的胸腔往外涌，呈现在他冷峻而阴沉的面孔上。我怕他想起下午的争吵，想起他面对情妇的冷酷无情却没有针锋相对，而是忍气吞声的情景，会在我面前感到抬不起头来。

突然，他从他母亲搂着他脖子的一只胳膊中挣脱出来，走到我身边，把我拉到坐着德 · 维尔巴里西斯夫人的那张摆满花卉的小柜台后面，示意我跟他到小客厅去。我急冲冲朝小客厅走去，不料德 · 夏吕斯先生大概以为我要走了，突然丢下正在和他谈话的德 · 法芬海姆先生，倏地转过身来，跟我面对面。我惶惑地发现他已经从地上拿起那顶帽里上有字母 G 和公爵冠冕的帽子。在小客厅的门洞里，他目不正视地对我说：

“既然我看到您现在已经踏进了社交界，那我希望您能来看我。不过这相当复杂。”他心不在焉地又说，好像在心里合计着一件乐事似的，害怕一旦错过同我一起谋划实施办法的机会，就再也不可能办成了。“我很少待在家里，您得先给我写信。哦，我希望能有一个更安静的地方和您详细谈一谈。我马上就走。您愿意和我一起走一走吗？只占您一点儿时间。”

“您最好还是细心一点，先生，”我对他说，“您错拿了一位客人的帽子了。”

“您想不让我拿自己的帽子吗？”

我推测，有人把他的帽子抢走了，他不愿意光着脑袋回家，就随便拿了一顶，要是我戳穿他，他会无地自容的。前不久，我就干过这种傻事。因此，我不再坚持了。我对他说，我先要和圣卢说几句话。

“他正在同那个白痴德·盖尔芒特公爵说话呢。”我又说。“您这句话够有意思的，我一定向我兄弟转告。”“啊！您相信这能使德·夏吕斯先生感兴趣吗？”（我想，如果他有兄弟，那这个兄弟也应该姓夏吕斯。这个问题，在巴尔贝克海滩时，圣卢曾给我解释过，但我一时忘了。）“谁跟您讲是德·夏吕斯先生？”男爵傲慢地对我说，“到罗贝那里去吧。我知道，今天他同那个使他名誉扫地的女人大吃大喝时，您也在场。您应该好好利用您对他的影响，教他明白他玷辱了我们家族的声誉，给他可怜的母亲和我们大家带来了忧虑。”

我真想对他说，在那顿辱没门庭的午饭上，我们谈的全是爱默生、易卜生和托尔斯泰，那位姑娘规劝罗贝，要他只喝水，不喝酒。我相信罗贝的自尊心受了伤害，为了尽量抚慰他，我努力谅解他的情妇。可我哪里知道，他此刻虽然还在生她的气，但他责备的却是他自己。即使是一个好男人和一个好女人吵架，正义完全在好男人一边，也总会有一件小事，使得坏女人在某一个问题上看起来似乎没有错。因为她对其他问题满不在乎，只要那个好男人还需要她，只要他一想到同她分手就意气消沉，他就会因情绪低落而谨小慎微，会念念不忘她对他的荒唐指责，寻思她的指责可能多少有道理。

“我想我在项链问题上对不住她。”罗贝对我说，“当然，我并没有恶意，但我知道别人的看法和我们是不一样的。她小时候受过不少苦。在她看来，我毕竟是一个相信金钱万能的富翁，无论是对宝诗龙施加影响，还是打一场官司，穷人都不是富人的对手。当然，她对我也太薄情了，我从来只希望她幸福。不过，我知道，她认为我想让她感到，我可以用金钱把她拴住，可这不符合事实。她多么爱我，不知道她会怎样想我呢！可怜的宝贝！你知道，她多么温存，我简直无法向你形容，她为我做了许多令人钦佩的事。现在她一定痛苦极了！无论如何，不管发生什么，我都不愿意她把我看成一个没有教养的人，我要到宝诗龙那里去买那串项链。谁知道呢？说不定看到我这样做，她会承认错误呢。你看见了吧，我不能忍受的，就是想到她现在很痛苦。别人的痛苦，我们知道，不关我们痛痒。可是她不一样。想到她有痛苦，可又想象不出她痛苦的样子，我真快要疯了。我宁可永远不再见她，也不愿意让她痛苦。但愿她能幸福，如果需要，我可以离开她，这就是我的全部要求。听着，你知道，对我来说，凡是同她有关的事，都是天大的大事。我得赶紧到首饰店去一趟，然后去请求她宽恕。在我去她家之前，她会怎样看我呢？要是她能知道我要去找她就好了！你可以去她家碰碰运气。谁知道呢，说不定会万事大吉的。也许，”他微微一笑，仿佛这是一个美梦，他不敢相信似的，“我们三个人可以一同去乡下吃晚饭。不过现在还很难说。我知道我很难对付她。可怜的宝贝，也许我又会伤她的心。再说，她也许已下了决心，不会再改变了。”

罗贝突然拽着我向他母亲走去。

“再见，”他对她说，“我不得不走了。不知道什么时候再回来，一个月内可能不会有假了。我一有消息就写信告诉您。”

当然，罗贝绝对不属于这样一类儿子：当他们和母亲一起出席社交活动时，他们认为对母亲态度不好，可以补偿他们对外人的微笑和致礼，他们似乎相信，对家里人粗暴无礼，自然可以使他们的礼服锦上添花。在社交界流传最广的莫过于这种令人憎恶的报复了！不管可怜的母亲说什么，儿子便立刻用讥讽、露骨和残忍的相反论点，来驳斥母亲战战兢兢发表的意见，就好像他是被母亲逼到这里来的，要让母亲付出昂贵的代价；可是，母亲却随口附和这至高无上的儿子发表的看法，但这仍然不能使他软下心来，儿子不在场时，她继续逢人就吹嘘她儿子如何高尚，可儿子却不买母亲的账，照样对她冷嘲热讽。圣卢不是这号人，但是，由于拉谢尔不在他身边，他感到心烦意乱，坐立不安，尽管原委不同，但他对母亲的冷酷无情比起那些儿子来却有过之而无不及。他刚讲完，我看见德·马桑特夫人像鸟儿鼓翼似的颤动了一下，霍地站起身来，就和她刚才看见儿子进入客厅时的反应一样；不过，她现在是一副忧心忡忡的面孔，一双凝望着儿子的忧郁的眼睛。

“怎么，罗贝，你要走了？是开玩笑吧？亲爱的孩子，你在我身边就这么一天呀！”

接着，她又柔声地，用最自然的语调说（仿佛在引用一个合乎情理的论据似的，尽量使声音不露出忧伤，怕唤起儿子的同情，因为这种同情对她儿子来说是痛苦的，或者是无益的，只会使他恼火）：

“你知道你这样多不近情理！”

但是，她在引用这个简单的论据时，为了向儿子表明她不想侵犯他的自由，故意装出战战兢兢、畏畏缩缩的样子，同时也为了使儿子不责备她妨碍他的娱乐，故意显示出无限的温柔，可是圣卢却感到自己就要对母亲怜悯了，可能会放弃和情妇一起消夜的念头，因此勃然大怒：

“是令人遗憾，不过，近不近情理，也就这样了。”

他也许感到这些话应该用来谴责自己的，却用来谴责母亲了；自私自利者在争论中总是以这种方式取胜；他们首先认为自己的决心不可动摇，对方越打动他们的心，说服他们改变主意，他们就越觉得自己无可指责，反而应该谴责对方迫使他们不得不改变主意。因此，他们可以冷酷无情，蛮不讲理。在他们看来，这只会使对方罪上加罪。谁叫他们不识趣，要表现出痛苦，要显得有理，要迫使他们痛苦地和同情做斗争的呢！德·马桑特夫人不再坚持了，因为她清楚，想留也是留不住的。

“我走了，”他对我说，“可是，妈妈，你不要久留他，因为他马上要去看一个人。”

我觉得我的存在不会给德·马桑特夫人带来任何快乐，但我宁愿不和他儿子同行，怕她认为我和罗贝一起寻欢作乐，害得罗贝不能守在她的身边。我本想为她儿子的行为辩解几句，倒不是因为我对她儿子有感情，而是出于对她本人的同情。可是她先说话了：

“可怜的孩子，”她对我说，“我肯定让他不高兴了。您瞧，先生，做母亲的都很自私，他平时娱乐很少，来一趟巴黎不容易。我的上帝，要是他还没有走，我真想去追他，当然不是为了挽留他，而是要告诉他，我不怨恨他，我觉得他做得对。我到楼梯口去看看，您不会感到为难吧？”

于是我们来到了楼梯口：

“罗贝？罗贝！”她喊道，“追不上了，他走了，太晚啦。”

如果是几个小时以前，我也许会由衷地劝说罗贝干脆去和情妇同居，可是现在，我可能会主动当说客，劝他和情妇一刀两断。若是前一种情况，圣卢家的人会骂我是他的酒肉朋友，而后一种情况，圣卢会骂我是叛徒。然而我还是我，前后只相隔几个小时。

我们回到客厅。德·维尔巴里西斯夫人见圣卢没有回来，和德·诺布瓦先生交换了一个眼色。这是疑惑、嘲弄和缺少同情的眼色；当我们指出一个妻子因太爱嫉妒而当众丢丑，或一个母亲因太温柔而引人发笑时，就会传递这种眼神，仿佛在说：“瞧，大概闹翻了。”

罗贝带着那串光灿灿的项链到他情妇家去了，可是按照他们的协议，他是不应该给她的。况且结果仍然一样，因为她不要，甚至后来也一直没有接受。罗贝的朋友认为，她不接受项链貌似无私，却居心叵测，是为了把他牢牢拴住。然而她不喜欢钱，除非能一掷千金。我曾见她慷慨无度地，简直像失去了理智似的向那些她认为贫苦的人施舍。“此刻，”罗贝的朋友为用谗言抵消拉谢尔的无私行为，对罗贝说，“此刻，她兴许正在牧羊女游乐场寻欢作乐呢。这个拉谢尔是个谜，是真正的斯芬克斯。”再说，在现实中，我们不是见过多少靠人供养的女人利欲熏心，在这种生活的影响下工于心计，大慷情夫之慨，要情夫为她们支付一笔笔款项吗？

罗贝对情妇的背叛行为几乎一无所知，他绞尽脑汁想象拉谢尔的生活，但尽围绕一些鸡毛蒜皮的小事转圈，怎么也想象不出每天他只要一离开她就开始的真实生活。他对这些背叛行为几乎全然不知。你可以把这些都告诉他，却不能动摇他对拉谢尔的信心，因为对心上人的行为一无所知，是在最复杂的社会中表现出来的富有魅力的自然法则。在玻璃墙的这边，痴情郎对自己说：“她是个天使，决不会委身于我，我只有一死了之，可是她爱我；她爱我爱得那样深，也许……不，这是不可能的！”当他控制不住欲望，或等得心烦意乱时，他会把各种首饰放到这个女人脚边，会跑去向人借钱来驱散她的忧愁！可是，在玻璃墙另一边的观众说（像这类隔着玻璃墙的谈话，不会比游人在水族馆前的谈话传得更远）：“您不认识她？那我得祝贺您。她不知偷了和毁了多少男人！她是一个十足的骗子！滑头！”这最后一个修饰语也许不无道理，因为即便是一个并不真心爱这个女人，只不过对她感兴趣的多疑的男人，也会对他的朋友说：“不，亲爱的，她绝不是那种荡妇。我不是说她在生活中一点也不轻浮，但她不是一个花钱就能买到的女人，除非出大价钱，要么花五万法郎，要么一分钱也不花。”然而，他为她花了五万法郎，得过一次手，但她却在他身上找到了一个同谋，就是他的自尊心，她终于使他相信，他也像有些人那样，不花一分钱就得到她了。因此，世上最厚颜无耻、最声名狼藉的人，从来都是以赏心悦目、妙不可言的稀世珍品的面目被某个人认识的。在巴黎，有两个老实人，圣卢现在每次见了都不再打招呼了，一讲到他们，声音就会颤抖，就会说他们是不择手段地利用女人的人：因为他们被拉谢尔搞得倾家荡产。

“我只怪自己做错了一件事，”德·马桑特夫人低声对我说，“我不该说他不近情理。他是我的爱子，独生子，因为我没有别的儿子，难得见一次面，就说他不近情理，我情愿他刚才打我一棍子，因为我敢肯定，今晚上他不管玩什么（他平时娱乐很少），都会被这句不公正的话搞得兴致索然的。噢，先生，既然您急着要走，我就不留您了。”

德·马桑特夫人前面的话都和罗贝有关，说得非常真诚。但她转而改变态度，又成了一个贵妇人：

“同您说话多么有趣，多么使我高兴，愉快。谢谢！谢谢！”

她谦恭地用感激而愉悦的目光看着我，仿佛同我说话是她一生中最大的快乐。这迷人的目光和花枝图案白裙上的黑花相映生辉。这是一个经验丰富的贵妇人的目光。

“我现在还不能走，我得等德·夏吕斯先生一起走。”

德·维尔巴里西斯夫人听到了最后几句话，流露出不悦的神情。要不是这件事和廉耻感挂不上钩，我就会认为这时在德·维尔巴里西斯夫人脸上显示出来的不安就是廉耻心了。但是我压根儿没往这上面想。我对德·盖尔芒特夫人，对圣卢、德·马桑特夫人、德·夏吕斯先生，对德·维尔巴里西斯夫人非常满意，于是我信口开河，眉飞色舞地乱说一通。

“您要和我的侄子帕拉墨得斯一起走吗？”她问我。

我想，我和她所赏识的一个侄子有来往，肯定能给她留下一个好印象：“是他要我跟他一起回去。”我得意忘形地回答，“我感到非常高兴。再说，夫人，我和他之间的友谊远比您想象的要深，而且，我决心尽一切努力加深我们的友谊。”

德·维尔巴里西斯夫人似乎由不悦转为忧虑：“别等他了，”她心神不安地对我说，“他在和德·法芬海姆先生谈话呢。他已经忘记刚才对您说的话了。好吧，您走吧，趁他背朝着您，快走吧。”

我倒并不着急去找罗贝和他的情妇。可是德·维尔巴里西斯夫人似乎执意要我离开，我心想，她也许有重要事情要和她的侄儿说，我就向她告辞了。在她身边，沉甸甸地坐着德·盖尔芒特先生，高傲，威严，宛如奥林匹亚山[1]上的天神。他的财富填满了他的四肢，仿佛在坩埚中化成了一个具有人形的金锭，使这个腰缠万贯的富翁具有一种异乎寻常的密度。当我同他告别时，他彬彬有礼地从座位上站起来，我感觉到他那密集着三千万法郎的懒洋洋的肉体兀立在我面前，是法国古老的教育驱使着他移动身子的。我仿佛看到了据说是菲迪亚斯[2]用纯金雕刻的奥林匹亚的宙斯像。这就是耶稣会教士的教育对德·盖尔芒特先生产生的威力，至少是对德·盖尔芒特先生的躯体，因为它对公爵的思想不起支配作用。德·盖尔芒特先生自己说了俏皮话会放声大笑，可对别人的幽默却从不露出笑容。

在楼梯上，我听见后面有一个声音在吆喝我：

“先生，您怎么不等我就走了！”

是德·夏吕斯先生。

“走几步路这对您无所谓吧？”当我们到了院子里时，他冷淡地对我说，“一直走到我找到合适的出租马车为止。”

“您有话要对我说，先生？”

“嗳！不错，嗯，我是有话要对您说，不过还不知道说不说。当然，我认为我要给您讲的事会给您带来不可估量的好处。但我

---

[1] 奥林匹亚山是希腊神话中诸神居住的地方。

[2] 菲迪亚斯（主要活动时期为公元前490—前432）：古希腊雕刻家，擅长神像雕刻，作品有建立在雅典卫城上的巨大的雅典娜铜像，有用象牙嵌金的奥林匹亚的宙斯像，这些作品已不存在。

也有预感，这会浪费我许多时间，会打乱我的生活秩序，而我已到了渴望过平静生活的年龄了。然而我心里在想，您值不值得我为您操这份心，不过，我并不想等对您有了足够了解后再做决定。在巴尔贝克海滩时，我觉得您平淡无奇，即使把‘沐浴者’本人和穿着绳底帆布鞋总免不了要有的那股子傻劲儿也考虑在内。况且，您大概也不大愿意我为您效劳，既然如此，我也就没有必要自找麻烦了，因为，先生，恕我直言，”他用力地、一字一顿地重复说，“这只会给我带来麻烦。”

我明确地表示，既然如此，那就不必麻烦了。谈话就这样中止，似乎不合他的胃口。

“这样客气有什么意思，”他用严厉的口吻对我说，“世界上最令人愉快的事，莫过于为一个值得操心的人操心了。对于我们中的优秀分子而言，研究艺术、酷爱古物、收藏珍品、喜欢园艺，这一切都不过是代用品，替代物，不过是遁词。我们和第欧根尼[1]一样，待在我们的木桶里，在寻找一个人。万不得已时，我们才栽种秋海棠，修剪紫杉，因为紫杉和秋海棠任人摆布。但我们更乐意把时间用在人这样的灌木上，只要我们确信这棵小树值得我们操心。关键就在这里；您应该认识一下自己。您到底值不值得别人为您操心？”

[1] 第欧根尼（约前 404—约前 323）：古希腊犬儒学派哲学家，认为除了自然需要必须满足外，其他任何东西，包括社会生活和文化生活，都无足轻重。传说他光着脚，只穿一件大衣，住在一只木桶里。还传说有一天中午，他提着一盏灯在雅典街头漫步，当有人问他干什么时，他说：“我在找一个人。”

“先生，我实在不敢让您为我操心。”我对他说，“至于说我本人的心情，请您相信，不管您为我做什么，都将是我最大的快乐。您这样关心我，竭力想帮助我，使我非常受感动。”

令我大吃一惊的是，他对我这番话感激涕零，几乎动了真情。他亲热地挽起我的胳膊。这种突如其来的亲热，在巴尔贝克时就给过我深刻的印象，但他说话的语气却依然是冷冰冰的，和这个亲热的举动形成强烈的对照。

“像您这样年纪的人都是冒失鬼，”他对我说，“有时说出的话可能会在我们中间挖出一道不可逾越的鸿沟。可是您刚才的话却反而会打动我的心，使我乐意为您效劳，甚至会做过头。”

德·夏吕斯先生和我臂挽臂、肩并肩地走着，一面对我说着这些傲慢而又真切的话。他时而把目光久久停留在我脸上（这种冷酷而犀利的凝视，我在巴尔贝克海滩的一个上午，在游乐场门口第一次遇见他时，甚至更早以前，在当松维尔花园的玫瑰花丛旁看见他同斯万夫人——那时我以为是他的情妇——在一起时，就曾给我留下过深刻而难忘的印象）；时而又左顾右盼，审视过往的出租马车。此刻正值出租马车交接班，过往马车很多，有几辆停了下来，因为马车夫看见他那固执的目光，以为他要乘车呢。可是德·夏吕斯先生马上就打发他们走了。

“没有一辆合适的，”他对我说，“一看灯就知道了，他们都是回他们那个街区去的，先生，”他又说，“我马上要给您提一个建议，希望您不要产生误解，我没有任何个人考虑，完全出于好心。”

使我震惊的是，他的措辞和斯万多么相似，甚至比在巴尔贝克时还要明显。

“我想您是很聪明的，不会认为我向您提建议是因为我‘没有朋友’，害怕孤独和烦闷。关于我的家庭，我不说您也会知道的，因为我想，像您这样年纪的小青年，又出身于小资产阶级家庭（他踌躇满志地把“小资产阶级”说得很重），是不会不知道法国历史的。恰恰是我那个世界里的人不读书，不看报，和仆人一样孤陋寡闻。从前，国王的侍从都是从王公贵族中招募的，如今王公贵族和侍从已没有什么两样了。但是，像您这样出身于资产阶级家庭的青年，书读得很多，一定知道米什莱[1]对我们家族所做的那段精彩的描述：‘我看见他们，那些有权有势的盖尔芒特们，高大魁伟，顶天立地，和他们相比，幽居在巴黎王宫中的矮小而可怜的法国国王又算得了什么呢？’至于我个人怎样，先生，这个问题我不喜欢多谈，但是，有一件事您也许听说了，《泰晤士报》有一篇文章提起过，这篇曾轰动一时的文章说，奥地利皇帝（他一直待我很好，甚至想同我称兄道弟）不久前在一次谈话中宣称（谈话后来公布了），如果德·尚博尔[2]伯爵先生身边有一个像我这样了解欧洲政治内幕的人，那他今天说不定是法国

[1] 米什莱（1798—1874）：法国历史学家和作家，著有《法国历史》《法国革命史》等。

[2] 尚博尔（1820—1883）：波旁王族长子支系的最后一个代表。1830 年，查理十世弃位后，他是王位最后一个合法继承人，但仅仅到 1871 年才提出继承王位的权利。在正统派和奥尔良派谈判之后，眼看就要登基，但因他拒绝废白旗，致使谈判失败，因为他无子女，奥尔良家族成为王位唯一继承人。

国王了。我常想，先生，我身上有一个经验宝库，一种类似珍贵密件的东西。我这些经验不是靠我浅薄的天分获得的，而是靠机遇，您以后会知道是什么的。我不认为我应该把我的经验用于自身，但它对于一个涉世不久的青年可能是无价之宝。我要把我用三十多年的心血积累起来的，也许只有我一个人拥有的经验，用几个月的时间全部传授给这个青年。我不用讲，当您知道某些秘密时，精神上会有多大的享受，当代的基佐[1]要花几年时间才能掌握这些秘密，一旦掌握了，他对有些事件的看法就会和过去截然不同。我不仅要讲过去的事件，而且还要讲情况之间的连贯性（这是德·夏吕斯先生最心爱的表达方式之一，当他使用这个表达方式时，就像在做祈祷似的，常常把两只手合上，不过手指头是直的，他似乎要用这种语言和动作相结合的方式，使人了解那些他没有细说的情况和情况之间的连贯）。我要用一种标新立异、闻所未闻的观点给您讲过去，不仅过去无人知道，将来也无人知道。”

接着，德·夏吕斯先生向我打听布洛克的情况。在德·维尔巴里西斯夫人家里时，大家议论过布洛克，但他好像没有听见似的。他漫不经心地问我，我同学是不是年轻，是不是漂亮，等等。他善于使讲话的语气显得好像不是在存心打听，好像他心不在焉，在想别的事情，仅仅出于礼貌才勉强应付几句。布洛克要是

[1] 基佐（1787—1874）：法国历史学家和政治活动家。他从资产阶级立场出发，试图依据阶级斗争观点解释历史。著有《英国革命史》、《欧洲文明史》和《法国文明史》等重要作品。

听见了德·夏吕斯先生向我提的这些问题，准会迫不及待地想知道德·夏吕斯先生是重审派还是反重审派，甚至比想知道德·诺布瓦先生属于哪一派的心情还要迫切，只是理由完全不同罢了。“您做得对，”德·夏吕斯先生向我提了一堆问题后又对我说，“如果您想多学一些东西，朋友中就应该有几个外国人。”我回答他，布洛克是法国人。“啊！”德·夏吕斯先生说，“我还以为他是犹太人呢。”他这种与犹太人势不两立的表示，使我相信他是我所遇见的人中最坚定的反重审派。可他却反对指控德雷福斯犯有叛国罪。不过，他是以如下的形式表达的：“我想现在报界正在大谈德雷福斯犯了叛国罪，我相信人家是这样说的，我对报纸一点也不感兴趣。我看报就和我洗手一样，我觉得不值得我产生兴趣。不管怎么说，罪行是不存在的。要是您朋友的那位同胞背叛了犹大王国[1]，那倒可以说他犯了叛国罪，可是他和法国有什么关系呢？”我反驳他说，一旦爆发战争，犹太人也会和其他人一样被动员入伍。“可能吧，不过，不能肯定这不是一种轻率行为。如果把塞内加尔人或马尔加什人招募来打仗，我想他们是不会真心诚意地保卫法国的。这很正常嘛。您的德雷福斯也许可以按违犯接待国法规而判罪。算了，不谈这个。您能不能要求您的朋友带我去参加一次圣殿的盛会，看一看割礼仪式，听一听犹太人唱圣歌？他也许可以租一个大厅，给我演出取材于《圣经》的戏剧，就像圣西

[1] 犹大王国是公元前 935 年以色列—犹大王国分裂后在巴勒斯坦南部建立的国家。公元前 586 年被巴比伦灭亡。

尔寄宿学校[1]的女生为给路易十四[2]解闷，演出拉辛根据《圣经》的《诗篇》创作的戏剧一样。您是不是可以安排一下，哪怕演几个滑稽戏让我开开心也好。比方说，让您的朋友和他父亲格斗，把父亲刺伤，就和大卫[3]杀死歌利亚[4]一样，这会是一出绝妙的笑剧。在演出中，他甚至可以把他下贱的（照我的老女仆的说法是下作的）母亲狠狠地揍一顿。若是能这样，那就再好不过了，我们不会感到不愉快的，是不是，亲爱的朋友？因为我们喜欢异国情调的戏剧，把这个非欧洲的女人揍一顿，就好比给一个老泼妇以应有的惩罚。”德·夏吕斯先生一面说着可怕的疯话，一面使劲夹住我的胳膊，把我都夹疼了。我想起德·夏吕斯先生家的人常说，男爵对他那位上了年纪的女仆——刚才他引用了她的莫里哀式的方言——关怀备至，可敬可佩，我心里思忖，如果能对同一个人身上表现出来的善与恶做一个剖析（我看这个问题至今很少有人研究），这倒是一件饶有趣味的事，尽管在不同人身上表现的形式各不相同。

---

[1] 圣西尔寄宿学校是路易十四的情妇曼特农夫人于1686年为没有财产的贵族小姐创办的学校，校址设在凡尔赛区的圣西尔。拉辛曾为该学校写了《以斯帖》和《阿达莉》。

[2] 路易十四（1638—1715）：法国国王，大力资助文学和艺术事业，促进了当时法国文学和艺术的发展。

[3] 大卫（公元前11世纪至前10世纪），古以色列国王。据《圣经》记载，大卫统一犹太各部族，建立王国，定都耶路撒冷。童年时打死腓力斯勇士歌利亚，在位时，曾多次打败强邻，深受民众爱戴。

[4] 歌利亚：据《圣经》记载，他是腓力斯勇士，身材高大，头戴钢盔，身穿重甲，作战时所向无敌，后被大卫杀死。

我提醒他，不管怎么说，布洛克的母亲已经死了，至于布洛克的父亲，我怀疑他对一个完全可能使他眼睛变瞎的游戏能有多大的兴趣。德·夏吕斯先生好像生气了。“那个女人实在不该死，”他说，“至于眼睛变瞎，恰好犹太教是瞎眼教，看不见耶稣教义的真理。无论如何，您想一想，现在的犹太教徒哪一个不在基督徒愚蠢的狂怒面前吓得失魂落魄、胆战心惊呢？能看见一个像我这样的人屈尊俯就，看他们的演出，他们一定会高兴得忘乎所以！”这时，我看见老布洛克走过来了，他大概是来接儿子的。他没有看见我们，但我问德·夏吕斯先生，要不要把老布洛克介绍给他。我没料到我的同伴会大发雷霆：“把他介绍给我！您怎么一点也没有价值观念！认识我就那么容易！再说，介绍人是一个乳臭未干的毛头小伙子，被介绍人又不配受到介绍，这不就更不合适了吗？要是哪天他们按照我拟订的计划，给我演出一场亚洲风味的戏剧，我倒可以发发善心，同这个讨厌鬼说几句话。最多也就是这样。而且还有个条件，他得让他的儿子狠狠地揍他一顿。我甚至会向他表示满意的。”

况且，老布洛克根本没有注意我们。他正在恭恭敬敬地向萨士拉夫人致礼，萨士拉夫人欣然接受了。我感到很惊讶，因为从前在贡布雷，她对我父母接待小布洛克很不满意，她是一个彻头彻尾的反犹分子。可是，重审运动犹如一股气浪，几天前把老布洛克冲到她的家里。我朋友的父亲觉得萨士拉夫人颇有魅力，尤其对她的反犹立场感到满意，他觉得她这种立场证明她的信仰是真诚的，主张重审的观点是真实的，同时，正是因为她反犹，准许他到她府上做客就更有价值了。当她冒失地在他面前说“德吕蒙[1]先生不加区别地把重审派和新教徒、犹太人装进同一只口袋里，这种大杂烩太有意思了”时，他甚至不感到耻辱。回到家里，他自豪地对纳西姆·贝尔纳说：“贝尔纳，你知道吗，她有偏见！”可是，纳西姆·贝尔纳先生却没有吭声，他用天使的眼神望了望天空。贝尔纳先生为犹太人的不幸愁眉不展，怀念他同基督徒的深厚友谊，再加上岁月消逝使他变得矫揉造作、装模作样（以后我们会知道是什么原因），因此，他看上去活像拉斐尔前派[2]画家画的恶魔，头发乱七八糟，好像浸于一片惨白色中。

“整个案子，”男爵又说，他一直没有松开我的胳膊，“只有一个麻烦，那就是它对社交界（我不说是好的社交界，它早就不配用这个赞语了）起着破坏作用，一群‘公骆驼社’‘母骆驼派’‘牵骆驼队’的男男女女拥进社交界，我甚至在表姐妹家中也发现有不认识的人，因为他们都是法兰西祖国联盟——一个反犹联盟，谁知道是什么——的成员，好像一种政治观点能使人获得进入社交界的资格似的。”

德·夏吕斯先生的浮浅使他同德·盖尔芒特公爵夫人更相像

---

[1] 德吕蒙（1844—1917）：坚定的反德雷福斯派。他于1886年发表抨击文章《犹太人的法国》，并在法国中产阶级中宣传排外思想。1892年，他创办了《自由言论报》，宣传反犹思想，主张“法国属于法国人”。

[2] 拉斐尔前派是19世纪中叶出现于英国的一个画派。因认为真正的宗教艺术存在于拉斐尔（意大利文艺复兴时期画家）之前，企图发扬拉斐尔以前的艺术来挽救英国绘画而得名。主张绘画应起宗教道德教育作用，题材应以《圣经》及富有基督教思想的文学作品为主，忠实地反映主题，描绘对象。

了。我把这个看法同他说了。他似乎不相信我认识德·盖尔芒特夫人，我叫他回想一下在歌剧院的那个晚上，他那天好像故意躲着我似的。他说他根本没有看见我，我看他说得那样认真，要不是紧接着发生的一件小事使我感到他也许太骄傲，不想让人看见他同我在一起，我就会对他的话信以为真了。

“还是谈您吧，”他对我说，“谈我对您的计划。在某些人之间，先生，存在着一种类似共济会的秘密组织，我不能给您细说，但可以告诉您，这个组织现在有四个欧洲君主。然而有一个君主，也就是德国皇帝，得了妄想症，他身边的人想治好他的病。这是一件非常严肃的事，可能会给我们带来战争。是的，先生，完全可能。您一定听到这个人的传闻了，他以为中国的公主被他装到一个瓶子里了。这是疯病。他们正在给他医治。但是，当他不发疯时，就成了傻子。有些病是不该治好的，因为唯有它们可以使我们免染更严重的病。我有一个表兄，得了胃病，吃什么都不消化。最权威的胃病专家都给他治疗过，但毫无效果。我把他带到某某医生那里（顺便提一句，这又是一个怪人，他的事三天三夜也说不完）。这位医生立即推断病人患有神经官能症，劝他不要害怕，想吃什么就吃什么，他的胃对吃下去的东西也能承受。可我这位表兄还有肾炎。胃消化了的东西到了肾，肾却不能排泄出去。我这位表兄没有让一个臆想出来的，但能迫使他控制饮食的胃病伴随到老，却在四十岁时就一命呜呼了。胃治好了，肾却毁了。如果您能远远超越您自己的生活，谁知道呢，说不定您可以做出历史上某个杰出人物可能做的事来（如果有一个乐善好施的神灵在人类对蒸汽和电一无所知的情况下，向他透露蒸汽和电的规律的话）。不要犯傻了。不要因为不好意思就拒绝我的帮助。要知道，我帮您大忙，我想您也会帮我大忙的。我对社交界的人早已不感兴趣了，我现在只有一个欲望，那就是把我的知识奉献给一个至今仍然纯洁无瑕，能够被道德点燃热情的灵魂，以图弥补我一生中所犯的错误。我经历过巨大的忧伤，先生，有一天我也许会对您讲的，我的妻子死了，她是人们梦寐以求的女性，漂亮，高尚，完美无缺。我的亲属中年轻的还是有几个，但他们不可能——我不是说不配——接受我给您讲的精神遗产。说不定您就是那个可以继承我遗产的人呢。说不定我可以指导并大大提高您的生活呢。再说，我自己的生活也会因此而改变。我把那些重大外交事件告诉您，也许我会由此而恢复自信心，最后可能着手做一些有意义的事，而您将和我共同担负起责任。不过，在您知道这些事之前，我必须经常地，很经常地，甚至是天天都能见到您。”

我想利用德·夏吕斯先生对我出乎意外的热情，问问他能不能设法让我和他的嫂子见一次面，但就在这时，我感到我的胳膊像触了电似的，猛地震动了一下。原来是德·夏吕斯先生出于某种原因——一个和他一秒钟前还“深受启迪”的“宇宙”法则背道而驰的原因——把他的手臂从我胳膊下抽走了。尽管他说话时眼睛一直前后左右四下张望，刚才他看见的也不过是德·阿让古尔先生罢了，后者正从一条横马路上走出来。比利时外交部长看见我们，显得很不高兴，用不信任的目光睃了我一下，仿佛在看一个不同种族的人，那目光和德·盖尔芒特夫人看布洛克时的目光一模一样。他想避开我们。可是，德·夏吕斯先生似乎决意要向他表明自己丝毫也不想躲着他，因为德·夏吕斯先生招呼他了，仅仅是为了同他讲一件微不足道的小事。可能是怕德·阿让古尔先生认不出我来吧，德·夏吕斯先生对他说，我是德·维尔巴里西斯夫人、德·盖尔芒特公爵夫人和罗贝·德·圣卢的好朋友，而他夏吕斯又是我外祖母的老朋友，能把对外祖母的好感转移一部分给外孙，这是他的快乐。然而，尽管我在德·维尔巴里西斯夫人府上只是被介绍了一下名字，尽管德·夏吕斯先生刚才不厌其烦地谈了我的家庭，可我注意到，德·阿让古尔先生对我的态度比一小时前更加冷淡了，而且打这以后的很长一段时间里，他每次见到我也总是这样冷若冰霜。他用一种敌视而好奇的神情审视我，甚至好像在克服一种强大的阻力，当他离开我们时，他迟疑地向我伸出一只手，但很快就抽回去了。

“我为这个意外情况深感遗憾。”德·夏吕斯先生对我说，“阿让古尔出身高贵，但没有教养，是一个平平庸庸的外交官，一个拈花惹草的坏丈夫，像剧中人那样奸猾刁钻。他是一个成事不足、败事有余的人。我希望我们的友谊——如果有一天能建立起友谊的话——万古长青，希望您能和我一样爱护它，使它免遭蠢驴的脚踢。那些蠢驴因为闲得发慌，或者笨手笨脚，或者一肚子坏水，看见什么能维持长久，就把什么踏扁踩平。不幸，社交界的多数人都是从这个模子里铸造出来的。”

“德·盖尔芒特公爵夫人看样子非常聪明。刚才我们谈到了一场可能的战争。她对这个问题似乎有独特的见解。”

“一点也没有，”德·夏吕斯先生冷冷地回答我，“女人，还有许多男人，对我刚才要同您讲的事丝毫不感兴趣。我嫂子这个人很有意思，她以为现在仍然是巴尔扎克小说中描写的时代，女人要对政治施加影响。如果您现在同她来往，如同您和社交界的接触一样，对您有百弊而无一利。这正是我刚才要给您说的第一件事，没想到那个蠢驴把我打断了。我要您为我做的第一个牺牲——我给予您多少，就要求您牺牲多少——就是不要出入社交界。刚才我见您参加那个荒唐的聚会，为您感到心疼。您会对我说，我不也去了吗，可是对我说来，这不是一次社交聚会，而是串亲戚。等您将来有了名誉地位，如果有雅兴去社交界玩一玩，我看这倒也无妨。如果是这样，我对您的用处可就大了。我掌握着开门咒，可以让盖尔芒特府以及所有值得您出入的府邸为您敞开大门。我来当法官，希望您当好时间的主人。目前您羽毛未丰，在社交场所露面会引起种种议论。切莫做出不得体的事来啊。”

既然德·夏吕斯先生提到他看望德·维尔巴里西斯夫人这件事，我想问问他，他同侯爵夫人是什么亲戚关系，她的出身如何，谁知说出口的却不是我要提的问题，而是关于维尔巴里西斯家的情况。

“我的上帝，这个问题可不好回答，”德·夏吕斯先生用一种好像在词上打滑的声音回答说，“就如同您要我对您讲什么叫微不足道一样。我婶母什么事都干得出来，一时心血来潮，再婚时嫁了一个地位低微的迪里翁先生，使法国最高贵的姓氏变得毫无价值。那位迪里翁心里盘算，他也许可以像小说中叙述的那样，不担任何风险地换一个断了嗣的贵族姓氏。他想没想过用拉都·德·奥弗涅[1]这个姓？他在图卢兹[2]和蒙莫朗西之间是不是犹豫过？这就不得而知了。不管怎么说，他做了另一种选择，摇身一变，成了德·维尔巴里西斯先生。从一七〇二年以来，已经没有一个人再叫德·维尔巴里西斯先生了，因此我心想，他改这个姓不过是为了谦卑地表明自己是巴黎附近一个叫维尔巴里西斯的小地方的人，在那里开了一家诉讼代理人事务所或一个理发店罢了。可我的婶母对她丈夫的意图却不以为然——况且，她已到了听不进任何意见的年纪。她打肿脸充胖子，硬说这个侯爵爵位是我们家祖传的，她给我们每个人都写了信，想把事情做得冠冕堂皇，我不知道为什么要这样。既然你自封了一个没有权利得到的名字，最好就不要制造那么多麻烦了，不如仿效我们那位杰出的朋友，所谓的M伯爵夫人，她不听阿尔丰斯·罗特希尔德夫人的劝告，拒绝用增加圣彼得献金[3]的办法来换取一个徒有虚名的爵号。可笑的是，我婶母把凡是与真正的维尔巴里西斯家族有关的画全部垄断了，尽管她的亡夫迪里翁与这个家族毫无血缘关系。婶母的城堡变成了囤积维尔巴里西斯画像的地方。画像有真也有

[1] 拉都·德·奥弗涅家族是法国奥弗涅地区的古老家族，于12世纪因拉都·德·奥弗涅城堡得名。

[2] 图卢兹家族是法国古老家族，于9世纪建立德·图卢兹伯爵领地，13世纪末，伯爵领地被王族吞并。

[3] 圣彼得献金是教徒给教皇的捐款。夏吕斯认为犹太人给基督教会捐款有失体面，所谓的M伯爵夫人也是犹太人，因此不会做这事。

假，而且源源而来，越积越多，最后把盖尔芒特家族和孔代家族[1]的某些并不是微不足道的画像挤走了。画商每年都要为她制作画像。更不应该的是，她竟然把一幅圣西门的画像挂在城堡的餐厅里，声称德·圣西门公爵侄女的第一个丈夫是德·维尔巴里西斯先生。其实，即使《回忆录》的作者[2]不是迪里翁先生前妻的曾祖父，也还有其他身份足以引起来宾的兴趣嘛。”

本来，当我看到德·维尔巴里西斯夫人的沙龙不过是一个大杂烩时，她在我心目中的地位就开始降低了，现在又听说她不过是迪里翁夫人，她的地位在我心中就一落千丈。我认为，一个女人，如果不久前才获得她的爵号和姓氏，就不应该拿王族的友情招摇撞骗，欺蒙同时代人，欺蒙后代。她又变成了我小时候心目中的那个毫无贵族气派的女人。这样一来，她周围的那些贵族亲戚在我看来就与她毫不相干了。后来，她对我们仍然具有吸引力。我有时也去看她，她也不时地赠给我一些纪念品。但我再也不把她看成圣日耳曼区的人了。假如我想了解圣日耳曼区的情况，她恐怕是我要请教的最后一个人。

“假如您现在就涉足社交场所，”德·夏吕斯先生继续说，“就有可能影响您的前程，使您的才智和性格变形。此外，交朋友要格外小心。您可以有情妇，只要您家里不觉得有什么不好，这我不管，我甚至只会鼓励您，小下作坯，一个很快就需要修脸的小

---

[1] 孔代家族是波旁王族的一个支系。

[2] 《回忆录》作者指德·圣西门公爵。这部书追忆了路易十四统治末期法国的情况。

下作坯！”他一面说，一面用手抚摸我的下巴。“但在男人中交朋友就非同小可了。现在的青年，十之八九是小流氓，小混蛋，他们会给您带来永远无法弥补的损失。噢，必要时，我的外甥圣卢倒可以做您的好朋友。他对您的前途是帮不了什么忙的；不过，只要有我在，您就不愁没有前途。总之，当您对我感到厌烦时，您和他一道出门玩玩，我看这似乎不会有什么坏处。至少，他是一个真正的男子汉，不是那种女性化的男人，如今这种人到处都是，看上去就像面首，也许明天他们就会把无辜的牺牲品送上断头台。（我不知道“面首”是什么意思。谁要是听见这个俚语，也会和我一样大吃一惊。上流社会的人总喜欢用俚语，而那些做了某些事情又明知会招致谴责的人，总喜欢公开谈论这些事。他们认为这是纯朴的标志，但他们昏头昏脑，没有掌握分寸，不知道玩笑开过了头会变得可笑，会使人反感，会成为伤风败俗而不是纯朴的标志。）圣卢和其他人不一样。他很可爱，很严肃。”

听到德·夏吕斯先生说圣卢“严肃”，我不禁笑了。他说这个词时，声调非常特别，仿佛要赋予它“贞洁”“品行端正”的意思，就像在说一个青年女工生活“严肃”一样。这时一辆出租马车歪歪斜斜地开过来了；一个年轻的马车夫，坐在车内的软垫子上，而不是在自己的座位上驾车，看起来有三分醉意。德·夏吕斯先生连忙叫车停下。马车夫同他讨价还价。

“您上哪？”

“去您要去的方向（我很吃惊，因为德·夏吕斯先生已经拒绝过好几辆挂着同样颜色车灯的马车了）。”

“我不想回到我的座位上去。我还在里面待着。您不会介意吧？”

“可以，不过得把车篷放下。好了，别忘了我同您说的话，”德·夏吕斯先生离开我时又对我说，“我给您几天时间，您把考虑的结果写信告诉我。我再说一遍，我必须每天见到您，我要您保证做到诚实，守口如瓶，况且，应该说，您似乎已经保证过了。可是，我一生中上当受骗的次数太多，也就不再相信表面现象。他妈的！最起码也得让我在放弃一个宝库之前，知道把它交给谁呀！好吧，记住我提的建议，您和赫丘利[1]一样，走到了十字路口，不幸的是，您没有那样强健的肌肉。千万不要放弃选择通往美德之路，否则您会后悔一辈子的。怎么，”他对马车夫说，“您还没把车篷放下哪？我只好亲自动手了。再说，既然您醉成这个样子，我相信这车也得由我来赶了。”

他跳上车，坐到马车夫身边。马车飞快跑了。

且说我这边回到盖尔芒特府，正碰上我们家的膳食总管在同盖尔芒特家的膳食总管谈话，前者是德雷福斯派，后者是反德雷福斯派，谈话内容和刚才布洛克同德·诺布瓦先生的谈话相同，但从形式上看，两个膳食总管的谈话简单干脆、角色倒置、毫不容情：实际上成了一场争吵。的确，在法兰西祖国联盟和人权联

---

[1] 赫丘利是罗马神话中的英雄，即希腊神话中的赫拉克勒斯。古希腊诡辩学家凯阿的普鲁季科斯（约前460—约前399）有过一则寓言《十字路口的赫丘利》，说的是赫丘利走到十字路口，一条路陡峭，通往山丘，另一条路平坦，通往平原，他选择了第一条，即通往美德之路。

盟的上层知识分子中，针锋相对的真理和谎言已广泛传播到下层人民中间了。雷纳克先生施展策略，利用了那些和他素未谋面者的感情。德雷福斯案在他的理智面前，不过是一个无可辩驳的定理，他确实以最令人吃惊的、闻所未闻的理性政治的成功（有人说是与法国的背道而驰），“论证”了这个定理。他用两年时间，终于使克雷孟梭[1]内阁替代了比约[2]的陆军部，彻底改变了舆论，把皮卡尔[3]救出监牢，并且徒劳无益地让他当上了陆军部长。也许这个操纵群众的唯理主义者，自己也受到他祖先的操纵[4]。既然包容最多真理的哲学体系，归根结底是由一种感情强加给这个体系的创始人的，那么怎能假设，在像德雷福斯案那样简单的政治事件中，这种感情不会在推理人毫无意识的情况下支配推理人的理智呢？布洛克自以为是按照逻辑选择德雷福斯派的，然而他明明知道他的鼻子、肤色和头发却是犹太人种强加给他的。理智可能更自由一些；但它却服从于某些并不是由它自己规定的法则。两位膳食总管之间的争论情况比较特殊。重审派和反重审派自上而下把法国分成两部分，这两股波涛发出的声音虽然微弱，但寥寥可数的回声却很真诚。在一次大家避而不谈这一案件的谈话中，

---

[1] 克雷孟梭（1841—1929）：法国政治家。第二帝国时属左翼共和派，后为激进派领袖。1906年和1920年间曾两度任内阁总理。德雷福斯事件使他重返政治舞台。

[2] 比约（1828—1907）：法国将军和政治家，1882年到1883年以及1896年曾两次任陆军部长。

[3] 皮卡尔于1989年1月13日被捕入狱，1899年6月9日获释。1903年晋升准将，后在克雷孟梭内阁任陆军部长。

[4] 雷纳克是犹太人，是最激烈的德雷福斯派。

当我们听到有人小心翼翼地报告一个通常是不真实却受人欢迎的政治消息时，我们可以从报告人预言的目标推断出他的倾向。于是在某些问题上就有了冲突，一边是遮遮掩掩的传教热忱，另一边是道貌岸然的愤慨。我进屋时听到正在争论不休的两个膳食总管当然是例外。我们家的那位说德雷福斯有罪，盖尔芒特家的说他无罪。他们这样做不是为了隐瞒各自的信仰，而是别有用心，赌红了眼。我们家的那位对案子能不能重审心中没有把握，他想先发制人，这样倘若重审派失败，盖尔芒特家的膳食总管也就不敢为正义事业的失败而幸灾乐祸了。而盖尔芒特家的心想，假如政府拒绝重审，我们家的膳食总管会因为看到一个无辜者仍被囚禁在魔鬼岛上而增加烦恼。门房看着他们争吵。我似乎觉得这次在盖尔芒特府的仆人中出现的分裂不是由他挑起来的。

我上楼回到家里，发现外祖母病得更厉害了。一些日子以来，她常叫身体不舒服，但不知道得了什么病。我们只有在生病的时候，才意识到我们的生命不仅仅属于我们自己，而是和我们的躯体——一个不同界的存在物——紧紧地联系在一起，万丈深渊把我们同躯体隔开，它不认识我们，我们也无法让它理解我们。如果我们在路上遇到强盗，不管是什么样的强盗，即使不能让他们同情我们，至少，也可以用利益打动他们。可是要躯体怜悯我们，这就是徒费口舌。对躯体而言，我们的话不会比水声更有意义，而我们却要和它一起生活，不免感到惶恐不安。我外祖母常常觉察不到身体有什么不适，因为她的注意力全放在我们身上。当她觉得太难受的时候，为了治好病，她总想弄清楚得的是什么病，但却枉费心思。如果说她身体表现出来的种种病症，在她的思想上仍然是模糊不清、难以理解的话，那么这些病症对于和它们属于同一界的创造物[1]来说却是清清楚楚，很好理解。人的思想要弄清楚躯体对它说了什么，最后总要求助于这些创造物，正如要知道一个外国人回答什么，必须找他的一个同胞来当翻译一样。它们能和我们的躯体交谈，告诉我们躯体在大发雷霆，还是即将息怒。我们把戈达尔大夫请来给我外祖母看病。他一听到我们说外祖母病了，脸上就露出莫测高深的微笑，问我们："病了？不至于是外交病[2]吧？"这使我们又气又恼。为了解除病人的焦躁不安，他叫她试用以牛奶为主的食谱。外祖母每餐都吃牛奶做的浓汤，可是并不见效，因为她在汤里面放了许多盐。那时候，大家还不知道盐对人体有害处（维达[3]还没有研究出来）。医学是医生一个接一个犯下的互相矛盾的错误之综合；你把最好的医生请来看病，你有幸求助于一个真理，可是几年后，这个真理很可能被认为是谬误。因此，要不是不相信医学比相信医学更荒唐（因为从错误的积累中逐渐产生了一些真理），否则，相信医学很可能是天下最大的荒唐事了。戈达尔吩咐我们给外祖母测体温。有人拿来了体温表。体温表的玻璃管几乎是空的，看不见水银，勉强能

[1] 创造物：此处指下面要说的体温表、药物之类的物体。

[2] 假托有病，以此作为不履行职责或不在公开场合露面的借口。

[3] 维达（1862—1929）：法国医生。他的许多医学研究，尤其是伤寒研究，对医学和生物研究的发展很有影响。他根据血中含有的尿素率来诊断肾炎的方法被称作维达氏法则。

看见银色的蝾螈卧在它的小槽底部。它仿佛死了。我们把玻璃管塞进外祖母的嘴里（玻璃管在外祖母的嘴里不用待很久），不一会儿，小巫婆就给她算好了命。我们发现小巫婆停在塔楼的半中央，静止不动，准确地向我们显示出我们要她显示的，我外祖母怎么想也没想到的数字：38.3℃。我们第一次感到了不安。我们使劲地甩动体温表，想把这个决定命运的符号甩掉，仿佛这样甩，不仅能使体温表指示的温度下降，而且也能使外祖母的体温下降似的。唉！失去理智的小巫婆显然不愿意满足我们的愿望，因为第二天，体温表刚插进外祖母的嘴里，女预言家纵身一跳，就跳到同一个度数上，毫不留情地停下来，用她闪闪发光的魔棍，给我们指出了同一个数字：38.3℃，坚定的信念和能凭直觉感到我们感不到的事实使她变成了一个美人。对我们的愿望和期望，对我们的要求，她都充耳不闻，毫不退让，好像这是她最后的警告和威胁似的。为了使女巫婆改变反应，我们求助于另一个和体温表属于同一界的，但比体温表更有威力，不仅能询问，而且能指挥身体的创造物：退烧药。这种退烧药和阿司匹林同属一类，但阿司匹林尚没有应用于临床。我们没有把体温表降到37.5℃以下，希望它不要再往上升。我们让外祖母服了退烧药，然后又把体温表放到她嘴里。那位警觉的女巫婆这次一动也不动，宛若铁面无情的卫兵，当有人把通过关系搞到的上级机关的通行证拿给她看时，她认为通行证符合规定，便答道："好，我没意见，既然如此，那就过去吧。"可她却闷闷不乐，没精打采，仿佛在说："这对你有什么好处？既然你认识奎宁，它可以命令我不动。一次，十次，二十次。

可是，它会厌烦的，我了解它，走着瞧吧。好日子长不了。到那时你就会病得更厉害了。”

于是，我外祖母感觉到自己的躯体内，有一个比她更了解人体的生灵，和灭绝的树种是同代人，是地球的第一个占领者，比有思想的人类还要早出现。她感到这个古老的盟友在摸她的脑袋、心脏和胳膊，甚至有点儿叫人难以忍受；它熟门熟路，把一切组织得井井有条，以应付一场即将揭幕的十分古老的战斗。不多久，皮东[1]被打死，寒热被威力无比的化学元素战胜，我外祖母也许很想穿过大自然的各个界，越过所有的动植物，向这个化学元素鸣谢。她激动的心情久久不能平静，因为她刚才相隔那么多世纪，同一个先于植物而存在的元素进行了一场对话。再说体温表，它就像一个暂时被更古老的天神所打败的命运女神，手持银色纺锤停止了纺线。唉！不幸的是，人类还驯服了其他一些低级创造物，用来追捕自己无力追捕的神秘猎物，可是，这些创造物冷酷无情地给我们带来了微量的蛋白，但每天都有一定的量，使蛋白也似乎同我们感觉不到的某个持续状态有关系。从前贝戈特曾向我推荐过迪·布尔邦大夫，说他不会使我感到乏味的，他会想出一些治疗方案，尽管看上去荒诞不经，但同我奇特的智慧很相适应；我这个人生来认真，从来只让我的智慧服从我自己的本性，因此我听了贝戈特的建议感到很生气。但是，人的思想是不断变化的，它可以冲破我们本性开始设置的防线，从现成而丰富的，我们并

[1]　皮东是希腊神话中的蛇，被阿波罗打死在帕尔那索斯山脚下。

不知道是为它而设的智慧宝库中吸收养料。当我们听到有人在议论一个我们素不相识的人时，我们常常会把这个陌生人想象成才华横溢的人，与此相仿，现在我对迪·布尔邦大夫产生了无限的信任，仿佛他比别人更敏锐，更能洞察真理。当然，更确切地说，我知道他是一个神经官能症专家，钱戈大夫[1]临终前曾对他预言，说他将成为神经病学和精神病学的最高权威。“啊！我不知道，这完全可能。”弗朗索瓦丝也在场，她第一次听到迪·布尔邦和钱戈的名字，但这丝毫不妨碍她说：“这完全可能。”在这种场合说“这完全可能”，“也许”，“我不知道”，实在叫人啼笑皆非。我真想回击她：“既然您对别人说的事一无所知，当然您也就不会知道了；既然不知道，又何来可能与不可能呢？无论如何，您现在绝对不能说您不知道钱戈对迪·布尔邦说过那番话了。既然我们对您说了，您也就知道了；既然这是肯定的，您那个‘也许’‘这完全可能’在这里也就用不上了。”

尽管迪·布尔邦主要擅长脑科和神经科，但因为我知道他是名医，是一个才智出众、富有创造性的医生中的佼佼者，所以我仍然恳求母亲请他来给外祖母看病。虽然我们担心另请医生会使外祖母受惊，但我们不愿放弃一线希望，说不定布尔邦大夫能诊断出病因，治好外祖母的病呢。我母亲下决心请迪·布尔邦大夫来，是因为我外祖母不知不觉受了戈达尔大夫的鼓励，足不出户，

[1] 钱戈（1825—1893）：法国医生，对癔病和催眠颇有研究，为神经病理学的发展做出了巨大贡献。“钱戈病”已成为肌萎缩性脊髓侧索硬化病的代名词。

几乎卧床不起了。外祖母用德·塞维尼夫人[1]关于德·拉法耶特夫人[2]的书简来反驳我们："有人说她足不出户是因为疯了。我对这些急于做出判断的人说：'德·拉法耶特夫人没有疯。'不过，我也就说这些。只是在她死后，大家才看到她不出门是对的。"但她这是枉费口舌，请来看病的迪·布尔邦大夫即使没有说德·塞维尼夫人不对（我们没有给他讲这件事），但他至少认为我外祖母不应该不出门。他没有给她诊听，而是用奇妙的目光凝视她；在这目光中，可能蕴含着一种对病人深入探究的幻觉，也可能想使病人产生这种被探究的幻觉，这是一种貌似自发而实际却不是无意识的幻觉；或者是为了不让病人看出他在想别的事情，或者是想对她施加影响——他谈论起贝戈特来了。

"啊！我相信，夫人，他的确令人钦佩；您喜欢他太有道理了！不过，您最喜欢他哪一本书？啊！真的，我的上帝，这也许是最好的一本了。无论如何，这是他的小说中最精彩的一部。克莱尔非常迷人；您认为哪个男性人物最能博得人好感？"

我起初以为他让她谈文学是因为医生的职业使他有些厌倦，或者是想显示自己思想开阔，也可能是为了帮助病人恢复自信，向她证明他对她的病很乐观，想为她排忧解愁，从而产生更理想

[1] 德·塞维尼夫人（1626—1696）：法国女作家。出身贵族，接近路易十四宫廷。所写《书信集》反映当时宫廷和上层贵族的生活，为17世纪法国古典主义散文代表作。

[2] 德·拉法耶特夫人（1634—1693）：法国女作家。创作接近古典主义，以心理描写见长。主要作品有小说《克莱芙公主》，还写有《1688—1689年法国宫廷回忆录》，叙述路易十四时代的宫廷习俗。

的治疗效果。但我很快就明白了，他作为杰出的精神病医生，对人的大脑深有研究，他问这些问题是想了解我外祖母的记忆有没有受到损害。他问了问她的生活情况，目光阴郁而呆滞，好像是迫不得已才问的。突然，他仿佛发现了真实，似乎决定不惜一切代价抓住真实，费力地先做了一个抖身动作，好像要把包围在这个真实周围的波涛，也就是把他可能有的最后的犹豫和我们可能提出的一切异议抖掉似的；他目光清醒地，无拘无束、胸有成竹地凝视我的外祖母；他把每一个字都加重语气，声调温和而动人，他的超人的智慧使他的声音显示出各种细微的变化（此外，他的声音自始至终都那么温柔悦耳，像是与生俱来似的；在他乱蓬蓬的浓眉下，一双会嘲笑的眼睛蕴涵着善意）：

“您会好的，夫人，可能拖得很久，也可能好得很快，甚至今天就可能好。这完全取决于您，只要您明白您什么病也没有，只要您恢复正常的生活。您刚才对我说您不吃饭，也不出门了，是不是？”

“可是，先生，我有点发烧。”

他摸了摸她的手：

“至少现在不烧。再说，这不过是漂亮的借口罢了。您不知道我们还让发烧到39℃的肺结核病人到户外活动，给他们加强营养吗？”

“可我尿里还有蛋白哪。”

“您怎么会知道的呢？您得了我曾经描写过的精神蛋白尿。我们谁都有过这种情况，身体不舒服时，尿蛋白会骤然增多。医生马上就会给我们指出来，我们就会觉得尿里一直有蛋白了。医生用药物治愈一种病，会在健康人身上引发十种病（至少谁也不否认这情况时有发生），因为他们反复向您灌输‘您病了’的思想，而这个致病因子毒性之大，是任何一种细菌所望尘莫及的。这种相信自己有病的念头，对各种性格的人都能产生作用，而对那些神经质的人影响更深。您对神经过敏的人说：‘您背后的窗户开着’（其实关着），他们就会开始打喷嚏；您要是骗他们，说您在他们的菜汤里放了氧化镁，他们就会喊肚子疼；如果您让他们相信，他们的咖啡比平时更浓，他们就会一夜不合眼。请您相信，夫人，我只要看见您的眼睛，听见您的讲话，怎么说呢？看见您的女儿和外孙（他们和您太像了！），我就知道我在同谁打交道。”

“如果大夫允许的话，你外婆也许可以到香榭丽舍大街的一条安静的小径上坐坐，就在你小时候常去玩耍的月桂树丛旁边。”我母亲名义上在对我说话，实际上是在间接征求迪·布尔邦的意见，因为，她的声音听上去畏畏缩缩、恭恭敬敬。要是对我一个人说话，她就不会用这样的语气了。大夫把脸转向我外祖母，用医学权威而不是文学家的口气说：

“到香榭丽舍大街您外孙喜欢的月桂树丛旁坐坐吧，夫人。月桂树对您的健康有好处。它能驱魔祛邪。阿波罗杀死大蛇皮东后，就是拿着一枝月桂进入德尔菲[1]的，他想借月桂，预防那毒蛇的致

---

[1] 德尔菲为古希腊地名。据希腊神话记载，阿波罗在这里杀死大蛇皮东，建造神庙。

命病菌侵入他的肌体。您看，月桂树是最古老、最可敬，我还得加上最美丽——这无论在治疗上，还是在预防上都有价值——的杀菌药。”

医生的知识大多是从病人那里学来的，因此他们很容易认为关于“病人”的这种知识在所有人身上都有，自以为可以向他身边的病人炫耀他以前从其他病人那里学到的知识。因此，迪·布尔邦大夫就像一个巴黎人同一个乡下人交谈，希望用一句方言使对方大吃一惊那样，狡黠地微笑着，对我外祖母说：“最厉害的催眠药对您无可奈何，说不定狂风暴雨倒能使您入睡呢。”“恰恰相反，先生，刮大风绝对让我睡不着。”可是医生的气量很小。“见鬼！”迪·布尔邦皱了皱眉，咕哝一声，好像有人踩了他一脚，以为我外祖母在暴风雨的夜晚睡不着觉对他是一种人身攻击。他毕竟自尊心不算太强，而且作为“超尘拔俗”的人，他认为不相信医学是他的职责，因此他很快就恢复了泰然自若的神情。

我母亲竭力想从贝戈特的朋友那里得到一颗定心丸。为了表示支持他的意见，她补充说，我外祖母的一个堂妹得了神经官能症，在贡布雷她的房间里卧床不起整整七年，一星期只起来一两次。

“您瞧，夫人，我不知道还有这件事，要不然我会给您举这个例子的。”

“不过，先生，我和她完全不一样，恰恰相反。我的医生不可能让我躺在床上不起来。”外祖母说，也许她有点被大夫的理论激怒了，或者她是想把别人对这个理论可能提出的异议自己先提出来，希望他能反驳，这样，在他走后，她就用不着再对他的权威性的诊断产生怀疑了。

“当然，夫人，精神病，对不起，我的话不好听，精神病有各种各样，一个人不可能集中全部症状。您得的不是这一种，而是另一种。昨天，我到一家私人神经衰弱病疗养院去了。在花园里，我看见一个男子站在一张长凳上，像演杂技似的一动不动，歪着脖子，看上去很吃力。当我问他在做什么时，他没有动，也没有回头，答道：‘大夫，我的风湿病很重，而且我很容易感冒，刚才我活动得太厉害了，当我像这样愚蠢地弄得全身冒热汗时，我的脖子就会歪倒在我的法兰绒领子上。如果我没等热汗退下去就让脖子离开法兰绒，我准会得歪脖子病，要不就要得支气管炎。’的确，他可能得了歪脖子病。‘您是一个可爱的神经衰弱病人，您就是这种病人。’我对他说。您知道他是用什么理由向我证明他不是神经衰弱病人的吗？他说，疗养院的病人都有量体重的怪癖，因此，医生只得在磅秤上加了把锁，免得病人一天到晚量体重。而他却与众不同，他对量体重没有一点兴趣，医生只好强迫他上磅秤。他因为没有别人的怪癖而得意扬扬，却不想一想他也有自己的怪癖，正因为他有自己的怪癖，才没有另一种怪癖。请别见怪，夫人，因为这个怕感冒而不敢扭动脖子的人，是当代最伟大的诗人。这个有怪癖的可怜人，是我认识的人中最聪明的一个。别怕人说您神经质。您属于这个非凡而可怜的家族，它是社会的中坚力量。我们所知的伟大的东西，全都是神经质的人创造的。是他们，而不是其他人创立了宗教，写出了杰作，世人永远不会知道他们的功绩，尤其不会知道他们在创造时忍受的痛苦。我们欣赏美妙的音乐，观赏美丽的图画，享受无数美好的东西，却不知道作者所付出的代价，失眠、喜怒无常、时哭时笑、荨麻疹、哮喘病、癫痫病、惧怕死亡，而这种惧怕死亡的苦恼要比上述一切苦恼更具有危害性。您可能也有这种苦恼吧，夫人？”他笑眯眯地问我外祖母，“因为您得承认，我进屋时看见您正在心烦意乱。您相信自己病了，可能病得很厉害。上帝知道您相信您在身上发现了哪一种病的症状。您没有弄错，是有症状。神经质具有一种模仿才能。无论什么病它都模仿得惟妙惟肖。它模仿消化不良病人的肚胀，孕妇的呕吐，心脏病人的心律不齐，结核病人的发烧，简直是真假难辨。连医生都会受蒙骗，病人怎么能不信以为真呢？啊！别以为我在拿您的病开玩笑，我不了解您的病，就不可能对症下药。要知道，真诚坦白应该是相互的。我刚才对您说了，没有神经官能病，就没有伟大的艺术家，而且，”他郑重地伸出食指，又说，“也不会有伟大的科学家。我还要说，神经官能病医生如果自己不得神经官能病，别说是好医生，就连一般的医生都算不上。在神经病理学中，一个医生尽管不怎么说傻话，但他也是一个治愈了一半的神经官能症病人，正如批评家是不再写诗的诗人，警察是不再行窃的小偷一样。而我，夫人，我不像您那样自以为得了蛋白尿病，我并不神经质地害怕营养，也不怕出门，但我夜里总怕大门没有关上，不起来二十多次就不能入睡。那家疗养院，就是我昨天发现有一个不能转动脖子的诗人的地方，我去那里预订了一个病房，因为，你们可得给我保密呀，当我给别人看病过度劳累而加重了我的病情时，我就要到那里去休病假。”

“可是，先生，我也要接受那样的治疗吗？”我外祖母胆战心惊地问。

“这倒没有必要，夫人。您抱怨的病状会消失的，我向您保证。再说，您身边有一个很能干的人，我要他今后当您的医生。这个人就是您的病，是您过度活跃的神经。我知道用什么办法来治愈您的病，我自己不用动手，只要指挥您的神经就行了。我看见您桌上有一本贝戈特的书。您的神经质医好时，您也就不会再喜欢这本书了。然而，我难道有权用您过于活跃的病态神经带给您的快乐，去换取一种不可能给您快乐的完好无损的神经吗？您的神经带给您的快乐，恰恰是一种威力无比的良药，也许没有一种药能和它媲美。不，我不想让您活跃的神经变弱。我只是要求它听我的话；我要把您托付给它。但愿它向后退一退，能把阻止您散步、阻止您吃饭的劲儿，用来促使您吃饭，促使您读书、出门。总之，要使您得到消遣。别对我说您会感到疲劳。疲劳是一种先入之见在体内的具体体现。您首先要做到不去想疲劳。如果您有时感觉不舒服——这种情况谁都难免——您就装出什么事也没有似的，因为您的活跃的神经会把您变成德·塔列朗先生曾深刻地说过的想象出来的健康人。瞧，它把您的病治好一些了，您听我说话时坐得很直，一次也没有后靠，目光有神，脸色红润，可是时钟才走了半个钟头。您自己当然是感觉不到的。夫人，请接受我的敬意。”

当我把迪·布尔邦大夫送出门后回到房间里时（房内只有我

母亲一个人了），几个星期来像一块石头压在我心头的忧愁顿时烟消云散了。我感到，我母亲快按捺不住喜悦的心情，而我自己也很快就要喜形于色；我恨不得让我身边的每一个人分享我的激动，从另一个意义上说，这种迫切的心情，有点像是一种害怕心理，和我们知道有人就要从一道紧闭着的门里进来吓唬我们时感觉到的害怕如出一辙；我想跟妈妈说说话，但我的嗓子发不出声音，眼泪唰唰地流了出来。我把头靠在妈妈身上，久久地为痛苦哭泣，体味接受、珍爱痛苦的滋味（因为我知道它来自我的生命），就像我们总喜欢为一些合乎道德的，但情况却不允许我们付诸实现的计划兴奋激动一样。

弗朗索瓦丝对我们的快乐无动于衷，这使我非常恼火。她情绪很激动，因为盖尔芒特家的听差和那个爱打小报告的门房大吵了一场。一定要公爵夫人大发善心，出面调解，两个人才勉强讲和，而且，公爵夫人还宽恕了听差。因为她心地毕竟还算善良，她认为不相信“闲言碎语”，是解决这场纠纷的最好办法。

好几天以前，就有人陆续知道我外祖母生病了，纷纷前来向我们询问情况。圣卢给我写信说：“我不想在你亲爱的外婆生病的时候，对你进行过分的责备，她毫无过错。但是，如果我对你说，或者通过暗示让你知道，我会忘记你的背信弃义，原谅你的狡诈和背叛，那是在撒谎。”但我有几个朋友却认为我外祖母没什么大病，或者根本不知道她有病，约我第二天到香榭丽舍大街去找他们，然后同他们一起先去拜访一个人，再到乡下去参加一个晚宴。他们说，这个晚宴会给我带来快乐。我不再有理由放弃这两次娱乐机会。我们对外祖母说，她应该听迪·布尔邦大夫的话，多出去散散步，她就立即提出要到香榭丽舍大街去。带她去那里对我来说是举手之劳，她坐着看书，我就可以同我朋友商定碰头地点，只要我抓紧时间，可能还来得及和他们一起赶乘到维尔-达弗雷的火车。可是，等到要出门时，我外祖母又不想动了，她感觉很累。可我母亲受了迪·布尔邦大夫的开导，来了一股子劲，她大发脾气，一定要我外祖母服从她。她想到外祖母又要回到神经质状态，从此一蹶不振，就差一点要哭了。这天风和日暖，再没有比这更适合外祖母出门的天气了。太阳不停地变动位置，把它稀稀朗朗的光线，照到看上去不太坚固的阳台上，使石头的表层微微发热，给它蒙上一层朦朦胧胧的金色光晕。因为弗朗索瓦丝没得空闲去给她的女儿打电话，一吃完午饭就走了。不过，她还算不错，走之前到絮比安家去了一趟，让他给我外祖母出门要穿的那件短大衣缝几针。我正好散步回来，就和她一起去裁缝家了。“是您的少东家带您来的，”絮比安对弗朗索瓦丝说，“还是您带您的少东家来的？要不就是什么好风和命运女神把你们二位一起带来了。”絮比安虽然没念过书，但他天生就讲究句法，如同德·盖尔芒特先生天生只会——尽管他做了很大努力——违反句法一样。弗朗索瓦丝走了，短大衣也已补好，我外祖母该梳妆打扮了。她固执地拒绝母亲留在她身边，独自在房间里打扮，老也不见她出来。现在我知道她身体挺健康，我又满不在乎起来了（我们的亲人只要还活着，我们对他们就会采取这种奇怪的冷漠态度，把他们放在无足轻重的位置上，放在所有人的后面），我觉得她太自私，明明知道我跟朋友有约会，要到维尔-达弗雷去吃晚饭，可她却慢腾腾地没个完，就像故意要叫我迟到似的。我等得很不耐烦，尽管有人两次跟我说她就要准备停当，我还是一个人先下楼了。她终于赶了上来，没有像往常迟到时那样请求我的原谅，而是像一个有急事的人，满脸通红，慌里慌张，随身要带的东西忘记了一半。她追上我的时候，我快走到玻璃门了。门半开着，从外面吹进习习暖风，潺潺有声，仿佛有人打开了一个水库的闸门，可房子的内壁却仍然冷得像块冰。

“我的上帝，早知道你要去会朋友，我就该穿另一件短大衣来了。这一件叫人看了有点寒碜。”

我看她脸那么红，吃了一惊，我意识到，她一定知道晚了，就匆匆忙忙下了楼。我们在加布里埃尔林荫大道上下了出租马车。刚下车，在香榭丽舍大街上，我看见外祖母连招呼也不打一声，就转身朝那个有绿色树墙的古色古香的小房子走去。从前有一天，我在这个小屋里等过弗朗索瓦丝。我跟在外祖母后面（她大概想吐，一只手捂住嘴巴），登上那座建造在花园中央的具有田园风味的“小剧院”的台阶，我看见上次在这里遇见的那个护林员，这次还在“侯爵夫人”身边。“侯爵夫人”一如既往，坐在厕所门口收钱，她那大得出奇的很不端正的脸上，搽了一层劣质白粉，头上套着棕色假发，假发上戴了一顶插有红花，镶有黑花边的小软帽，活像马戏场上满脸涂着白粉准备登场，亲自在门口收门票的小丑。但我确信她没有认出我来。护林员擅离职守，坐在她身边同她聊天，他的制服也是绿色的，和树木的颜色很协调。

“那么，”他说，“您就老这样待下去了吗？您不想离开？”

“我干吗要离开，先生？您倒说说看，我在哪里会比在这里更好？到哪里去找这些安逸和舒适？再说这里人来人往，我自得其乐。我把这里叫作我的小巴黎，我从我的顾客那里了解到全巴黎发生的事。听着，先生，五分钟前从这里出去一个顾客，是一个职位很高的行政官员。嗨！先生，”她激动地喊了起来，仿佛——如果护林员假装怀疑她的论点并且提出异议的话——准备用武力维护她的论点似的，“八年来，您好好听着，上帝创造的每个星期之中，他每天三点钟准时到这里来，总是彬彬有礼，说话从来轻声细气，从来不把地面弄脏，他在里面要待半个多小时，一面解手，一面看报。只有一天没有来。当时我没有在意，可是到了晚上我突然心里嘀咕：‘一天过去了，可是那位先生没有来，也许他死了。’我心里很不是滋味。因为我对好人总是很留恋的。因此，第二天，当我又看见他时，甭提心里有多高兴了。我对他说：‘先生，昨天您没事吧？’他对我说，他自己没什么事，是他的妻子死了，他心神不定，魂不守舍，因此没有来。当然，他看上去就跟婚后二十五年丧妻的人那样愁容满面，但他毕竟很高兴，因为他又来了。我感到他平时的微小习惯被打乱了。我尽量给他鼓劲儿，对他说：‘您不要自暴自弃。还像从前那样每天到这里来，这能使您在忧愁中得到一点儿消遣。’”

“侯爵夫人”接着换上了一种更温和的语气，因为她看到花坛和草坪的保护神对她的话深信不疑，没有提出异议，他的一把剑——看上去更像一把园艺工具——仍然安静地躺在剑鞘里。

“还有，”她说，“我对顾客是有选择的，并不是人人都可以在我叫作‘客厅’的地方受到接待。您看，这里难道不像一个客厅吗？还有花呢！因为我的顾客中有几个很懂礼貌，他们——不是这个，便是那个——都愿意给我捎来一枝美丽的丁香花、茉莉花，或者玫瑰花。我最喜欢玫瑰花。”

我们既没给她带丁香，也没有给她送美丽的玫瑰，我想她不会对我们有好印象，不禁脸色赧然。为了尽量避免当面——宁愿让她缺席审判——聆听她对我们的批评，我就朝出口处走去。但是，在生活中，受到最热情接待的，不总是手捧美丽的玫瑰花的人，因为“侯爵夫人”以为我等不及了，对我说：

“要不要给您开一间小的？”

我表示不要。

“不要？”她微笑着又说，看上去是诚心诚意的，但我知道，要解手是不管要不要付钱的，但一定要有解手的需要。

这时，一个衣着很不体面的妇女匆匆走进厕所，看样子她确实感到有需要。但她不是“侯爵夫人”世界里的人，因为“侯爵夫人”用一种冒充上流社会女人的凶相对她说：

“全满了，太太。”

“要等很久吗？”可怜的女人问，她头上插着黄花，脸憋得通红。

“啊！太太，我劝您上别处去吧，因为，您看见了，还有两位先生在等着呢。”她指着我们——我和护林员——说。“再说，我只有一间能用，其他几间正在修理……一看这女人的脸就知道她不会付钱。”“侯爵夫人”说：“她不是这里的人，身上很脏，又不懂得尊重别人的劳动，我恐怕要用一个小时才能把女厕所打扫干净。我才不后悔少收入两个苏呢。”

外祖母终于出来了，她在里面足足待了半个钟头。我想她决不会为她的不得体的行为付小费的，于是我先走了，以免“侯爵夫人”可能对她嗤之以鼻时我也被捎带上。我走上一条小径，但走得很慢，好让外祖母不费劲儿就能赶上来，同我一起走。果然，外祖母很快就赶上来了。我以为她会对我说：“让你久等了，我希望你不至于错过与朋友的约会。”但她一句话也没说，我有点失望，不想先开口；我终于抬起头来看她，我看见她在我旁边走，头却扭向另一边。我怕她又恶心了。我仔细地看了看她，发现她走路一颠一颠的，不由得心里一震。她帽子歪斜着，大衣很脏，显得邋里邋遢，神情很不满意，脸涨得通红，看上去忧心忡忡，就好像是一个被车撞倒或被人从泥坑中拉上来的人。

“外婆，我刚才真怕您又恶心了。现在好些了吗？”我对她说。

她肯定在想，如果不回答我，我一定会感到不安。

“我听见‘侯爵夫人’和护林员的全部谈话了。”她对我说，“简直是盖尔芒特和维尔迪兰小圈子里的人说话的腔调。上帝！那种事竟也能讲得如此文雅。”接着，她又认真地引用了一句她的侯爵夫人，也就是德·塞维尼夫人的话：

“听他们说话，我心里暗想，他们在为我准备愉快的告别会呢。”

这就是她对我说的话。她在说这些话时，动用了她的全部智慧，她的引经据典的嗜好和对古典作品的记忆，甚至比平时更加用心，像是为了显示她对这一切都还记得清清楚楚。但这些话，与其说是我听见的，毋宁说是猜到的，因为她的声音嘟嘟囔囔，牙齿咬得很紧，用怕呕吐的理由是很难解释这个现象的。

“好吧，”我轻松地对她说，尽量装得不把她的不舒服看得太认真，“既然你有点想吐，如果你愿意，我们就回家去吧，我可不愿意带着一个消化不良的外祖母在香榭丽舍大街上溜达。”

“因为你和朋友有约会，我没敢提出来要回家。”她回答我说，“可怜的孩子！但是，既然你愿意，那当然更好。”

我担心她会发觉她说话时发音有些特别。

“行了，”我生硬地对她说，“别再说话了，你会累的，既然你恶心，再讲话就不合情理了，要说回到家里再说吧。”

她忧郁地微微一笑，握住我的手。她明白没有必要再向我隐瞒了，我已经猜到，她的病刚才有一次小小的发作。

LE CÔTÉ DE GUERMANTES

第二部

第一章

外祖母生病。

贝戈特生病。

公爵和医生。

外祖母病势危殆。

外祖母去世。

我们夹杂在熙来攘往的人群中，重新穿过加布里埃尔林荫道。我把外祖母安顿在一张长凳上，然后去找出租马车。我向来习惯于把自己放到她的心间，识别谁是最微不足道的人，可现在她向我关闭了心扉，她已成为外部世界的一部分，我对她身体的想法，我内心的忧愁，我也许可以向随便哪个行人倾诉，而对她却只能缄口不提。同她谈这些，还不如同一个陌生人谈更有信心。刚才，她把我童年起就一直向她倾吐的思想和忧愁统统还给我了。她还没有死。可我已经形单影只，茕茕孑立。就连她从前对盖尔芒特家族，对莫里哀，对我们关于小圈子的谈话所做的讽喻，如今也变得无依无据，无原无因，荒诞不已。因为做这些讽喻的人，明天就可能不再存在，它们对她已失去意义，外祖母不久就要故去，而死人是不可能构想讽喻的。

“先生，我不是说不行，可您事先没同我约好，您没拿号。再说，今天门诊不开。您想必有您的医生吧。我不能越俎代庖，除非他让我和他一起去会诊，这是医德问题……”

就在我招呼一辆出租马车的时候，我碰见了著名的E教授。他可以算作我父亲和外祖父的一个朋友。不管怎么说，他同他们有来往。他就住在加布里埃尔林荫道上。我灵机一动，在他跨进家门的那一刻把他叫住了，心想他也许能给外祖母出些好主意。可他像有急事缠身，从信箱里取出信后，就想把我打发走。我只好跟他一起登上电梯，这才同他说上话。他请求我让他按电钮。这是他的怪毛病。

“可是，先生，我不要求您接待我外祖母，您听我说完就明白了，她现在感觉很不好。相反，我想请您半小时后上我家里去一趟，那时她就到家了。”

“上您家去？先生，这绝对不可能。晚上我要到贸易部长家吃饭，在这之前我还要去会一个人，我马上就得去换衣服。更糟的是，我的晚礼服剐了个口子，另一件又没有饰孔，不能佩戴勋章。对不起，让我来按电梯开关，您不会，事事都得小心。开饰孔又要耽搁我一些时间。好吧，出于对您家里人的友谊，如果您外祖母能马上来，我可以接待她。不过，我先得同您说清楚，我只能给她一刻钟。”

我连电梯都没有出，就下去接外祖母了。E教授不信任地看看我，亲自开动电梯让我下去。

人们常说，死亡的日期是不确知的，但是，这种说法实际上已把死亡的时间确定在一个朦胧而遥远的范围内，不以为它同已开始的一天有着某种联系，甚至我们会在这个每小时都有了安排的非常确定的下午死去；或者死亡就要第一次部分地占有我们，从此对我们穷追不舍。你坚持散步，期待一个月后会有令人满意的气色。你踌躇不定，不知道该穿哪件大衣，该叫哪辆出租马车。你上了马车，你面前的这一天是完整的，短暂的，因为你想按时赶回来会一个女友。你希望明天也是个大晴天。殊不知死亡正在你的另一个平面上，在冥冥的黑暗中缓缓行进，恰好选择了这一天，就在几分钟后你的马车到达香榭丽舍大街的那一刻粉墨登场。也许，那些日夜惧怕死亡突然降临的人，会发现这一类死亡，或与死亡的初次接触并不十分可怕，因为它们具有人所熟悉的，亲切和习以为常的外表。死前享用了一顿丰盛的午餐，饭后和健康人一样出门游玩。乘坐敞着车篷的马车回家，途中死亡对你首次袭击。尽管外祖母病得很重，也总会有几个人说，在六点钟看见我们从香榭丽舍大街回家，还同外祖母打了招呼，马车敞着车篷，天气很好。勒格朗丹朝协和广场走去，神色惊异地停住脚，向我们脱帽行礼。我仍然是现实世界中的人，我问外祖母要不要还礼，提醒她勒格朗丹心胸狭窄，斤斤计较别人的态度。外祖母可能觉得我有点轻率，抬了抬手，仿佛在说："这有什么意思？无关紧要。"

是的，也许会有人说，就在刚才我去找出租马车的时候，外祖母还坐在加布里埃尔林荫道的一张长凳上，不多久乘坐一辆敞篷马车回家了。果真如此吗？凳子不费劲儿就能待在大街上，虽说也受到平衡力的约束。可是，人要能坐稳，哪怕是靠在长凳和马车上，也是要有应力的。平时我们感觉不到这股力，正如感觉不到大气压一样，因为大气压作用于各个方向。如果把我们抽成真空，让我们承受空气的压力，在死亡的一刹那间，也许我们能感觉到可怕的、不可抵消的重压。同样，当疾病和死亡向我们张开深不见底的洞口，世界和身体气势汹汹地向我们压来，我们却无计可施、难以招架的时候，要忍受住身体肌肉的折磨和深入骨髓的战栗，或使我们保持在平时看来仅仅反映了事物消极面的静止状态，让头挺直，目光安详，那都要我们拼出全部力量，进行一场鏖战。

勒格朗丹神色惊异地凝视我们，是因为他和其他过路人一样，认为我外祖母坐在马车上，却在向深渊滑去。外祖母拼力抓住坐垫，竭力使身躯不下沉。她头发蓬乱，目光茫然，行人鱼贯而过，但她的瞳孔却映不出任何图像。她坐在我身边，却似已经沉入了一个陌生的世界。刚才，在香榭丽舍大街上，我已经目睹她遭受到那个世界的袭击，依然能看到痕迹：她的帽子、她的脸、她的大衣，被一个看不见的天神弄得乱七八糟，她同天神进行了搏斗。

从那一刻起，我就意识到，外祖母对天神的袭击不完全感到意外，甚至早有预感，默默地等待着这一时刻的到来。当然，她不知道命中注定的时刻何时来临，心中无数，疑虑重重，犹如多疑的情夫，对情妇的忠诚时而寄予不切实际的希望，时而又疑神疑鬼，心神不宁。但是，那些致命的疾病，例如刚才使我外祖母脸部痉挛的疾病，一般都要在病人身上停留很久，慢慢地把病人引向死亡。它们不会像“随和”的邻居或房客，很快就向病人做自我介绍。一个人知道自己有病是可怕的，倒不是因为疾病会带来痛苦，而是因为会给生活带来形形色色、千奇百怪的限制。我们不是在死亡的时候，而是在几个月前，甚至在几年前，在可憎的死神进驻我们的身体之时起，就感觉到我们要死了。病人与陌生的死神相识，听见它在大脑中走来走去。虽然不知道陌生人的模样，从它来回走动的声音，也能推断出它的习惯。它是来干坏事的吗？某天早晨，它悄悄地走了。啊！要是它永远不再回来该多好！晚间，它又回来了。它来干什么？病人向医生提出疑问。医生像一个得宠的情妇，用不能自圆其说的誓言做回答。应该说，医生扮演的角色不是情妇，而是一个受审的仆人。仆人仅仅是第三者，情妇却是生活。我们诘问她，怀疑她对我们不忠，虽然觉得她已变心，但仍然相信她，疑惑不决，直到她把我们彻底遗弃。

我扶着外祖母走进 E 教授的电梯。E 教授立即前来相迎，把我们带进他的诊所。他说有急事缠身，但只要一进诊所，脸上那股傲气就荡然无存，因为习惯是一股强大的力量，他只要和病人在一起，就变得和蔼可亲，甚至谈笑风生。他知道我外祖母很有文学修养，也自认为颇有学问，就开始朗诵他自编的诗，歌颂灿烂的夏日。他朗诵了两三分钟。他把外祖母安顿在安乐椅上，自己坐在背光处，以便很好地进行观察。他检查得很仔细，我只好出去转一圈儿。他继续检查，尽管他事先说定的一刻钟就要到了，但他又一次给我外祖母吟诗，甚至还风趣地说了几句笑话。若是在平时，我会很高兴听他说笑话的。但是大夫诙谐的语气使我悬着的一颗心完全放下来了。我想起多年前，参议院议长法利埃先生[1]也发过一次病，却是一场虚惊。三天后他不仅恢复了工作，而且还准备在不久的将来竞选共和国总统。他的对手空欢喜了一场。我正想着法利埃先生的先例，联想到外祖母的病情，感到信心百倍，忽然，E教授在结束一句笑话时发出的爽朗的笑声把我从沉思中惊醒，这使我更确信外祖母很快就会恢复健康。笑罢，E教授掏出怀表，看了看，耽搁了五分钟，于是焦躁地皱皱眉，一边同我们道别一边摇铃，叫仆人快给他拿晚礼服。我让外祖母先走一步，回来又关上门，向教授询问真情。

"您外祖母没救了。"他对我说，"刚才的发作是尿毒症引起的。尿毒症倒不一定致命，但她的病我认为没有希望了。但愿我诊断错了。再说，戈达尔大夫医术高明，他会悉心治疗的。对不起，"他看见女仆手臂上搭着他的晚礼服走进来，便对我说，"您知道，我要到贸易部长家去吃晚饭，在这之前还要去拜访一个人。啊！生活不像您这个年龄的人所想象的那样尽是快乐。"

他亲切地同我握手道别。我重新关上门。一个仆人给我们——我和外祖母——带路。在候客厅里，我们听到雷霆般的斥骂声。原来是女仆忘记在礼服翻领上开挂勋章的饰孔了，又要耽误十分钟。在楼梯平台上，我默默地注视着我那不久于世的外祖母，耳朵里不停地传来教授的吼声。谁都是孤独的。我们继续乘

[1] 法利埃（1841—1931）：法国政治家。1883年1月30日，他在被任命为总理的第二天，在众议院的一次讲话时，受到右翼议员的抨击，他声称自己"十分疲倦"，要求休会，然后失去知觉。他卧床一周，康复后不久就提出辞呈。

车回家去。

夕阳西斜。马车驶抵我们居住的街道之前，先要经过一段绵绵长墙。夕阳照得长墙一片通红。马和车的投影清晰地呈现在淡红色的墙上，犹如一辆柩车行驶在庞贝的陶土上。我们终于到家了。进入门厅后，我把外祖母安顿在楼梯旁的一张长沙发上，上楼禀报母亲。我对母亲说，外祖母回来了，她在路上晕了一次，感到不大舒服。我的话还没说完，母亲脸上就露出了极度的绝望。这是一种听天由命的绝望。我忽然明白，绝望已在她心里隐藏多年，就等着最终一天喷发。她什么也没问。正如居心不良的人喜欢夸大别人的痛苦，我母亲出于对外祖母的深情，不愿承认自己的母亲得了重病，更不愿承认她的病可能危及智力。妈妈浑身哆嗦，脸在无泪地哭泣。她忙去找人喊医生。弗朗索瓦丝问她谁病了，她声音哽在喉咙口出不来。她和我一起奔下楼，抹去了脸上悲痛的皱纹。外祖母在楼下门厅内的长沙发上等我们。听到我们的声音，她站起来，高兴地向我妈妈挥挥手。我在上楼前，用一条饰有白花边的纱巾包住了外祖母的头，只让半边脸露在外面，对她说怕她坐在楼梯口会着凉。其实，我是不想让母亲过多地看到外祖母扭曲的脸和歪斜的嘴。我的谨慎是多余的。母亲走到外祖母身边，像吻上帝那样吻了吻她的手，然后小心翼翼地把她扶上楼梯，生怕会弄痛外祖母。小心之中还夹杂着谦卑，仿佛外祖母是她见到的最珍贵的物品，连碰一碰的资格都没有。但她没抬一次头，也没有看一眼病人的脸。也许，她怕病人想到自己的样子可能使女儿不安而心里难过；或是怕自己看了会感到痛苦；或是出于尊敬，因为她认为，看见尊敬的人脸上出现呆傻现象是大逆不道；或是想在日后把她母亲真实的，智慧和善良的脸完美无缺地留在记忆中。就这样，我们肩并肩地上了楼，外祖母的脸一半遮着纱巾，母亲始终把头别向一边。

在这期间，有一个人的眼睛始终没有离开外祖母那变了模样的、她女儿不敢正视的脸，目光流露出惊讶和不祥，使人感到很不谨慎。这个人就是弗朗索瓦丝。倒不是她不真心爱外祖母（她看见妈妈表情冷漠，甚至很失望，有点愤愤不平，认为妈妈应该哭着扑向母亲怀里），而是生来就爱做最坏的预想。她从童年起就具有两个特点，二者貌似互相排斥，然而一旦汇合起来，就会威力无比：一是下层人的缺乏教养，看到别人肉体受苦受难，本应装作没有看见，但却毫不掩饰地让自己的印象，甚至让痛苦和恐惧显现在脸上；二是乡下人的麻木不仁和冷酷无情，没有机会拧鸡脖子，也要扯蜻蜓的翅膀过过瘾，看到别人肉体受苦居然会感兴趣，也不觉得难为情。

弗朗索瓦丝小心翼翼地服侍我外祖母上床。外祖母躺下后，感觉说话方便多了，可能尿毒症只导致了一根血管的轻度撕裂或阻塞。她想履行诺言，帮助妈妈度过她所面临的最残酷的时刻。

“嘿！我的女儿，”她对妈妈说，一只手握住妈妈的手，另一只手仍然捂在嘴上，因为有些字她在发音时仍感到有点费劲，用手捂着嘴可以掩饰过去，“瞧你多么怜爱你母亲，你当消化不良就那么舒服！”

我母亲这才第一次——因为她不愿意看其他部位——把深情

的目光移到外祖母的眼睛上，开始背诵不能兑现的誓言：

“妈妈，你很快就会好的，是你的女儿在向你做保证。”

她走过去，谦卑而虔诚地在亲人额头上吻了吻，她把满腔的爱和盼母病愈的愿望全都寄托在这个吻上，用她的思想和整颗心把这个吻一直护送到她的唇边。

外祖母抱怨压在左腿上的被子太重，好像压着一层泥沙石土一样。她想把被子掀开，却无论如何也掀不动。她不知道这是她本身的原因，因此，她每天都不公正地埋怨弗朗索瓦丝没把床“收拾”好。她一阵痉挛，把那些细羊毛毯浪花四溅的波涛全部抛到左腿那一边。毛毯在那里堆积成山，就像沙子在海湾上堆成沙丘，如果没有筑堤坝，海湾很快就会被潮水挟带来的沙砾变成海滩。

我和母亲甚至不愿意说我外祖母病得很重（我们的谎言事先就被洞察入微，又不善掩饰的弗朗索瓦丝戳穿了），好像这样说，会使仇者痛快（但她没有仇人），而不这样说，就意味着对她有更深厚的感情。总之，我们此时此刻完全受一种本能的情感支配，正是在这种情感的驱使下，我认为，安德烈对阿尔贝蒂娜爱得不是很深，因为她对她表示出过分的同情。这一类现象屡见不鲜，俯拾皆是，不仅个人会有，大家都会有，甚至大的战争也会有。在战争中，不爱国的人不见得说祖国的坏话，但认为它完了，可怜它，看什么都漆黑一团。

弗朗索瓦丝帮了我们大忙。她有熬夜的本领，能干最苦最累的活儿。有时候，她一连好几夜未合眼，可是她刚上床，才睡了一刻钟，我们不得不又把她喊起来，但她却为能干累活而感到高兴，仿佛这是世界上最简单的活儿似的，她脸上不仅没有一点不悦，反而露出满意和谦卑。不过，只要做弥撒，也就是吃早饭的时刻一到，弗朗索瓦丝就会悄悄溜走，哪怕我外祖母就要咽气，她也要准时赶去做她的“弥撒”。她不可能，也不愿意让她年轻的听差代替她。她从贡布雷带来了一个极其高尚的观念，仆人要对我们各尽其职，她不能容忍我们的仆人有任何“失职”的行为。她不愧为一个非常高尚、非常专横、非常有效的女教师，在她的调理下，到我们家来做事的仆人不管多么堕落，也会很快改变他们的人生观，变得纯洁高尚起来，甚至不再拿“五厘回扣”[1]，看见我手里提着东西，即使分量很轻，也会立即跑来把东西接过去——尽管他们从前极不乐意帮助人——生怕把我累坏。不过，弗朗索瓦丝在贡布雷养成了另一个习惯，做事从不让别人帮忙，她把这个习惯带到了巴黎。她觉得接受别人帮助，好比是接受一种侮辱。有时候有的仆人一连几个星期早晨起来向她问候，总得不到她的回礼，仆人去度假时，她甚至连一声再见都不说，仆人猜不出个中原委，其实，就因为弗朗索瓦丝有一天身体不爽，他们想帮她干活而把她得罪了。现在我外祖母身患重病，弗朗索瓦丝更把她的工作看作神圣不可侵犯。她是我外祖母的专职用人，在这庄严的日子里，她不愿意看到别人越俎代庖，篡夺她的角色。因此，她那位年轻的听差被她撇在一旁，无事可做，他对仿效维

[1] 商人付给代主人采购物品的仆人们的佣金。

克多在我书房里拿我的信纸已感到不满足，开始从我的书橱里取走诗集。白天大部分时间他都用来读诗。无疑，他这样做是出于对诗人的赞赏，但也是为了在业余时间给同村好友写信时，能引用诗人的诗句。当然，他想用这一招使他的朋友们目眩神迷。可是他想问题缺乏连贯性，他认为这些诗是在我的书橱里找到的，一定是家喻户晓，人人都会引用，因此，当他给他的乡亲写信时，他想让他们大吃一惊，他在谈自己的想法时，夹几句拉马丁的诗，就像在说“走着瞧吧”，或“您好”一样。

外祖母感到疼痛难忍，医生准许她用吗啡。使用吗啡后疼痛虽然减轻了，但不幸的是，尿中蛋白含量相应增加。我们想打击在外祖母身上定居的疾病，但却总是打错地方；挨打的总是外祖母，以及居于中间的她那可怜的身体，可她只是轻轻呻吟。我们给她造成了痛苦，却不能给她带来任何好处。我们本想根除凶恶的疾病，却不料只是轻轻触了触它的皮毛，这样反而更把它激怒，说不定它会提前把它的女俘吞掉。前几天，尿中蛋白含量剧增，戈达尔大夫沉吟片刻，决定不用吗啡。这个普通而平凡的人，每当他沉思的时候，在他权衡两个处方各有哪些害处，直到最后做出决定的短暂时刻中，总表现出一种大将风度，就像一生碌碌无为的将军，在祖国生死存亡的关键时候，当他沉吟片刻，做出从军事上看极为明智的“与东方对峙”的决定时，闪烁着一种动人心魄的精神。从医学上讲，哪怕没有希望治好尿毒症，也不应该加重肾的负担。但另一方面，当外祖母不用吗啡时，她的疼痛却变得无法忍受。她又开始不停地动，每动一下都要发出呻吟：在很大程度上，痛苦是肌体的一种需要，肌体需要了解一种它所担心的新状态，使感觉与之相适应。人们可以从不舒服中辨出痛苦的来源。不舒服的感觉并非人人皆有。在一个充满浓烈烟味的房间里，两个感觉迟钝的人走进来，只管忙自己的事；第三个人感觉灵敏，就会不停地受到烟味的侵扰。他心神不定，坐立不安，不断用鼻子嗅这烟味。他似乎应该想办法不闻到味道，可每次都使他受到侵扰的嗅觉闻得更准确。因此我们可以说，一种牵肠挂肚的忧虑，可以使人忍受住剧烈的牙痛。当外祖母像这样疼痛时，她那淡紫色的额头上大汗淋漓，粘住了一绺绺白发；当她以为我们不在她房里时，她就会大声呻吟："啊！这太可怕了！"可是，只要一看见我母亲，她就立即竭尽全力使痛苦从她脸上消失，或者干脆重复同样的呻吟，还要做一番解释，这补加的解释赋予我母亲可能听到的呻吟以新的含义：

"啊！我的女儿，这太可怕了，天气那么好，我多想出去走走，可我却不得不躺在床上，我对您的禁令很生气，眼泪都给气出来了。"

但是，她却不能阻止她的眼神传递呻吟，额头冒出汗水，四肢痉挛惊跳，虽然痉挛立即控制住了。

"我不疼，我哼哼是因为我躺着不舒服，我感到头发乱七八糟的，我有点恶心，我碰到墙上了。"

我母亲守在床头，凝视着外祖母的痛苦，仿佛像这样用目光穿透这痛苦的额头和这隐藏着疾病的身躯，就可以击中并消除外祖母的痛苦。我母亲说：

“不，亲爱的妈妈，我们决不让你像这样痛苦，我们要想个办法，你耐心等一等。我可以吻你一下吗？你不用动的。”

她俯下身子，双腿弯曲，半蹲着，仿佛这种谦卑姿势更能使她炽烈的献身愿望得到满足，她把包容着她全部生命的脸凑近外祖母，就像在递给她一个圣体盒。这张脸刻着酒窝和皱纹，犹如刻在圣体盒上的浮雕，多么深情，多么悲痛，多么温柔，说不清楚这是用亲吻，还是用啜泣或微笑的刻刀刻成的。外祖母也尽量把脸递给妈妈。她的脸变化极大，如果她有力气出门，毫无疑问，人们只能根据她帽子的羽毛认出是她。她的面部轮廓似乎正在塑造中，她努力避开其他模子，按照一个我们不认识的模子塑造自己。雕塑家的工作已接近尾声，脸变小了，线条也更突出了。脸上的经脉看上去不像是大理石的，却像是一块凹凸不平的石头上的纹理。因为呼吸困难，她的头总是向前倾，但同时又因为太累，又总是往后缩。这张凹凸不平的、变小了的、极富表情的脸孔，使人想起一尊史前雕像，活像野蛮的守墓女人的脸孔，粗糙，淡紫色，红棕色，充满着绝望。但是整个雕像尚未完竣。接着必须把它敲碎，然后葬入这个用痛苦的挛缩费力地保留下来的坟墓中。

我外祖母不停地咳嗽和打喷嚏。在这样一个俗话说走投无路的时刻，我们接受了一个亲戚的建议，请来了某专家。这个亲戚断言，请某专家看病，三天保好。上流社会人士谈到他们的医生时，总说这句话，而人们相信他们的话，就像弗朗索瓦丝相信报上的广告一样。某专家来了，带来了那只装满感冒病毒的药箱，就像厄俄尔[1]带着他的牛皮口袋一样。外祖母坚决不让医生检查。医生白来了一趟，我们很过意不去，因此，当他提出要给我们每个人检查鼻子时，我们没有拒绝，尽管我们的鼻子一点毛病也没有。可他说我们有病，说偏头痛或肠绞痛，心脏病或糖尿病，无一不是一种尚未被认识的鼻子病。他对我们每个人都重复同一句话："这是一个小鼻甲，每次看见它，我都很高兴。还留着它干什么？我用点状烧灼术给您把它去掉。"当然，我们想的完全是另一回事。但我们心里嘀咕："去掉什么呢？"总之，我们的鼻子都有毛病；但是他搞错了，当时我们的鼻子并没有毛病。因为第二天，他的检查和临时包敷生了效，我们都得了他的重伤风。当他在街上遇见我父亲时，见他不停地咳嗽，就笑了，心想一个无知无识的人也许会以为是他给看病看出来的哩，其实他给我们检查时，我们就已经病了。

外祖母患病使各种人有了向我们表示同情的机会，不管是过分的，还是不足的，都使我们感到吃惊。况且，这两种人使我们意外地发现了过去未曾发现的情况，甚至友谊方面的联系。那些不断前来询问外祖母病情的人表示出极大的关心，这使我们意识到外祖母病情的严重性，而我们在外祖母身边只感到她万分痛苦，却没有想到她的病情怎样严重。我们打电报通知了她的两个妹妹，但她们没有离开贡布雷。她们发现了一个男演员，他给她们演奏

[1] 希腊神话中的风神，住在一个岛上。据说他有六个儿子和六个女儿，代表十二个风，都装在一只牛皮口袋里。

悦耳动听的室内乐，她们认为，看男演员演出，比守在病榻旁更能静心，更能表示高雅的痛苦。真不失为别出心裁。萨士拉夫人也给妈妈来了信，不过，完全像是一个突然取消了婚约（德雷福斯案件是决裂的缘由），同我们一刀两断的人写来的信。可是，贝戈特却天天都来，和我一起待上几个小时。

他有一个习惯，在一段时间里，每天都到一个他可以不拘礼节的人家去。但从前是为了让别人听他一人滔滔不绝的讲话，现在他却长时间地默不作声，别人也不要求他说话。因为他病得很厉害：有人说他和我外祖母一样，患了蛋白尿症；另一些人说他长了瘤子。他变得弱不胜衣，上我们家楼梯时很吃力，下楼更困难。他扶着栏杆还常常绊倒。我相信，要不是他害怕完全失掉出门的习惯和可能，他就一定闭门不出了，这个“蓄山羊胡的人”，我知道，不久前，他还那样敏捷，现在视力也不好了，连讲话都很困难了。

可就在这时候，他的著作在读者中传播日益广泛。在斯万夫人帮助他畏畏缩缩地散布这些著作的时代，它们只得到文人的承认，而现在，没有人不认为它们是伟大的了不起的杰作。当然，也有死后扬名的作家。但是，他们是在活着的时候，在缓慢地朝着死亡前进、在尚未走到尽头的过程中，看见自己的作品一步一步赢得声誉的。至少，死后扬名的作家不用劳累。他们名字的光辉只停留在他们的墓碑上。他们长眠于地下，什么也听不见，不会被荣誉扰得心烦意乱。可是，对贝戈特来说，生死荣辱对比还没有完全结束。他还活着，必须忍受荣誉的骚扰。他还能走动，尽管走得很吃力，可他的作品却活蹦乱跳，生气盎然，犹如心爱的少女，每天把新的仰慕者吸引到他的床边，但她们汹涌的青春活力和狂热的寻欢作乐会把人搞得精疲力竭。

现在他每天都到我们家来，但我觉得他来得太迟了，因为我不像前几年那样仰慕他了。这和他的声望提高并不矛盾。一般地说，一部作品，只有当它快失势的时候，只有当另一个作家的一部尚不见经传的作品将它取而代之，开始成为某些要求苛刻的人心目中新的崇拜物的时候，才能完全被人理解，才能获得全胜。贝戈特的书我读了一遍又一遍，呈现在我眼前的句子跟我自己的思路一样清晰，跟我卧室里的家具和大街上的车子一样鲜明。一切都一目了然，即使不是我们过去熟悉的，至少也是我们现在习以为常的。然而，一个新作家开始出书了。在他的书中，事物间的联系同我所熟悉的联系截然不同，我几乎看不懂他写了些什么。比如，他说："引水管赞美公路完美无缺的保养"（这倒还好理解，我沿着公路走就是了），"公路每隔五分钟从布里昂[1]和克洛岱尔[2]出发一次"。后半句话却让我如堕五里雾中，不知所云了。因为我等待的是一个城市名，却看到了一个人名。不过，我感到句子本身无可指摘，只怪我自己没有本事，不够灵活，不能把句子读完。我又一次冲刺，手脚并用，冲到我将能发现事物之间新的关系的

[1] 布里昂（1862—1932）：法国政治家。1901年任法国社会党总书记。1909—1931年间曾十一次出任总理。1926年获诺贝尔和平奖。

[2] 克洛岱尔（1868—1955）：法国作家和外交家。他的作品多宣扬天主教精神，充满神秘色彩。

地方。可每次读了半句，我就坚持不下去了，就像后来在部队上进行“横杆”训练时跑到横杆跟前我就停下来一样。然而，我对这位新作家仍然不胜钦佩，就像一个体操得零分的笨手笨脚的孩子，在另一个比他灵巧的孩子面前露出赞叹神色一样。从此，我对贝戈特就不大欣赏了。我觉得，他的明晰清畅成了缺点。有一个时期，同样的内容，当弗罗芒丹[1]作画时，人们一眼就能看清楚，可是由雷诺阿[2]来画，就谁也看不懂了。

今天，那些风雅之士告诉我们，雷诺阿是十八世纪的大画家。可他们说这话时忘记了时间，需要过很长时间，甚至要到十九世纪中叶，雷诺阿才被尊为伟大艺术家的。一个独辟蹊径的画家，一个独树一帜的艺术家，要像这样受到公认，必须采用眼科医生的治疗方法。用他们的画作或小说进行治疗不总是令人愉快的。治疗结束后，医生对我们说：现在请看吧。我们看见的世界（不是被创造一次，而是经常被创造，就像一个独出心裁的艺术家突然降世一次，就被创造一次）同旧世界大相径庭，但一清二楚。妇女们在街上行走，和昔日的妇女截然不同，因为她们是雷诺阿的妇女，从前，我们是拒绝承认他画上的妇女的。车子也是雷诺阿的车子，还有大海和天空：我们渴望在雷诺阿的森林里散步，可是，当我们第一天看见他的森林时，觉得它什么都像，唯独不像森林，比如说它像一幅色调细腻，但就是缺少森林特有色调

[1] 弗罗芒丹（1820—1876）：法国画家和作家，擅长风景画。

[2] 雷诺阿（1841—1919）：法国画家，印象画派成员之一。在创作上，能把传统画法和印象主义画法相结合，创造了独具一格的风格。

的挂毯。一个新的不持久的世界就这样被创造出来了。它将存在下去，直到另一个新的别出心裁的画家或作家掀起一场新的地质灾难。

我认为取代贝戈特的那个作家，不是以事物之间的缺乏联系，而是以事物关系的新奇和严密使我感到不耐烦。我不习惯这种结构，有的地方读来读去总感到读不下去，每次都要花九牛二虎之力。此外，如果一千次中能有一次跟上作家的思路，把他的句子读完，我就能感受到一种诙谐、真实和魅力，跟我从前读贝戈特的作品产生的感觉一模一样，但更有滋味。我思忖，不久前是贝戈特让我看到了焕然一新的世界，现在，我期待着他的继承者向我展现一个更新的世界。因此，我寻思，我们向来认为艺术仍停留在荷马时代，而科学却从没有停止发展，这种把艺术和科学割裂的看法究竟有没有道理。也许，在这一点上艺术和科学十分相似。我认为，每一个标新立异的新作家总比他的前辈有所发展。谁能对我说，二十年后，当我能毫不费力地跟上当今这位新作家的思路的时候，不会出现另一个作家，而当今这个作家不会跑去同贝戈特会合呢？

我同贝戈特谈了这个新作家。他的话使我对新作家产生了反感，倒不是因为他使我相信这个作家艺术如何粗陋、浅薄和空洞，而是因为他说他看见这个作家和布洛克长得很像，简直难分真假。从此，这个作家的书页上都映着这个形象，我不再认为应该强迫自己去努力理解他的句子了。贝戈特在我面前说他的坏话，我认为与其说是出于对他成功的妒忌，毋宁说是因为对他的作品一无了解。贝戈特几乎什么书也不读。他的思想大部分已从他的大脑转入他的书中。他消瘦了，仿佛动过手术，把他那些书割掉了似的。他的创作已本能地枯竭了，因为他所想的几乎全部创作出来了。他和康复中的病人及产妇一样，过着单调乏味的生活。他那双漂亮的眸子变得凝滞，微微有些眼花，就像一个躺在海边的人，在朦胧的幻想中，凝望着每一个细小的波纹。况且，如果说我不再像过去那样乐意同他交谈，我也并不觉得内疚。他是一个安于习惯的人，无论是简朴的，还是奢侈的，只要习惯一养成，在一段时间内就成为他的必需。我不知道他第一次到我家来是为了什么，可以后他每天来是因为他头天来了。他来我家，如同他去咖啡馆一样，是为了别人不同他说话，为了他能够——偶尔一次——同别人说话，因此，如果有人想推断他每天到我家来的原因，怎么也不会看到他对我们的忧虑有同情心，或对同我交谈感兴趣。但是，他常来我家对我母亲却不是无关紧要的，我母亲对任何可能被看作对她的病人表示敬意的行为都要感动一番。她天天对我说："可别忘了好好谢谢他呀。"

戈达尔夫人也来看望我们了。这是女人特有的关怀，是对她丈夫来我家出诊的无偿补充，就像一个画家的妻子在摆姿势的间隙给我们端来点心一样。她来向我们推荐她的"侍女"[1]；要是我们喜欢请男人护理，她就去"四处奔波"；看到我们拒绝，她对我们

[1] 原文为 cańériste，指意大利、西班牙、葡萄牙贵妇人的侍女，法语中用来戏称女仆。

说，她希望这至少不是我们的“推托”。推托一词在她那个圈子里是指不接受邀请的借口。她向我们保证，大夫在家从不说他的病人，可他忧心忡忡，满面愁容，就好像是她生了病。以后我们会知道，即使戈达尔大夫为妻子生病担忧是真的，但作为一个对妻子最不忠实，但最感恩戴德的丈夫，这样做既嫌不够，又嫌过分。

卢森堡大公的法定继承人也给了我同样有用的帮助，而且方式更令人感动（是最杰出的智慧、最高尚的心灵和最罕见的表达能力的混合物）。我是在巴尔贝克同他相识的，他来看望他的一个婶婶德·卢森堡亲王夫人。那时候他只不过是德·纳索伯爵。几个月后，他和另一个德·卢森堡亲王夫人的女儿，一位迷人且十分富有的小姐结了婚，因为她是一位经营庞大面粉企业的亲王的独生女。紧接着，那位膝下无子女，对纳索侄儿不胜宠爱的卢森堡大公提请下议院认可德·纳索伯爵为大公的法定继承人。就像所有这一类婚姻一样，财产既是障碍，又是动因。在我的记忆中，德·纳索伯爵是我遇见的年轻人中最引人注目的一个，他和未婚妻的爱情既暗淡又灿烂，那时候，他被他对未婚妻的爱折磨得心绪不宁。在我外祖母生病期间，他不断给我写信，我深受感动，妈妈也很激动，她悲伤地用了她母亲的一句话：连德·塞维尼夫人也没有他说得好。

第六天，妈妈实在拗不过外祖母，只好离开她一会儿，假装去休息。为了使我外祖母能睡着，我要弗朗索瓦丝待着别动。她不顾我的哀求，还是离开了房间。她爱我的外祖母；她有敏锐的洞察力，悲观地认为我外祖母没救了。因此，她想尽可能把她照顾好。但是，刚才她听说电工来了。这位电工在他那家店里算得上老资格了，是老板的连襟，多年来，一直给我们这幢房子修电灯，大家都很尊重他，尤其是絮比安。在外祖母生病前，弗朗索瓦丝就同他约好了。要是我，我就让他回去，或叫他等一等。可是弗朗索瓦丝的礼节不允许她这样做，她认为这样做不礼貌，对不起这个好人。因此，她就只好撂下外祖母了。一刻钟后，当我怒气冲冲地到厨房去找她时，看见她正在侧梯的“平台”上和那个电工聊天。楼梯的门敞开着，这样做有利也有弊，如果我们家的人来了，他们可以装作正要分手的样子，可是从敞开的门里进来的穿堂风可是够人受的。于是，弗朗索瓦丝赶紧离开电工，一面还大声问候他的妻子和内兄，刚才她忘记说了。讲礼貌是贡布雷的一大特点，弗朗索瓦丝甚至把它用进外交中了。那些傻瓜认为，丰富多彩的社会现象，为人们提供了深入研究人类灵魂的好机会，其实他们应该懂得，只有深入研究一个人，才有可能了解这些现象。弗朗索瓦丝曾不厌其烦地对贡布雷的园丁说，战争是最疯狂的罪恶，什么也比不上生存重要。然而，当俄日战争爆发后，她看见法国没有参战，没有帮助“可怜的俄国人”（“既然同他们是盟友”，她说），就觉得对俄国沙皇过意不去。她认为我们这样做，是对尼古拉二世的失礼，因为他“对我们从来只说好话”。遵照同一个礼仪准则，絮比安请她喝酒时，她从不拒绝，虽然她知道这杯酒会“引起消化不良”；同样，在我外祖母垂危时刻，她认为她不能不去向那个不辞辛劳的心地善良的电工道歉，否则，就像法国对日本保持中立那样，会落个不诚实、不守信的罪名。

弗朗索瓦丝的女儿要离开好几个星期，这样快就摆脱了她，这对我们是件大好事。在贡布雷，如果有人生病，人们总要给病人亲属一番劝告：“你们也不设法带病人出去走一走，换换空气，恢复一下食欲”，等等，弗朗索瓦丝的女儿不仅重复这些陈词滥调，而且还凭空想出了一个几乎是独一无二的见解，她每次看见我们，总是不厌其烦地重复，好像要强迫别人相信似的：“她应当一开始就彻底治一治。”她主张什么样的治疗方法都可以采用，只要能彻底治病就行。至于弗朗索瓦丝，她看见我们给外祖母用药很少，一方面感到很高兴，因为她认为药物对胃有百害而无一利，但更觉得丢脸。她有一个远房亲戚住在南方，比较富裕。他们的女儿青春年少就病魔缠身，二十三岁便玉殒香消。在她生病的那几年中，她父母几乎倾家荡产为她买药，给她请各种医生，把她送往一个又一个温泉“治疗地”，直到她最后死去。然而，弗朗索瓦丝认为，这对她的亲戚犹如一种奢侈品，就好像他们有过几匹赛马和一座城堡。他们虽然为失去爱女而心痛欲裂，但他们也为给她治病不惜钱财而感到光荣。他们现在囊空如洗，尤其是失去了最宝贵的财富——他们的掌上明珠，但他们总爱在人前夸耀说，他们为她做了一切，世界上最有钱的人也只能做到这样，甚至不如他们。最使他们得意的是，他们可怜的女儿一连几个月，每天照好几次紫外线。父亲在悲痛中感到几分光荣和自豪，有时竟然把他的爱女比作巴黎歌剧院的一颗明星，为她倾尽了全部家产。弗朗索瓦丝对这些尽心尽力的表演不会无动于衷。她觉得，我们为外祖母治病不大尽心，只适合在外省一个小舞台上表演。

有一段时间，尿毒症使我外祖母出现了视觉障碍，连续几天什么也看不见。她的眼睛看上去丝毫不像是瞎子的眼睛，还是原来那个样子。当有人进来时，我看见她笑得很古怪，才明白她看不见了。一有人开门，她就开始微笑，一直笑到我们握住她的手向她问候时才收住。这个微笑开始得太早，然后凝固在唇际，一成不变，但总是对着门口，努力让四面八方都能看见，因为不再有视力帮它起调节作用，为它指明时刻、方向和目标，使它随来人的位置和表情的变化而变化；因为它孤孤单单，形单影只，没有眼睛的微笑为它分散一些来人的注意力，因而在不自然中显得过分装腔作势，使人感到亲切得有点过头。不久视力恢复了，游移不定的病痛从眼睛转到耳朵。我外祖母耳聋了几天。她怕有人会突然进来，而她却听不见，于是，她随时（尽管脸朝着墙壁）都会突然把头转向门口。可她的脖子转动很不灵活，因为培养用眼睛听声音（且不说看声音）的习惯并非是一朝一夕之功。最后痛苦减轻了，但讲话的障碍却有增无已。外祖母每说一句话，我们几乎都要叫她重复一遍。

现在，外祖母感觉到大家听不懂她的话了，干脆一句话也不说，静静地躺着。当她看见我时，她就像突然没了空气似的身子猛地一颤，她想同我说话，但只吐出几个不清楚的音。于是她无可奈何地把头重新落到枕头上，疲惫地躺在床上，犹如大理石般严肃、冷漠，两只手一动不动地贴在床单上，或者机械地做着一个动作，像是在用手帕擦指头。她不想思考。接着，她开始经常烦躁不安。她老想起床。但是我们尽量不让她起来，怕她发现自己已经瘫痪。有一天，我们让她一个人待了一会儿，我发现她穿着睡衣站在窗口，想打开窗子。

在巴尔贝克时，有一天人们救了一个投水自尽、不愿意被救的寡妇，寡妇对我说（也许是为一种预感所驱使，有时候，我们能从自身神秘莫测，但似乎能反映未来的器官生活中得到预感），她没见过像这样残酷的事，一个走投无路的女人想死，却不让她死，偏要她继续遭受痛苦的煎熬。

我们急忙上前扶外祖母，她同我母亲进行了一场近乎粗暴的搏斗，最后败下阵来，被强行按在安乐椅上。她已没有愿望，也没有遗憾，她的脸又变得没有表情了。她开始仔细地把皮大衣掉在她睡衣上的毛毛一根根地拈掉。这件大衣是我们刚才手忙脚乱地给她披上的。

她的眼神完全变了，时常充满忧愁、哀怨和惊慌，再不是从前的样子了，而是一个说话颠三倒四的老妪所特有的那种无精打采的眼神。

弗朗索瓦丝老问我外祖母想不想梳头，问多了她也就相信这是我外祖母自己提出来的了。她拿来了毛刷、梳子、科隆香水，还有一条披肩。她说："我给阿梅代太太梳梳头，累不着您的。身体再虚弱，让人梳头总是可以的。"换句话说，谁也不会虚弱到不能让人给梳头的地步。但是，当我走进房间，看见弗朗索瓦丝那双冷酷无情的手，在不停地摆弄一个脑袋，脑袋被摆弄得时而精疲力竭，时而疼痛钻心，无法保持必要的姿势，东歪西倒，脑袋上垂老的头发无力忍受梳子的接触，发出哀怨，可是弗朗索瓦丝却神情兴奋，仿佛正在使我外祖母恢复健康。我看到弗朗索瓦丝快梳完了，不敢催她，也不敢对她说“够了”，怕她不服从我。但是，我看见弗朗索瓦丝残忍而无辜地把一面镜子放到外祖母面前，让她看看头梳得满意不满意，这时，我一个箭步冲了上去。开始，我为能及时从弗朗索瓦丝手中夺走镜子，没有因一时疏忽而让外祖母从镜子里看见她自己无法想象的模样而感到高兴（我们一直十分小心，不让她接触任何镜子），可是，唉！我只高兴了一会儿，当我俯身吻她那被摆弄得精疲力竭的美丽额头时，发现她用一种惊奇的，不信任和气愤的目光看着我：她没有认出我是谁。

据我们的医生说，这是脑充血加重的一种症状。必须把血抽掉。戈达尔大夫踌躇不决。有一会儿，弗朗索瓦丝希望医生采用 scarifiées（划痕）吸杯法[1]，却把 scarifiées（划痕的）说成了 clarifiées（净化的）。她在我的词典中找这种吸杯法的效用，但没找到。不过，即使她说 scarifiées，也休想找到这个形容词，因为她既不是在 s，也不是在 c 的字条中查找。她嘴里说的是 clarifiées，但写起来（因而也就认为这是正确的写法）却成了 esclarifiées。使她感到失望的是，戈达尔大夫倾向于——但不抱很大希望地——用水蛭来吸血。几个钟头后，我走进外祖母的卧室，看见黑乎乎的小蛇爬满了她的颈背、太阳穴和耳朵，在她血淋淋的头发中扭

[1] 划痕吸杯法是指在皮肤上划痕处拔罐子，使淤血流通。

动，就像在美杜莎[1]的头发中扭动一样。可是，在她苍白而镇定的、静止不动的脸孔上，我看见一双睁得很大的、明亮而安详的眼睛，还像从前那样漂亮（也许比病前更充满智慧，因为她不能够说话，不能够动弹，全凭她的眼睛表达思想，多亏水蛭从她身上吸走了几滴血，她的思想似乎可能自然而然地得以再生），火光照亮着病人面前重新获得的世界。她的平静不再是绝望者的逆来顺受，而是希望者的顺从。她意识到病情将要好转，她要小心谨慎，不想动弹，只是赐给我一个动人的微笑，让我知道她感觉好了一些，同时轻轻捏了捏我的手。

我知道，有些动物外祖母一见就会浑身起鸡皮疙瘩，更不用说把它们放到身上了。我知道，她是为了有好的治疗效果才容忍水蛭爬在她身上的。因此，当弗朗索瓦丝像逗孩子似的嬉笑着对我外祖母说“啊！瞧那些小虫在太太头上跑得多欢”时，我又气又恼。何况，这是对我们病人的大不敬，好像她变成孩童了。但外祖母却像没听见似的，脸上露出了禁欲主义者勇敢而平静的神态。

唉！水蛭一撤走，就又开始充血了，而且越来越严重。外祖母的情况很糟，但令我惊讶的是，在这个紧要关头，弗朗索瓦丝却时常离开病房，因为她给自己定做了一套丧服，不想让女裁缝等她。在大多数妇女的生活中，不管什么事，哪怕是最悲伤的，

[1] 美杜莎是希腊神话中的人物，原是美女，因触犯雅典娜，头发变成毒蛇，面貌也变得奇丑，谁要是看她一眼，就会变成石头。

最后总要有一个试穿衣服的问题。

几天过去了。一天半夜里，我正在睡觉，母亲把我叫醒。她像一个遇到严重情况，内心极度痛苦，但又不想给别人带来任何烦恼的人所做的那样，关心和体贴地对我说：

“原谅我，打搅你睡觉了。”

“我没睡着。”我醒来时回答说。

我没有撒谎。觉醒会在我们身上引起很大的变化，与其说把我们带进了清晰的意识活动，毋宁说使我们忘记了乳白色海底下那种朦胧的智慧之光。刚才我们还在其中遨游的朦朦胧胧的思想，使我们产生了足够的意念，把这些思想命名为醒着，可是这时候，觉醒遇到了记忆的干扰。不久，我们就把这些朦胧的思想叫作睡眠，因为我们记不清想的是什么了。当这颗明星闪闪发光，在睡眠人觉醒之际，照亮他身后的整个睡眠时，睡眠人在一瞬间会相信自己没有睡着，而是醒着；其实，这是一颗流星，随着光亮消失，不仅带走了梦的虚假的存在，也带走了种种梦境，使醒来的人对自己说：“我睡着了。”

母亲问我，现在能不能起床，会不会感到太累，她的声音是那样温柔，生怕把我弄疼；她轻轻地抚摸着我的手：

“可怜的孩子，现在你只有你爸爸和妈妈可依赖了。”

我们走进卧室。一个人蜷曲着躺在床上，一点也看不出是我的外祖母，倒像一头动物，披着外祖母的头发，躺在外祖母的被窝里，喘息着，呻吟着，被子随着她身体的抽搐而抖动。她眼睛闭着。但眼皮与其说是睁着，不如说合得不严，因而露出了一角眼珠，没有光泽，蒙着一层眼眵，反射出昏暗的视力和阴沉而痛苦的内心。外祖母焦躁不安，这不是做给我们看的，因为她既看不见，也不再有意识了。可是，如果说在床上动弹着的仅仅是一个动物，那么我外祖母又在哪里呢？然而，从鼻子的形状可以认出是她。现在，她的鼻子同脸孔的其余部分已不成比例，但鼻角上的那颗美人痣却依然存在。还有，那只掀开被子的手也可以使人认出是她的手。要是在从前，这个掀被的动作可能意味着被子压得她难受，而现在却什么意思也没有。

妈妈要我去拿点水和醋来，给外祖母擦额头。妈妈认为，只有水和醋才能解除外祖母的烦躁，因为她见她想把头发捋开。可是有人在门口招手叫我出去。外祖母垂危的消息不胫而走，已传遍整座房子。刚才，一个“临时短工”（在非常时期，为了减轻仆人的疲劳，便临时雇一些短工帮忙，因此，病人垂危时刻某种意义上有点和过节一样）为德·盖尔芒特先生开了门，公爵待在前厅里要求见我；我想躲也躲不开了。

“亲爱的先生，我刚获悉可怕的消息。我想握一握令尊的手，向他表示慰问。”

我请他原谅，对他说，在这个时候打搅我父亲恐怕不行。德·盖尔芒特先生来得太不是时候，就像赶上人家正要去旅行。但他觉得向我们表示礼貌太重要了，便一叶蔽目，不见其余，非要进客厅不可。一般来说，当他决定向某个人表示礼貌时，就一定要把那套礼节全部完成，很少管人家的行李是不是整好，或者棺材是不是备好。

“你们请过迪欧拉富瓦[1]大夫吗？这可是个大错误。如果你们叫我去请，他看在我的面上一定会来的，他对我什么也不会拒绝，尽管他曾拒绝过德·夏尔特尔公爵夫人。您看，我毫不客气地凌驾于一位王族公主之上了。再说，在死神面前人人平等嘛。”他又补充了一句。他说这句话并不是要我相信我外祖母可以和他平起平坐，而是可能觉得老谈他对迪欧拉富瓦大夫的影响和他比德·夏尔特尔公爵夫人更有优势，会让人感到庸俗。

此外，我对他的建议并不感到意外。我知道，盖尔芒特一家提起迪欧拉富瓦，就像在说一个无与匹敌的“供货人”，只是更尊敬一些罢了。德·莫特马尔老公爵夫人（令人费解的是，每当人们谈到一位公爵夫人，几乎总要加一个“老”字，或者相反，如果是一位年轻的公爵夫人，便以一种在华托[2]的画中人物脸上能看到的狡黠表情，在公爵夫人前面加一个“小”字）出身于盖尔芒特家族，每逢有人生了重病，她总是眨巴着眼睛，几乎是机械地喊着“迪欧拉富瓦，迪欧拉富瓦”，正如需要冷饮时喊“普瓦雷-布朗施”，需要花式糕点时喊“勒巴代，勒巴代”一样。但我不知道我父亲恰恰刚请了迪欧拉富瓦大夫。

这时，为使外祖母呼吸通畅些，准备给她输氧，我母亲左

---

[1] 迪欧拉富瓦（1839—1911）：巴黎医学院内科病理学教授。1890 年入选医学科学院。撰有关于尿毒症、结核病、阑尾炎等疾病的著作。

[2] 华托（1684—1721）：法国画家。他创造了抒情的画风，具有现实主义倾向。多数作品描绘贵族的淫逸生活。画中人物带有沉思忧郁之感，反映出贵族阶级精神上的空虚。

等右等也不见送氧气袋来，她也到前厅来了，没料到会在这里碰见德·盖尔芒特先生。我真想把他藏起来。但是，德·盖尔芒特先生却认为，什么也比不上把他介绍给我母亲重要，认为这会使我母亲高兴，而且，要维护他十全十美的绅士声誉，非这样做不可，于是他一把抓住我的胳膊，尽管我连声喊“先生，先生，先生”来抵抗他像是强暴的行为，他仍然把我拉到妈妈跟前，对我说：“如果您能把我介绍给夫人，您的母亲，我当不胜荣幸。”他在说“母亲”的时候，声音有点儿变调。他觉得这对我母亲是一种荣誉，禁不住脸上露出笑容，一面又装出一副与场合相宜的同情面孔。我无可奈何，只好给他做了介绍，他乐得打蹦儿，连忙点头哈腰，还要把整套礼节表演一遍。他甚至想同我母亲交谈，但我母亲正悲痛欲绝，叫我快去，顾不上回答德·盖尔芒特先生的问候。德·盖尔芒特先生原以为会受到接待，却不料一个人被甩在前厅，要不是看见圣卢此刻进来，他就只好出去了。圣卢是那天上午到巴黎的，他跑来打听我外祖母的病情。“啊！她很好！”公爵快乐地嚷道，一面抓住他外甥的一个纽扣，差点儿把扣子拽下来。我母亲此刻正好又经过前厅，他也不在乎我母亲看见。尽管圣卢的悲痛发自内心，但我认为，如能避免同我见面，他只会高兴，因为他对我有抵触情绪。他被他的舅舅拖走了。他舅舅有要事同他说，差点到东锡埃尔去找他，没想到可以免走这一趟了，不禁大喜过望。“啊！要是有人对我说，我只要穿过院子，就能在这里找到你，我会以为他在胡说八道。正如你同学布洛克说的，这够滑稽的。”他搂着罗贝的肩膀离开我家时又说：“不管怎样，大家清楚地看到，刚才我摸到了，或者说几乎摸到了吊死鬼的绳子[1]，我真走运。”德·盖尔芒特公爵这样说，不是他缺乏教养。恰恰相反。但他是那种不会设身处地为别人着想的人，在这方面他和大多数医生和殡仪人员很相似，会临时装出一副同情的面孔，对你说：“这是痛苦的时刻。”必要时还会拥抱你，劝你好好休息，但过后马上就把看望临终病人或参加葬礼看作只有少数几个人参加的社交集会了，他们开始还有所顾忌，但很快就变得轻松愉快，若无其事，眼睛四下张望，想寻找一个可以交谈的人，要人们把他们介绍给另一个人，或者建议“坐他们的车回去”。德·盖尔芒特公爵一方面庆幸一阵“风”把他吹到了外甥身边，但对我母亲的冷漠接待——其实非常正常——深以为异；后来他公开说，我母亲不讨人喜欢，而我父亲却彬彬有礼，他说她“心不在焉”，甚至听不见别人对她说什么，据他认为，她身体欠佳，头脑不很清楚。然而，据说他很想把我母亲的表现归因于“当时的情况”，他宣称，我母亲为我外祖母的病情“深感悲痛”。但是，因为我母亲没有让他把礼节全部做完，他还想弥补一下，况且他根本不理解妈妈无限悲痛的心情，出殡前一天，他竟问我是不是在设法排解妈妈的忧愁。

那天，外祖母的一个妹夫来了。他是教士，我从没见过他。他给在奥地利的教会会长发电报告假，破例获得批准。他内心极度悲伤，在床边诵读祈祷文和默念文，但那双深陷的小眼睛却一

[1] 在法语中，吊死鬼的绳子被认为是吉祥物。

刻也没离开病人。在我外祖母弥留之际，我看见这位教士悲痛欲绝，我心里很不好受。我凝视着他。他似乎对我的同情感到意外，于是出现了一桩怪事。他像一个痛不欲生而陷入沉思的人那样，双手并拢放到脸上，但是，因为他知道我会把视线从他身上移开，我看见他手指间留了一个小缝。当我目光离开他时，我看见他那锐利的眼睛从手指间的缝隙观察我的痛苦是不是真诚。他隐蔽在手后面，就像躲在一个神工架的黑暗中一样。他发现我看见他了，就立即把露出一条缝隙的格子窗关严。后来，我和他又见过面，但我们之间从没有提起过这件事。我们相互达成了默契：我没有发现他偷看我。教士和精神病医生一样，身上总有一股预审法官的味道。再说，不管怎样的朋友，不管他们对我们多么亲密，和我们有着怎样共同的过去，哪一个没有不愉快的片刻回忆？而我们认为最方便的办法，不就是使自己相信他们大概已经忘记这些片刻了吗？

为使外祖母的呼吸稍微畅通一些，医生给她注射了一支吗啡，他说要用氧气袋。母亲、大夫和看护修女手里都拿着氧气袋，一个用完，又给他们递上一个。中间有一会儿我离开了房间。当我回来时，我仿佛看见了一个奇迹。外祖母连续发出轻微的呼噜声，仿佛在为我们唱一支快乐的歌曲，那快节奏的动听的歌声充满了整个卧室，经久不息。我很快就明白，这歌声不会比刚才嘶嘶的喘息更有意识，同样都是无意识发出的。也许吗啡在里面起了些作用，但这更是呼吸域改变的结果，因为氧气不再以完全相同的方式通过气管了。由于氧气和吗啡的双重作用，外祖母呼吸不再困难，也不再发出呼噜声，而是像在滑冰，敏捷而轻快地向着令人心旷神怡的空气滑去。也许，在这歌声中，除了有和芦笛里的气流声一样微弱的呼吸声外，还夹杂着更像是人的叹息声，这种由于死亡临近而发出的声音，使人相信这是昏迷的人发出的痛苦或幸福的呻吟，给这个长乐句加上了一个更悦耳动听的、不变动乐句节奏的音调。乐句从变得畅通的胸部升起，继而升高，然后下落，接着又一次升起，去追逐氧气。而后，这个在强烈的快感中夹杂着低声哀求的歌声在达到了最强音，并竭尽全力地延长后，在某些时刻，似乎完全停止了，犹如一条干涸的水泉。

弗朗索瓦丝每逢遇到伤心事，总感到需要把悲伤表达出来，但她连表达忧愁的最简单的技巧都不具备，因而也就成了空需要了。当她认为外祖母已经完全无望时，她非常想让我们知道她——弗朗索瓦丝的感受。但她只会重复一句话："这真叫我受不了。"说话的语气和她喝菜汤喝得太多时说"我胃上压着一块石头"时的语气一样平淡，不论是哪种情况，都比她自己似乎认为的要自然。尽管她的悲伤没有很好地表达出来，但她确实很悲伤，何况，她女儿有事留在贡布雷（这位巴黎女郎现在把贡布雷轻蔑地叫作"乡下"，她感到在那里会变成"乡巴佬"），可能回不来参加葬礼，她就更伤心了，因为她觉得葬礼应该是极其壮丽的事。她知道我们谁也不会向人诉说悲痛，为以防万一，早就想好办丧事的那个星期，每天晚上都召见絮比安。她知道出殡的时候絮比安没有空闲。她想，至少回来后要把情况给她"说一说"。

我父亲、外祖父和我们的一位远房亲戚连续好几夜守在病榻旁，足不出户。久而久之，他们的忠心也就带上一层漠不关心的面具，没完没了地待在垂死病人的身边，闲极无聊，就像在一节火车车厢里，由于待的时间太长，便开始东拉西扯，谈天说地起来。此外，这位远房亲戚（我姑婆的侄子）使我很反感，他理应遭人厌恶，却常常受到尊敬。

哪里有垂危病人，哪里就能“找到”他，他是那样悉心尽力地时刻守在垂危病人身边，以至于尽管他外表强壮如牛，嗓门低沉浑厚，胡须密密匝匝，病人家属仍然认为他身体虚弱，总是用委婉的言辞恳求他不要来参加葬礼。我妈妈痛不欲生，但她仍然为别人着想，因此，我事先就知道，她会用另一种方式对他说他习惯听到的话：

“答应我，‘明天’不要来了，您就为了‘她’这样做吧，至少不要上‘那里’去。她要求您不要去的。”

怎么说也不行；他总是第一个来到“家里”，这样，另一个圈子里的人给他取了个绰号（我们没有听说过），把他叫作“鲜花、花圈一概谢绝”。他在做“任何”事之前，总把“一切都想得周周到到”，因此，人们总是赞扬他说：“对您是用不着道谢的。”

“您说什么？”外祖父大声问道，他耳朵有点聋，没听清我这位远房表叔对我父亲说的话。

“没说什么，”表叔回答，“我只是说，今天上午我收到一封贡布雷的信，那里天气很不好，可这里太阳有点儿太暖和了。”

“可晴雨表上的温度却很低。”我父亲说。

“您说哪里天气不好？”外祖父问。

“贡布雷。”

“啊！这我不会感到吃惊，这里阴天，贡布雷就一定是晴天，反之亦然。我的上帝！您讲到贡布雷，不知道有没有通知勒格朗丹？”

“通知了，您不必操心。”表叔说，他那长着浓密胡须而变成青铜色的脸颊上，露出了一丝不易察觉的得意的笑容：因为他想到通知勒格朗丹了。

就在这时，我父亲冲向门口，我以为有什么大不了的事呢，不过是迪欧拉富瓦大夫来了。我父亲到隔壁的客厅里去接待他，就像接待一个前来演出的演员一样。他把迪欧拉富瓦大夫请来，并非要他给外祖母看病，而是要他像公证人那样确认一下。的确，迪欧拉富瓦大夫可能是一个德高望重的医生，精通医道的教授；除了擅长扮演的这些角色外，他还扮演着一个新颖独特的角色，他能言善辩，是斯卡拉姆齐[1]式的人物或公证人，他来为病人确认是垂危还是死亡。他扮演这个角色已有四十年之久，无人与他匹敌。一听到他的名字，人们就感觉得到他演这个角色的威信。当女仆禀报“迪欧拉富瓦大夫到”时，人们以为在看莫里哀的喜剧。他那优美柔韧的身躯，不露形迹地为他增添了庄重的仪态。他的脸漂亮得有点过分，但这种印象被他在痛苦场合表现出的这种庄重仪态减弱了。大夫身穿高雅的黑礼服走进来，脸上露出真诚的

[1] 斯卡拉姆齐是古意大利喜剧中穿黑衣服、蓄长唇髭的丑角名，精明狡猾，能言善辩。

悲伤，不说一句别人听来会以为是虚情假意的慰问话，也不做任何有失分寸的事。在临终者床边发号施令的是他，而不是德·盖尔芒特公爵。他看了看外祖母，但没有打搅她，然后，他以医生特有的礼貌，极其审慎地同我父亲悄声说了几句话，毕恭毕敬地朝我母亲鞠了一躬。我感到我父亲在竭力克制自己，不告诉我母亲这是“迪欧拉富瓦大夫”。但大夫不想打扰我母亲，已经掉过头去了，他只是接过我们递给他的酬金，迈着最优美的步履，款款走出房间。他那个神态就像没有看见酬金似的，连我们自己也一度怀疑我们没有给他酬金，因为他像变戏法似的把它变得无影无踪了，他的神态还是那样严肃，甚至有增无已，仍然是一个身穿绸缎翻领长礼服的名医，漂亮的脸庞上充溢着高尚的怜悯。他这种缓慢而敏捷的特点使人看到，即便还有一百个病人在等着他去出诊，他也不想显出匆匆忙忙的样子。因为他是分寸、智慧和善良的化身。这位杰出人物已经去世了。其他医生，其他教授可能赶上他，并且也许超过了他。但是，由于缺乏称职的接班人，他以渊博的知识、良好的身体条件和高度的涵养扮演的“角色”已不复存在。妈妈甚至没有看见迪欧拉富瓦先生，对她来说，我外祖母以外的一切都已不再存在。我记得（我把这事提前说一说），在墓地，她像一个幽灵，畏畏缩缩地走近坟墓，仿佛在望一个已经远走高飞的人。我父亲对她说：“诺布瓦老爹来我们家了，他也到教堂和公墓来了，他本来有一件很重要的事情要做的，你应该去和他说句话，这会使他很感动的。”可是，当大使朝她鞠躬时，她一句话也说不出来，只是快慰地低下头，脸上没有眼泪。

两天前——我在回到垂危病人床边之前，还要把后面的事提前讲一讲——我们为与世长辞的外祖母守灵时，相信有鬼魂的弗朗索瓦丝稍微听到一点声音就吓得毛骨悚然，嘴里还说着："我觉得是她。"可是，这些话非但不使我母亲恐惧，反而令她无限快慰。她多么希望死去的人能再回来，这样，她母亲有时就能回到她身边了。

现在再来谈外祖母的临终时刻。

"您知道她的姐妹打给我们的电报[1]是怎么说的吗？"外祖父问表叔。

"知道，是贝多芬，有人给我说了；是很荒唐，但我不感到奇怪。"

"我可怜的妻子，她是多么爱她们啊。"外祖父擦了一滴眼泪说，"不要责怪她们。我常说，她们的行为总是很荒唐的。怎么啦，停止输氧了？"

我母亲说：

"停止输氧，妈妈呼吸又要困难了。"

医生答：

"哦！不会的，氧气的作用还要持续一段时间，过一会儿再输吧。"

---

[1] 参见本卷404页。外祖母的两个妹妹知道姐姐生病，没有离开贡布雷，而是听一位男演员演奏悦耳动听的室内乐。据普鲁斯特于1920年11月写给悉尼·希夫的信中说："我外祖母最后一次患病时，她的两个妹妹没来看望，因为她们发现的一位音乐家能出色地演奏贝多芬的乐曲。"

我觉得医生不是在说一个垂死的人，氧气的作用之所以必须维持，是因为它能为挽救垂死者的性命尽一份力。氧气的嗞嗞声停止了一会儿。但是，呼吸仍在发出呻吟，那是轻微而痛苦的呻吟，每次都中断，继而又重新开始。有时好像一切都完了，呼吸停止了，就和人睡眠时的呼吸一样，从高八度降到了低八度，或者是自然的间歇，是感觉缺失的一种反应，窒息变得越来越严重，心力衰竭了。医生又一次给外祖母搭脉，但是，他刚按上脉，一曲新歌已经接上了中断的乐句，如同一条支流注入干涸的主流一样。乐句换了个调子，以同样无穷的冲力冲出去。谁知道呢？说不定久被痛苦抑制的快乐和柔情，现在会像经过长期压缩变得更加轻盈的空气，从外祖母身上喷发而出，而她自己甚至对此毫无意识。她要同我们说的话，仿佛正在源源流出，好像就要这样同我们絮絮叨叨、热情洋溢、情真意切地说话似的。这临终的喘息使我母亲五内俱焚，她守在病榻旁，没有恸哭，但不时地泪流满面，就像风吹雨打的叶子，不思也不想，沉浸在无限的悲痛之中。我去拥抱外祖母前，医生让我先把眼泪擦干。

“我还以为她看不见了呢。”父亲说。

“这很难说。”医生回答。

当我的嘴唇接触外祖母时，她的手开始颤动，全身一阵战栗，可能是反射作用，也可能因为某些抚爱可以使人感觉过敏，可以穿过无意识这层外衣，几乎无须通过感觉器官就可以传递。外祖母蓦地坐了起来，做出最大的努力，仿佛要捍卫自己的生命一样。弗朗索瓦丝看了，忍不住呜呜咽咽地哭起来。我想起医生的吩咐，想叫弗朗索瓦丝离开房间。就在这时，外祖母睁开了双眼。我一个箭步冲到弗朗索瓦丝跟前，挡住她的哭泣，好让父母亲同病人说几句话。氧气的声音停止了，医生离开病床。外祖母死了。

几个小时后，弗朗索瓦丝能够最后一次地、不会引起任何痛苦地梳理外祖母那漂亮的头发了。她的头发仅仅有些斑白，看上去始终比她本人年轻，可是现在它们成了衰老的唯一标志，而她的脸却焕发出青春，多少年来痛苦在她脸上留下的皱纹、收缩、浮肿、紧张、扭曲都消失得无踪无影。她仿佛回到了遥远的过去，回到了她父母给她定亲的时代，脸部线条经过精细勾画，显露出纯洁和顺从，脸颊重又闪耀着纯真的希望和对幸福的憧憬，甚至又重新闪射出一种天真无邪的快乐。这些美好的东西已渐渐被岁月毁灭。但是，随着生命的消失，生活中的失望也消失了。一缕微笑仿佛浮现在外祖母的唇际。死神就像中世纪的雕刻家，把她塑造成一位少女，安卧在这张灵床上。

第二章

阿尔贝蒂娜来访。

圣卢的几位朋友攀一门富亲前景展望。

盖尔芒特精神面对帕尔马公主。

对德·夏吕斯先生一次离奇的拜访。

公爵夫人的红鞋子。

这是秋天的一个星期日，但我却死而复生了，我前面的生活依然完好无损，因为前些日子一直风和日暖，今天早晨突然雾霭弥漫，寒气逼人，将近中午时才消散；然而，天气变化可以使世界，使我们自己获得新生。从前，当我的壁炉里吹起大风时，我听着风儿撞击翻板活门发出的梆梆声，就会心潮澎湃，激动无比，觉得这很像C小调交响乐前奏曲中赫赫有名的琴弓声，犹如一个神秘的命运发出的不可抗拒的呼唤。自然界每一个明显的变化，都会使我们和谐的欲望适应事物的新形式；我刚刚醒来，蒙蒙雾霭就把我变成了另一个人，我不再像遇到好天气那样成天想着出门，而是哪里也不想去，只渴望待在火炉边，渴望有人和我同床共寝，就像是在另一个世界中，冷得筋骨瑟缩的亚当在寻找深居简出的夏娃。

屋外，清晨的原野笼罩着愉悦的灰雾，屋内，一杯巧克力发出馥郁的清香，我身处其间，竭力使我的身体、精神和道德生活保持一年前我带到东锡埃尔去的那种新奇的状态；那时候，我的身体、精神和道德生活深深地打上了一座光秃秃的小山丘的印记（即使看不见这座山丘，我也感觉到它的存在），使我心中涌动着一阵阵快乐，这种感觉与其他快乐感觉截然不同，我简直难以向朋友们描绘，因为对于我来说，我自己对此并无意识，这些快乐与其说是真实的感觉（若是这样，我就能描绘出来了），毋宁说是纵横交错、扑朔迷离的印象。从这个角度看，晨雾把我带进的那个新奇的世界，我早已认识（这只会使它更加真实），但近来我已忘却（这使它又变得清新纯真）。于是，我能欣赏到几幅印在我记忆中的晨雾图，尤其是《东锡埃尔的清晨》。有一幅是我到军营第二天的晨雾图，另一幅是在附近的一个城堡里，圣卢带我去那里度过了二十四小时：黎明时分，在重新回到床上去之前，我撩开窗帘，倚窗眺望，在军营晨雾图中，我看见一个骑兵，在城堡晨雾图中，我看见一个马车夫（他在一个池塘和一片树林的交界处，只有这边缘地带依稀可辨，其余全都淹没在均匀的似水般流动的令人心旷神怡的轻雾中），他们正在擦缰绳，就像从一幅隐约可见的壁画上浮现出来的寥寥无几的人物，由于人的眼睛适应不了这朦朦胧胧、神秘莫测的半明半暗，也就几乎看不清画上的人物了。

今天，我是从床上凝望这些记忆的，因为起床后我又躺下了，等着晚上到德·维尔巴里西斯夫人家去看一出小剧。我父母亲到贡布雷去了，要在那里小住几天，这下我便有机会去拜访德·维尔巴里西斯夫人，我得好好利用。否则，他们一回来，我也许就不敢去了；我母亲对我外祖母的悼念诚心实意，一丝不苟，她要我们对外祖母的哀悼不拘形式，感情真挚，因此，她不会禁止我去看戏，但也不会赞成。然而，现在如果我写信征求她的意见，她从贡布雷给我回信时，不会伤心地说："你想怎么做就怎么做，你已长大成人，知道该怎么做。"而是相反，她会责备自己把我一个人留在巴黎，会设身处地地体谅我的忧愁，希望我出去玩一玩，散散心，尽管她自己拒绝参加一切娱乐活动。她相信，我外祖母也会劝我这样做的，因为她最关心我的身体和神经平衡。

一清早，新的水暖气就点着了。水暖气不时地发出打嗝般的声音，这令人讨厌的声音与我对东锡埃尔的记忆毫无联系。但是，如果今天下午这个声音和我那些记忆老在我身上汇合，久而久之，这两者之间就会产生一种亲和力，每当我重新听到（我有点听不惯了）水暖气的声音，我就会想起东锡埃尔。

只有弗朗索瓦丝一个人在家里。雾散了。灰蒙蒙的日光，毛毛细雨般地落下来，不停地编织着一张张透明的网，似乎给星期天的散步人涂上了一层银色的光。我把《费加罗报》扔到脚头。自从我给这家报社投了一篇稿子后，每天都要叫人给我买一份，但一直没见发表。尽管没有太阳，但白天的亮光告诉我现在正是下午。罗纱窗帘像蜻蜓翅膀般轻而柔软，又似威尼斯玻璃般脆而易碎。晴天，它们就不能像这样轻柔，像这样一碰就碎。这个星期日，我孤单单一人待在家里，心里感到很不是滋味，况且，今天上午，我派人给德·斯代马里亚小姐送去了一封信，我就更加心事重重。罗贝 · 德 · 圣卢在他母亲的干预下，经过多次痛苦而失败的尝试，终于和情妇一刀两断，他和情妇断绝往来后就被派往摩洛哥了，他要把这个一段时间以来他已经不再爱恋的女人彻底忘掉。昨天，我收到圣卢从摩洛哥写来的一封短信，告诉我他将回法国休一次短假，他在巴黎停留的时间很短（显然，他家里人怕他和拉谢尔旧情复燃），为了向我证明他对我的思念，特意写信告诉我他在丹吉尔[1]遇见了德 · 斯代马里亚小姐，更确切地说，是德 · 斯代马里亚夫人，因为她结婚三个月就离婚了。罗贝想起我在巴尔贝克同他说的话，代表我要求那位少妇同我见见面。她答复他，回布列塔尼前，要在巴黎停几天，很愿意约一个时间和我共进晚餐。罗贝叫我赶紧给德 · 斯代马里亚夫人写信，因为她肯定已经到巴黎了。

圣卢的信没有使我感到意外，尽管他还是在我外祖母病重期间给我来过一封信，指责我对他不忠，对他背信弃义，从此就一直杳无音信。我非常清楚这是怎么回事。拉谢尔专爱煽起情夫的妒火（再说，由于一些微不足道的理由，她对我也耿耿于怀），她对圣卢说，他不在时，我对她有过不良企图，想和她发生关系，他就信以为真了。很可能他仍然相信这是事实，但他已经不再爱她了，因此，不管是真是假，对他都无所谓了，唯有我们的友谊继续存在。当我和他重又见面时，我试图同他谈谈他对我的责备，

---

[1] 丹吉尔为摩洛哥古老城市。在非洲西北角从大西洋进入直布罗陀海峡的入口处。城市分布在海滨山坡上，风光旖旎，气候温和，旅游业发达。

但他只是温和而亲切地朝我微笑，像是在表示道歉，接着就把话题岔开了。这并不是因为以后在巴黎他不可能同拉谢尔再见面的缘故。那些在我们生活中起过重要作用的女人，不是一下子就能从我们生活中完全消失的。在最终离开我们之前，她们会不时地回到我们的生活中，以至有些人以为爱情又开始复燃。圣卢和拉谢尔的决裂尽管曾使他一度痛不欲生，但因为他的情妇仍然不断向他要钱，使他甚感欣慰，他的痛苦也就很快减轻了。嫉妒使爱情延续，但它包含的内容并不比其他想象的形式多许多。当我们动身去旅行时，带上三四幅想象中的图画（老桥上的百合花和银莲花，薄雾笼罩的波斯教堂，等等），箱子也就塞满了，何况这些画可能会中途失落。当我们离开一个情妇时，总希望她——直到把她渐渐忘记——不要被三四个我们想象中可能存在的，也就是我们所嫉妒的人占有。没有想象到的也就微不足道了。然而，一个已经分手的情妇经常向你要钱，虽然不能使你对她的生活有充分了解，正如发烧时的体温记录表不可能使你完全了解病人得的是什么病一样，但是，不管怎样，体温记录表可以让你知道她病了，而要钱则提供了一种可能性，使你模模糊糊地感到，被你遗弃的或把你抛弃的那个女人可能还没有找到一个有钱的保护人。因此，每一次要钱都能使嫉妒者感到欣慰，痛苦暂时得到平息，紧接着就是寄钱，因为他要她什么也不缺，就是不能有情人，不能成为他想象中的三个男人的情妇。这样，他就有时间稍稍稳定一下情绪，免得以后听到他的接班人的名字时挺不住。有时候，拉谢尔会在深夜回到旧情人身边，要求他让她在身边睡一宵。罗贝心里感到像吃了蜜一样甜美，因为即使他一个人占据大半张床，也丝毫不影响她睡觉，他意识到他们毕竟如胶似漆地在一起生活过一段时间。他明白，她在他这位老朋友身旁，比在其他地方更感到自在，和他在一起，哪怕是在旅馆里，就像回到了从前住过的房间一样，一切都很习惯，睡得更加踏实。他感觉到他的肩，他的腿，他身上的一切，在她看来，就像是最常用的物品，哪怕他因失眠或考虑工作在床上辗转反侧，也不会妨碍她睡觉，同它们接触能使她睡得更香。

言归正传，现在继续谈圣卢给我的信。圣卢从摩洛哥写来的那封信搅得我心绪不宁，尤其是，我从字里行间看出了他的用意，尽管他没敢明言。“你完全可以包一个单间请她，”他对我说，“这是一个性格开朗、颇有魅力的少妇，你们会相处得很好，我敢肯定，你会度过一个愉快的夜晚。”我父母要到周末，也就是要到星期六或星期天才回来。他们回来后，我就只好每天在家里吃晚饭了，因此，我立即给德·斯代马里亚夫人写了封信，约她哪天方便和我共进晚餐，星期六前任何一天都行，她回话说，当晚八点左右我会收到一封信。要是下午有人来看我就好了，八点前的这段时间很快就会过去。如果有人和我们聊天，就不再会想着时间的长短，甚至不会感到它的存在，时间会过得很快。当迅速流逝、隐而不见的时间突然出现在你面前，引起你的注意时，离流逝的时间已经很远了。但是，如果我们孤孤单单，无人相伴，我们总是惦记着那个我们望眼欲穿的离我们很远很远的时刻，只听见台钟单调的嘀嗒声，这种焦急的心情会把小时分割成分钟，更确切地说，会把一分钟变成一小时。如果和朋友聊天，我们就不会去计算时间。我想到将要一个人孤寂地度过这个下午，尤其是想到与德·斯代马里亚夫人会面的欲望时刻会纠缠着我，使我把这个孤寂的下午同几天后即将享受到的无限快乐做比较，我就感到非常空虚，非常忧郁。

我不时地听见电梯升起的响声，紧接着又听见第二声，但不是我盼望的电梯在我这层楼停下的声音，而是完全不同的标志着电梯继续往上几层冲刺的声音。每当我等待一位客人来到时，这声音常常意味着对我这层楼的背弃，因此，后来即使我不再抱希望，不再相信会有人来看我，它对我仍然是一种痛苦的声音，就好像在宣判对我的抛弃。灰蒙蒙的白昼显得无精打采，逆来顺受，忙忙碌碌地做着它始自远古时代的工作，编织着珠灰色的花边，还要干好几个小时；想到我要和这白昼单独待在一起，而它不会比一个为了凑近亮光而坐在窗边干活、对房里的人不闻不问的女工更了解我——想到这些，我不禁内心凄然，忧从中来。突然，弗朗索瓦丝打开房门，带来了阿尔贝蒂娜，可我根本没有听见门铃声。阿尔贝蒂娜满面春风，走进房间，一句话也不说。她体貌丰盈。在她富态的身躯中，蕴涵着在巴尔贝克海滩——我再也没有回去过——度过的时光。她准备让我重温这昔日的时光，我看见它们正在朝我走来。毫无疑问，每当我们和一个同我们的关系已发生变化的人重逢，即使关系不甚密切，也好像看到了两个不同的时期。不用说是我们从前的情妇以朋友身份来看我们，就是在日复一日的某种生活中认识的一个人到巴黎来探望我们，只要这种生活已经结束，哪怕才结束一个星期，就足以使我们看到两个不同的时期。从阿尔贝蒂娜脸上每一根显示喜悦、询问和局促不安的线条中，我可以辨读出这些问题：“德·维尔巴里西斯夫人好吗？那位舞蹈教练好吗？那位卖糕点的师傅好吗？”当她坐下时，她的脊背仿佛在说：“啊，这里又没有悬崖峭壁，您会让我坐在您身边吧，就像在巴尔贝克海滩一样。”她犹如一位魔术师，献给我一面时间的镜子。在这点上，她和那些曾和我们朝夕相处，但后来很少有机会和我们重逢的人没有两样。但是，我和阿尔贝蒂娜的关系还不止这些。诚然，即使在巴尔贝克海滩，在我们每天的相会中，每次看见她我都会大吃一惊，因为她一天一个模样。但是现在我几乎认不出她来了。她的脸孔沐浴在玫瑰色的雾气中，透过这层雾，可以看到棱角分明的线条，仿佛是雕刻而成。她换了一张脸，或者说她终于有了一张脸。她长高了。她从前的那层躯壳几乎所剩无几，而在巴尔贝克海滩时，从那层躯壳几乎还看不到她未来的形体。

阿尔贝蒂娜此次回巴黎比往年要早。往年她总是在春暖花开时才回来，而我，由于狂风暴雨摧毁了春天第一批奇葩，几个星期来一直心烦意乱，很愿意把阿尔贝蒂娜的归来同春返大地联系在一起。只要有人对我说她在巴黎，她到我家来过，我就仿佛又看到了一朵海边的玫瑰花。我不太清楚，那时候是什么东西支配着我的思想，是对巴尔贝克海滩的渴望，还是对阿尔贝蒂娜的欲念。也许，对阿尔贝蒂娜的欲念本身就是对巴尔贝克海滩的一种慵懒、松懈和不完整的占有，好像从物质上占有一样东西，例如在一个城市居住，就等于在精神上占有了这个城市。况且，即使在物质上占有一样东西，如果没有我的想象力使它在遥远的海边晃动，而是让它静止地待在我的身边，那么，它对我也常常是一朵可怜的玫瑰花，在它面前，我宁愿闭上双眼，以便不看到花瓣上的某个瑕点，以便相信自己在海滩上呼吸。

现在我可以这样说了，尽管有些事情当时并不知道，以后才会发生。诚然，为女人献身，要比把毕生精力耗费在搜集邮票、古鼻烟盒，甚至比搜集图画和雕塑更明智。只是收集邮票、古鼻烟盒提醒我们要更换：女人却不止一个，而是有许许多多。一个妙龄少女使人联想到一个海滩，联想到教堂一尊雕像的头发，一幅古老的铜版画，每当她出现的时候，人们总会想到一幅令人爱不释手的美丽图画，但这个令人神往的联想是很不牢固的。如果你和那个女人整天生活在一起，你就再也看不到使你对她产生爱情的任何东西了。当然，只要一分离，嫉妒又会再次把你们聚集到一起。如果经过很长一段时间共同生活，我最终只把阿尔贝蒂娜视作一个普通女人，那么，只要她和一个她在巴尔贝克海滩爱过的男子私通，就足以使海滩和浪涛重新融进她的躯体，同她合而为一。只是这第二次联想不会使我们赏心悦目，只会使我们内心痛苦。既然有这个危险，我们就不能希望女人和海滩的联想再次使我们心醉神迷。这是后话。不过，在这里，我应该表示遗憾，因为我不够聪明，没有像别人搜集古望远镜那样搜集女人。放在玻璃橱窗后的古望远镜从不嫌多，总留着一个空位子，等待一个新的更稀罕的望远镜到来。

今年，她一反度假习惯，直接从巴尔贝克来到巴黎，而且她在海滩待的时间比以往要短得多。我好久没看见她了。因为我不认识她在巴黎的熟人，甚至连他们的名字也不知道，所以，她不来我家时，她在干什么事，我一无所知，而间隙的时间往往又相当长。然后，有一天，阿尔贝蒂娜突然出现在我面前。她像一朵玫瑰花，悄然降临我身边，但这种情况也不能告诉我她不来看我的时候可能在做什么。她的所作所为，沉没在她那深不可测的生活中，我的眼睛几乎没那份心思去识破她的隐秘。

然而，有一次，有些迹象似乎表明，她生活中可能出现了新情况。但也许应该从中得出一个简单的结论：像阿尔贝蒂娜这般年龄的少女，一天会有十八变。比如说，她的智力有了较好的发展，当我旧事重提，说她那天一意孤行，非要把她的意见强加给大家，让索福克勒斯[1]用“亲爱的拉辛”给拉辛写信时，她第一个由衷地笑了。“安德烈是对的，我说了蠢话，”她说，“索福克勒斯应该写‘先生’。”我回答说，安德烈的“先生”和“亲爱的先生”，比她的“亲爱的拉辛”和希塞尔的“亲爱的朋友”好不到哪里去，同样都很可笑，但是，要说蠢，那位出题让索福克勒斯给拉辛写信的老师最蠢。这下阿尔贝蒂娜又听不懂了。她看不出这个题目蠢在哪里，她的智力刚开窍，还没有得到发展。她身上还有更吸引人的新鲜东西：我感到，这个刚在我床边坐下的少女，和以前一样俏丽，但跟从前也有不同，她的眼神和脸部表情同往

[1] 索福克勒斯（前496—前406）：古希腊三大悲剧作家之一。

常一样显得任性，但她的额头却出现了某种变化，似乎比过去顺从了一些，而在巴尔贝克，我曾遭到过拒绝：那天晚上，我们两人也和今天下午一样，一个躺着，一个坐在床边，只不过是倒过来，那天是她躺着，我坐在她身边。我想证实一下她现在让不让我吻她的额头，但又不敢贸然行事，因此，每当她起身告辞时，我都恳求她再待一会儿。要她同意留下并非轻而易举，因为尽管她没什么事要做（否则，她早就冲出门了），可她时间观念很强，况且对我已不很亲密，似乎不再要我与她做伴了。然而，她每次都先看看表，在我的请求下又坐了下来。就这样，她和我一起待了好几个钟头，而我什么要求也没提出。我对她说的话和几个小时前说的几乎完全一样，同我想的和渴望的毫无关联。嘴上说的和心里想的永远汇不到一起。没有什么能比得上情欲更能使人心口不一，言不由衷了。时间紧迫，然而，我们就像要赢得时间似的，尽说一些和自己想说的毫无关联的话。我们说着话，也许，在想说的话说出来之前，表现爱情的动作就已开始。但有时也可能——为了得到同所渴望的女人直接接触的快感，为了满足自己的好奇心，看对方有什么反应——不用言语表达，不征得对方同意，就做这个动作。当然，我一点都不爱阿尔贝蒂娜：她是外面雾的女儿，只能满足我那被季节变更所唤醒的富有想象力的情欲，这种情欲介于烹饪术和建筑雕塑术所能满足的欲望之间，因为它既能使我的梦幻把一种不同的热乎乎的物质注入我的肉体，又能使我渴望一个叉开的身体在某个点上同我平躺的肉体接触，就像我在巴尔贝克大教堂里所看到的，夏娃的身体勉强通过她的一双脚勾住亚当的髋部，几乎和亚当的身体保持垂直姿势。这些罗曼风格的浅浮雕，就像古建筑物的中楣，庄严而宁静地表现了创造女人的情景。在这些浅浮雕上，凡是上帝出现之处，总有两个小天使相随，好似两位伴臣，就像那些遭受严冬袭击而幸存下来的在夏天的天空中盘旋的飞鸟，一看便知他们是赫库兰尼姆[1]的爱神，十三世纪中叶，他们依然活着，在建筑物的正面进行着最后艰难的飞翔，疲惫不堪，但不乏人们所期待的魅力。

然而，这种快乐，在满足我情欲的同时，不可能使我摆脱这一梦幻，而且我也许愿意在任何漂亮女人身上寻觅。如果有人问我，当我同阿尔贝蒂娜没完没了地闲聊，却闭口不谈真实思想的时候，我根据什么会如此乐观地认为她会满足我的欲望，我也许会回答，是因为她的有些措辞——至少从她现在所理解的意义看——不在她的语汇范围之内（而她被我忘却的声音特征，又为我勾画了她的个性）。她对我说埃尔斯蒂尔很蠢，看到我大叫大嚷表示反对，她笑容可掬地反驳我说：

"您没懂我的意思。我是说他在那种情况下很蠢，但我完全知道，他是一个非常杰出的人。"

同样，为了表示枫丹白露的高尔夫球赛高雅，她说：

"这完全是一种选择。"

当谈到我参加过的一场格斗时，关于我的证人，她对我说：

---

[1] 赫库兰尼姆是意大利古城，位于维苏威火山西麓，公元 79 年被维苏威火山熔岩吞没。古城发现于 1709 年，发掘出许多住宅、建筑物、艺术品和壁画，可以看到长着翅膀的爱神。

“那些人都是百里挑一。”她凝视我的脸，承认她喜欢我“蓄小胡子”。她甚至说——我觉得我的运气很佳——打上次和希塞尔分别以来，她已有“好一阵子”没见到她了。我发誓，去年她还不会这样说。并不是因为我在巴尔贝克时，阿尔贝蒂娜尚未掌握相当数量的，让人一听就知道她出身于富裕家庭的表达方式——年复一年，母亲把这些表达方式传给女儿，就像随着女儿的成长，逢年过节把自己的首饰送给女儿一样。一天，一位陌生妇女送给阿尔贝蒂娜一件礼物，为了表示感谢，阿尔贝蒂娜对她说：“我很过意不去。”听她这样说，我们会感到她不再是一个黄毛丫头了。邦当太太情不自禁地看了丈夫一眼，邦当先生回答说：

“当然，她快到十四岁了嘛。”

阿尔贝蒂娜谈论一个仪态不端庄的少女时说的话，更表明她已经是大人，她说：“甚至看不出她是不是漂亮，她脸上涂满了胭脂。”总之，尽管她仍是少女，但她已学会了她那个环境和阶层的妇女应有的举止态度，如果有人做鬼脸，她会说：“我不能看见人做鬼脸，一见就想学。”如果有人以模仿别人为乐，她会说：“当您模仿她时，最可笑的是您很像她。”所有这一切都取之于社会宝库。但是关于“杰出”一词的含义，据我看，阿尔贝蒂娜生活的环境恰恰不能使她掌握我父亲对这个词理解的意义，当有人在我父亲面前极口称赞他的一个同事如何聪明，而他自己并不意识到此人聪明时，他会说：“看起来这是一个非常杰出的人。”阿尔贝蒂娜说的“选择”，即使是指高尔夫球，在我看来，也和西莫内家水火不容，正如“选择”一旦加上了形容词“自然的”，就和一篇比达尔文早几个世纪的作品格格不入一样。而“好一阵子”这个表达方式，我感到更是个好征兆。最后阿尔贝蒂娜像一个一言九鼎的人，心满意足地对我说：“依我看，这是比较好的结局……我认为这是最好的解决办法，最高雅的办法。”这时，我明显地感到自己出现了从未有过的心慌意乱，但我也由此萌生了各种希望。

这句话是多么新奇，多么像一块冲积地，使人猜想到有多少道变化无常的河湾，流经那些从前不为人知的土地，因此，当我听到“依我看”这几个字时，就把阿尔贝蒂娜拉到我身旁，听到她说“我认为”时，就让她坐到了我的床边。

当然，有些文化很低的女孩子，嫁给一个很有学问的男人，在她们的嫁妆中，也会有这一类词语。结婚后，她们的言谈会发生变化，不久，她们去探望从前的女友，谈话时显得稳重审慎，这时，人们惊奇地发现，她们已变成了女人，当她们郑重宣布某某人聪明时，会把 intelligente（聪明）中的两个字母 l 分开，读成 [lli][1]，但这恰恰是一种变化的征兆。我似乎感到，在阿尔贝蒂娜使用的新词汇和我熟悉的阿尔贝蒂娜的词汇之间，隔着一个世界。在她从前的词汇中，最大胆的词不过是在她谈及一个古怪的人时说的“这是个怪人”，或者，有人建议她赌博时她说的“我可没钱输”，或者，当一个朋友责备她，而她认为她朋友的责备毫无道理时说的“啊！真的，我觉得你非常了不起！”这些话中的词，是

[1] 法语中，intelligente 的读音为 [ɛ̃teliʒɑ̃:t]，两个字母 l 只读一个 [l]。但阿尔贝蒂娜却读成 [ɛ̃telliʒɑ̃:t]，将两个字母 l 故意读成 [lli]。

在这些场合非说不可的，是符合和晚祷时唱的圣母赞歌一样古老的资产阶级传统的，一个微微有点恼怒、对自己的权利深信无疑的少女“自然而然”会用的这些词，因为她是从母亲那里学来的，就像学会祷告或行礼一样。所有这些词，邦当太太都教会她了，同时还教会她仇恨犹太人，喜欢黑衣服，认为穿黑衣服显得端庄，有教养。即使没有正式传授，她也像雏金翅鸟跟着父母牙牙学语那样跟着母亲学说话，而金翅鸟正是通过牙牙学语变成了名副其实的金翅鸟。尽管如此，我觉得阿尔贝蒂娜的“选择”令人耳目一新，她的“我认为”使人欢欣鼓舞。阿尔贝蒂娜不再是从前的阿尔贝蒂娜了，因此，她的行为、她的反应也会和从前不一样。

现在我不仅不再爱她，甚至也不像在巴尔贝克时那样，害怕毁了她对我的友谊，因为友谊已经不再存在。毫无疑问，我早就在她眼里变得可有可无了。我意识到，她已不再把我看作那个“小圈子”的成员。从前我费尽心机想加入，当我获得成功，我是多么高兴啊！况且，她的神态不像在巴尔贝克海滩时那样坦率、和善，我也就感到用不着畏畏缩缩、顾虑重重了。然而，我认为，使我最后下决心的，还是我在语文学上的新发现。我继续把一个新环节加到外在的语链上（语链下面隐藏着我内心的欲望），就在阿尔贝蒂娜坐在我床边的时候，我谈到了小团体的一个姑娘，说她虽然比其他几位细小，但我觉得她挺漂亮。“是的，”她回答我说，“看上去像个黄毛丫头。”显然，在我刚结识她时，她还不会说“黄毛丫头”。如果事情正常地发展，她很可能学不到这个词，即使她没学会，我也不会感到有什么不好，因为没有比说“黄毛丫头”更惹人恼火了。听到这个词，我们会感到牙疼，就像在嘴里放进了一个大冰块。但是，即使阿尔贝蒂娜（她是多么漂亮）说“黄毛丫头”，我也不会感到不愉快。相反，我觉得，这个词即使不能说明她从外表看已经入门，至少也显示她内在的变化。可惜时候不早了，如果我想让她及时赶回家吃晚饭，同时不耽误我用饭的话，我就该同她说再见了。晚饭是弗朗索瓦丝准备的，她不喜欢让饭菜凉着。而且，也许她早已认为我们违反了她的一条规章制度，因为我父母不在家，而阿尔贝蒂娜和我在一起待了那么久，致使一切都得往后推。但是，在“黄毛丫头”这个词面前，这些理由也就不再存在了。于是，我急忙说：

“您能想象得出我一点也不怕痒吗？您可以胳肢我一个小时，我连感觉都不会有。”

“真的？”

“我向您保证。”

她肯定明白，我这是在笨拙地表达一种情欲。因为她就像在向你提出一个你不敢企求的，但你的话已向她证明你会觉得有用的建议似的，用女人惯有的谦恭对我说：

“您愿意让我试一试吗？”

“如果您愿意的话。不过，您躺到我床上来，这样也许更方便。”

“这样行吗？”

“不，往下一点。”

“可是，不怕我太重了吗？”

她正说着，房门打开了，弗朗索瓦丝拿着灯走进来。阿尔贝蒂娜差一点来不及回到椅子上。弗朗索瓦丝可能一直在门口偷听，甚至从锁孔里瞧我们，故意选这个时刻给我们一个措手不及。但我没有必要做这个假设，她也许不屑用眼睛去证实她的本能已充分感觉到的东西，因为她和我，和我的父母亲长期生活在一起，敬畏、谨慎、关切和狡猾，培养了她这种具有几乎是预见性的本能的感觉，正如水手能感觉到大海，猎物能感觉到猎人，医生——至少是病人——常常能感觉到疾病一样。凡是弗朗索瓦丝能预见到的，都有充分的理由使人瞠目结舌，正如古人根据微乎其微的信息工具，就能预知即将发生的事。弗朗索瓦丝的信息工具不比古人多，不过是膳食总管偷听到的只言片语罢了，仅仅是我们晚餐谈话内容的二十分之一，况且，传到厨房已经变了样。而且，她的错误，也和古人的错误一样，和柏拉图所相信的奇谈一样，与其说是由于物质资源贫乏所致，毋宁说应归因于错误的世界观和先入之见。即使在当今，对于昆虫习性做出最重大发现的，也能像这样是一个既无实验室，也无任何器械的科学家[1]。但是，如果说弗朗索瓦丝的奴仆地位，不曾妨碍她获得一种为艺术所必需的科学——艺术是科学的极限，艺术在于把科学成果告诉我们，而使我们大吃一惊——那么约束就更不成其为障碍；在这点上，约束不仅没有阻碍科学发展，反而大大促进了发展。当然，弗朗索瓦丝毫不忽视语调、态度等辅助因素。因为她对任何一个

[1]　指法国昆虫学家法布尔（1823—1915）：以研究昆虫行为和昆虫解剖学闻名。

和她地位相等的人说的话，不管多么荒唐，和我们的思想多么格格不入，她却毫不怀疑，全盘接受（然而我们对她说的话和希望她相信的事，她却从不相信）。因此，她对我们的说法越是流露出不相信，她在转述——因为间接引语能使她不受惩罚地对我们说出不堪入耳的话——一个厨娘的话时（她说，那家的厨娘对她说，她威胁主人了，在众人面前把他们当“畜生”看待，却因此而受到他们百般宠爱），就越是用一种使人感到她把厨娘的话当作金科玉律的语气。弗朗索瓦丝甚至还说：“如果我是女主人，我一定会很生气。”尽管我们对五楼那位夫人没什么好感，但是听了这个不成体统的例子也得耸耸肩，就像听到了一则令人难以置信的寓言一样。但是，叙述者却说得斩钉截铁，不容置辩，使人感到她的断言是无可置疑的，是令人恼火的。

然而，尤其是弗朗索瓦丝和作家有相似之处。当作家被一个君主或一种诗学，被某些诗律或一种国教束缚住手脚时，他们常常需要一种浓缩的能力，而在自由的政治体制或无政府主义的文学体制下，这种浓缩的能力就没有用武之地了；同样，当弗朗索瓦丝不能明确地回答我们的问题时，她就会像泰雷西亚斯[1]那样说话，如果需要写，会采用塔西佗[2]一样的方法。她善于把她无法直接表达的思想浓缩成一句话，如果我们对这句话提出指责，就不

[1] 泰雷西亚斯是希腊神话中底比斯的盲人占卜者，受智慧女神雅典娜的神示能听懂鸟语，预卜未来。

[2] 塔西佗（约55—约120）：古罗马历史学家，文体独具风格。主要著作有《年代说》《历史》《日耳曼尼亚志》等，均系研究西方古史的重要资料。

可能不连累到我们自己。有时她甚至一句话也不说，而是用静默，用东西的摆法来表达。

举个例子。有时候，我一时疏忽，把一封不该让她看见的信（比如，因为寄信人不怀好意地谈到了她，这会使她怀疑收信人也对她心怀敌意）遗忘在桌子上，和别的信混杂在一起，晚上，当我忐忑不安地回到家里，直接走到我的卧室，一进屋，那封可能连累我的信首先映入我的眼帘，正如它不可能不引起弗朗索瓦丝的注意一样。她把我的信整整齐齐堆成一堆，把那封信放在最上面，无异于把它放在一边，这种醒目的位置，无疑是一种语言，很有说服力，使我在门口就吓得浑身打战，仿佛听到了吓人的喊声。弗朗索瓦丝很擅长导演这类把戏，她先不出场，设法让观众知道她已经知道一切，然后她才登场。为了像这样让一个无生命的东西说话，她既有欧文[1]和弗雷德里克·勒梅特尔[2]的天才，又有他们的耐心。此刻，弗朗索瓦丝俨然像一个《照出罪恶的正义女神》[3]，她把那盏灯高高举起，照在我和阿尔贝蒂娜的头顶上，灯光清楚地映出了少女的身躯在压脚被上留下的明显可见的痕迹。灯光下，阿尔贝蒂娜的脸依然妩媚动人，双颊依然呈现出在巴尔

---

[1] 亨利·欧文（1838—1905）：英国演员、导演。曾主持伦敦兰心剧院。以扮演莎士比亚剧作中的哈姆雷特、奥赛罗等角色著称。

[2] 勒梅特尔（1800—1876）：法国喜剧演员。演过莎士比亚、雨果等人的许多作品和政治滑稽歌剧。

[3] 暗指法国画家皮埃尔-保罗·普吕东（1758—1823）的寓意画《正义女神与复仇之神追逐罪犯》，作于1808年，现藏卢浮宫。画中长翅膀的复仇女神手举火炬，照出罪犯。

贝克时我曾为之陶醉的光辉灿烂的光泽。从总体上看，阿尔贝蒂娜的脸有时显得苍白无力，但是，在灯光的照射下，渐渐染上了一层极其均匀、极其红润的色彩，显得无限坚实，无限光洁，真可以和某些鲜花特有的艳丽的肉色媲美。然而，弗朗索瓦丝的突然闯入使我措手不及，我喊道：

“怎么，都点灯了？我的上帝，这灯光真刺眼！”

显然，我是想用这第二句话掩饰我内心的慌乱，想用第一句话对我的迟到表示歉意。弗朗索瓦丝用一句残酷而模棱两可的话做回答：

“要不要熄掉？”

“熄掉，怎么样？”阿尔贝蒂娜凑着我的耳朵说，她把我当作主人和同谋，用一句语法性的问话，通过疑问的语调，把这种心理上的肯定亲昵而强烈地表达出来，我不由得心醉神迷，不能自已。

当弗朗索瓦丝离开房间，阿尔贝蒂娜重新坐到我床上时：

“您知道我怕什么吗？”我对她说，“我怕如果我们像这样继续下去，我忍不住要吻您了。”

“那可是一个令人愉快的不幸。”

我没有立刻接受她的挑逗。换个人也许会觉得这个挑逗多此一举，因为阿尔贝蒂娜的发音甜美而有肉感，她同你说话，就像在吻你。她每说一句话，就是给你一次温存，谈话充满了对你的亲吻。然而，她这次挑逗却给了我极大的快意。如果挑逗来自另一个和她年龄相仿的美貌少女，我甚至也会感到快意；但是现在，阿尔贝蒂娜对我虽然是唾手可得，但这在我身上引起的与其说是快意，毋宁说是一系列对比鲜明的美丽联想。我首先联想起海滩上的阿尔贝蒂娜，好像是以大海为背景的一幅画上人物，我感到她不比在剧院聚光灯下看到的形象更真实，看不清究竟是谁，是那被认为已经登场的女演员，还是作为替身的配角，或者仅仅是投影。然后，那个真实的女人脱离光束，向我走来了，但仅仅是为了让我看到，在现实生活中，她根本不像人们想象中的神奇的画中人那样柔情似水，唾手可得。我知道，抚摸和拥抱她是不可能的，只能同她闲聊，对我来说，她不是一个女人，正如放在餐桌上作装饰的不可食用的玉葡萄不是葡萄一样。现在，她出现在第三景上，我觉得她和我在第二景上所认识的她一样真实，又和第一景上的她一样顺从，尤其是很久以来，我一直认为她不够顺从，因而她现在的顺从也就格外趣味无穷了。我对人生逐步有所认识（不像开始时那样认为它平淡和简单了），这暂时导致了不可知论。既然开始认为可能的事后来竟是假的，而当它在第三景上出现时又变成真的了，那我们还有什么可以肯定呢？（唉！我在阿尔贝蒂娜身上的发现还没有结束。）即使生活没有这种浪漫的，能教会我们发现更多景象的诱惑力（这与圣卢在里夫贝尔饭店吃晚饭时所体味到的诱惑是反向的：他在一张安详的脸上，在被生活烙上的重重叠叠的记忆中，重新看到了他从前在那张脸的唇际留下的痕迹），但是，无论如何，当我知道我有可能吻阿尔贝蒂娜的脸蛋时，我感受到了极大的快乐，即使吻她的脸蛋也不会有这样大的快乐。我们可以把一个女人当作一具肉体占有，仅仅使我们的肉体和女人的肉体贴在一起，但这与占有在海滩上邂逅的少女有什么不同呢？某些天，我们在海滩上看见这个少女和她的女友们在一起，但不知道为什么偏偏是那些天，而不是其他日子和她相遇，这使我们忧心忡忡，害怕再也见不到她了。生活殷勤地向你揭示了这个少女的全部故事，为让你看得清楚，借给你一个又一个光学仪器，不仅使你产生肉欲，而且还让你产生更难满足的精神欲望，这使肉欲增强百倍，变化无穷。如果肉欲只顾占有一段肉体，精神欲望会昏昏沉沉，麻木不仁，让肉欲单枪匹马，为所欲为；但是，一旦要占有一个完整的记忆领域，使从前依依不舍离开的往事失而复得，精神欲望会在一旁掀起风暴，使肉欲变得格外强烈，虽然不能伴随到底，直到掌握一个非物质的现实（因为这个现实不可能在希望的形式下完成），但它们在半路上等候肉欲，把它护送回来。吻一个梦寐以求的少女的脸蛋，就好比在体味一种百看不厌的颜色的滋味，而吻一个无名无姓、既无秘密又无魅力的女人的脸蛋，不管这个脸蛋多么清新，都只能使人感到索然寡味。我们看到了一个女人，她不过是生活中的一个普通形象，例如在海上显示出侧影的阿尔贝蒂娜，接着，我们可以把这个形象分离出来，放到我们身边，渐渐地，就好像放到了一架立体镜片下面，我们看清了它的大小和颜色。正因为这样，那些不能马上得手的，甚至不能马上知道将来能不能得手的有点难相处的女人，才是唯一令人感兴趣的。因为了解她们，接近和征服她们，使她们的形象呈现出形形色色的体形、身材和相貌，就是给我们上一堂相对主义课，教会我们如何鉴别一个肉体，鉴别一个女人的生活。当这个女人重新以苗条的身影出现在生活背景中时，你与她重逢，会享受到一种美。在妓院认识的女人，是毫无趣味可言的，因为她们始终一个样。

此外，我对我特别钟爱的一系列海景的全部印象，都掌握在阿尔贝蒂娜手中，系在她的身上。我感到，吻这位美少女的双颊，就如同在吻整个巴尔贝克海滩。

“如果您真心让我吻您，我宁愿把这留到以后，选一个合适的时机。只是到时候您可不要忘记您的许诺。我需要有一张‘接吻许可证’。”

“要我签字吗？”

“如果您现在给我了，以后还会再给我一张吗？”

“您的接吻许可证可真逗人，过一段时间我就给您开一张。”

“我还要问您一件事，您知道，在巴尔贝克海滩，我还没有认识您的时候，您的目光常常让人感到冷酷而狡黠，您能不能告诉我，您当时在想什么？”

“哦！我可一点也想不起来了。”

“噢，那我来帮您回忆。有一天，您的女友希塞尔双脚并拢，从坐着一位老人的椅子上蹦了过去。您尽量回忆一下，您那时在想什么。”

“我们和希塞尔来往最少，您愿意说她和我们是一伙也可以，但不完全是。我当时可能在想，她很庸俗，很没有教养。”

“哦！就这些？”

我很想在吻她之前，让她重新披上我在巴尔贝克认识她之前我所感到的她那种神秘的色彩，在她身上重新找到她以前生活过的地方；即使我不认识这个地方，但是，如果我能处在她的位置上，至少我也能回忆起我们在巴尔贝克海滩的生活、我窗下汹涌的波涛声和孩子们的喊叫声。但是，我把目光滑到她那玫瑰花般红润的美丽动人的圆脸蛋上，看见颧颊缓缓向里弯曲，最后与山嘴陡峭、山谷波动、绵延起伏、秀色可餐的乌发相遇，消失在第一批山麓中。看到此番情景，我不禁心想："我在巴尔贝克没有做到，但现在我毕竟可以吻阿尔贝蒂娜的脸颊，品尝这朵从没品尝过的玫瑰花的滋味了。再说，既然我们在人生道路上难得能从不同的平面认识人和事物，因此，当我使这张百里挑一、美如玫瑰的脸孔离开它过去的环境，把它带到这个新的平面上，终于能用嘴唇认识它的时候，也许我可以认为我的人生从某种意义上讲是完美的。"我这样想，是因为我相信存在着一种用嘴唇获得的知识；我之所以认为我马上就要尝到这朵肉玫瑰花的滋味，是因为我没有想到，人尽管比海胆，甚至比鲸鱼高级，却仍缺少一定数量的器官，尤其是缺少接吻的器官。于是，人就用嘴唇来代替这个缺少的器官。用嘴唇吻心爱的女人产生的效果，也许比不得不用一个巨牙抚摸她更令人满意。但是，嘴唇的功用在于把具有诱惑力的东西的滋味带给味觉器官，因此，只能满足于在表层徘徊，无法进入它们渴望进入的脸蛋中去，但它们并不意识到错误，也不承认失望。况且，嘴唇在同肉体接触时，即便变得更驾轻就熟，更精于此道，也显然不可能体味到更多的大自然阻止它们体味的滋味，因为在这个找不到食物的荒漠上，它们形单影只，茕茕孑立，视觉和嗅觉早已相继把它们抛弃。首先，当我的嘴巴接受眼睛的建议，凑近脸颊接吻时，我的眼睛在移动中发现了不熟悉的脸颊；从近处看到的脖子，就像照了放大镜一样，呈现出一粒粒小疙瘩，显得健壮有力，从而改变了脸的特性。

摄影术的最新用途，可以让我们经常从近处看到的，像塔一样高大的房屋，全部倒伏在一座大教堂脚下，使同一些建筑物像军队的一个团操练那样，时而排队，时而分散，时而密集，把刚才还相距很远的威尼斯小广场[1]的两根柱子紧紧地靠在一起，让近在眼前的永福圣母教堂[2]变得远在天边，使一个桥洞、一个窗孔、一丛置于前景的色彩强烈的树叶，成功地出现在暗淡晕阴的背景上，展现出广阔的视野，使同一个教堂依次换上其他所有教堂的拱孔。我觉得，摄影也和接吻一样，能使一个我们认为具有确定外表的东西变化出千姿百态，而每一个新姿态都和原来的姿态一样合适，因为它们各有一个同样是合理的透视角度。总之，就像在巴尔贝克海滩我常看见的阿尔贝蒂娜的千姿百态那样，现在，当我的嘴唇凑近她的脸颊时，刹那间，我看见了十个阿尔贝蒂娜，仿佛要把一个女人在同我们多次约会中向我们呈现的丰富多彩的

---

[1] 威尼斯小广场位于督治宫和圣马可图书馆之间，将圣马可广场和潟湖连在一起。堤岸上竖立着两根石柱，柱顶上分别有威尼斯前守护神圣狄奥多尔雕像和圣马可的狮子雕像。

[2] 永福圣母教堂位于意大利威尼斯大运河右岸，建于 1631 年至 1687 年。1629 年，威尼斯和潟湖地区流行瘟疫，夺走威尼斯三分之一居民。1630 年，威尼斯人立誓，假如圣母能将威尼斯拯救出灾难，将为她建造一座教堂。第二年瘟疫结束，于是开始建造永福圣母教堂。

姿态和色彩，以神奇的速度在几秒钟内全部展现出来，再次体验到一个人的千变万化，把这个人具有的各种可能特征从不同的箱子里取出来那样，一个一个地全部取出来。这个少女就像一个多头女神，我刚看见一个头，如果我试图接近它，它就会让位给另一个头。只要我还没有接触它，我就能看见它，就能闻到它的淡雅的清香。唉！真可惜——因为对于接吻，我们的鼻孔和眼睛长的不是地方，正如我们的嘴唇不是专门用来接吻的器官一样——我的眼睛突然看不见了，接着，我的鼻子挤扁了，什么味道也闻不到了，根据这些令人讨厌的征象，我知道我终于在吻阿尔贝蒂娜的脸蛋了，可是我却还是没有品尝到我渴望已久的玫瑰花的滋味。

这次，我能避开粗暴的拒绝，随心所欲地满足我的欲望，而她也让我这样轻而易举地得到了她从前曾严肃拒绝我的东西，这难道就因为两个肉体互换了位置（我躺着，她站着），演出了一场和在巴尔贝克海滩演出的完全相反的戏吗？（当然，今天，当我的嘴唇凑近她的脸颊时，她露出的追求快感的表情和从前那种严肃神态之间，仅仅存在着一些极其细微的线条偏差，但是，这种偏差完全可同杀死或救活一个伤员，同一幅杰出的肖像和一幅蹩脚的肖像之间的差距相比拟。）我不知道是不是有人无意中做了一件好事，我该不该向这个恩人致谢，感谢他最近一个月中在巴黎或在巴尔贝克为我做了工作，促使阿尔贝蒂娜的态度发生变化，但是我想，我和她所处的位置是她改变态度的主要原因。然而，阿尔贝蒂娜却对我说了另一个理由。她说：“啊！那是因为在海滩那会儿，我还不认识您，我可能认为您居心不良。”这个理由使我困惑不解。显然，阿尔贝蒂娜说这话是诚恳的。一个女人，在同男友接触中，假若她的四肢和身体并没有感到一个陌生男子在蓄意耍弄她，怎么会轻易承认这个错觉呢？

不管阿尔贝蒂娜的生活近来发生怎样的变化，不管这些变化也许能解释她为什么这样痛快地同意满足我一时的纯粹是肉体的欲望，而为何在巴尔贝克海滩却嫌恶地拒绝我的求爱，但无论如何，那天晚上，当她的爱抚使我意驰神荡、心满意足时，我看见她身上发生了更令人吃惊的变化。她大概清楚地看到我满足的神态，但我还担心她会因厌恶和羞怯而反抗呢，就像在香榭丽舍大街的月桂树丛后，我想拥抱希尔贝特时，希尔贝特做出的反应一样。

可事实恰恰相反。我刚让阿尔贝蒂娜躺到我床上，刚开始抚摸她，她脸上就出现了我从未见过的神态，温顺，真挚，近乎幼稚的天真。当她就要得到快感时，就像人死后一样，平时的一切忧虑、一切奢望都烟消云散，那张变得年轻的脸似乎又恢复了少女的纯真。当然，任何一个人，如果他的才华突然有了用武之地，他会变得谦逊，勤勉，讨人喜欢；尤其是，如果他善于用他的才华给我们带来巨大快乐，他自己也会感到无上幸福，同时也想让我们充分享受快乐。但是，在阿尔贝蒂娜脸上新出现的这种表情中，不只是有大公无私、职业的良心和大度，还有一种传统的和勃发的忠诚；她不仅回到了她自己的童年时代，而且回到了她那一类人的少年时代。我只希望能平息肉欲，而最后终于如愿以偿，可是阿尔贝蒂娜却和我不同，她似乎觉得，如果相信这种肉体快乐无须精神情感相伴，认为肉体快乐是某件事的最终结果，那她未免有点太粗俗。刚才她还急着要走，可现在也许觉得接吻必然导致做爱，而做爱高于其他一切义务，因此，当我提醒她该回家吃晚饭时，她说：

“噢，没关系的，来得及。”

她似乎觉得接完吻就起床不大好意思，出于礼貌，也应该在床上多待一会儿，这和弗朗索瓦丝一样，絮比安请她喝酒，如果她认为不管渴不渴都应该高兴地接受时，她不敢一喝完就走，哪怕有要紧事等着她做。阿尔贝蒂娜是卑微的法国乡村妇女的化身，在田园圣安德烈教堂能找到这类妇女的石雕原型（这也许是我不知不觉地渴望得到她的一个原因，当然还有另一个原因，以后我再讲）。尽管弗朗索瓦丝不久将成为她的死敌，但我从她身上看到了弗朗索瓦丝的影子：对客人和陌生人讲究礼貌，注意礼节，对床笫之欢怀有敬意。

我姑妈死后，弗朗索瓦丝认为只能用同情的口吻说话，而当她看到她女儿结婚前几个月，和未婚夫一起散步时不挽着未婚夫的胳膊时，却感到很反感。

阿尔贝蒂娜一动不动地躺在我身边，对我说：

“您的头发很美，眼睛很漂亮，您长得很可爱。”

我在提醒她时间已经不早了之后，又说：“您不相信我？”她回答我说：“当然相信。”她说的也许是真话，不过也就是两分钟以来的事，而且只能持续几个小时。

她同我谈我，谈我的家庭，我的社会环境。她对我说："啊！我知道您的父母认识一些体面人物。您是罗贝·福雷斯蒂埃和苏珊·德拉热的朋友。"我刚听她讲这两个名字时感到非常陌生，但我忽然想起，我确实和罗贝·福雷斯蒂埃在香榭丽舍大街上一起玩过，后来再没有见面。至于苏珊·德拉热，她是布朗代夫人的侄孙女，有一次，我本来要到她父母那里上舞蹈课的，甚至要在一个沙龙喜剧中扮演一个小角色，但我怕笑得太厉害而引起鼻出血，就没有去，因此，我一直没有看见她。那时候，我认为不过是斯万家那位帽子上插着羽饰的女教师在苏珊父母家里教授舞蹈罢了，但也可能不是她，而是她的一个姐妹或朋友。我向阿尔贝蒂娜声明，罗贝·福雷斯蒂埃和苏珊·德拉热在我的生活中几乎不存在。"这很可能，你们的母亲有来往，这样，你们也就有关系了。我经常在梅西娜林荫道上遇见苏珊·德拉热，她长得挺漂亮。"我们的母亲只是在邦当夫人的想象中才彼此认识，邦当夫人听说我曾和罗贝·福雷斯蒂埃在一起玩过，我似乎还给他朗诵过诗，于是就得出结论，我同他有来往是因为两家的父母亲认识。有人对我说，她每次提到我母亲的名字时，必定要说："啊！是的，她是德拉热、福雷斯蒂埃社交圈，或某某圈子里的人。"这就给我的父母打了一个受之有愧的好分数。

此外，阿尔贝蒂娜的社会观念是极其荒唐的。她认为，在姓西莫内的人中，书写有两个n者，不仅比只有一个n的人低贱，而且比其他可能有的人都低贱。如果一个人和你同姓，但不是你家里人，你就有足够的理由蔑视他。当然也有例外。比如，两个西莫内在一次集会中，假如说在开往墓地的送葬行列中相遇，觉得有必要随便交谈几句，并且感到自己情绪很好，当有人给他们双方做介绍，他们得知对方也姓西莫内时，会彼此善意地寻找他们之间的亲族关系，尽管毫无结果。但这仅仅是例外。有许多人是不值得尊敬的，可我们却无视这一点，或者对此毫不在乎。但是，如果因为我们和他们同姓而造成把寄给他们的信交给我们，或者相反，把寄给我们的信交给他们，我们就会对他们的价值产生怀疑，而这种怀疑往往被证明是正确的。我们害怕搞混，若有人同我们讲起他们，为避免和他们搞混，我们会厌恶地撇撇嘴。如若在报上看见我们的姓戴在他们头上，会觉得他们窃取了我们的姓。社会其他成员犯罪与我们毫不相干。可同姓人犯罪，会让他们罪加一等。我们仇恨其他一切姓西莫内的人，这种仇恨不是个人的，而是祖辈传下来的，因而变得格外强烈。到了孙子一辈，只记得爷爷对其他姓西莫内的人常常蔑视地撇撇嘴，但不知其中原委；如果有人告诉他们仇恨始自一起谋杀案，他们也会深信不疑。直到有一天，两个非亲非故的西莫内结婚（这种事时有发生），前嫌才算消除。

阿尔贝蒂娜不仅同我谈罗贝·福雷斯蒂埃和苏珊·德拉热，而且还主动给我讲述她家和安德烈的一个叔叔之间的一件事，大概是肉体的接触产生了一种透露秘密的责任，至少在一开始，说第一句话的时候是这样，那时，肉体接触尚未引起口是心非，因而不用对我保密。在巴尔贝克时，她拒绝同我讲这件事，可现在她认为不应该让我感到她对我还有什么秘密。现在，即使她最要好的女友在她面前说我坏话，她也觉得应该告诉我。我坚持要她回去，她只好走了，但她觉得我太粗鲁，替我感到羞惭，因而强装笑容，表示对我谅解，就像一个女主人看到有人穿着短上衣来她家做客，勉强笑迎，心里却很不舒服。

“您为什么笑？”我对她说。

“我没笑呀，我是在对您微笑。”她亲切地对我说，“什么时候我能再见您？”她接着又说，似乎认为我们刚才的行为，是一种伟大友谊的前奏曲（既然习惯上必然导致这个结局），这是一种事先就存在的友谊，我们有责任发现和公开承认，只有这个友谊才能解释我们刚才的行为。

“既然您准许，我一有可能，就叫人去找您。”

我不敢对她说，一切取决于我能不能见到德·斯代马里亚夫人。

“唉！只好临时决定了，事先很难知道。”我对她说，“假如哪天晚上我有空，能叫人去找您吗？”

“过一段时间就可以了，因为我就要和我姨妈分开进出了。但现在不行。不管怎样，我明天或后天下午到这里来碰碰运气。您有空就见我，没空就算了。”

走到门口，她见我没有主动亲她，甚感惊讶，就把脸凑到我嘴边，认为我们现在不需要有粗俗的情欲就能接吻了。因为我们刚才短暂的卿卿我我，是男女单独在一起亲密无间、心灵交感时可能产生的一种关系，所以，阿尔贝蒂娜认为，应该为我们刚才在床上的接吻意外而短暂地添上一层骑士和情妇接吻时的感情色彩，正如中世纪行吟诗人对于接吻可能构想的那样。

这位可能被中世纪雕刻家刻在田园圣安德烈教堂门廊上的庇卡底[1]少女，她刚离开我，弗朗索瓦丝就给我送来了一封信，我欣喜若狂，因为这是德·斯代马里亚夫人的信，她答应星期三和我共进晚餐。这封署名为德·斯代马里亚夫人的信，对我来说，写信人与其说是真实的德·斯代马里亚夫人，毋宁说是阿尔贝蒂娜来看我之前我思念了整整一天的德·斯代马里亚夫人。这是爱情玩弄的可怕骗局。爱情一开始就唆使我们和一个不属于外部世界的女人，一个仅仅是我们想象中的女人玩弄这场骗局。况且，唯有这想象中的女人才永远听我们使唤，让我们占有，才能被同想象力一样随心所欲的记忆力变得完全不同于真实的女人，正如梦幻中的巴尔贝克不同于真正的巴尔贝克一样。我们通过想象创造了一个女人，渐渐地，我们非要让现实中的女人和梦幻中的女人相像，这就给我们带来了痛苦。

阿尔贝蒂娜来访，耽搁了我很长时间，当我赶到德·维尔巴里西斯夫人家里时，喜剧已经演完了。客人们从第一客厅里拥出来，边走边议论着德·盖尔芒特公爵夫妇彻底分居的特大新闻。我不想从侧面进攻人流，于是便在第二客厅的一把大安乐椅上坐了下来，等待女主人过来时向她问候。我看见公爵夫人从第一客厅走出来，身穿一件宽大的黄缎连衣裙，裙子上引人注目地别着几朵硕大的黑罂粟花，显得庄严，魁伟。想必看戏时她坐在第一

[1] 庇卡底是法国北部旧省名。

排，所以比别人晚出来。看见她，我不像以前那样失魂落魄了，我母亲突然把我从一个旷日持久的幻梦中唤醒了。一天，她把手放在我额头上（就像她怕给我带来痛苦时习惯做的那样），对我说："别天天上街去看德·盖尔芒特夫人了，你都成了大家的笑柄啦。况且，你看，你外祖母病得那样厉害，你还有更要紧的事要做呢，何苦在路上等一个不把你放在眼里的女人呢？"于是，她就像一个会施催眠术的人，使我摆脱幻梦，回到了现实，让我睁开了眼睛；她又像一个医生，让我意识到现实和责任，治好了我沉迷不醒的想象出来的疾病。第二天，我用了一整天时间同这个已被我抛弃的病痛做最后的告别，连续几个小时边哭边唱舒伯特的《告别曲》：

……再见了，天使们非同凡俗的姐妹，
奇妙的声音在远方将你召唤。

接着就没事了，上午我再也不出门了。没想到会是这样轻而易举，以至我预言（以后大家会看到我的预言是错误的），在我生活中，同一个女人断绝来往将会是一件很容易的事。直到弗朗索瓦丝告诉我，絮比安很想换一间大一点的房子，正在街上寻找一个店铺时，我才开始出门。我想帮他找到这样一个店铺（再说，我也很乐意帮他忙，因为在街上闲逛，在乳品店敞开的卷帘铁门下，可以看见戴白袖套的送奶姑娘们；我躺在床上，就已经听见阳光明媚的大街上人声喧闹，就像在海滩上一样），于是，我又能开始外出了。此外，我现在出门自由自在，因为我心里坦然，我不是为看德·盖尔芒特夫人才出门的，这就像一个女人，只要有情夫，她就会小心翼翼，哪天同情夫一刀两断了，她就会把信到处乱放，就有可能把一个她已不再感到害怕，同时也不会再犯的错误暴露给丈夫。

当我知道几乎每幢房子里都有不幸的人时，心里感到很难过。这里，妻子因丈夫有外遇而哭泣不停。那里却是妻子欺骗了丈夫。在别处，一位含辛茹苦的母亲遭到酒鬼儿子的毒打，竭力在邻居面前掩饰自己的痛苦。人类有一半在哭泣。当我认识到这个道理时，心里非常恼火，以至我想，丈夫或妻子与人通奸，是不是有他们的道理，是因为他们得不到合法的幸福，除了对自己的妻子或丈夫外，他们对谁都亲，对谁都忠。不久，我就不能再以帮助絮比安为理由，每天上午继续到街上乱逛了。因为我听说，我们院子里的那位细木匠接到了房管员的驱逐令，说他敲敲打打，闹得鸡犬不宁。细木匠的车间与絮比安的裁缝铺仅一板之隔。絮比安求之不得，因为车间有一个与我们地窖相通的放细木板的地下室。絮比安可以把煤放在地下室里，拆掉隔板，他就有了一个宽敞的店铺。絮比安觉得德·盖尔芒特先生要价太高，就先让那些想找房子的人来看看，公爵找不到房客，就会泄气，从而心甘情愿地降低价格，把房子租给他。弗朗索瓦丝注意到，每天看房的时间过了，门房甚至还把“待租”的牌子留在店门口。她觉察到，这是门房设的圈套，想把盖尔芒特家那位听差的未婚妻引到这里来（他们会找到一个谈情说爱的隐蔽所），然后把他们当场抓住。

尽管不再需要为絮比安找房子了，但我无论如何仍坚持在午饭前出门。我常常遇见德·诺布瓦先生。有时他正在和一个同事交谈，他用目光打量我，看够了，就把眼睛移到他的谈话人身上，既没有对我微笑，也没有朝我点头，好像压根儿不认识我。因为对于这些显要的外交官来说，以某种方式注视你，并非是为了让你知道他们看见你了，而是要让你知道他们没有看见你，他们正在和同事谈一个严肃的问题。我经常在我们家附近遇见一个大个子妇女，她对我有失检点，因为尽管我不认识她，她却总要回首看我，徒劳地在商店橱窗前等我，朝我微笑，仿佛要来拥抱我，要委身于我。如果遇到熟人，她就立即恢复冷漠的神态。好久以来，在我上午的奔波中，根据我要做的事情，哪怕是买一份报纸那样的小事，我也总是选择最近的路，即使我走的路线不在公爵夫人习惯的散步路线内，我也毫不遗憾，如果相反，恰好这条路线同她的路线重合，我也不必小心谨慎，掩饰自己的感情，因为我不再感到这条路是禁路了，不再需要煞费苦心地让一个无情无义的女人开恩，不情愿地让我看一眼。但是，我没有想到，我精神上恢复了健康，这不仅使我对德·盖尔芒特夫人恢复了正常态度，而且也使德·盖尔芒特夫人改变了态度，对我友好和亲切了。不过，这对我已经无关紧要了。从前，即便把全世界的力量聚集起来，促使我同她接近，也会在一个不幸的爱情女神施展的魔法面前化为乌有。仙女的威力大于人类，她们规定，一旦被施了魔法，一切都无济于事，直到有一天，我们真心诚意地对自己说“我不再爱了”时，魔法才会解除。我曾埋怨圣卢没把我介绍给他舅妈。但是，他不比别人更高明，他同样不可能破除魔法。只要我还爱着德·盖尔芒特夫人，我从别人那里得到的关切和恭维，都只会使我内心痛苦，因为这不是她给我的，况且她并不知道。然而，即使她知道了，也不会有什么用处。但是，任何细小的感情流露，失约，拒绝一起吃饭，一种无心的、不自觉的严厉态度，甚至比所有的化妆品和最漂亮的衣服更有用处。如果有人把这个成功的秘诀教给别人的话，准会获得成功。

德·盖尔芒特夫人来到我所在的客厅，头脑里还在想着她那些朋友（都是些我不认识的人），说不定哪天晚上还要同他们聚首。当她穿过客厅时，发现我坐在大安乐椅上，一副无动于衷的样子，只想显得客客气气，彬彬有礼，可是当我还爱着她的时候，我总想装出漠不关心的样子，却总也装不出来。她斜穿过客厅，向我走来，脸上又露出了看歌剧那天晚上的微笑，即使她痛苦地感到她被一个她不爱的人所爱，也不会使这个微笑消失：

“不，坐着别动。请允许我在您身边坐一会儿，好吗？”她对我说，优雅地把大得出奇的裙子稍微往上提了提，不然的话，会把整个椅子都占满的。

她身材比我高大，况且裙子又使她增加了体积，因此，我几乎能接触到她裸露着的妙不可言的胳膊和卷成螺旋形的像饰带一样披下的金发。她的胳膊上覆盖着无数茸茸细毛，犹如在周围飘浮的永不消失的金色烟雾，而她的金发给我送来阵阵馥郁的芳香。因为两人坐得很挤，她很难把脸转到我这边，只好目视前方，而不是看着我这边，她含情脉脉，若有所思，其神情宛若一幅画像。

“您有罗贝的消息吗？”她对我说。

这时德·维尔巴里西斯夫人从我们身边经过。

“好啊！先生，难得见您一次，您却到这时候才来。”

看见我在同她的侄女说话，大概猜想我们的关系比她知道的要亲密：

“我不想打搅您和奥丽阿娜的谈话。”她又说（因为在女主人的职责中，也应包括给两个恋人起撮合作用），“您愿意星期三和她一起来吃晚饭吗？”

星期三我要和德·斯代马里亚夫人共进晚餐，所以我拒绝了。

“那么星期六呢？”

我母亲星期六或星期天回来，如果天天不和她一起吃晚饭恐怕不好，我又拒绝了。

“啊！您这人好难请呀！”

“您怎么总也不来看我呢？”当德·维尔巴里西斯夫人离开我们时，德·盖尔芒特夫人对我说。德·维尔巴里西斯夫人是去向演员们表示祝贺和给那个著名的女歌唱家献玫瑰花的。这束花的全部价值是送花人的那只手，因为花本身只值二十法郎（况且，她才为侯爵夫人唱了一次，得到一束花已经是最高奖赏了。每天午后和晚上都来为侯爵夫人效劳的女歌唱演员，能得到她亲手画的玫瑰花）。“每次只能在别人家里见面，这确实有点乏味。既然您不愿意和我一起在我婶婶家吃晚饭，为什么您不上我家来呢？”

有几个人找了些借口，尽可能地在这个客厅里多待些时间，但最后还是出去了，他们看见公爵夫人和一个年轻人坐在一把狭窄得只能坐下两个人的安乐椅上聊天，就认为他们得到的情报不正确，要求分居的不是公爵夫人，而是公爵，而我是他们分居的原因。他们赶紧去散布这个消息。我比谁都清楚这个消息是不真实的。但令我感到惊讶的是，公爵夫妇尚未正式分居，处境十分困难，公爵夫人却不安分守己，竟邀请一个恰恰是她很不了解的人吃晚饭。于是我猜想，过去她不接待我，是因为公爵不同意，现在他们分开了，她看到障碍已经消除，就可以把她喜欢的人聚集在她的周围了。

两分钟前，如果有人对我说，德·盖尔芒特夫人要我去看她，我会惊得说不出话来，更不用说她要我去吃晚饭了。尽管我知道，盖尔芒特沙龙不会和我根据这个名字想象出来的沙龙有共同之处，但因为我一直被拒之门外，只好把我在小说中看到的有关沙龙的描写和在梦幻中看见的沙龙的形象赋予盖尔芒特沙龙，即使我心里清楚，它跟世上所有的沙龙没有两样，但我还是把它想象得与众不同。在我和盖尔芒特沙龙之间，有一道屏障，真实碰到这道障碍就会消失。和盖尔芒特一家共进晚餐，犹如在进行一次渴望已久的旅行，好像在把我心之向往的东西展现在我眼前，在结识一个梦幻。至少，我可以相信，这顿晚餐是这样一种晚餐：主人邀请的是一个他们不想炫耀的人，他们对他说："来吧，就我们家里人，绝对没有旁人。"他们害怕看见这个卑贱的客人和他们的朋友混在一起，却偏要把这种害怕强加给客人，硬把他当成不爱交际的人而给予特殊优待，单独请他吃饭，甚至把这种孤立变成一种只有亲朋好友才能享受的值得羡慕的特权。可是恰恰相反，德·盖尔芒特夫人接下来说的话，使我感到她是想让我品尝更美好的东西。她说（一面说，一面仿佛在向我展现到法布利斯[1]的姑妈家做客时能看到的淡紫色的美，和被介绍给德·莫斯加伯爵[2]时能看到的奇迹）：

“星期五您有空来参加小宴会吗？都是至亲好友，您能来就好了。帕尔马公主要来，她很迷人。要是不能让您会见一些可爱的人，我就不会邀请您了。”

家庭在那些热衷于步步高升的不稳定的中间社会阶层是不被重视的，但在像小资产阶级和王侯贵族这些稳定的阶层中却占据十分重要的地位。贵族阶级不能再企望高升，因为从他们特有的观点看，在他们之上什么也没有了。“维尔巴里西斯婶婶”和罗贝对我显示的友谊，可能使我在自给自足、永远生活在同一个小圈子里的德·盖尔芒特夫人及其朋友们的眼里，变成了一个我难以想象的，能激发他们好奇心和吸引他们注意力的目标。

她对这些亲戚的家庭和日常生活了如指掌，知道他们的生活平淡无奇，同我们想象的迥然不同，如果我们有什么事被她知道了，我们的行为非但不会像眼睛里的灰尘或气管里的水珠那样遭到驱逐，反而会牢牢地刻在她的记忆中，多少年后，甚至连我们自己都忘得一干二净了，她却还会在宫中议论和谈及这些事。当我们听到这些往事，会像在一本极其珍贵的真迹集中发现我们的

[1] 法布利斯是司汤达的小说《巴马修道院》中的主人公。

[2] 德·莫斯加伯爵也是《巴马修道院》中的人物，法布利斯的姑妈吉娜的情夫。

一封亲笔信那样惊讶万状。

一般的风雅人士可能会因上门打搅的人太多而紧闭大门。可是，盖尔芒特家并非门庭若市。陌生人几乎没有机会从他们家门口经过。如果偶然有一个陌生人登门求见，公爵夫人决不会考虑这个人能不能提高她的社交地位，因为这正是她可能给予别人的，而不是别人可能给予她的。她考虑的只是这个人的真正品质：德·维尔巴里西斯夫人和圣卢对她说过，我有真正的品质。当然，如果她没有注意到他们对我从未能做到召之即来，或者说，没有注意到我对社交活动并不热衷，她也就不会相信他们的话了，因为一个不热衷社交生活的人，在公爵夫人眼中，是一个“令人愉快的人”。

应该看到，当有人谈起她不大喜欢的女人，例如谈到她的表嫂时，她脸上的表情会陡然变化。“啊！她很迷人。”她说，神态狡黠而肯定。她提供的唯一理由是，这位夫人曾拒绝和德·肖斯格罗侯爵夫人和德·锡利斯特拉亲王夫人认识。但她没有说，她，德·盖尔芒特公爵夫人也同样遭到了这位夫人的拒绝。然而这是事实。从那天起，公爵夫人经常想象这位很难结交的贵妇家中可能发生的事。她渴望在她家中受到接待。上流社会的人总是习惯别人希望和自己结交，谁要是故意避而不见，谁就在他们眼里成了凤凰，就会引起他们特别的关注。

德·盖尔芒特夫人请我吃饭的真正动机是什么？难道就因为我无视她的亲戚，不想和他们经常往来？自我不爱她以来，她是怎样想的？这些我无从知道。不管怎样，她既然决定请我，就要尽地主之谊，把家里最好的东西拿给我看，而把那些可能使我今后不再踏上她家门的朋友，那些她知道十分无聊的人支开。当我看见公爵夫人因为一些不为人知的原因偏离她的航道，坐到我的身边，邀请我到她家去吃饭时，我不知道她为什么会有这个变化：我们没有专门的器官为我们提供情况，因此就认为我们不熟悉的人只会在难得看见我们的时候才想起我们。我对公爵夫人就是这样想的。然而，这种想象具有绝对的随意性。例如，我们在一个美丽而寂静的夜晚感到孤独时，会无穷地遐想，会看见形形色色的交际王后，在遥远的星空沿着各自的轨道行进，这时，假如从空中掉下一张晚宴请帖，或传来一阵喧哗，我们会以为落下了一颗刻着我们名字的陨石，因此而不安或快乐得惊跳起来，因为我们相信在金星或仙后星上不会有人知道我们的姓名。

也许，有时候，当德·盖尔芒特夫人模仿波斯王子（根据《以斯帖记》[1]记载，波斯王子们总是让人给他们朗读极力巴结过他们的臣民的名册），查阅对她怀有好意之人的名册时，对于我，她也许会说："这个人我们要请他来吃饭。"但是另一些想法转移了她对我的注意力，直到有一天，

（君王身旁乱哄哄地聚着一群人，

不停地把他拉向新目标）

[1] 《以斯帖记》是《旧约全书》中的一卷书。以斯帖是一位美丽的犹太姑娘，嫁给了波斯王亚哈随鲁，使犹太人逃脱了首相哈曼的发难，并让她的堂兄末底改取代哈曼当了首相。

她看见我像末底改[1]那样，孤零零地站在宫门口，才想起我来，也像亚哈随鲁[2]那样，送给我许多礼物。

当德·盖尔芒特夫人约我吃饭时，我大吃一惊，但是，我应该说，接下来又有一件事同样使我惊讶万分，只是性质不同罢了。当我听到公爵夫人约我去她家吃饭时，我觉得不应该把我的惊讶掩饰起来，而应当夸张地显露出来，这样才显得更谦虚，更能表达我的感激之情。德·盖尔芒特夫人见我如此惊讶，怕我不知道她是谁，当她要去参加当晚最后一个聚会时，她像为自己辩解似的对我说："您知道，我是罗贝·德·圣卢的舅妈，他很喜欢您，况且我们在这里已见过面了。"我说我知道，也认识德·夏吕斯先生，我在巴尔贝克海滩和在巴黎时，他"对我很好"。德·盖尔芒特夫人显得很吃惊，她的目光像是为了核实似的在参阅她内心那本更加古老的书。"怎么！您认识帕拉墨得斯？"这个名字从德·盖尔芒特夫人口中说出，给人以一种亲切感，因为她在谈到这个出类拔萃、超凡入圣的人物时，语气朴实自然，毫不做作。其实，这个人对她不过是小叔子，是同她耳鬓厮磨一起长大的堂兄弟。帕拉墨得斯这个名字，仿佛把她少女时代在盖尔芒特城堡花园里和堂兄弟一起玩耍时的漫长夏日的明媚阳光，带进

---

[1] 末底改是《圣经》中的人物，犹太人。他曾抚养他叔父的女儿以斯帖，后者成了波斯国王亚哈随鲁的妻子后，让他当了首相。

[2] 亚哈随鲁是《圣经》中的波斯王。登基后第三年大摆宴席招待一切首领臣仆，王后瓦实提不肯赴宴，于是，他废了瓦实提，另立以斯帖为王后，后来又抬举末底改为首相。

雷诺阿
《秋千》

了我想象中的德·盖尔芒特公爵夫人灰暗朦胧的生活中。奥丽阿娜·德·盖尔芒特和堂兄弟帕拉墨得斯的那段生活早已成为过去，他们后来的生活同过去大相径庭，尤其是德·夏吕斯先生，他曾如痴如狂地迷恋艺术，但后来就不再迷恋了，因此，当我听说公爵夫人此刻正在展开的那把大扇子上黄黑蝴蝶花是出自他的手时，不禁惊呆了。公爵夫人还可以把他以前为她谱写的一首小奏鸣曲拿来向我炫耀。我的确不知道男爵还有这些才能，他从没有谈起过。顺便说一句，德·夏吕斯先生不喜欢他家里人叫他帕拉墨得斯。如果叫麦麦，他就更不高兴了。这些荒唐的简称，既表明贵族对其自身的诗意缺乏了解（犹太人也一样，鲁弗斯·以色列夫人的一个名叫莫伊兹的侄儿在社交界常被叫作“莫莫”），同时也表明贵族一心想装出对自己的特权毫无兴趣的样子。然而，在这方面，德·夏吕斯先生显得比别人富有诗意，愿意表现出对自己的特权感到骄傲。不过，这还不是他不喜欢麦麦这个简称的原因，因为麦麦毕竟与帕拉墨得斯有一点联系。其实是因为他深知自己出身王族，他希望兄嫂叫他“夏吕斯”，正如玛丽-阿梅莉王后或德·奥尔良公爵称呼他们的儿孙、侄儿和兄弟为“儒安维尔、纳穆尔、夏尔特尔、帕里斯”一样。

“麦麦这家伙就爱故弄玄虚，”她嚷道，“我们同他谈您谈了很长时间，他对我们说，如果能同您认识，他将不胜高兴，就像从来没有见过您似的。您说他怪不怪？我像这样背后议论我的小叔子有时候像个疯子，是不是不好？我很崇拜他，很欣赏他的才华。”

她把德·夏吕斯先生说成疯子，我感到很震惊。我想，也许可以用半疯半傻来解释他的某些行为，例如，他曾兴致勃勃地打算要求布洛克打自己的母亲。我发现，德·夏吕斯先生说的话和说话的方式，都让人觉得他有点儿像疯子。当我们第一次听到一个律师辩论或一个演员念台词时，发现他们的语调和一般人的语调差别很大，会感到惊讶。但当我们发现大家都不觉得奇怪时，也就不对别人说什么了，对自己也不说什么，仅仅对他们的才华做些评价。看了法兰西剧院一个演员的演出，我们最多会想："他干吗不让举着的双臂一下子落下，而是一点一点地、断断续续地放下，至少用了十分钟？"或者听了拉博里[1]的辩论，我们会想："为什么他一张嘴就发出这些悲切而意外的声音？他所谈的不过是一件极其平常的事。"但因为大家一上来就接受了，所以也就不觉得反感。同样，当我们听到德·夏吕斯先生说话语气夸张，和一般人说话的方式不同时，也会有想法，好像时刻想对他说："为什么这样大叫大嚷？为什么这样傲慢无礼？"只不过大家都默认了他的讲话方式。当他夸夸其谈时，我们也就和大家一样，都表示欢迎了。但可以肯定，在有些时候，一个外人听到他这样说话，会以为是疯子在喊叫。

"可是，"公爵夫人又说，朴实自然的语气中又加进了一些蛮不讲理的意味，"您能肯定没有搞错？肯定是我的小叔子帕拉墨得

[1] 拉博里（1860—1917）：法国著名律师。他英俊的相貌、洪亮的嗓门和能言善辩的口才吸引了许多人。

斯？尽管他喜欢把事情神秘化，但我似乎难以相信！……”

我回答说，我肯定无疑，想必是德·夏吕斯先生没有听清我的名字。

“呀！我得离开您了。”德·盖尔芒特夫人好像不无遗憾地对我说，“我要到德·利涅亲王夫人家坐一坐。您去不去？不去？您不喜欢社交？这样好，那真没意思透了。要是我可以不尽这个义务就好了！可她是我的表姐，不去不好。我很遗憾，因为我是可以带您去的，甚至还可以带您回来。那就再见了，我为星期五感到高兴。”

如果说德·夏吕斯先生在德·阿让古尔先生面前不好意思承认认识我，那倒还说得过去。可是，他对这个非常欣赏他的嫂子也矢口否认（既然他的婶母和外甥认识我，他认识我是很自然的事），这就叫我百思不得其解了。

我就要讲完这件事了，不过，还要说一句：从某个角度看，德·盖尔芒特夫人身上有一种高尚的品质，她能把别人只能部分忘却的东西全部从记忆中抹去。她就好像在上午散步时，从没有遇到我的纠缠、尾随和跟踪似的，我向她致意时，她好像从没有流露出厌烦，圣卢恳求她邀请我时，她好像从没有断然拒绝过。她对我的态度是那样亲切、自然。她非但没有做事后解释，没有说一句含蓄的话，没有扮出弦外有音的微笑，非但使她现在这种和蔼可亲、不回顾过去和毫无保留的态度，流溢出一种十分正直的品质，就像她的魁伟身躯给人以正直的印象一样，而且，她过去对某一个人可能存有的不满，现在已全部化作灰烬，都已从她的记忆中，至少从她的态度中清除出去了；因此，每当她必须用最自然的神态，对待可能被其他许多人当作借口而保持冷漠和进行指责的事情时，如果我们注视她的脸孔，会感到她在行一种净礼[1]。

然而，如果说德·盖尔芒特夫人对我态度的变化使我深感惊讶的话，那么当我发现我对她的态度变化更大时，我就更难以形容我的惊讶了。曾几何时，我不是成天冥思苦想、绞尽脑汁地想找一个能把我介绍给她的人，而且希望在得到第一个幸福之后，能得到更多的幸福，以满足我那越来越苛求的心吗？我不是只有在这种时候才生气勃勃、精神焕发吗？正因为我没有找到合适的人，才决定到东锡埃尔去找罗贝·德·圣卢的。而现在，就是他的一封信（不是关于德·盖尔芒特夫人的，而是关于德·斯代马里亚夫人），搞得我内心纷扰，魂不守舍。

最后，作为这次晚会的结束语，我想补充一点。晚会上，布洛克同我讲了一件事，但其正确性几天后就被否认了。我对这事一直迷惑不解，为了它，我和布洛克很长时间不说话。这件事本身就是许多奇怪的矛盾中的一个，读者在《所多玛》第一卷中能找到解释。现在我就来谈这件事。那天晚上，在德·维尔巴里西斯夫人家里，布洛克不停地向我吹嘘，德·夏吕斯先生在街上遇见他时，对他的态度如何亲切，像熟人一样眼睛一直盯着他看，很想同他认识，并且知道他是谁。开始我不以为然，只是笑笑而已。从前，在巴尔贝克海滩，布洛克不是对同一个夏吕斯发表过

[1] 净礼为宗教名称。指按照规定，洗涤身体或其一部分，以求净化或表示奉献。

异常激烈的言辞吗？我心里想，布洛克的父亲“不经认识”就认识了贝戈特，布洛克学着他父亲的样，“不经认识”就认识了男爵，而他所认为的亲切目光，其实是漫不经心的目光。但是布洛克毕竟讲了那么多细节，他那么肯定德·夏吕斯先生有两三次想走过来同他攀谈，因此，当我想起我曾和男爵谈过我这个同学，男爵在探望德·维尔巴里西斯夫人后回家的路上，确实向我问起过他的许多情况时，我也就相信布洛克没有撒谎，德·夏吕斯先生知道他的名字，知道他是我的朋友，等等。因此，过了一段时间，在剧院里，我对德·夏吕斯先生说，我想把布洛克介绍给他，征得他的同意后，我就去找布洛克了。可是，德·夏吕斯先生一见他，就露出了惊讶，但顷刻间就被一股怒火取而代之。他非但不把手伸给布洛克，而且，每当布洛克同他说话，他回答时态度极端傲慢，声音咄咄逼人，让人听了很不舒服。因此，布洛克认为——据他说，在这之前，男爵对他从来是笑脸相迎——我在同男爵短短的交谈中（我知道德·夏吕斯先生很注重礼节，在把他带去见布洛克之前，同他谈了谈我这位同学的情况），没有把他介绍给他，反而在他面前说了他的坏话。布洛克疲惫不堪地离开我们，就好像刚才想爬上一匹时刻准备狂奔的马儿，或想在汹涌澎湃、随时都会把人抛向卵石滩的波涛中游泳而拼出了全部力气似的。后来，他有半年时间没有同我说话。

还要过几天才能和德·斯代马里亚夫人共进晚餐。对我来说，这些日子是令人难以忍受的，而不是令人愉快的。一般地说，离预定的时间越近，我们会感到越长，因为我们会用更小的单位计量时间，或者说因为我们老想着时间。据说，教皇的任期是以世纪计算的，他也许不想计算时间，因为他的目标是无限大。我的目标只有三天，我用秒计算，我沉醉在遐想中，遐想是温存的开始，但因为这种温存（正是这种温存，而不是其他任何温存）不可能让我渴望的女人来完成，所以我感到烦躁不安。总之，尽管在通常情况下，一种欲望越是难以得到满足，就越强烈（是难以，而不是不可能，因为不可能会扼杀欲望），然而，对于一种肉体欲望，肯定它在短期内的一个确定时刻能够实现，不见得比不能肯定少令人激奋，深信能得到快乐，也和忧虑一样，会使等待变得令人难以忍受，因为我们会反复想象将要享受的快乐，这会像忧虑那样，把时间切割成无数个小段。

我需要占有德·斯代马里亚夫人：几天来，我的欲望在一刻不停地想象着占有她的快乐。我头脑中只想象这个快乐，不可能是别的（占有另一个女人的）快乐，因为快乐仅仅是一种事前欲望的实现，这种欲望并非一成不变，而是随梦幻的无数组合、记忆的偶然性、性欲的状态和满足性欲的前后次序而千变万化，最后的欲望满足了，也就平静了，直到欲望满足后产生的失望多少有点被人遗忘了，才会产生新的欲望。我已经离开了一般欲望的大道，走上一条特殊欲望的小路；如果我想同另一个女人约会，必须从遥远的地方回到大路上，然后走另一条小路。在布洛涅森林的小岛上占有德·斯代马里亚夫人（我已约她在那里共进晚餐），这就是我时刻遐想的快乐。我在岛上吃饭，如果没有德·斯代马里亚夫人陪伴，快乐自然也就成了泡影；但在别的地方吃饭，即使有她做伴，快乐也会大大减弱。况且，以什么样的态度想象快乐，是选择女人，选择合适的女人的先决条件。态度决定选择什么样的女人，也决定选择什么样的地方；正因为如此，在我们变化无常的思想中，会交替出现这样的女人，这样的风景区，这样的房间，而在其他几个星期中，对这些我们又会不屑一顾。女人是我们态度的产物。有一种女人，没有合适的大床决不会应约，有了大床，我们躺在她们身边就得到安宁；另一种女人，如果你怀有不可告人的意图，要抚摩她，那就要在一个树叶随风飘舞，水面黑夜环抱的地方，因为她们自己也像树叶一样轻飘，像水一样不可捉摸。

当然，在我收到圣卢的信之前很久，当我还没有向德·斯代马里亚夫人发出邀请的时候，我就认为，布洛涅森林的小岛是寻欢作乐的好地方：我去过小岛，但从没想到带我渴望的女人去那里，为此我尝到了忧愁的乐趣。夏天的最后几个星期，那些流连忘返的巴黎女郎在湖边漫步。我们徘徊在这通往小岛的湖岸上，希望能再次遇见在最后一次舞会上邂逅并一见钟情的少女。我们不知道在何处能找到她的芳踪，甚至不知道她离没离开巴黎。我们感到心爱的人昨天已经离开，或者明天就要离去，就在湖水荡漾的岸边，沿着秀色可餐的小径踯躅。小径上已出现第一片红叶，宛如最后一朵盛开的玫瑰花；仔细观察天边，视线直接从人造的公园落到具有自然风光的默东[1]高地和瓦勒里昂山[2]上，不知道该

[1] 默东是法国城市名，位于巴黎西南，有广袤的森林。

[2] 瓦勒里昂山位于巴黎西边。

在哪里划分界线，真正的原野加入了人造公园中，而人造公园那巧夺天工的美境向原野的纵深伸延（眼睛的这种错觉恰好与回转画[1]引起的错觉方向相逆，在回转画的圆顶下，处于前景的蜡人赋予后景的画布以以假乱真的深度和广度）；因此，就有那些珍贵的飞禽被饲养在一个植物园里，每天自由自在，飞来飞去，甚至把异国色彩带到了邻近的树林里。从夏天的最后一次舞会到冬天消逝这段时间内，我们忧心忡忡，走遍了这个弥漫着浪漫色彩的王国，毫无把握地寻找着心爱的女人，心里充满了爱情的惆怅；如果有人告诉我们，这个王国位于地球之外，我们丝毫不会感到惊讶，就像在凡尔赛宫，当我们站在高高的平台上观摩四周，看见云彩环绕，与具有默伦[2]风格的蓝天相接，这时，我们也会觉得恍若仙境，如果有人对我们说，在大运河的尽头，大自然恢复真貌的地方，在像海面一样绚烂夺目的天边，那些看不见的村庄叫弗勒吕斯[3]或奈梅亨[4]，我们也丝毫不会感到吃惊一样。

最后一辆马车过去了，我们痛苦地感到，心爱的女人不会再来，于是就到岛上去吃饭。杨树沙沙颤动，这与其说和神秘的黄

---

[1] 回转画是一种置于圆形建筑物内壁上的画，能使坐在屋子中央的观众产生周围是真实事物的幻觉。回转画盛行于 18 世纪末期和 19 世纪，陈列于大圆筒房屋内墙上，圆筒直径有的达四十米。

[2] 默伦（1632—1690）：法国画家、雕刻家。擅长画马和风景，他画的天空都很高。

[3] 弗勒吕斯为比利时埃诺省城市。1794 年 6 月 26 日，这里曾发生过一场战役，那是法国革命战争的第一次反法联盟阶段最重要的一次战斗。虽然法军最后取得胜利，但损失惨重。

[4] 奈梅亨为荷兰东部格尔德兰省城市。第二次世界大战德军占领时期遭受严重破坏。

昏相呼应，不如说使人不断想起黄昏的神秘。一片玫瑰色的云彩把最后一种富有生命力的色彩铺在杨树上方那宁静的天空中，几滴雨水无声地落在古老的湖面上，但湖水在神奇的童年时代，从来都是天蓝色，从不把云彩和花儿的形象放在心上。天竺葵与灰蒙蒙的黄昏奋力搏斗，想用自身的红光照亮湖面，但白费气力，薄雾已开始把昏昏欲睡的小岛包围。我们沿着湖岸，在潮湿的黑暗中散步，最多当一只天鹅无声地掠过湖面时，我们会感到惊异，就像夜里当我们以为仍在睡梦中的孩子在床上猛然睁开眼睛朝我们微笑时，我们会感到惊异一样。因此，我们越感到孤独，越觉得自己离群索居，就越希望有一个恋人与我们相伴。

这个岛屿，即使在夏天也常常灰雾笼罩，何况，现在秋天已经结束，冬天业已来临，我若能在这样的季节把德·斯代马里亚夫人带到岛上，那该多么幸福！虽然星期天以来的天气没能使我想象的地方变得灰雾笼罩，具有海洋特征（正如在其他季节，那里满园馨香，五彩斑斓，具有意大利风光特色），但因为我渴望几天后能占有德·斯代马里亚夫人，这种渴望足以使雾幕在我无穷的怀旧想象中每小时升降二十次。从昨天起，连巴黎也起了雾，不管怎样，浓雾不仅时刻使我想起我刚刚相约的那位少妇的故乡，而且因为岛上的雾比城里更浓，晚上很可能蔓延到树林，尤其可能蔓延到湖边，我想，浓雾会把天鹅岛变得有点和布列塔尼岛相似，在我看来，布列塔尼岛弥漫着浓雾的海洋，总是像一件衣服，包围着德·斯代马里亚夫人苍白的身影。当然，人在年轻的时候，比如在我到梅塞格利丝那一边散步的那个年龄，欲望和信仰会赋予一个女人的衣服以一种与众不同的特色，一种不可减少的本质。我们追求真实，但又不经意而让真实溜走了，最终我们会发现，经过无数次徒劳的尝试，一种结实的东西，也就是我们寻找的东西，却留存下来了。我们开始知道并了解到，我们喜欢的东西，哪怕施计谋也要得到它。信仰消失了，于是衣服也就自欺欺人地代替了信仰。我清楚地知道，我在离家半小时远的地方，是找不到布列塔尼岛的。但是当我搂着德 · 斯代马里亚夫人的纤腰，在黑暗笼罩的小岛上，沿着湖岸散步的时候，我会像有些人那样，即使进不了修道院，至少，在占有一个女人之前，可以让她穿上修女的衣裳。

我甚至有希望和那位少妇一道谛听波浪的拍击声，因为约会的前一天下了场暴风雨。我开始修脸刮胡，以便去岛上为第二天的晚餐预订雅座（尽管每年这个时候岛上游人稀少，饭馆生意清淡）和确定菜单，这时，弗朗索瓦丝通报阿尔贝蒂娜来了。我立即让她进来，不怕让她看见自己由于黑乎乎的下巴而变得十分难看的模样。可是，在巴尔贝克，为了她，我总要把自己打扮得漂漂亮亮，她使我不安和痛苦，就像现在德 · 斯代马里亚夫人使我不安和痛苦一样。我一心想让德 · 斯代马里亚夫人对明天的晚餐产生美好的印象，因此，我请求阿尔贝蒂娜立即陪我去岛上，帮我拟订菜单。我们为一个女人献出了一切，但她很快又被另一个女人取而代之，就连我们自己也感到吃惊，不明白为什么每小时都要有新的毫无前途的追求。阿尔贝蒂娜头戴一顶无边小帽，帽子压得很低，差点儿遮住眼睛。她听到我的建议后，那露在帽子外的玫瑰花般的笑脸似乎闪出一丝犹豫。她可能另有安排，但是不管怎样，她还是痛快地为我放弃了她的计划，这使我感到心满意足，因为我的确需要有一个年轻的家庭主妇和我在一起，她订菜也许比我内行。

当然，在巴尔贝克海滩，阿尔贝蒂娜对于我完全是另外一回事。但是，和我们钟情的女人亲密相处，即使我们当时感到还不够亲密，也会在她和我们之间创造一种社会关系（尽管还有一些缺憾使我们深感痛苦），即使爱情消失了，甚至被遗忘，但这种社会关系却依然存在。因此，当一个女人最后成为我们通往其他女人的工具和途径的时候，每当我们想起她的名字曾使我们感到十分新奇，我们会觉得惊讶和好笑，就像我们要去嘉布遣会修女大街或渡船街时可能产生的感觉一样，我们把地址扔给马车夫后，心里只惦记着将要看望的女人，但当我们突然想到这些街道叫这样的名字，一个是因为街上曾有一座嘉布遣会修道院，另一个是因为曾有渡船渡行人过塞纳河，我们会感到惊讶和好笑。

当然，我对巴尔贝克海滩的欲望，已使阿尔贝蒂娜的躯体变得那样成熟，在她身上积聚了那样清新、那样甘美的滋味，当我和她在布洛涅森林里奔跑时，我看到秋风像一个辛勤的园丁摇曳着树木，刮掉了果子，卷走了枯叶，我心里思忖，要是圣卢弄错了，或者我误解了他信上的意思，要是我和德·斯代马里亚夫人共进晚餐一无所获，那我当夜就约阿尔贝蒂娜来和我幽会，这样，我可以在销魂的一小时中，搂着她那曾被我的好奇心估量和掂量过的，现在越发迷人的玉体，暂时忘却我对德·斯代马里亚夫人初生的爱情带给我的激动和忧愁。当然，要是我能预料到在第一次约会时，德·斯代马里亚夫人不可能给我任何温存的话，我就能想象到将和她度过的这个夜晚一定是令人失望的。我有切身的体会。我清楚地知道，当我们对一个渴望已久，但并不相识的女人萌生爱情时（与其说爱这个几乎还不认识的女人，毋宁说爱她的与众不同的生活），我们自身产生的两个发展阶段是怎样奇怪地反映在事实中的，也就是说，它们不会在我们身上再显示出来，而是反映在我们同这个女人的约会中。我们从未与她交谈过，因此，我们踌躇不决，却经不住她对我们所意味着的诗一般的诱惑。是她吗？还是另一个？于是，她成了我们梦想中人，并同我们融为一体。同她随之而来的第一次幽会，将会反映这场初生的爱情。可事实并非如此。好像物质生活也应该有它的第一发展阶段似的，尽管我们已经爱上了她，但却尽对她说一些毫无意义的话："我请您到这个岛上来吃饭，是因为我想这里的环境会使您感到赏心悦目。我没有什么特别的话要对您说。但我怕这里空气潮湿，您可能会着凉。""不会的。""您这样说是客气。为了不让您为难，夫人，我允许您与寒冷再搏斗一刻钟，但一刻钟后，我一定得让您回去。我不想让您感冒。"于是，我们什么也没有同她说，就把她带回来了，对她毫无印象，最多只记住了她的一个眼神，但我们却老想着和她再相见。然而，第二次约会时，第一阶段已经过去，这一次连上一次留下唯一记忆的眼神也没有了，尽管如此，我们仍然只想同她约会，而且欲望变得更加强烈。其间什么事也没发生。然而，这次我不再同她谈饭店是不是舒适，却对她说（我们的话并没让这个陌生女人吃惊；我们觉得她很难看，但却希望别人每时每刻都同她谈起我们）：“我们要做很多努力，才能克服堆积在我们两颗心中间的种种障碍。您相信我们能成功吗？您认为我们能战胜我们的敌人，憧憬幸福的未来吗？”不过，这些对比鲜明的、先是毫无意义，而后又暗示爱情的谈话是不可能发生的，因为圣卢的信是绝对可以相信的。德·斯代马里亚夫人第一晚就会委身于我，因此，我无须做最坏的打算，把阿尔贝蒂娜叫来帮我度过这后半夜。这毫无必要，罗贝从来不会瞎说，他的信写得清清楚楚。

阿尔贝蒂娜很少和我说话，因为她觉得我心事重重。我们在宛如海底岩洞的高大而茂密的绿树丛下走了一会儿，听见树顶上狂风呼啸，雨水四溅。我踩踏着地上的树叶，枯叶像贝壳那样陷进土壤中，我用手杖拨拉带刺的栗子，就像在拨拉海胆一样。

枝头上残存的几片叶子抽搐着，追逐着风儿，但叶梗有多长，它们才能追多远，有时叶和枝的连接处断了，叶子掉在地上，又奔跑着去追赶风儿。我欣喜地想，如果这种天气继续下去，明天小岛将会变得离巴黎更远，无论如何，会变得人迹稀少。我们又上了马车，阿尔贝蒂娜见狂风消停下来，就要我继续带她到圣克鲁公园去游玩。天上的云彩也和地上的树叶一样追赶着风儿。天空中出现了一层层叠合的玫瑰红和蓝、绿色的云彩，夜晚犹如候鸟，向着美好的气候迁徙。在一个小山丘上，屹立着一尊大理石女神像。女神孤孤单单，待在一个似乎已成为她的圣地的大树林里，用她半神半兽的暴跳，使这片树林弥漫着神话般的恐怖。为了从近处瞻仰女神，阿尔贝蒂娜爬上山丘，我在路上等她。从底下往上看，阿尔贝蒂娜不再像那天我在床上所见的那样又粗又圆了（那天离她很近，连她脖子上的疙瘩都看得一清二楚），而是苗条纤细，像是用刻刀雕刻成的一尊小像，在巴尔贝克幸福地度过的每一分钟给她镀上了一层古铜色光泽。当我独自回到家里时，想起下午我和阿尔贝蒂娜奔跑半天的情景，两天后要到德·盖尔芒特夫人家去吃晚饭，还要给希尔贝特回一封信——想起这三个我曾爱过的女人，我思忖，社会生活很像雕刻家的工作室，堆满了曾一度寄托着我们狂热的爱，而现已废弃不用的毛坯。但我没有想到，如果毛坯的年代不算太久，就有可能被重新捡起来，雕成一个与原先构思完全不同的、更有价值的艺术品。

第二天很冷，但是个晴天：这使人感到冬天来临（事实上，冬天早已来临，前一天我们在一片萧瑟景象的布洛涅森林里，能够看见由半绿半枯的树叶交织而成的穹隆，这不能不说是奇迹）。醒来时，我看见不透明的单调的白雾欢快地悬挂在太阳上，像棉花糖一般稠厚、轻柔，和我以前从东锡埃尔兵营的窗口看见的情景如出一辙。接着，太阳躲了起来，到下午雾变得更浓。太阳早早地下了山，我开始梳洗打扮，但现在动身尚嫌太早，我决定去给德·斯代马里亚夫人叫一辆马车。我不想强迫她和我同行，所以没敢随车前往，但我托马车夫捎去一张便条，问她是否同意我去接她。我躺在床上等待回话，闭了一会儿眼睛，后又睁开。从窗帘上方只透进一线亮光，而且渐渐消失。我仿佛又回到了我在巴尔贝克海滩时经历过的那个时刻，它像一条幽深而多余的门廊，在门廊的尽头能找到快乐。我在巴尔贝克就学会了体味这种昏暗而令人快乐的空闲时光，就和现在一样，我独自一人待在房间里，其他人都去吃晚饭了，我看见窗帘上方露出的亮光逐渐消失，但我一点也不觉得悲伤，因为我知道，黑暗像北极的黑夜一样的短暂，黑夜之后太阳又会复活，以更加明亮的光芒照亮里夫贝尔。我跳下床，系上黑领带，用梳子理了理头发，把早该做的这几个动作做完。在巴尔贝克，我做这几个动作时，想的不是我自己，而是将要在里夫贝尔看见的那几个少女，我从卧室内那面斜挂着的镜子里提前向她们微笑，因此，这几个动作预示着一种充满阳光和音乐的欢娱。它们就像巫师，能召唤欢娱，不惟如此，已开始付诸实现；多亏它们，我对欢娱的真实性有了明确的概念，对它那轻浮而令人陶醉的魅力有了充分的感受，就像我从前在贡布雷那样，在炎热的七月，当我躲在不透光的阴凉的房间里，听见包装工敲敲打打的声音时，我真正认识了高温和太阳，并且感受到了它们的魅力。

因此，我渴望看见的，已不完全是德·斯代马里亚夫人了。现在，我没有退路，只好和她度过一个晚上。但因为这是我父母回来前的最后一个夜晚，我宁愿她不来，这样我就可以设法再见到里夫贝尔的女人们了。我洗了最后一遍手，心情愉快地穿过屋子，走到黑暗的饭厅里把手擦干。我觉得饭厅通向候见室的门开着，里面似乎亮着灯，可是门却是关着的，我误认为从门缝里透进的亮光，其实是我的毛巾在一面镜子里的白色反光。镜子靠墙放着，等人把它挂起来，以迎接我母亲归来。我重温了一遍我在我们这套房间里先后发现的种种幻景。幻景并不都是由视觉引起的，因为我们刚搬进这套房子时，听见持续不断的、和人的叫声有点相似的狗吠声，就以为我们的女邻居养着一条狗，其实是厨房里水管发出的声音，一开水龙头，水管就像狗一样吠叫。楼梯平台上的门也一样，穿堂风吹过时，门慢慢地合上，伴随着如诉如泣的情意绵绵的歌唱，很像《汤豪塞》[1] 序曲结束时朝圣者的合唱。再说，我刚把毛巾放回原处，就有幸再一次聆听到这段美妙的交响乐，因为门铃响了，我跑去给捎回话来的马车夫开门，候见室的那道门发出了交响乐般的声音。我想回话应该是“那位夫人在楼下”，或者“那位夫人在等您”。可是，他手里却拿着一封信。我迟迟不敢拆看德·斯代马里亚夫人写来的信。只要笔还握在她手中，她就可能写出别的内容，但她现在已经停笔，写好的信就成了一种命运，它将独自继续赶路，德·斯代马里亚夫人不可能再做任何改动。我请马车夫先下去等我一会儿，尽管他低声埋怨雾太大。他刚走，我就拆开信封。名片上印有：阿里克斯·德·斯代马里亚子爵夫人。我的客人信上写道：“很抱歉，凑巧今晚我有事，不能和您到布洛涅森林的岛上共进晚餐。这几天，我一直在盼望这个时刻。我回斯代马里亚后会给您写信详述。实在抱歉。祝好！”突然的打击使我茫然不知所措，我泥塑木雕般地呆立着。名片和信封掉在我脚下，就像枪的填弹塞，子弹一经射

[1] 《汤豪塞》是德国音乐家瓦格纳的歌剧。作品的序曲概括了全剧的中心思想：情欲和禁欲建立在牺牲的基础上。在剧终，朝圣者的合唱表达了想使这两种道德和解的企图。

出，填弹塞就掉在地上了。我拾起信封和名片，开始琢磨信上的那句话。“她对我说，她不能和我在布洛涅森林的岛上共进晚餐，就是说，可以和我在别的地方吃饭。我当然不会冒冒失失地去找她，但总可以这样解释吧。”四天来，我的思想早已提前和德·斯代马里亚夫人到了那个岛上，现在想收也收不回来了。我的欲望不由自主地继续沿着多少小时以来遵循的斜坡滑下去，尽管有这张便条，但因为刚收到，它不可能制约我的欲望，我本能地继续做着动身的准备，就像一个考试不及格的学生希望多回答一个问题一样。我终于决定去找弗朗索瓦丝，让她下去给马车夫付钱。我穿过走廊，没有找到她，就拐进饭厅；突然，我的脚踩在地板上不再发出刚才那样的响声了，几乎听不见声音。这突如其来的寂静，甚至在我弄清原因之前，就给我以一种窒息和与世隔绝的感觉。这是地毯的缘故。我父母就要回来，仆人们开始钉地毯了。这些地毯在愉快的上午，该是多么美丽啊！太阳犹如来带你到乡下去吃饭的朋友，在乱糟糟的地毯中等候你，把充满森林气息的日光投在地毯上；可是现在完全相反，地毯是冬牢的第一件陈设，我就要被迫生活在这个牢房里，和家人一起吃饭，再也不能自由地进出。

“先生留神，别摔倒了，地毯还没有钉好，”弗朗索瓦丝对我大声嚷道，“我早点打开灯就好了。现在已是‘九月’[1]底，美好的季节已经结束。”

---

[1] 弗朗索瓦丝把 septembre（九月）说成 sectembre。

冬天即将来临。窗角上已出现一道冰痕，犹如一块加莱[1]玻璃上的条纹。甚至在香榭丽舍大街上，也见不到妙龄少女的踪迹，只有麻雀在顾影自怜。

我失望不仅是因为不能见到德·斯代马里亚夫人，而且还因为她的回信让我感到她似乎一次也没有想到这顿晚饭，可我从星期天以来一直只为它而活着。后来，我知道她荒唐地爱上了一个青年，并且和他结了婚。可能那时候她和他就有来往了，也许为了他，才把我的邀请忘得一干二净的。因为，如果她没有忘记，就肯定不会等我派车去后——况且事先并没有约好——才通知我她没有空。我和一个年轻的贵族女子在一个薄雾笼罩的岛上共进晚餐的美梦，为一个尚未存在的爱情开辟了道路。现在，我失望，我愤怒，我想不顾一切地重新抓住这个拒绝我的女人，这一切使我对聚会产生了兴趣，这样，就能使这个至今一直由我的想象力孤军奋战（但却用软弱无力的方式）为我提供的可能的爱情维持了下去。

在我们记忆中留下了多少这样的爱情啊！被我们遗忘的少女和少妇的面孔就更多了！这些面孔各不相同，就因为它们在最后一分钟躲开了，我们才觉得它们更迷人，朝思暮想地想再见到它们。我对德·斯代马里亚夫人更是如此。现在，要我爱她，只需让我再见到她一次，使她留给我的强烈而短暂的印象变得更加深刻，否则，她不在我身边时，我就想不起她的面容。情况做出了

[1] 加莱（1846—1904）：法国的玻璃制造匠和细木工，玻璃技术革新的先驱。

相反的决定，我没有再见到她。我爱上的不是她，但本来可能是她。我很快就狂热地爱上了另一个女人，当我回想起那天晚上发生的事，心里思忖，如果情况稍微有些变化，我会把狂热的爱给予德·斯代马里亚夫人，这个想法使得我对另一个女人的爱变成了最残酷的爱。没过多久，我对另一个女人产生了爱情，因此，爱情不是绝对不可缺少的，也不是命中注定的，尽管我很愿意，也很需要这样认为。

弗朗索瓦丝把我一个人留在饭厅里了，她对我说，她还没有生火，不该待在里面。她去准备晚饭了，因为即使我父母还没回来，从今天晚上起，我也要开始关禁闭。我发现碗橱旁有一大捆地毯还没有打开。我把头埋进地毯里，抽抽搭搭地哭起来，地毯上的灰尘和脸上的泪水咽进肚子里，就像服丧的犹太人，用灰烬撒满自己的脑袋。我浑身哆嗦，不只是因为饭厅里冷，还因为从眼睛里一滴滴落下的泪水，像能穿透衣服的、没完没了的、冰冷冰冷的绵绵细雨，使我的体温大大降低（这可以抵抗我们不想抵抗的危险，应该说是微小的诱惑）。蓦然，我听见一个声音：

"可以进来吗？弗朗索瓦丝对我说，你可能在饭厅里。我来看看，你愿不愿意和我一起找个地方吃晚饭，如果这对你不妨碍的话。外面雾浓得可以用刀割了。"

是罗贝·德·圣卢。他今天上午就到巴黎了，可我以为他还在摩洛哥或在海上哩。

我曾谈过我对友谊的看法（而且，正是罗贝·德·圣卢在巴尔贝克海滩无意中教会我这样认为的）。我认为友谊是微不足道的，因此，我很不理解某些天才人物，例如尼采，竟会幼稚地认为友谊具有一种精神价值，因而拒绝接受某些缺少精神价值的友谊。是的，当我看见有些人为了表示真诚，免除良心不安，竟会不再喜欢瓦格纳的音乐，看到他们认为真实可以用行动，尤其可以用友谊这个本质上模糊的和不恰当的方式表达出来，认为在听到卢浮宫失火的假消息时，可以擅离职守去会一个朋友，和他一起为这场火灾哭泣，每当我看到这些，总会感到无比吃惊。在巴尔贝克时，我就发现，和妙龄少女一起玩耍，对精神生活的有害影响比友谊的有害影响要小，至少前者和精神生活无关，而友谊却竭力要我们牺牲——通过和艺术不同的手段——我们自己唯一真实的和不能与别人沟通的部分，要我们服从表面的“我”。真实的“我”可以在自己身上找到快乐，但表面的“我”却只能感到自己得到了外部的支持，受到了一个具有个性的外人的关照，从而找到了一种模模糊糊的同情，它为得到保护而喜不自胜，感到心安理得，舒适安逸，为发现自己的一些品质——他会把它们叫作缺点——而惊奇不已，并且努力改正。此外，蔑视友谊的人可以成为上流社会最好的朋友，但他们不抱任何幻想，而且会受到良心责备。这和艺术家是一个道理。艺术家是构思杰作的，他们感到活着就应该工作，但尽管如此，为了不显得或可能显得自私，他们把自己的生命献给一个无益的事业，而且，因为他为之献身的理由是无私的（其实，他本不想为此而这样做），他就更加勇敢地贡献出自己的生命。但是，不管我对友谊有怎样的看法，即使认为它带给我的快乐不伦不类，介乎疲劳和厌烦之间，然而，再有害的饮料有时也能变成提起精神的宝物，给我们以必要的刺激，使我们得到自身得不到的热量。

当然，我不会要求圣卢带我去见里夫贝尔的女人们，尽管一小时以前我很想再见到她们。德·斯代马里亚夫人没有赴约在我身上留下的遗憾不愿意那么快就消失，但就在我感到心灰意懒、毫无趣味的时候，圣卢进来了，给我带来了温柔、欢乐和生命，虽然现在它们还不属于我，但它们想把自己奉献给我，只求成为我身体的一部分。可是圣卢却不明白我为什么要发出感激的惊呼，为什么感动得掉眼泪。此外，在我们的朋友中，有谁会比那些当外交家、探险家、飞行家，或者和圣卢一样当军人的朋友更令人难以置信地重感情呢？他们第二天就要动身去乡下，不知道还要到哪里去，却把晚上奉献给我们，似乎想对这个晚上留下一个美好的印象，我们惊奇地看到，正因为这个印象难得而又短暂，就格外使他们感到甜蜜，但我们不明白，既然他们那样喜欢，为什么不让这个印象延长或更新呢？同我们一起吃顿饭，这本来是一件极其普通的事，可这些旅行家却会产生一种奇妙而甜美的快乐，就和一个亚洲人看见我们的林荫大道时产生的感觉一样。我和圣卢一同出去吃晚饭。下楼时，我想起了东锡埃尔，每天晚上我都去那家饭店找罗贝，那些被我遗忘了的小餐室现在又浮现在我的眼前。我想起了一间小餐室，以前我从没有想起过，它不在圣卢包饭的那家旅馆里，而是在一家更简陋的客栈里，有点像乡村旅馆，也有点像膳食公寓，女老板和她的一位女仆负责端饭上菜，侍候顾客。大雪把我困在那里了。再说，那天罗贝不去他的旅馆吃晚饭，我也就不想挪地方。我在楼上一间全木结构的小餐室里，人们给我端来了饭菜。晚饭时电灯灭了，女仆给我点上了两支蜡烛。我把盘子伸给她，假装看不清楚，在她往盘子里放土豆时，我像要给她指引方向似的，抓住了她赤裸的上臂，见她没有抽回去，我就在上面抚摸起来，然后一句话也不说，把她拉到我身边，吹灭蜡烛，叫她搜我的身，拿一些小费走。以后几天，我觉得，当我渴望得到肉体快感时，不仅想要那个女仆，而且想要那间与世隔绝的木制结构小餐室。然而，直到我离开东锡埃尔，一直没有再回那里，而是每天晚上到圣卢和他朋友们吃饭的那间餐厅去，这是出于习惯，也是为了友谊。然而，即使是圣卢和他的朋友们包膳的那个旅馆，我也许久没想起了。我们很少充分享受生活。在夏日的黄昏或早早降临的冬夜，有许多时光我们没有好好利用，然而，我们本来是可以从中寻找一点儿安宁和快乐的。但是，这些时光不是绝对都浪费了。当新的快乐时刻开始以同样尖细的、线状的方式歌唱，时光就使它们具有和管弦乐一样丰富的基础和内容。时光就这样延伸出去，和一种典型的幸福挂上了钩，这种幸福我们隔一段时间才能遇到一次，但它们仍然继续存在；在眼下这个例子中，幸福意味着放弃其余一切，和朋友到一个舒适惬意的地方去吃晚饭，那里像一幅美丽的图画，铭刻着我们对往事的记忆，我们曾做过经常去光顾的许诺。这个朋友将用他的全部活力和真挚友情，搅动我们死水般沉闷的生活，把一种战栗的快乐传导给我们，平时，我们在社交活动中是得不到这样的快乐的。我们将只属于他一个人，向他宣誓忠于友谊。誓言产生于这个特殊的时刻，并将永远停留在这一刻，也许第二天就会被忘得一干二净，但我可以毫无顾虑地向圣卢宣这个誓，因为第二天，他就会带着友谊不可能持久的预感，勇敢而明智地离开巴黎。

如果说下楼的时候我重温了东锡埃尔的夜晚，那么，当我们来到街上，看见夜黑得几乎伸手不见五指，雾浓得似乎罩住了路灯，走到跟前才依稀可辨微弱的灯光时，我眼前突然重现了某天晚上我到达贡布雷的情景：那时贡布雷的街上相隔老远才有一盏路灯，我在像马槽那样潮湿、温暖和神圣的黑夜中摸索着前进，难得看见一盏路灯，却只有一支大蜡烛的亮度。那时贡布雷的夜景（我已经记忆模糊），和我刚才从窗帘上方又一次看见的里夫贝尔的暮色相比，差距多大啊！当我觉察到这些差距时，我感到一阵兴奋，如果此时只有我一个人，这种兴奋情绪会给我带来许多启迪，使我在找到我那看不见的禀赋——我这本书就是一部寻找禀赋的故事——之前，少走多少弯路。如果今晚就能找到我的禀赋，那么，这辆马车对我来说，要比贝斯比埃大夫的马车更值得纪念（那次，我在贝斯比埃的马车上写了一篇描述马丹维尔教堂钟楼的短文，恰好前不久把它找出来了，改了改，寄给《费加罗报》了，但却石沉大海，杳无消息）。为什么会有这样的差距呢？难道是因为我们的记忆对于过去岁月的回忆不是连贯的、一天接一天的，而是固定在某个凉爽的或太阳照射的上午或傍晚，接受某个孤立、偏远、封闭和静止的风景区的庇护，把其他一切都忘得一干二净的缘故？是因为那些不仅在外界，而且在我们的梦幻和性格中渐渐发生的变化——梦幻和性格千变万化，不知不觉地把我们带进了不同的生活阶段——已被消除的缘故？如果我们回忆起不同岁月的一件往事，由于中间存在着记忆的空白，隔着遗忘的高墙，我们觉得这件往事和其他往事之间仿佛隔着万丈深渊，就像是两个无从比较的东西，一个是可呼吸的空气，另一个是周围的色彩，互不相容，势不两立。但是，我此刻感到，在我刚才相继回忆起来的有关贡布雷、东锡埃尔和里夫贝尔的往事之间，不只是存在着时间的差距，而且还存在着不同世界的差距，它们的组成物质各不相同。如果我想在一部作品中，采用在我看来刻着我在里夫贝尔全部记忆的物质，那么，我就必须在至今一直和贡布雷灰暗的粗陶相类似的物质中，加进玫瑰花的成分，使之骤然变得透明、密实，铮铮有声，赏心悦目。

但是，罗贝向马车夫做了交代后，上车坐到我身边来了。刚才我脑子里涌现出来的那些思绪转眼间就消失了。它们宛如女神，偶尔屈尊俯就地出现在一条路的拐弯处，向一个孤独的凡人显形，甚至在他睡觉的时候来到他的卧室，站在门口给他报喜。但只要来第二个人，女神就会即刻消失，因为聚集在一起的人是看不见女神的。我又被裹进了友谊中。

罗贝来我家时告诉我，外面的雾很大，可在我们谈话之际，雾变得越来越大。我曾盼望布洛涅森林的岛上能出现轻雾，把我们——我和德·斯代马里亚夫人——紧紧裹住，但我现在看到的远不是轻雾了。两步以外的路灯变得暗淡无光，因此，夜黑沉沉的，我仿佛来到了原野上、森林中，更确切地说，来到了一个我刚才无限向往的布列塔尼湿润的海岛上。我感到我好像在北方的一条海岸上，迷失了方向，要经过无数次生死考验，才能找到一家荒僻的小客栈；雾不再是我们苦苦寻找的海市蜃楼了，它变成了一种我们奋力与之搏斗的危险。在找到道路和平安抵港之前，我们将历尽千难万险，饱尝人间忧愁，最后才能找到安全，尝到安全给一个流落异国、处境窘迫的旅行者带来的快乐。身处安全中的人，是不知道失去安全的痛苦的。在我们冒险奔向饭店的途中，只有一件事差点儿扫了我们的兴，因为这事使我又惊又气。“你知道，”圣卢对我说，“我对布洛克讲了，你并不那么喜欢他，你觉得他很俗气。我就是这样的人，喜欢干脆。”他得意扬扬而又不容置辩地做结论说。我一下愣住了。因为我对圣卢一向很信任，对他的友谊从来都很相信，可他却对布洛克说这样的话，背叛了我们的友谊；况且，我觉得，不论是从他的缺点，还是从他的优点考虑，他都不应该这样说，他受过良好的教育，非常注重礼貌，按说讲话不应该这样直率。他这种得意扬扬的神情，难道是为了掩饰他在承认一件他很清楚不应该做的事时感到的局促不安吗？是无意识的流露，还是一种愚蠢的行为，把我尚未发觉的他的一个缺点视作美德？是他一时生我的气才说了我几句坏话，还是他突然生布洛克的气，想对他说些不愉快的事，甚至不惜把我也牵连上？此外，当他对我说这些粗野庸俗的话时，他的脸上出现了许多弯弯曲曲的线条，这种可怕的表情他很少有，我一生中只见他有过一两次。线条先从脸中间展开，到嘴边后，把嘴唇扭歪，使嘴上闪现出一种卑鄙而丑恶的，无疑是祖先遗传下来的几乎是兽性的表情。这时候（这样的时刻每隔两年才有一次），他的自我也许部分消失了，一位祖先的个性暂时在他身上显示出来。罗贝的“我喜欢干脆”这句话，也和他的得意神情一样，会引起怀疑，招致谴责。我想对他说，如果你喜欢干脆，就应该在涉及你自己时，表现得坦率、真诚，而不要损人利己，往自己脸上贴金。但是马车已经在饭店门口停下了。饭店闪闪发光的大玻璃门面，终于冲破黑暗，给黑夜带来了一点儿光明。由于店里射出舒适的光，浓雾仿佛成了随主人喜怒哀乐的仆人，春风满面地走到人行道上，为你指明入口处；它呈现出细腻的虹色光环，犹如给希伯来人引路的光柱，指出哪里是大门。况且，顾客中有的是希伯来人。因为很久以来，布洛克和他的朋友们每天晚上都要到这里来聚会，像守斋时那样——封戒期一年也才有一次——饿得头昏眼花，狂饮咖啡，奢谈政治，以满足自己的好奇心。任何一种精神刺激，都赋予习惯以一种最高的价值和品质。习惯与精神刺激息息相关，因此，没有一种稍为强烈的爱好，不在自己周围组成一个小社会，共同的爱好使这个社会的成员团结一致，每一个成员在生活中都竭力想得到其他成员的尊重。在这里，甚至在外省的一个小城镇里，你会找到一些狂热的音乐爱好者；他们把最好的时光和大部分钱财都花费在看室内音乐会，参加音乐漫谈会，去咖啡馆和音乐爱好者聚会，同音乐家接触上。另一些人热爱飞机，一心想受到机场大厦顶层的玻璃墙酒吧间的老侍者的欢迎；酒吧间不透风，老侍者躲在里面就和躲在灯塔的玻璃小屋里一样，可以在此刻不放飞的飞行员陪同下，观看一个驾驶员在空中翻筋斗，而另一个驾驶员，刚才还无影无踪，此刻突然着陆，停到地上，像神话中的大鹏，隆隆地震颤着双翼。那些对左拉诉讼案感兴趣的人，也喜欢光顾这个咖啡馆。为了尽量延长和加强旁听庭审时产生的激动，他们常来这里聚会。但他们受到另一部分顾客，受到那些贵族子弟的歧视。贵族们聚集在第二咖啡厅，与第一咖啡厅之间只隔一层用风景挂毯作装饰的薄墙。他们视德雷福斯及其拥护者为叛徒，尽管二十五年后——在这期间，他们来得及澄清自己的思想，主张重审德雷福斯案的运动也成为历史上受人尊重的运动——他们的儿子，不管是拥护布尔什维克的，还是跳华尔兹舞的，在回答“文人”对他们的提问时，可能会公开宣称，如果他们生活在那个时代，肯定会站在德雷福斯一边，尽管他们对德雷福斯案的来龙去脉几乎一无所知，正如他们对曾经显赫一时，但在他们降世的那天早已失去光辉的德·埃德蒙·德·布达蓬斯伯爵夫人或德·加利费侯爵夫人一无所知一样。在这浓雾笼罩的夜晚，聚集在这个咖啡馆里的贵族，那些日后可能成为事后德雷福斯派的年轻文人的父亲，还都是些毛头小伙子。当然，他们的家庭都希望自己的儿子与一个富家小姐结婚，但这对谁都还没成为现实。这样一个对象同时有好几个人追求（也有好几个“高门鼎贵的千金”可供选择，但有丰厚嫁妆的人家毕竟比求婚者少得多），眼下还处在酝酿阶段，只满足于让这些年轻人竞争。

今天我尽碰到不愉快的事。为了向马车夫做交代，让他在我们吃完饭后来接我们，圣卢耽搁了几分钟，我只好一个人先进去。然而，作为倒霉的开端，我走进转门就以为出不来了，因为我对这种门还不习惯。（附带说一句，对于喜欢用词确切的人来说，这个外表平静的玻璃转门叫作 porte revolver，是从英语 revolving door[1] 翻译过来的。）这天晚上，老板怕被雾淋湿，不敢到外面去，也不敢离开他的顾客，就站在门边，饶有兴致地听新到的顾客发出愉快的抱怨。顾客的脸上闪烁着喜悦的光芒，因为他们一路上担惊受怕，遇到了不少困难，最后终于到达咖啡馆。然而，当他看到一个走不出玻璃门翼的陌生人进来时，他那迎客时的亲切而诚恳的笑意顿时从脸上消失。陌生人的这种显而易见的无知，使这位主考官皱起双眉，真想不说“dignus es intrare”[2]。更糟糕的是，我跑到贵族专用的餐厅去了，老板气势汹汹地过来把我撵走，粗暴地要我坐到另一个厅的座位上，所有的侍者立即仿效主子，也对我粗暴起来。我位置所在的软垫长凳上坐得满满的，恰好又面对着希伯来人进出的专用门，门不是旋转的，不停地开和关，给我送来了可怕的冷风，因此，我更感到扫兴。我提出换一个座位，老板却一口拒绝，对我说：“不行，先生，我不能为了您而麻烦大家。”他很快就把我这个姗姗来迟、给人制造“麻烦”的用餐者忘记了，因为他被新来的顾客吸引了过去。正如旧小说里所讲的那样，新来者在进入这个温暖而安全的避难所时，在要啤酒、凉鸡翅膀或掺水烈酒之前（供应晚餐的时间早过了），先要付自己的份子，讲一讲自己的奇遇。避难所的温暖和安全，与他们刚才脱离的环境对照何等鲜明，因而，里面笼罩了篝火前才有的那种

---

[1] “旋转门”的意思。进入法语后，revolving 变成 revolver，意为“左轮手枪，旋转装置”，故作者说是“外表平静的玻璃转门”。

[2] 拉丁语，意为适宜参加。

互开玩笑的欢乐和友爱气氛。

有一个人说，他的马车绕残废军人院转了三次，可他却还以为已经到协和广场那座桥上了。另一个说，他的车子想顺着香榭丽舍大街行驶，却不料开到爱丽舍圆形广场的一个花丛中去了，用了三刻钟才从里面走出来。接下来是对浓雾，对寒冷，对街上死一般寂静的哀叹，说者眉飞色舞，听者津津有味，这得归功于咖啡厅（除我的座位之外）温暖而舒适的气氛，归功于使人眯起眼睛（因为习惯于黑暗）的强烈灯光和使耳朵恢复活动功能的谈话声。

来者很难保持沉默。他们认为路上遇到的波折稀奇古怪，闻所未闻，不说出来心里不安宁，于是就用眼睛四处寻找能够攀谈的人。老板也把等级观念抛置一旁："德 · 富瓦亲王从圣马丁门来这里时迷了三次路。"他毫无顾虑地说道，边说边笑，一面还做介绍似的，把那位大名鼎鼎的贵族指给一位以色列律师看。可在平时，律师和亲王中间却隔着一道比横在两厅之间的风景挂毯更难逾越的障碍。"三次！您看看。"律师用手摸了摸帽子说道。亲王不欣赏这种套近乎的话。他属于这样一类贵族，对人蛮横无理（即使是对贵族，除非是一流贵族）似乎是他们唯一的消遣。这些年轻人，尤其是德 · 富瓦亲王，从来不回答别人的致意，如果对方有礼貌地重犯错误，再一次同他打招呼，他们就报之以冷笑，或愤怒地仰起头；看见一个曾为他们效过劳的老人装出不认识的样子；和谁都不握手，不打招呼，除非是公爵或公爵给他们介绍的亲朋好友。他们青春年少，放荡不羁，这助长了他们的傲慢无礼（即使是资产阶级出身的青年，也一样忘恩负义，缺乏教养，一旦接连几个月忘记给一个刚刚丧偶的恩公写信，以后再见到他时就干脆连招呼也不打）。但是，这种傲慢态度更为一种极端崇尚特权阶级的时髦主义所激发。事实上，正如有些神经质的人步入成年后症状会减轻一样，这些极端崇尚时髦主义的年轻人成年后也会慢慢地冷下来。一旦过了青年时代，就很少有人再傲慢无礼了。他们一直以为傲慢就是一切，可是他们突然发现（亲王也不例外），除了傲慢，还有音乐、文学，甚至还可以当议员。人的价值等级一下改变了，从前他们甚至不屑一顾的人，现在也可以进行交谈了。但愿那些脾气随和、忍耐力强的人能交好运（如果应该这样说的话），四十岁时，能得到他们在二十岁时没能得到的恩宠和优待！

关于德·富瓦亲王，既然已经提到他了，还是做个交代：他是一个由十二至十五人组成的小圈子的成员，还属于一个范围更窄的四人小组。这个十二至十五人的小圈子有一个共同的特点（但我们认为德·富瓦亲王没有），那就是每个人都具有两副面孔。他们债务累累，在他们的供货人眼里，他们似乎是一伙无耻之徒，尽管供货人非常乐意称呼他们："伯爵先生，侯爵先生，公爵先生……"他们想通过所谓"富有的婚姻"（又称"大袋子婚姻"）摆脱困境，但因为只有四五个人选拥有他们所觊觎的丰厚嫁妆，因此，好几个人为争夺一个未婚妻而明争暗斗。他们互相保密，当其中一个在咖啡馆里宣布："我杰出的朋友们，我太爱你们了，不能不向你们宣布我和德·昂布勒萨克小姐订婚的消息。"这时，好几个人会同时发出惊叫，他们中许多人以为，自己同德·昂布勒萨克小姐的婚事已十拿九稳，因此一听到这个消息就失去冷静，忍不住发出愤怒而惊愕的喊声：“那么，比比，你认为结婚是一件乐事啰？”德·夏特勒罗亲王禁不住喊道，他惊奇而绝望，连叉子都掉下来了，因为他认为德·昂布勒萨克小姐订婚的消息即将公布，但不是同别人，而是同他德·夏特勒罗亲王。然而，上帝知道，他父亲曾巧妙地对昂布勒萨克一家讲过比比母亲的坏话。“你对结婚感到高兴？”他禁不住又问了一遍。比比已有了充分的思想准备，因为他把这桩婚事“半公开”后，他有足够的时间来决定该采取的态度，他笑容满面地说：“我不是为结婚而高兴，我对结婚不大感兴趣，我是为娶戴西·德·昂布勒萨克而高兴，我觉得她很迷人。”这时，德·夏特勒罗先生已恢复平静，但是他想，他应该尽快转向第二和第三号有财有势的候选人德·拉加努克小姐或福斯特小姐，请求那些焦急地盼望他和德·昂布勒萨克小姐结婚的债权人再耐心地等一等，他还要对那些曾听他讲过德·昂布勒萨克小姐很有魅力的人做些解释，告诉他们这门亲事对比比合适，要是自己娶了她，可能会同家里人闹僵。他还要说，德·索莱翁夫人曾讲过，如果他们俩结婚，她不会接待他们。

但是，尽管在供货人和饭馆老板眼里，他们似乎一文不值，但他们却还有另外一面，一旦回到上流社会，他们就不再是那个荡尽家产，企图不择手段地补窟窿的人了。他们又变成某某亲王先生，某某公爵先生，人们只根据他们的纹章来计算他们的财富。一个几乎拥有亿元资财，可以说是应有尽有的公爵，也得让他们走在前面，因为他们是一族之长，要是在从前，他们是一个小国的国君，有权在自己的领地铸造钱币，等等。他们中如果有人走进这家咖啡馆，另一个就低头装作没看见，免得迫使来者同他打招呼。因为为了继续做追逐财富的美梦，他请了一位银行家在这里吃晚饭。上流社会的人每每在这种条件下和银行家打交道，总要损失十几万法郎，但他不接受教训，又会同另一个银行家打交道，继续烧香拜佛。

但是，德·富瓦亲王很有钱，他不仅属于这个由十四五个风雅青年组成的小圈子，而且还是另一个更严密、更不可分离的四人小组的成员。圣卢就属于这个小组。人们请他们吃饭从不漏掉一个，把他们叫作四个行为不端的青年，总看见他们在一起游荡，他们上谁家的城堡做客，主人们总要把他们安排在相通的房间里，再加上他们个个长得英俊漂亮，因此，传闻他们之间的关系不正常。对于圣卢，我可以毫不含糊地为他辟谣。但奇怪的是，尽管后来人人知道这些谣传确有其事，可他们自己对另外三个人的所作所为却一无所知。然而，他们谁都在千方百计地打听其他三人的情况，也许是为了满足一种欲望，或者更确切地说，是为了雪恨，为了阻拦一桩婚事，在争夺未婚妻的角逐中，战胜那位已经暴露的朋友。这个由四名柏拉图信徒组成的小组，又增添了一名新成员（四人小组从来都超过四人），这第五个比其他四个更信奉柏拉图主义。但他一直受到宗教的束缚，直到四人小组解体，他本人结婚为止。他成了一家之主，他去卢尔德[1]恳求圣母让他生一

[1] 卢尔德是法国西南部上比利牛斯省城镇，为天主教朝圣地。1858 年，一名十四岁女孩在卢尔德附近河左岸洞穴内多次幻见圣母马利亚。1862 年教皇宣布这种异象真实可信，于是创建对卢尔德圣母的崇拜，洞穴中地下水被视作圣水。从此，卢尔德成为天主教朝圣中心。

个男孩或女孩，但在这之前，他要投身于军队。

尽管富瓦是这等人，但因为律师在他面前说的话不是直接针对他的，他的怒气也就不像可能的那样大了。而且，这天晚上的情况有些特殊。再说，律师今后是不可能同他德·富瓦亲王建立联系的，正如送他来的马车夫不可能同他交往一样。因此他认为可以回答对方的问题，他觉得，在这大雾天，律师好像成了他在遥远的狂风怒吼或浓雾笼罩的沙滩上邂逅的旅伴，但他却摆出高傲的神态，装出不是对律师讲话的样子说："迷路还不算什么，而且怎么也找不到路了。"老板大赞亲王看法正确，因为这天晚上他已听到过好几次了。

事实上，他有一个习惯，喜欢把听到或读到的东西，同他熟悉的一个版本加以比较，如果没有发现什么不同，就会感到由衷的赞赏。这是一种不可忽视的精神状态。如果把这种精神状态用到政治会谈或读报中去，就能形成舆论，导致最严重的事件。阿加迪尔[1]事件就是一例。如果许多只欣赏顾客或报纸的德国咖啡馆老板说，法国、英国和俄国在"找"德国的"麻烦"，那么，阿加迪尔事件就有可能上升为战争，尽管战争没有爆发。如果说历史学家不无道理地放弃了用国王的意志解释人民的行动，那么，他们应该用个人的，也就是普通人的心理代替国王的意志。

近来，在政治方面，我刚到达的这家咖啡馆的老板，只把他

[1] 阿加迪尔是摩洛哥西南部港市。1911年10月1日，德政府派去炮舰，抗议法军进入摩洛哥北部城市非斯和梅克内斯。双方谈判结果为，法国在摩洛哥保持自由行动的权利，但作为交换，把刚果的一部分让给德国。

这种背书先生的心态应用在德雷福斯案件的某些片段上。如果他在一个顾客的讲话中，或在一张报纸的文章里，没有发现他熟悉的字眼，他就声称文章枯燥无味或顾客不够坦率。德·富瓦亲王恰恰使他极为赞叹，因此亲王话音未落，他就接上了话茬。“说得好，亲王，说得好（意思就是背得正确无误），正是这样，正是这样。”他高兴地大声嚷道，用《一千零一夜》中的话来说，他“满意到了极点”。但是亲王早已走进小咖啡厅不见人影了。接着，正如不管发生什么严重的事件，生活总会重新开始一样，从雾海中走出来的人有的要饮料，有的要晚餐；在订晚餐的人中，有几个年轻人是赛马俱乐部成员，由于天气异常，他们毫不犹豫地在大餐厅的两张餐桌上就座，离我很近，仿佛一场洪水在小餐厅和大餐厅之间，在所有这些历尽艰险方走出雾海，被饭馆的舒适激发出热情的人之间，创造了一种只有我一人被排斥在外的，可以同挪亚方舟中的气氛相比拟的亲密无间的气氛。

蓦地，我看见老板弯腰行礼，领班全都跑了出去，吸引了所有顾客的目光。“快，给我把西普里安叫来，给德·圣卢侯爵准备餐桌。”老板喊道。在他眼里，罗贝不仅是一个享有崇高威望的大贵族老爷，就连德·富瓦亲王也对他敬重三分，而且还是一个生活奢侈的人，舍得把大把钞票扔给他的顾客。大餐厅里的顾客好奇地瞪大了眼睛，小餐厅里的顾客争先恐后地同他们的朋友圣卢打招呼，而圣卢却一个劲儿地擦鞋底。但是，就在他正要进入小餐厅时，发现我在大餐厅里。“天哪，”他叫道，“你在那里干什么？对着大门口，门大开着。”他说，说完朝老板狠狠瞪了一眼，老板连忙跑去关门，一面把责任推到侍者身上："我老对他们说要把门关上，可他们总不记得。"

我想到他那边去，只好叫我的同桌和前面几个餐桌的顾客给我让路。"你起来干什么？你喜欢在那里，不喜欢在小餐厅，是吗？可是，我可怜的小家伙，你会冻僵的。请您把这扇门给我堵死。"他对老板说。"这就堵，侯爵先生，从现在起，再有顾客来，就从小餐厅进，这好办。"为了显得更热情，他命令一个侍应部领班和好几个侍者去执行任务，同时大声威胁说，如果完成不好，就要惩罚他们。为了使我忘记他一开始对我的态度，他对我表示出过分的尊敬，但是，他又不想让我感到，他对我尊敬是因为他那位有钱的贵族顾客对我很友好，于是他偷偷地朝我微笑，以表明他个人对我似乎很有好感。

我身后有位顾客在吆喝，老板转过头去一会儿。我听到的不是"鸡翅，很好，再来点儿香槟，但要掺点水"，而是"我喜欢甘油。对，要热的，很好"。我想看看给自己强加这样一份菜单的苦行者是谁，但我立刻又把头转向圣卢。因为我不想让这个奇怪的美食家认出我。我认识他，不过是一位医生罢了。他是被浓雾困在咖啡馆里的。一个顾客利用这个机会向他求医。医生和交易所的经纪人一样，说话总离不开"我"。

我眼睛看着圣卢，思想却在别处。在这家咖啡馆的顾客中，在我一生所认识的人中，有不少外国人，他们是各种各样的文人和画家，他们披着矫揉造作的短斗篷，戴着一八三〇年的领带，再加上动作很不灵活，逗得人大笑不止，他们却逆来顺受，忍气吞声。有些人为了显得满不在乎，甚至故意装疯卖傻，引人发笑。他们是一些道德高尚、有真才实学而又非常敏感的人。这些外国人——主要是犹太人，当然是指那些没有同化的犹太人——让那些对怪模怪样不能容忍的人看了很不舒服（就像布洛克使阿尔贝蒂娜感到讨厌一样）。一般来说，人们很快就会承认，即使他们过长的头发、过大的鼻子和眼睛、做作的不连贯的手势令人生厌，但单凭这些就对他们做出评价的做法是幼稚的，他们心胸开阔，心地坦诚，你在同他们交往中会深深爱上他们。尤其是犹太人。他们的父母大多雅量高致，襟怀恢廓，待人诚恳，与这些品质相比，圣卢的母亲和德·盖尔芒特公爵就相形失色，他们冷酷无情，具有虚假的宗教情感，致使他们只会鞭挞丑闻，他们竭力为基督教辩护，最终必定导致（利用他们唯一受到高度评价的智慧，通过意想不到的手段）一场基于金钱关系的豪门婚姻。但是，不管父母的缺点以怎样的方式在子女身上组成新的品质，在圣卢身上占主导地位的仍然是胸襟开朗和心地坦率这些可爱品质。因此，应该对法国说几句赞美话：这些品质如果存在于一个纯法国人（不管是贵族还是平民）身上，会绽开出优雅的花朵（用千姿百态形容也许有点过分，因为存在着尺度和限制），而一个外国人，不管多么值得尊敬，是不可能有这样优雅的风度的。当然，精神和道德品质，别人也有，尽管有些人外貌让人厌恶，使人不悦，令人发笑，但这些品质仍不失其可贵。然而，那些从公正的角度看来是美丽的，用精神和心灵去衡量是有价值的东西，不仅赏心悦目，色彩优美，精雕细琢，而且内心和外表完美统一，这毕竟是一件好事，也许只有法国人才能做到。我凝视着圣卢，心想，当一个人既有风度翩翩的外表，又有高洁雅致的内心，还有一个玲珑别致、巧夺天工、可与停栖在贡布雷周围草地鲜花上的蝴蝶双翼相媲美的鼻翼，这毕竟是讨人喜欢的；我想，真正的、其秘密自十三世纪以来就存在、不会随我们教堂的消失而消失的法国艺术代表作，不是田园圣安德烈教堂的石头天使，而是不分贵族、资产者和农民的普通法国人，他们的脸部线条具有鬼斧神工般的精妙和明快，与田园圣安德烈教堂遐迩闻名的门廊上的雕刻一样，具有悠久的传统，但仍富有创造力。

老板暂时离开我们，亲自去安排关门和晚餐事宜（他坚持要我们吃“肉铺出售的肉类”，因为家禽肉没有名气），回来后他对我们说，德·富瓦亲王先生很想到紧挨侯爵先生的一张餐桌上来用餐。“可是都坐满了呀。”罗贝看见我周围的桌子都坐满了人，回答道。“没关系，只要能让侯爵先生高兴，我可以请他们换个地方，这不费什么事，为了侯爵先生，这是可以做到的！”“这得由你来决定，”圣卢对我说，“富瓦是一个好小伙子，我不知道他会不会让你讨厌，他不像许多人那样愚蠢。”我回答罗贝说，我肯定会喜欢德·富瓦亲王，但我难得能和他一起吃一次饭，我感到无比高兴，所以更喜欢和他单独在一起。“啊！亲王先生的大衣漂亮极了。”我们商量的时候，老板说。“是的，我看见他穿过。”圣卢回答说。我想对罗贝说，德·夏吕斯先生把认识我的事对他嫂子隐瞒了，想问问他这是为什么，但是德·富瓦先生来了，我只好作罢。他已走到我们跟前，是来看看我们是不是接受他的要求。罗贝给我们做了介绍，并坦率地告诉他，他要和我谈话，不希望有人打扰。亲王走了，他在同我告别时，笑着指了指圣卢，好像在为圣卢的简短介绍向我表示歉意似的，想让我知道他原希望能介绍得详细一些。但在这时，罗贝就像突然想起了什么似的，同他的伙伴一起走了。临走前对我说："坐下别动，先吃，我去去就来。"说完就去小餐厅了。我听见那几个我不认识的优雅公子不怀好意地在议论年轻的德·卢森堡大公继承人（前德·纳索伯爵）的荒唐事，心里非常难过。我是在巴尔贝克海滩认识这个年轻人的。我外祖母患病期间，他向我表示过深切的同情。他们中有一个人说，他曾对德·盖尔芒特公爵夫人说："我妻子经过时，我要求大家都起立。"公爵夫人回答说（这不仅不高明，而且不符合事实，因为这位年轻公主的祖母是世界上最正派的女人）："你妻子经过时，大家应该起立，可你妻子的祖母经过时就不同了，因为她要求男人们都睡觉。"接下来有人说，他今年去海滩看望他姑妈卢森堡公主时，下榻在大饭店，他抱怨经理（我的朋友）没有在堤坝上升卢森堡国旗。然而，卢森堡国旗不像英国或意大利国旗那样出名，那样有用，经理花了好几天才弄到，这使年轻的大公极不满意。我根本不相信有这种事，但我决定，如果我去海滩，一到那里就去问饭店经理，以便确证这完全是凭空捏造。我在等圣卢时，请求老板给我送些面包来。"稍等片刻，男爵先生。""我不是男爵。"我回答道，开玩笑地装出神情忧郁的样子。"啊！对不起，伯爵先生！"我没有来得及再次提出抗议（不然，我就可能变成侯爵先生了），因为圣卢如他自己说过的那样，很快就出现在大餐厅门口，手里拿着亲王的小羊驼毛大衣，这时我才明白，他怕我着凉，特意向亲王要来给我穿的。他老远就做手势让我别动，他向我走过来，但是得再一次挪动我的桌子，要不我就得换一个位子，他才能坐下来。靠墙的一圈放满了红天鹅绒软垫长凳，除我之外，还坐着三四个赛马俱乐部的青年，都是圣卢的熟人，因为小餐厅已经客满，他们就坐到大餐厅里来了。圣卢一进大餐厅，就轻盈地跳上软垫长凳。桌子之间拉着电线，离地有一定高度；圣卢犹如赛马跳障碍似的，敏捷而顺利地从电线上跃过去。他这样做全为了我，免得让我挪位置，因此，我心里感到很不安，但又为我朋友完成这个空中杂技动作的高超表演拍案叫绝。惊叹的不止我一个，因为老板和侍者就像等候在赛马场圈栏外的赛马迷，一个个都被慑服了，当然，这个杂技动作如果是一个地位较低、花钱较吝啬的贵族顾客做的，他们也就不会如此惊叹了。一位伙计似乎惊讶得动弹不得，端着一盘菜呆呆地站着，忘记了一旁还有顾客等他去上菜。当圣卢必须从他朋友们的身后经过时，他爬到椅背上，走得非常平稳，大餐厅的里首响起了一阵审慎的掌声。最后，当圣卢走到我身边时，就像一个值星长官走到君王观礼台前那样，准确无误地一下收住脚步，俯下身体，毕恭毕敬、诚惶诚恐地将那件小羊驼毛大衣递给我，接着很快坐到我身边，没要我做一个动作，就把大衣当作轻巧而暖和的披肩，披在了我的肩膀上。

“我想起一件事，你说说你的意见，”罗贝对我说，“我舅舅夏吕斯有事要对你说。我答应他让你明天晚上去他那里。”

“刚才我正要同你说他。不过明晚不行，我要到你盖尔芒特舅妈家去吃晚饭。”

“对，明天奥丽阿娜要举行大酒宴。我没有得到邀请。不过，帕拉墨得斯舅舅不愿意你去。你不能改变主意吗？如果不行，晚宴结束后，你无论如何要到帕拉墨得斯舅舅家去一趟。我相信他很想见你。你看，十一点前你就可以到他家了。十一点，别忘了，我负责通知他。他气量很小。你不去，他会记恨你的。奥丽阿娜的晚宴总是早早就结束的。如果你只在那里吃晚饭，十一点钟一定能赶到我舅舅家。至于我，我本该去见奥丽阿娜的，是为了我在摩洛哥的工作问题，我想换一换。她在这些事上一向很热心，她对德·圣约瑟夫将军很有影响，我这件事归将军管。不过，你不要同她提这件事。我已经跟帕尔马公主说过，事情会很顺利的。啊！摩洛哥，太有意思了！有很多事可以讲给你听。那里的人精得很，说他们聪明也可以。”

“说到摩洛哥，你不认为德国人会在那里同我们打仗吗？”

“不会，他们讨厌战争，其实，厌战是合乎情理的。但是德皇是爱好和平的。他们向来要我们相信，他们想打仗是为了迫使我们让步。这可以同扑克牌赌博相比较。德皇威廉二世的密探德·摩纳哥亲王来同我们密谈，他说如果我们不让步，德国就会对我们不客气。于是我们就让步了。其实，我们不让步，也不会有任何形式的战争。你只要想一想，在当今这个时代，一场战争将会在全世界引起怎样的反响。这比《洪水》[1]和《众神的黄

[1] 《洪水》是法国作曲家圣-桑的清唱剧，1875 年为路易·加莱的一首《圣经》题材的诗作的曲，翌年在夏特莱举办的音乐会上首演。

昏》[1]更具有灾难性，只是时间短一些罢了。”

他对我大谈友谊、爱好和遗憾，尽管他和所有像他那样的旅行家一样，第二天就要动身，到乡下去住几个月，只是在返回摩洛哥（或另一个地方）之前回巴黎待一两天。但是，那天晚上我感到心头发热，他的话在我心间唤起了甜蜜的梦幻。从此，我们难得的促膝谈心，尤其是这一次，在我记忆中刻下了新的里程碑。这是友谊之夜，无论是对我，还是对圣卢。但是，我担心，此刻我对他产生的友谊，不一定是他所希望唤起的友谊（为此，我感到有点惴惴不安）。我仍然沉浸在他像马儿那样小步奔跑，以优美的动作击中目标带给我的快乐中。我觉得，我之所以感到快乐，也许是因为圣卢沿墙在长椅靠背上做的每一个动作，能在他本人的个性特点中找到原因，但更因为这些动作与出身和教育传给他的家族特性密切相关。

首先是稳定的情趣，不是指对美的鉴赏，而是指举止风度，这种稳定性能使贵族青年在遇到新情况时，像一个应邀弹一支新乐曲的音乐家那样，产生适应新情况的感觉和意志，使他的技巧和技术尽善尽美地发挥。此外，这种稳定性能使贵族青年的情趣充分发挥作用，不必左右考虑，然而，有多少资产阶级青年因顾虑重重而束缚了手脚，既怕礼节不周当众出丑，又怕显得过分热情让朋友嗤笑。罗贝鄙视礼节，当然，他心里从没感到要鄙视礼

[1] 《众神的黄昏》是瓦格纳的四联剧《尼伯龙根的指环》的最后一部，作于1869—1874年。

节，但由于遗传，这已成为他身体的一部分，他的祖先待人接物也从来不拘礼节，不摆架子，认为这样做只能使对方感到满意和愉悦。还有慷慨大方的崇高品质，这种品质使罗贝从不把物质利益放在眼里（他在这家饭馆一掷千金，这使他成了这里——就像在其他地方一样——最时髦、最受欢迎的顾客，这一点不仅可以从仆人，而且可以从所有最体面的青年对他大献殷勤的态度上看出来），他像蔑视铺着绛红色软垫的长椅子那样蔑视物质利益，刚才他确实象征性地践踏了几张长椅，它们就像一条华丽的五彩路，只有在使我朋友以更雅的风度和更快的速度走到我身边时，才能博得他的欢心。情趣稳定，慷慨大方，这就是贵族阶级的主要品质，透过他们清晰透明、意味深长的躯体（不像我的躯体那样一片模糊），可以隐隐约约地看到这些品质，正如透过一件艺术品可以看出艺术家的技艺和能力一样；这些品质使圣卢沿墙表演的快跑动作明白易懂，引人入胜，就像刻在教堂柱子中楣上的骑士奔跑动作那样一目了然，令人陶醉。“唉，”罗贝可能会想，“我何苦把青春浪费在鄙视出身，一味追求正义和精神上呢？除了非交不可的朋友外，何苦还选择一些笨拙的有口才的布衣为伙伴呢？到头来，我表现出来的和给人留下宝贵记忆的形象，不是我的意志努力并且值得我努力去塑造的、和我本人相符的形象，而是一个非我所塑造，甚至同我毫无共同之处的形象，一个我从前一向鄙视，并且设法舍弃的形象。我何苦像这样痴心地爱我这位心爱的朋友呢？到头来，他最大的乐趣，是在我身上发现一种更加普遍的东西，尽管他嘴上信奉友谊，心里却不可能这样想，他寻找的快乐不是友谊方面的，而是精神的，无私的，可以说是一种艺术的快乐。”这就是我今天所担心的，我怕圣卢有时会产生这种想法。他这样想就错了。要是他没有像他所做的那样，喜爱比他身体固有的敏捷更高雅的东西，要是他没有像这样长期摆脱贵族的傲慢习气，那么他的敏捷就会显得吃力和笨拙，他的举止就会显得粗俗和不雅。正如德·维尔巴里西斯夫人需要严肃的态度，才能使她的谈话和回忆录给人以一种轻薄而有才华的印象那样，圣卢为使自己的身躯具有高度的贵族气派，他从不考虑怎样显示，而是寻求更高的目标，使贵族气派作为无意识的和高雅的线条融于他的身体中。因此，对他来说，思想的高贵离不开身体的高雅，但是，如果没有思想的高贵，身体的高雅也就残缺不全。一个艺术家要在作品中反映自己的思想，无须把思想直接表达出来；甚至可以说，对上帝的最高赞扬，存在于无神论对上帝的否定中，无神论者认为天地万物已经十全十美了，无须再有一个造物主。我也清楚地知道，这个沿墙奔跑，做出和教堂柱子中楣上的骑士一样动作的年轻人，我在他身上所赞赏的不只是一件艺术品；刚才，他为了我而离开了那位年轻的亲王，离开了查理七世的孙女纳瓦尔王后卡特琳娜·德·富瓦的后裔，他在我面前从不炫耀他的高贵出身和巨大财富，他在把小羊驼毛大衣披在我怕冷的身上时显得那样自信，那样灵活，那样文雅，而这些恰恰是他傲慢而敏捷的祖先传给他的特征；然而，所有这些——德·富瓦亲王，高贵的出身和巨大的财富，傲慢而敏捷的祖先——难道不是他生活中的比我资格更老的朋友吗？我原以为他这些朋友会把我和圣卢永远隔开，然而相反，圣卢做出了只有绝顶聪明的人才能做出的选择，毫无拘束地为我抛弃了这些朋友，他身体的动作正是他这种至高无上自由的写照，完美无缺的友谊就在这至高无上的自由中实现。

盖尔芒特家族的这种不拘礼节——不是指罗贝身上表现出来的高雅脱俗的不拘礼节，因为祖传的傲慢在罗贝身上只是一件无意识的高雅的外衣，掩盖了内心真正的谦虚——可能会露出庸俗的傲气，这一点，我不是在德·夏吕斯先生，而是在德·盖尔芒特公爵身上发现的。德·夏吕斯先生性格上的缺点与贵族的习性相重叠，至今他对我仍是个谜。德·盖尔芒特公爵尽管从整体上说也很粗俗（从前，我外祖母在德·维尔巴里西斯夫人家里遇见他时，对他的粗俗举止甚为反感），但他身上仍有不少旧贵族的特点。对于这一点，我去他家吃晚饭的那一天，也就是我和圣卢共进晚餐的第二天就有所感觉。

我在德·维尔巴里西斯夫人家第一次见到公爵和公爵夫人时，并没有发现他们有旧贵族的特点，正如我第一次观看拉贝玛演出，没有发现她和她的同事们有什么差别一样，况且在拉贝玛身上表现出来的特征，比在上流社会人士身上显示的特征要明显得多，因为她的特征随着观众注意的目标越来越真实、越来越容易理解而变得越来越清晰。但是，尽管上流社会人士之间的差别微乎其微（以至当一个像圣伯夫[1]那样诚实的作家想把德·乔夫兰夫人、

[1] 圣伯夫（1804—1869）：法国文学批评家、作家。早期拥护文学中的浪漫主义倾向，在文艺批评方向上强调研究作家生平经历和心理状态。主要文艺批评著作有《文学家画像》《当代人物画像》等。

雷加米埃和德·布瓦厄夫人的沙龙细腻入微地一一描绘出来时，我们感到这些沙龙几乎如出一辙，毫无二致，我们从作者的研究中可以得出沙龙生活毫无意义的结论，这是作者始料未及的），然而，根据我对拉贝玛改变看法的原理，既然盖尔芒特一家现在对我已变得无足轻重，他们独特的风格已不再被我的想象力化成雾珠蒸发掉，我就可以把雾珠收集起来，尽管它们轻得没有分量。

那天，在德·维尔巴里西斯夫人的晚会上，公爵夫人没有同我谈起她的丈夫，再说，他们离婚的消息已传得满城风雨，因此我不知道公爵会不会出席他妻子的晚宴。但我很快就清楚了，因为我看见德·盖尔芒特先生溜到候见厅，混入伫立在那里的仆人中间，窥视我的到来，准备到门口迎接我，亲自帮我脱大衣。仆人看到公爵对我的态度和从前大不一样，很可能感到纳闷，因为他们一直几乎把我当作细木匠的孩子看待，换句话说，他们对我的态度比起他们的主人来可能要好一些，但决不会相信我能在公爵家里受到接待。

“德·盖尔芒特夫人一定会感到非常荣幸。”公爵用一种颇有说服力的口吻对我说，“请允许我把您的外套脱掉（他认为讲老百姓语言既能显出他脾气随和，也能显得他幽默风趣）。我妻子怕您变卦，尽管您说好今天要来。从早晨起，我们就开始念叨：‘您瞧着吧，他不会来的。’我应该对您说，德·盖尔芒特夫人比我看问题准。您不是一个轻易就能结交的人，我还以为您会失约呢。”

据说公爵是一个非常糟糕，甚至是非常粗暴的丈夫，因此，当他用“德·盖尔芒特夫人”称呼他妻子时，人们会感激他，就像感激坏人难得的仁慈一样，因为这个称呼使人感到，他好像向公爵夫人张开了保护的翅膀，同她浑然一体，不可分离。德·盖尔芒特公爵亲热地抓住我的手，准备领我到客厅去。有些日常用语，出自农民之口，会使人耳目一新，只要它们反映出某种地方传统的残余，或某个历史事件的痕迹，即使说话人自己可能不知道这个传统和事件；同样，德·盖尔芒特先生那种彬彬有礼的神态——整个晚上都对我这样——就像延续了数百年的风俗习惯，尤其像十七世纪遗留下来的习俗，使我着迷。旧时代的人离我们似乎十分遥远。我们不敢认为，他们除了明确表达的思想外，还有深邃的思想；当我们发现荷马史诗中的一个英雄和我们有相近的感情，发现汉尼拔在坎尼战役中巧用佯攻战术，引诱敌人攻击侧翼，然后突然包围敌人，这时，我们会大吃一惊；我们似乎把这位诗人和这位将军想象成动物园中的动物，同我们有天壤之别。甚至在路易十四宫廷中的某些显贵身上，我们也会有意外的发现：当我们阅读他们给一个地位比他们卑微、对他们毫无用处的人写的信时，发现他们用词非常谦恭，我们会不胜惊讶，因为这些词骤然向我们泄露了这些达官显贵内心的一套信仰，他们从不公开说出他们的信仰，但却受其支配，他们尤其相信，出于礼貌，他们必须装出动感情的样子，一丝不苟地发挥礼貌的作用。

这种想象出来的、过去距我们十分遥远的看法，也许能帮助我们理解，为什么有些作家，甚至是大作家，会在莪相[1]那样平庸

[1] 莪相是苏格兰传说中的诗人，相传生活在3世纪，他的诗是口头传下来的，受到后人的模仿和崇拜。

而故弄玄虚的诗人的作品中发现非凡的美。如果说我们在看到古代抒情诗人具有现代思想时，会大吃一惊的话，那么，当我们在一篇被认为是古老的盖尔语[1]的诗歌中，发现有一种我们认为只有当代人才有的巧妙思想时，就会赞不绝口了。一个有才华的翻译家，翻译一位古代诗人的作品时，只要加进几段当代的一位作家在什么地方发表过的诗，虽然不很忠实原著，但却趣味盎然，这就能使这位诗人立刻具有一种沁人心脾的魅力，因而能流传百世。这本书如果作为译者的原著发表，那只能算是一部平庸之作；如果作为译作发表，也许就能成为一部杰作。过去不会转瞬即逝，而会留在原地不动。一场战争开始几个月后，从容地通过的法律条文仍能对它起作用，一个罪行不清不楚十五年后，法官仍能找到澄清罪行的材料；同样，几个世纪后，研究某遥远地区的地名和居民习俗的学者，仍然能发现早在基督教前就存在的希罗多德[2]时代的传说，这个传说已变得令人难以理解，甚至已被人遗忘，但它作为一种更浓密、更古远、更稳定的气味，存在于现在，存在于一块岩石的名称或一种宗教仪式中。在德·盖尔芒特先生的举止言谈中，也存在着一种传说，没有上面提到的传说悠久，是宫廷生活散发的气味。过一会儿，当我在客厅里（因为我没有马上去）又遇见他时，我将再一次闻到这个传说的气味，就像闻到

[1] 盖尔语是苏格兰北部居民的语言。莪相的史诗是从盖耳语翻译成英语的。

[2] 希罗多德（约前484—约前425）：古希腊历史学家。在西方史学中有历史之父之称。所著《历史》以记载希波战争为主，也叙述了希腊、波斯、埃及与西亚各国的历史、地理和风俗习惯。

一种古老的气味一样。

在离开前厅时，我对德·盖尔芒特先生说，我很想看看他收藏的埃尔斯蒂尔的画作。“愿意为您效劳。这么说，埃尔斯蒂尔先生是您的朋友啰？我感到很抱歉，一直不知道您对他这样感兴趣。因为我同他有点认识，他很讨人喜欢，用我们父辈的话来说，他是一个正人君子。我不知道您喜欢他，否则我可以请他赏光来这里吃晚饭了。今晚有您做伴，他肯定会很高兴的。”当他像这样竭力想发扬旧制度[1]的传统时，他身上反而很少有旧制度的气息，但当他没有这个愿望时，他又成了旧制度的化身。他问我要不要他陪我去看那些画，说完就给我带路了，每经过一道门，他就彬彬有礼地给我让路，当他为了给我带路而不得不走在我前头时，他就说声“对不起”：这出戏，在我们能大饱眼福之前，大概早已被盖尔芒特家族的许多人为其他来宾演出过（自圣西门讲述盖尔芒特家族的一个祖先为履行无谓的绅士职责，一丝不苟地向他大尽地主之谊以来）。我对公爵说，如果我能独自在埃尔斯蒂尔的画前待一会儿，我将感到很高兴，于是，他识趣地退下了，走时对我说，我只要到客厅去找他就行。

当我独自和埃尔斯蒂尔的画促膝对语时，竟完全忘却了开晚饭的时间；就和在巴尔贝克海滩时一样，在我面前又一次展现了有着无与伦比色彩的世界，这个世界仅仅是这位大画家特有看法的投影，而同他说的话毫无关系。墙上挂画的那几个地方，彼此

[1] 旧制度指法国1789年大革命前的王朝时代。

十分协调，犹如幻灯投射出来的灿烂图像，在目前情况下，幻灯好比是画家的脑袋，当我们只是刚认识画家，对他还很不了解的时候，换句话说，当我们刚能看见幻灯头，彩色玻璃还没有装上的时候，我们就想象不出幻灯的奇妙。有几幅画在上流社会人士看来也许是十分可笑的，但我却认为比其他几幅更有意思，因为它们能使我们再次产生幻视，向我们证明，如果不用推理方法，就不可能识别上面画的是什么。我们乘车时，不知多少次发现前面几米远处有一条光亮的长街，其实不过是一堵照得很亮很亮的墙，它使我们产生了长街的幻觉！既然如此，用在瞬间幻觉中看到的完全不同于平时面貌的形象来表现一个物体——不是用象征主义手法，而是真心诚意地回到第一印象上——这不很符合逻辑吗？其实，物体的外表和大小，同我们认出这些物体时所回忆起来的它们的名称是不相关的。埃尔斯蒂尔竭力想从感性认识中得到理性认识，常常想把我们叫作幻视的一堆乱七八糟的推理分析出个头绪来。

有些上流社会人士对这些“丑陋作品”很是反感，当他们看到埃尔斯蒂尔也像他们那样钦佩夏尔丹[1]、佩罗诺[2]等画家时，甚感吃惊。殊不知埃尔斯蒂尔为了自己，也像夏尔丹和佩罗诺那样，在真实面前做过努力（当然，他对某些研究显示了特别的兴趣），因此，当他停止为自己创作时，他很欣赏他们有和他相同的企

[1] 夏尔丹（1699—1779）：法国画家，擅长风俗画和静物画。
[2] 佩罗诺（1715—1783）：法国画家，擅长油画和粉画的肖像画。

图，他作品的某些细节似乎被他们提前画出来了。但是，上流社会人士决不会通过思考，把这种能使他们喜爱夏尔丹的画，至少能使他们对他的画看得顺眼的时间观念，加到埃尔斯蒂尔的作品中。然而，那些上了年岁的人可能会对自己说，随着岁月的推移，他们越来越接近人生的尽头，他们已经看到，在他们认为是安格尔[1]的一幅杰作和一幅永无出头之日的劣作（例如马奈[2]的《奥林匹亚》）之间存在着的不可逾越的距离已经缩小了，在他们看来，那两幅画现在好似一对孪生姐妹。但是，我们不会利用这些教训，因为我们不善于把特殊推广到一般，总认为自己面临的是一种史无前例的经历。

有两幅画，画的是同一个男士，比其他几幅更现实主义，采用了一种旧的手法，我看了怦然心动。在一幅画上，他穿着燕尾服，待在自家的客厅里，另一幅展现了在河边举行的民间狂欢，他穿着短上衣，戴着礼帽，显然是狂欢会上的多余者。这后一幅画说明他不仅是埃尔斯蒂尔常用的模特儿，而且是他的一个朋友，也可能是他的赞助人，埃尔斯蒂尔喜欢让他出现在他的画

---

[1] 安格尔（1780—1867）：法国画家，尤其擅长肖像画。古典主义画派的代表人物。代表作有《土耳其宫女》等。

[2] 马奈（1832—1883）：法国画家，在欧洲绘画传统的基础上革新技法，从而引起学院派的歧视。《奥林匹亚》是他的代表作。该画于 1863 年和 1865 年在巴黎美术展览会上首次展出，受到观众的指责。奥林匹亚是神话中诸神居住的地方，也是美神的所在地，马奈却把美神的名称赋予一个现代巴黎女子，而且是一个下等女子，这被人理解为对学院派艺术的一种讽刺。1907 年该画才被卢浮宫接纳，挂在三级会议厅中安格尔的古典派画作《土耳其宫女》旁边。

中，正如从前卡帕契奥喜欢把威尼斯某些彼此都很相像的显贵画进他的画中，以及贝多芬喜欢在他心爱作品的扉页，写上他喜爱的罗道尔夫大公的名字一样。这幅河边狂欢图有一种令人心醉的魅力。小河、妇女的裙子、船帆，以及裙子和船帆在水中映出的无数反光，这些都鳞次栉比地展现在埃尔斯蒂尔从一个赏心悦目、美不胜收的下午裁切下来的这一方画面上。在一个跳舞跳得满头大汗、气喘吁吁而停下来小憩片刻的妇女的裙子中能感受的绚丽多彩、引人入胜的韵味，同样能在一只停泊在河中的小船风帆上，在码头的水面上，在木船上，在树叶丛中和天空中感受到。我在巴尔贝克看到过一幅画，蔚蓝天空下的医院简直可以和教堂争艳比美，我仿佛听见医院在歌唱（这时的埃尔斯蒂尔，要比迷恋中世纪艺术的情趣高雅的埃尔斯蒂尔和理论家埃尔斯蒂尔的胆子更大）："没有哥特风格，也没有杰作，平淡无奇的医院和光辉灿烂的教堂正门具有同等的价值。"而现在，我似乎也听见这幅《水边狂欢》在歌唱："这个妇女平平淡淡，普普通通，一位艺术爱好者散步走到这里，也许对她不屑一顾，想把她从大自然在他面前展现的充满诗意的画面上清除出去，这个妇女也很漂亮，她的裙子和船帆沐浴着同样的光辉，事物不分贵贱，普通的裙子和美丽的船帆是有着同样反光的两面镜子。事物的全部价值存在于画家的眼光中。"然而，画家善于把流逝的时光永远定格在这光辉的一瞬间：那位妇女跳得浑身发热，停下来歇息，那棵树周围笼罩着阴影，那些帆船似乎在一层金漆上滑行。然而，正因为这一瞬间使我们感受到千金之重力，这幅绝对静止的画面给人以转瞬即逝的印象，使人感觉到妇女就要回家，帆船就要消失，阴影就要移动，黑夜就要降临，使人感觉到欢乐就要结束，生命正在消逝，这些被一片接一片的光亮同时展现出来的瞬间一去不再复返。我还在几幅神话水彩画上，看出瞬间还具有另一个确实是完全不同的特点。这几幅画是埃尔斯蒂尔的早期作品，也用来装饰这个客厅了。上流社会的“先进”人士也会“赶一赶”时髦，挂几幅这样的画，但也就到此为止了。当然，这些画不是埃尔斯蒂尔的上乘之作，但主题构思很真实，这就使它们避免了平淡无奇。例如，九位文艺女神画成了像化石那样的人类，但在神话时代，不难看见她们乘着暮色，三三两两地沿着一条山路漫步。有时候，一个在动物学家眼里具有某种特征（表现为无性别特征）的诗人和一位文艺女神一同散步，就像自然界中不同种类的创造物和睦相处，同来同往。在其中一幅水彩画上，我看见一个诗人因长时间走山路而精疲力竭，他在路上遇到一个半人半马怪[1]，见他疲惫不堪，动了恻隐之心，让他骑在背上，带他回去。还有几幅水彩画展现了无边无际的风景（神话场面和英雄人物只占据极小的位置，仿佛要从画面上消失），不论是高山，还是大海，都画得惟妙惟肖，以假乱真，加之夕阳的偏斜度和阴影瞬即消逝的时间性，都画得十分逼真，不只是展现了那一小时，甚至是那一分钟的情景。通过这种方式，艺术家不仅使神话的象征具有瞬间性，而且还赋予这种

[1] 在希腊神话中，半人半马怪居住在深山中。其特征为粗野残暴，无法无天，好与人格斗。

象征以一种历史的真实感，把它置于确定的过去加以描绘和叙述。

在我观看埃尔斯蒂尔那些画的过程中，不时地响起来宾按门铃的叮咚声，这声音将我轻轻摇晃，把我带入梦境。但铃声已有一阵没响了，寂静终于把我从梦幻中唤醒（当然比铃声送我入梦境的速度要慢一些），正如兰多尔[1]演奏结束后出现的静穆，把霸尔多洛[2]从睡梦中唤醒一样。我怕人家把我忘了，怕晚宴已经开始，就赶快向客厅走去。在埃尔斯蒂尔画作收藏室的门口，我发现有一个仆人在等候我。那仆人说不上是老了，还是头上扑了白粉，看上去像一个西班牙大臣，但对我毕恭毕敬，仿佛把我当成了一个国王。我从他的神态中感觉到，他似乎还可以等我一个钟头，但我想到我耽误了大家吃饭，尤其想到我答应圣卢要在十一点赶到德·夏吕斯先生家里，不由得心中惴惴不安。

西班牙大臣带我去客厅（在路上，我碰见那位受门房迫害的听差，我问他未婚妻最近情况怎样，他喜形于色，对我说，正好明天是他们出去玩的日子，整天都可以待在一起，他一个劲儿称赞公爵夫人有副好心肠）。我担心德·盖尔芒特公爵会不高兴。谁知他却笑容满面地把我迎进客厅，他这种高兴显然部分是出于礼貌而装出来的，但也是真诚的，因为我耽误了那么久，他已饥肠

[1] 兰多尔是意大利喜剧中的多情人物，他手拿吉他到一位美人的窗口演奏。法国喜剧家博马舍（1732—1799）在他的作品《塞维勒的理发师》中，让他的男主人公德·阿勒玛维华伯爵自称是兰多尔，以引诱女主人公罗丝娜。

[2] 霸尔多洛是《塞维勒的理发师》中的人物，一个专制、愚蠢、令人生厌的老头子，他身为贵族小姐罗丝娜的保护人，企图用强制和蒙骗的手段娶她为妻。霸尔多洛成了爱嫉妒、爱生疑、狡诈而贪婪的保护人的典型。

辘辘，再则，他意识到满屋宾客也和他一样已等得不耐烦了。的确，后来我知道，大家等了我三刻钟。德·盖尔芒特公爵大概认为，既然大家已经挨饿了，再延长两分钟也不会使问题变得更严重；既然出于礼貌他把吃饭时间推迟了那么久，要是再往后推一推，让我相信我没有迟到，大家没有等我，岂不更礼貌周全。于是，就像离开饭时间还有一个钟头，还要等几位客人似的，他问我对埃尔斯蒂尔的画有何印象。但刚问完，他就和公爵夫人步调一致地、不失分秒但又不让人看出他饥肠辘辘地把我介绍给他的客人们。仅仅在这个时候，我才发现我周围的情况发生了变化，我仿佛成了帕西法尔[1]，骤然被带进了贵妇中间，而在这以前，我除了在斯万夫人的沙龙里见习过一段时间外，一直生活在我母亲身边，生活在贡布雷和巴黎，习惯受到经常流露出不满的资产阶级妇女的保护和警惕，她们从来只把我当作小孩子。但在德·盖尔芒特夫人的沙龙里，那些袒胸露肩的贵妇（她们的玉肌从含羞草茎干两侧，或从玫瑰花宽瓣儿底下显露出来），只是以爱慕的目光久久把我凝视，似乎仅仅因为羞怯才没敢上来拥抱我。尽管如此，她们中许多人在生活作风方面是无懈可击的，我是说许多，而不是全部，因为最正派的贵妇，对轻薄女子也不会像我母亲那样深恶痛绝。行为不端会遭到玉洁冰清的女友反对，但在盖尔芒特社交圈内，尽管人人都已看到，但却不把这当回事，要紧的是

[1] 帕西法尔是德国诗人和作曲家瓦格纳的歌剧《帕西法尔》中的主人公。纯洁的帕西法尔受到巫师女儿的引诱，但他终于战胜了巫师及其女儿，最后成为国王。

必须把持续至今的关系继续保持下去。大家佯装不知，一位女主人的身子已被随便哪个想要她的男人动过，只希望“沙龙”能保持完整。

公爵对其他客人显得无拘无束（他早就不需要向他们了解什么和告诉他们什么了），但在我面前，却很拘谨（他对我的长处还一无所知，这使他对我产生了一种类似路易十四宫廷的大贵族对资产阶级大臣可能产生的尊敬），因此，他显然认为，我认不认识他的客人，至少对我（如果不是对他的客人的话）是无关紧要的；我这边害怕给他丢脸，老想着怎样给他的客人留下个好印象，他那里却只关心他的客人能不能给我留下好印象。

再说，一开始就发生了一个极其复杂的戏剧性小插曲：我刚迈进客厅，还没来得及向德·盖尔芒特公爵夫人问候，公爵就像要给人一个惊喜似的，把我带到了一个矮个子夫人跟前，仿佛要对她说：“这是您的朋友，您瞧，我硬把他给您拽来了。”然而，我还没有被公爵推到这位夫人跟前，她就闪动着乌黑而温柔的大眼睛，频频向我送来狡黠的就像我们向一个可能认不出我们的老熟人发出的微笑。我现在就处于这种情况，我想不起她是谁了，因此，我一面往前走，一面却把头转向别处，避免对她的微笑做出反应，直到公爵把我介绍给她，我才算摆脱困境。在这期间，那位夫人继续让她的微笑保持不稳定的平衡。她似乎急于想摆脱这种尴尬局面，想听到我说：“啊！夫人，我想是的！妈妈如果知道我们又见面了，她会多高兴啊！”我迫不及待地想知道她的名字，就像她刚才急于想看到我像熟人那样向她问候，好让她像升 G 音那样无限延长的微笑就此终止。但是，德 · 盖尔芒特公爵干得很不出色（至少我认为是这样），他似乎只介绍了我的名字，我对这位我似乎应该认识的陌生女人仍然一无所知，而她也没有想到要做自我介绍，尽管我蒙在鼓里，她似乎非常清楚为什么要对我那样亲热。因为当我走到她跟前时，她不是把手伸给我，而是亲切地握住我的手，亲密地同我交谈，好像我也知道她回忆起来的那些美好的往事似的。她对我说，阿尔贝——我想大概是她的儿子——没有来一定会感到遗憾。我在老同学中寻找叫阿尔贝的人，我只找到布洛克，但我面前的女人不可能是布洛克太太，因为她去世已经多年。我努力想猜出她想象中的我和她共有的那段往事，但一无所获。我从那双温柔的、不停闪烁着微笑的、黑玉般半透明的大眼睛里，几乎什么也没看见，就像看不清甚至闪耀着阳光的黑玻璃窗后面的景色一样。她问我，我父亲是不是太劳累了，我是不是愿意哪天和阿尔贝一起去看戏，我的身体是不是好一些了；我因为被搞得晕头转向，回答时稀里糊涂，语无伦次，只有“我今天晚上不太舒服”这句话说得比较清楚，她听后百般体贴地亲自把一把椅子挪到我身边，我父母的其他朋友对我从没有这样过，因此我很不习惯。最后，公爵的一句话使我解开了谜团：“她觉得您很可爱。”他在我耳边悄悄地说了一句，我的耳朵震颤了一下，似乎对这几个字并不感到生疏。德 · 维尔巴里西斯夫人对我们——我和外祖母——也说过同样的话。那是在我们认识卢森堡公主的时候。我茅塞顿开，我明白尽管面前这位夫人和德 · 卢森堡夫人毫无共同之处，但是，根据给她充当骑士的公爵先生使用的语言，我猜出她是傻瓜一类的人物。这是一位殿下。她根本不认识我的家庭，也不认识我，但她血统高贵，拥有世界上最多的财富（因为她是德·帕尔马亲王的女儿，嫁给了一个同样是亲王的表兄）。她对造物主感恩戴德，很想向她的同类证明，不管他们出身如何贫寒，如何卑微，她决不歧视他们。说真的，我本该从她脸上的微笑猜出她的身份的，我曾见卢森堡公主在海滩上买了几个黑面包送给我的外祖母，就像送给布洛涅动物园中的一头牡鹿一样。但我只是第二次被介绍给一位殿下，因此，不知道大人物待人接物的普遍特点是情有可原的。再说，他们自己也没有费神提醒我，不要过分相信他们这种和蔼可亲的神态。就拿德·盖尔芒特公爵夫人来说，在歌剧院看戏那天，她曾亲切地向我招手致意，可是第二天，当我在街上同她打招呼时，她却怒形于色，正如有些人施给某人一个金路易后，以为情理上已说得过去，就可以一劳永逸。德·夏吕斯先生更是反复无常。不过，读者以后会看到，我还认识一些属于另一类型的殿下和陛下，她们以王后自居，说话的习惯和她们的同类很不一样，却跟萨尔杜[1]剧中的王后相似。

德·盖尔芒特先生如此急忙地把我介绍给这位夫人，是因为在聚会上不允许有殿下不认识的人，只要有新客出现，就必须一秒钟也不耽搁地把他介绍给殿下。圣卢也是像这样急忙地让人把

[1] 萨尔杜（1831—1908）：法国剧作家，开始时写了一些反映资产阶级生活的戏剧，但后来致力于历史题材，不追求真实性。在20世纪初所谓的“美好时代”，法国沙龙里常以滑稽模仿萨尔杜剧中的王后来取乐。

他自己介绍给我外祖母的。况且，出于宫廷生活的遗风，即社交礼节的需要（宫廷生活并不是表面文章，但因为由表及里，表面的反而变成重要的和深刻的了），公爵和公爵夫人把和帕尔马公主说话时采用第三人称看作是不可更改的，是比仁慈、同情、怜悯和公正更基本的责任，而对仁慈和公正，他们——至少他们中的一个——却往往不在乎。

我这一生中还没有到过帕尔马[1]（这是我向往已久的地方，很久前我开始过复活节以来就一直想去那里），我知道，帕尔马公主在这个举世无双的城市中拥有最美丽的宫殿，那里，想必一切都协调一致；她生活在这座四壁辉煌的宫殿中，深居简出，与世隔绝，沉浸在她的姓氏散发出的浓密而无限美妙的，和夏天无风的夜晚笼罩在意大利一个小城广场上空的气氛一样令人窒息的气氛中，因此，认识帕尔马公主，就如同没有挪动身体，而身体的一部分就已经到了帕尔马，骤然间用真实的帕尔马，取代了我大脑努力想象出来的帕尔马；这就好像到乔尔乔涅[2]的城市去旅行似的，那城市对我好比是一道代数题，而认识帕尔马公主是解这道题的第一个方程式。但是，即使多年来我像香料制造商使一整块脂肪吸入香精那样，使帕尔马公主这个名字吸入了无数紫罗兰花的香味，然而，当我看见这个我一直确信至少可以和桑塞维利纳

[1] 帕尔马是意大利中部城市，建于公元前 183 年，19 世纪初为奥地利控制下的公国，后成为意大利的一部分。帕尔马的紫罗兰举世闻名。

[2] 乔尔乔涅（1477—1510）是意大利文艺复兴时期威尼斯画派画家，架上绘画的先行者，抒情诗人。

夫人[1]相提并论的帕尔马公主的时候，第二次演算也就开始了。说实话，这次演算几个月后才全部完成，演算中采用了新的化学混合法，把紫罗兰香精油和司汤达式的香味[2]从公主的名字中清除干净，而代之以一个念念不忘行善和竭力装出亲切神态的黑眼睛、小个子夫人。这种亲切的神态是那样谦卑，让人一看便知她骨子里非常高傲。此外，她和其他贵妇大同小异，很少具有司汤达的色彩，就和比方说在巴黎欧洲区的帕尔马街一样，这条街与其说和帕尔马的名字相符，不如说和邻近的街道更相似，与其说会使人想起法布利斯[3]了结余生的巴马修道院，不如说会让人想起圣拉扎尔车站[4]的中央大厅。

她待人亲切有两个原因。首先得归功于这个王家公主所受的教育，这是笼统的原因。她母亲不仅同欧洲所有的王族有姻亲关系，而且——这与帕尔马王族形成了对照——比任何一位摄政公主都富有。从她幼年时代起，她母亲就向她灌输新教所崇尚的训诫，要她保持傲慢的谦恭。现在，女儿脸上的每一根线条，肩膀的曲线和手臂的运动，无不在重复母亲的告诫："你要记住，即使上帝让你诞生在宝座的台阶上，使你比别人高贵，比别人富有

[1] 桑塞维利纳夫人是法国 19 世纪著名作家司汤达的小说《巴马修道院》中的女主人公，男主人公法布利斯的姑妈，是一个性格刚强、爱憎分明、敢作敢为的美人。

[2] 司汤达式的香味指司汤达在《巴马修道院》中对巴马市（即帕尔马市）的描绘。巴马是这部小说的故事发生地。

[3] 法布利斯是小说《巴马修道院》中的男主人公。

[4] 帕尔马街在巴黎的欧洲街区，位于圣拉扎尔火车站后面，阿姆斯特丹街和克利希街之间。

（感谢上帝！），你也不要因此而瞧不起地位比你卑微的穷人。相反，对弱者应该同情。你的祖先从六四七年起就是德·克莱弗亲王和德·絮利埃亲王；上帝大慈大悲，让你拥有苏伊士运河公司的几乎全部股份，此外，还使你在荷兰皇家石油公司[1]的投资，比埃德蒙·德·罗特希尔德[2]多两倍。你的家系从公元六三年起就由系谱学家建立起来了，你的两个姨妈都是皇后。因此，你说话时，千万不要让人感到你在炫耀你的特权，并非是你的特权不牢靠（世系的悠久历史是谁也改变不了的，而且，人们永远需要石油），而是没有必要告诉人家，你的出身比谁都高贵，你的投资比谁都多，因为这是众所周知的。你要乐于帮助穷苦人。你要向所有地位比你低微的人（感谢仁慈的上帝赐给了你比他们优越的地位）提供可能提供的一切，你不要有失身份，也就是说，可以给他们钱，甚至可以让护士照料他们，但决不要邀请他们参加你的晚会，这于他们并无好处，但会降低你的威信，降低你行善的效果。”

因此，即使在不能行善的时刻，帕尔马公主也想通过无声语言的外部特征表明，更确切地说使人相信，她不认为自己比她周围人更高贵。她对谁都像是一个有教养的上级对待部下，彬彬有礼，和蔼可亲，时刻都想着帮助别人。她把她的椅子动了动，好给我留出更多的地方，还帮我拿手套，为我做了高傲的资产阶级

---

[1] 荷兰皇家石油公司是强大的石油集团，成立于 1890 年。

[2] 罗特希尔德是德国犹太籍的银行世家。埃德蒙·德·罗特希尔德是法兰西银行行长。

女士们不屑于做的，女君王们乐于做的，或旧时代的仆人出于本能和职业习惯所做的事。

帕尔马公主向我表示亲热的另一个理由具有个别性，但绝不是她对我有什么神秘的好感。可是，当时我无暇对这第二个理由做深入的思考。因为公爵似乎急于把介绍做完，已经把我拉到另一位花容月貌的贵妇身边了。听到她的名字，我对她说，她的城堡就在巴尔贝克附近，我曾经过那里。“啊，要是那次能让你进去看一看，该有多好！”她对我说，声音低低的，仿佛要显得更加谦虚似的，但声调却很真挚，使人觉得她为错过了一次非同一般的机会而感到遗憾。接着，她讨好地看着我，对我说：“我希望以后还有机会。我得告诉您，我的布朗加斯姑妈的城堡可能会使您更感兴趣，它是芒萨[1]建造的，是我们省的一颗明珠。”据她对我说，不仅她自己很愿意让我看她的城堡，而且她的布朗加斯姑妈也会为能在她的府上接待我而喜出望外。显然，这位夫人认为，大领主有必要讲几句不负责任的客套话，使殷勤待客的古代好传统继续保持下去，尤其在目前这个土地正在慢慢转入不懂得生活的银行家手中的时代更应如此。此外，她和她那个阶层所有的人一样，尽量说一些最令对方高兴的话，使对方产生错觉，以为自己确实了不起，认为给人家写信会使人家感到高兴，登门拜访会使主人感到荣幸，人家渴望认识他。其实，这种想取悦对方，使对

[1] 芒萨（1646—1708）：法国建筑家，法国古典式建筑的创始人。他曾是路易十四的首席建筑师。

方认为自己了不起的做法，有时在资产阶级中间也能看到。即使不能——真可惜！——在出身资产阶级的最可靠的朋友身上，至少也能在最可爱的同伴那里，发现这种可以补偿个人某个缺点的温文有礼的行为。不过，无论如何，这在资产阶级中是孤立现象。可是相反，在绝大多数贵族中间，这一特点就不再是个别现象了：贵族教育培育了它，认为贵族高贵的想法——贵族天下无敌，不怕自卑自贱，知道待人温文有礼能使某一些人感到幸福，因而乐此不疲——使它维持了下来，它已成为一个阶级的属性。即使有些人个人的缺点与这种特点格格不入，不可能把它留在心里，但他们的词汇和手势会无意识地带上它的痕迹。

“这是一个很善良的女人，”德·盖尔芒特先生同我谈帕尔马公主，“她比谁都有‘贵妇人’风度。”

在公爵先生把我介绍给女宾的时候，有一位先生不停地向我表示敬意。此人是阿尼巴尔·德·布雷奥代－贡萨维伯爵。他到得很晚，没时间了解客人的情况，当我进入客厅时，他看出我不是公爵夫人圈子里的人，我能进来，想必有非同寻常的资格，于是，他把单片眼镜放到眉弓下，心想眼镜不仅能使他看见我，更有助于他看清我是哪一种人。他知道，德·盖尔芒特夫人作为真正的贵妇，拥有宝贵的采邑，即所谓的沙龙，也就是说，她有时会把一个因发明了一种药品或创作了一部杰作而崭露头角的名人，介绍给她圈子里的人。公爵夫人曾毫无顾忌地邀请德塔伊[1]

[1] 德塔伊（1848—1912）：法国画家，他的画多以战场为题材。

先生参加她为英国国王和王后举行的招待会，对此圣日耳曼区的人至今记忆犹新。那些有才华的贵妇对接近这位神奇的天才很感兴趣，因此，当她们没有受到邀请时，心里很不是滋味。德·古弗瓦西埃夫人非说里博[1]先生也参加招待会了，但这纯属捏造，她这样说，无非是要人相信奥丽阿娜想让丈夫当大使。更引起轰动的是，德·盖尔芒特先生用一种可与萨克森元帅[2]媲美的殷勤，亲临法兰西喜剧院的演员休息室，恳请赖兴贝格小姐[3]到他府上给英国国王吟诗，赖兴贝格小姐果真接受了邀请，这在社交史上绝无仅有。德·布雷奥代先生想起公爵夫人做过那么多出人意料的事（他本人完全持赞成态度，因为他自己不仅是沙龙的一个装饰物，而且还以德·盖尔芒特公爵夫人同样的方式——不过他是男性罢了——成为一个沙龙殊荣），心里揣摩着我是何许人，感到大有探究的必要。蓦地，他脑海里闪过维多尔[4]先生的名字，但又认为我太年轻，不可能是管风琴家，再说，维多尔先生名气不大，不可能受到“接待”。他觉得我似乎更像瑞典公使馆新来的专员，有人同他谈起过这个人；他准备问我奥斯卡二世[5]的情况，他曾多次受到这位国王的热情款待；但是，当公爵向他介绍了我的名字后，他发现这个名字自己从没听说过，就断定我是一个有名

[1] 里博（1842—1923）：法国政治家，历任外交部长、政府总理、财政部长等职。

[2] 萨克森（1696—1750）：法国元帅，具有非凡的军事天才，但他的私生活也常常引起轰动，他是一位女演员的情夫。

[3] 赖兴贝格小姐（1853—1924）：法国著名女演员，塑造了各种类型的少女形象。

[4] 维多尔（1844—1937）：法国管风琴家和作曲家，创造了管风琴交响乐。

[5] 奥斯卡二世（1829—1907）：曾是瑞典国王。

望的人，不然他不会在这里看见我。奥丽阿娜尽干这种蠢事，善于把知名人士巧妙地吸引到她的沙龙里，当然只占百分之一，否则，她在社交界的地位会一落千丈。因此，德·布雷奥代先生心满意足地舔舔嘴唇，用爱闻美味的鼻孔狠狠地嗅了嗅，他的食欲被激发出来了，因为他坚信，今日的晚餐一定丰盛，再者，由于我在场，这场聚会一定饶有趣味，明天他在德·夏尔特尔公爵府上吃中饭时，便有了引人入胜的话题。他还没有想清楚我究竟是谁——是不久前刚投入试验的抗癌血清的发明人，还是那出刚排练不久，马上就要在法兰西剧院上演的开场小戏的编剧——他这个大知识分子，“游记”的爱好者，就开始不停地向我表示敬意，不断地做出心照不宣的示意动作，透过单片眼镜，频频向我发出微笑。他这样做，也许是错误地认为，如果能使一个有才华的人相信，他，德·布雷奥代-贡萨维伯爵，把思想看得和出身一样重要，就会得到这个才华出众者的尊敬；也可能只是为了表示他感到心满意足，但在表达上遇到了困难，不知道该用什么语言同我说话。总之，他就像随木筏漂到了一个陌生地，遇到了一个“本地人”，他好奇地观察本地人的习俗，不停地向他们做出友好的表示，也没有忘记像他们那样大声喊叫，抱着捞好处的希望，用鸵鸟蛋和香料同他们交换彩色玻璃小饰品。我尽最大可能不使他扫兴，接着，我和德·夏特勒罗公爵握手，我曾在德·维尔巴里西斯夫人家遇到过他一次，他对我说，德·维尔巴里西斯夫人是个老滑头。德·夏特勒罗公爵是典型的盖尔芒特，金黄色的头发，鹰钩鼻子，脸上布满了难看的粉刺，所有这些特点，在十六世纪和十七世纪留给我们的有关这个家族的画像中就已经显示出来了。但是，我已经不再爱公爵夫人，因此，一个年轻人长得再像她，对我也没有吸引力。我在德·夏特勒罗公爵鼻子的弯钩上看到的，是一个画家的签名，我对这个画家也许研究了很久，但现在对他已不感兴趣。我也向德·富瓦亲王问了好，不幸的是，我遭遇到德国式的握手，手指头仿佛被老虎钳夹住，从里面抽出来时都快给捏扁了。德·富瓦亲王同我握手时，脸上带着法芬海姆亲王式的嘲弄，或者说是善良的微笑。法芬海姆亲王是德·诺布瓦先生的朋友，因为这个社交圈有用外号的怪癖，大家都叫他冯亲王，他自己也总是用“冯亲王”署名，或者，当他给挚友写信时，干脆署名“冯”。用这个简称有时候还好理解，因为亲王的名字很长，由好几个名字组成。但是，令人难以理解的是，为什么时而用丽丽，时而又用白白代替伊丽莎白，正如在另一个圈子里到处能听到金金一样。有人解释说，一些通常是游手好闲、轻薄无聊的人，为了不浪费时间，常用“鸠”代替“孟德斯鸠”。但是，他们用迪南，而不是用费迪南称呼他们的一个表兄，这就看不出能节省多少时间了。此外，不要认为盖尔芒特一家总是采用重复音节的方法给人起名字。德·蒙贝鲁伯爵夫人和德·费吕德子爵夫人是同胞姐妹，都长得很胖，但大家叫她们“小妞儿”和“小宝贝”，她们听了一点也不生气，而且也不觉得可笑，因为大家一直是这样称呼她们的。德·盖尔芒特夫人很喜欢德·蒙贝鲁夫人，如果德·蒙贝鲁夫人生了重病，她会含着眼泪问病人的妹妹：“我听说‘小妞儿’情况很糟。”对于那位头发从中间分开、紧贴双鬓而遮住了耳朵的德·莱克兰夫人，大家从来只叫她“饿鬼”。有时候，只在丈夫的姓或名上加一个 a，作为对妻子的称呼。圣日耳曼区最吝啬、最卑鄙、最冷酷无情的人，被叫作拉斐尔，而他的如花似玉、千娇百媚，但和他一样冷酷无情的女伴也从来只署名拉斐拉。上面列举的不过是无数规则中的几个简单的实例，以后如有机会，还可以对其中的几个规则进行解释。

接下来，我要求公爵把我介绍给德·阿格里让特亲王。“怎么，您不认识这位大名鼎鼎的格里—格里？”德·盖尔芒特先生大声嚷道，然后把我的名字给德·阿格里让特先生做了介绍。弗朗索瓦丝常把阿格里让特挂在嘴边，因此，在我看来，这个名字好似一个透明的玻璃器皿，我看到它下面有一座古城，在紫罗兰色的海边，金色的太阳把万道光芒斜照在玫瑰色的立方形城堡上；我不怀疑，这个奇迹般路过巴黎做短暂停留的德·阿格里让特亲王，这个同样沐浴着金色阳光、闪烁着古色光泽的西西里岛人，是这个古城实际上的统治者。可是，唉！公爵给我介绍的这个人，是一个粗俗的冒失鬼。他故作洒脱地、笨拙地踮起一只脚跟，转身向我问好，我感到他和他的名字毫无关系，就像他和他可能拥有的一件艺术品毫无关系一样，他身上一点也没有这件艺术品的反光，他可能从来也没有看过它一眼。德·阿格里让特亲王一点也没有亲王的风度，一点也没有阿格里真托[1]的神采，我不禁认为，他的名字既然和他本人相

[1] 阿格里真托（Agrigento），意大利西西里岛地名，为阿格里真托省省会，公元前约 581 年由希腊殖民者建立，那里有很多希腊古迹。Agrigento 在法语中为 Agrigente，译成阿格里让特。作者认为，德·阿格里让特亲王作为阿格里真托的实际统治者，本该具有这个历史悠久城市应有的神采，可是他却没有。

差甚远，同他的外表毫无联系，想必曾拥有一种力量，把他像其他任何一个人那样可能有的一点儿诗意全部取走，装进自己奇妙的音节中了。如果真是这样，这个手术倒是做得很彻底，因为从盖尔芒特家的这个亲戚身上，再也取不出一点儿魅力了。因此，他既是世界上唯一的，但又是最不像的德·阿格里让特亲王。而且，他为自己是德·阿格里让特亲王扬扬自得，但这就像一个银行家为自己拥有一个矿场的大量股份沾沾自喜一样，至于这个矿和它漂亮的名字（比如叫艾凡赫矿或普里姆罗斯矿）是不是相符，或者干脆就叫第一矿，他都无所谓。然而，当介绍接近尾声（叙述起来要费很多笔墨，其实，从我进客厅时算起，也才用了一两分钟），德·盖尔芒特夫人用几乎是哀求的口吻对我说："巴赞像这样一个个给您介绍，我想您肯定累了，我们是想让您认识我们的朋友，但更不想累着您，因为我们希望您常来。"这时，公爵笨拙而谨慎地做了一个示意摆饭的手势，这个动作大概是他一个小时以来，也就是在我欣赏埃尔斯蒂尔作品的时候一直想做的。

有件事这里要提一提。宾客中还有一个人没有到，就是德·格鲁希先生。他的妻子（出生于盖尔芒特家族）一个人先来了，他白天去打猎，说好打完猎直接来这里。这位德·格鲁希先生出身名门，但在迷恋贵族的人看来，他的出身还不够显贵，他的祖父[1]曾在第一帝国供职，因一开始没有参加滑铁卢战役，被错

[1] 指格鲁希侯爵（1766—1847）：法国元帅。百日政变时期，他统帅北主军的后备骑兵团，负责追击布鲁歇率领的普鲁士军队，并阻止普军与威灵顿率领的英军会合，但没能完成任务，因此，他被认为要对滑铁卢战役失败负部分责任。

误地指责为导致了拿破仑的失败。因此，德·盖尔芒特亲王尽管后来不像从前那样挑剔了，但仍然经常对他的外甥女们说："可怜的德·盖尔芒特夫人（即德·盖尔芒特子爵夫人，德·格鲁希夫人的母亲）真是太不幸了，她从来也没有能力为女儿们找到好婆家。""可是舅舅，老大不是嫁给了德·格鲁希先生了吗？""我才不把这号人叫丈夫呢！不过，听说弗朗索瓦叔叔向她的小女儿求婚了，这样，她们几个就不会都当老姑娘了。"

摆饭的命令刚发出，立刻就听到一片吱呀声，饭厅的几扇双扉门一下全都打开了；一位颇有司仪官风度的膳食总管在帕尔马公主前面深深一鞠躬，而后报告说"请夫人就座"，声调听上去好像是在说"夫人要死了"一样，但这在宾客中并没有引起悲伤，因为他们已开始成双成对地，就像夏天拥向罗班松[1]那样，嬉笑着朝饭厅走去，走到各自的座位旁便分开，仆人在后面给他们推上椅子；德·盖尔芒特夫人最后一个离开，她走到我跟前，让我领她到餐桌。按说我应该感到胆怯，可我一点也不，因为她大概见我站错了位置，像一个风度优雅、动作敏捷的女猎人，绕着我转了半圈，让我的胳膊正确无误地挽到她的胳膊上，极其自然地把我带进了准确高雅的动作节奏中。我毫不费劲地合上了步子，况且盖尔芒特家的人对这些根本不在乎，正如一个真正的学者从不卖弄知识，在他家里我们反而不会像在一个庸才家里那样产生害怕心理。另外几扇门也打开了，从里面端出热

[1] 即普莱西－罗班松，法国上塞纳省城市，是法国人娱乐消遣的地方。

气腾腾的浓汤，这情景犹如演技高超的木偶戏中的晚餐，姗姗来迟的年轻客人一到，随着主人一个手势，所有的机关就都开始运转了。

公爵命令开饭的手势并不威风凛凛、至高无上，而是畏畏缩缩，然而大家的响应却像上了发条的钟表那样广泛、熟练、顺从和有场面。公爵的手势虽然不果断，但我感到这丝毫也不影响大家的表演效果。我觉得，公爵之所以这样局促不安、犹豫不决，是因为怕我看见大家都在等开饭，就差我一人没到，怕我发现大家已等了很久，正如德·盖尔芒特夫人见我看画看了那么久，紧接着又要忍受无休止的介绍，怕我会感到疲劳和不自在一样。因此，正是这个不够高贵的手势，显示了公爵真正的高贵，表明他很不看重自己的豪华，相反对一个微不足道的，但他想赐予光荣的客人却很敬重。

这并不是说德·盖尔芒特先生在某些方面非同寻常，甚至没有大富翁通常有的笑料，没有暴发户——他不是——的骄横。但是，正如一个官员或一个神甫可以凭借法国政府和天主教的力量，使自己平庸的才能得到无限发展（就像一个波浪可以被身后的浩瀚海水推涌出无数波浪），同样，德·盖尔芒特先生也受到另一种力量，即真正的贵族礼节的推动。许多人被这个礼节排斥在外。德·康布尔梅夫人或德·福什维尔先生就不可能受到德·盖尔芒特夫人接待。但是，一旦有人像我这样可能被盖尔芒特圈子接纳，这个礼节，就会让他看到比这些古老的客厅和陈放在客厅里的绝妙家具（如果可能的话）更神奇的珍宝，那就是给予他简朴而热情的接待。

德·盖尔芒特先生如果哪天想要讨好一个人，他就会巧妙地利用时机和环境，让那人扮演主角。当然，如果在盖尔芒特城堡，他的“高贵”和“优雅”就会以另一种形式表现出来。他会叫人套车，只带我一人同他一起进行饭前散步。看到他那样客气，我们会备受感动，正如我们在阅读当代回忆录时，会被路易十四对觐见人的笑容可掬、和蔼可亲和近乎谦恭的态度打动一样。但是要知道，不管是公爵，还是路易十四，都不会使自己的行动超过“礼节”这个字所包含的内容。

路易十四亲政时期，那些热衷于贵族排场的人指责他太轻视礼节，圣西门说，他与菲利浦·德·法卢瓦[1]和查理五世[2]相比，是一个不注重等级的小国王。但就是这个路易十四，让人编了一份礼节细则，晓示亲王和大使，应该让哪些君王站在自己右侧。有时候在礼节上很难达成谅解，只好让路易十四的儿子王太子殿下在宫堡外接见外国君主，免得人家议论进宫时这一个走在那一个的前面了；莱茵河选帝侯[3]接待德·谢弗勒丝公爵[4]时，为了不让他待在自己右侧，就假装有病，躺在床上和他共进晚餐，解决

---

[1] 菲利浦·德·法卢瓦（1294—1350）：即菲利浦六世，法国国王（1328—1350）。在位时爆发了百年战争。

[2] 查理五世（1338—1380）：法国国王。在位时再度与英国开战，收回了法国国土。

[3] 莱茵河选帝侯是路易十四的弟弟菲利浦的丈人。

[4] 德·谢弗勒丝公爵（1646—1712），路易十四的财政大臣柯尔柏的女婿，富有思想，受人尊敬。

了礼节上的困难。公爵[1]先生总是躲避为殿下[2]效劳的机会，殿下听从王兄路易十四（他很喜欢这位弟弟）的建议，找了个借口让他的表兄在他起床时上楼，强迫他给他递衬衣。在礼节上必须严格履行职责，丝毫含糊不得，但是，当遇到悲痛之事和感情上的事时，就不讲什么责任了。路易十四最喜欢的一个人就是殿下，但是他这个王弟刚死几个小时，用德·蒙福尔公爵[3]的话来说，殿下“尸骨未寒”，他就哼起了歌剧中的曲子，看到德·勃艮第公爵夫人[4]难以掩饰痛苦和忧郁，深感惊讶，为了让欢乐回到大家中间，使弄臣下决心重新开始娱乐，他命令德·勃艮第公爵[5]玩扑兰牌游戏。然而，这种对比不仅集中表现在德·盖尔芒特先生的社交活动中，而且还可以从他无意识的语言，从他所关心的事和时间安排上看出来：盖尔芒特家的人不会比旁人更爱悲伤，甚至可以说，他们很少有真正的同情心；但是，每天都可以看见他们的名字因不计其数的葬礼而出现在《高卢人报》的社交栏中，他们认为不把名字登在上面于心不安。我就像旅行者发现色诺芬[6]或圣

[1] 公爵指路易十四的表弟。

[2] 殿下这里指路易十四的弟弟菲利浦，封号为德·奥尔良公爵。路易十四亲政后，菲利浦就被称为“殿下”。他的第二个妻子夏洛特-伊丽莎白是莱茵河选帝侯的女儿。

[3] 德·蒙福尔公爵是德·谢弗勒丝公爵的重孙。

[4] 德·勃艮第公爵夫人（1685—1712），路易十四的外甥女，嫁给了路易十四的孙子德·勃艮第公爵。她酷爱奢华和娱乐。是法国路易十五的母亲。下文的扑兰牌游戏是一种纸牌游戏，玩时每人只发三张牌。

[5] 德·勃艮第公爵（1682—1712），路易十四的孙子，法国王太子，路易十五的父亲，心地善良，为人厚道。

[6] 色诺芬（约前430—约前355）：古希腊雅典城邦的贵族奴隶主、军人、历史学家。苏格拉底的弟子。著有《远征记》、《希腊史》和《苏格拉底言行回忆录》。

保罗[1]可能认识的，彼此似乎十分相像的泥屋和露台那样，在这个时而温柔得使人感动，时而冷酷得令人发指，既能履行最微小的义务，又能撕毁最神圣协约的德·盖尔芒特先生的举止风度中，我看到了路易十四宫廷生活所特有的，把情绪和道德上的不安当作纯形式问题看待的超越常规的做法，两个多世纪过去了，这一传统却原封不动地保留了下来。

帕尔马公主向我表示亲热的另一个理由更特别一些。她先入为主，认为德·盖尔芒特公爵夫人家的一切，不管是物还是人，都比自己家的高雅。事实上，她在其他人家里也是这样；她对最普通的菜，最一般的花，都会啧啧称赞，不仅如此，她还要求主人同意她第二天派厨师来学烹饪法，或派花匠领班来看花的品种。这两人的薪金都很高，有自己的车马，尤其是自认为技艺超群，无人匹敌，觉得到别人家去学习一种他们不屑一顾的菜肴烹调法或一种石竹的栽培法是丢尽脸面的事，这种石竹，论漂亮，不能和他们在公主府上早就栽培成功的品种相提并论，论色彩，不如他们的“斑斓”，论体积，不如他们的硕大。但是，尽管她在别人家里对一些微不足道的东西露出的惊讶神态是装出来的，是为了显示她并不为有高贵的地位和巨额财富而自高自大，因为自恃高傲是她古老的导师所禁止的，是她的母亲要掩饰的，也是上帝不能容忍的。然而，她却真心实意地把德·盖尔芒特公爵夫人的客厅看作圣地，每行一步，都有惊喜的发现和无穷的乐趣。一般地

[1] 圣保罗（15—62）：基督教的使徒，著有《使徒行诗》和《使徒书信》。

说（但这远远不能解释帕尔马公主的这种精神状态），盖尔芒特家和贵族社会的其他成员有明显的不同：他们更高贵，更非凡。乍一看，他们给我的印象完全相反，我觉得他们平平淡淡，同其他所有的男人和女人没有两样。我之所以会这样，那是因为我在他们身上先看到的是名字，正如我根据巴尔贝克、佛罗伦萨和帕尔马的名字进行遐想，形成了先入之见一样。在我的想象中，这个沙龙里的女人都是萨克森小塑像般的人物，但实际上，她们和普天下大多数妇女更相像。但是，盖尔芒特家族也和巴尔贝克、佛罗伦萨一样，一开始会使我们的想象力大失所望，因为他们与其同类没有两样，与其名字相差很远，但紧接着，就能使我们看到他们与众不同的特点，虽然它们微乎其微。他们有着特别的外貌，皮肤呈粉色，有时甚至呈紫色，即使是男性盖尔芒特，也无一例外地长着轻柔而秀美的、亮得几乎可以照人的金发，一绺一绺的，像地衣墙草，又像猫的皮毛（与这金光灿灿的头发相对应的是智慧的闪光，因为在谈及盖尔芒特家族的肤色和头发时，也得说说和莫特马尔家族[1]精神相仿的盖尔芒特家族精神）。他们有一种在路易十四亲政前就已变得更加纯粹的，由于他们公开张扬而为大家所承认的贵族品质。所有这一切，外貌、皮肤和头发的颜色以及贵族的品质，无一不使盖尔芒特家族，哪怕是在由极其珍贵的物质组成的贵族社会中，也显得与众不同。他们分布在这个社会

[1] 莫特马尔家族是罗什舒阿家族的分支，以法国上维埃纳省的莫特马尔村命名。莫特马尔家族的精神是一种特殊的才智和幽默。

中，但一眼就可以把他们辨认出来，就和矿脉一样，金黄色的纹理标志着碧玉和缟玛瑙，更确切地说，他们闪闪发光的头发形成飘洒的波浪，一绺绺乱发犹如可以曲折的光线，沿着浅绿色玛瑙的两侧奔跑。

盖尔芒特家族成员——至少是那些名副其实的盖尔芒特——不仅有完美的肌肤，漂亮的头发，明澈的眼睛，而且他们在站立、行走、致意、握手和握手前举眸凝视时，都有他们独特的姿态，因此，他们和上流社会中的其他人有着明显的区别，就像社交界人士明显地区别于穿劳动服的农场主一样。尽管他们待人和蔼可亲，但人们仍然会想：他们走路似燕子展翅般轻捷，致意如玫瑰点头般优雅，当他们看见我们走路、致意和出门时的样子，难道就（尽管他们掩盖得很好）没有权利认为我们和他们不是同一类人，他们是大地的骄子吗？后来，我意识到，盖尔芒特家的人确实认为我不和他们同类，但我却引起他们的羡慕，因为我有一些连我自己都不知道的，但他们却公开认为是唯一重要的长处。可是，又过了一些时候，我感觉到他们公开发表的信念只有一半是真诚的，在他们身上，蔑视或者说惊奇，与赞赏和羡慕同时存在。盖尔芒特家族固有的身体柔韧性有两种表现特点：一种是动态的。他们的身体时刻都在动。比如，一个男性盖尔芒特向一位女士致敬时，他的侧影是一系列不对称的和神经补偿性的动作保持不稳定平衡的产物，一条腿拖着步子，这也许是故意的，或者因为在打猎时经常骨折的缘故，为了使这条腿跟上另一条腿，他让躯干微微偏斜，让一个肩膀稍稍抬高，与躯干的偏斜形成平衡，致敬时，把单片眼镜架到眼睛上，使得那只眼睛上方的眉毛耸起来，让那绺头发落到额头上。另一种柔韧性，与浪和风的形状相仿，或与小船、大船永远保留着的航迹的形状相仿，可以说形成了一种特有的静中有动的风格，鼻子呈钩形向内弯曲，上面是凸出的蓝眼睛，下面是两片薄嘴唇，如果是女的，从这两片薄嘴唇中流出的是嘶哑的声音，一看到他们的鹰钩鼻，就会使人想起十六世纪那些研究古希腊文化、过着寄生虫生活的系谱学家，出于好意为他们家族编写的荒诞无稽的起源说。当然，这个家族确实有悠久的历史，但也不像系谱学家所说的那样，是一个仙女受胎于一只神鸟的产物。

盖尔芒特家族不仅相貌颇具特色，而且思想也很特别。盖尔芒特家族成员虽然生活在纯之又纯的“上层”贵族社会中，却装出对贵族不屑一顾的样子。只有一人除外，那就是德·希尔贝亲王。他是“玛丽-希尔贝”的丈夫，思想陈腐，他和妻子一道乘车外出时，总让妻子坐在他的左方，因为虽然她出身王族，却不如他的血统高贵。不过，他是例外，只要他不在场，家里人总把他当作笑料，津津有味地谈论他的最新趣闻。德·盖尔芒特公爵夫人出身于盖尔芒特家族，说实在的，在某种程度上，她已变得和她家里人有点不同了，比他们更讨人喜欢。她主张把聪明才智置于一切之上，政治上拥护社会党，致使有些人心里想，确保她维持贵族生活的守护神藏在她府上的什么地方。这个守护神从来都不显形，但肯定有时躲在候见室，有时藏在客厅里，有时又蜷缩在梳妆间，提醒奴仆们不要忘了把这个不信爵号的女人称作“公爵夫人”，提醒这个只爱读书、对舆论毫不重视的女人，八点一过就动身到她的弟媳妇家去吃晚饭，并且要穿上袒胸露肩的衣裳。

就是这个家族守护神，告诉德·盖尔芒特夫人，作为公爵夫人，至少作为像她这样拥有百万财富、第一流的公爵夫人，宁愿少看几本有趣的书，也要去参加乏味的茶会、晚宴和晚会，这和下雨一样令人讨厌，但却必不可少。德·盖尔芒特夫人牢骚满腹、冷嘲热讽地接受了，不过没有细想为什么接受。然而，当膳食总管称呼这个只信聪明才智，不信爵位的女人为“公爵夫人”时，这种意外的现象并没有使她感到不舒服。她从来没想要求他只喊她“夫人”。有些人好心好到了极致，可能会认为德·盖尔芒特夫人心不在焉，只听见“夫人”二字，没听见附加成分。不过，如果说她会装聋，她却不会作哑。每每有事要叫丈夫办理，她总对膳食总管说：“您提醒公爵先生……”

此外，家族守护神还有其他事要做，例如，让道德说话。当然，在盖尔芒特家族中，有的人特别聪明，有的人却特别高尚。通常，聪明者不一定高尚，高尚者不一定聪明。但是，那些聪明的盖尔芒特，哪怕曾伪造过文书，玩牌时会作弊，或者他们是所有人中最讨人喜欢的，愿意吸收一切新的和正确的思想，当他们谈起道德来，也比品行端正的盖尔芒特更加头头是道。就拿德·维尔巴里西斯夫人来说，当守护神想通过这位老妇之口谈论道德时，她讲得比谁都动听。在类似的情况下，例如，当盖尔芒特家族成员谈论一个女仆时，我们会一下子发现，他们谈话的口吻，几乎同侯爵夫人的语气一样陈旧，一样纯朴，而且，由于他们更有魅力，也就显得更高尚，更感人："我觉得她的本质是好的，她是一个不同寻常的姑娘，想必是正派人的女儿，肯定不会走上邪路。"在这种时候，守护神就变成语调了。但有时候，守护神也会变成措辞，变成脸部神态。公爵夫人的神态和她当元帅的祖父的神态如出一辙，那是一种令人难以觉察的抽搐，和迦太基的巴尔加家族[1]的守护神蛇神的抽搐很相像。从前，当我上午散步时，有好几次，我还没有认出是德·盖尔芒特夫人，就已感觉到她躲在一家小乳品店里窥视我，这时，我会被她脸部的这种神态弄得心慌意乱。这位守护神还在一种不仅对盖尔芒特家族，而且对他们的对手古弗瓦西埃家族都很重要的情况下进行过干涉。古弗瓦西埃家族虽然和盖尔芒特家族一样，也是贵族血统，但却和他们完全不同（德·盖尔芒特亲王言必谈出身和贵族，仿佛这是唯一重要的，盖尔芒特家的人在解释亲王的这个偏见时，甚至说这是他的古弗瓦西埃祖母传给他的）。古弗瓦西埃家的人不仅不像盖尔芒特家的人那样重视才智，而且对才智的看法也和他们大相径庭。在盖尔芒特家里人（哪怕是个白痴）看来，所谓聪明，就是尖酸刻薄，出口伤人，就是能在绘画、音乐、建筑方面同你比个高低，就是会讲英语。古弗瓦西埃家的人对才智的看法更糟，只要不是他们圈里的人，谁聪明，谁就被认为"有可能杀死了父母亲"。他们认为，聪明是"亲王—殿下"之类的代名词；这些聪

[1] 巴尔加家族是古代迦太基国的强大家族，尤其在公元前3世纪至前2世纪的罗马和迦太基的三次战争中享有盛名。

明人，即使人家不认识他们，也会强行闯入最受尊敬的沙龙；古弗瓦西埃家的人知道，接待这些“家伙”，到头来会后悔莫及。对于上流社会以外的聪明人发表的任何一点儿看法，他们都持怀疑态度。一次，有个人说：“斯万比帕拉墨得斯年轻。”德·加拉东夫人随即反驳道：“想必是他对您说的啰，如果真是这样，那么请您相信，这是因为有利可图。”更令人不可思议的是，当有人说起盖尔芒特府接待了两个风雅的外国女子，让年纪大的走在前头时，德·加拉东夫人便问：“能看出来她的年纪大一些？”她这样问，不是说这一类女人确实看不出年龄，而是认为她们没有身份和教籍，没有传统，只是看上去年轻一些，或不年轻罢了，就像同一只筐里的小雌猫，只有兽医才能把它们分辨出来。此外，古弗瓦西埃家的人思想狭隘，而且心险而诈，因此，从某种意义上说，他们比盖尔芒特家族更好地保持了贵族的完整性。盖尔芒特家的人（在他们眼里，除了王室和几个大家族，如利涅家族、拉特雷默伊耶家族以外，其余的都分不出高低，都毫无价值）对住在他们城堡周围的古老的贵族态度傲慢，这恰恰是因为他们不像古弗瓦西埃家族那样看重门第，以为门第是次要的，同样，他们认为，一个人即使不是名门出身，也没什么关系。有一些女人在老家时地位不很高，但她们美丽、富有，嫁了个很有地位的丈夫，深受公爵夫人们喜爱，她们对于很少了解她们“父母”情况的巴黎来说，是优美而高雅的舶来品。有时候——尽管次数不多——她们通过帕尔马公主，或者凭借自身的魅力，受到了盖尔芒特家族中的某些女主人的接待，但是，这一行动却引起古弗瓦西埃家族的极度愤慨。当他们在五点到六点之间到他们的表兄弟府上拜访时，看到在场的客人中，有他们父辈在佩尔什[1]时不屑交往之人的后代，就会怒不可遏，对之进行无休止的攻击。比如，迷人的G伯爵夫人刚踏进盖尔芒特府，德·维尔邦夫人就怒形于色，好像要朗诵：

如果还剩下一个，那一定是我，

然而，伯爵夫人根本不懂这句诗。这位出身于古弗瓦西埃家族的德·维尔邦夫人，几乎每星期一都在离G伯爵夫人几步远的地方吞吃奶油条酥，但这毫无作用。德·维尔邦夫人私下承认，她很难想象她的盖尔芒特表姐妹怎么会接待一个在夏多丹[2]甚至算不上二流人物的女人。“我那位表姐妹大可不必那样难交往，这是对上流社会的愚弄。”德·维尔邦夫人换了一种表情做总结说。这是带有微笑和嘲弄的绝望的表情，好像在玩猜谜语游戏，把另一句诗写在了上面：

感谢诸神！让我的不幸超过了希望。

自然，这句诗伯爵夫人仍然是看不懂的。

[1] 佩尔什是法国北部旧地区名，古时候曾是德·佩尔什公爵领地，1525年并入法王国。

[2] 夏多丹是法国一个专区，在佩尔什地区的边缘。

况且——我们把以后的事提前说一说——德·维尔邦夫人“坚持不懈”地（这和第二句诗中的“希望”有着同样的韵脚[1]）傲视G夫人不是绝对没有作用的。G夫人看到德·维尔邦夫人“坚持不懈”地傲视她，便以为（纯粹是无根据的想象）德·维尔邦夫人享有崇高的威望，当她的女儿——当今舞会上最美貌、最富有的一位小姐——到了出阁年龄，人们惊奇地看到她竟拒绝了所有公爵的求婚。因为G夫人想起自己因在夏多丹的二流地位而每周在格雷内尔街[2]蒙受的凌辱，一心想把女儿嫁给维尔邦家的一位公子。

盖尔芒特家族和古弗瓦西埃家族只有一点是相同的，他们都很善于——但方式各不相同——和人保持距离。盖尔芒特家表示距离的方式不是千篇一律的。然而，比如说，所有的盖尔芒特，我是说货真价实的，当有人把你介绍给他们时，你会看到，他们都要履行一种礼节，似乎把手伸给你是一件了不起的事，是在给你举行授任骑士仪式。当一个盖尔芒特——哪怕他只有二十岁，就已经在步先辈的后尘——听到介绍人介绍你的名字时，会露出一种爱理不理的神态，用通常是蓝色的冷冰冰的目光将你上下打量，仿佛要把钢刀般锋利的目光扎进你的内心深处。况且，这确实也是盖尔芒特家的人认为应该做的，他们谁都自信是一流的心理学家。此外，他们认为，这种仔细的打量，会使随之而来的握

[1] 法语中，persévérance（坚持不懈）和espérance（希望）最后一个音节同为“rance”。

[2] 格雷内尔街有几座17世纪和18世纪的公馆，是巴黎最漂亮的公馆。

手显得更加亲切，因为这是经过慎重考虑的。这一切是在离你一定距离进行的。若是两人短兵相接，这个距离嫌小了些，但对于握手，就显得太大了些，会和搏斗时一样使人手足无措，浑身发冷，因此，当这个盖尔芒特闪电般地审视了你的灵魂和声名的最后几个密室之后，认为你从此有资格同他在社交场合相遇了，就向你伸出手来，这时候，那只位于伸直了的胳膊末端的手，好像在向你出示一把花剑，要同你进行一对一的搏斗，总之，这只手此刻离这位盖尔芒特那么远，当他低头时，你很难看出他是在向你，还是在向他自己的手致意。有些盖尔芒特每次见到你总要夸张地重复这套礼节。因为他们缺少分寸感，或者说不可能不重复。既然第一次见面时，他们已履行过“家族守护神”授予的权力，对你事先已进行过心理调查，调查的结果也该记忆犹新，就无须再重复了。因此，如果说第二次见面时，他们在同你握手前，仍然坚持把锋利的目光扎进你的内心，这只能解释为无意识的行为，或者说明他们想拥有一种用目光慑服人心的能力。古弗瓦西埃家的人外貌和盖尔芒特家很不一样，他们试图掌握这种用目光审视的致敬方式，但白费力气，只好要么使身体保持高傲的僵硬姿势，要么匆忙装出不在乎的样子。但是，某些出类拔萃的女性盖尔芒特施行的贵妇礼节，好像是从古弗瓦西埃家借来的。的确，当有人把你介绍给她们中的一个时，这位盖尔芒特女士会向你行大礼，把头和上身向你靠拢，大体成四十五度角，而下半身（她长得很高大）一直到作为转轴的腰部保持不动。但是，她刚向你抛出上身，却猛地又将身子收回，并且让它后仰到与垂直线几乎也成四十五度角的地方。接踵而来的后仰，抵消了你觉得她向你做出的让步，你以为赢得的地盘甚至根本没有得到，不像在格斗中还可以守住原来的阵地。这种一亲一疏，用恢复距离抵消亲近的做法（这原是古弗瓦西埃家的创造，旨在表明第一个动作所表示的亲近不过是暂时装出来的），在盖家和古家的女辈给你的信中，至少在你认识她们初期写给你的信中，也有明显的表现。如果把信比作人的躯体，那么，这个"躯体"会包含一些似乎只有给朋友写信时才使用的词句，但是，如果你认为可以夸口说你是那位夫人的朋友，那是绝对徒劳的，因为信的开头写的是"先生"，结尾是"顺致敬意"。这冷淡的开头语和冰冷的结束语，能够改变整封信的意思，因此，中间就可以采用（如果是复你的唁函）最动听的言辞，来描绘她因失去姐妹的悲痛心情，描绘她们之间的亲密关系以及度假胜地的美丽景致、她在可爱的儿孙身上得到的安慰。所有这些，可以和有些书信集中的书信并肩媲美，但是，亲热的字眼不会在收信人和写信人之间创造出一种亲密无间的气氛，仿佛这封信是小普林尼[1]或西米阿纳夫人[2]写给你的。

确实，有些盖尔芒特女士头几封信就用"我亲爱的朋友""我的朋友"称呼你，她们不总是最谦虚的盖尔芒特女士，有一些和各国君主过从甚密、"轻浮风骚"的盖尔芒特女士也用这些称呼：她们自高自大，坚信她们给予的一切都能给人带来快乐，她

[1] 小普林尼（61—113）：古罗马作家，今存《书信集》十卷，共三百余篇。

[2] 西米阿纳夫人（1674—1737）：法国女作家德·塞维尼夫人的外孙女，写了许多饶有趣味的书信。

们想收买人心，养成了尽可能满足别人欲望的习惯。只要在路易十三时期曾共有一个外高祖母，就能使一个年轻的盖尔芒特说到德·盖尔芒特侯爵夫人时，称呼她为“亚当姑妈”，因此，盖尔芒特家族成员不计其数，致使这些普通礼节，例如引见礼节，就变得形形色色，种类繁多。每一个比较高贵的支系都有自己的一套礼节，这套礼节就像一个秘方或一种特别的果酱配方那样，世世代代地传下去。正如我们已经看到的那样，当圣卢听到介绍你的名字时，他像是无意识地把手伸给你，不瞧你一眼，也不向你致意。任何一个可怜的平民百姓，因某种特殊原因——况且这是少有的事——被介绍给圣卢支系的一个人，看到那位盖尔芒特先生（或女士）故意装出无意识的样子，非常生硬地向他问好时，会绞尽脑汁地想知道他（或她）对他有什么不满。当他听说他（或她）认为有必要专门写信告诉介绍人，他（或她）很喜欢他，希望能再见到他时，他会惊得目瞪口呆。如果说圣卢机械的握手动作与众不同的话，那么，德·菲埃布瓦侯爵那复杂而快速的跳跃（夏吕斯先生认为这个动作很可笑），德·盖尔芒特亲王那缓慢而有节奏的步伐，也是异乎寻常，别具一格。但是，这里不可能详述盖尔芒特家族丰富多彩的舞谱，因为芭蕾舞团的规模太大了。

言归正传。前面谈到古弗瓦西埃家族对德·盖尔芒特公爵夫人很不满意。只要德·盖尔芒特夫人仍然待字闺中，尚未婚嫁，古弗瓦西埃家的人就能对她表示同情，从而聊以自慰，因为那时她没什么财产。但遗憾的是，总有一种冒着黑烟的独特的物质，遮住古弗瓦西埃家族的财富，因此，他们的财富再多，也引不起人们的注意。一个家财万贯的古弗瓦西埃小姐嫁给了一个大富翁，可那也是枉然，这对年轻夫妇在巴黎却没有自己的寓所，每次都“下榻”在父母亲家里，其余时间则生活在外省，那里的社交界倒是很纯洁，但却毫无光彩。当债务累累的圣卢用他几套豪华的马车使东锡埃尔市民眼花缭乱、赞叹不绝时，那里，一位腰缠万贯的古弗瓦西埃先生却从来只乘有轨电车。相反（况且，这是很多年前的事了），没有多少财产的德·盖尔芒特小姐（即奥丽阿娜），却以她的服饰使人叹为观止，即使把古弗瓦西埃家族所有女性在服饰上受到的赞美加在一起，也抵不上德·盖尔芒特小姐一个人受到的赞美多。甚至连她的谈话引起的轰动，也为她的衣着和梳妆起到一定的宣传作用。她竟敢对俄国大公说：“喂！阁下，据说您想派人暗杀托尔斯泰？”她是在一次晚宴上说这话的，古弗瓦西埃家族无一人受到邀请，况且，他们对托尔斯泰几乎一无所知。如果把享有亡夫遗产的德·加拉东公爵夫人（德·加拉东亲王夫人的婆婆，那时候还是少女）作为例子加以判断，古弗瓦西埃家族对希腊作家也是所知无几：德·加拉东公爵夫人五年中一次也没有看见奥丽阿娜光临她的府上，当有人问起奥丽阿娜不来的原因时，她回答：“据说她在社交界朗诵亚里士多德（其实她想说阿里斯托芬[1]）的诗。我可不能容忍别人在我家里这样。”

不难想象，德·盖尔芒特小姐在托尔斯泰问题上对俄国大公

---

[1] 阿里斯托芬（约前450—前386）：古希腊喜剧作家。而亚里士多德是古希腊哲学家、逻辑学家和科学家。

的“攻击”，即便使古弗瓦西埃家的人愤慨，但却令盖尔芒特家的人叹服。不仅如此，所有同他们关系密切或不密切的事，都会引起他们的惊叹。享有亡夫遗产，娘家姓塞纳波尔的德·阿让古尔伯爵夫人是一个女才子，尽管她有一个势利的儿子，但她几乎什么人都接待，她在文人面前叙述德·盖尔芒特小姐那句话时说：“奥丽阿娜·德·盖尔芒特聪颖精明，多才多艺，她画的水彩画能和名画家并肩媲美，作的诗与凤毛麟角的大诗人不分高低。你们知道，她出身高贵，祖母是蒙邦西埃小姐，她自己是第十八代奥丽阿娜·德·盖尔芒特，没有出现过一次有损门第的联姻，是法国最纯洁、最古老的血统。”那些受到德·阿让古尔夫人款待的假文人、半吊子文人，恐怕永远不会有机会看见奥丽阿娜·德·盖尔芒特，他们把她想象得比巴德罗·布朵尔公主[1]更卓越，更非凡，当他们听说一个出身如此高贵的小姐那样赞美托尔斯泰时，不仅感到愿为她献出生命，而且觉得他们对托尔斯泰的爱和对抵抗沙皇的愿望产生了一股新的力量。正当自由主义思想在他们身上可能已经削弱，他们对这些思想的威力可能已产生怀疑的时候，盖尔芒特小姐，一位额头上盖着头发（古弗瓦西埃家的人绝不会让头发盖住额头），极其高贵、极有权威的妙龄少女，给了他们意想不到的帮助。现实中有不少好的或不好的事物，就因为像这样得到了某些有影响人物的赞同而更受重视。例如，古弗瓦西埃家的人

[1] 巴德罗·布朵尔公主是《阿拉丁和神灯》中的人物。她是苏丹之女，后嫁给阿拉丁。

在街上向人致意有一套固定的礼节，这套礼节十分难看，很不热情，但大家知道这是高雅的致敬方式，也就抛弃微笑和真诚，竭力模仿这种冷冰冰的体操动作。然而，一般来说，盖尔芒特家的人，尤其是奥丽阿娜，却不拘泥礼节。他们比谁都熟悉这套礼节，但当她们从马车上看见你，会毫不犹豫地向你亲切招手，如果在客厅里，她们让古弗瓦西埃家的人在一旁行那套矫揉造作的礼节，而她们自己匆匆行过颇有魅力的屈膝礼后，就让蓝眼睛闪出微笑，立即亲切地向你伸出手来。多亏这些盖尔芒特，这套从来是空洞无物、枯燥乏味的所谓高雅的礼节，骤然间增添了人人喜闻乐见，但却尽量摒弃不用的东西，一种真诚的、发自内心的欢迎和问候。与此相仿，有些人天生喜欢低劣的音乐和平庸但流畅、悦耳的旋律，但也会因交响乐的存在而抑制自己的爱好。可是，他们刚抑制住本能的爱好，刚为理查德·施特劳斯[1]那色彩富丽、令人目眩的交响乐所倾倒，紧接着却又看见这位音乐家用奥柏[2]的宽容演奏了通俗乐曲，就认为自己的爱好在这个至高无上的权威那里意外地找到了辩解的理由（这一次正名是没有道理的），不禁喜出望外，喜形于色，一面美滋滋地聆听《莎乐美》[3]，一面对施特劳斯感激涕零，因为在听《皇冠上的钻石》时，他们绝不可能流露出自

[1] 施特劳斯（1864—1949）：德国作曲家、指挥家。其创作受柏辽兹、李斯特、瓦格纳等人影响，多为标题音乐，配器色彩富丽，规模宏大。

[2] 奥柏（1782—1871）：法国作曲家，作歌剧约五十部。《皇冠上的钻石》是奥柏的喜歌剧。

[3] 《莎乐美》是施特劳斯的歌剧，取材于《圣经》。这是他第一部轰动一时而争议很大的成功歌剧，他在剧中对《圣经》题材的处理被认为有伤风化。

己的爱好。

真也罢，假也罢，德·盖尔芒特小姐对俄国大公的“斥责”已传得家喻户晓，满城风雨，无论如何，这为议论奥丽阿娜在那次晚宴上的过分风雅的穿戴提供了机会。然而，虽说奢华不是取决于财富，而是取决于挥霍（就因为这个，那些堆金积玉的古弗瓦西埃就奢华不起来），但是，挥霍如有财富当后盾，就能维持长久，就能随心所欲。然而，既然奥丽阿娜还有德·维尔巴里西斯夫人，一贯公开宣扬贵族无足轻重，认为念念不忘地位是荒唐可笑的，财富不会带来幸福，唯有智慧、才华和品性才最重要，根据奥丽阿娜从侯爵夫人那里接受的这些原则，古弗瓦西埃家的人可以指望她嫁给一个不属于上流社会的男人，也就是嫁给一个演员、惯犯、叫花子或不信教的人，指望她最终成为他们称作“堕落者”的那号女人。他们这个希望是可以实现的，因为德·维尔巴里西斯夫人此刻正在经历一场社交危机（我在她家里遇见的那些超群绝伦、出类拔萃的人物，那时还没有一个回到她的身边），她对将她抛弃的上流社会耿耿于怀，深恶痛绝，甚至，当她谈到她常去看望的侄子德·盖尔芒特亲王时，也是冷嘲热讽，嫌他对自己的出身过分迷恋。然而，一旦涉及要为奥丽阿娜找丈夫，婶母和侄女公开宣扬的那些原则就不再起主导作用了，而是让位给那位神秘的“家族守护神”。在贡布雷教堂（在那里家族每个成员都失去了个性，失去了名字，大家全都叫盖尔芒特，巨幅黑色帷幔上的绛红色 G 和位于 G 上方的公爵冠冕，标志着他们的身份），家族守护神正确无误地引导这位学识渊博、爱批评人的耶稣教徒德·维尔巴里西斯夫人，为奥丽阿娜选择了一个世界上最富有、最高贵，在圣日耳曼区堪称独一无二的配偶——盖尔芒特公爵的长子德·洛姆亲王，就好像德·维尔巴里西斯夫人和奥丽阿娜从来只谈年金证书和家谱，从来不谈文学才能和品性似的，仿佛侯爵夫人（就像她以后的归宿那样）暂时死了几天，已被装进了棺木中。结婚那天，在两个小时时间里，德·维尔巴里西斯夫人看到她一向蔑视的王公贵族纷纷登门祝贺；为了嘲笑他们，她还邀请了几位同她关系密切的资产阶级人士，德·洛姆亲王给他们送了名片，不过，第二年就同他们“砍断缆绳”，断绝了来往。古弗瓦西埃家的人所不能容忍的是，德·洛姆亲王夫人结婚不久，就又大谈特谈起她那套智慧和才能高于一切的社交准则了。这里顺便说一句，当圣卢和拉谢尔一起生活，与拉谢尔的朋友们经常来往，并且一心想娶拉谢尔的时候，他所维护的观点不管在家族中引起多大的恐惧，虽然部分是谎言，但与盖尔芒特家的小姐们宣扬的观点相比，谎言的成分要轻得多。她们鼓吹才智高于一切，认为人类平等不容怀疑，可最后却嫁给了拥有百万家产的公爵，即使信奉相反的准则，也不过如此。圣卢恰恰是按照自己的理论行事的，但却被认为走上了歧途。当然，从道德观念看，拉谢尔的确不能令人满意。但是，如果她是一个女公爵，或者拥有百万家产，即使品德不大好，德·马桑特夫人说不定倒会赞成这门婚事。

现在继续来谈德·洛姆亲王夫人（不久，等她的公公去世后，她就是德·盖尔芒特公爵夫人了）。年轻的亲王夫人只是在口头上奢谈她那套理论，却不用它来指导她的行动，这无疑给古弗瓦西埃家带来了新的烦恼。因为这套哲学（如果可以称为哲学的话）丝毫无损于盖尔芒特沙龙高雅的贵族气派。毫无疑问，那些没有受到德·盖尔芒特夫人接待的人，都以为这是因为自己没有才学。例如，有一位非常有钱的美国女子，她除了有一本帕尔尼[1]的旧诗集外，其他书一本也没有，即使是这本书，她也从没打开过，只是把它——因为眼下很“时髦”——放在她家客厅的一个家具上做摆设，可是，当她看见德·盖尔芒特公爵夫人走进歌剧院时，却投去羡慕的目光，表明她十分看重才智。同样，当德·盖尔芒特夫人因为看中某人的才智而给予接待时，也肯定是出于真心。她在谈到一个女人时会说：“她似乎很有魅力。”或在谈到一个男人时会说：“他非常聪明。”这说明她认为聪明和魅力是她接待这些人的唯一理由，家族守护神此刻没有干预：这位警惕性很高的守护神隐蔽在深处，把守着盖尔芒特家族判断是非的黑暗的大脑区，不让他们发现这个有才智的男人或这个有魅力的女人，只要他们现在或将来没有社交价值。男人一旦被宣布为博学，他在众人眼里，要么像一本辞典，只会卖弄学问，要么相反，像一个推销员，才智平庸；漂亮的女人不是矫揉造作，就是喋喋不休。至于那些没有地位的人，那就太可怕了，都是些附庸风雅的势利人。德·布雷奥代先生（其城堡和盖尔芒特城堡毗邻）只和殿下们交往，但却瞧不起他们，只想生活在文艺殿堂中。因此，当有人说

---

[1] 帕尔尼（1753—1814）：法国诗人，浪漫主义抒情诗的先驱。

他附庸风雅时，德·盖尔芒特夫人会愤愤不平。“巴巴尔，附庸风雅？您是不是疯了，我可怜的朋友，正相反，他最讨厌有地位的人，谁也别想让他结交他们。在我家里也不行。如果我邀请他时还邀请了一个他不认识的人，他来时总要咕哝几句。”

这并不是因为，在实践中，盖尔芒特家和古弗瓦西埃家对智慧的重视有什么大的差别。从正面看，两家的差别已结出了美丽的果实。那位笼罩着一层神秘色彩、激起许多诗人无穷遐想的德·盖尔芒特公爵夫人，就曾举办了上面提到的那次晚会，在晚会上，英王享受到了在其他任何地方享受不到的快乐，因为公爵夫人除了邀请我们上面已提到的那些知名人士外，还别出心裁、胆大包天地请了音乐家加斯东·勒梅尔和戏剧家夏尔·格朗穆然。这是古弗瓦西埃家连想也不敢想的，更不用说有胆量付诸实践了。但是，智慧的高低尤其可以从反面感觉出来。如果说渴望受到德·盖尔芒特夫人接待的人地位越高，所需的智力和魅力系数就越低，倘若是国王或女王，系数可能会接近零，那么相反，地位越是在这条王族水平线以下，所需的智力和魅力系数就越高。例如，在帕尔马公主接待的人中，有许多人长相很难看，而且令人讨厌或十分愚蠢，她接待他们，是因为从小就认识他们，或者他们同某公爵夫人是姻亲，要不然就和某国君关系密切。然而，在古弗瓦西埃家看来，只要是“帕尔马公主喜爱的人”，或是“德·阿巴雄公爵夫人的姨妈”，或者“每年在西班牙王后宫中生活三个月”，就完全有理由受到邀请。但是，德·盖尔芒特夫人却不这样认为。十年来，她一直在帕尔马公主府上彬彬有礼地接受他们的致敬，却从没有让他们跨进她家的门槛，她认为一个沙龙的社交意义和物质意义是一样的，如果把一些并不显得漂亮的家具，作为一种显示财富的填料装进沙龙，将会使沙龙变得十分可怕，这样的沙龙很像是一本华而不实的著作，舍不得放弃能显示学识、才气和智慧的东西。“一个‘沙龙’，如同一本书、一座房屋，”德·盖尔芒特夫人不无道理地想，“必须用牺牲作基石。”

帕尔马公主的许多女友在公主面前小心翼翼地抱怨德·盖尔芒特公爵夫人，因为多年来公爵夫人只满足于合乎礼仪的问候，或者给她们送名片，却从不邀请她们，也不去参加她们的聚会。公主利用德·盖尔芒特先生单独来看她的机会，向他提起了这件事。但是，狡猾的领主回答说（他虽然不是公爵夫人的好丈夫，因为他有好几个情妇，但是，一旦涉及奥丽阿娜沙龙的正常运转，涉及奥丽阿娜的思想——沙龙的魅力所在，他就是经得住考验的伙伴了）：“我妻子认识她吗？啊！那倒是应该请的。不过，我要把真实情况告诉夫人，奥丽阿娜不喜欢和女人交谈。在她周围，都是些才华超群的人——我不是她的丈夫，仅仅是她的一名贴身奴仆。女人使她感到厌烦，只有少数几个例外，但她们都很有才华。哦，殿下耳聪目明，见微知著，总不会对我说，德·苏夫雷侯爵夫人是才智出众的女性吧。是的，我明白，公主接待她是出于善心。再说您认识她。您说奥丽阿娜见过她，这很可能，但次数不会多，我向您保证。我要对公主说，这里面也有我的错。我妻子很累，她是那样喜欢和人来往，如果我不加以限制，她就会忙得不可开交。就说昨天晚上吧，她发着高烧，可要是不去德·波旁公爵夫人家，又怕人家不高兴。我只好抬高嗓门数落她，不许马车夫套车。噢，夫人，您知道，我甚至不想把您刚才讲的事告诉奥丽阿娜。奥丽阿娜很爱殿下，她肯定会立即去邀请德·苏夫雷夫人的，这不又多了一次拜访，这样一来，我们就不得不和她的姐妹来往，因为我同她姐妹的丈夫很熟。我想，如果公主允许的话，我什么也不对奥丽阿娜说。这样，我们就可以使她少一些劳累和激动。我向您保证，这对德·苏夫雷夫人不会有什么影响。她去的地方很多，都是最有光彩的地方。我家的晚饭规模很小，甚至不请客人，德·苏夫雷夫人会厌烦死的。”帕尔马公主天真地相信德·盖尔芒特公爵不会把她的要求转告给公爵夫人，她为没能使德·苏夫雷夫人如愿以偿而感到抱歉，更为自己是这个很少接待女人的沙龙里的常客而感到心满意足。当然，这种满足不是没有烦恼的。每当帕尔马公主请德·盖尔芒特夫人吃饭时，总要绞尽脑汁，避免邀请可能会引起公爵夫人反感，从而致使公爵夫人拒绝再来的人。

在帕尔马公主会客的日子，总有几个宾客和她共进晚餐，遵照旧时的习惯，晚饭早早就开始了。饭后，她的沙龙向常客们，一般来说，向法国和外国所有的大贵族开放。接待的过程是这样的：公主走出饭厅，在一张大圆桌前的长沙发椅上就座，和同她共进晚餐的两个最有地位的夫人聊天，或者浏览一本“画报”，打打扑克（或假装打牌，这是德国宫廷的一个惯例），有时打通关，有时让一个名人作为真正的或假想的对手。时近九点，大厅的门不停地开了又关，关了又开，宾客纷至沓来。为了屈从于公主的时间表，他们都是匆匆吃完晚饭就赶来了（如果他们在别人家里吃晚饭，不喝咖啡就得告退，说是一会儿再回来，他们的确打算“从一个门进去，而从另一个门出来”）。可是，公主全神贯注于打牌或闲聊，假装没有看见有客人来，只是当这些女宾走近时，她才仪态优雅地站起来，和蔼可亲地向她们微笑。但是，女宾向站着的公主殿下行屈膝礼，一直到近乎跪拜的程度，以便吻到公主那只低垂的美丽纤手。尽管公主对这一礼节习以为常，但每到这时，总要装出感到意外的样子，用力地，但又是亲切而温和地把跪拜的女宾扶起来，在她们脸颊上吻一下。有人会说，公主的亲切和温和，是以来宾的卑恭为条件的。也许是这样。礼节在一个平等社会中消失，似乎不像人们所认为的那样，是由于缺少教育的缘故，而是因为有些人对威望不再看重（想象中的威望才有作用），尤其因为另一些人不再认为慷慨而优雅地施行礼节对接受者来说具有极其重要的意义，因而也就不施行礼节了。在一个以平等为基础的世界里，礼节就和一切只有使用价值的事物一样，会骤然间变得一文不值。但是，礼节在一个新社会中消失不是绝对的。我们有时候太容易相信一种事物的现状是它唯一可能的状态。许多优秀人物认为，共和国不可能有外交，不可能结盟，农民阶层不可能容忍政教分离。总之，即使在平等社会中出现礼节是一个奇迹，那它也比不过铁路的成就和军用飞机的使用。再说，即使礼节消失，也没有什么能证明这是灾难。还有，一个社会会不会因为事实上的越来越民主而渐渐地划分出等级呢？这是很有可能的。教皇不再掌管国家和军队以来，他的权力有了很大的提高；

大教堂在二十世纪对无神论者的影响，远比十七世纪对宗教信徒的影响大；如果帕尔马公主是一国之君，我就可能像谈论共和国总统那样谈论她，也就是说，我根本不想谈论她。

公主把那位求见的夫人搀扶起来，拥吻过后，又坐下来继续玩牌，如果来者是一位显要人物，她会请她坐到一把安乐椅上，先同她聊一会儿。

如果宾客太多，客厅容纳不下，负责接待的公主的伴妇就另辟场所，把宾客带到与客厅相通的一间大厅里，厅内摆满了波旁家族的肖像和古玩。于是，那些常客便自愿担任“导游”，介绍些有趣的事儿，可年轻人却没那份耐心听他们唠叨，宁愿注视那些有血有肉的殿下（必要时，还让宫廷贵妇或宫女给她们做介绍），而对已故女君主的遗物却不感兴趣。他们忙于和那些公主殿下认识，琢磨着怎样才能得到她们的邀请，所以，他们和这个珍贵的档案室打了几年交道，竟对里面的陈列物一无所知，只隐约记得厅内装饰着大仙人掌和大棕榈树，使这个珍品中心酷似巴黎动物园培植棕榈树的温室。

当然，在帕尔马公主会客的日子，为了促使食物消化，德·盖尔芒特公爵夫人有时也会屈尊俯就，晚饭后到公主府上进行拜访，公主自始至终把她留在身边，一面和公爵说说笑笑。但是，如果公爵夫人来吃晚饭，公主离开餐桌就关上大门，不让她的常客前来打扰，生怕没经过严格挑选的客人会给苛刻的公爵夫人带来不快。有些常客事先没得到通知，仍然前来拜访殿下，门房答复说：“殿下今晚不会客。”他们就走了。况且，公主的许多朋友事先就知道这一天公主不可能邀请他们。这是一个特别的群体，一个封闭的小圈子，渴望加入的人大多被拒之门外。被排斥在外的人几乎能肯定无疑地说出入选者的姓名，他们气恼地私下里说："你们当然知道，奥丽阿娜·德·盖尔芒特走到哪里，她的智囊团都要倾巢而出。"帕尔马公主借助这个智囊团，在公爵夫人周围筑起一堵护墙，不让那些尚未博得公爵夫人欢心的人靠近。但是，在公爵夫人最心爱的朋友中，在这个引人注目的"智囊团"成员中，有些人对帕尔马公主很不热情，因此，公主也不便向他们表示亲热。当然，帕尔马公主真心诚意地承认，在德·盖尔芒特夫人的社交圈里可能得到的快乐，要比在她自己的社交圈里得到的快乐多一些。她不得不承认，公爵夫人会客的日子，公爵府门庭若市，宾客满堂，她在那里也常常遇见三四个殿下，她们只给她送名片，却从不登门拜访。她模仿奥丽阿娜说话，穿奥丽阿娜式样的裙子，茶会上端出相同的草莓馅饼，但这一切都无济于事。有几次，一整天只有一个宫廷贵妇和一个外国使馆参赞与她做伴。因此，既然有的人（就像从前斯万那样）每天必到公爵夫人家待两个钟头，而对帕尔马公主两年才拜访一次，公主也就不会有兴致——哪怕是为了取悦奥丽阿娜——"主动"邀请这个斯万式人物吃晚饭了。总之，帕尔马公主宴请公爵夫人总感到诚惶诚恐，不知所措，因为她怕奥丽阿娜看什么都不顺眼。同时，当帕尔马公主到盖尔芒特府吃晚饭时，她确信那里的一切都将是妙趣横生，担心自己听不懂，记不住，不讨人喜欢，不善于领会和吸收别人的思想。于是，我的存在，和用水果组成花环来装饰餐桌的新做法一样，引起了她的注意和兴趣。但她不清楚究竟哪一个更有魅力，更能成为奥丽阿娜招待会成功的一个秘诀，是餐桌上的装饰，还是我的存在。既然不清楚，她决定下次宴请客人时，干脆设法把两者都用上。此外，帕尔马公主对公爵夫人家的一切都有浓厚兴趣，是有其充分理由的，因为盖尔芒特府有一种滑稽和危险的、能令人振奋的东西，那就是盖尔芒特精神。帕尔马公主带着一种胆怯、激动和兴奋的心情，浸入盖尔芒特精神，就像跳入海中洗“浪浴”一般，认为救生员指出浪浴有危险，是因为他们中间没有人会游泳，当她浮出水面时，感到精神振奋，心情舒畅，青春焕发。盖尔芒特精神——按公爵夫人的话来说，这和化圆为方一样，是一种不存在的实体，她认为自己是唯一掌握这一精神的盖尔芒特——就像图尔的熟肉酱或兰斯的饼干，是一种声誉。然而（因为智力上的一种特征，不是采用和发色或肤色同样的方式传给后代的），德·盖尔芒特公爵夫人的一些挚友，虽然和她血统不同，却掌握了盖尔芒特精神，相反，在盖尔芒特家族中，有些人却没有掌握家族精神，因为他们对任何思想都采取拒不接受的态度。那些和公爵夫人无血缘关系，但却掌握盖尔芒特精神的人，过去大多是出类拔萃的人物，具有从事某种职业的天赋，或有艺术家的素质，或有外交官的才能，或有议员的口才，或有军人的天赋，但相比之下，他们更喜欢小圈子生活。他们做这样的抉择，可能因为他们缺少独创性，或者缺乏首创性，或者意志薄弱，或者身体欠佳，或者没有机会，也可能是为了跻身于上流社会。

如果说盖尔芒特沙龙曾是某些人职业生涯的绊脚石（应该承认这是个别现象），那也是违背他们愿望的。一个前程远大的医生、画家或外交官，虽然比许多人更有天赋，却在职业生涯中惨遭失败，因为他们和盖尔芒特家族亲密无间的关系，使医生和画家被看成上流社会人士，外交官被看成反对派，这就使他们不能得到同僚们的承认。学院选举团成员穿戴的旧式长袍和红色无檐帽，不只是（至少在不久以前）墨守成规的过去和闭关自守的宗派主义的外部残余。“教授”们头戴饰有金色流苏的无檐帽，活像头戴犹太人锥形帽的大祭司，在德雷福斯案之前的年代里，他们仍然死死守住法利赛人[1]的旧观念。迪·布尔邦其实是一个艺术家，但因为他不喜欢社交而得到了同僚们的承认。戈达尔大夫虽与维尔迪兰夫妇过从甚密，但维尔迪兰夫人是他的病人，此外，他那粗俗的举止也对他起到了保护作用，况且，他在家举办宴会时，只邀请医务界人士，宴会上飘溢着石炭酸气味。但是，在这些法定的社团中，蹈常袭故、囿于偏见，不过是廉洁奉公、道德高尚所索取的代价，假如在更加宽容、更加自由、很快就变得更加放荡的环境中，人们也就不会像这样墨守成规了；在这些社团中，一位身穿银鼠皮里红缎长袍，和中世纪深居宫堡的威尼斯总督（也就是公爵）的衣着十分相像的教授，和另一个公爵——卓越而可怕的德·圣西门先生一样，有着高尚的品德，恪守崇高的

[1] 法利赛人是古代犹太教的一个派别，以严格遵守成文法律见称，《圣经》中称他们是言行不一的伪善者。

原则，也像他那样铁面无情，不容异类。异类即那位热衷社交生活，有着不同举止风度和不同社会关系的医生。这位不幸的医生想掩盖他和德·盖尔芒特公爵夫人的关系，但又怕同僚指责他瞧不起他们（社交界人士的想法实在荒唐！），为了把事情做得圆满，特地举办混合晚宴，让医务界人士淹没在社交界人士中间，希望用这种方式平息同僚的怒气。殊不知这样做等于承认自己的失败。更确切地说，当十人委员会（实际人数要多一些）必须选举一个人填补教授职位空缺的时候，他看到投票的结果必然是一个比自己更循规蹈矩（即使才能不如自己）的医生当选，他听到对自己的否决声响彻墨守成规的医学院，像莫里哀死前发出的“我发誓”[1]的喊声一样庄严，一样可笑，一样可怕，这时候，他才明白他的行为导致了他的失败。同样，那位和德·盖尔芒特公爵夫人关系密切的画家，就因为被划为社交界人士（因为从事艺术的上流社会人士成功地被贴上了艺术家的标签），也在艺术生涯中惨遭失败。而那位有许多反动派关系的外交官也遭到了同样的命运。

但这是个别现象。出入盖尔芒特沙龙的知名人士基本上都是自愿地（至少自以为是自愿地）抛弃了一切和盖尔芒特精神、盖尔芒特礼节不相容的东西，抛弃了与那难以形容的，为任何一个多少是“法定”的“社团”所憎恶的魅力格格不入的东西。

有些人知道，盖尔芒特夫人沙龙的一个常客，曾在美术展览

---

[1] “我发誓”是莫里哀的喜剧《没病找病》中的一句台词。剧中没病找病的病人在发誓时总要说“我发誓”。莫里哀在剧中扮演病人。一次，当他演到第四场时，说完“我发誓”就咯血倒下，几个小时后便去世。

会上荣获过金质奖章，另一个是律师会议秘书，在议会中曾有过辉煌的开端，还有一个当过代办，机智地为法国效过劳，这些知情人会把二十年来不再有任何建树的人看成失败者。但“知情者”寥寥无几，而当事者往往最后一个想起自己的光辉业绩，他们认为，按照盖尔芒特精神，他们旧时获得的称号实在毫无价值。盖尔芒特精神不是让德·盖尔芒特夫人鄙视杰出的部长吗？比如，一个拘泥虚礼的部长，或一个爱说同音异义谐语的部长，尽管报界对他们唱尽赞歌，可是，德·盖尔芒特公爵夫人却认为他们是“令人讨厌的人”，是“走卒”，或者相反，是商店的“伙计”，如果哪位女主人不慎将他们中的一个安排在她身边，她会厌倦得打呵欠，会露出不耐烦的神情。既然作为第一流政治家丝毫不能受到公爵夫人的尊重，她那些放弃外交生涯或军人生涯或退出议会的朋友，也就认为——至少嘴上这样声称——每天来和这位高贵的女友相聚，同她一起吃饭聊天，到他们瞧不起的一些殿下家里同她见面，这是最好的选择，尽管他们在欢乐中难免流露出来的忧郁，和这个看法有点矛盾。

然而，应当承认，盖尔芒特府的社交生活虽然不能说是妙趣横生，谈话虽然不能说是高深莫测，但也不乏趣味和幽默。在德·盖尔芒特夫人左右，有些人颇有魅力，任何正式头衔都比不上这个魅力，那些最有权势的部长想把他们吸引到身边，却都白费力气。如果说德·盖尔芒特夫人的沙龙埋葬了多少知识分子的雄心壮志，甚至使多少崇高的努力付之东流，那么至少可以说，从这些志向和努力的遗骸中，产生了沙龙生活史无前例的繁荣。

一些非常幽默的人（例如斯万）总认为自己比某些杰出人物略高一筹，不把这些人放在眼里，但是，他们这样做，是因为公爵夫人不是把才智，而是把幽默放在一切之首。在她看来，幽默是一种更少见、更完美的高级形式，既要有杰出的才智，又要有出众的口才。从前，在维尔迪兰沙龙，斯万把布里肖看成爱卖弄学问，把埃尔斯蒂尔看成缺乏教养，尽管前者满腹经纶，后者有奇才异能；他这样分类是因为受了盖尔芒特精神的影响。他从不敢把他们介绍给公爵夫人，因为他预感到公爵夫人会用怎样的神态，来对待布里肖的长篇大论和埃尔斯蒂尔的“趣话”：对于矫揉造作的长篇大论，不管是严肃的，还是风趣的，盖尔芒特精神一概视为最令人讨厌的蠢话。

至于那些血统的盖尔芒特，如果说家族精神未能像那些文社（所有成员都用同一种方式发表演说，陈述看法，因而也就用同一种方式思想）那样，传到他们每个人身上，这当然不是因为上流社会人士比文社成员更具有个性，因而妨碍他们互相模仿。模仿不仅要以缺乏强烈个性为条件，而且还要有相对灵敏的耳朵，首先要能辨别，然后能模仿。然而，在盖尔芒特家族中，有些人也和古弗瓦西埃家族成员一样，完全没有乐感。

举一种练习为例。按照模仿的另一个意义，人们把这种练习叫作“进行模仿”（盖尔芒特家的人称之为“进行攻击”）。尽管德·盖尔芒特夫人模仿的本领令人叫绝，但古弗瓦西埃家的人却毫无感受，他们简直不是人，而是一群兔子，因为对于公爵夫人企图模仿的那个缺点和语调，他们从来注意不到。当公爵夫人“模仿”德·利摩日公爵说话时，古弗瓦西埃家的人会大声抗议：“啊！不，他才不这样说话呢，昨晚上我还和他一起在白白家吃晚饭，他和我交谈了整整一个晚上。他不是这样说话的。”然而相反，稍有一些文化修养的盖尔芒特会嚷起来：“天哪，奥丽阿娜太幽默了！最让人吃惊的，是她的模仿能以假乱真！我还以为是利摩日在说话啊。奥丽阿娜，再来一段！”然而，这些盖尔芒特（更不用说卓越的盖尔芒特了，听到公爵夫人模仿德·利摩日公爵，无不钦佩地说：“啊，您学他简直神了！”或“你学他简直神了！”），这些盖尔芒特，虽然在德·盖尔芒特夫人看来缺乏幽默感（她说的一点不假），但因为经常听她说话，经常把她的话转述给别人，耳濡目染，久而久之，也就能马马虎虎地模仿她说话和评论的方式了（斯万和公爵夫人本人把这叫作她的“编写”法），甚至在谈话中，他们也会说一些在古弗瓦西埃家的人看来很像奥丽阿娜精神，但在他们看来却是符合盖尔芒特精神的话来。因为这些盖尔芒特不仅是奥丽阿娜的亲戚，而且是她的崇拜者，所以有时她会去看望他们（她却把家族其他成员视如敝屣，不理不睬，以报她少时所受的凌辱之仇），一般是在美丽的夏季，由公爵陪同前往。公爵夫人登门拜访可是件大事。德·埃皮内亲王夫人正在楼下的大客厅里会客，当她远远瞥见公爵夫人头戴着一顶迷人的帽子，斜撑着一把散发夏日气息的小阳伞，慢悠悠地斜向穿过院子，朝她家走来时，就像是看见了一场小火灾最初的火焰或意外入侵的“侦察队”，心儿怦怦地跳了起来。“瞧，奥丽阿娜来了。”她说，就像发出了一道口令，小心翼翼地通知她的客人，好让她们有时间秩序井然地离开，镇静地撤出客厅。多半人不敢留下，起身要走。“不，干吗要走？我很高兴再留您一会儿。”德·埃皮内亲王夫人装出贵妇样轻松自若地说，但声音却变得虚情假意。“你们可能有话要说。”“您真的要走吗？那好，以后我去看您。”如果是不值得挽留的女宾，女主人就这样回答。公爵和公爵夫人极其礼貌地向德·埃皮内亲王夫人的客人致意。多年来，他们在这里和她们相遇，但仍像不认识一样，而她们出于谨慎，也不敢主动同他们打招呼。客人一走，公爵便关切地询问起她们的情况，装出对她们内在的品质感兴趣的样子，只是因为她们命运不佳，或是因为奥丽阿娜神经过敏，不宜同女人多来往，他才不能请她们到他家做客：“那位戴粉红帽子的矮个子女人是谁？”“嗨！我的表兄，您经常看见她，是德·图尔子爵夫人，娘家姓拉马塞尔。”“您知道吗？她长得很俏丽，看上去很聪明。假如她上嘴唇没有那么点小毛病，她一定很迷人。如果确实有一个德·图尔子爵的话，他就不该有烦恼了。奥丽阿娜，您知道她的眉毛和发根使我想起谁了吗？使我想起了您的表姐妹海德维格·德·利涅。”德·盖尔芒特公爵夫人没有接丈夫的话茬，她听到有人谈别的女人长得漂亮，就会显得无精打采。她没有料到，她丈夫竟会有这般雅兴炫耀自己对那些被他拒之门外的人非常了解，以为这样做就能显出自己比妻子“严肃”。“对了，”公爵突然大声嚷道，“您刚才提到了拉马塞尔这个姓。我想起来了，我当议员那会儿，曾听过一次无与伦比的演说……”“那是您刚才看见的那位少妇的叔叔。”“哦！真是才华超群！……不用，我的小宝贝。”他对德·埃格勒蒙子爵夫人说。尽管德·盖尔芒特夫人显露出厌恶情绪，子爵夫人仍不肯离开，卑躬屈膝地甘当德·埃皮内亲王夫人的女仆（哪怕回家后把自己的女仆打一顿解解气），一副可怜巴巴、局促不安的样子，但只要公爵夫妇不离开，她就待着不走，帮他们脱大衣，争取为他们做些事，识相地提出要到隔壁屋子去。“不用为我们沏茶，安静地聊一会儿，我们这些人都不讲究，不必客套。况且，”他转身对德·埃皮内夫人说，而让那位低三下四、雄心勃勃、殷勤热忱的德·埃格勒蒙子爵夫人在一边羞得满面绯红，“我们只能在您这里待一刻钟。”而这一刻钟却全都用来“复述”公爵夫人一周内说过的话。当然，公爵夫人自己是不会主动重复的，但公爵却把话题引到促使她说出那些话的事件上，他装出严厉责备的样子，极其巧妙地，仿佛是无意识地引她把说过的话重复一遍。

德·埃皮内亲王夫人很爱这位表姐妹，也知道她喜欢听恭维话，就一个劲地夸她的帽子和小阳伞如何漂亮，夸她说话如何幽默。“只要您愿意，您尽管同她谈她的衣着打扮。”公爵装出不高兴的口吻说，一面却狡黠地微笑，好让大家不把他的不高兴看得太认真，“但是，看在老天爷分上，可别谈她的幽默，我不需要像这样幽默的妻子。您大概是指她对我胞弟帕拉墨得斯开的那个糟糕透顶的玩笑吧。”他继而又说。他知道德·埃皮内亲王夫人和盖尔芒特家族的其他人都还不知道这个用同音异义词玩的文字游戏，很想借机夸一夸他的妻子。“首先，我觉得，一个我得承认有时也说过相当漂亮笑话的人，是不应该玩这样糟糕的文字游戏的，尤其是更不应该开我胞弟的玩笑，他很敏感，如果这件事弄得我和他闹翻，那就太不值得了。”

“奥丽阿娜的文字游戏？我们怎么不知道？那一定很有趣味。喂，快说给我们听听。”

“这可不行，不行，”公爵仍旧气鼓鼓地说，然而脸上的笑容却变得更加明显，“你们还没有听说，那我太高兴了。说真的，我很爱我的弟弟。”

“听着，巴赞，”公爵夫人觉得该对丈夫反击了，于是说道，“我不知道您为什么要说帕拉墨得斯可能会生气，您明明知道他不可能生气。他是一个聪明人，才不会为这个毫无恶意的愚蠢玩笑生气呢。您这样说，大家会以为我讲了他什么坏话，我不过是随口说了一句，没什么意思，您这样气愤，倒是抬高了那句话的价值。我不明白您为什么这样。”

“你们都让我们坐不住了。到底是什么？”

“嘿！没什么大事！”德·盖尔芒特公爵说，“你们大概听说了吧，我弟弟想把布雷塞，他妻子的城堡，送给他妹妹马桑特。”

“听说了呀。可是，有人对我们说，她不想要，她不喜欢城堡的所在地，说气候对她不合适。”

“咳！可不是嘛！有人把这一切都对我妻子说了，说我弟弟把这座城堡送给我们的妹妹，不是想讨她喜欢，而是想戏弄她。那人说，夏吕斯很爱戏弄人。可是，你们知道，布雷塞城堡是王室采邑，值好几百万法郎哪，从前是国王的地产，那里有法国最美丽的森林。愿意受这种戏弄的人多着哩。因此，当奥丽阿娜听到夏吕斯因为把这座漂亮的城堡送人而得了个‘爱戏弄人’的评语时，情不自禁地叫了起来，我得承认，她并无恶意，因为这是脱口而出的：‘塔干[1]……塔干……那就叫他高傲者塔干[2]吧！’你们知道，”公爵又换上了不高兴的语气，一面用目光把全场扫了个遍，看大家对他妻子的幽默有何反应，接着，他怕德·埃皮内夫人对古代历史不大了解，又说道：“你们知道，古罗马有一个国王叫高傲者塔奎尼乌斯。开这样的玩笑很愚蠢，这是在玩拙劣的文字游戏，奥丽阿娜不应该说出这种话。我虽然不如我妻子风趣，但考虑问题却比她周到，我想到了后果，如果这话不幸传到我弟弟耳朵里，那就有好看的了。尤其是，”他进而又说，“应该承认，即使没有城堡的事，说帕拉墨得斯是高傲者塔干也很合适，因为他很高傲，爱吹毛求疵，爱说长道短。这就减轻了夫人这句话的罪过，因为即使她愿意降低身份，玩一些庸俗的文字游戏，她仍不失幽默，她对人的描绘相当准确。”

就这样，这一次多亏“高傲者塔干”，下一次多亏另一个词，公爵和公爵夫人去看望亲戚时，每次都要更换话题，拜访引起的兴奋，在幽默的妻子和她的经纪人离开后很久都不能平息下来。女主人首先和那些享有特权参加聚会的人，也就是和那些留下来没有走的人，一起尽情品味奥丽阿娜这个文字游戏

[1] “塔干”是法语 taquin（爱戏弄人者）的音译。

[2] “高傲者塔干”是法语 Taquin le Superbe 的音译名，在拉丁语中应该是 Tarquinius Superbus，对应的中文译名为“高傲者塔奎尼乌斯”。其活动时期为公元前 6 世纪下半叶，是罗马最后一个国王，靠谋杀岳父登上王位。

的滋味。“您以前也没听说高傲者塔干吧？”德·埃皮内亲王夫人问。“听说过，”德·巴佛诺侯爵夫人红着脸回答，“德·萨西纳－拉罗什富科亲王夫人同我谈起过，有些出入。不过，能像这样当着我表姐的面听人讲这句话，那当然就更有一番趣味了。”她又说，就好像在说“听到作曲家为这句话伴奏”似的。“奥丽阿娜刚才来了，我们正在谈她最近说的俏皮话呢。”女主人对一位来访的夫人说，这位女宾露出遗憾的神态，后悔自己晚来了一小时。

“什么，奥丽阿娜刚来过？”

“是啊，您早来一会儿就好了……”德·埃皮内亲王夫人回答道，并无责备之意，但却让人明白那位愚蠢的夫人错过了什么：如果她没有看到上帝创造世界或加法洛夫人[1]最后一次演唱，那是她自己的错。“你们觉得奥丽阿娜最近说的那个俏皮话怎么样？我承认，我对‘高傲者塔干’非常欣赏。”第二天，她又这样问餐桌上的客人。为了议论“高傲者塔干”，她专门请了几个知己吃午饭，这个俏皮话成了一道凉菜供大家品味，整整一星期，它被加进各种调料，多次出现在餐桌上。德·埃皮内亲王夫人甚至还在这个星期对帕尔马公主进行了一年一度的拜访，借机问公主殿下听没听说这个俏皮话，而后向她进行了描述。“啊！高傲者塔干！”帕尔马公主说，一种先验的钦佩使她睁大了眼睛，恳求听到进一步的解释。德·埃皮内亲王夫人没有拒绝。“我承认，我对‘高傲

[1] 加法洛夫人（1827—1895）：法国女歌唱家，是19世纪最著名的抒情歌手之一。

者塔干’很感兴趣，它就像是编写出来的。”德·埃皮内亲王夫人总结说。其实，“编写”一词对“高傲者塔干”这个俏皮话根本是牛头不对马嘴，但是，亲王夫人自以为已掌握盖尔芒特精神，记得奥丽阿娜曾用过“编写的、编写”等表达方式，便不加区分地死搬硬套，乱用一气。帕尔马公主不很喜欢德·埃皮内夫人，觉得她长相丑陋，知道她为人小气，认为她心眼不好，但出于对古弗瓦西埃家族的信任，就承认“编写”了，她曾听到德·盖尔芒特夫人说过这个词，但却不会独立运用。她仿佛觉得“编写”是“高傲者塔干”之魅力所在。虽然她并没有完全忘记她对这个丑陋而吝啬的女人不抱好感，但看到她能自如地运用盖尔芒特精神，禁不住产生敬佩之心，想请她看歌剧，只是想到也许该先听听德·盖尔芒特夫人的意见，才没有向德·埃皮内亲王夫人发出邀请。至于德·埃皮内夫人，她虽然和古弗瓦西埃家族其他成员有很大不同，喜欢奥丽阿娜，对她百般殷勤，但却十分妒忌奥丽阿娜的关系，对公爵夫人常在众人面前讥笑她吝啬有点耿耿于怀，因此，她回家后，就向人讲帕尔马公主如何不懂“高傲者塔干”，奥丽阿娜竟把这等蠢女人当成知己，实在是太附庸风雅。“即使我愿意，我也绝不可能和帕尔马公主经常来往，因为德·埃皮内先生不会同意，他看不惯她的放荡行为。”她对来她家吃饭的朋友说道，影射纯粹是她想象出来的帕尔马公主的某些越轨行为。“就是我丈夫不像这样严肃，我承认，我也不可能和她经常来往。我真不明白，奥丽阿娜为什么经常去看她。我一年才去一次，每次都难以坚持到底。”

当德·盖尔芒特夫人到维克迪尼埃娜[1]府拜访时，古弗瓦西埃家的人一般看见她来就会赶紧躲开，因为他们无法忍受大家对奥丽阿娜“点头哈腰、卑躬屈膝”的态度。在奥丽阿娜抛出“高傲者塔干”那天，古弗瓦西埃家只有一人留下没走。他对这个玩笑没有全懂。但毕竟听懂了一半，因为他还有些学问。于是，这家人到处说，奥丽阿娜管帕拉墨得斯小叔子叫“高傲者塔奎尼乌斯”，他们认为，这个雅号对帕拉墨得斯很合适。“可是，干吗老谈论奥丽阿娜？”他们又说，“就是对一个王后也不过如此。说到底，奥丽阿娜算什么？我不是否认盖尔芒特家族有悠久的历史，可是，古弗瓦西埃家族也不比他们逊色，同样也是声誉赫然，源远流长，与各王室都有联姻。可别忘了，当年在金锦营[2]，英王问弗朗索瓦一世，在场的领主中谁最高贵。‘陛下，’法王回答说，‘古弗瓦西埃。’”再说，即使古弗瓦西埃家的人全都留下不走，他们对奥丽阿娜的趣话也只会无动于衷，因为对于引起奥丽阿娜开玩笑的那些事，他们的看法和她完全不同。例如，一位古弗瓦西埃家族出身的夫人举行招待会时，如果椅子不够，或者没有认出一个女宾，同她攀谈时搞错了名字，或者她的一个仆人对她讲了一句可笑的话，她会满脸绯红，坐立不安，紧张得身子微微发抖，对出现这类意外情况感到遗憾。如果奥丽阿娜要上她家来做客，

---

[1] 即德·埃皮内亲王夫人。

[2] 法王弗朗索瓦一世在1520年6月在加来海峡省设“金锦营”，接待英王亨利八世，想与其结盟，以对付神圣罗马帝国皇帝查理五世，但没有成功，后来，英王和查理五世秘密签约。见第一卷。

而家里已经有了一位客人，她会用一种焦虑而急切的语气问这位先生："您认识她吗？"她怕他不认识奥丽阿娜，他的存在会给奥丽阿娜造成不好的印象。可是，德·盖尔芒特夫人却相反，她会利用这类意外事件，把它当作笑话讲给盖尔芒特家的人听，让他们笑出泪花，使大家不得不羡慕她少摆了几把椅子，干了或听凭仆人干了蠢事，请了一个谁也不认识的人到家里做客，正如当我们看到大作家被男人们疏远，遭女人们背叛后，所受的凌辱和痛苦即便不能刺激他们的才能，至少能为他们的作品提供素材时，我们会为他们的遭遇高兴一样。

同样，古弗瓦西埃家的人也不可能学会德·盖尔芒特公爵夫人运用到社交生活中去的创新精神。这种创新精神凭借着可靠的本能，使社交生活随机应变，把社交生活变成了一件艺术品。相反，如果纯粹按照推理应用死板的规则，效果恐怕会很糟，正如一个想在爱情或政治上一举成功的人，如果在生活中机械模仿比西·德·安布瓦兹[1]，会适得其反。古弗瓦西埃家的人举行家庭宴会，或宴请一位王子，决不会让他们儿子的朋友参加，也不会邀请有才智的人，认为这样做是不正常的，会产生最恶劣的影响。一位古弗瓦西埃女士（其父在皇帝手下当过大臣）要举办日场演出，招待玛蒂尔德公主[2]，根据几何学精神推论，认为只能邀请波拿巴王朝的拥护者。可是，这些人她几乎一个也不认识。平时同

---

[1] 比西·德·安布瓦兹（1549—1579）：法国武将，骁勇剽悍，以决斗著称，但因勾引他人之妻而遭暗害。

[2] 玛蒂尔德公主（1820—1904）：拿破仑一世的侄女，与文学家和艺术家来往密切。

她来往的高雅的女人和讨人喜欢的男人，一个也没有被邀请，因为他们不是持正统派[1]观点，就是和正统派联系密切，按照古弗瓦西埃家的逻辑，他们会使公主殿下感到厌烦。玛蒂尔德公主常在家中款待圣日耳曼区的精英，当她在德·古弗瓦西埃夫人那里只看见一个赫赫有名的女食客——帝国时代一位省长的遗孀，和邮电大臣的未亡人，以及几个以愚蠢和乏味著称的拿破仑三世的忠实信徒时，不禁大吃一惊。尽管如此，玛蒂尔德公主仍把皇家恩泽慷慨而亲切地洒在这些多灾多难的丑妇身上。轮到德·盖尔芒特公爵夫人招待玛蒂尔德公主时，尽管她对波拿巴主义并无先入之见，但她尽量不邀请这些人，而代之以最美丽、最珍贵、最有声望的人，凭着她的嗅觉、触觉和手法，她感觉到这一五彩缤纷的花束，即使源自波旁王朝，也肯定能博得皇帝侄女的欢心。甚至连德·奥马尔公爵也受到了邀请。公主告退时，德·盖尔芒特夫人向她行屈膝礼，想吻她的手，她把公爵夫人扶起来，在她的两颊上吻了吻，真诚地向公爵夫人保证，她从没有度过比这更美好的一天，也没有参加过比这更成功的聚会。帕尔马公主在社交生活中缺乏创新，从这一点说，她是古弗瓦西埃，但她又和古弗瓦西埃不同，尽管她对盖尔芒特夫人的行为常常感到意外，但却从不反感，而是惊叹万分。这种惊叹因为公主才疏学浅、知识贫乏而有增无已。德·盖尔芒特夫人并不像她认为的那样博学，但只要比帕尔马公主多一些知识，就能使公主惊得目瞪口呆；任何

[1] 正统派指法国历史上波旁王朝长系的拥护者。

一代批评家总是否定前辈承认的真理，因此，德·盖尔芒特夫人只消说，福楼拜枉为资产阶级的敌人，他自己首先是资产阶级，或者说在瓦格纳的作品中意大利音乐味儿很浓，就能使帕尔马公主——就像使在暴风雨中游泳的人那样——大开眼界，看到朦朦胧胧的天边，哪怕每一次都要她付出新的代价，累得她精疲力竭。此外，不仅是文艺作品方面的奇谈怪论，就是有关她们的熟人和社交活动方面的奇谈怪论，也会使帕尔马公主惊得张口结舌。固然，德·帕尔马夫人不能识别什么是真正的盖尔芒特精神，什么是这一精神的初步习得形式，这是她每次听到德·盖尔芒特夫人对人发表评论时大吃一惊的原因之一（她认为有些盖尔芒特，尤其是某些女性盖尔芒特才华出众，知识精深，但当她听到公爵夫人笑眯眯地对她说，这些人是四肢发达、头脑简单的傻瓜时，她会惊得说不出话来）。但是，还有另外一个原因。那时候，我看的书比见过的人多，对文学的了解比对上流社会的了解深刻，因此，我明白这个原因。我认为，公爵夫人过着一种无聊贫乏的社交生活，这种无聊贫乏能像文艺批评促进创作那样，有利于创造一种真正的社交活动。因此，公爵夫人就像一个爱争辩的人，为使自己闲极无聊的思想变得活跃，只要有一点新意的奇谈怪论，都会搜寻出来议论一番，毫无顾忌地发表一些令人耳目一新的观点。比如，她说，最成功的《伊菲姬尼》是皮契尼[1]的，而不是格鲁

---

[1] 皮契尼（1728—1800）：意大利歌剧作曲家，墨守那不勒斯乐派陈规，格鲁克的对手。他以希腊神话为题材创作的歌剧《伊菲姬尼在陶利德》在音乐比赛中落在格鲁克的同名歌剧之后。

克[1]的作品，甚至还说，真正的《淮德拉》应该是普拉东[2]的悲剧。她这种变化无常的观点和不健康的渴求新奇的欲望直接影响到她周围的人。

当一个聪明、诙谐、博学的女子下嫁了一位性格腼腆、名不见经传、默默无闻的粗汉时，不知哪天，德·盖尔芒特夫人会别出心裁地发明一种精神享受的模式，不单单对妻子进行诽谤，还要把丈夫“暴露”出来。不妨拿康布尔梅夫妇作例子。假如德·盖尔芒特夫人那时有可能生活在他们中间，她就会宣布德·康布尔梅夫人是一个愚蠢的妇人，而德·康布尔梅侯爵却是一个饶有趣味的人，但默默无闻，被一个成天喋喋不休的长舌妇逼得沉默寡言，可他的价值却比她大一千倍。公爵夫人做此宣布时，会产生一种清新适意的感觉，这和一个批评家不顾舆论界七十年来一致赞赏《艾那尼》[3]，偏要公开表明自己更喜欢《恋爱的狮子》[4]时的感觉是一样的。再比如，从她年轻时代起，人们就对一个堪为楷模的女人，一个真正的女圣人嫁给一个无赖表示同情，可是，德·盖尔芒特夫人出于同样是追求新奇的病态需要，不知哪天会

[1] 格鲁克（1714—1787）：德国歌剧作曲家，从事戏剧改革，此举受到百科全书派的支持，却遭到皮契尼派的反对。《伊菲姬尼在陶利德》也是他的代表作之一。

[2] 普拉东（1644—1698）：法国戏剧作家，他的《淮德拉》旨在挫败拉辛的同名悲剧，但只是昙花一现。

[3] 《艾那尼》是法国作家雨果的话剧剧本，被认为是法国积极浪漫主义的代表作之一。

[4] 《恋爱的狮子》是法国剧作家蓬萨尔（1814—1867）的剧作。蓬萨尔被认为是戏剧上反浪漫主义的首领。

声言，这个无赖虽然轻薄，却有一副好心肠，是他妻子的冷酷无情导致他干荒唐事的。我知道，文艺批评能使长久以来一直是光彩夺目的作品重新堕入黑暗，而让那些似乎注定永无出头之日的作品放射出光芒，这种现象从古至今屡见不鲜，不仅表现在作品与作品之间，而且在同一部作品内也是如此。我不仅看到贝里尼[1]、温特哈特[2]、犹太建筑家或王朝复辟时期的一个细木匠，取代了被说成精疲力竭的天才——所谓精疲力竭，也就是那些无所事事的批评家对他们感到厌倦了，就像神经衰弱患者永远感到厌倦，永远变化不定一样。我还看到，人们喜爱圣伯夫的理由前后也有变化，起先因为他是评论家，后来因为他是诗人。缪塞[3]的诗（除了几首微不足道的短诗）没有得到承认，但他作为讲故事的人却大受赞扬。有些评论作家单凭《撒谎者》[4]中某段长篇独白能像旧地图那样给人提供当时巴黎的情况，就说这段独白超过了《熙德》或《波里厄特》[5]中举世闻名的场面。肯定地说，这种做法是错误的。但是，他们这种偏爱——即使不能说是出于美的考虑，至少可以解释为对文献感兴趣——在疯狂的评论界看来是非常理智的。评论界可以抛弃莫里哀的全部作品，而把《冒失鬼》[6]中的一句诗奉若神明，甚至认为瓦格纳的《特里斯坦》枯燥乏味，却为该剧

[1] 贝里尼（1429—1507）：意大利画家，文艺复兴时期威尼斯画派的奠基人之一。
[2] 温特哈特（1805—1873）：德国画家，深受拿破仑三世宠爱和欧洲贵族的欢迎。
[3] 缪塞（1810—1857）：法国浪漫主义派诗人和剧作家。
[4] 《撒谎者》是法国剧作家高乃依的喜剧，以巴黎为叙事背景。
[5] 《熙德》《波里厄特》均系法国剧作家高乃依的剧作。
[6] 《冒失鬼》是法国喜剧作家莫里哀的作品。

中猎队经过时的一个“优美的铜号音符”所倾倒。这种反常行为有助于我理解德·盖尔芒特夫人的反常行为：她会把一个属于上流社会、被公认为正直，但有点傻的好人，说成自私自利的怪物，比大家想象的要精明，把另一个以慷慨闻名的善人，说成吝啬的化身；一位善良的母亲在她口中成了不爱子女的恶妇，而一位大家认为是腐化堕落的荡妇，却是有最高尚的情感。德·盖尔芒特夫人的智慧和敏感性，似乎受到毫无意义的社交生活的损害，会变得摇摆不定，以至于她对一个人的迷恋不可能不很快转变成厌恶（哪怕她始而寻找、继而抛弃的精神对她又产生吸引力）；她在一个心地善良的男人身上发现的魅力，如果这个人找她的次数过于频繁，过于想得到她的引导而她又不能给予的话，就不可能不转变为一种厌烦情绪，她认为这种厌烦情绪是她的崇拜者引起的，其实那是一味想寻找快乐，却不可能找到的人才会产生的厌烦。公爵夫人对任何人的评价都会改变，唯独对丈夫的看法一成不变。她丈夫从来没有爱过她；她从来都认为她丈夫有钢铁般的性格，对她的任性麻木不仁，对她的美貌无动于衷，他性情暴烈，固执己见，和所有神经质的人一样，不按自己的意志行事，就不得安宁。此外，德·盖尔芒特先生只迷恋和追寻一种类型的女性美，却频频更换情妇，一旦抛弃她们，就像是为了嘲笑她们似的，总有一个永久不变的合作者，她的喋喋不休常常使他恼火，但他知道，大家都认为她是贵族社会中最美貌、最贞洁、最聪明、最有学问的女人，认为他有这样一个妻子是他的造化，她掩护了他的放荡生活，她接待的方式与众不同，她使他们的沙龙保住了圣日耳曼区第一沙龙的地位。他自己很赞同这些看法。他经常对妻子不高兴，但又为她感到自豪。他既吝啬，又奢华，如果说，她向他要钱施舍穷人，接济仆人，他会分文都不给，但是，他却要求她穿最华丽的服装，坐最漂亮的马车。此外，他一心想着让妻子的才智显露无余。每当德·盖尔芒特夫人唐突地把一位朋友的优点说成缺点，把缺点说成优点，创造出一个别出心裁、妙趣横生的怪论时，总是迫不及待地想在能够领略其奥妙的人面前一试其效果，想使他们品味这些怪论在心理上的独创性，显耀言简意赅中包藏的恶意。固然，这些新看法不见得比老的更真实，甚至往往更不真实；但恰恰是它们的武断和意外，使它们具有一种沁人肺腑、动人心弦、使人津津乐道的精神物质。不过，公爵夫人进行精神分析的病人，通常是她的一位知己，而那些她希望把她的发现说给他们听的人，却全然不知道她这位知己已开始失宠。但是，德·盖尔芒特夫人被誉为是无与伦比的朋友，重情重义，温柔体贴，忠心耿耿，因此，人们很难对她发起进攻。于是，她只好等待一个搭档自告奋勇地向她进行挑衅，她才装出迫不得已的样子进行辩驳，表面上是为了反驳他，使他无话可说，实际上是为了支持他。这正是德·盖尔芒特先生擅长扮演的角色。

对于社交活动，德·盖尔芒特夫人也是武断而夸张地发表一些出乎意料的看法，这是她的又一个乐趣。这些怪论每次都使帕尔马公主惊讶不已，回味无穷。但是，公爵夫人的这个快乐，主要不是通过文学评论手段，而是借用政治生活和议会新闻专栏方式获得的。我试着讲清楚这究竟是怎样的乐趣。德·盖尔芒特夫人对不断发表前后矛盾的法令性意见，她对颠倒周围人的价值观念的消遣方式已感到不满足了，她还想通过自身的社交行为，通过让大家知道她做出的任何社交决定的方式，尝一尝那种人为的激动滋味，服从于那种感奋听众、左右政客的虚假责任。大家知道会有这样的事：一个部长向议会报告工作时说，他认为他所遵循的行动准则是正确的。的确，这条行动准则在一个通情达理的人看来是非常普通的，但是，第二天，这位通情达理的人在报上读了有关报道，看到部长的报告引起听众强烈骚动，文章中不断插入一位议员诸如“太过分了”的谴责（议员的名字和称号是那样冗长，关于观众反应的描写是那样绵延起伏，相比之下，“太过分了”这几个字占据的位置还不及半句亚历山大体诗的长度），这时，他会顿然感到激动不安，开始怀疑自己赞成部长的观点是不是错了。举个例子。从前，当德·盖尔芒特先生（那时还是德·洛姆亲王）在议会中当议员时，有时，在巴黎的各家报纸上，能读到他像这样的插话（尽管这主要是针对贡布雷选区，为向选民表明，他们没有赞成一个死气沉沉或不哼不哈的候选人）：

> **德·盖尔芒特-布永先生，德·洛姆亲王：**“这太过分了！”（会场中央和右边的几个座位上爆发出一片叫好声，最左边的座位上欢声雷动。）

这位通情达理的读者对那位明智的部长仍有几分忠诚，但当他读到另一个发言人回答部长时说的开头几句话，他的心受到了强烈的震动：

“我毫无夸张地说，那位我假定仍然是部长的人说的话（半圆形会场的右边举座哗然）使我不胜惊讶，目瞪口呆……（雷鸣般的掌声；有几个议员急忙向部长席走去；邮电部副部长从座位上点首赞同。）”

这“雷鸣般的掌声”把这位通情达理读者的最后一些阻力一扫而光。一种本来是无足轻重的做法，他却认为是对议会的凌辱，是极端可怕的做法。必要时，某个正常的事实，比如让富人比穷人多纳些税、揭露一桩罪行、热爱和平甚于战争，等等，他也会一反常态，认为是可耻的做法，是对某些原则的亵渎。这些原则，他过去确实没考虑过，也没把它们记在心上，就因为它们激起了欢呼，赢得了大多数人的共鸣，他也就受到了强烈的震撼。

此外，应当承认，这个被我用来解释盖尔芒特社交圈，后来用来解释其他社交圈的政治家特有的狡猾手法，是由理解力的某种敏锐性堕落而来的，这种敏锐性常常用“领会字里行间含义”来表达。如果说议会开会时，会因为这种敏锐性的堕落而出现不符合逻辑的事，那么听众会因为缺少这种敏锐性而反应迟钝。他们会从字面上理解一切；听到根据本人要求，一位达官显贵被免去职务时，他们不会想到这是撤职，而会想“既然是他本人提出的，就不是撤职”；听到俄国人在日本人面前战略撤退，撤退到事先准备好的更坚固的阵地时，他们不会想到这是一次失败；听到德皇为满足德国某一个省的独立要求，给予该省宗教自主权时，他们不会想到这是一种拒绝。况且（现在回到议会会议上），大会开始时，议员们所处的情况，和那位将要阅读会议报道的通情达理的读者所处的情况是一样的。他们听说罢工工人向某部长派出过代表，当这位部长在鸦雀无声的寂静（这已经能使人尝到人为激动的滋味了）中登上讲台时，他们会天真地想："哦！他们之间说了些什么？但愿一切都解决了。"部长第一句话就说："我无须对议会说，我高度意识到政府的责任，不可能接见这个代表团。根据我的职责，我没有必要认识他们。"这个开场白无疑是戏剧性的变化，因为这是议员们的常识唯一不可能做出的假设。但是，正因为这是戏剧性的变化，人们才报之以那样热烈的掌声，几分钟后，掌声才停止，部长才能继续往下讲。他回到座位后，受到同事们的热烈祝贺。听众激动的情绪，不亚于那天他忘记邀请和他作对的市议会主席参加官方盛大招待会时所引起的激动。人们公开说，他这两次的表现，像个真正的政治家。

在生命的那个时期，德·盖尔芒特先生也经常和同僚们一起，向部长表示祝贺，这使古弗瓦西埃家的人深感气愤。后来，我听说，有一段时间，他在议会中起着举足轻重的作用，可望升任部长或大使，但是，即使在那个时候，当朋友有事求他帮忙时，他也从不以德·盖尔芒特公爵自居，显得很随和，在政治上从来不摆大人物架子。因为尽管他口中蔑视贵族，把他的同事视为侪辈，但他心里根本不这样想。他追求政治地位，假装看重政治地位，其实却视如敝屣。他在他自己眼里，永远是德·盖尔芒特先生。

政治地位犹如一件标志着重要职务的衣袍，别人可望而不可即，可对他说来，却是多余之物。因此，他的骄傲不仅能使他自然地装出不拘礼节的样子，而且还能使他表现出真正的谦虚。

言归正传。前面谈到，德·盖尔芒特夫人会像政客那样做出出人意料的、令人激动的决定。同样德·盖尔芒特夫人颁发的决定，也使盖尔芒特家、古弗瓦西埃家和整个圣日耳曼区困惑不解，张皇失措，更不用说帕尔马公主了。大家感到，这些决定就是原则，越是事先没有想到，就越感到震惊。例如，如果新任的希腊部长举行化装舞会，每个人都要挑选服装，大家心里嘀咕，不知道公爵夫人会穿什么。有一个人想，她也许会扮成德·勃艮第公爵夫人，另一个认为，她可能装成德雅巴尔公主[1]，第三个认为，说不定她会装扮成普绪喀[2]。古弗瓦西埃家的一位夫人忍不住问道：“奥丽阿娜，你化装成什么？”德·盖尔芒特夫人的回答出乎意料：“什么也不！”这句话不胫而走。大家认为，这句话泄露了奥丽阿娜对这位希腊新部长在社交界真正地位的看法，以及对他应抱的态度。也就是说，这是大家始料未及的看法：一位公爵夫人“没有必要”去参加这位新部长的化装舞会。“我看不出有必要去希腊部长家。我一不认识他，二不是希腊人，为什么要去呢？我在那里没什么事好做。”公爵夫人说。

---

[1] 德雅巴尔公主是《一千零一夜》中人物，先后出现在《柯达达的故事》和《德雅巴尔公主》中。德雅巴尔是一个岛上的城邦，公主是国王的独生女。柯达达是德雅贝基国 50 个王子之一，曾救出德雅巴尔公主。

[2] 普绪喀是希腊神话中人类灵魂的化身，以少女形象出现，与爱神厄洛斯相恋。

“可是，大家都去呀。看起来会很有意思的。”德·加拉东夫人大声说。

“在自家的火炉旁待着不也很有意思吗？”德·盖尔芒特夫人回答。

古弗瓦西埃家的人惊得目瞪口呆，但盖尔芒特家的人虽说不想模仿，却很赞同：“当然，不是人人都能像奥丽阿娜那样和一切惯例决裂的。但是，从某个角度看，应该说她是对的，她是想表明，我们在那些来路不明的外国人面前卑躬屈膝的做法有点过分。”

显然，德·盖尔芒特夫人深知，无论哪种做法都会引起评论，因此，她不仅会在别人不敢指望她参加的晚会上露面，而且，也会在“人人参加”某个晚会的那天闭门不出，或和丈夫一道去看戏，或者，当大家都以为她会戴上能使最美丽的钻石黯然失色的古冠冕形发饰光临晚会时，她却会不戴任何首饰，不穿任何礼服。她反对重审德雷福斯案（不过她相信德雷福斯是无辜的，正如她身在上流社会，却只相信思想一样），但她在德·利涅亲王夫人家的一次晚会上的所作所为却引起了轰动：当梅西埃将军[1]出现时，女宾们都起立欢迎，唯独她坐着不动，可是，当一个民族主义者开始演讲时，她却站起来，公然召唤她的仆人准备离开，以此表明她认为社交界不是议论政治的地方。她崇尚伏尔泰精神，对宗教持怀疑态度，但在耶稣受难节的一次音乐会上，她却因耶

[1] 梅西埃将军（1833—1921）：把德雷福斯送交军事法庭的法国将军。

稣被搬上舞台，认为这有失体统，在众目睽睽之下中途退场。谁都知道，每年节日开始的时刻，是十分重要的时刻，对那些最热衷于社交生活的人也一样，以至德·阿蒙古侯爵夫人（她因为有需要讲话的心理怪癖，再者，也由于缺乏敏感性，常常会讲出一些蠢话），在她父亲德·蒙莫朗西先生逝世之际，对前来哀悼的人竟会做出这样的回答："当你的梳妆台上放着几百封请柬，却发生了这样的悲伤事，这也许就更悲伤了。"可是，即使在这样的时刻，德·盖尔芒特夫人也与众不同。有人请她吃晚饭，怕别人抢先，赶紧发出请柬，可她却以社交界人士难以想象的理由拒绝了：她要动身去游览她感兴趣的挪威海湾。社交界人士惊得目瞪口呆，然而，尽管他们不想仿效公爵夫人，但从她的行动中感受到从康德的著作中可以感受到的轻松：康德在最有力地论证了决定论后，向人们揭示，必然世界之上存在着自由世界。任何发明创造，只要是别人没有想到的，就能使人精神振奋，即使有些人不善于利用，也会感到大开眼界。乘轮船游览本不是什么大事，但在应该闭门不出的季节乘轮船游览，这就能使人耳目一新。在古弗瓦西埃家的人看来，为游览挪威海湾而甘愿放弃一百个晚宴或午宴，二百个茶会，三百个晚会，放弃星期一在歌剧院，星期三在法兰西剧院观看最精彩的演出，这不会比《海底两万里》[1] 更好理解，但却同样使他们感受到德·盖尔芒特夫人的独立性和魅力。没有一天不会听到："您知道奥丽阿娜最近说的那句话吗？"

[1] 《海底两万里》是法国著名科幻小说家儒尔·凡尔纳的作品。

要不就是："您知道奥丽阿娜最近的新创造吗？"不管听到奥丽阿娜最近说的"话"也好，"奥丽阿娜的新创造"也好，人们总会重复地说："这确确实实是奥丽阿娜的。""这完完全全是奥丽阿娜的。""这地地道道是奥丽阿娜的。"关于奥丽阿娜的新创造，不妨举一个例子。奥丽阿娜代表一个爱国团体给 X 红衣主教，马孔主教复信（德 · 盖尔芒特先生谈起这位主教时，习惯称呼他"德 · 马斯孔先生"，因为他认为这符合法国旧传统），大家绞尽脑汁，设想该怎样写这封信，认为开头应写"阁下"或"大人"，但往下却不知该写什么了，而令大家瞠目结舌的是，奥丽阿娜借用了法兰西研究院的旧习惯，用"红衣主教先生"，或者干脆用"我的表兄"称呼，这是教会里的亲王们、盖尔芒特家族和君主请求红衣主教让上帝把他们纳入"他的神圣而高贵的卫队"时常用的称呼。只要在一次全巴黎都光临的、上演精彩剧目的演出会上，当大家在帕尔马公主、盖尔芒特亲王夫人或其他许多请她看戏者的包厢中寻找德 · 盖尔芒特夫人的时候，发现她一个人——她是在帷幕升起前来到的——穿一身黑衣服，戴一顶小帽子，坐在一张椅子上，就可以使大家谈论"奥丽阿娜的新创造"了。"对于值得一看的戏，应该从头看起。"她解释道。她的解释使古弗瓦西埃家的人议论纷纷，但让盖尔芒特家的人和帕尔马公主惊叹万分，他们骤然发现，看第一幕的"方式"，要比参加完盛大宴会和晚会后赶来看最后一幕更标新立异，更聪明（可这样做奥丽阿娜却不是为了让人大吃一惊）。这就是德 · 盖尔芒特夫人借以让人大吃一惊的种种方式。帕尔马公主知道，如果她向公爵夫人讨教文学或社交方面的问题，就要做好吃惊的思想准备，因此，公主殿下到公爵夫人家吃饭时，不管提什么问题，都像在冒险，仿佛在两股“海浪”中游泳，忧心忡忡，但乐而忘返。

在圣日耳曼区起主宰作用的，除德·盖尔芒特公爵夫人的沙龙外，还有两三家几乎是势均力敌的沙龙，但是，德·盖尔芒特夫人的沙龙和它们仍有许多区别，正如莱布尼茨[1]所承认的，每个单子在反映整个宇宙的同时，还给宇宙增添一种特殊的成分。有些区别很不引起人好感。例如，在德·盖尔芒特夫人的沙龙中，总有一两个美女，她们之所以能待在这里，全凭她们的姿色，全凭德·盖尔芒特先生拿她们的姿色所派的用场。看到她们在场，人们立即会知道女主人的丈夫是女性魅力的鉴赏家，正如在其他沙龙中，看到几幅意外的画，就知道主人是一个艺术鉴赏家一样。她们彼此有点相像，因为公爵喜欢身材高大、洒脱而威严的女人，既有点像《米洛斯岛的维纳斯》[2]，又有点像《萨莫色雷斯岛的胜利女神》[3]。她们常常是金发女郎，很少有棕色的，偶尔也有红棕色的。最近一个就长着一头红棕色头发，她叫德·阿巴雄子爵夫人，也来参加这次晚宴了。德·盖尔芒特先生曾爱她爱得发狂，在很长一段时间里，他要她每天给他拍电报，有时候一天竟多达十封

[1] 莱布尼茨（1646—1716）：德国自然科学家、数学家，唯心主义哲学家，著有《单子论》等。

[2] 《米洛斯岛的维纳斯》是1820年在希腊古代米洛斯遗址发现的断臂半身雕像，现陈列在法国卢浮宫。

[3] 《萨莫色雷斯岛的胜利女神》是长着双翼的胜利女神大理石雕像，1863年在希腊萨莫色雷斯岛的万神殿和众神圣殿的遗址被发掘，现陈列在法国卢浮宫。

（这使公爵夫人有点恼火）。当他到盖尔芒特城堡度假时，他用信鸽同她联系。他是那样离不开她，有一年冬天，当他不得不去帕尔马过冬时，每星期都要回一趟巴黎，奔波两天，就为了能见上她一面。

一般来说，这些美丽的配角，都是德·盖尔芒特公爵的情妇，但现在不再是了（德·阿巴雄夫人就是这种情况），或者关系就要破裂。她们决定屈从于公爵的情欲，与其说是因为公爵相貌英俊，为人慷慨，不如说是因为公爵夫人在她们心目中享有崇高威望，她们希望——尽管自己也属于贵族阶层，但仅仅是二流角色——受到公爵夫人的接待，公爵夫人也不是绝对反对她们来她家里。她知道，她在不止一人身上找到了同盟军。多亏她们，她得到了许多她渴望得到的东西，因为德·盖尔芒特先生只有在爱上另一个女人时，才会慷慨地满足妻子的需要。这些女人一般要等到和公爵的关系非常密切时，才能受到公爵夫人的接待，因为公爵堕入情网时，总认为这是短暂的艳史，他认为，他的情人能受到他妻子的接待，也算是不错的交换了。然而，有时候，为了得到更少的东西，为了得到第一个吻，他就要付出这个代价，因为他遇到了不曾预料到的阻力，或者相反，因为没有遇到任何阻力。在爱情上，感恩和取悦往往比希望和利益更能使人做出奉献。但是，奉献的实现会受到其他许多情况的阻挡。首先，凡是对德·盖尔芒特先生的爱做出反应的女人，都相继受到他的非法监禁，有的甚至还没做出反应，就受到了监禁。他不再允许她们同别人来往，几乎整天守在她们身边，负责她们子女的教育，有时，如果以后从惊人相像的外貌做判断的话，还会给她们子女增添一个妹妹或弟弟。其次，即使在私通开始阶段，如果被介绍认识德·盖尔芒特夫人在情妇思想上起过重要作用的话（公爵却丝毫无意做这个介绍），私通本身却改变了这个女人的观点；对她来说，公爵不再只是巴黎最高雅女人的丈夫了，而且还是一个被新情妇热恋着的男人，是一个给了她过奢侈生活的钱财和兴趣，使她对时髦和利益的看法彻底发生变化的男人。最后，公爵的情妇有时会对德·盖尔芒特夫人产生各种嫉妒情绪。但这种情况很少发生。况且，当引见的日子终于到来时（通常，这时候，德·盖尔芒特公爵对这事已无所谓了；和大家一样，他的行动往往受前一个行动，而不是受已不复存在的原始行动的支配），也常常是公爵夫人主动想接见丈夫的情妇，她渴望，也非常需要和这个女人结成宝贵的同盟军，以对付她那位可怕的丈夫。这并非因为德·盖尔芒特先生对妻子缺少所谓的"礼貌"，公爵对妻子一向彬彬有礼，只有在家里，当他嫌公爵夫人讲话太多时，才会难得拿言语或缄默使她惊慌失措。不了解他们的人，可能会搞错。有时候，在秋天，公爵夫妇在多维尔赛马和温泉休养过后，准备到盖尔芒特城堡去狩猎，中间回到巴黎待几个星期，公爵知道妻子喜欢音乐和杂耍表演，会抽空陪她到有这类表演的咖啡馆待一个晚上。于是，在一个只能容纳两个人的敞露着的包厢中，观众马上能看到这个身穿"Smoking"[1]（凡是多少和英国有点关系的东西，在法国的叫法和

[1] 英语，意为无尾常礼服。

它们在英国的叫法总不一样）的赫丘利。他戴着单片眼镜，一只粗大但很漂亮的无名指上蓝宝石闪着光芒的手中捏着一根粗雪茄，不时地吸一口，眼睛盯着舞台，但当他把目光转向池座时，尽管他谁也不认识，双眸却会变得温柔而审慎，亲切而恭敬。当他听到一段他认为比较滑稽，但又不很粗俗的歌词时，就笑眯眯地把脸转向妻子，亲切而默契地向她使使眼色，和她共享这曲新歌带给他的天真无邪的快乐。于是，观众会以为公爵是世界上最好的丈夫，而公爵夫人是最令人羡慕的女人——他们哪里知道，在公爵眼里，这个女人和他的生活乐趣毫无关系，他根本不爱她，不断地欺骗她；当公爵夫人感到累时，他们看见德·盖尔芒特先生站起来，亲自帮她穿大衣，理一理她的项链，免得它们卡在衬里中间，然后，殷勤而恭敬地在前面开路，带着她穿过人群走向出口处。可是，公爵夫人对此却无动于衷。作为上流社会贵妇，她深知这不过是表面文章，有时，她甚至像看破一切、不再有任何幻想的妻子，对丈夫的殷勤报之以揶揄而苦涩的神态。除了这些表面文章——这是礼节的另一个组成部分，在过去某个时代，礼节早已使丈夫对妻子的责任失去了深邃的含义，变成了表面文章，这个时代虽已过去，但遗风继续存在——公爵夫人的日子其实是很难过的。德·盖尔芒特先生只是为了新情妇才会又对妻子变得慷慨和仁慈；而那位新情妇，就像经常发生的那样，会成为公爵夫人的同盟军；公爵夫人也就又可以接济仆人，施舍穷人，她自己甚至也可能有一辆漂亮的新汽车。但是，俯首帖耳的人往往很快就会使公爵夫人恼火，公爵的情妇也难幸免。不久，公爵夫人就对她们厌烦了。然而，也就在这个时候，公爵同德·阿巴雄夫人的私情濒临破裂，新的情妇即将出现。

毫无疑问，德·盖尔芒特先生对情妇一个接一个的爱情，不知哪天又会显示出威力。首先，行将破裂的爱情将那些情妇作为美丽的大理石雕像赠给公爵夫人（在公爵眼里，她们都是美丽的雕像，公爵也因此而变成了半个艺术家，因为他从前爱过她们，现在仍对她们的线条很敏感，假如没有爱情，他是不可能感觉得到的），她们并列坐在公爵夫人的沙龙里，长久以来，彼此敌视，互相嫉妒，争吵不休，最后终于在友爱和睦的气氛中言归于好。其次，这种友谊本身也是爱情的一种结果：爱情使德·盖尔芒特先生在情妇身上发现了人所共有的，但只有情欲才能感觉的美德，因此，那位前情妇变成了愿为我们做任何事情的“好伙伴”，成了一张底片，正如医生或父亲不是一位医生或父亲，而是一位朋友一样。可是，将要被德·盖尔芒特先生遗弃的女人会满腹牢骚，大吵大闹，得寸进尺，言行失检，扰得人心烦意乱。公爵开始嫌恶她了。这时，德·盖尔芒特夫人就有理由把那位令她心烦的女人真真假假的缺点揭露出来。德·盖尔芒特夫人享有心地善良的美名，那位被遗弃的女人会给她打电报，向她诉说衷肠，朝她哭哭啼啼，公爵夫人毫无怨言。她和丈夫把这当作笑料，接着又和几个好友在一起拿这开玩笑。德·盖尔芒特夫人认为，既然她曾对这个不幸的女人表示过同情，就甚至有权当面戏弄她，不管她说什么，只要能纳入她和丈夫最近给她杜撰的可笑性格范围之内，她就会心安理得地同丈夫交换一下默契和嘲笑的目光。

可是，帕尔马公主入席时，忽然想起她想邀请德·厄迪古夫人到巴黎歌剧院看戏之事，很想知道这会不会使德·盖尔芒特夫人不愉快，就想试探一下。

就在这时，德·格鲁希先生进来了。他因火车出轨耽搁了一小时。他尽可能地表示了歉意。要是他的妻子是古弗瓦西埃家的人，那她一定会羞得无地自容。但是，德·格鲁希夫人是个称职的盖尔芒特。她见丈夫为迟到申辩，就插了一句：

“我看，迟到是你们的家风，为一点小事都会迟到。”

“请坐，格鲁希，别这样不安。”公爵说。

“随着时间的推移，我不得不承认，滑铁卢战役不是一无是处，它使波旁王朝得以复辟，但更大的好处是，使他们失去了民心。不过，我看您倒是一位真正的宁录[1]！”

“我还真的带回几只漂亮猎物呢。明天我给公爵夫人送一打野鸡来。”

德·盖尔芒特夫人眼中似乎闪过一个念头。她执意不要麻烦德·格鲁希先生把野鸡送来。她朝那位订了婚的听差（我离开埃尔斯蒂尔画厅时同他说过话）做了个手势：

“布兰，”她说，“您去伯爵先生家取野鸡，马上拿回来，因为，格鲁希，是不是，您会允许我拿它们来招待客人的吧？我和巴赞两个人可吃不完十二只野鸡。”

---

[1] 宁录为《圣经》中人物，喜欢打猎，后成为巴别的国王，又成为尼尼微的创建人。

“可是，后天吃也不晚呀。”德 · 格鲁希先生说。

“不，我要明天就吃。”公爵夫人坚持道。

布兰的脸色唰地变白了。这下他和未婚妻可会不成面了。这就足以使公爵夫人得到消遣了。她希望做什么事都合乎人情。

“我知道明天您休息，”她对布兰说，“和乔治调换一下不就行了嘛，让他明天休息，后天留下好了。”

可是，后天，布兰的未婚妻没有空，他休不休息就无所谓了。布兰刚离开大厅，大家异口同声赞扬公爵夫人对下人体贴。

“我也只是用我要他们对待我的态度对待他们罢了。”

“正是这样！他们一定会说，在您府上做事是一件好差事。”

“没这么好。不过，我相信他们很爱我。刚才那位叫人看了有点不愉快，因为他恋爱了，以为应该装出郁郁不乐的样子来。”

正说着，布兰又进来了。

“的确，”德 · 格鲁希先生说，“他脸上没一丝笑容。对他们好是应该的，但不要好得过分。”

“我承认，我并不苛刻。他一整天都没什么事，只要到您府上去把野鸡拿来就完事了，照样拿他的工钱。”

“肯定有不少人想对他取而代之，”德 · 格鲁希先生说，“因为羡慕会使人丧失理智。”

“奥丽阿娜，”帕尔马公主说，“那天，您的表姐妹德 · 厄迪古夫人来看我了。当然，她是一个绝顶聪明的女人，是一个盖尔芒特，这无须多说。不过，有人说她爱造谣中伤……”

公爵故意做出惊愕的神态，朝妻子投去很长的一瞥。德 · 盖尔芒特夫人粲然一笑。帕尔马公主最后终于注意到公爵的神态。

“您……您不同意我的看法？……”她惴惴地问道。

“夫人不要留意巴赞的脸色。行了，巴赞，您别装出那个样子了，让人看了以为您在说我们亲戚的坏话哩。”

“他觉得她非常坏吗？”公主忙问。

“啊！一点也不，”公爵辩驳道，“我不知道是谁对殿下说她爱造谣中伤的。恰恰相反，她很善良，从不说别人坏话，也不伤害任何人。”

“噢！”德·帕尔马夫人舒了口气，“我也没发现。但是，因为我知道，一个聪明机灵的人，有时难免会嘲弄人……”

“嘿！这个她就更没有了。”

“您说她不聪明？……”公主很吃惊，问道。

“喂，奥丽阿娜，”公爵埋怨地插话道，一面用愉悦的目光扫视左右，“您没听见公主对您说，她是一个绝顶聪明的女人吗？”

“她不是？”

“至少，她绝顶地胖。”

“别听他的，夫人，他不诚实。她笨得像……嗯……像头呆鹅，”德·盖尔芒特夫人说，声音大而沙哑。她越是不做努力，就越会比公爵更带有旧法国的特征。她常想在这方面胜过丈夫，但采用的方式完全不同。她丈夫的方式就像衣服的襟饰，陈旧而过时，而她用的是和农民相近的发音，散发出苦涩而美妙的泥土味儿。这种方式实际上更精明。“不过，她是世界上最好的女人。再说，好到这种程度，我也不知道该不该称之为愚笨。我相信，我从没遇见过像这样的女人。这对医生倒是个病例，具有一定的病理价值。她和那些情节剧或和《阿尔姑娘》[1] 中的忠厚老实、呆头呆脑、'傻里傻气'的女主人公一个样。她来我这里时，我总问自己，她是不是还没有到开窍的时候，这总让人感到有点担心。"帕尔马公主对公爵夫人这番话惊叹不已，但为她的评价感到愕然。"她，还有德·埃皮内夫人，给我引用了您的'高傲者塔干'。这很耐人寻味。"她回答说。

德·盖尔芒特先生把这个词给我做了讲解。我很想对他说，他那位弟弟矢口否认同我认识，可是晚上十一点却等我上他家里去。但我事先没问罗贝能不能把这次约会讲出去。因为约会可以说是德·夏吕斯先生确定的，这事和他对公爵夫人说的话相矛盾，所以我觉得还是不说的好。

"'高傲者塔干'是够绝的，"德·盖尔芒特先生说，"可是，德·厄迪古夫人邀请奥丽阿娜吃午饭那天，奥丽阿娜对她说的话比这更绝，她大概没对您说吧？"

"哦！没有！那您快说吧！"

"得了，巴赞，别说了。首先，那句话很蠢，公主听了会认为我比我的笨表姐还要笨。再说，我不知道为什么我要叫她表姐。她是巴赞的表姐妹。不过，多少同我有点亲戚关系。"

"啊！"帕尔马公主听到公爵夫人说她会觉得她愚蠢，不禁惊

[1] 《阿尔姑娘》是法国作家都德的三幕剧，根据他的《磨坊信札》中的一篇改编。叙述一位青年农民爱上了阿尔的一个姑娘，当他知道她行为不端时，便自杀身亡。

叫一声，她竭力声明，她对她佩服得五体投地，什么也不能降低她在她心目中的地位。

“再说，我们已经把她的才智否定了，那句话又是否定她的某些品质，我觉得现在讲出来不合适。”

“否定！不合适！瞧她多会说话！”公爵故意用揶揄的口吻说。他想让大家赞美公爵夫人。

“得了，巴赞，别嘲笑您的妻子。”

“有一点应该对殿下说明，”公爵又说，“对奥丽阿娜的那位表姐，怎么评价都可以，聪明，善良，是个胖子，但就不能说，怎么讲呢……不能说她慷慨。”

“这我知道，她非常吝啬。”公主插话说。

“我不敢用这个词，但您却找到了最合适的词。这从她的生活方式，尤其从她家的膳食可以看出。她家的膳食很出色，但是精打细算。”

“这甚至还闹了许多笑话，”德·布雷奥代先生插话说，“有一次，我亲爱的巴赞，我去厄迪古府上拜访。那天，他们正好等待您和奥丽阿娜光临，准备了丰盛的饭菜。可是，下午一点，听差送来一份电报，说你们不来了。”

“这我不奇怪！”公爵夫人说，她不仅难请，而且喜欢让人知道她难请。

“你们的表姐看完电报，感到很懊丧，但没有慌乱，她想，不应该为我这样一个无足轻重的领主增加无益的开销，便立即召来仆人，大声吩咐说：‘去告诉膳食总管把鸡撤掉。’晚上，我听见她问膳食总管：‘昨天剩的牛肉呢？您怎么不端上来。’”

“尽管如此，应该承认，她家的菜肴是无懈可击的。”公爵说，他认为使用这个表达方式，能显示他对旧制度的语言十分精通。“我没见过有谁家比她家吃得更好。”

“吃得更少。”公爵夫人插话道。

“对于像我这样粗俗的乡巴佬，这也就够了，对健康也有益，”公爵又说，“仍然处于饥饿状态。”

“啊！如若是为了治病，那就另当别论了。显然是丰盛不足，卫生有余。况且这也不见得就好吧。”德·盖尔芒特夫人说。她不喜欢别人把巴黎最佳膳食的桂冠授予她以外的任何人。“我这位表姐就像难产的作家，每隔十五年产下一部独幕剧或一首十四行诗。这就是所谓的小杰作，精美的杰作，毫无价值。总而言之，这是我最反感的东西。塞纳伊德家的膳食是不坏，但是，如果她不像这样精打细算，她家的膳食就更一般了。她家的厨师有的菜做得很好，有的菜却做得很差劲。我在她家吃过很糟糕的晚餐，到处都一样，只是她家的膳食不像别处的那样使我的胃不舒服罢了。因为胃对数量毕竟比对质量更敏感。”

“最后我要对你们说，”公爵总结说，“塞纳伊德坚持要请奥丽阿娜去吃午饭，我妻子不大喜欢出门，便一再推辞。她想了解塞纳伊德会不会以请吃便饭为由，别有用心地拉她去参加一次盛大宴会。她想方设法打听请了哪些人，但一无所获。‘来吧，来吧。’塞纳伊德坚持道，还夸口说会有好东西吃，‘有栗子羹，其他的就不必说了。还有七小块鸡肉一口酥。’‘七小块！’奥丽阿娜有点惊讶，‘这么说至少有八个人啰！’”

过了片刻，公主恍然大悟，哈哈大笑，犹如雷声轰鸣。“啊！至少是八个人！说得太妙了！编写得太棒了！”她费了好大的劲儿，终于想起了德·埃皮内夫人用过的这个表达方式。这次用得比较恰当。

“奥丽阿娜，公主用的词很美，她说这‘编写得很好’。”

“可是，我的朋友，您对我说这个是多余的，我知道公主很幽默。”德·盖尔芒特夫人回答道。当一句话出自一位殿下之口，而且又是对她本人的赞美，她是不会不欣赏的。“夫人对我编的那些微不足道的话给予高度评价，我感到很自豪。况且，我不记得说过这话了。即使说了，也是为了讨好我的表姐，因为如果她有七块鸡肉一口酥，我敢说嘴就可能超过十二张。”

这时，德·阿巴雄夫人（开饭前，她曾对我说，她姑妈将会非常高兴看到我参观她的诺曼底城堡）越过德·阿格里让特亲王的脑袋，对我说，她愿意在科多尔接待我，因为她家在那里，在公爵桥。

“您会对城堡的档案室感兴趣的。里面藏有十七、十八和十九世纪的信件，是所有最知名人士的极其珍贵的来往书信。我在里面一待就是几个小时，就像生活在过去一般，叫人乐而忘返。”伯爵夫人向我保证说。德·盖尔芒特先生曾对我说过，她很有文学修养。

“她手里有德·博尼埃[1]先生的全部手稿。”公主继续谈德·厄

---

[1] 德·博尼埃（1825—1901）：法国剧作家和诗人。1893年当选为法兰西学士院院士。

迪古夫人，她想尽量说明她完全有理由同她来往。

“她大概做过这个梦吧。我相信她连认都不认识他。”公爵夫人说。

“最有趣的是，这些信是各个国家的人写的。”德·阿巴雄伯爵夫人继续对我说。她同欧洲各主要公爵世家和王族都有姻亲关系，因此很乐意在讲话中提及。

“不，她认识，奥丽阿娜，”德·盖尔芒特先生别有用心地说，“您难道忘记那次晚宴了吗？德·博尼埃先生就坐在您身边。”

“巴赞，”公爵夫人打断他说，“如果您想对我说我认识德·博尼埃先生，那是肯定的，他甚至来看过我好几次。但我一直没能下决心邀请他，因为他来一次，我得用福尔马林消毒一次。至于那次晚会，我记得清清楚楚，根本不是在塞纳伊德家，她一生中从没见过他。如果同她谈《罗兰的女儿》[1]，她会以为主人公是一位波拿巴公主，是所谓希腊王子的未婚妻。不，我是在奥地利大使府上见到他的。那位颇有点魅力的霍约斯先生认为，把这个臭气熏天的法兰西学士院院士安排在我身边，我会感到高兴。我却认为身边坐了一队宪兵。吃饭时，我不得不尽量捂住鼻子，只是在吃瑞士干酪时才敢呼吸。”

德·盖尔芒特先生见已达到目的，偷偷观察宾客，看公爵夫人的话在他们脸上引起什么反应。

“此外，我发现那些信件有一种特别的魅力，”那位家中收藏

[1] 《罗兰的女儿》是博尼埃的诗剧，发表于 1875 年。曾荣获法兰西学士院奖。

着珍奇信件、颇有文学修养的夫人，不顾中间隔着德·阿格里让特亲王的脸孔，继续对我说，“您注意到了吗？一个作家写的信往往比他的其他作品更精彩。您知道《萨朗波》[1]的作者是谁吗？”

我本来不想回答，因为我不愿把谈话继续下去了。但我感到这样会使德·阿格里让特亲王难堪：他根本不知道《萨朗波》的作者是谁，却装出很知道的样子，只是有碍于礼貌，才把说的机会让给我，我要是不说，他会很尴尬的。

“福楼拜。”我最后还是说了。亲王颔首赞同。但这个点头动作减弱了我的声音，使我的谈话人听不清我说的是保尔·贝，还是福勒贝，他对这两个名字感到不尽满意。

“无论如何，”她接着说，“他的信十分珍贵，比他的书更高级。此外，他的信可以让人了解他，因为有人说他写一本书很费力，从而认为他不是真正的作家，不是天才。”

“你们在谈书信，我觉得甘必大[2]的信值得赞美。”德·盖尔芒特公爵夫人说道，以显示自己不怕对无产者和激进党人感兴趣。德·布雷奥代先生对她的大胆精神心领神会，用略带醉意、充满柔情的目光环视四周，而后擦了擦单片眼镜。

“我的上帝，《罗兰的女儿》，这本书太乏味了。”德·盖尔芒

[1] 《萨朗波》是法国作家福楼拜发表于1867年的历史小说，以古代非洲奴隶国家雇佣军队起义为背景，描写起义军首领马多和迦太基姑娘萨朗波的爱情故事。

[2] 甘必大（1838—1882）：法国政治活动家。第二帝国时期共和派左翼领袖。曾领导共和派反对保皇党恢复帝制，捍卫了第三共和国。甘必大的书信选集于1909年出版，题为《甘必大谈甘必大，私人书信和家族回忆》。

特先生得意扬扬地说道，他还在想着德 · 博尼埃先生；他是多么讨厌这部作品，他觉得自己比它高明，所以踌躇满志；他 Suave mari magno[1]，觉得自己不用去读那本书，受那份罪，正如我们吃着丰盛的晚餐，回忆起那些可怕的夜晚，感到说不出的高兴一样。“但也有几行漂亮的诗句，有一种爱国主义情怀。”

我委婉地表示我对德 · 博尼埃先生一点也不钦佩。

“啊！您有什么要责备他吗？”公爵兴致勃勃地问我。他一向认为，说一个男人的坏话，意味着有个人怨仇，说一个女人的好话，意味着一场轻浮的爱情即将开始。“我发现您恨他。他做了什么对不住您的事了吗？讲给我们听听！你们肯定一起做了什么坏事，不然您要诽谤他干什么。《罗兰的女儿》是长了点，但很有味儿。”

“‘很有味儿’用在一个散发臭气的作者身上是最贴切不过的了。”德 · 盖尔芒特夫人揶揄地插话道，“这个可怜的孩子如果和他一起待过，那么不难理解他的鼻孔里还残留着他那股味儿了。”

“此外，我要向夫人承认，”公爵又对帕尔马公主说，“如果撇开《罗兰的女儿》，我只喜欢过时的文学和音乐。没有一样过时的东西不令我快乐。您大概不会相信我的话。但是，晚上，如果我妻子弹琴的话，我会请求她弹一首奥柏和布瓦尔迪欧[2]，甚至贝多

[1] 拉丁语，意为自己因没有像别人那样遭罪而高兴。引自古罗马诗人卢克莱修的诗作《物性论》。

[2] 布瓦尔迪欧（1755—1834）：法国作曲家。擅长钢琴曲，写过四十余部喜歌剧和歌剧。

芬的曲子！我就爱这个。然而，瓦格纳的曲子我一听就想睡觉。”

“您错了，”德·盖尔芒特夫人说，“瓦格纳的作品是长得令人难以忍受，但这却显示了他的才华。《罗恩格林》是一部杰作。甚至在《特里斯坦》中，也不乏奇妙的段落。在《漂泊的荷兰人》中，缫丝女工的合唱令人陶醉。”

“是吧，巴巴尔，”德·盖尔芒特先生对德·布雷奥代先生说，“我们更喜欢：

高贵的情侣们幽会

都在这迷人的地方。

这句诗美极了。《魔鬼兄弟》[1]，《魔笛》[2]，《农舍》[3]，《费加罗的婚姻》[4]，《皇冠上的钻石》，这才叫音乐！文学也一样。因此，我崇拜巴尔扎克。我喜欢他的《索地的舞会》和《巴黎的莫希干人》。”

“啊！亲爱的，如果您要争论巴尔扎克，我们就不会有完了。还是把这留到麦麦来的那天吧。他更神，巴尔扎克的作品都能背出来。”

公爵见妻子打断他的话头，非常生气，默默地、充满着威胁

---

[1] 《魔鬼兄弟》是一部喜歌剧，法国通俗喜剧作家斯克里布作词，奥柏作曲，发表于1830年。

[2] 《魔笛》是奥地利作曲家莫扎特的代表作，发表于1791年。

[3] 《农舍》是法国通俗喜剧家斯克里布的喜歌剧，阿道夫·亚当（1803—1856）作曲，发表于1834年。

[4] 《费加罗的婚姻》是奥地利作曲家莫扎特的代表作，发表于1785年。

地瞪了她几秒钟，那双猎人的眼睛犹如两管子弹上了膛的手枪。其间，德·阿巴雄夫人和帕尔马公主就悲剧诗和其他问题交换了看法，她们的声音传到我耳朵里很不清楚。忽然，我听见德·阿巴雄夫人说："啊！夫人高见。我同意您的看法，他让我们看到的世界是丑恶的，因为他不善于区分丑与美。更确切地说，他的虚荣心太强，总认为自己说的都是美的。我和殿下的看法一致，承认在那首诗中，有些诗句十分可笑，晦涩难懂，在审美观上也有不少错误，读起来很费劲，像是用俄语或汉语写的，显然法语中不会有那些东西。但是一旦费了劲读下去，就会得到报偿，会感到诗中充满了想象。"她们的谈话开头我没有听到，但我最终还是搞清楚了，她们说的那个不善于区分美与丑的诗人是维克多·雨果，那首和俄语或汉语一样难懂的诗就是：

孩子出现的时候，家里人围成一圈，
又是鼓掌，又是欢呼……

这是诗人的早期作品，它的风格与其说接近《历代传说》的作者维克多·雨果，毋宁说更接近德祖利埃夫人[1]。我不仅不觉得德·阿巴雄夫人滑稽可笑，相反，我从那双聪慧的眸子，那顶镶有花边的软帽和从软帽中垂下的一缕缕卷发，看到了她的价值

[1] 德祖利埃夫人（1638—1694）：法国女诗人，她主持的沙龙是当时文坛名士荟萃之地。她的作品，尤其是田园诗和牧歌，在 18 世纪曾传颂一时。

（在这张极其真实、极其平常的餐桌上，她是首屈一指的人物，我是带着何等失望的心情在这张餐桌上就座的呀）。德·雷米萨夫人、德·布洛伊夫人、德·圣多莱尔夫人，以及所有杰出的女性都戴这样的软帽。她们在令人陶醉的书信中，那样学识渊博地、那样恰到好处地引证索福克勒斯、席勒和《模仿耶稣》[1]，可是，浪漫主义作家的第一批诗问世时，她们都感到恐惧和厌倦，正如我外祖母对斯特凡·马拉美[2]的后期诗作感到恐惧和厌倦一样。

“德·阿巴雄夫人很喜欢诗。”帕尔马公主被德·阿巴雄夫人说话的热烈语气所打动，对德·盖尔芒特夫人说。

“不，她对诗一窍不通。”德·盖尔芒特夫人利用德·阿巴雄夫人忙于反驳德·博特雷耶将军，听不见别人说话的机会，悄声地回答帕尔马公主，“她被遗弃后，变得对文学感兴趣了。我要告诉殿下，我是替罪羊，只要哪天巴赞不去看她，也就是说几乎每天她都要跑到我这里向我诉苦。巴赞对她厌烦，这毕竟不是我的错。我总不能强迫他去看她呀，我倒情愿他对她忠实一些，因为我就可以少看见她几回了。但是她让他感到厌倦，这没什么好奇怪的。她人并不坏，但您很难想象她有多讨厌。她每天都把我搞得头痛难忍，我只好天天服一片匹拉米洞。这一切都是巴赞不好，胡乱和她睡了一年觉。再加上我还有那么一位男仆，迷上了一个小婊子，只要我不请这个小荡妇离开她拉客的街道，来和我一起

[1] 《模仿耶稣》是用拉丁语为基督徒写的书，作者不详。

[2] 斯特凡·马拉美（1842—1898）：法国诗人。初期属于巴那斯派，后来成为象征派的代表，作品充满神秘主义色彩。

喝茶，他就要给我脸色看！啊！生活真让人感到厌烦！”公爵夫人无精打采地做结论说。

德·盖尔芒特先生对德·阿巴雄夫人感到厌倦，主要是因为他又有了新欢。听说是德·絮希-勒迪克侯爵夫人。那位被剥夺了假日的男仆恰好正在上菜。我想他此刻仍然是闷闷不乐，心烦意乱，因为我注意到，他在给德·夏特勒罗先生上菜时，动作很不利落，臂肘多次碰到德·夏特勒罗公爵的臂肘。男仆满脸通红，但年轻的公爵没有对他发火，相反，他用淡蓝色的笑眼看着他。我感到，客人不发脾气，是仁慈的表现。可他笑个没完，我不由得认为，他看到仆人神情沮丧，也许感到幸灾乐祸。

“亲爱的，您同我们谈维克多·雨果，可您知道，这又不是什么新发现。”公爵夫人看见德·阿巴雄夫人神色忧虑地转过脸来，便对她说道。“您别指望把他当新手推出来了，他的才华早已尽人皆知。雨果的后期作品《历代传说》（我记不清书名了）是很乏味。但是，《秋叶集》和《暮歌集》却常使人感到他是一个诗人，一个真正的诗人。甚至在《沉思集》中，”公爵夫人接着说，自然，她的交谈者谁也不敢反驳，“也不乏优美的东西。但我承认，《暮歌集》以后的作品，我不敢妄加评论。再说，在维克多·雨果的好诗——是有一些好诗——中，经常可以看到有见解的诗句，甚至有精辟的见解。”

接着，公爵夫人以一种恰如其分的感情，缓慢地朗诵雨果的诗句，忧郁的思绪从她的语调，而不是从她的声音中流泻出来，她沉思而迷人的目光凝视着前方：

——你们听：

痛苦是果实，上帝不会让它长在
　　吊不起苦果的树枝上，

还有：

死人不会长久留在世上……
　　唉！不等他们在棺木中化作尘埃，
我们的心就已把他们遗忘！

公爵夫人的脸上露出了幻灭的微笑，痛苦的嘴角出现了妩媚的笑纹，明亮而迷人的、爱幻想的双眸凝视着德·阿巴雄夫人。我开始熟悉这双眼睛了，还有她的声音，无精打采地拖着长音，那样沙哑，可又那样悦耳动听。从她这双眼睛和这个声音中，我又领略到贡布雷的许多自然风光。当然，她的声音常常故意带点粗犷的泥土味儿，但却包含着深刻的内容。首先是出身。德·盖尔芒特夫人的祖辈是外省人，是盖尔芒特家族的一个分支，长久待在外省，说话更加大胆，更加野蛮，更具有挑衅色彩。其次是习惯。这是真正高雅的和有才智的人具有的习惯，知道高雅不等于说话不直率；同时也是贵族的习惯，更乐意同农民而不是同市民亲善。还有其他各种特征。作为社交界的女王，德·盖尔芒特夫人比任何人更容易炫耀这些特征，而她也竭尽全力让它们显露出来。据说，她的姐妹也有同样的声音。她不喜欢她们。她们不如她聪明，几乎是按照资产阶级方式结的婚（如果可以用这个副词的话，也就是说她们嫁给了名不见经传、无声无息的贵族，住在外省，或在巴黎，在毫无光彩的圣日耳曼区）。她们也有同样的声音，但尽量加以抑制和纠正，使它变得柔和，正如在我们中间，敢于标新立异的人凤毛麟角，一般都是努力模仿被人交口称赞的典范。但是奥丽阿娜比她们聪明得多，富裕得多，尤其是比她们时髦得多。当她还是德·洛姆亲王夫人时，就曾成功地使威尔士亲王[1]跪倒在她脚下。她深深懂得，这个不协和的声音是一种魅力，她用敢于标新立异、敢于成功的魄力，在社交方面施展声音的魅力，就像女演员雷雅内[2]或雅娜·格拉尼埃[3]（当然，这里不是在比较她们的价值和才华）在戏剧方面施展她们声音的魅力一样——这是富有特性的令人赞美的声音，但她们的姐妹（谁也未曾见过）也许会把这个特点当作缺点掩饰起来。

德·盖尔芒特夫人喜欢表现乡土特色，除了上述种种理由外，还应归功于她最心爱的作家梅里美、梅拉克和阿莱维。她喜欢“自然”的本色，喜欢平淡无奇的散文腔和单调乏味的社会精神，却把散文写得诗意盎然，把社会精神写得栩栩如生。此外，公爵夫人还字斟句酌，装腔作势，大部分词汇都要选择她自认为最具

[1] 威尔士亲王是对英国国王的长子的统称。

[2] 雷雅内（1856—1920）：法国女喜剧演员，才华出众，扮演过各种角色。

[3] 格拉尼埃（1852—1938）：法国女喜剧演员，仪容秀美，性格活泼、热情，演技高超，深得观众喜爱。

有法兰西岛[1]和香槟省的发音特点，因为她使用的语汇，如果说比不上她丈夫的妹妹马桑特夫人，至少也得有几分像一位旧时代的作家才行。我们听腻了杂七杂八、混乱不堪的现代语言，若能听一听德·盖尔芒特夫人的闲谈，无疑——尽管知道没有什么新鲜东西——这是一种很好的休息；如果和她单独在一起，而她故意放慢说话节奏，使话语变得更加纯净，我们就会像听一首古老的民谣那样，感到轻松愉快。此刻，我凝视着德·盖尔芒特夫人，聆听着她的谈话，我看见法兰西岛或者香槟省的一块天空禁锢在她那永远像下午般宁静的眸子中。这淡蓝色的天空，倾斜成一个角度，就像圣卢的眸子中呈现的天空一样。

就这样，通过上述各种修养，德·盖尔芒特夫人不仅表现了法国最古老的贵族社会，而且，还让人看到了不久前德·布洛伊公爵夫人在欣赏和抨击七月王朝下的维克多·雨果时可能采用的方式，此外，还显示出对梅里美和梅拉克文学的浓郁兴趣。第一种修养和第二种相比，我更喜欢第一种，它更有助于我弥补我来到这个圣日耳曼区，看到同我想象中的圣日耳曼区有天壤之别时产生的失望情绪。但是，拿第二种和第三种相比，我就更喜欢第二种了。然而，如果说德·盖尔芒特夫人表现出盖尔芒特精神是无意识的，那么，她对帕耶龙[2]和小仲马的兴趣却是审慎的，有意

---

[1] 法兰西岛为法国旧地区名，位于巴黎盆地中部。法兰西岛的方言后来成了法国国语。

[2] 帕耶龙（1834—1899）：法国喜剧作家，他的作品以巧妙的情节和灵活的思想取胜。

识的。她这个兴趣同我的恰恰相反，所以，她同我谈圣日耳曼区时，就像在同我谈文学，并且，只有在她同我谈文学时，我才觉得她比任何时候更愚蠢，更带有圣日耳曼区的特征。

德·阿巴雄夫人听了德·盖尔芒特夫人朗诵的诗，非常激动，大声嚷道：

心头的圣物也会蒙上尘埃！

“先生，您得把这句诗给我写在扇子上。”她对德·盖尔芒特先生说。

“可怜的女人，我为她感到难过！”帕尔马公主对德·盖尔芒特夫人说。

“不，夫人不必为她难过，她只配这样。”

“不过……恕我直言……她确实很爱他。”

“她根本不爱他，她不可能爱他，却以为爱他，正如刚才她以为在引用维克多·雨果的诗，其实那是缪塞的诗。您瞧，”公爵夫人用一种忧郁的口吻说，“谁也不会比我更能被真实的感情打动。但是，我要给您举个例子。昨天，她对巴赞大发脾气，殿下也许会认为，那是因为巴赞有了新欢，不再爱她的缘故。根本不是。是因为他不愿意把她的儿子介绍给赛马俱乐部！夫人，您觉得她太爱巴赞了，是吧？才不是呢！我要告诉您，”德·盖尔芒特夫人明确地说，“她是世上少有的无情人。”

但是，当德·盖尔芒特夫人“即席”谈论维克多·雨果和朗诵他的诗句时，德·盖尔芒特先生双眸闪出了得意的光辉。尽管公爵夫人常使他恼火，但是，每逢这种时刻，他总是为她感到自豪。“奥丽阿娜真了不起。什么她都能谈，什么书她都看过。她事先不可能猜到今天会谈维克多·雨果。不管大家谈什么，她都应付自如，最有学问的人也不是她的对手。这个年轻人大概被她迷住了。”

“换个话题吧。”德·盖尔芒特夫人又说，“她这人爱疑神疑鬼。您大概觉得我很迂腐吧。”她对我说，“我知道，喜欢用诗表达思想，喜欢有思想的诗，在当今是被看作缺点的。”

“迂腐？”帕尔马公主说道。她意想不到会有这个新浪潮，微微感到震惊，尽管她知道德·盖尔芒特公爵夫人的谈话，会不断地给予她这种美妙的冲击，让她紧张得透不过气，使她感受到这种有益于健康的疲劳，之后，她会本能地想到必须去浴室洗洗脚，以便轻脚上阵，赶快“做出反应”。

“我不这样看，奥丽阿娜，”德·布里萨克夫人说，“我并不怪维克多·雨果有思想，正相反。但他不该在丑恶中寻找思想。事实上，是他使我们在文学作品中看到了丑恶的东西。生活中的丑恶已经够多的了，为什么还要在书中再见到呢？我们在生活中不敢正视的痛苦，对维克多·雨果却有着巨大的吸引力。”

“维克多·雨果毕竟不像左拉那样现实主义吧？”帕尔马公主问。

左拉的名字没有在德·博特雷耶先生脸上引起丝毫反应。将军的反德雷福斯立场太根深蒂固，不屑于在脸上显露出来。听到有人谈及这些问题，他大发慈悲，保持沉默，以示对世俗者的关怀和体贴，正如神甫尽量不同你谈宗教义务，金融家尽量不向你推荐他经营的产品，大力士尽量显得温文尔雅，不向你伸出拳头一样。

“我知道，您是絮利安 · 德 · 拉格拉维埃尔海军上将的亲戚。”德 · 法朗邦夫人神情狡黠地对我说。她是帕尔马公主的伴妇，是公爵的母亲替她物色的，心地善良，但愚昧无知。她还没有同我说过话。后来，无论帕尔马公主怎样申斥，我怎样抗议，她终究也未能消除我和那位海军上将有亲戚关系的看法。可是，我压根儿不认识这位法兰西学士院院士。帕尔马公主的伴妇坚持把我看作絮利安 · 德 · 拉格拉维埃尔海军上将的侄儿，这确实庸俗可笑。但是，她犯的错误，不过是千千万万有意无意犯下的微不足道、大同小异的错误中的一个标本似的极端例子罢了。在社交界为我们建立的“卡片”中，我们的名字伴随有无数这样的错误。我记得，盖尔芒特家的一位朋友，在急切地表达了想同我认识的愿望后，随即辩解似的说，我认识他的表姐妹德 · 肖斯格罗夫人，“她非常迷人，非常爱您。”我犹豫地强调说，他弄错了，我不认识德 · 肖斯格罗夫人，但白费口舌。“那么，您认识的是她的姐妹。这是一回事儿。她在苏格兰遇见您的。”我老老实实地告诉对方，我从没去过苏格兰，但仍然是白费力气。是德 · 肖斯格罗夫人亲口对他说认识我的。第一次搞错了，以后也就真的相信认识我了，因为每次见到我，她总是主动和我握手。既然我经常出入的圈子总的来说是德 · 肖斯格罗夫人的圈子，因此我大可不必自卑自贱。

说我同肖斯格罗家关系密切，严格地说，这是个错误，但从社会角度看，却等于是我的地位，如果对于像我这样的青年可以谈地位的话。因此，尽管盖尔芒特家的那位朋友关于我所说的事都是错误的，但（从社交观点看）他对我的看法依然不变，这既不会贬低我，也不会提高我。不管怎样，对于我们这些不会演喜剧的人来说，当别人对我们有了错误看法，认为我们同一位夫人有来往（其实我们不认识她），非说我们是在一次趣味盎然的旅行中和她认识的（其实我们根本没有进行这次旅行），这时，我们仿佛也登上了舞台，那种一辈子扮演同一个角色的烦恼暂时会烟消云散。这些错误层出不穷，只要不像帕尔马公主的伴妇所犯的错误那样一成不变，应该说是可爱的。这位蠢妇不管我一再否认，坚持认为我是令人讨厌的絮利安·德·拉格拉维埃尔海军上将的亲戚。“她没什么了不起，”公爵对我说，“况且，她不应该狂饮，我觉得巴克科斯[1]对她有点起作用了。”其实，德·法朗邦夫人只是喝了点水，但公爵喜欢在讲话中插进心爱的熟语。

“夫人，左拉不是现实主义者！他是一位诗人！”德·盖尔芒特夫人从近几年读的评论文章中受到启发，并尽个人才能进行改编，发表了这个看法。晚上，帕尔马公主不停地受到思想的沐浴，情绪振奋而紧张。她认为这种思想浴对她的身心健康大有裨益，听凭接踵而来的奇谈怪论将自己弄得晕头转向。这次，德·盖尔芒特公爵夫人又发表了一个特大怪论，她怕被这股浪潮推翻，就

[1] 巴克科斯是罗马神话中的酒神。

惊跳起来。她断断续续地、上气不接下气地说：

“左拉是一位诗人！”

“那当然。”公爵夫人满面笑容地回答道。帕尔马公主惊呆的样子使她很开心。“殿下应该注意到，他把他写的一切都变成了高尚的东西。您会对我说，他尽写……给人带来好运的事。但他把这些事当作大事来写。他把粪堆变成了诗史！他是掏粪工荷马！他没有足够的大写字母书写康布罗纳。[1]”

尽管帕尔马公主已经疲惫不堪，但却心醉神迷，乐不可支，感觉空前地好。盖尔芒特府的晚宴，真是妙趣横生，令人精神振奋，她决不肯放弃这超凡脱俗的晚宴，而到申布鲁恩城堡[2]待一天，尽管这是她做梦都想去的地方。

“他写这个字是用一个大写 C[3]。”德·阿巴雄夫人大声喊道。

“我想，不如说是大写 M，亲爱的。”德·盖尔芒特夫人回答道，并且和丈夫交换了一个愉快的眼神，仿佛在说：“瞧她有多蠢！”“喂，”德·盖尔芒特夫人用温柔的微笑的目光看着我，对我说，因为作为一个完美无缺的女主人，她想把话题引到她最感兴趣的画家身上，一来可以炫耀她的学问，必要的话，还可以让我

---

[1] 康布罗纳（1770—1842）是法国将军，参加过法国大革命和第一帝国时期的战役。1815 年 7 月滑铁卢战役时，打到只剩下他指挥的一个方阵，英国将军劝他投降，他回答：“去你妈的！”法语中用的是 merde，用作名词时，意为粪、屎；用作感叹词时，意为他妈的，去你妈的。

[2] 申布鲁恩城堡位于维也纳市郊，曾是哈布斯堡王族的避暑地。

[3] 此外，大写 C 为 Cambronne（康布罗纳）的首字母。下文的大写 M 是 Merde（粪便，去你妈的）的首字母。

露一手，“喂，”她一面说，一面轻摇羽毛扇，因为此时此刻，她意识到她在尽地主之谊，为了照顾周到，她还示意仆人再给我添一些拌有荷兰调味汁的芦笋，“喂，我想，正好左拉写了一篇关于埃尔斯蒂尔的论文，您刚才看了这个画家的几幅画——再说，他的画我就喜欢这几幅。”她补充了一句。事实上，她并不喜欢埃尔斯蒂尔的画，但她认为，她家的一切都是独一无二、无与伦比的。我问德·盖尔芒特先生知不知道那幅民俗画上戴礼帽的先生叫什么名字，我认出这人和旁边那幅华丽的画像是同一个人。埃尔斯蒂尔画这幅肖像的时候，个人风格尚未完全形成，有点受马奈的影响。“上帝，”德·盖尔芒特先生回答道，“我知道，这个人在他那一行不是个无名之辈，也不是个笨蛋，但我总记不住人名。他的名字就在我的嘴边。叫……叫什么来着？算了，我想不起来了。斯万也许能告诉您。是他鼓动德·盖尔芒特夫人买这些画的。我妻子太好说话，怕拒绝人家，人家会不高兴。我是私底下跟您说说，我认为，他把一些蹩脚画让我们买下来了。我能告诉您的是，此人于埃尔斯蒂尔先生就好比是米西纳斯[1]。他使他成名，经常买他的画，帮他摆脱困境。出于感激——如果您把这叫作感激的话，这要看各人的爱好——埃尔斯蒂尔把他画进了那幅画中。他穿着节日盛装，一副矫揉造作样，与整幅画面很不协调。也许他是什么权威，学识渊博，但他显然不知道什么场合才能戴礼帽。他周

[1] 米西纳斯（前69—前8）：古罗马诗人贺拉斯和维吉尔的保护人。这个词后来变成普通名词，指科学、文学、艺术事业的资助者。

围的姑娘都光着脑袋，就他一人戴帽子，看上去活像一个有三分醉意的外省小公证人。可是，您跟我说实话，我觉得您非常喜欢这些画。早知道这样，我就事先了解一下，向您透露些情况了。其实，没有必要为埃尔斯蒂尔的画大费脑筋。这又不是安格尔的《泉》和保尔·德拉罗什[1]的《爱德华的孩子们》。埃尔斯蒂尔的画观察入微，趣味盎然，巴黎味浓郁，这一点很令人赞赏。但看过也就完了。谁都能看得懂，不需要有渊博的知识。我知道这些画都是速写，但我不认为是精心之作。斯万厚着脸皮要我们买下《一把芦笋》。那些芦笋甚至在这里放了几天。画面上除了芦笋，其他什么也没有。就和您正在吞食的芦笋一样。可我拒绝吞食埃尔斯蒂尔的芦笋。他要三百法郎，一把芦笋卖三百法郎！一个金路易就够了！还是新上市的芦笋哩。我觉得那把芦笋画得很呆板。要是在上面再加几个人，又显得庸俗，悲观，我不喜欢。令我吃惊的是，像您这样颖慧敏锐、见微知著的人，怎么会喜欢这种画。”

“我不知道您为什么这样说，巴赞。”公爵夫人说。她不喜欢别人贬低她客厅里的东西。“我对埃尔斯蒂尔的画绝不是不加区别地全盘肯定。应该有所取舍。但这不等于说他没有才华。应该承认，我买的这几幅画有着无与伦比的美。”

“奥丽阿娜，在这一类风俗画中，我最喜欢我们在水彩画展上

[1] 德拉罗什（1797—1856）：法国古典主义和浪漫主义画家，擅长肖像画。《爱德华的孩子们》于1831年在巴黎美术展览会展出。

看到的那幅维尔贝[1]先生的作品。那幅小画算不上什么大作品，您可以说只有巴掌那么大，但是画上看得出画家手指的功夫；那位瘦骨嶙峋、肮脏不堪的传教士，站在一个弱不禁风的主教前，主教在逗他的小狗，这画面组成了一首精美而深奥的短诗。”

“我想您认识埃尔斯蒂尔，”公爵夫人对我说，“他很讨人喜欢。”

“他很聪明，”公爵说，“当您同他谈话时，您会感到纳闷，为什么他人这样聪明，画的画却如此平庸。”

“不只是聪明，甚至相当风趣。”公爵夫人说，神态狡黠，就像是一个内行的品尝家。

“他没开始给您画一张像吗，奥丽阿娜？”帕尔马公主问。

“画了，把我画得像只煮熟的虾。但是，这幅画不会让他名垂史册。难看死了，巴赞曾想把它毁掉。”

德·盖尔芒特夫人经常说这句话。但也有几次，她的评价截然不同：“我不喜欢他的画，但他给我画过一幅漂亮的肖像。”这两种评价用在不同的场合：当有人同她谈她的画像时，她就用第一种评价；如果人们不同她谈这幅画像，她又想让人知道有这幅画像，她就用第二种。前一种为了卖俏，后一种是虚荣心作祟。

“把您的肖像画成这样！这哪里是肖像，明明是谎言嘛！我几

[1] 维尔贝（1840—1902）：法国画家和剧作家，擅长风俗画。法国水彩画协会创始人之一。他表现教士或修道士的系列作品备受人赞赏。这里普鲁斯特所描绘的画叫作《传教士的故事》（1883）。

乎不会捏画笔，但我觉得，如果我来画您，只要把我看到的画出来，也肯定是一幅杰作。”帕尔马公主天真地说。

“他看我大概就像我看自己一样，毫无可爱之处。”德·盖尔芒特夫人装出忧郁、谦卑和温存的眼神说。她认为，只有这样，才能使她和埃尔斯蒂尔画笔下的她显示出不同。

“这幅肖像画不一定使德·加拉东夫人不喜欢。”公爵说。

“是因为她不懂绘画吗？”帕尔马公主问。她知道德·盖尔芒特夫人很瞧不起她这个表姐妹。“但是，她人很不错，是不是？”公爵装作大吃一惊的样子。

“得了，巴赞，您没见公主在嘲笑您（其实公主没这个意思）。她和您一样清楚，加拉多内特[1]是一个瘟神。”德·盖尔芒特夫人说道。她用的词汇别有滋味，一般都是古老的表达方式，就像在庞耶的书中可能发现的，但在现实生活中几乎不再存在的菜肴：肉冻、黄油、肉汁、肉丸，样样货真价实，不掺任何杂质，甚至连盐都来自布列塔尼的盐田。从公爵夫人的口音，从她选用的词汇，可以感到她谈话的基础直接源自盖尔芒特家族。这一点，她和她的外甥圣卢有根本的不同。圣卢满脑子新思想，满口新词汇。一个人如果满脑子康德思想，念念不忘波德莱尔，是很难写出亨利四世时代绝妙的法语的。因此，公爵夫人语言的纯洁，正说明她的局限性，对于新事物她的智能和敏感是永远不敞开的。德·盖尔芒特夫人的思想使我感兴趣的，恰恰是这种局限性（这

[1] 加拉多内特是加拉东的阴性形式，这里指加拉东夫人。

是我思想的本质），以及由于这种局限性而保留下来的一切，她那柔软躯体诱人的魅力、任何费神的思考、任何道德上的忧虑或精神上的不安，都没能使她躯体的魅力减色。她的思想比我的思想要早形成许久，但我觉得，她的思想所给予我的和海边那群妙龄少女的轻盈步态使我产生的联想是完全一样的。德·盖尔芒特夫人为了显得驯良、和蔼，同时也出于对才智的尊重，在我面前显示出了贡布雷附近贵族世家的无情少女的活力和魅力。她从小骑马，摔断猫腰，挖兔子的眼睛。多年前，她也许一面恪守道德，一面却成了德·萨冈亲王最迷人的情妇，因为她雍容华贵，美丽动人。只是她不可能明白，我在她身上寻找的是盖尔芒特这个名字的魅力，而在她身上发现的只是盖尔芒特城堡乡土气息的残余。我们的关系是建立在误会基础之上的。她认为我向她表示敬意，是因为她是一个贵妇人，而我却把她看作一个平凡的、散发出淳朴魅力的女人，这样势必会产生误会。这种误会是极其正常的，永远会在一个想入非非的青年和一个上流社会的贵妇之间存在。但是，只要他还没有认清自己想象力的本质，没有认识同人打交道也和看戏、旅行和恋爱一样，势必有失望的时候，那他就会被误会搅得六神无主，坐立不安。

德·盖尔芒特先生在对埃尔斯蒂尔的芦笋和刚端上餐桌的芦笋（上一道菜是用“金融家”调味汁[1]烹制的童子鸡）发表议论后，又说，绿芦笋生长在野外，“不像它们的姐妹那样硬”（这

---

[1]“金融家”调味汁用小牛胸腺、蘑菇等做成。

是署名为E.德·克莱蒙-多内尔的作家，一位杰出人物说的俏皮话），应该和鸡蛋一起烧来吃。德·布雷奥代先生听后回答说：“一些人喜欢的，另一些人不一定喜欢，反之亦然。在中国的广东省，腐臭的雪鸥蛋是筵席上的佳肴。”德·布雷奥代先生曾在《两个世界评论》上发表过一篇关于摩门教徒[1]的论文。他从来只和贵族世家来往，且只限于那些被公认为才智出众的人。因此，只要看到他至少是常去一个女人家里，就可以确定这个女人有没有沙龙。他声称讨厌社交生活，分别向公爵夫人们保证，他追逐她们，是因为她们才貌双全。公爵夫人们都信以为真。每当他不得不强忍痛苦，到帕尔马公主家参加盛大宴会时，他总要把她们都召集到公主家里，为他增添勇气，使他感到仿佛置身于知己中间。为使他的知识分子的美名在社交地位消失后继续存在，他应用盖尔芒特精神的某些格言，在舞会季节和风雅女人一起长途跋涉，进行科学考察。当一个迷恋社交生活，因而也是没有地位的人初涉社交界时，德·布雷奥代先生绝对不会愿意同他认识，坚决不让别人把他介绍给自己。他仇恨迷恋社交生活的人，是因为他自己迷恋社交生活，但他却竭力让那些天真的人，也就是让所有的人都相信，他对社交一点也不喜欢。

“巴巴尔总是无所不知！”德·盖尔芒特公爵夫人嚷道，“如果有人愿意相信有个地方乳品商卖给你的鸡蛋是臭的，是出现彗星

[1] 摩门教是1930年创立于美国的一种宗教。摩门教的教义在于讲多神论，认为神是人变来的，人可以成神；认为圣父、圣子、圣灵三位不是一体；人的灵魂在创世前即已存在。

那年的鸡蛋，那我觉得这个地方很迷人。我在这里就已经看见我的涂了黄油的面包片沾上臭鸡蛋了。我应该说，在玛德莱娜婶婶（德·维尔巴里西斯夫人）家里有时能吃到腐烂的食品，甚至吃到臭鸡蛋（她看到德·阿巴雄夫人有异议）：难道不对，菲莉[1]？您和我一样清楚。鸡蛋里都长小鸡了。我真不明白那些小鸡怎么会在鸡蛋中待着不出来。这不是一盘炒鸡蛋，而是一个鸡窝，至少这不是菜单上有的。您前天没来吃晚饭，算您运气。有一道菜是散发出石炭酸气味的菱鲆！这哪里是在上菜，分明是在散布传染病菌嘛。说真的，诺布瓦的忠诚已到了英雄主义程度；他竟连要了两次！”

“她数落布洛克先生的那天，我看见您也在场了（也许是为了使这个以色列名字更具有异国情调吧，德·盖尔芒特先生把布洛克的克读成了德语中的赫）。布洛克先生也不知说哪个司人（诗人）举世无双。夏特勒罗拼命用膝盖碰布洛克先生的大腿，都快把他的胫骨碰碎了，可他丝毫也不明白，还以为我侄儿是想用膝盖碰他身边那位年轻女士哩（说到这里，德·盖尔芒特先生的脸微微红了）。他哪里知道，他随便乱用‘举世无双’让我们的婶婶不高兴了。总而言之，伶牙俐齿的玛德莱娜婶婶反驳他说：‘喂，先生，那么您对德·博叙埃[2]先生又该如何评价呢？’（德·盖尔芒特先生认为，给一个遐迩闻名的名字冠以先生和表示贵族身份

[1] 即德·阿巴雄夫人。

[2] 博叙埃（1627—1704）：法国神学家和作家。出身于平民法官家庭。

的介词“德”，从本质上说是忠于旧制度）活该，谁让他这样说来着？”

“那位布洛赫先生是怎样回答的？”德·盖尔芒特夫人漫不经心地问。她此刻因为拿不出新花样，认为只好模仿她丈夫的德国式发音。

“嘿！我向您保证，布洛赫先生转身就跑，他现在还在跑呢。”

“是的，我记得很清楚，那天我看见您了。”德·盖尔芒特夫人用强调的口吻对我说，仿佛她记得这件事是我的无上光荣。“我婶婶家的聚会向来是很有意思的。上一次，也就是我恰好遇见您的那个晚上，我很想问您，从我们身边经过的那位老先生是不是弗朗索瓦·科佩[1]。您想必知道所有人的名字。”她对我说，一方面是她真心羡慕我的社会关系中有诗人，另一方面是出于礼貌，为了让我这个精通文学的青年更加受到她的客人的重视。我向公爵夫人保证，我在德·维尔巴里西斯夫人的晚会上没有看到一个知名人士。“怎么！”德·盖尔芒特公爵夫人冒失地说，这就等于承认，她对文人的尊敬和对上流社会的蔑视，远比她所说的，甚至比她所认为的要表面得多，“怎么！没有大作家！您让我感到吃惊，明明有几个令人讨厌的家伙嘛！”

我对那个晚上记忆犹新；因为在那期间发生了一件微不足道的小事。德·维尔巴里西斯夫人把布洛克介绍给阿尔封斯·德·罗

[1] 科佩（1842—1908）：法国诗人和剧作家。主要描写巴黎平民生活和下层社会的小人物。1884年当选为法兰西学士院院士。

特希尔德夫人，我这个老同学没听清楚名字，以为面前是一个疯疯癫癫的英国老妇人，所以，不管这个昔日的美人多么健谈，他只是简单应付一下。接着，德·维尔巴里西斯夫人把她介绍给另一个人，这一回，把她的名字说得非常清楚："阿尔封斯·德·罗特希尔德夫人。"这时，布洛克的血管里骤然涌进了无数个"百万"和"威望"的念头，而这些想法可能又小心翼翼地再行细分，他的心里像是挨了一击，大脑顿时激奋起来，当着这位可爱的老妇人的面，感叹道："要是我早知道就好了！"这一愚蠢的感叹使他一个星期没有睡好觉。布洛克这句话并没有什么意义，我却永生不忘，因为它可以证明，人在最激动的时刻，会忘情地说出心里的想法。

"我认为德·维尔巴里西斯夫人的德行……不一定好。"帕尔马公主说。她知道谁都不去公爵夫人婶母家，况且，听见公爵夫人刚才讲了那样的话，就认为可以随便议论德·维尔巴里西斯夫人了。但又见德·盖尔芒特夫人似乎不大赞成，于是加了一句：

"不过，既然她那样聪明，其他也就无所谓了。"

"您对我婶婶的看法和大家的看法一样。"公爵夫人反驳道，"这毕竟是极其错误的看法。昨天麦麦还同我说起过。（她的脸唰地红了，双眸变得暗淡无光，大概有什么事要瞒着我。我猜想，德·夏吕斯先生大概要她取消对我的邀请，正如他让罗贝来求我不要去她家一样。我感到，她脸红的原因和公爵刚才谈到他弟弟时脸红的原因是不一样的，尽管我不明白他为什么要脸红。）可怜的婶婶！她在人们心目中，将永远是旧制度的人，才学超群，却淫荡不羁。没有比她更平庸、更严肃、更无生气的才智之士了。她被看成艺术的保护人，这就是说，她曾当过一个大画家的情妇，可这位画家一直没能使她弄懂什么是画。至于她的生活，根本谈不上堕落。她生来就是为了结婚，生来就是当妻子的料，因此，既然没能保住丈夫（况且这是个无赖），她就干脆把情夫当作丈夫看待，就好像同他是合法夫妻，一样会生气，一样会动怒，一样的忠贞不渝。请注意，这种关系有时候是最真诚的，毕竟难以安慰的情夫要比难以安慰的丈夫多。”

“可是，奥丽阿娜，您不是正在讲您的小叔子帕拉墨得斯吗？那就好好看看他吧。可怜的德·夏吕斯夫人死后，德·夏吕斯先生悲痛欲绝，没有一个情妇能梦想死后得到这样真诚的哀悼。”

“哦！”公爵夫人回答道，“殿下请别见怪，我不完全同意您的看法。不是人人都喜欢受到这样的哀悼的。各有所爱嘛！”

“不管怎么说，他在她死后对她的崇拜是真心实意的。确实，有时候，对活人不可能做的事，对死人都能做到。”

“首先，”德·盖尔芒特夫人说，她本来是想开玩笑的，但语气听上去像是在讲呓语，“大家去参加他们的葬礼，对活着的人当然是不会这样做的！（德·盖尔芒特先生狡黠地看了看德·布雷奥代先生，像是要引他拿公爵夫人的幽默取笑似的。）不过，我坦率地承认，”德·盖尔芒特夫人又说，“如果我想被一个我所爱的人哀悼的话，那也不是以我小叔子采用的方式。”

公爵的脸一下变得阴沉了。他不喜欢他的妻子随便发表看法，尤其是对德·夏吕斯先生。“您太吹毛求疵了。他对妻子的哀悼使大家都受益匪浅。”他语气傲慢地说。但是，公爵夫人对她丈夫具有同驯兽人或同疯子共同生活的人一样的胆量，不怕把他激怒：

“嗳！您要我说什么？我不认为这对大家有教益。他每天都去墓地，对她说，有多少人到他家来吃午饭了。他沉痛地悼念她，但就像悼念一个表姐妹，一个外祖母，一个同胞姐妹一样。这不是丈夫的悼念。说真的，他们两个人都是圣人，这使悼念带点特别的意味（德·盖尔芒特先生被妻子不合时宜的饶舌激怒了，用冒火的眼睛狠狠地瞪她）。我并不是在讲麦麦的坏话。顺便提一句，他今晚有事没来，”公爵夫人接着又说，“我承认，他比谁都善良，很讨人喜欢，有一股男人所没有的温情和心肠。麦麦有一颗女人的心！”

“您在胡说些什么呀，”德·盖尔芒特公爵急忙插话道，“麦麦根本没有女人气，谁都不如他男子汉。”

“可是，我没说他有女人气呀。至少您不要把我的话理解歪了，”公爵夫人又说，“嘿！这个人，只要认为有人想碰他的弟弟……”她把脸转向帕尔马公主，又说。

“这很好，让人听了心里头高兴，没有什么比两兄弟相亲相爱更叫人高兴的事了。”帕尔马公主说，就和许多平民百姓说的话一样，因为一个人在血统上可以属于王族家庭，而在思想上却可以属于老百姓家庭。

“既然我们讲到了您的家里人，奥丽阿娜，”公主说，“昨天，我看见您的外甥圣卢了。我相信，他有件事要求您帮忙。”

德·盖尔芒特先生皱了皱威严的眉头。当他不想给别人帮忙

莫罗

《青年和死神》

时，也不愿意他妻子管这个闲事，因为他知道这是一回事儿，公爵夫人不得求助于另一些人，他们会把账记在夫妻双方头上，这跟丈夫一个人请他们帮忙没什么两样。

“为什么他自己没来对我说？”公爵夫人说，“昨天，他在我这里待了两个钟头，上帝知道他能有多讨厌。如果他能像社交界的许多人那样不知道就不开口，他就不会比别人显得更蠢了。那种装腔作势的知识才是最可怕的。他想使自己的智力敞开大门……凡是不懂的都想弄懂。他居然给你讲摩洛哥，太可怕了。”

“因为拉谢尔的缘故，他不想回那里去了。”德·富瓦亲王说。

“可他们已断绝关系了呀。”德·布雷奥代插了一句。

“才没呢，两天前，我在罗贝的单身汉住所里看见她了，我向你们保证，他们根本不像闹翻的样子。”德·富瓦亲王回答道。他最爱散布能使罗贝结不成婚的流言蜚语了。况且，他也可能弄错，罗贝和拉谢尔的关系确实已结束，但断断续续还有来往。

“那个拉谢尔同我讲起过您。上午我常常看见她像这样经过香榭丽舍大街。正如您说的，她是一个轻佻的女人，一个风尘女子，‘茶花女’式的人物，当然是引申义（这些话是冯亲王对我说的，他随时都要装出精通法国文学和巴黎奥妙的样子）。”

“就是和摩洛哥有关……”帕尔马公主急忙抓住这个关键词，大声说。

“摩洛哥他能有什么事？”德·盖尔芒特先生正颜厉色地问，“奥丽阿娜在这方面毫无办法，他知道得很清楚。”

“他以为发明了战略，”德·盖尔芒特夫人继续顺着自己的思路说，“而且，他动辄就用稀奇古怪的搭配，可他写信却把纸弄得到处都是墨水。那天他说，他吃到了卓绝的土豆，他有办法租到卓绝的楼下包厢。”

“他会拉丁语。”公爵夸大其词地说。

“什么？拉丁语？”公主问。

“我以名誉担保！夫人可以问奥丽阿娜，我是不是夸大了。”

“怎么您不相信，夫人？那天，他一口气说了一句拉丁语：‘我没见过比 Sic transit gloria mundi[1] 更感人的例子了。’我能给殿下这样说，那是因为我们请教了一些语言学家，提了二十个问题后，终于把它拼凑起来了。可是罗贝是一口气说出来的。我们勉强能听出里面有拉丁词。他就像莫里哀的喜剧《没病找病》中的一个人物！这句话他是在奥地利皇后归天时说的！”

“可怜的女人！”公主大声说，“多好的人哪！”

“是的，”公爵夫人回答说，“有点疯疯癫癫，神经不大正常，但她很善良，是一个可爱的疯子。只是我一直没有弄清楚，她为什么不买一口牢固的假牙，她那口假牙不等她把话说完就脱开了，她只好暂停讲话，免得把假牙咽进肚里。”

“那个拉谢尔同我讲起过您，她对我说，小圣卢非常崇拜您，甚至喜欢您甚于喜欢她。”冯亲王一边狼吞虎咽地吃饭，一边对我说。他脸色鲜红，笑声不止，笑时露出了全部牙齿。

“要是这样，她该嫉妒我，讨厌我了。”我回答道。

---

[1] 拉丁语，意为这个世界的光荣就这样结束了。

“才不呢，她在我面前尽说您的好话。要是换了德·富瓦亲王的情妇，那她也许会嫉妒您的。您不明白？回头跟我一起走，我给您解释这一切。”

“不行，我十一点还要去德·夏吕斯先生家。”

“啊！昨天他叫人告诉我，让我今天去吃晚饭，但叫我不要在十点四十五分以后去。不过，如果您坚持要去，至少我们可以同路到法兰西剧院。到那里您就在周围了。”冯亲王说。无疑，他认为“周围”即是“附近”，或是“市中心”。

但是，在他胖乎乎、红通通的漂亮脸孔上，一双眼睛瞪得贼大，使我感到害怕，我借口有个朋友要来找我，婉言拒绝了。我觉得，这样的回答不会对他造成伤害。但冯亲王的看法可能不同，因为他后来再也不理我了。

“真的，我应该去探望那不勒斯王后，她该多么伤心！”帕尔马公主说道，至少我觉得她是这样说的，因为她的话是穿过冯亲王的话传到我耳朵里的，尽管亲王压低了嗓门（大概怕德·富瓦先生听见），但他离我更近，使得帕尔马公主的话听不清楚。

“啊！不，”公爵夫人说，“我认为她一点也不悲伤。”

“一点也不？您讲话总是太绝对，奥丽阿娜。”德·盖尔芒特先生说。他又充当起悬崖的角色来了，悬崖和海浪作对，迫使海浪抛出更高的浪花。

“我讲的都是事实，这一点巴赞比我更清楚，”公爵夫人说，“只是因为您在，他认为应该装出一本正经的样子，他怕您会反感。”

“啊！可别这样，”帕尔马公主大声说，她怕德·盖尔芒特公爵夫人妙趣横生的星期三聚会因为她的存在而受到影响。这个禁果，就连瑞典王后也一直无权品尝。

“是她亲口对他说的。当他像个凡夫俗子，悲伤地问她：‘王后在服丧？服谁的丧？陛下一定很悲伤吧？’‘不，不是大丧，是小丧，小小的丧，我姐姐去世了。’事实上，她很高兴，巴赞知道得很清楚，当天她就请我们去参加晚会了，还送给我两颗珍珠。我真希望她一天死一个姐妹！姐姐死了，她非但不哭，反而哈哈大笑。她心里想的可能是罗贝说的那句话：Sic transit[1]，下半句我记不清了。”为了显得谦虚，她故意只说前半句，尽管她清楚地记得后半句。

其实，德·盖尔芒特夫人这是在开玩笑，纯粹是瞎说，因为那不勒斯王后和德·阿朗松公爵夫人（她也悲惨地去世了）一样，心地都很善良，亲人死了，总是真诚地哀悼。德·盖尔芒特夫人对品格高尚的巴伐利亚姐妹——她的表姐妹了解很深，不可能不知道这点。

“他想不回摩洛哥去。”帕尔马公主又一次抓住德·盖尔芒特夫人无意中递给她的竿子——罗贝的名字，说道，“我想您认识德·蒙塞弗耶将军吧。”

“不很熟。”公爵夫人回答说，其实，她和这个将军关系很密切。帕尔马公主解释了罗贝的愿望。

---

[1] 全句应该是：Sic transit gloria mundi。

“我的上帝，如果我能看见他的话……也许我能碰到他。”公爵夫人不好当面拒绝，只好这样回答。听说是要她求德·蒙塞弗耶将军帮忙，她同他的关系似乎顿时变疏远了。然而，公爵对这模棱两可的回答很不满足，他打断妻子的话题：

“您明明知道不可能碰到他嘛，奥丽阿娜。”他说，“再说，您已经求过他两件事了，他都没给您办。我妻子就爱帮别人忙。”他越来越气愤地说，想迫使帕尔马公主收回请求，但又不想使她怀疑公爵夫人的诚意，想让她把责任推到自己的暴躁性格上。“罗贝如果想求蒙塞弗耶什么事，他自己可以去求他。只是因为他拿不定主意，就让我们去求他，他知道，这是把事情弄糟的最好办法。奥丽阿娜求蒙塞弗耶的次数太多，现在她求一次，他就有理由拒绝一次。”

“哦！既然这样，那公爵夫人最好什么也不要求他了。”德·帕尔马夫人说。

“那当然。”公爵做了结论。

“这个可怜的将军，他在选举中又一次被击败了。”帕尔马公主改变了话题。

“嘿！这不算什么，才第七次嘛。”公爵说。他因自己被迫离开了政界，很希望看到别人在选举中失败。

“他已找到安慰了，他又要让他的妻子生孩子了。”

“什么！可怜的德·蒙塞弗耶夫人又怀孕了？”公主惊叫起来。

“一点不错，”公爵夫人说，“这是可怜的将军唯一没有遭到失败的选区。”

从此，我经常被邀请——有时只有几个人——出席这样的宴会，欲罢而不能。我以前一直把这些宴会上的宾客，想象成圣徒小教堂的使徒。的确，他们就像最早的基督徒，聚集在盖尔芒特府，但不只是为了分享美味佳肴，而且好像在参加耶稣的最后一次社交晚餐。因此，没过多少回，我就同我主人的朋友全认识了。主人把我介绍给他们时，态度显得很亲切，好像我从来就受到他们慈父般的关怀，是他们最喜欢的人，致使那些朋友每次举行舞会，都要把我列入名单，否则，就是对公爵和公爵夫人的不敬。我一面喝着盖尔芒特家地窖珍藏的伊凯姆酒，一面品尝按不同配方烹调的美味佳肴。食谱每次都是由公爵亲自制定和修改的。但是，对于那些曾不止一次在这张圣桌上就过餐的人来说，不一定非来“领受圣体”。德·盖尔芒特先生和夫人的老朋友常在晚饭后前来拜访，用斯万夫人的话说，来参加“饭后剔牙聚会”[1]：冬天，在灯光明亮的大客厅里喝一杯椴花茶；夏天，在夜幕笼罩的长方形小花园内饮一杯橘子水。盖尔芒特家的花园聚会从来只招待橘子水。这似乎成了惯例。加其他饮料，似乎是对传统的背叛，正如在圣日耳曼区的盛大交际会上演出喜剧或演奏乐曲，就不成其为圣日耳曼区的交际会一样。即使来了五百人，也只应该被认为是来探望德·盖尔芒特亲王夫人。但我是例外，除了橘子水，我

[1] “饭后剔牙聚会”指饭后吃果品或喝咖啡等活动。

还能享用一玻璃瓶煮过的樱桃汁或梨汁，对我这个特权大家不胜惊异。就因为这瓶果汁，我对德·阿格里让特亲王产生了恶感。他和所有缺乏想象力，但不缺少贪婪的人一样，别人喝什么，他都赞叹不已，便要别人给他也来一点儿。因此，每次德·阿格里让特先生喝我这份定量的果汁，总使我感到扫兴。因为果汁不多，不够他喝的。没有什么能比一种果子的颜色转化成美味更叫人喜欢的了。煮过的果子，仿佛退回到了开花的季节。果汁就像春天的果园，呈现出紫红色，或者像果树下的和风，无色，清凉，让人一滴一滴地呼吸，一滴一滴地凝视。可是，德·阿格里让特先生每次都妨碍我饱览这一美景。晚会上尽管有糖煮水果，但是，传统的橘子水，也和椴花茶一样，始终不变。社交圣餐尽管平平常常，但照样进行下去。在这方面，正如我一开始所想象的那样，德·盖尔芒特先生和夫人的亲朋好友，毕竟和他们令人失望的外表给予我的印象很不一样。很多老头来到公爵夫人家，喝的是永远不变的饮料，受到的是很不热情的接待。然而，他们不是为了充当上流人士才来的，他们的出身比谁都高贵。也不是因为喜欢奢侈：他们也许喜欢，但是，到社会地位低一些的人家里去，会享受到更豪华的奢侈，因为就在同一个晚上，某金融巨子妩媚的妻子会尽一切努力，邀请他们参加为西班牙国王举办的、为期两天的、令人眼花缭乱的狩猎活动。然而，他们拒绝了，怀着侥幸心理，来看看德·盖尔芒特夫人在不在家。甚至，他们不能肯定在这里能听到和他们的看法完全一致的观点，或遇到让他们热血沸腾的情感。有时，德·盖尔芒特夫人会谈论德雷福斯案、共和国和反宗教法，甚至会悄声地议论他们，说他们生理上有哪些缺陷，谈吐何等乏味。对她的议论，他们只好装聋作哑，听而不闻。无疑，他们不改变习惯，是因为他们是训练有素的社交美食家，深知社交菜肴质量上乘，美味可口，货真价实，令人放心。对于社交菜肴的渊源和历史，他们知道得和女主人一样清楚，在这点上，他们要比自己所知道的更具有“贵族”气。然而，在这些饭后来访的客人中（经过主人介绍，我同他们都认识了），刚好有帕尔马公主谈到的德·蒙塞弗耶将军，他是德·盖尔芒特夫人沙龙的常客，但她不知道他那天晚上会来。他听到介绍的是我的名字，朝我鞠了一躬，好像我是高级军事法院院长。刚才，公爵夫人婉言拒绝把她的外甥推荐给德·蒙塞弗耶将军，我只当她天生不爱帮助人，而公爵同她一唱一和，成了她的同谋，正如即使不是在爱情上，至少在才智上他是她的同谋一样。当帕尔马公主无意中说的话使我意识到罗贝处境危险，应该调换工作时，我就更感到她这种冷漠的态度应该受到谴责了。后来，帕尔马公主畏畏缩缩地提出由她自己去对将军谈此事，可是，公爵夫人却百般阻挠，这时，我气愤至极，觉得公爵夫人心眼太坏。

“可是夫人，”她大声说，“蒙塞弗耶对新政府毫无影响，新政府也不信任他。您找他无疑是白费力气。”

“我觉得，他可能听见我们说话了。”公主悄声对公爵夫人说，让她说话小点声。

“殿下尽管放心，他耳聋得厉害。”公爵夫人还是大声说着，将军听得一清二楚。

“因为我认为德·圣卢先生在那里工作不安全。”帕尔马公主说。

“您要我怎么办？”公爵夫人回答道，“他的处境和大家一样，所不同的是，是他自己要求去那里的。况且，根本就没有危险，不然的话，您想，我能不管吗？我早就会在吃晚饭的时候同圣约瑟夫说这件事了。他的影响比这一位可要大得多，也勤快得多。您看，他已经走了。再说，同他打交道要比这一位容易得多。这一位恰好也有三个儿子在摩洛哥，人家可没有想给他们调动工作。他会拒绝的。既然殿下坚持，我以后同圣约瑟夫说一说……要是我能碰见他的话。要不，同博特雷耶说也可以。但是，如果我碰不见他们，您也不必太为罗贝担心。那天，有人同我们讲起过那里的情况。我认为他在那适得其所，在哪里也不如在那里好。”

“多好看的花呀！我从没见过这样好看的花。只有您，奥丽阿娜，才会有这样的奇葩异草！”帕尔马公主怕德·蒙塞弗耶将军可能听到了公爵夫人的谈话，想改变一下话题，说道，“我认出来了这种花，从前埃尔斯蒂尔在我面前画过。”

“您喜欢它们，我很高兴。它们可爱极了。瞧这紫莹莹、毛茸茸、细细长长的脖子。就是名字不好听，气味不好闻，正如英俊漂亮、衣着优雅的人，也会有难听的名字一样。尽管如此，我很喜欢它们。但它们快要死了，真叫人难过。”

“可它们是盆花呀，又不是摘下来的。”帕尔马公主说。

“不错，是盆花，”公爵夫人笑哈哈地说，“但这是一回事儿，因为它们是雌的。这种植物，雌雄不同株。我好比是一个光有一只母狗的人。我需要为我的花找一个丈夫。否则，我就不可能有后代。”

“多稀奇！可是，在自然界……”

“是的，有些昆虫可以做媒人，就像君主的婚姻，也是由第三者撮合的，未婚夫和未婚妻从没有见过面。因此，我向您发誓，这是真的，我吩咐我的仆人尽量把我的花放在窗口，有时向着院子，有时向着花园，希望能飞来昆虫给它们做媒。但这全靠运气。您想，那只昆虫要恰好已探望过我这花的异性同类，还要恰好必须想起到我家来送名片。可是，它到今天还没有来。我相信，我的花仍然是一个冰清玉洁、值得授予玫瑰花冠的少女。我承认，假如它放荡一些，我反而会感到高兴。瞧，就拿院里那棵美丽的树来说，它到死也不会有后代，因为这一带很少有这种树。它是由风充当媒介的，可是，我们的围墙有点儿太高。”

“是有点太高，”德·布雷奥代先生说，“只要把它降低几厘米，就可以了。这些事，应该要做才是。公爵夫人，您刚才请我们吃的冰淇淋味道很香，配料用的香精是从一种名叫香子兰的植物中提炼出来的。这种植物开出许多雌雄同体的花来，但中间隔着一层硬壁样的东西，影响授粉。如果没有一个名叫阿尔宾斯的留尼汪岛土生土长的黑人青年——顺便说一句，叫这个名字是相当滑稽的，因为这个词是白色的意思——想起来用一根小针使分开的雌雄器官发生关系，它们就不可能结果。”

“巴巴尔，您简直神了，什么都知道。”公爵夫人惊叹道。

“您也是呀，奥丽阿娜，您说的许多事我从来没有想到过。”

“我要告诉殿下，这些都是斯万教给我的，他老给我讲植物。有时候，我们觉得去参加茶会或看日场演出太无聊，就到乡下去，他让我看花类奇异的婚配，没有冷餐酒会，没有法衣圣器室，但比人类结婚有意思。但那时候，我们没有时间到远处去。现在有汽车了，坐着车到乡下去走走，那该有多好。可惜，在这期间，他自己也结了婚。这个婚姻更令人不可思议，而且，这一来，什么也就办不成了。啊！夫人，生活是可怕的事，你把时间用在做一些让你感到无聊的事上，你偶然认识了一个人，你可以同他一起去看有趣的东西，可他偏偏要像斯万那样结婚。我只好要么放弃到乡下去看植物，要么和一个不体面的人来往。在这两种不幸中，我选择了前者。再说，也没有必要走那么远。就在我的花园里，在光天化日之下，也有不成体统的事发生，比夜间……在布洛涅森林中发生的还要多！只是没有人注意罢了。因为花之间的事很简单，一阵橘黄色的小雨，或者一只满身灰尘的苍蝇前来擦脚或洗淋浴，然后飞进花里。这样就完事了！”

“放那盆花的五斗柜也很华丽，我想是帝国时代式样吧。”帕尔马公主对达尔文及其继承人的研究一窍不通，听不懂公爵夫人的玩笑，只好改变话题。

“很漂亮，是不是？夫人喜欢，我不胜高兴，”公爵夫人回答说，“这是一件珍品。我要对您说，我非常崇拜帝国时代式样的家具，后来不时兴了，但我仍然喜欢。我记得，在盖尔芒特城堡，我曾被婆婆羞辱过，因为我叫人把那些帝国时代式样的华丽家具全都从顶楼上拿了下来，陈放在我住的那个侧房里。这些家具是巴赞从孟德斯鸠家继承下来的。”

德·盖尔芒特先生莞尔一笑。其实，他应该记得，事实和他妻子讲的大相径庭。但是，在德·洛姆亲王同妻子情意绵绵、如胶似漆的短暂时间里，亲王夫人总喜欢拿她婆婆庸俗的审美观开玩笑，后来，德·洛姆亲王对妻子的爱消失了，但对母亲的俗气仍有些看不起，虽然他很热爱和敬重她。

“耶拿家也有一把用韦奇伍德[1]的嵌饰镶嵌的安乐椅，很漂亮，但我更喜欢我家的那把。”公爵夫人不偏不倚地说，好像这两张椅子都不是她的，“不过，我承认，他们家的有些奇货，我们是没有的。”

帕尔马公主沉默不语。

“这是真的。殿下您没见过他们的藏物。啊！您一定得和我一起去一次。那是巴黎最璀璨的宝物收藏地，一个有生命的博物馆。”

这个建议是公爵夫人最符合盖尔芒特精神的大胆建议，因为对帕尔马公主来说，耶拿夫妇是地地道道的篡夺者，他们的儿子和她的儿子一样，也叫德·瓜斯达拉公爵。德·盖尔芒特夫人抛出这个建议时，忍不住向其他客人投去愉悦和微笑的目光，因为尽管她尊敬帕尔马公主，但更爱标新立异。客人们也努力装出微笑。他们又惊又怕，但更是喜出望外，因为他们是奥丽阿娜“最新创造”的见证人，可以“趁热”讲给别人听。但他们没有惊得

[1] 韦奇伍德（1730—1795）：英国艺术家和工业家，优秀的制陶人。

目瞪口呆，因为他们知道，公爵夫人在生活中很善于向古弗瓦西埃家的一切偏见挑战，从而取得一次极有趣味的令人愉快的胜利。在最近几年中，她不是让德·奥马尔公爵和玛蒂尔德公主复归于好了吗？就是这位公爵，曾给公主的同胞兄弟写过一封闻名遐迩的信："在我的家族中，男的个个刚正不阿，女的个个白璧无瑕。"然而，不管奥马尔家族的亲王们多么正直，甚至在有意忘记自己有这个性格时也表现得很正直，德·奥马尔公爵和玛蒂尔德公主在德·盖尔芒特夫人家里照样产生了好感，继而互相来往起来。他们具有路易十八那种忘记历史的本领：富歇[1]曾投票处死他的王兄路易十六，但他不记前仇，任命富歇为警务大臣。德·盖尔芒特夫人现在又在酝酿使缪拉公主和那不勒斯王后接近的计划。听到公爵夫人的建议，帕尔马公主十分尴尬，就像荷兰和比利时的王位继承人奥朗日王子和德·布拉邦特公爵那样，当他们听到有人要把德·马伊-内斯尔先生和德·夏吕斯先生介绍给他们时，露出了一副窘态。但是，公爵夫人不等帕尔马公主表态，又大声说起来了（其实，她原先也不喜欢帝国式样的家具，是斯万和德·夏吕斯先生花了九牛二虎之力才使她喜欢上的，不过，德·夏吕斯先生对耶拿一家很看不上）："夫人，坦率地说，您看了那些藏品，一定会感到美极了。我承认，我对帝国时代式样的家具一直印象深刻。但到了耶拿家，就仿佛置身于幻景中。我们仿佛回

---

[1] 富歇（1759—1820）：法国政治家。1792年当选国民议会议员，投票赞成处死国王路易十六。王朝复辟时期，路易十八任命他为警务大臣。

到了，怎么对您说呢……回到了远征埃及的时代，回到了古代，埃及和古罗马侵入屋子，斯芬克斯停歇在安乐椅的腿上，蛇缠绕在枝形烛台上，一个高大的缪斯向你伸出一个小烛台，照亮着你玩纸牌，或者静静地待在壁炉上，把胳膊支在挂钟上，此外，所有的灯都是庞贝风格[1]，那些船形小床很像是尼罗河上发现的小船，可以期待摩西[2]从里面出来，还有古罗马的四马二轮战车，沿着床头柜边缘奔跑……”

“坐在帝国时代式样的椅子上不会很舒服。”帕尔马公主大着胆子说。

“是不舒服，”公爵夫人回答道，“但我喜欢，”继而她又微笑着强调说，“我就喜欢这种坐在包着石榴红丝绒或绿丝绸的红木椅上的不舒服劲儿。我喜欢这种军人的不舒服。他们只会坐象牙椅，在大厅中央架起束棒，堆起桂冠。我向您保证，在耶拿家，当您看到面前的墙壁上画着一个大坏蛋胜利女神，您就不会觉得坐着不舒服了。我丈夫快要认为我是坏保皇党人了，但您知道，我的思想并不正统。我向您保证，在那些人家里，您会爱上这些N，爱上这些蜜蜂的[3]。我的上帝，在君王统治时期，军人们很久没有

---

[1] 庞贝是意大利古城，庞贝风格是指在庞贝发现的图画的艺术风格，为希腊化时代艺术或亚历山大派艺术的变体。

[2] 摩西是《圣经》中犹太人的古代领袖。他出生后，被装进一只箱子藏在芦苇丛中，法老的女儿洗澡时发现了他，给他取名摩西，即“我把他从水中拉出来”的意思。

[3] N是Napoléon（拿破仑）的首字母，这里指第一帝国时代式样的家具。蜜蜂则是拿破仑三世和第二帝国的标志。

充分享受到荣誉，现在他们带回来多少桂冠，甚至连安乐椅的扶手上也放了桂冠，我觉得这别有一番风味！殿下应该去看看。”

“我的上帝，您认为应该去，那我就去，”公主说，“但我觉得不那么容易。”

“夫人看吧，一切都会安排好的。他们都是很好的人，不是笨蛋。我们曾带德·谢弗勒丝夫人去过，”公爵夫人又说，她知道这个例子很有说服力，“她高兴极了。耶拿家的儿子很讨人喜欢……我下面要说的可能不大得体，”她继而又说，“他有一间卧室，尤其是那张床，谁见了都想在上面睡一睡！当然是在他不睡觉的时候！下面的话可能更不得体：有一次，他生病卧床不起，我去看他。在他身旁，沿着床边，刻着一个修长、妩媚的美人鱼，尾巴是用螺钿做的，手中托着荷花。再加上旁边的棕叶饰和金皇冠，我向您保证，”德·盖尔芒特夫人又说，为了更突出她的讲话，故意放慢了速度，仿佛在用漂亮的噘嘴和富有表现力的尖手指给她的话造型似的，一面用温柔而深邃的目光凝视着帕尔马公主，“这确实非常动人，和居斯塔夫·莫罗[1]的《青年和死神》这幅画的布局完全一样。殿下想必知道这幅画吧？”

帕尔马公主甚至连画家的名字都没听说过，但她拼命地点头，热情地微笑，以表明她对这幅画很赞赏。但是脸部再富有表情，

[1] 居斯塔夫·莫罗（1826—1898）：法国象征主义画家和雕刻师。以神话和宗教题材的色情画著称。

眼睛却毫无光辉，一看她无光的眼睛，就知道她根本不知道这个画家。

“我想，他是一个漂亮的小伙子吧？”她问。

“不，他像一只貘。眼睛就像灯罩，同奥坦斯王后[1]的眼睛有点相像。他大概认为，对一个男人来说，让这种相像向其他部位展开，恐怕有点可笑，于是，到了脸颊那里，他就不再像奥坦斯王后了，他的脸蛋好像涂了一层蜡，看上去就像是古埃及苏丹的卫兵。好像每天早晨有人来给他打蜡似的。”接着，她把话题拉回到年轻公爵的睡床上。“斯万看见这个美人鱼和居斯塔夫·莫罗的《死神》很相像，感到很吃惊。不过，”为了更引人发笑，她用更快的速度更严肃的语气补充说，“我们用不着吃惊。小伙子得的是鼻炎。他壮得像头牛，像有魔法保护似的。”

“据说他附庸风雅？”德·布雷奥代先生不怀好意地、兴奋地问道，期待人们做出他所希望的明确的回答，“有人对我说，他右手只有四个指头，这是真的吗？”

“我的……上帝，不是……的。”德·盖尔芒特夫人宽容地笑了笑，回答道。“从表面看，他也许有点儿附庸风雅，因为他太年轻了。如果他真是这种人，那我会感到吃惊的，因为他是个聪明人，”她又说，仿佛在她看来，附庸风雅和聪明是水火不相容的。“他很风趣，我曾见过他的滑稽样，”她进而又说，露出了鉴赏家

---

[1] 奥坦斯王后（1783—1837）：拿破仑的妻子约瑟芬同她的前夫所生的女儿，拿破仑三世的母亲。

和行家的笑容，似乎说一个人滑稽，必须做出这种愉快的表情，也可能是德 · 瓜斯达拉公爵的俏皮话此刻又在她耳边响起。“再说，他还没有被社交界接受，因此，没有必要说他附庸风雅。”她又说，也不管这样说会不会让帕尔马公主泄气。

“我在想，要是德 · 盖尔芒特亲王知道我到她家去过，他会怎么说。他叫她耶拿夫人。”

“怎么会呢？”公爵夫人激烈地叫道，“我们把一个帝国时代式样的弹子房整个儿地让给希尔贝了。（她如今后悔莫及！）这都是鸠鸠传给我们的，美极了！这里没地方搁，但我觉得，放在这里比放在他那里强。那些东西美极了，一半是伊特鲁立亚[1]风格，一半是埃及风格……”

“埃及？”公主问。她不知道伊特鲁立亚是怎么回事。

“我的上帝，两种风格兼而有之，是斯万对我们说的。他给我讲了半天。只是，您知道，我才疏学浅，因此似懂非懂。不过，夫人，有一点得搞清楚，帝国风格的埃及和真正的埃及毫无关系，耶拿家的罗马人同真正的罗马人完全是两码事，他们的伊特鲁立亚……”

“真的！”公主说。

“是的，正如第二帝国时期，在安娜 · 德 · 穆西或亲爱的布里戈德的母亲年轻的时候，有些服装叫路易十五式服装，但与路易十五毫无关系一样。刚才，巴赞同您谈到贝多芬。那天，有人给

[1] 伊特鲁立亚为意大利旧地区名。

我们弹了他的一首曲子，很美，但不够奔放，这首曲子中有一个主题具有俄国风格。想到贝多芬以为这就是俄国音乐了，我们不能不受感动。同样，中国画家以为自己在模仿贝里尼。甚至在同一个国家，当有人用一种比较新的方法看待事物，百分之百的人根本看不出他要表现什么。至少要过四十年才能搞清楚。”

“四十年！”公主吓了一跳，惊叫道。

“那当然。”公爵夫人继续说，她特殊的发音使她说的话（几乎就是我的话，因为我刚好在她面前发表了类似的看法）越来越具有书面语言中“斜体字”的意味，“这很像是一个尚不存在，但将会繁衍生息的种类孤立地出现的第一个个体，这一个体具有和它同时代的人类所没有的感觉。我可以说是例外，因为我向来喜欢有趣的新事物，它们刚一露头，我就喜欢上了。但是，那天我和大公夫人一起去卢浮宫，我们从马奈的《奥林匹亚》前经过。现在再也没有人会对这幅画感到吃惊了。它看上去就像是安格尔的画！然而，上帝知道我为什么要为这幅画辩护，我并非喜欢它的一切，但可以肯定它出自高手。也许它的位置不完全在卢浮宫。”

“大公夫人好吗？”帕尔马公主说。她对沙皇的姑妈远比对马奈的模特儿熟悉。

“很好。我们谈起您了。实际上，”公爵夫人仍然顺着自己的思路说，“正如我的小叔子帕拉墨得斯所说的，人与人之间隔着语言的障碍。此外，我承认，谁也没有希尔贝和别人之间的障碍大。您有独立的思想，如果您觉得到耶拿家去能使您快乐，您就不必考虑可怜的希尔贝会怎样想。他是一个可爱的老实人，但他墨守成规，因循守旧。我觉得，我同我的车夫，同我的马，要比同希尔贝更接近，更有血缘关系。他动不动就说，勇夫腓力[1]或胖子路易[2]统治时期的人会怎么想。他在乡间散步时，总是傻乎乎地用拐杖叫农民让路，嘴里说着：'让开，乡下人！'说真的，当他同我说话时，就好像是古代哥特式坟墓中的'死者卧像'在同我说话，我会非常惊讶。这个活卧像尽管是我的堂兄弟，但却使我胆战心惊，我只有一个念头，那就是让他留在他的中世纪。除此之外，我承认，他从来没有杀过人。"

"刚才，我恰好和他一起在德·维尔巴里西斯夫人家吃晚饭了。"将军说，但他的脸上没有笑容，也不赞成公爵夫人开这样的玩笑。

"德·诺布瓦先生在吗？"冯亲王问。他念念不忘加入法兰西伦理学和政治学院。

"在，"将军说，"他还谈到了你们的皇帝呢。"

"据说威廉皇帝很聪明，但他不喜欢埃尔斯蒂尔的画。不过，我不是说他做得不对，"公爵夫人说，"我是同意他的看法的。尽管埃尔斯蒂尔给我画过一幅漂亮的像。呀！您不知道有这幅像？画得并不像，但很妙。他让人摆姿势时很有意思。他让我摆成老

[1] 勇夫腓力（1245—1285）：法国国王（1270—1285）。在位期间，君主权力有所扩大，统治地盘有所扩展，但对外政策和军事冒险大都失败。

[2] 胖子路易（1081—1137）：法国国王（1108—1137）。在位期间，大部分时间花费在同贵族进行斗争上，实行绥靖政策，同教会和教士保持良好的关系。

太婆的姿势。这是在模仿哈尔斯[1]的《养老院的女管理员们》。我想，您一定知道这些，正如我外甥说的，‘至高无上’的作品吧。”公爵夫人轻摇着黑羽毛扇，转脸对我说。她端坐在椅子上，高雅地仰着头，因为尽管她从来就是贵妇，但还要装一装贵妇的派头。我说，我从前去过阿姆斯特丹和海牙，但没有去哈勒姆，因为时间紧，只好突出重点。

“啊！海牙，那可是个大博物馆！”德·盖尔芒特先生喊道。我对他说，他在那里一定看到维米尔的《代尔夫特风景》了。可是，公爵孤陋寡闻，却傲气十足。他装出自命不凡的样子，只限于回答我的问题，就像每次有人同他谈起某博物馆或某画展的一幅画，他又记不起来的时候所做的那样：“如果值得一看，那我一定看过！”

“怎么！您去荷兰旅行，连哈勒姆[2]都没去？”公爵夫人大声说，“哪怕您只有一刻钟的空暇，去看一看哈尔斯的画，也是了不起的事。我敢说，如果把他的画放在露天展览，即使只能从飞速前进的电车顶层高处看它们，也会惊得目瞪口呆。”

这句话似乎想说明我们的眼睛不过是一架快速摄影机，不知道艺术作品是怎样使我们产生印象的，因此，我听了心里感到不舒服。

---

[1] 哈尔斯（约 1580—1666）：荷兰肖像画家和风俗画家，年轻时的作品充满活力和快乐，晚年作品充满孤独悲哀。《养老院的女管理员们》是他晚年的作品。

[2] 哈勒姆是荷兰西部港口城市，距北海七公里。12 世纪为城堡，17 世纪繁荣，贸易甚盛，又为欧洲艺术中心之一。那里有哈尔斯博物馆，设有 17 世纪养老院。

德·盖尔芒特先生见她如此内行地同我谈论我感兴趣的问题，高兴至极。他凝睇妻子赫赫有名的风采，聆听她对于弗兰茨·哈尔斯发表的高见，暗暗思忖："她通今博古，晓畅一切。我这位年轻的客人可能认为他面前的是一位名副其实的旧时代的贵妇，当今找不出第二个。"正如我所看到的那样，他们同盖尔芒特这个名字已完全脱离了关系。从前，我根据他们的名字，想象他们过着一种异乎寻常的生活，现在我觉得他们和别的男人或女人没有两样，只是比他们同时代人稍微落后一些，不过，两人落后的程度不等，就和圣日耳曼区的许多夫妇一样，妻子神通广大，能够停留在黄金时代，丈夫却运气不佳，只能回到往昔的青春期，当丈夫已进入奢靡的路易-菲利浦时代，妻子却还停留在路易十五时代。当我看到德·盖尔芒特夫人和其他女人没有两样时，起初颇感失望，但由于反作用力，再加上喝了几杯美酒，我开始感到这是令人赞叹的事。如果我们根据名字，想象一个名叫奥地利的唐·胡安[1]的男人或一个名叫伊莎贝尔·德·埃斯特[2]的女人，我们会看到他们同真实历史毫无联系，就像梅塞格利丝这一边和盖尔芒特那一边毫不相干一样。无疑，在现实中，伊莎贝尔·德·埃斯特是一个小小的公主，她和在路易十四宫内没有取

---

[1] 奥地利的唐·胡安（1547—1578）：神圣罗马帝国皇帝查理五世的私生子。西班牙国王腓力二世的异母兄弟，一生中参加过许多战争。

[2] 伊莎贝尔·德·埃斯特（1474—1539）：于1490年嫁给德·卢多维科·贡扎加侯爵（1466—1519）。她是意大利文艺复兴时期重要人物之一，资助诗人、哲学家、建筑师和画家。

得特殊地位的公主们大同小异。但当我们把她想象为独一无二的，因而是无与伦比的人时，就会把她看得和路易十四一样伟大，以至我们把和路易十四共进晚餐只看作一件有点趣味的事，如果我们同伊莎贝尔·德·埃斯特有一次超自然的相遇，就会把她当作小说的主人公。然而，当我们研究了伊莎贝尔·德·埃斯特，耐心地把她从这个神话世界移到真实的历史中，觉察到她的思想和生活一点也不具有她的名字使我们想象出来的那种神秘性，这时候，我们会感到失望，但继而会由衷地感谢这位公主，因为她对曼泰尼亚的画了如指掌，她在这方面的知识可与拉弗内斯特[1]先生相提并论，我们至今尚未重视拉弗内斯特先生的知识，拿弗朗索瓦丝的话来说，我们把它看得“比泥土还要低下”。我爬上了高不可攀的盖尔芒特这个名字的高峰，沿着公爵夫人的生活足迹下坡，发现了一些熟悉的名字：维克多·雨果、弗兰茨·哈尔斯，可惜还有维尔贝，我不禁感到万分惊异，就像一个旅行者，在中美或北非一个荒野山谷中，由于地理位置遥远，花木名称奇异，觉得到处是奇风异俗，但当他穿过一片巨大的芦荟地或一排毒番石榴林之后，发现居民——有时居然在一个古罗马剧场和一根雕刻着维纳斯女神的柱子遗迹面前——正在阅读伏尔泰的《梅罗普》或《阿勒齐尔》，会感到多么惊讶。德·盖尔芒特夫人不为名，不为利，努力通过相似的文化，了解她永远不可能了解的文化，这种相似文化，对于我所认识的有文化的资产

[1] 拉弗内斯特（1837—1919）：法国诗人和文艺评论家。曾任卢浮宫博物馆馆长。

阶级妇女来说，是那样遥不可及、那样高不可攀，但它非常值得赞扬，可由于派不上用场而让人感到可悲，就像一个精通腓尼基文化的政治家或医生，一样值得称赞，但也同样叫人感到可惜。

“我本来可以给您看一幅很漂亮的画的，”德·盖尔芒特夫人亲切地同我谈着哈尔斯，“据有些人说，这是最漂亮的一幅画。我是从一个德国表亲那里继承过来的。可惜它在城堡里是一块‘采邑’。您不知道这个词？我也是才知道。”她继而又说，她喜欢拿旧习俗开玩笑，以为这样就显得时髦，但她却不自觉地、苦苦地眷恋着旧习俗。“您看了我那几幅埃尔斯蒂尔的画，我很高兴，但我承认，如果我能让您看哈尔斯的那幅作为‘采邑’的画，我会更高兴。”

“我知道那幅画，”冯亲王说，“是黑森大公的肖像。”

“正是，他兄弟娶了我的姐妹，”德·盖尔芒特先生说，“而且，他母亲是奥丽阿娜母亲的堂姐妹。”

“至于埃尔斯蒂尔先生，”冯亲王又说，“我冒昧地说一句，尽管我没有看过他的画，因而提不出任何意见，但我并不认为威廉皇帝应该克制对他的一贯仇恨，威廉皇帝是绝顶聪明的人。”

“是的，我和他一起吃过两次饭，一次是在萨冈姑妈家，一次是在拉吉维乌姑妈家。应该说，我觉得他非同寻常。我没觉得他头脑简单！但他身上有一种像绿石竹那样‘人为’的有趣的东西（她一个字一个字地咬得很清楚），也就是一种使我惊奇，但不怎么讨我喜欢的东西。人工造出这种东西来固然令人感到吃惊，但我认为不造出来也未尝不可。我希望我的话不会使您感到不高兴。”

“威廉皇帝绝顶聪明，”冯亲王又说，“他酷爱艺术，对艺术作品的鉴赏力可以说万无一失，从来不会搞错：如果一件作品很美，他一眼就能识别，并且立即恨之入骨；如果他对一件作品表现出反感，那就不用怀疑了，这肯定是一幅杰作。”

大家都乐了。

“您的话让我放心了。”公爵夫人说。

“我非常乐意拿皇帝和我们柏林的一位老考古学家做比较。”亲王接着又说，他把 archéologue（考古学家）说成了 arshéologue，他不知道这个词的读音（就好比书写时写成 kéologue），但他从不放过使用这个词的机会，“老考古学家在亚述古建筑物前会恸哭不止。但遇到假文物和赝品，他就不会流泪。因此，当你想知道一件文物是真货还是赝品，你就拿去给老考古学家鉴定，他哭了，你就替博物馆把它买下来，如果他的眼睛是干的，你就把它退回给商人，还可对商人起诉。嗳！每当我在波茨坦宫吃饭，只要听到皇帝说：‘亲王，您应该看一看，真是天才之作。’我就把有关作品记下来，以后决不问津，如果听到他对一个画展严词谴责，我一有可能，就跑去观看。”

“诺布瓦是不是不赞成英法言和？”德·盖尔芒特夫人说。

“这对你们有什么好处？”对英国人恨之入骨的冯亲王愤怒而阴险地发问，“他们遇（愚）蠢透了。我知道，他们不会以军人身份帮助你们。但是，我们仍然可以根据他们将领的遇蠢对他们做出评价。最近，我的一个朋友同博塔[1]聊过一次。您知道吗？他是布尔人[2]的首领。博塔对我朋友说：‘军队搞成这个样子，那真是太可怕了。其实，我还是挺喜欢英国人的，但您想想，我不过是一个能（农）民，但每一仗我都把他们打得落花流水。就说最后这一仗吧，敌人的兵力比我大二十倍，我顶不住了，不得不投降，但我还是抓了他二千名俘虏！这够不错的了。因为我不过是能民出身的将领。如果这些笨蛋和一支真正的欧洲军队较量，结果是可想而知的！’此外，您只要看一看他们的国王，他是怎样一个人，大家都知道，但在英国却成了伟人。”

我心不在焉地听着冯亲王的絮叨。他讲的故事和德·诺布瓦先生给我父亲讲的大同小异，它们不能为我的梦幻提供精神食粮。即使它们有引起我幻想的东西，那也得有很强的刺激性，方能使我的内心生活在这种社交时刻恢复活力，因为此刻我只注意我的表皮、头发和衬衣，也就是说，平时生活中的乐趣，这时我丝毫也感受不到。

“啊！我不同意您的看法，”德·盖尔芒特夫人觉得冯亲王讲话不知轻重，反驳道，“我觉得爱德华七世[3]十分可爱，十分朴实，比大家认为的要精明得多。他的王后即使是现在也仍然是我认识

[1] 博塔（1862—1919）：南非军人和政治家，南非联邦第一任总理。他主张布尔人与英国人和解，建立统一的南非国家。

[2] 布尔人是南非荷兰血统的白人。布尔人在荷兰语中意为“农民”。

[3] 爱德华七世（1841—1910）：英国国王。年轻时曾是巴黎社交界的知名人物，登基后，他的亲法立场促使英法接近。

的人中最漂亮的。”

“可是，公爵妇（夫）人，”亲王恼怒地说，他没有发觉别人在讨厌自己，“如果威尔士亲王只是一个普通人，那么，就没有一个社交圈会接纳他，没有一个人会同他握手。王后妩媚迷人，温和善良，但愚昧无知。这对国王夫妇毕竟有让人反感的东西：他们全靠臣民供养，让犹太金融巨头支付他们的一切开支，作为交换，他不得不封这些犹太人为准男爵。就像德·保加利亚亲王……”

“他是我们的表兄弟，”公爵夫人说，“他很有才智。”

“也是我的表兄弟，”冯亲王说，“但是，我们不会因此而认为他是一个真（正）直人。不！你们应该和我们接近，这是皇帝的最大心愿，但他希望是诚心诚意的接近。他说：我要的是握手，而不是脱帽，这样，你们就会立于不败之地。这比德·诺布瓦先生鼓吹的英法言和更实际。”

“您认识德·诺布瓦先生，我知道。”公爵夫人为了让我也加入谈话，对我说。我想起德·诺布瓦先生曾说过我似乎想吻他的手，他可能对德·盖尔芒特夫人讲起过这件事，他在她面前无论如何只会讲我的坏话，因为，尽管他同我父亲交情不错，但他仍毫不犹豫地叫我当众出丑，想起这些，我就没有像一个上流社会人士应该做的那样回答公爵夫人：一个上流社会人士可能会说他讨厌德·诺布瓦先生，而且已让他感到自己讨厌他；他这样说是为了让人知道，大使说他坏话，是因为纯属报复行为，一派胡言乱语。可是，我却说，我认为德·诺布瓦先生不喜欢我，我深感遗憾。“您错了，”德·盖尔芒特夫人回答我，“他非常喜欢您，您可以去问巴赞。如果说，在众人眼里，我爱客套的话，巴赞可不是这样，他会对您说，我们从没有听到诺布瓦像赞扬您那样赞扬过一个人。最近，他还想给您在外交部找一份好工作哩。但他知道您身体不好，不会接受，所以都没敢把他的想法告诉您父亲。他对您父亲可是推崇备至。”德·诺布瓦先生恰恰是最后一个我可以期待从他那里得到帮助的人。事实上，尽管德·诺布瓦先生爱嘲弄人，甚至经常不怀好意，但他的外表却使人感到公道，很像在一棵橡树底下仲裁民事的圣路易[1]，说话的声音悦耳动听，富有同情心。那些和我一样相信他的外表和声音的人，听到一个说话向来诚恳的人说他们的坏话，便以为这是真正背信弃义的行为。德·诺布瓦先生经常讲别人的坏话。但这不妨碍他有同情心。他照样会称赞他喜爱的人，照样会乐于助人。

“再说，他赏识您，我并不感到吃惊，”德·盖尔芒特夫人对我说，“他很聪明。”接下来，她影射了一桩正在酝酿中的婚事，我还没有听说过：“我很清楚，我婶婶作为他的老情妇就已经不讨他喜欢了，当然，做他的新娘就更是多余的了。而且，我认为她早已不再是他的情妇了，她信教过分虔诚。波阿斯-诺布瓦[2]完全

[1] 圣路易（1214—1270）：即路易九世，法国卡佩王朝最伟大的国王，英明，公正。他常在他花园的一棵橡树下仲裁民事。

[2] 波阿斯是雨果诗集《历代传说》第一首诗《酣睡的波阿斯》中的人物，一位富有的老人，取材自《圣经》。小说中，公爵夫人把诺布瓦比作波阿斯，故称他为波阿斯-诺布瓦。

可以引用维克多 · 雨果的一句诗：

与我共枕的女人，上帝啊！

早已离开我的床笫，投入你的怀抱！

我可怜的婶婶就像那些先锋派艺术家，一生中不停地攻击法兰西学士院，可到了暮年，却创立了自己的小法兰西学士院，或者，像那些还俗的人，到头来又建立起自己的宗教。照这样，还不如不还俗，或不姘居。谁知道呢，”公爵夫人沉思着说，“也许考虑到将来会寡居吧。没有比死了人却不能为之服丧更悲伤的事了。”

“啊！要是德 · 维尔巴里西斯夫人变成德 · 诺布瓦夫人，我相信，我们的表兄弟希尔贝会感到难过的。”德 · 圣约瑟夫将军说。

“德 · 盖尔芒特亲王为人不错，但他确实很看重出身和礼节。”帕尔马公主说，“那次亲王夫人不幸生病，我到他的乡间住所待了两天。小不点儿（德 · 于诺尔斯坦夫人的绰号，因为她长得高头大马）陪我去了。亲王下台阶迎接我，让我挽住他的胳膊，却装出没看见小不点儿。上完台阶，来到客厅门口，亲王闪身给我让路，这时，他才说：‘啊！您好，德 · 于诺尔斯坦夫人（自从同她分手后，他只叫她德 · 于诺尔斯坦夫人）’，装出刚看见小不点儿的样子，表明没有必要到石阶下去迎接她。”

“我一点也不奇怪。我不用对您说，我和我的堂弟对许多问题的看法都不一致。”公爵说，自以为是一个极端的新派人物，比谁都蔑视出身，甚至是一个共和主义者。“夫人也许有所感觉，我和他几乎在所有问题上都有截然不同的看法。但我要说，如果我婶婶要嫁给诺布瓦，这一次我会站到希尔贝一边。身为弗洛里蒙·德·吉斯的女儿，却嫁给这样一个人，这正如俗话所说，会让母鸡笑掉大牙，您叫我怎样对您说呢？（这最后一句话，公爵一般把它插在一句话的中间，放在这里完全是多余的。但他随时都要用到它，如果句中找不到位置，他就把它甩到一个和谐复合句的末尾。这对他好像是一个格律问题，非常重要。）不过，请注意，”他接着又说，“诺布瓦的亲属却是正直的绅士，出身高贵，家世悠久。”

“听着，巴赞，既然您赞成希尔贝的看法，又何必对他冷嘲热讽呢？”德·盖尔芒特夫人说。她认为，一个人出身是不是“高贵”，这和酒一样，要看年代是不是悠久。这一点，她和德·盖尔芒特亲王和德·盖尔芒特公爵所见相同。但她没有堂兄弟直率，比丈夫精明，因此，她说话决不违背盖尔芒特精神，哪怕在行动上死拽住地位不放，也要在口头上将它蔑视。

“你们和他不是还沾亲带故吗？”德·圣约瑟夫将军问，“在我的印象中，诺布瓦曾娶过拉罗什富科家的一位小姐。”

“不是那样的关系。她是德·拉罗什富科公爵那个旁系的。我外祖母是德·杜多维尔公爵这个旁系的，她也是爱德华·戈戈的祖母，戈戈是家族中最有智慧的。”公爵回答说，他对智慧的看法有点肤浅，“从路易十四以来，这两个旁系再也没有联姻过。我们和他的关系比较远。”

“噢，这挺有意思。我不知道这个情况。”将军说。

“况且，”德·盖尔芒特先生接着说，“据我所知，他母亲是德·蒙莫朗西公爵的姐妹，先嫁给了拉都·德·奥弗涅家族中的一个人。但是，这些叫蒙莫朗西的人和蒙莫朗西家族勉强沾点边，而这些叫拉都·德·奥弗涅的人也根本不是拉都·德·奥弗涅，因此，我看不出这可以给他显要的地位。他说他是圣特拉依[1]的后裔，这也许倒还有点意义，因为我们是圣特拉依的直系……”

在贡布雷，有一条圣特拉依街，离开贡布雷后，我再也没有想起它。街的一头与布勒托内里街相邻，另一头通向鸟儿街，因为贞德的伙伴圣特拉依娶了一位盖尔芒特小姐为妻，导致德·贡布雷伯爵领地归入盖尔芒特家族，圣特拉依的纹章也陈放在圣伊莱尔教堂一个彩绘玻璃窗下，使得盖尔芒特家族的纹章左右为难，无所适从。当谈话出现转调，重新使盖尔芒特这个名字具有我从前常常听到的、现在已经忘却的音调时，我仿佛又看到了黑陶土的台阶，而今晚，请我吃饭的殷勤周到的主人给予这个名字的音调，和我从前听到的音调是多么不同啊！如果说德·盖尔芒特公爵夫人的名字对我是一个集合名词的话，那么，这不仅是历史上许多女人都叫这个名字，而且在我短暂的青年时代，我在这一个德·盖尔芒特夫人身上，已看到许多彼此不同的女人相继出现，

---

[1] 圣特拉依：15 世纪法国军人，女英雄贞德的伙伴，后被命名为元帅。

当下一个在她身上扎根时，前一个就会销声匿迹。词的意义在几个世纪内都不会有很大改变，但名字对我们来说，只消几年就会有很大变化。我们的记忆不够牢固，心不够博大，不可能把什么都记住。我们的大脑没有足够的空间，既能记住活人，也能不把死人忘记。我们只好在过去的、偶然发掘出来的——就像刚才对圣特拉依进行的发掘一样——东西上进行构思。我觉得，解释这一切是多余的，即使在刚才，当德·盖尔芒特先生问我‘您不认识我们那位圆滑诡诈的人’的时候，我也没有作声，实际上我这是在撒谎。也许他知道我认识他，只是他受过良好的教育，不好意思坚持罢了。我正在胡思乱想，德·盖尔芒特夫人把我拉回到现实中。

“我觉得讲这些太乏味。听着，我们家不总是这样乏味的。我希望您不久再来补吃一顿饭，下次就不会再摆家谱了。”公爵夫人低声对我说。她不可能明白她家哪些东西对我有吸引力，不可能放下架子，甘当一本积满古代植物的标本集来博得我的欢心。

德·盖尔芒特夫人认为，公爵和将军不停地谈论家谱会使我感到失望，而事实恰恰相反，正是因为他们谈起了家谱，才使我这个晚上不完全感到失望。在这之前我怎能不感到失望呢？我感到，晚宴上的宾客，使这个我从前只能进行远距离想象的神秘莫测的名字，蒙上了一层平淡无奇、俗不可耐的色彩，给它加上了和我认识的人一样平庸，甚至更平庸的躯壳和脑袋，就和每一个迷恋《哈姆雷特》的读者走进丹麦的埃尔西诺港[1]所得到的印象一样。当然，这些地区和这段历史使这些客人的名字布满了乔木林和哥特式钟楼，某种程度形成了他们的形象、思想和偏见，但这只是因果关系，也就是说，可以用智慧把地区和历史分析出来，但想象力在此却无用武之地。

昔日的这些偏见，骤然在德·盖尔芒特先生和夫人的朋友们心中恢复了诗意。贵族头脑中的观念，无疑能使贵族变成文学家和（名字的，而不是词的）词源学家（仅仅同一般无知的资产阶级相比较罢了，因为即使一个平庸的教徒比一个平庸的自由思想家更能回答你关于礼拜仪式的问题，但是一个反教权的考古学家却比本堂神甫更了解教区的教堂），但是，如果我们想说真话，也就是想保持理智的头脑，那么，这些观念对这些大领主的诱惑力，甚至不如对一个资产阶级人士的诱惑力大。他们知道德·吉斯公爵夫人是克莱芙公主、奥尔良公主，或者是波西安公主，这一点，我也许不如他们，但他们在知道这些名字前，就认识德·吉斯公爵夫人的面孔了，从此，听到德·吉斯公爵夫人的名字，就会想起她的面孔。我是从仙女开始的，尽管她瞬间即逝；而他们却先认识人。

在资产阶级家庭中，妹妹比姐姐早结婚，有时会引起姐姐的嫉妒。而贵族社会（尤其是古弗瓦西埃家族，盖尔芒特家族也不例外）总是天真地把贵族的伟大仅仅归结为家族的优越。我首先是从书本中了解到贵族的这种天真的想法的（在我看来，这是

---

[1] 埃尔西诺港是莎士比亚的悲剧《哈姆雷特》的故事发生地。现名赫尔辛格。

贵族社会唯一的魅力）。达勒芒[1]在回忆录中得意扬扬地叙述了德·盖梅内先生[2]对他兄弟的大声吆喝：“你可以进来，这里不是卢浮宫！”还叙述了德·盖梅内先生对德·罗昂骑士[3]（德·克莱蒙公爵的私生子）的评价：“他至少是亲王。”达勒芒在讲罗昂家族[4]这些事情时，难道不像在讲盖尔芒特家族吗？在德·盖尔芒特先生和圣约瑟夫将军的谈话中，只有一件事使我听了不舒服：我看到，关于可爱的卢森堡大公继承人的流言蜚语在这个沙龙里也能找到市场，正如圣卢的朋友们对这些谣言信以为真一样。显然，这是一种流行病，蔓延的时间只有两年，但人人都会染上。在传播谣言的同时，还添枝加叶，散布新的谣言。就连德·卢森堡夫人也是如此，她好像是在捍卫她的侄子，但我明白，其实她是在向大家提供进攻的武器。“您为他辩护是不对的。”德·盖尔芒特先生对我说，圣卢也这样对我说过。“好吧，我们亲戚的话您可以不听，尽管看法都是一致的。您可以找他的仆人们聊聊，他们毕竟最了解我们。德·卢森堡夫人把她的小黑奴送给了他。黑奴哭着跑回来说：‘大公打我，我不是坏蛋，大公坏，让人吃惊。’我说的话我是能负责的，他是奥丽阿娜的一个表兄弟。”

[1] 达勒芒（1619—1692）：法国回忆录作家。

[2] 德·盖梅内是15世纪蒙巴松领地的第一个领主，后来成了德·盖梅内亲王，因为没有后代，死后领地传给了他的兄弟德·蒙巴松公爵。

[3] 罗昂骑士（1635—1674）：法王路易十四的犬猎队队长。

[4] 罗昂家族是法国最有名的家族之一，是布列塔尼国王的后裔，盖梅内家族、蒙巴松家族都是罗昂家族的旁系。

那天晚上，表兄弟和表姐妹这两个词我不知道听到多少次。首先，每当有人提到一个名字，德·盖尔芒特先生总是高兴地大喊大嚷："这是奥丽阿娜的一个表兄弟！"他就像在森林中迷路的人突然看见一块路标，路标上有两个反向的箭头分别指示卡西米尔-珀里埃亭子和犬猎队队长十字架，箭头下面写着很小的公里数，他知道自己走对了路，不禁欣喜若狂。其次，土耳其大使夫人出于完全不同的目的（唯一的例外），也不断使用表兄弟、表姐妹这些字眼。大使夫人是晚饭后才来的。她雄心勃勃，渴望在社交界大显身手。她天资聪颖，博闻强记，不论什么，万人撤退史[1]也好，鸟类性倒错也好，她学起来都易如反掌。德国最新出版的著作，不管是政治经济史，还是形形色色的精神病和手淫、伊壁鸠鲁的哲学，她都无所不知，无所不晓。此外，她说的话是非常不可信的，因为她常常本末倒置，把白璧无瑕的贞女说成不守规矩的淫妇，把廉正无私的君子说成值得提防的小人。她讲的事就好像是书中的故事，当然，不是因为它们严肃，而是荒诞无稽。

在那个时期，她能够出入的人家不是很多。几个星期来，她常去看望像德·盖尔芒特夫人那样杰出的贵妇，但总的来说，她还只能和贵族世家中一些已经失去光彩的人家来往，盖尔芒特一家早就同这些人断绝关系了。她希望人家感到她同上流社会来往

[1] 万人撤退史是指公元前400年，被波斯国王小居鲁士征用的万名希腊雇佣军穿过亚美尼亚山地，克服重重困难，返回故乡的历史。古希腊历史学家色诺芬（约前430—约前355）在《远征记》中有记载。

密切，便常常提到她的朋友们的名字。她这些朋友在社交界不受欢迎，但名字却很响亮。德·盖尔芒特先生一听，便以为是他家饭桌上的常客，认为是他的一个熟人，心里乐颠颠的，便随声附和，大声嚷着："哟，那是奥丽阿娜的一个表兄弟！我对他了如指掌。他住在瓦诺街。他母亲以前是德·于塞斯小姐。"于是，大使夫人只好承认，她说的这个例子取自更小的动物。她竭力把她的朋友同德·盖尔芒特先生的朋友联系起来，接过公爵的话头，拐弯抹角地说："我知道您说的是谁，我说的不是他们，而是他们的表兄弟。"但是，可怜的大使夫人的退路很快就给堵住了，因为德·盖尔芒特先生颇感失望，回答说："啊！那我就不知道您说的是谁了。"大使夫人无言以对，因为，如果说她只认识她应该认识的那些人的"表兄弟"的话，这些表兄弟却常常不是亲戚。过了一会儿，德·盖尔芒特先生又会抛出"那是奥丽阿娜的一个表姐妹"。在他看来，这句话和拉丁语诗人爱用的某些修饰词一样重要：这些修饰词为诗人们作六音步诗提供了一个扬抑抑格或扬扬格。

我觉得，至少，突然说"那是奥丽阿娜的一个表姐妹"，用在德·盖尔芒特亲王夫人身上是很自然的，她的确是公爵夫人的近亲。大使夫人似乎不喜欢亲王夫人。她悄声对我说："她很蠢。其实，她不怎么漂亮。这是盗名窃誉。此外，"接着，她用一种深思熟虑的、坚决的、令人厌恶的神态对我说，"我对她一点也没有好感。"但是，这种表亲关系常常延伸得很远。德·盖尔芒特夫人必须管一些人叫"姑妈"，可是，这至少要追溯到路易十五时代才能找到共同的祖宗。同样，每当时代遭遇不幸，使得一个亲王娶了一个拥有亿万家财的女子，如果这位亲王的高祖父和德·盖尔芒特夫人的高祖父都娶了卢瓦家族的一位小姐为妻，那么，亲王的这位美国妻子[1]第一次登门拜访，就能对公爵夫人称“姑妈”，尽管多少受到些冷遇，遭到些挑剔，也会感到不胜荣幸，而德·盖尔芒特夫人会面带慈祥的微笑，接受这个称呼。但是，德·盖尔芒特先生和德·博泽弗耶将军对出身的看法是什么，这对我无关紧要；我在他们关于这个问题的谈话中，只是寻求一种富有诗意的快乐。他们自己并不感受到快乐，但却给我带来了快乐，就像庄稼人或水手谈论庄稼或海潮，因为这些现实就是他们的日常生活，他们体会不到其中的诗情画意，要靠我自己去提取。

有时候，一个姓氏使人想到的，与其说是一个家族，毋宁说是一个事件，一个日期。当我听到德·盖尔芒特先生回忆说，德·布雷奥代先生的母亲姓舒瓦瑟尔，外祖母姓吕桑热的时候，我仿佛看见，在饰有珠状纽扣的极普通的衬衣下，普拉兰夫人和德·贝里公爵的心脏——这些庄严的遗骸——在两个水晶球内流血；其他遗骸，如塔利安夫人或德·萨布朗夫人细长的头发，更能使人得到快感。

有时候，我看见的不是一件普通的遗骸。德·盖尔芒特先生比他的妻子更了解他们的祖先，有些回忆使他的谈话像一座古代住宅，尽管里面缺少杰作，却不乏真迹，这些画平淡而庄严，从

[1] 19世纪末20世纪初，法国穷途潦倒的贵族常常娶一位富裕的美国女子为妻。

整体看，气势磅礴。德·阿格里让特亲王问，为什么X亲王在谈到德·奥马尔公爵[1]时，管他叫“我的舅舅”，德·盖尔芒特亲王回答：“因为他的舅舅德·符腾堡公爵娶了路易-菲利浦的一个女儿。”于是，我瞻仰了整个遗骸盒，它很像卡帕契奥或梅姆灵[2]画的圣骨盒。我从第一格看到最后一格。在第一格内，我看见路易-菲利浦的女儿玛丽公主穿着一件在花园中散步穿的裙子（以表示她心情不好，因为她派去替她向德·叙拉古亲王求婚的使者遭到了拒绝），参加她兄弟德·奥尔良公爵的婚礼；在最后一格，我看见公主在那座“异想天开宫”内，刚刚生下一个男孩德·符腾堡公爵（就是刚才和我一起吃晚饭的那位亲王的舅舅）。这座宫堡以及其他一些宫堡，也和有些家族一样，是诞生杰出人物的摇篮：每过一代，总会产生不止一个历史人物。尤其是在这座宫堡里，许多人都留下了记忆：拜罗伊特[3]的总督夫人，还有那位有点异想天开的公主（德·奥尔良公爵的姐妹，据说她很喜欢她丈夫这座城堡的名字）、巴伐利亚国王，最后是X亲王……亲王刚才要求德·盖尔芒特公爵给他写信，留的地址正是这座城堡，因为他把它继承下来了，只是在演出瓦格纳歌剧时，才把它租给另一个可爱的“异想天开”的德·波利尼亚克亲王。德·盖尔芒特先生为

---

[1] 德·奥马尔公爵（1822—1897），法王路易-菲利浦的第四个儿子。

[2] 梅姆灵（1435—1494）：佛兰德斯画家。作品主要为祭坛画和肖像画。他的和缓甜美的风格，成为15世纪尼德兰艺术通向16世纪意大利风格的北欧艺术之间的桥梁。他的《圣乌尔苏拉遗骸盒》现珍藏在布鲁日圣约翰医院。

[3] 拜罗伊特是德国城市，属巴伐利亚州，“异想天开宫”就在该市的郊区。每年7、8月在此举行音乐节。

了解释他和德·阿巴雄夫人之间的亲戚关系，不得不顺着三五个祖宗的家谱和联姻，追溯到遥远的过去，追溯到玛丽-路易丝[1]或柯尔伯[2]，结果仍旧一样：不管什么情况，在一个城堡或一个女人的姓氏中，总会出现一个重大历史事件，但已经乔装改扮，受到了歪曲和限制。女人选择这个姓氏，不是因为她的祖父母路易-菲利浦和玛丽-阿梅莉曾是法国国王和王后，而仅仅因为他们留下了一份遗产（我们看到，由于其他原因，在巴尔扎克作品的人物辞典中，拿破仑的地位远没有拉斯蒂涅[3]重要，因为辞典中的人物是按照他们同《人间喜剧》的关系大小编排的，关系越大，地位就越重要。他之所以占有一席之地，仅仅因为他对五只天鹅修道院的贵族小姐讲过话）。贵族犹如一座沉闷的古罗马建筑物，窗户很少，光线很暗，死气沉沉，但墙壁厚实，把全部历史牢牢地封锁和禁锢起来，历史就像锁进牢笼的小鸟，愁眉苦脸，局促不安。

就这样，我的记忆渐渐印满了名字，它们按顺序排列，相辅相成，关系越来越密切，就像那些完美的艺术品，没有一个笔触是孤立的，每一部分依次从其他部分接受存在的理由，同时也把自己的存在强加给它们。

---

[1] 玛丽-路易丝（1791—1847）：奥地利皇帝弗朗索瓦一世的女儿，拿破仑一世需要皇位继承人，与约瑟芬离婚后，娶她为妻。

[2] 柯尔伯（1619—1683）：法国政治家，出身富商家庭，路易十四亲政后，1665年起任财政大臣，并逐渐成为宫廷内外政策的实际决策人。

[3] 拉斯蒂涅为巴尔扎克《人间喜剧》中人物，出现在《高老头》《苏城舞会》《幻灭》《驴皮记》等作品中。

有人又一次提到了德·卢森堡先生的名字，土耳其大使夫人乘机叙述说，他那位年轻妻子的祖父（因经营面粉和面制品生意发了大财）邀请他吃饭，他回信拒绝了，并在信封上写了“磨坊主德·某某先生”，祖父回信中写道：“您没能来吃饭，我很遗憾，您要是来了，我亲爱的朋友，我就可以让您好好陪陪我了，因为这是小聚会，饭桌上只有磨坊主、他的儿子和您。”我觉得，这个故事不仅不堪入耳，因为我知道我亲爱的德·纳索先生道德高尚，决不会在给妻子的祖父写信时称呼他“磨坊主”，何况，他知道自己是他的继承人；而且，头几个字就显得愚蠢至极，因为磨坊主这个称呼放的位置太醒目，不由得使人联想到拉封丹寓言的标题[1]。但是，愚蠢统治着圣日耳曼区，居心不良又使愚蠢变本加厉，因此在场的人都觉得祖父的回击“恰如其分”，认为祖父比孙女婿更聪明，因而立即信任地宣布，他是一位杰出的人物。德·夏特勒罗公爵利用这个故事，叙述了我在咖啡馆听到过的关于“大家都上床睡觉”的故事。他刚开了个头，刚讲到德·卢森堡先生要德·盖尔芒特先生当着他妻子的面起床，公爵夫人就打断他的话头，抗议道：“不，他是很可笑，但还没可笑到这个地步。”我深信，有关德·卢森堡先生的传说一概都是谎言，每当那些演员或证人在编故事，我深信总会有人出面辟谣。但我不知道德·盖尔芒特夫人的辟谣是考虑到事实，还是出于自尊。不管怎样，自尊心最后还是向恶意让步了，因为她又笑着说：“不过，我也受到过

[1] 指《拉封丹寓言诗》第三卷第一则《磨坊主、他的儿子和驴子》。

一次小小污辱。他邀请我下午去吃点心，想让我认识卢森堡大公夫人，他在给他姑妈的信中，就是这样高雅地称呼他的妻子的。我在给他的回信中，对我不能应邀表示了遗憾，并且说：‘至于你那位打引号的卢森堡大公夫人，请你转告她，如果她要来看我，我每星期四下午五点以后都在家。’后来，我又受到了一次污辱，我在卢森堡的时候，打电话找他，开始说殿下就要进膳，后又说殿下刚进完膳，两小时过去了，他就是不来听电话。于是，我换了个办法。我说：‘请您让德·纳索伯爵听电话’。这下可触到了他的痛处，他立刻跑来了。”大家都被公爵夫人的故事和其他类似的故事逗得哈哈大笑，也就是说，我确信这些都是谎言，因为卢森堡-纳索是我所遇见的最聪明、最善良、最机灵，坦率地说，也是最完美的人。以后的事会证明我是对的。我应当承认，德·盖尔芒特夫人说了那么多话诽谤德·卢森堡先生，但也有一句是中肯的。

“他不总是这样，”她说，“他是后来才失去理智，才以为自己是童话故事中的国王的。从前他并不傻，即使在他订婚那会儿，他也总是用一种相当有趣的方式谈起他的婚事，仿佛这对他是一种出乎意料的幸福：‘这真像童话故事，我应该坐着魔法四轮马车驶进卢森堡。’他对他的德·奥内桑叔叔说。他叔叔（你们知道，卢森堡很小）回答他：‘我怕你坐魔法四轮马车进不来。我劝你还是乘山羊车。’纳索听了非但没生气，而且他还是第一个把这件事讲给我们听的，别人还没笑，他就先笑了。”

“奥内桑机智幽默，很像他的母亲，他母亲姓蒙热。奥内桑身体很不好，真可怜。”

幸亏话题转到了奥内桑这个名字上，否则，对德·卢森堡先生枯燥乏味的恶语诽谤还要没完没了地继续下去。德·盖尔芒特公爵解释说，德·奥内桑的曾祖母是玛丽·德·卡斯蒂利亚·蒙热的姐妹，而玛丽是迪莫莱翁·德·洛林的妻子，因此，也是奥丽阿娜的舅妈。这样，谈话又回到系谱上来了，可那位愚蠢的土耳其大使夫人却在我耳边悄声说：“您好像很受德·盖尔芒特先生重视，可得当心哪！”我要她做解释，她说：“我是说，他这个人可以把女儿托付给他，但不能把儿子托付给他。不用明说，您也会懂的。”然而相反，如果说曾有一个男人对女人怀有狂热的和专一的爱的话，那就是德·盖尔芒特公爵。但是，大使夫人最相信错误和谎言，这对她好比是生存的空间，离开它们，她就寸步难行。“他的弟弟麦麦对他的恶习很担心。顺便说一句，因为别的理由（他看见她从不打招呼），我对麦麦很反感。他们的婶婶维尔巴里西斯夫人也感到很不安。啊！我崇拜她。她是一位圣人，是旧时代贵族的典范。不仅道德高尚，而且谨慎持重。她和诺布瓦大使天天见面，仍称呼他先生。顺便说一句，德·诺布瓦先生给土耳其留下了美好的回忆。”

我一心想听德·盖尔芒特先生谈家系，就没有搭理大使夫人。他谈的家系并不都很重要。从他的谈话中，我知道了各种意外的联姻，其中有与低门第的联姻。这种联姻不乏魅力。例如，在七月王朝时期，德·盖尔芒特公爵和德·弗桑萨克公爵分别娶了一位著名航海家的两个如花似月、美貌动人的女儿，她们成为公爵夫人后，既有异国平民女子的妩媚，又有路易-菲利浦治下法国贵妇的风韵，产生了意想不到的妙趣。再如，路易十四亲政时期，有一位诺布瓦娶了德·莫特马尔公爵的女儿，我本以为诺布瓦这个姓氏问世不久，暗淡无光，谁知在遥远的路易十四时代，就受到莫特马尔家族光辉的照耀，被精雕细琢，焕发出一枚纪念章一样的美。此外，从这种联姻中得到好处的，不只是那个不见经传的姓氏。另一个光华灿烂已经使人习以为常，这种平淡无奇的新姿反能给人留下深刻的印象，就像人们看惯了画家的彩色画像，偶尔看到他的黑白画像，反会产生最深的印象。这些名字在我头脑中变换着位置，时上时下，忽左忽右，和另外一些我原以为关系遥远的名字忽然变近了，这现象不完全是我不了解情况才产生的。在爵位和土地紧密相连，跟着土地从一个家族转移到另一个家族的时代，名字也经常起伏浮沉。例如，在美丽的德·纳穆尔公爵领地或德·谢弗勒丝公爵领地，我可以依次发现蜷缩着吉斯、德·萨瓦亲王、奥尔良、吕伊纳，就像一只只寄居蟹蜷缩在贝壳中一样。有时候，好几个寄居蟹争夺同一只贝壳：荷兰王族同德·马伊-内勒先生们争夺奥朗日亲王爵位；德·夏吕斯男爵同比利时王族争夺德·布拉邦特公爵爵位；还有其他许多人争夺德·那不勒斯亲王爵位、德·帕尔马公爵爵位、德·雷焦公爵爵位。有时相反，贝壳的主人早已去世，很久以来一直无人居住，因此，我决不会想到，一个城堡的名字在不远的过去曾是一个家族的姓氏。因此，当我听到德·盖尔芒特先生回答德·蒙塞弗耶先生时说“不，我的表姐是狂热的保皇党人，她是德·费代纳侯爵夫人的女儿，她在朱安党叛乱[1]中曾起过一定作用”，当我看见费代纳这个名字变成了一个家族的名字，而我自从去过巴尔贝克海滩后，一直以为费代纳是一座城堡的名字，没想到会是一个家族的名字，不禁惊得目瞪口呆，就像来到了童话世界，看见古堡的墙角塔和台阶获得了生命，变成了人，不禁惊讶万状。从这个意义上讲，历史，即使是家族史，也能使古老的石头获得生命。在巴黎社交界，有些人也和德·盖尔芒特公爵或德·拉特雷默伊耶公爵一样出身名门，也和他们一样在社交界起过举足轻重的作用，而且举止高雅或才华横溢，比他们更受社交界的欢迎。可是，如今却没有人再记得他们了，因为他们没有后嗣，他们的名字也就销声匿迹，即使有人提到，也只会像一个陌生名字那样不会引起反应，最多作为遥远的城堡或村庄的名字存在下来，我们不会想到去发现哪些人曾用过这个名字。不久之后的一天，一个旅行者可能会来到勃艮第偏僻的夏吕斯村，止步参观教堂，如果他是一个不够勤勉或过于匆忙的人，就不会细看教堂的墓碑，也就不会知道，这个小村庄的名字，曾经是一个伟大人物的名字。关于夏吕斯村的这段思考，使我想起我和德·夏吕斯先生的约会时间快到，我该走了，我只顾听德·盖尔芒特先生谈家系，差点把和他弟弟的约会给忘了。但我对这个问题的思考仍在继续。我想，说不定盖尔芒特这个名字，有朝一日也会像这样，除了地名，其他什么也不是，只有偶然在贡布雷做停留的考古学家，才会在坏家伙希尔

[1] 朱安党叛乱指法国资产阶级革命时期保皇党发动的叛乱，始于 1793 年。

贝[1]的彩绘大玻璃窗前，耐心聆听戴奥多尔[2]的继承人讲演，或者阅读本堂神甫的导游手册。但是，一个高贵的姓氏只要没有熄灭，拥有这个姓的人就能沐浴它的光辉。毫无疑问，就某方面而言，这正是那些家族显赫的声名带来的好处：我们可以从今天出发，顺着这些家族的足迹，追根溯源，了解到过去，乃至十四世纪以前发生的事，可以发现德·夏吕斯先生、德·阿格里让特亲王或帕尔马公主的子孙们撰写的回忆录和书简，他们也许出身于平民家庭，但隔着一层黑幕，谁也看不清楚，如果借助一个名字的光辉，追溯以往，就能发现在这些或那些盖尔芒特身上表现出来的某些神经质的特点、恶习和放荡行为，是有其深刻的根源和悠久的历史的。从病理学观点看，他们和今天的德·夏吕斯先生、德·阿格里让特亲王和帕尔马公主可以说没什么两样，世世代代都引起他们通信人的不安和兴趣，不管是帕拉蒂娜公主[3]和德·莫特维尔夫人[4]以前的，还是德·利涅亲王[5]以后的。

此外，我对历史的兴趣不如对美学浓厚。德·盖尔芒特夫人的客人外貌毫无光彩，智力不是低下就是平庸，变成了现实中的人，因此，当我登门拜访德·盖尔芒特夫人，踩上门厅前的擦鞋

---

[1] 坏家伙希尔贝是盖尔芒特家族的祖先。

[2] 戴奥多尔是加米杂货铺伙计，也是负责贡布雷教堂保养工作的唱诗班成员。

[3] 帕拉蒂娜公主（1652—1722）：巴伐利亚公主，路易十四的兄弟德·奥尔良公爵的妻子，她的书信揭示了路易十四亲政时的有趣的细节。

[4] 德·莫特维尔夫人（1621—1689）：法国回忆录作家。

[5] 德·利涅亲王（1735—1814）：18 世纪法国最有才华的人之一，著有军事、文学等作品。

垫的时候，并不觉得来到了美妙的名字世界的门口，反而觉得走到了这个世界的尽头，可是，听到德·盖尔芒特先生列举了那么多名字，我又感到这些客人仿佛是脱离现实的人了。就拿德·阿格里让特亲王来说，当我听到他母亲娘家姓达马斯[1]，是德·莫代纳[2]公爵的外孙女，他就立即摆脱不让人认出他真相的外貌和谈吐，就像摆脱一个与他日夜相伴的不稳定的化学物质一样，去和只有爵号的达马斯家族和莫代纳家族结合，形成一个更有诱惑力的组合体。每个名字，受到了另一个名字的吸引，即使我从没想到它和这个名字有什么联系，它会离开它在我头脑中占据的暗淡无光、一成不变的位置，去和莫特马尔家族、斯迪阿尔家族或波旁家族会合，和它们一起画出具有最佳效果和千变万化色彩的系谱图。就连盖尔芒特这个名字也一样，只要听到它和那些曾断了香火，复燃后火苗更旺的显赫名字有联系，我就觉得它又得到一次新的充满诗意的确认。我最多可以看到，在高傲的系谱树干上长出一个花蕾，开出一朵鲜花，那是某个贤明国王（如亨利四世的父亲）或杰出公主（如德·隆格维尔公爵夫人）的面孔。但我觉得，这些面孔和客人们的有所不同，没有受到世俗偏见和平庸社交观念的毒害，仍保留着美丽的图案和闪烁不定的光泽，它们和名字一样，色彩各异，每隔一段时间，就要从盖尔芒特家族系谱树上脱落下来，不会用不熟悉的不透明物质打搅那些不断更迭、

[1] 达马斯家族是法国最古老的家族之一，长子系在1423年断嗣，幼子系有二十来个子系。

[2] 莫代纳家族是意大利最古老的家族之一。

五颜六色的半透明花蕾。这些花蕾在玻璃树两侧开放，正如耶稣的祖先在画有耶西树[1]的古教堂彩绘大玻璃上开放一样。

我好几次都想告辞。我完全有理由这样做，因为这次聚会由于我在场而变得毫无意义。然而，长期以来，我却一直把这种聚会想象得无限美好，我想，若是我这个碍手碍脚的旁观者不在场，聚会就会变得有意思了。至少，我一走，就没有旁观者，客人们就可以开秘密会议，举行秘密仪式。他们聚集起来就是为了这个，显然不是为了谈论弗兰茨·哈尔斯，或议论某某人小气，不是为了用资产阶级方式说长道短。他们尽说废话，可能是因为我在场。看到这些美丽的贵妇由于我在场而四分五裂，身在圣日耳曼区独一无二的沙龙，却不能过圣日曼区神秘的生活，我感到非常内疚。我时刻都想告辞，但是，德·盖尔芒特先生和夫人都表现出高度的牺牲精神，竭力将我挽留，不让我离开。更令人不可思议的是，好几个穿戴入时、满身珠光宝气的贵妇，怀着迫不及待、兴高采烈的心情前来参加聚会，并没因聚会的索然寡味而失望（由于我的过错，这次聚会变得和在圣日耳曼区以外任何地方举行的聚会毫无二致，正如巴尔贝克和我们看惯了的城市毫无不同一样），告辞时，依然兴致勃勃、千遍万遍地感谢德·盖尔芒特夫人让她们度过了一个美好的夜晚，好像我不在场的那些晚上，也没有其他事可做。

---

[1] 耶西被看作耶稣的祖先。在中世纪教堂的彩绘大玻璃窗上，常画有耶西树，示意耶稣的家谱。族长耶西仰天躺在地上，头部（或胸部）长出一棵树，每根树枝代表耶稣的一个祖宗，树顶盛开一朵花，圣母怀抱小耶稣坐在花中。

这些贵妇梳妆打扮，拒绝平民进入她们封闭的沙龙，难道就因为有这些聚餐？就为了这些聚餐？如果我不在场，难道也是这样？有那么一会儿，我产生了怀疑，但这样未免太荒唐。理性使我消除了怀疑。况且，要是我不消除怀疑，那么，盖尔芒特这个名字还剩下什么呢？离开贡布雷以来，它在我心目中的地位已经降得够低的了。

此外，这些年轻貌美的贵妇很容易对另一个人，或者很希望使另一个人满意。有几个人我整个晚上才同她们说了两三句话，一想到她们说的话那样愚蠢，我就脸红，但是，她们离开客厅时，非要走到我跟前，对我说认识我非常高兴，想等和德·盖尔芒特夫人“选定日子”后“做出安排”，向我暗示可能邀请我吃饭，说话时，用漂亮而温柔的眼睛凝视我，挺起胸脯，使得胸前的兰花竖了起来。

这些如花似月的贵妇中，没有一个比帕尔马公主先离开。公爵夫人竭力挽留我有两个原因（当时我并不知道），其中一个就是帕尔马公主没有离开。公主殿下不走，别人是不能走的。当德·帕尔马夫人起身告辞时，大家就像如释重负一般。女宾们像请求祝福似的向帕尔马公主行屈膝礼，公主把她们扶起来，祝福似的在她们脸上吻一下，这就是说，她们可以穿大衣和唤奴仆了。于是，门口一片叫喊声，仿佛在朗诵法国历史上最显赫的名字。帕尔马公主怕德·盖尔芒特夫人着凉，不让她送自己到门厅，公爵乘势说：“行了，奥丽阿娜，既然夫人不让您送，那就别送了，别忘了医生的嘱咐。”

“我觉得，帕尔马公主和您一起吃饭感到很高兴。”这种客套话我听惯了。公爵穿过客厅，走到我跟前，对我说了这句话，神态殷勤亲切，坚信不疑，就好像在给我颁发毕业证书，或请我吃花式点心。此刻，他似乎感到很高兴，他的脸因此而暂时变得异常温柔。我感到，这对他似乎是一种对人表示关怀的方式，他终身都会像履行轻松而受人尊敬的职务那样履行这些义务，哪怕年老昏聩，也不会放弃。

我正要走，只见帕尔马公主的伴妇又返回客厅，因为她忘记带走公爵夫人送给公主的来自盖尔芒特城堡的奇妙非凡的石竹花了。伴妇满脸绯红，看样子跑得很急，因为尽管公主对谁都很亲切，但当仆人做了蠢事，她就没有耐心了。因此，伴妇端起石竹花就跑，但是，当她从我跟前经过时，为了保持轻松和不顺从的样子，急冲冲对我说：“公主认为我迟到了，她想快点回去，可又要石竹花。真是的！我又不是小鸟，不能同时在好几个地方嘛。”

唉！我想走而没走成的原因，除了不能比殿下先告辞外，还有另外一个：盖尔芒特家的人，无论是腰缠万贯的，还是濒临破产的，不仅善于使他们的朋友们得到物质享受，还善于使他们得到——正如我和罗贝·圣卢在一起时经常体会到的那样——精神享受（这一点古弗瓦西埃家是做不到的），让他们听到娓娓动听的谈话，看到亲切感人的动作，而高雅的言谈全靠丰富的内心世界提供。但是丰富的内心世界在无所事事的社交生活中无用武之地，有时会得到忘情地抒发，在一种短暂而更加不安的发泄中寻找消遣，如果这种发泄来自德·盖尔芒特夫人，就会被看作感情的流露。况且，当她忍不住发泄时，她也能体会到这种感情，因为她在和一个男的或女的朋友交往中，能得到一种令人陶醉的快乐，这绝不是官能快乐，而和音乐使某些人产生的快乐相似。有时，她会从衣服上取下一朵花或一枚嵌有画像的颈饰，送给一位客人，希望他多待些时间，但仍感到忧伤，因为延长时间也尽是进行毫无意义的闲聊，不会使她产生神经质的兴奋和短暂的激动，就像春天第一次暖流，给人留下疲倦和愁闷的印象。至于那位朋友，切莫过分相信公爵夫人的诺言。它们比他以往听到的任何诺言更动听，更令人陶醉，然而许诺者因为深深感到某一时刻的美好，便以常人所没有的柔情和庄重，施展出百般妩媚和慈爱，把这一刻变成一部感人至深的杰作，但是过了这一刻，她就不会再给予施舍。她一时高兴，就抒发感情，但激情一过，感情也就烟消云散。她才智过人，能猜出你想听什么，专挑你爱听的说，可是几天后又会抓住你的笑柄，把你当作笑料，讲给另一个正在和她一起分享这种极其短暂的《瞬想曲》[1]的客人听。

在门厅里，我喊仆人把我的橡胶雪靴拿给我。我怕下雪，就带上了这双靴子。事实上，已飘了几片雪花，地面很快变得泥泞了。看到众人揶揄的微笑，我才知道这双靴子很不雅观，因而感到很难为情；当我看到德·帕尔马夫人尚未离开，正在凝视我穿这双美国橡胶雪靴时，我就更加无地自容。公主向我走来。“哟，想得多周到。”她大声说，“这鞋太实用了！您真聪明。夫人，我

[1] 《瞬想曲》为舒伯特于1823年至1828年间所作的六首短小的钢琴曲。

们也该买一双。”她对她的伴妇说。于是，仆人们由讥笑转为尊敬，宾客们热情地拥在我身边，问我是从哪里弄到这双绝妙的鞋子的。“有了这鞋，您什么都不用怕了，即使是再下雪，即使是出远门；不管春夏，还是秋冬。”公主对我说。

“噢！这一点，殿下尽管放心，”伴妇狡猾地插话，“不会再下雪了。”

“您怎么会知道，夫人？”善良的帕尔马公主尖刻地发问。只有在她的伴妇说了蠢话时，她才会生气。

“我可以向殿下保证，不会再下了，事实上是不可能的。”

“为什么？”

“不可能再下了，已采取了必要措施：撒过盐了。”

头脑简单的伴妇没有发觉公主在生气，别人在偷乐，因为她不仅没有住口，反而亲切地微笑着对我说（尽管我一再否定我和絮利安·德·拉格拉维埃尔海军上将有亲戚关系）：“况且，下雪又有什么关系呢？先生在船上如走平地。龙生龙，凤生凤嘛。”

德·盖尔芒特先生送走帕尔马公主后，拿起我的大衣，对我说：“我帮您套外套。”他在使用这个字眼时，甚至不再微笑了，因为最粗俗的表达方式，就因为其粗俗，就因为盖尔芒特一家人的故作谦卑，已变得高雅无比了。

激奋只会导致伤感，因为它不是自然产生的。当我终于离开盖尔芒特府，坐在送我去德·夏吕斯先生家的马车上时，我也产生了兴奋的感觉，尽管和德·盖尔芒特夫人产生这种感觉的方式不一样。有两种兴奋可供我们任意选择。一种发自我们内心，来自我们深刻的印象；另一种来自外部。前者自身就包含着一种快乐，那是生活带给人的快乐。后者试图把别人的兴奋传导给我们，它本身并不伴随快乐，我们可以通过反作用，给它加进一种快乐，得到一种极其虚假的兴奋，但很快就会变成烦闷和忧愁。这可以用来解释为什么上流社会中有那么多人郁郁寡欢，闷闷不乐，经常处在烦躁不安的状态中，甚至可能自杀。然而，当我坐车去德·夏吕斯先生家的路上，正被这第二种兴奋折磨得坐立不安。这种兴奋不是由我们切身感受引起的，和我从前几次坐马车产生的兴奋完全不一样：一次是在贡布雷，我坐在贝斯比埃医生的皮篷式双轮车上，看见马丹维尔教堂的钟楼画在夕阳上；还有一次是在巴尔贝克，我坐在德·维尔巴里西斯夫人的四轮轻便马车上，看见一条栽有绿树的路，竭力想回忆起这条路使我模糊感觉到的一件往事。可是，在这第三辆马车上，浮现在我脑海中的，是在德·盖尔芒特夫人的餐桌上进行的，我当时感到无聊透顶的谈话，如德国亲王对德皇，对博塔将军和英国军队的议论。刚才，我把它们塞进我内心的立体镜中了，一旦我们不再是自己，一旦我们有了社交界人士的灵魂，只从别人那里接受生命，那么，我们就会通过这面立体镜，把别人说过的话和做过的事突现出来，使它们变得轮廓分明。喝醉了酒的人会对侍候他的咖啡馆侍者表现出好感，此刻我的心情和喝醉了酒毫无二致，尽管在吃晚饭时，我对那位非常熟悉威廉二世，大讲其逸事趣闻的冯亲王无甚好感，而现在我却为能和他共进晚餐而感到幸福，认为他讲的那些事诙谐幽默，妙趣横生，想起他讲的关于博塔将军的故事，想起他那浓重的德国口音，不禁放声大笑，仿佛这笑声对证实他讲的故事滑稽可笑是必不可少的，就像有时候用双手鼓掌可以增强内心的赞美一样。就连德·盖尔芒特夫人的有些看法（例如她说弗兰茨·哈尔斯的画应该站在电车上层看才有意思），当时我感到十分愚蠢，但在这面立体镜后，却变得生气勃勃，深刻透彻。不过，我应该说，即使这种兴奋旋踵即逝，却不能说它绝对荒唐。有的人，平时我们也许不屑一顾，但不知哪天，我们会很高兴认识这个人，因为他和我们喜欢的一个女孩子有来往，可以把我们介绍给她，这样，他就变得对我们有用和有趣味了，而这在以前我们认为他是绝对不可能有的；同样，没有一句话，没有一个关系我们可以肯定将来派不上用场。德·盖尔芒特夫人对我说，哈尔斯的画即使从电车上看也十分有趣，这句话是错的，但却包含着部分真理，日后对我很有用处。

同样，她为我引用的维克多·雨果的诗，应该承认，这是他脱胎换骨以前那个时期的作品，他还在演变中，还没有发表别开生面，具有更复杂机件的作品。在这些早期诗作中，维克多·雨果还在思考，而不是像大自然那样，仅仅满足于引人思考。那时候，他是用最直接的方式表达“思想”，和德·盖尔芒特公爵对这个词理解的意思几乎一样：德·盖尔芒特先生常在盖尔芒特城堡举办盛大宴会，宾客们在纪念簿上签名后，总要再写一条富有哲理和诗意的感想，他觉得这种做法太陈腐，太啰唆，就用恳求的语气提醒后来的人：“签上名字，亲爱的朋友，不要写思想！”然而，德·盖尔芒特夫人恰恰喜欢雨果早期诗作中的这些“思想”，这在他的《历代传说》诗集中几乎是没有的，正如在瓦格纳的第二阶段作品中缺少“乐曲”和“旋律”一样。德·盖尔芒特夫人的这种爱好不是绝无道理的。雨果的思想确实沁人心脾，尽管形式暂时还缺乏力度，但在思想周围，已经汹涌澎湃着无数的词汇和丰富的韵脚，这使它们独具一格，和别人的诗，例如和高乃依的诗迥然不同。别人的诗不时地闪烁着朴素的浪漫主义思想，更能激动人心，但却没有深入生命的物质根源，没有改变思想赖以存在的无意识的可笼统化的机体。因此，我从前只读雨果后期诗集的做法是错误的。诚然，德·盖尔芒特夫人只用了雨果早期诗作中的很少几句诗来点缀她的谈话。但是，正因为她孤立地引用一句诗，才使这句诗的吸引力大大增加。我在德·盖尔芒特夫人的餐桌上初次听到或再次听到的诗句，使那些琳琅满目地镶嵌着诗句的诗篇也变成了磁铁，产生了巨大的吸引力，把我的手拉向《东方集》和《暮歌集》。我的心变得焦虑不安，非要在两天之内得到这本书不可。我诅咒弗朗索瓦丝的听差不该把我那本《秋叶集》赠送给他的家乡。我立即叫他去给我买了一本。我把这些诗集从头到尾读了一遍，只有当我突然发现德·盖尔芒特夫人引用过的、沐浴在她所给予的光辉中的那些诗句时，我才得到安宁。和公爵夫人闲谈，就好比从一个古城堡的藏书室里汲取知识，虽然都是些古书，残缺不全，没有我们喜欢的书，也不能使人增长才智，但有时能为我们提供宝贵的资料，甚至能让我们看到一段我们闻所未闻的优美文章，以后，每当我们想起多亏那座美丽的城堡，我们才能知道这段文章时，会感到高兴。我们会因为在那里发现了巴尔扎克为《巴马修道院》作的序言，或未曾发表过的儒贝[1]的书信，而夸大我们在那里度过的那种生活的价值，会由于一个晚上的意外收获，而忘记那是轻薄无聊的生活。

从这个观点来看，即使这个贵族沙龙不是我想象中的沙龙，一上来就以它与其他沙龙的共性，而不是以它的特性使我感到震惊，但渐渐地，它的形象在我面前变得越来越清晰。贵族领主几乎是唯一能像农民那样向我们提供知识的人；他们的谈话总点缀着土地、依然如故的城堡和古老的习俗，而对这一切，银行家是一无所知的。即使一个渴望跟上时代的最温和的贵族最终跟上了时代，但只要回忆起自己的童年，他的父母亲、叔伯父或姑姨婆，就会把他同现在无人知道的一种生活联系在一起。今天如果有人死了，德·盖尔芒特夫人在灵堂上一眼就会看出哪些做法违反了惯例，尽管不会当面指出来。在葬礼上，当她看见有的女人撇开女人们应该参加的仪式，却混在男人中间，就会感到不快。至于罩在灵柩外的棺罩，布洛克可能以为只有丧礼上才能看见，因为丧礼报告上写着引棺索[2]，而德·盖尔芒特先生却记得小时候，在德·马伊-内勒先生的婚礼上，看见新郎新娘头上也蒙着纱巾。当圣卢卖掉珍贵的“系谱树”——布永家族的旧画像和路易十三的亲笔信，买回卡里埃[3]的画作和新式家具时，德·盖尔芒特先生

[1] 儒贝（1754—1824）：法国道学家，他的《书信集》以文体和思想的简练而著称。

[2] 法语中，“棺罩”（一般是黑纱）和古代天主教婚礼上新郎新娘罩在头上的“纱巾”是同一个字。引棺索是牵引灵柩的大绳，系在棺罩的两端。

[3] 卡里埃（1849—1906）：法国画家。主张重审德雷福斯案。

和夫人却因为受到一种狭隘的不完全出于对艺术热爱的情感驱使，保留了布尔[1]制作的对艺术家有着巨大吸引力的绝妙无双的家具。同样，一个搞文学的人也会兴致勃勃地聆听他们的谈话，会把他们当作活字典看待（饿汉不需要饿汉做伴），那些日益被人遗忘的表达方式，如圣约瑟勋章式绶章啦，被许愿穿蓝衣服的孩子[2]啦，等等，只能在那些可爱的甘当历史保管员的人那里找到。一个作家在他们中间比在其他作家中间感受到更大的快乐，但这种快乐不是没有危险的，因为这会使他相信，过去的事物具有一种魅力，可以原封不动地搬进作品中，这样，作品也就成了死产儿，会使人感到厌倦，可他却自我安慰说："这很美，因为这是真实的东西，大家都是这样讲的。"此外，在德·盖尔芒特夫人家，贵族们都是用纯正的法语交谈，故而具有特殊的魅力。正因为如此，当公爵夫人听到圣卢使用"先知的""宇宙的""德尔菲城的""超卓越的"这些别出心裁的表达方式时，完全有理由哈哈大笑，就像她看见圣卢从宾格[3]家具店买来新式家具时开怀大笑一样。

不管怎样，我在德·盖尔芒特夫人家听到的那些故事对我来说是很新鲜的，和我在山楂树前或在品尝小玛德莱娜点心时可能产生的感觉完全不同。它们暂时进入我的躯体，但仅仅是肉体上

[1] 布尔（1642—1732）：法国著名的木器匠，是国王和王室最重要的家具供货人。他制作的家具上镶嵌玳瑁、镀金铜饰、贝壳等，是路易十四时代风格盛期的代表作。

[2] 被许愿穿蓝衣服的孩子，即被许给圣母的孩子，可以得到圣母的保佑。

[3] 宾格（1838—1905）：法国收藏家，新艺术风格的鼓动者。他对法国人喜爱日本和中国艺术起到促进作用，他把现代风格引进家具中。

的占有，似乎迫不及待地（群体地，而不是个体地）想离开我。我在马车上焦躁不安，就像是古希腊的一个女预言家。我盼望有人请我吃饭，我就可以变成X亲王或德·盖尔芒特夫人，把那些故事讲给他们听。而现在，我跃跃欲试，微微颤动嘴唇，模糊不清地讲着故事，思想被一股令人头晕目眩的离心力拉走，我想把它拉回来，但白费力气。尽管我大声自言自语，以解无人同我说话之闷，但我仍然焦躁不安，如坐针毡，觉得独自一人再无法承受这些故事的压力了，就在这种心情下，我按响了德·夏吕斯先生家的门铃。一个仆人把我带进客厅。我在等待的时候，心里一直在自言自语，重复着我要对德·夏吕斯先生讲的话，至于他要对我说什么，我几乎想都没有想。我心神不安，因此根本没有注意客厅的摆设。我多么需要德·夏吕斯先生听我讲那些故事，因此当我想到主人也许已经睡觉，我也许得回家独自平息这想说话的狂热时，我顿然如冷水浇头，嗒然若丧。因为我刚才发现我已等了二十五分钟，人家可能把我忘了。可是，尽管我在客厅里待了很久，却对它毫无印象，就知道它很大，暗绿色，有几幅画像。渴望讲话的想法不仅妨碍了听，也妨碍了看，因此，对外界不做任何描写，就是对内心状态的最好描写。我正要离开客厅，看能不能找到一个人，如若找不到，我就设法找到通往前厅的路，叫人给我开门；我刚站起来，在拼花地板上没走几步，就见一个仆人神色不安地走进来："男爵先生一直有客人。"他对我说，"都是事先约好的，还有好几个人在等他呢。我尽量让他接见先生，我给秘书打过两次电话了。"

“不必麻烦了。我同男爵是事先约好的，但时间太晚了，既然他今晚上很忙，我改天再来。”

“噢！不，先生别走，”男仆大声说，“男爵先生会不高兴的。我再去试试。”

我想起曾听人谈起过德·夏吕斯先生的仆人，说他们对主子忠心耿耿。虽然不能完全说他和孔代亲王一样，不仅想讨好部长，而且想讨好仆人，但他却善于把要仆人做事当作一种恩宠吩咐下去：晚上，仆人们聚集在他身边，但离他有一段距离，他挨个儿地把他们扫视一遍，然后吩咐：“瓜涅，蜡烛！”或者“迪克雷，衬衣！”这时，其他仆人就会咕咕哝哝地退下去，对那个受到主人宠爱的幸运儿不胜羡慕。而那两个仆人彼此憎恨，都想夺走对方所受的恩宠，如果男爵上楼比平时早，他们就找个诸如送信之类的借口上楼去，拿蜡烛的那个希望今晚上能拿衬衣，拿衬衣的那位希望能拿蜡烛。如果男爵对他们中的一个说了一句与差事无关的话，尤其像冬天在花园里，如果他知道他的一个车夫患感冒，十分钟后对他说：“把帽子戴上”，那么，其他人就会嫉妒这个受宠的车夫，半个月都不同他说一句话。

我又等了十分钟，才被带去见男爵先生。我被告知不能待得很久，因为男爵先生刚把好几个几天前就约好的重要人物送走，已很疲劳。我心想，德·夏吕斯先生精心导演的这场戏，有点装腔作势，相反，他哥哥德·盖尔芒特公爵却于朴实之中见高贵。正想着，门打开了，我看见男爵穿着中国式睡衣，露着脖子，躺在一张长沙发椅上。与此同时，我吃惊地看到，在一把椅子上放着一顶有“八道闪光”的丝织礼帽，还有一件皮大衣，好像男爵出门刚回来。男仆退下了。我以为德·夏吕斯先生会站起来迎接我。谁知他一动不动，冷冷地看着我。我走过去，向他问好，但他没有同我握手，也没有回答我的问题，甚至没有请我拿椅子坐下。过了一会儿，我就像问一个缺乏教养的医生那样，问他有没有必要让我这样老站着。我这样问并无恶意，可是，德·夏吕斯先生憋着的那股怒气似乎变得更显见了。那时候，我还不知道他的习惯：当他在城里或在乡下的夏吕斯城堡设宴招待客人时，总喜欢模仿国王：晚饭后躺在吸烟室的一把安乐椅上，让他的客人站在他身旁。他让这个人给递火，向那个人敬一根雪茄，过了几分钟他才说：“喂，阿让古尔，您坐呀，亲爱的，拿一把椅子坐下。”等等。他坚持让他的客人多站一会儿，无非是想向他们表示，没有他的允许，他们不能坐下。“您坐到那把路易十四式椅子上去，”他以命令的口吻回答我，与其说在叫我坐下，不如说在强迫我离他远一些。我在离他不远的一把安乐椅上坐下。“哼！这叫路易十四式椅子呀！亏您是一个有知识的年轻人。”他用嘲笑的口吻嚷道。我目瞪口呆，没有动弹，既没有像我应该做的那样扬长而去，也没有像他要我做的那样换一把椅子。“先生，”他字斟句酌，说到最无礼的字眼时，欲擒故纵，把第一个辅音拉得很长，“我是在一个不愿披露姓名者的恳求下屈尊同您约会的，这次谈话将标志着我们关系的结束。我不想瞒您，我原来是希望有更好的结局的。如果我对您说，我对您曾有好感，这也许有点歪曲词义，出于自尊，是不应该说的，即使是对不知道这话的价值的人。但我相信，‘厚爱’一词用在这里恰如其分，意思是进行最有效的保护，这正是我感觉到的，也是我想表达的。我回到巴黎后，甚至还在巴尔贝克的时候，就告诉过您，我是您可信赖的人。”我只记得在巴尔贝克同他分手时，他对我说了多么唐突的话，于是，我做了一个否定的手势。“什么！”他怒吼一声，脸色变得刷白，抽搐着，和他平时的脸判若霄壤，就像在暴风雨的早晨，大海一改平日和蔼可亲的笑脸，喷射出无数粗蛇般的泡沫和口水一样，“您说您没有收到要您记住我的信息？这几乎是一种表白。在我托人捎给您的那本书上，您没看见有什么装饰吗？”

“很漂亮的交织花体字。”我对他说。

“嘿！”他轻蔑地回答，“现在的年轻人对我们国家的杰作很少了解。要是一个柏林青年不知道《女武神》，大家会怎么看他？再说，您的眼睛是白长的，因为这部杰作，您对我说您读了两个小时。我看，您对花体字不见得比对家具的式样更在行，不要申辩，您对式样就是不在行嘛。”他狂怒地喊着，“您甚至不知道您坐的是什么椅子。我让您坐路易十四式安乐椅，您却一屁股坐到了督政府时期式样的烤火用矮椅上。过两天，您也许会把德·维尔巴里西斯夫人的膝盖当马桶呢。谁知道您要在上面干什么。同样，您连贝戈特那本书的封面装饰——巴尔贝克教堂刻有毋忘我花体字的过梁都没有认出来。难道还有比这更明白的方式对您说不要忘记我吗？”

我凝视着德·夏吕斯先生。他的面孔虽然令人生厌，却比他家里任何人的面孔都漂亮，像是上了年岁的阿波罗。但是，从他恶毒的嘴里，似乎随时都会喷出橄榄色和黄疸色的液体。至于智慧，不能否定他见多识广，他知道的许多东西是德·盖尔芒特公爵永远也不会知道的。但是，不管他用怎样的花言巧语掩饰心中的仇恨，人们感到这个人是会杀人的，或因为自尊心受到伤害，或因为爱情失意，或有怨恨，或是虐待成性，或是为了捉弄人，或是有一个不可消除的意念；他还会用逻辑和巧语证明自己杀人是正当行为，杀了人也比他的哥哥、嫂嫂，比其他许多人不知强多少倍。

“是我向您迈出了第一步，”他继续说，“就像委拉斯开兹[1]在《长矛轻骑兵》这幅画中画的胜利者，向着最卑微的人走去。我什么都有，而您却一无所有。我做的是一个贵族应该做的事。我的行动是不是伟大，这是有目共睹的，可您却置之不理。我们的宗教劝诫我们要有耐心。对您那些可以说是无礼的行为，如果您可以对一个远比您高贵的人无礼的话，我向来只付之一笑，我希望，我对您的耐心，您会心存感激。不过，先生，现在谈这一切，已不再有意义了。我对您进行了考验，当代最杰出的这个人风趣地把这种考验叫作态度的考验，用无限的热情考验您的态度，他有充分理由宣称，这是最可怕的考验，因为这是唯一能区分良莠的考验。您没有经受住，我不怎么怪您，因为成功者寥寥无几。不过，至少，我不希望您恶意中伤我，我希望我们将要进行的这最

[1] 委拉斯开兹（1599—1660）：西班牙画家，一生创作了大量的肖像画、风俗画和历史画。《长矛轻骑兵》是他的代表作之一。1623 年受聘于西班牙腓力四世，终生担任宫廷画师。艺术上反对追求外表的虚饰，善于表现人物的性格特征。

后一次谈话能达到这个结果。”

我万万没有想到，德·夏吕斯先生发怒，是因为有人在他面前说我讲了他的坏话。我搜索记忆，怎么也想不起我对谁谈起过他。这纯粹是哪个坏蛋无中生有。我向德·夏吕斯先生保证，我从没有同别人谈过他。“我对德·盖尔芒特夫人说过我和您有来往，我想，这总不至于使您生气吧。”他轻蔑地微微一笑，把声音升到最高音域，缓慢地发出最尖细、最无礼的音符：

“哟！先生，”他极其缓慢地让他的音调恢复了自然，仿佛对这个下行音阶颇为陶醉似的说，“我认为，您供认自己说过同我有来往，这是在和自己过不去。对一个能把奇朋代尔[1]式家具当成洛可可式椅子的人，我不指望他能讲出非常准确的话来，但我不认为，”他的声音越来越充满嘲讽的爱抚，竟使他嘴边绽出迷人的微笑，“我不认为您会说或会相信我们之间有来往！至于您在别人面前炫耀，说有人把您介绍给我了，您同我谈过话，和我有点认识，几乎没有请求，就获准将来有一天成为我的被保护人，我觉得您讲这些话倒是顺理成章的，是聪明的。您我之间年龄悬殊，我完全有理由说，这个介绍，这些谈话，这个刚刚开始的关系，对您是一种幸福。当然，这话不该由我说，但我至少可以说，这对您不无好处。说您傻，绝不是因为您把这个好处讲出去了，而是因为您没能保住。我甚至还要说，”他突然不再疾言厉色，暂时换上

[1] 奇朋代尔（1718—1779）：英国制乌木家具的工匠。他设计的奇朋代尔式家具发展了路易十五时代的洛可可式风格，并借鉴了火焰哥特式和中国式的风格。

了充满忧伤的温柔，我感到他就要哭了，“当您对我在巴黎向您提出的建议置之不理时，我竟不相信您会这样，我觉得，您是个很有教养的人，出身于正派的资产阶级家庭（只是在说这个形容词时，他的声音才微微带点不礼貌的摩擦音），不会做出这样的事来，因此，我天真地认为，可能出了从未出过的差错，信遗失了，或是地址写错了。我承认我是太天真了，可是，圣波拿文都拉[1]不是宁愿相信牛会偷窃，却不愿相信他的兄弟会撒谎吗？不过，这一切都已结束，既然您不感兴趣，也就不必再谈了。只是我觉得，就看我这把年纪，您也会给我写信的（他的声音真的哽咽了）。我为您设想了诱人的前途，但我一直没对您说。您宁愿不知道就拒绝，这是您的事。但是，正如我对您说的，信总是可以写的吧。我要是您，我就会写信，即使处在我的地位，我也会写。正因为这样，我更喜欢处在我的地位。我说‘正因为这样’，是因为我认为各种地位都是平等的，我对一个聪明的工人可能比对许多公爵更有好感。但是，我可以说，我宁愿处在我的地位，因为我知道，您做的那种事，在我可以说是相当长的一生中，我从没有做过。（他的头朝着暗处，我看不见他的眼睛是否像他声音让人以为的那样在落泪。）刚才我说了，我朝您迈出了一百步，可结果您后退了二百步。现在，该轮到我后退了。从今以后，我们互不认识。我要忘记您的名字，但要记住您的事例，等哪天，当我禁不住诱惑，

---

[1] 圣波拿文都拉（1221—1274）：基督教神学家、方济各会会长、枢机主教。原名约翰，出生于意大利，1235 年入巴黎大学。但是夏吕斯引用的故事并非出自波拿文都拉，而且故事中不是牛，而是骡。

相信人有良心、讲礼貌，相信他们不会白白错过一次绝无仅有的机会的时候，我会提醒自己别把他们抬得太高。以前您认识我的时候（因为现在不再是这样了），如果您说您认识我，我只能认为这是很自然的事，是在向我表示敬意，也就是说，我把这看作令人愉快的事。不幸的是，您在其他地方和其他场合却完全不是这样说的。”

“先生，我发誓，我从没说过可能冒犯您的话。”

“谁跟您说我受冒犯了？”他发出愤怒的吼叫，猛地从长沙发椅上坐起来，直到现在，他才算动了一下身子；他面容失色，唾沫四溅，脸部肌肉抽搐着，像是有无数条蛇在扭动；嗓门时而尖厉，时而低沉，犹如震耳欲聋的狂风暴雨。（他平时说话就十分用劲，行人在外面经过，肯定会回头张望，现在，他使的力气比平时大一百倍，就像用乐队而不是用钢琴演奏一段强奏乐曲，声音陡然会增加一百倍，还会变成最强音。德·夏吕斯先生在吼叫。）“您认为您能够冒犯我吗？您难道不知道我是谁？您相信您那些狐朋狗友，五百个互相骑在身上的小娃娃从嘴里吐出的毒汁能弄脏我高贵的脚指头吗？”

我本想让德·夏吕斯先生相信我从没说过，也没听见别人说过他的坏话，但他的话把我气疯了。我认为，他说这话是因为他太骄傲，至少部分可以归因于骄傲。还有另外一个感情方面的原因，可当时我并不知道，因此不把它作为原因，我也就没什么罪过了。不过，不知道感情方面的原因，也应该回想起德·盖尔芒特夫人的讲话，把精神有点错乱作为第二个原因吧。但我当时压根儿就没往这方面想。在我看来，他只有骄傲，而我只有愤怒。当他停止咆哮，郑重地谈他的高贵脚指头的时候（他还撇了撇嘴，以示他对那些亵渎他的卑微小人的极度厌恶），我再也遏制不住满腔怒火了。我想打人，想摔东西发泄怒气，但我还剩下一点辨别力，我不得不尊重一个年纪比我大许多的长者，甚至对他身边的德国瓷器，也由于它们具有珍贵的艺术价值，而使我不敢妄加损坏，于是我扑向男爵那顶新的礼帽，把它扔到地上拼命踩踏，想把它四分五裂。我扯下帽里，把冠冕撕成两半。德·夏吕斯先生仍在大叫大骂，我连听都不听，穿过房间，准备离去。我打开了房门。没想到门两旁站着两个仆人，我惊得目瞪口呆。看见我开门，他们装出要去做事路过这里的样子，不急不忙地走开了。（就在那天，我知道了他们的名字，一个叫比尼埃，另一个叫夏梅勒。）我无论如何也不会相信他们用懒洋洋的步态向我做出的解释。这个解释是不足信的，另外三种解释恐怕更不足信了：一是男爵接待客人有时需要帮助（那又是为什么呢？），认为需要在附近设一个“急救站”；二是他们受好奇心驱使前来偷听，没想到我会那样快就出来；第三，德·夏吕斯先生对我大发雷霆是有预谋的，是在演戏，是他让他们来偷听的，因为他们喜欢热闹，也许还得加上 nunc erudimini（现在该受教育），大家都能从中得到好处。

我动怒没有使男爵消气，我拂袖而去倒像使他心痛欲裂。他喊我回去，让仆人叫我回去，最后，他疾步追我到前厅，挡在门口不让我出去，全然忘记了一分钟前，当他在谈论他的“高贵脚指头”的时候，还在我面前大摆其神圣不可侵犯的威风。“行了，”他对我说，“别孩子气了，进来待一会儿。爱之深，责之严嘛。如果说刚才我严厉地责罚您，那是因为我爱您爱得深。”我的怒气已经消失，我没有计较男爵说的“责罚”二字，跟着他进去了。他叫来一个仆人，毫无自尊地让他把帽子的碎片捡走，又拿来了一顶。

“如果您愿意告诉我可耻地诬蔑我的人，先生，”我对德·夏吕斯先生说，“那我就留下来听一听，我要戳穿这个骗子的谎言。”

“您不知道是谁？难道您忘记您说的话了？您以为向我通风报信的人，不会要我发誓保守秘密吗？您相信我会不履行诺言？”

“先生，您真的不能告诉我？”我做了最后一次努力，想回忆起我可能同谁谈过德·夏吕斯先生，但一个也没有想起来。

“我不是对您说过我要替告密的人保密吗？”他用一种令人厌烦的声音说，“我看您不仅爱诽谤人，还爱枉费口舌地打破砂锅问到底。至少您也应该放聪明些，好好利用这最后一次会面，说一些有用的话嘛。”

“先生，”我边走开，边回答，“您侮辱我。我是看您年纪比我大几倍的分上，才不跟您计较的。一老一少，地位不平等嘛。另外，我也没法说服您，我已向您发过誓了，我什么也没说过。”

“那么是我在撒谎！”他嚷道，声音十分可怕，边嚷边向前一蹦，蹦到了离我只有两步远的地方。

“他们把您骗了。”

这时，他换上一种温柔、深情而忧郁的声调（就像演奏交响乐时，乐曲一个接一个没有间隙，第一个似雷电轰鸣，接下来是亲切而淳朴的戏谑曲），对我说："这很有可能。一句话经人重复后，一般都会走样。说到底，还是您的错，您没有利用我向您提供的机会来看我，没有通过坦率的能创造信任的日常交谈，给我打一支唯一的、有特效的预防针，使我能识破把您指控为叛徒的一句话。那句话是真是假，反正木已成舟。它给我的印象再也不能消除。甚至我连爱之深、责之严这句话也不能说了，因为我狠狠地责备了您，但我已不再爱您。"他一面说，一面强迫我坐下，摇了摇铃，另一个仆人走进来。"拿点喝的来，另外，叫人备好车。"我说我不渴，时候已经不早，况且我有车。"有人大概给您付了车钱，让车走了。"他对我说，"您就别管了。我让人备车把您送回去……如果您担心太晚……我有房间，您可以住在这里……"我说，我母亲会担忧的。"确实，那句话是真是假，反正木已成舟。我对您的好感开花开得太早，就像您在巴尔贝克富有诗意地同我谈起过的那些苹果树，经不住初寒的摧残。"即便是德·夏吕斯先生对我的好感完好无损，他也只能做到这样，因为他嘴上说同我闹翻了，却硬要把我留下来，给我拿喝的，要我住下来，备车将我送回去。他似乎害怕同我分离，害怕孤独，这种略带忧虑的害怕心理，一小时以前，当他的嫂子，他的本家堂姐妹德·盖尔芒特夫人挽留我时，也曾有过。他们都对我产生了一时的兴趣，都想方设法要多留我一分钟。

“可惜，”他又说，“我没有本事叫摧毁了的花复开。我对您的好感已经枯萎，不会再复生。我一直觉得自己有点像维克多·雨果诗中的波阿斯：

我是鳏夫，孤独无依，日暮途穷。”

我和他一起穿过绿色大客厅。我随口对他说，我觉得客厅很美。“是吗？”他回答，“应该确确实实地爱一样东西。细木护壁板出自巴加[1]之手。您看，它们是用来和博韦的椅子和蜗形腿狭台配套的，这很可爱。您注意没有，它们有着相同的装饰图案。只有卢浮宫和德·伊尼斯达尔先生家里有这样配套的家具。我刚决定要搬到这条街来住，马上就找到了希梅的一个旧公馆，过去谁也没有见过，只是为了我才在这里出现的。总而言之，这里很好。也许可以更好些，但够不错的了。有许多漂亮的东西，对吧？有我曾伯父波兰国王和英国国王的肖像，是米尼亚尔[2]画的。咳！我跟您说这些干什么，您知道得和我一样清楚，因为您在这个客厅里等了很长时间。不知道？噢！那他们带您去蓝厅了。”他说，神态看上去蛮横无理——因为我显得不感兴趣，或者说高人一等——因为他事先没问我是在哪里等候的。“瞧！在这间屋子里，

[1] 巴加（1639—1709）：法国雕刻家，被同时代人称为“伟大的恺撒”，用木雕装饰巴黎的某些公馆。

[2] 米尼亚尔（1610—1695）：法国画家，尤其擅长肖像画。为路易十四画像成功而得宠于宫廷。

陈放着伊丽莎白夫人[1]、德·朗巴尔亲王夫人[2]和王后[3]戴过的全部帽子。您对这不感兴趣，就像没有看见似的。您的视神经大概出毛病了。如果您对这种类型的美有些感兴趣就好了，这里有透纳[4]的一幅彩虹，它开始在伦勃朗的这两幅画中间发光了，这象征着我们的和解。您听：贝多芬也来和他会合了。”果然，传来了《田园交响曲》第三乐章开头的和弦《暴风雨后的欢乐》。乐师在离我们不远的地方弹奏，可能在二楼。我傻乎乎地问他，怎么会有这样的巧事，乐师是谁？“嗳！谁知道？永远也不会知道。这是看不见的音乐。很美，是不是？”他语气有点蛮横地对我说，这种语气使人想起斯万的影响和声调，“可是您一点也不感兴趣，就像鱼见到苹果一样。您还是想回去？就不怕对我和贝多芬不尊敬？您对您自己做了判决。”当我要告辞时，他深情而忧郁地对我说：“原谅我不能像应该做的那样送您回家。既然我不再想见到您，和您再多待五分钟也就没什么意思了。我有许多事要做，但我已感到很累。”可是，当他发现夜色很美，又说：“嗳！不，我也上车。月光太美了，把您送回家后，我要到布洛涅森林赏月去。您怎么不知道刮刮胡子，上别人家去吃饭，还留着几根毛毛。”他对我

[1] 伊丽莎白夫人（1764—1794）：法王路易十六的姐姐。法国大革命时被送上断头台。

[2] 德·朗巴尔亲王夫人是路易十六的妻子玛丽-安托瓦内特王后的好朋友，1792年九月屠杀时被杀死。

[3] 王后是指路易十六的妻子玛丽-安托瓦内特（1755—1793），神圣罗马帝国皇帝弗兰茨一世的第十一个女儿。法国大革命时期，被革命法庭送上断头台。

[4] 透纳（1775—1851）：英国画家，擅长水彩画和油画。

说，一面伸出两个指头夹住我的下巴，指头像是被吸住似的，犹豫了一下，就像理发师那样，沿着我的脸颊，一直摸到耳朵根。“要是能和您一起在森林里观赏这‘蓝色的月光’，那该多好啊！”他突然地，像是不由自主地用一种温柔的语气对我说，接着，脸上出现了忧郁的神态：“因为，不管怎么说，您是很讨人喜欢的，您可以比任何人更讨人喜欢。”他一边亲切地抚摸我的肩膀，一边说：“应该说，以前我觉得您毫无价值。”按说我应该认为他现在仍然是这样看我的，只要想一想半小时前他同我讲话时的愤怒样子就行了。但我感到，他此刻态度很诚恳，他的善良战胜了那种我认为是骄傲和敏感得几乎发狂的状态。我们已走到马车跟前了，他还是在不停地说着。“好吧，”他突然对我说，“我们上车，五分钟就可以到您家。那时，我将和您道晚安，至此，我们的关系也就永远结束了。既然我们就要分道扬镳，还是好说好散，就像音乐那样，弹出一曲完美的和弦。”德·夏吕斯先生尽管一再郑重表示我们以后不再见面，但我敢保证，倘若我们还能见面，他是不会不高兴的，因为他不愿意马上被我忘记，也害怕给我造成痛苦。我这个想法是正确的，因为过了一会儿，他又说：“喔！对了，我把一件重要的事忘了。为了纪念您的外祖母，我让人给您搞了一本德·塞维尼夫人书信精装珍本。这样，这次会面就不是最后一次了。复杂的事不是一天所能解决的，只要想一想这个道理，我们就能得到安慰。您看，维也纳会议不是开了很长时间吗？”

“不用麻烦您，我可以找到。”我客气地说。

“住嘴，小傻瓜，”他愤怒地回答，“别这样傻乎乎的，把我有可能接见您（我不是说一定，也许派一个仆人把书送给您）看作一件小事。”

他恢复了镇静：“我不想用这些话同您分手。我不想要不协和和弦，让我们在永久的休止前，弹奏一个属音和弦吧。”其实，他是怕自己神经吃不消，才不愿意刚吵完架，刚说了那么多尖酸刻薄话就立即回家去。“您是不想去森林的。”他用肯定的，而不是提问的语气说，我觉得，他用肯定语气不是不想要我去，而是怕遭拒绝而下不了台。“嗳！您瞧，”他仍拖长了音说，“现在，正如惠斯勒所说的，恰是市民回家的时候（他大概想触动我的自尊心），观赏夜景正合适。您恐怕不知道惠斯勒是谁吧。”我改变话题，问他德·耶拿亲王夫人是不是很聪明，德·夏吕斯先生没等我把话说完，就用我从没见他用过的最轻蔑的语气说：

“啊！先生，您这里提到了一个与我毫不相干的贵族分类法。在塔希提可能有一种贵族，但我承认我不了解他们。然而，无巧不成书，您提到的那个名字几天前在我耳边响起过。有人问我愿不愿意屈尊和年轻的德·瓜斯达拉公爵认识。这个要求使我感到吃惊，因为德·瓜斯达拉公爵无须让人引见，他是我的表弟，我们早就认识了，他是帕尔马公主的儿子。作为有教养的年轻的亲戚，他每年元旦总要来看望我。经过了解，原来，这个德·瓜斯达拉公爵不是我那位亲戚，而是您感兴趣的那个女人的儿子。因为根本就不存在叫这个名字的亲王夫人，我猜想，她也许是一个露宿在耶拿桥下的穷苦妇女，富有诗意地把自己封为德·耶拿亲王夫人，就像有人封自己为巴蒂尼奥勒之豹或钢铁大王一样。可是我错了。这是一个很有钱的女人，在一次展览会上，她那些漂亮非凡的家具使我赞叹不绝，它们货真价实，比主人的名字要高贵得多。至于那位所谓的德·瓜斯达拉公爵，可能是我秘书的证券经纪人，他的爵号大概是花钱买来的。什么东西不能花钱买？可是我错了，原来是皇帝一时高兴，把他恰恰无权处置的一个爵号分给了这些人。这也许能证明他的力量，或他的无知，或他的狡猾，我尤其觉得，他用这种方式同这些身不由己的爵位窃取者开了一次不无恶意的玩笑。但是，关于这一切，我不可能给您做充分的解释，我只了解圣日耳曼区的事，如果您最终能找到一个引见人，您会发现，古弗瓦西埃家族和加拉东家族有不少像是特意从巴尔扎克小说中搜罗来的恶人、供人消遣的老太婆。当然，这一切和德·盖尔芒特亲王夫人的威信毫不相关，但是，没有我，没有我的开门咒，她的住所您是进不去的。”

“先生，德·盖尔芒特亲王夫人的府邸的确很漂亮。”

“嗨！不是很漂亮，而是再没有比这更漂亮的了，然而，却比不上亲王夫人漂亮。”

“德·盖尔芒特亲王夫人比德·盖尔芒特公爵夫人还要漂亮吗？”

“啊！她们俩是很难做比较的。（值得注意的是，上流社会人士，一旦有了一点想象力，就会按照他们的好恶，把那些地位似乎最牢固、最优越的人要么捧上天，要么踩在脚下。）德·盖尔芒特公爵夫人（他不称呼奥丽阿娜，可能想把我同她的距离拉得更远）和蔼可亲，雍容华贵，这是您难以想象的。但她和她的表妹是无法做比较的。德·盖尔芒特亲王夫人的形象正是巴黎中央菜市场的卖菜妇对德·梅特涅亲王夫人[1]所想象的形象。但是，德·梅特涅亲王夫人以为是她使瓦格纳名扬四海的，因为她认识维克多·莫雷尔[2]。然而，德·盖尔芒特亲王夫人，更确切地说，她的母亲却认识瓦格纳本人，这是很有诱惑力的，还不算她长得美丽非凡。仅以斯帖的花园就够人看的了！”

“能不能去参观？”

“不能，要有邀请才行，但她谁也不邀请，除非我出面。”

然而，他抛出诱饵后随即就收回了，他把手递给我，因为我到家了。

“我的任务完成了，先生。不过，我还要啰唆几句。以后也许还会有人像我这样对您表示好感，希望您从现在这件事上吸取教训。不要对这种表示置若罔闻。人与人之间的好感是十分宝贵的。在生活中，这种感情光靠一个人是不行的，因为有些东西不是说一个人想求就能求来，想要就能得到，想做就能做成，想学就能学会的，但是好几个人在一起就能成功。当然，不像巴尔扎克小说中所说的那样要十三个人，或《三剑客》中所说的要四个人。再见了。”

他大概很疲劳，不再想去森林赏月了，因为他要我对车夫说送他回家去。可他马上又做了一个动作，似乎想改口，但我已把

[1] 德·梅特涅亲王夫人（1836—1921）：奥地利帝国外交大臣和首相梅特涅（1773—1859）的孙媳妇，很有才华，为后世留下两卷回忆录。

[2] 维克多·莫雷尔（1848—1923）：法国歌剧演员，著名的男中音歌唱家，曾在伦敦演唱瓦格纳的歌剧。

他的命令传给了车夫，为了不耽搁更多的时间，我已经按响了门铃，根本不再想给德·夏吕斯先生讲德国皇帝和博塔将军的故事了，刚才它们缠得我心烦意乱，坐立不安，可现在已被德·夏吕斯先生对我那种出乎意料的令人震惊的接待赶得无影无踪。

回到家里，我看见我的办公桌上有一封信，是弗朗索瓦丝的年轻听差写给他的一个朋友的，他忘记拿走了。我母亲不在家的这几天，他变得毫无顾忌，但我的行为更应该受到谴责，因为我把他这封摊在桌上的没有信封的信读了，唯一的借口是，信放在桌子上好像就是要让我读的：

亲爱的朋友和表兄：

我希望你的身体一直安康，你全家的身体也安康，尤其是我的小教子约瑟夫，我尚未有幸认识他，但他是我的教子，我爱他甚于爱你们大家，这些心中的圣物也会有灰尘，不要用手去触及这些圣物。况且亲爱的朋友和表兄，谁对你说明天你和你亲爱的妻子我的表嫂玛丽，你们不会像绑在桅杆顶上的水手那样被扔进大海里呢，因为生活不过是一个阴暗的山谷。亲爱的朋友我要对你说我现在主要的消遣是诗歌，我肯定你会大吃一惊，我现在对诗爱不释手，因为要消磨时间。所以亲爱的朋友如果说我还没有回你的信你不要感到过分意外，如果你不肯原谅那就渐渐遗忘了吧。正如你知道的，夫人的母亲去世了，她受的痛苦难以言表，她够累的，因为她一连看了三个医生。出殡那天是一个美好的日子，因为先生所有的熟人都来了，还来了好几个部长。走了两个多小时才到公墓，这会使你们村里人大开眼界，因为米许大娘死了肯定不会这样。因此我的一生只会是长久的哭泣。我刚学会骑摩托车，常骑着它消磨时间。如果我驾着摩托车飞到爱科尔，我亲爱的朋友们你们会说什么呢？但在这个问题上我也不会更保持沉默，因为我感到沉醉在不幸中，这会使人失去理智，我常和德·盖尔芒特夫人，和一些你在我们闭塞的家乡从没听说过名字的人来往。因此，我很乐意给你们寄拉辛、维克多·雨果的书，寄谢内多雷、阿尔弗雷德·缪塞的文选，因为我想使生我养我的家乡摆脱愚昧，愚昧必然会导致犯罪。我看到不再有什么要对你讲的了，我就像经过长途旅行而精疲力竭的鹈鹕向你向你的妻子向我的教子和你的妹妹玫瑰致以崇高的敬意。但愿人们不要议论她：正如维克多·雨果、阿维尔的十四行诗和阿尔弗雷德·缪塞所说的，她作为玫瑰，不过像玫瑰那样生活罢了。所有这些伟大的天才因为说了这些话也像贞德那样被放在柴堆上烧死了。盼望你的回信，请接受一位兄弟佩里戈·约瑟夫的吻。

任何一种从未体验过的生活都对我们都具有强大的吸引力，明知幻想会破灭，我们仍会想入非非。德·夏吕斯先生同我讲的许多事情，大大激发了我的想象力，使我忘记了我在德·盖尔芒特公爵夫人家里看到的令人大失所望的现实（无论是地名还是人名），把我的想象引导到她的堂弟媳德·盖尔芒特亲王夫人身上。

况且，如果说德·夏吕斯先生使我一段时间蒙受欺骗，相信上流社会人士具有价值，认为他们不是千篇一律，而是个个不同，那是因为他自己也弄错了。造成这种情况，也许得归因于他整天无所事事，既不写也不画，甚至连读书也是粗枝大叶，走马观花。但他比上流社会的人高明几倍，因此，如果说他从他们和他们的表演中汲取谈话内容的话，可他们却并不能听懂他的话。他是以艺术家的身份说话，最多只能分析出他们虚假的魅力。他的分析仅仅对艺术家有用，他和艺术家的关系犹如驯鹿和爱斯基摩人的关系：这种珍贵动物，为他们啃食荒凉岩石上的地衣和苔藓，这些植物，北极居民自己发现不了，也不知道派什么用场，但是经驯鹿消化后，它们就成了北极居民可吸收的食物。

此外，我还要补充一点：德·夏吕斯先生为上流社会所描绘的图画显得生机勃勃，因为强烈的仇恨和真诚的好感混杂在一起，他对年轻人尤其仇恨，但对有些女人却很崇拜。

即使德·夏吕斯先生把德·盖尔芒特亲王夫人放在他所崇拜的女人之首，即使他把堂弟媳的府邸说成神秘莫测、不可接近的阿拉丁宫，这也不足以解释我在接到德·盖尔芒特亲王夫人请帖时感到的惊愕。这件事发生在我去公爵夫人家吃饭后的两个月。那天，公爵夫人到戛纳去了。当我打开一张外表看来普普通通的信封，看到请柬上印着德·盖尔芒特亲王夫人，婚前德·巴伐利亚女公爵某日在家的字样时，我惊得目瞪口呆，但我马上担心有人在搞恶作剧，想叫我到一个没有邀请我的府上去做客，而被扔出门外。诚然，从社交观点看，被德·盖尔芒特亲王夫人邀请与被允许到公爵夫人家中吃晚饭，两者相比，后者难度更大。虽然我对纹章学所知甚微，但我仅有的那些知识告诉我，亲王爵位并不比公爵爵位高贵。再说，我心想，上流社会女士的智商再高，也不可能像德·夏吕斯先生所说的那样，和她同类的智商有质的不同。但是，我的想象力给我描绘的，不是我所知道的，而是它所看见的东西，也就是名字向它展现的东西，正如埃尔斯蒂尔在突出一种透视效果时，会忽视物理的基本概念，尽管他能够驾驭这些概念。然而，就是在我不认识公爵夫人的时候，盖尔芒特这个名字一旦加上亲王夫人这个爵号，也总向我展示出完全不同的东西，正如一个音符、一种颜色或一个数量，受到明暗变化、数学“符号”或美学“符号”的影响后，会发生深刻的变化一样。盖尔芒特名字加上亲王夫人爵号后，就成为路易十三和路易十四时代回忆录中的名字；我把德·盖尔芒特亲王夫人的府邸想象成经常有德·隆格维尔公爵夫人和大公爵出入，有这些人物在场，踏入亲王夫人的门槛对我来说难如登天。

这些人尽管经过放大镜放大，大家对他们有着各种不同的主观看法（我以后还要提到），但他们总有一些客观的东西，因而也就显示出了不同。

况且，怎么能不是这样呢？我们经常接触的人，同我们梦幻中的样子相差甚远，然而，却和我们在名人回忆录和书信中所看到的，我们渴望认识的人一模一样。那位和我们共进晚餐的无足轻重的老人，却是我们在一本描写七〇年战争[1]的书中看到的人

---

[1] 指1870年到1871年的普法战争。

物，我们以激动的心情拜读了他给腓特烈－查理亲王[1]写的充满了自豪感的信。吃饭时我们觉得趣味索然，那是因为想象没有和我们在一起；看书时感到其乐无穷，那是因为有想象为我们做伴。其实却是同一个人。我们希望自己曾和德·蓬帕杜尔夫人[2]相识，因为她热情地保护了文艺，但当我们有可能和她在一起时，会感到兴致索然，味同嚼蜡，仿佛来到了当代的埃吉里娅[3]身旁，觉得她实在平庸，也许以后再也不想见到她。尽管如此，仍会有所不同。人对人的态度不会千篇一律，即使他们对我们可以说是一样的友好，但最终会显示出起抵消作用的差异。我刚认识德·蒙莫朗西夫人那会儿，她喜欢同我谈一些令人不愉快的事，但是，当我需要她助我一臂之力时，她会毫不吝啬地、十分有效地用她的影响来帮我的忙。要是换了德·盖尔芒特夫人，情况就不一样。德·盖尔芒特夫人也许从来没想使我不愉快，从来只说我的好话，对我客客气气，彬彬有礼（礼貌是盖尔芒特家族丰富的精神生活），但是，一旦我要求她办一件小事，她决不会为满足我的需要而前进半步，就像在有些城堡中，你可以使用一辆汽车，使唤一个仆人，却不能得到一杯苹果酒，因为这没有列入仪式安排中。究竟谁是我真正的朋友？是德·蒙莫朗西夫人，还是德·盖尔

[1]　腓特烈－查理亲王（1775—1828）：普鲁士陆军元帅，残忍而凶暴。

[2]　蓬帕杜尔夫人（1721—1769）：路易十五的情妇，对当时的文艺起过重要的保护作用。

[3]　埃吉里娅是罗马神话中的泉水仙女，保佑孕妇，预知未来。曾启示过罗马王努玛。现在常用作“女幕僚、女谋士”解释。

芒特夫人？前者以伤害我为乐，但随时准备为我效劳；后者看到有人伤害我会很痛苦，但决不会帮我一丁点儿忙。此外，有人说德·盖尔芒特公爵夫人尽谈些无聊的事，而她的堂弟媳尽管才智平平，却尽讲有趣的东西。才智的形式多种多样，彼此对立，这在文学界是这样，在上流社会也是这样，因此，不只是波德莱尔和梅里美才有权互相蔑视。正因为如此，每个人都有自己严密和专横的目光、语言及行为体系，当我们和别人在一起时，总觉得自己比别人高明。德·盖尔芒特夫人说的话，就像是一条从她那一类才智演绎过来的定理，我认为是人们唯一应该说的话。当她对我说，德·蒙莫朗西夫人向一切不懂的东西敞开思想，实在愚蠢时，或者，当她知道德·蒙莫朗西夫人干了什么坏事而对我说“这就是您所说的好女人，可我说她是坏女人”时，我是从心底里赞成她的看法的。但是，当我离开德·盖尔芒特夫人，当另一个女人和我并起并坐，把公爵夫人贬得一钱不值，对我说“其实奥丽阿娜对任何人、任何事都不感兴趣”，甚至说（要是德·盖尔芒特夫人在场，这似乎令人难以置信，因为她本人的声明恰恰相反）“奥丽阿娜迷恋社交生活”时，那种专横严酷的现实，即德·盖尔芒特夫人说的话绝对正确的现实，就会土崩瓦解，那盏已经像普通记忆那样遥远的使晨曦变得惨淡无光的明灯就会消失。既然任何数学都不能把德·阿巴雄夫人和德·蒙邦西埃夫人化成齐次量，因此，如果有人问我，她们俩谁更高明，我当然无法回答。

德·盖尔芒特亲王夫人的沙龙有许多特点，然而，大家谈论最多的是它的排他性，这部分归因于亲王夫人的王族出身，但尤

其归因于德 · 盖尔芒特亲王顽固不化的贵族偏见（公爵和公爵夫人在我面前从不放过对他的偏见冷嘲热讽的机会），因此，我认为亲王是绝对不可能邀请我的，他眼里只有殿下和公爵，吃饭时他总要大发脾气，因为他在餐桌上的位置不是他在路易十四时代可能享受的位置，他在历史和系谱学方面知识渊博，只有他才懂得这些礼节，就因为这个，许多上流社会人士在决断公爵夫妇和亲王夫妇之间的差别时，常常站在公爵夫妇一边。我常听人说，公爵和公爵夫人是新派人物，非常聪明，不像其他人，只关心贵族世家有多少支系，他们的沙龙比他们堂弟的沙龙要先进三百年。现在我凝视手中的请柬，回想起人们对我说的那些话，不由得一阵战栗，我想很可能是有人要愚弄我而给我这张请柬的。

要是德 · 盖尔芒特公爵和公爵夫人没有去戛纳，我还可以通过他们弄清楚请柬的真假。我原幻想着上流社会人士不可能像我这样会产生怀疑，其实不然，他们也会怀疑，因此，一个作家，即使是属于上流社会的作家，为了客观地、有区别地描绘各个阶层，应该把这种感觉写出来。最近我读了一本引人入胜的回忆录，发现其中有一个描写怀疑的段落同我收到德 · 盖尔芒特亲王夫人请柬时的心情十分相似。“我和乔治（也可能是埃利，我手头没有书，无法核对）渴望加入德莱塞夫人的沙龙，因为愿望太强烈，当我们收到她的请柬时，我们俩都认为有必要谨慎从事，应该设法搞清楚是不是有人同我们开玩笑。”然而，叙述者不是别人，正是德 · 奥松维尔伯爵（其妻是德 · 布洛伊公爵的女儿），另一个“也”想查清楚是否是一个骗局的青年，如果叫乔治，那就是德·阿古尔先生，若叫埃利那就是德·夏莱亲王，他们是德·奥松维尔先生两个形影不离的朋友。

德·盖尔芒特亲王夫人举行晚会的那天，我得知公爵和公爵夫人已于前一天返回巴黎，我决定上午去看望他们。但他们一大早就出门了，还没有回来。我先在一间小屋里窥视他们的马车回没回来。我原以为这是一个极好的瞭望台，谁知选错了地方。在这里几乎看不见我们的院子，但可以远远望见另外几个院子，这对我虽然没有用处，但却暂时为我提供了消遣。像这样同时能瞭望好几所房屋，使画家流连忘返的视点，不只在威尼斯能找到，在巴黎也不少见。我把巴黎比作威尼斯并不是信口开河。巴黎某些贫穷街区能使人联想到威尼斯的贫穷街区：清晨，高高耸立、张开大嘴的烟囱，被灿烂的阳光涂上了一层最艳的玫瑰色和最嫩的粉红色；这些凌驾于房屋之上的烟囱，组成了一个空中花园，色彩细腻多变，犹如代尔夫特市或哈勒姆市[1]的一个郁金香爱好者开辟的空中花园。此外，那些房屋彼此距离很近，窗子隔着同一个院子相望，这使每个窗子变成了一个镜框：这里，一个厨娘眼望着地面在胡思乱想，那边，一个老妪在替一个少女梳理头发，黑暗中，老妪的面容难辨，活像个巫婆；由于隔着院子，听不见对面房子里的声音，只能透过长方形玻璃窗看见无声的动作，因此，每幢房子都为对面的邻居并列展出一百幅荷兰图画。诚然，从盖尔芒特府看出去，是另一番景象，但同样光怪陆离，妙趣横

[1] 代尔夫特和哈勒姆均为荷兰城市。

生，尤其从我所在的奇妙的三角点望去，视线一无阻挡地延伸到远处高耸的房屋，前面有一个倾斜度很大的轮廓不太分明的坡地，那些耸立的房屋是德·锡利斯特拉亲王夫人和德·普拉萨克侯爵夫人的公馆，她们是德·盖尔芒特先生高贵显达的表姐妹，我从没有见过她们。这是她们的父亲德·布雷吉尼伯爵的府邸。从盖尔芒特府到这座公馆，中间只有一些不大高的建筑物，朝各个方向的都有，它们的斜屋顶不仅没有挡住视线，反而延长了距离。德·弗雷古侯爵的车库有一个红屋顶的墙角塔，塔上有一个高高的尖顶，但细得像根针，挡不住视线。这个塔使人联想起瑞士那些漂亮的古建筑物，孤零零地耸立在一个山脚下。所有这些视线所及的地方，模糊不清，很不集中，从而使得德·普拉萨克夫人公馆和我们之间的距离变远了，仿佛中间隔着好几条街，或许多山包，其实它离我们很近，但在我们的幻觉中，它就像阿尔卑斯山的一处风景那样遥远。公馆的大方窗在阳光下犹如一片片水晶树叶，灿烂夺目。当各层楼的窗户为收拾房间而全部打开时，如果我们注视那些形象难辨的仆人拍打地毯上的灰尘，我们会感到心旷神怡，其乐无穷，就好像看到了透纳或埃尔斯蒂尔的一幅风景画，在圣哥达山口[1]的盘道上，每一高度都有一个乘驿车的旅客或一个向导。但是，从我所在的“观察点”不可能看见德·盖尔芒特先生或夫人回来。因此，下午，当我又有时间继续我的窥视时，我干脆站在楼梯上，如果通行马车的大门打开，我就可以看

[1] 圣哥达山口位于瑞士境内的阿尔卑斯山区。圣哥达山口是中、南欧的交通要道。

见。我就守候在楼梯上，尽管这里看不见布雷吉尼公馆那种灿烂夺目的阿尔卑斯山美丽风光，看不见那些正在打扫房间，但由于隔着一段距离而变得很小的仆人。然而，这次在楼梯上等候，将会给我带来极其严重的后果，我将看到一幅风景画，但不是透纳式的，而是有关道德方面的。因为这太重要了，我还是过一会儿再来叙述，现在先讲一讲我对盖尔芒特夫妇的拜访——当我知道他们回来后，我就上他们家去了。

公爵一个人在书房里接待我。我进去时，从里面走出一个白发苍苍的小老头，一副穷酸模样，像贡布雷的公证人和我外祖父的好几个朋友那样系着小黑领带，但比他们更缺乏自信，他恭敬地向我行礼，等我过去后才下楼。公爵从书房里对他嚷了些什么，我没听清，那人一面回答，一面朝墙深深鞠躬，尽管公爵看不见，他仍一次次地重复着，就像有人用电话和你聊天时向你发出毫无用处的微笑一样。他说话用的是假嗓子。他又一次像商人那样谦恭地朝我鞠了一躬。说不定他就是贡布雷的一个商人，因为他土头土脑、陈腐、温和，看上去很像那里的小人物和谦卑的老头儿。

“奥丽阿娜待一会儿就来。”我进去后，公爵对我说，“斯万过会儿要来，给她送他的马耳他骑士团钱币论著的校样，更糟的是，还要给她送来一张印有钱币正反面的大照片，因此，奥丽阿娜情愿先换好装，这样，就可以和斯万一直待到我们出去吃晚饭的时候了。我们家东西多得没地方塞，我心想，他那张照片还不知道往哪里放呢。可我的妻子待人太好，太想让人家高兴。她认为，应该请求斯万把印有骑士团所有大团长头像的像章并排放在一起让她看一看，他是在希腊罗得岛发现这些像章的。刚才我对您说是马耳他，实际上是罗得岛，但和耶路撒冷的圣约翰医院骑士团是一回事。其实，奥丽阿娜完全是因为斯万在研究这方面的问题才对这个感兴趣的。我们家族和马耳他骑士团有千丝万缕的联系，甚至在今天，您认识的我那个弟弟还是骑士团一个最显要的成员哩。这些事我本该对奥丽阿娜讲的，但她肯定不屑一听。相反，当斯万对中世纪圣殿骑士团的研究（因为对某一个修会发狂地感兴趣的人，绝对不可能研究其他修会）刚转入对它的继承者罗得骑士会的研究，奥丽阿娜就立即想看这些骑士的头像。他们同两个名叫吕西尼昂[1]的塞浦路斯国王相比，不过是一些毛头小伙子而已。我们家族是那两个国王的直系后代。可是，就因为斯万对他们一直不感兴趣，奥丽阿娜也就不想知道吕西尼昂家族的任何情况了。”

我没能立即同公爵谈我来访的目的。因为有几个亲戚或朋友，如德·锡利斯特拉夫人和德·蒙罗斯公爵夫人，来看望德·盖尔芒特公爵夫人（她常在晚饭前会客），没找着她，就在公爵这里待了一会儿。德·锡利斯特拉亲王夫人最先来。她衣着朴素，骨瘦如柴，但和蔼可亲。她手中拿着一根拐杖。我还以为她受伤了，或有残疾。可她的动作十分敏捷。她悲伤地同公爵谈起了他的一个表兄弟（不是盖尔芒特这个世系的，如果是的话，那就更引人注

[1] 吕西尼昂国王是法国吕西尼昂家族后代。在塞浦路斯历史上，前后有两个吕西尼昂国王，吉·德·吕西尼昂国王（1129—1194）曾向圣殿骑士团赎回了塞浦路斯岛。

目了），他染病数日，最近突然恶化。可是公爵虽然对表兄弟的不幸深表同情，口中反复地说着："可怜的马马！多好的小伙子。"但看得出来，他认为他表兄弟的病没什么要紧。因为公爵对即将出席的晚宴兴致勃勃，对德·盖尔芒特亲王夫人的盛大晚会并不厌烦，更重要的是，凌晨一点钟，他要偕同妻子去参加盛大的夜宵和化装舞会。服装已经准备就绪，他将穿路易十一的服装，而公爵夫人将装扮成伊萨波·德·巴伐利亚王后[1]。因此，公爵想尽情地娱乐，不想让可怜的阿马尼安·德·奥斯蒙的病痛扫了他的兴致。接着又来了两个手拄拐杖的夫人，一个是德·普拉萨克夫人，另一个是德·特雷斯姆夫人，她们都是德·布雷吉尼伯爵的女儿，是来拜访巴赞，向他通报马马表兄弟病势危殆，命在旦夕。公爵耸了耸肩。为了改变话题，他问她们晚上去不去玛丽-希尔贝家。她们回答说不去，因为阿马尼安就剩一口气了。她们甚至把公爵将出席的晚宴也取消了，还向他列举了客人的名字，有狄奥多西国王的兄弟，玛丽-孔塞普蒂翁公主，等等。因为德·奥斯蒙侯爵同她们的关系，不如同公爵的关系亲近，因此公爵认为，她们取消晚宴的"变节行为"是对他的间接谴责，就对她们不大热情了。因此，尽管她们从布雷吉尼公馆的高地下来看望公爵夫人（更确切地说，来向她报告她们的表兄弟病情危险，作为亲戚，不应该再进行社交聚会），但她们没待多久就走了。瓦尔皮日和多罗泰（这是她们的名字）拄着登山运动员的拐棍，重新登上

[1] 伊萨波·德·巴伐利业（1371—1435）：法王查理四世的王后。

了通向她们屋脊的陡路。我从没想到问一问盖尔芒特夫妇，她们为什么要使用拐杖。而且这在圣日耳曼区十分普遍。也许，她们认为整个教区都是她们的地盘，不喜欢坐马车，宁愿步行，可她们由于无节制地狩猎，从马上摔下过（这是常有的事），身上有老伤，或者因为住在塞纳河左岸潮湿的旧城堡里，得了风湿性关节炎，要走长路就不得不使用拐杖。或者，她们不是专程长途跋涉来看德·盖尔芒特夫人的，而是要到她们的花园（离公爵夫人的花园不远）摘些果子做果酱，回家之前顺便过来向德·盖尔芒特夫人道晚安。然而，她们总不至于带着剪刀或喷壶到公爵夫人家来吧。

我在公爵回来的当天就去看他，似乎使他很受感动。可是，当我告诉他，我来他家，是为了求他的妻子打听一下，她的堂弟媳是否真的邀请我参加她的晚会时，他的脸即刻变得阴沉起来。我触及了盖尔芒特夫妇不愿效劳的那一类事。公爵对我说，现在谈这个问题已为时过晚，万一亲王夫人没邀请我，她会以为这是在向她要请帖，从前就有过一次，被他的堂弟和堂弟媳拒绝了，因此，他再也不愿意让他们感到他在直接或间接地插手他们客人的名单，在“干涉”他们的家事。再说，他和妻子在外面吃晚饭，不知道是不是吃完饭就回家，因此，万一他们不去参加亲王夫人的晚会，最好的借口就是他们还没有回巴黎，否则，他们肯定愿意为我派人去问一问，或打个电话，告诉她，他们已经回来了。不过，肯定是来不及了，亲王夫人早把客人的名单拟好了。“您是不是和她的关系不好？”他问我，露出了怀疑的神态。盖尔芒特家的人总怕自己不知道最近谁同谁吵架了，怕人家背着他们言归于好。公爵向来喜欢把一切可能令人不快的决定都揽在自己身上，他最后装出突然想起了一件事似的对我说："听着，我亲爱的，您刚才对我说的事我甚至不想告诉奥丽阿娜。您知道，她很乐于助人，又非常喜欢您，不管我说什么，她都会派人送信给她的堂弟媳的，这样，假如她吃完饭觉得很累，也就没有借口不去参加她堂弟媳的晚会了。我求您，不要对她提起这件事。如果您决定去参加晚会，我不用对您说，我们会很高兴和您一起度过今天的夜晚的。"人情实在是太神圣了，有人向你求情，你不可能不讲人情，不管你是不是真的相信。我不想让人感到我在我的请帖和德·盖尔芒特夫人可能的疲劳之间有一刻犹豫不决，我装出没有识破德·盖尔芒特先生是在给我演戏，答应他决不向他的妻子谈起我来访的目的。我问公爵，我有没有可能在亲王夫人家里遇见德·斯代马里亚夫人。

"不可能，"他似乎很知情地对我说，"您说的这个名字我知道，俱乐部年鉴上可以看到。这种人是不可能到希尔贝家去的。您在那里只会看到过于斯文、过于乏味的人，会有一些公爵夫人，她们的爵号大家以为早已绝嗣，时机使它们得以新生，还有各国大使、许多科堡家族的人和不少外国的公主殿下，但您绝不可能看到斯代马里亚的影子。希尔贝不用说见到她，就连听到您提起她，都会感到不舒服。好了，您喜欢画，我有一幅好画应该让您看一看，是我从堂弟那里买来的，其中部分是用埃尔斯蒂尔的画作交换的。他那些画，我们显然是不喜欢了。堂弟把那幅画作为菲利浦·德·尚巴涅[1]的作品卖给我，但我相信，是比尚巴涅更伟大的一个画家画的。您想知道我的想法吗？我相信这是委拉斯开兹的作品，是他最美好年代的作品。”公爵看着我的眼睛对我说，可能是为了捕捉或加深我的印象。一个仆人走了进来。

“公爵夫人让我问一问公爵先生，是不是愿意接待斯万先生，因为公爵夫人还没有准备好。”

“让斯万先生进来。”公爵看了看表，知道离换衣服的时间还有几分钟，便吩咐道。“我妻子自然没有准备好。是她约他来的。您可不要在斯万面前说起玛丽-希尔贝的晚会哟。”公爵对我说，“我不知道请没请他。希尔贝很喜欢他，因为他认定他是德·贝里公爵的私生孙子，这事说来话长。（要是没有这个，您想想，我堂弟会理他吗？他在百米外看见一个犹太人，都要把他臭骂一顿哩。）但是现在，由于德雷福斯案件，事情变得严重了。斯万早该明白，他比任何人都应该同那些人断绝来往；然而相反，他尽说些令人遗憾的话。”

公爵把仆人叫回来，问他派去打听德·奥斯蒙表兄弟病情的人回来了没有。公爵有他的如意算盘：既然他有理由相信他的表兄弟已是奄奄一息，他就得在他断气前，也就是说，在被迫居丧前派人去打听消息。一旦正式得知阿马尼安仍然活着，他就可以溜出去出席宴会，参加德·盖尔芒特亲王的晚会和化装舞会。舞

[1] 菲利浦·德·尚巴涅（1602—1674）：法国巴洛克风格画家。原籍佛兰德斯，佛兰德斯画派最著名的画家之一，擅长肖像画和宗教画。

会上他将装扮成路易十一，同他的新情妇进行最有刺激性的幽会，直到第二天，待娱乐活动结束后，他再派人去打听消息。如果堂兄弟夜里去世，他就开始服丧。“还没有回来，公爵先生。”“真见鬼！这儿的人做事总要熬到最后一分钟。”公爵说。他怕阿马尼安“断气”的消息提前登在一家晚报上，这样他就不能去参加化装舞会，便叫人给他拿来一份《时代》晚报，报上没有这个消息。

我好久没看见斯万了，猛然一见，我觉得他有些变样，心里嘀咕，他从前是不是蓄胡子，要不就是不留平头。事实上，他的确有很大“变化”，因为他病容满面，疾病使他改变了模样，让人乍一看会怀疑他从前不蓄胡子或不留平头。（斯万患的正是他母亲患的那种病，她被这种病夺走了生命，得病时正好也是斯万这个年龄。事实上，由于遗传关系，我们的生命充满了神秘的数字和魔法，仿佛真有巫婆在作祟。因为人类通常都有一定的寿命，对于一个家庭，对于家庭中彼此长得十分相像的人那就更是如此了。）斯万衣着高雅潇洒，他的打扮，就像他妻子的打扮一样，把昔日的他和现在的他紧密地联系起来。他穿着一件珠灰色的紧身礼服，衬托出他颀长的身材，手戴一副黑白条纹手套，头顶喇叭形灰礼帽，这种式样的帽子是帽商德利翁专门为他，为德·萨冈亲王、德·夏吕斯先生、德·莫代纳侯爵、夏尔·阿斯先生和路易·德·蒂雷纳伯爵特制的。我向他致意，他向我亲切微笑，同我热情握手，这使我感到很惊讶，因为我们很久没见面了，我以为他不会立刻认出我来的，我对他说我感到很吃惊，他听了哈哈大笑，还略带点气愤的样子，又一次使劲地握了握我的手，仿佛对我说我这样猜想，是怀疑他头脑不健全，或感情不真挚。然而他就是没认出我来，只是几分钟后，听到叫我的名字，才知道是我。这事我是过了很久才知道的。但是，当德·盖尔芒特先生的一句话使他发现是我时，从他的脸上，从他说的话和对我讲的事情中，看不出有任何变化，因为他对社交生活那一套驾轻就熟，运用自如。不仅如此，他举止落落大方，毫不矫揉造作，即使在衣着上也显示出他的首创精神，这一点同盖尔芒特一家十分相似。因此，这位社交老手尽管没有认出我，但他向我致敬时，不像单纯追求形式主义的社交界人士那样冷淡而生硬，而是和蔼可亲，风度优雅，这和德·盖尔芒特公爵夫人向人致敬时的风度是一样的（当她遇见你时，你甚至还没来得及向她致意，她就先对你笑脸相迎），和圣日耳曼区的贵妇们习惯遵循的死板的礼节完全不同。同样，他的帽里子（按照一种正在消失的习惯，他把帽子放在脚边）是用绿色皮革做成的，通常人们不用皮革做帽里，但（据他说）因为皮革耐脏，其实（他自己没有说）是戴起来舒适。

“喂，夏尔，您是行家，您来看一样东西。然后，孩子们，我请你们在这里稍等片刻，我要去穿一件衣服。再说，我想奥丽阿娜也快来了。”说完，他把他的“委拉斯开兹”拿给斯万看。“我好像见过。”斯万说，脸部肌肉痛苦地收缩着，似乎说话对他是很费劲的事。

“是的。”由于这位行家没有立即表示赞赏，公爵变得严肃起来，说道，“您很可能在希尔贝家里见过。”

“啊！是的，我想起来了。”

“您看是什么？”

“啊，如果我是在希尔贝家看见的，那大概是你们的一位祖先吧。”斯万半讥讽半敬重地说。他觉得认不出他们家的一位祖先是不礼貌的，也是可笑的，但为了表示他有眼力，并显得有教养，他只想用开玩笑的口吻谈这件事。

“当然是，”公爵粗暴地说，“是博宗，他在盖尔芒特家族的祖先中排第几号我记不清了。不过，我不在乎这个。您知道，我不像我堂弟那样守旧。我听人提到过里戈[1]、米尼亚，甚至委拉斯开兹的名字！”说这话时，公爵用严峻而暴戾的目光逼视斯万，试图洞察他的想法，同时左右他的回答。“得了，”他总结说（因为每当有人在他的启发下发表一个他渴望听到的看法时，不久他就会认为这是人家发自内心的看法），“您不要拣好听的说。您认为这是我刚才讲到的那三位大师的作品吗？”

“不……是……”斯万说。

“算了，我是一窍不通，这幅老掉牙的画出自谁之手，不该由我来定。不过，您爱好艺术，在这方面是行家，您说这是谁画的？”

斯万显然觉得这幅画很蹩脚，犹豫了一下：“心术不正的人画的！”他笑着回答公爵，公爵气得直眉瞪眼。当他平静下来以后，对我们说：“你们在这里好好待着，等一等奥丽阿娜，我去穿件燕

[1] 里戈（1659—1743）：法国画家。擅长肖像画。最著名的肖像画是表现身穿加冕服的路易十四（1701），现藏于卢浮宫。

尾服就来。我叫人去对我老婆说，你们俩在这里等她。”

我和斯万聊了一会儿德雷福斯案件，我问他怎么盖尔芒特家族的人都反对重审此案。“首先，这些人骨子里就仇恨犹太人。”斯万回答道。然而，他有切身体验，清楚地知道有些盖尔芒特家并不仇视犹太人，但他们像和所有对某件事有激烈看法的人那样，为了说明有些人不赞同自己的意见，宁愿说那些人有先入之见，对他们的偏见无可奈何，而不愿意说他们的看法值得争议。此外，他的生命过早地接近终点，他就像一头被追赶得精疲力竭的野兽，对这些追逼十分憎恨，正想改邪归正，重新信奉父辈的宗教。

“德·盖尔芒特亲王倒是这样，”我说，“有人对我说过，他仇视犹太人。”

“哼！这个人，提都不要提。他的反犹立场顽固极了，他在军队当官时，一次牙痛发作，他宁愿忍受疼痛，也不愿找当地唯一的牙科医生看病，因为医生是犹太人，后来，他的城堡遭受火灾，他宁愿让大火烧毁他的一个侧房，也不愿向邻近的城堡借水泵，因为那是罗特希尔德家的城堡。”

“顺便问一句，你今晚可能去他家吗？”

“去，”他回答我，“尽管我感到很累。他给我寄了一封气压传送信，说是有话要对我说。我感到最近几天我会很不舒服，不可能去他家，也不可能接待他，这会使我伤神。我宁愿马上把这事解决掉。”

“可是，德·盖尔芒特先生并不仇视犹太人呀。”

“您看得很清楚，他仇恨犹太人，因为他反德雷福斯派。”斯万回答说，但他没有发现他犯了预期理由错[1]。“尽管如此，我很难过，刚才我让这个人——怎么用这个词！应该说这个公爵——失望了，我没有对他所谓的米尼亚表示赞赏，我不知道是怎么回事。”

“可是，”我把话题扯回到德雷福斯案件上，“公爵夫人是很聪明的呀。”

“是的，她很迷人。此外，依我看，她在当德·洛姆亲王夫人那会儿，比现在更迷人。那时，她的思想更有棱角，这一切在这个充满青春活力的贵妇身上显得更有魅力。但是所有这些人，不管是男的还是女的，年轻的还是不年轻的，我怎么对您说呢，他们的出身和我们不一样，血液中涌动着千年的封建主义，不会没有影响。当然，他们认为这不会影响他们的观点。”

“罗贝·德·圣卢不是主张重审德雷福斯案件吗？”

“啊！好极了，您知道他母亲可是坚决反对重审的。有人对我说，他主张重审，可我不敢相信。这使我感到很高兴。不过，我不觉得奇怪，因为他非常聪明。这很了不起。”

主张重审德雷福斯案的观点使他变得异常天真，使他的看法受到了冲击，离开了轨道，就是在他和奥黛特结婚那阵子，他也不像这个样子。这种重新降低他的社交地位的做法不如叫作重新归队，这对他是光荣的行为，因为这使他回到了他祖先走过的，由于同贵族交往因而抛弃的道路上。然而，就在斯万按照祖先遗

[1] 一种把未经证明的判断作为依据的逻辑上的错误。

传下来的论据，清醒地看到上流社会人士看不到的一个真理的时候，他却表现出了令人啼笑皆非的盲目性。所有的人，不管是他钦佩的，还是蔑视的，都要重新进行一次选拔，看他们是拥护，还是反对重审德雷福斯案。因为邦当夫人反对重审，他就认为她是蠢女人，这是不足为怪的，正如他和奥黛特结婚时，认为邦当夫人是一个聪明的女人，并不使人感到意外一样。同样，当目前的新浪潮影响到他的政治见解，使他忘记自己曾把克雷孟梭看作贪财之人、英国间谍（这是盖尔芒特社交圈的一个谬论），而宣称他始终认为克雷孟梭和科尔内利[1]一样，是一个君子、一个铁人的时候，你也用不着大惊小怪。“不，我从来都是这样对您说的，您记错了。”但是，新浪潮不仅影响了斯万的政治观点，而且使他的文学观点，乃至谈论文学的方式都发生了颠倒。于是巴雷斯[2]变得毫无才华，甚至连他的早期作品也都成了平庸之作，无法再读第二遍。“您不妨试试，肯定读不下去。同克雷孟梭有天壤之别！就我个人而言，我并不反对教权，但是拿巴雷斯和克雷孟梭比较，会看到巴雷斯是个软骨头！克雷孟梭老头是个顶好的好人。他写得多好啊！”而且，反重审派似乎无权批评这些荒唐的言行。他们解释说，因为人家是犹太人，所以主张重审。如果说，一个萨尼埃特那样的遵奉教规的天主教徒也主张重审，那是因为受了维尔迪兰夫人的影响，她是一个狂热的激进分子，她最反对“教权主

[1] 科尔内利（1845—1907）：法国记者，曾发起一场重审德雷福斯案件的宣传运动。
[2] 巴雷斯（1862—1923）：法国小说家、政治家。著有《自我崇拜》和《国家精神的小说》，颂扬个人主义和帝国主义战争。

义”，萨尼埃特不仅凶恶，而且愚蠢至极，不知道老板娘使他走上了歧途。如果有人提出异议，说布里肖也是维尔迪兰夫人的朋友，可他却是“法兰西祖国联盟”的成员，他们则解释说，那是因为他比别人聪明。

“您有时看见他吗？”我问斯万，我指的是圣卢。

“一直没看见他。那天，他给我写了封信，要我给穆西和另外几个人说说，让他们投票赞成他加入赛马俱乐部，他轻而易举地就成了俱乐部的成员。”

“德雷福斯案对他没有影响？”

“没有人提出这个问题。另外，我要告诉您，发生了那件事后，我再也不上那里去了。”

德·盖尔芒特先生回来了，不一会儿，他妻子也来了。她已打扮完毕，身着一件下摆缀有闪光片的红缎晚礼服，显得修长、华贵。头发上插着一根染成紫色的鸵鸟羽毛，肩上披着一条和羽毛同色的罗纱巾。“用绿皮做帽里真不错。”公爵夫人说道，什么都逃不过她的眼睛，“况且，夏尔，您身上的一切都是很漂亮的，无论是您的穿着，还是您的谈吐，也包括您读的书和您做的事。”然而，斯万似乎没有听见，仔细打量着公爵夫人，就像在凝视一幅名画，然后寻找她的目光，嘴撇了撇，好像在说：“好家伙！”德·盖尔芒特夫人哈哈大笑。“您喜欢我这身打扮，我很高兴。但我应该说，我自己并不太喜欢。”她神色阴郁地说，“我的上帝，当一个人很想待在家里的时候，穿礼服出门实在是令人讨厌的事！”

“多漂亮的红宝石！”

“哟！亲爱的夏尔，至少您还识货，不像那个粗汉蒙塞弗耶，竟问我这些宝石是不是真的。我应该说，我从没见过像这样美丽的宝石。这是大公夫人送给我的。但我嫌它们略微大了些，有点像装满了波尔多红葡萄酒的杯子一样，但我还是戴上它们，因为今晚我们在玛丽-希尔贝家要会见大公夫人。”德·盖尔芒特夫人说，她哪里知道这最后一句话推翻了公爵前面说的话。

“亲王夫人家今晚上有些什么？”斯万问。

“几乎什么也没有。”公爵连忙回答，他认为，斯万这样问，一定是他没有收到请帖。

“怎么，巴赞？所有的人都邀请了。肯定是乱糟糟的，毫无趣味。今晚看来有暴风雨，如果不下雨的话，”她温情地看着斯万说，“那些无与伦比的花园倒能给人带来乐趣。您知道这些花园。一个月前我在园中待过，那时丁香花开得琳琅满目，甭提有多美了。还有喷泉呢，堪称巴黎的凡尔赛宫。”

“亲王夫人是哪一类女人？”我问。

“您早就知道了，因为您在这里见过她。她有倾国倾城之貌，但有点傻里傻气，尽管她有日耳曼人的高傲，待人倒也和和气气，心肠不错，但常做傻事。”

斯万是个非常精明的人，不可能看不出德·盖尔芒特夫人此刻一心想卖弄“盖尔芒特精神”，而且不费多大劲儿，因为她只用了她的一些旧词，用得也并非尽善尽美。然而，为了向公爵夫人证明他业已明白她是想显示她的诙谐，便挤出了一点儿微笑，就好像她刚才说的话的确很幽默似的。这种虚情假意的微笑使我感到很不自在，就像从前当我听见我父母亲同凡德伊先生谈论某些阶层的堕落现象时（其实他们明明知道蒙舒凡的堕落更加触目惊心），或者当我在社交场所听见勒格朗丹像对傻瓜讲话似的咬文嚼字，选用一些晦涩难懂的，而且他完全知道有钱或高雅的，但没有文化的听众听不懂的形容词时，我也曾有过这种不自在的感觉。

“得了，奥丽阿娜，您在说什么呀。”德·盖尔芒特先生说，“您说玛丽愚蠢？她博览群书，还是小提琴手呢。”

“我可怜的巴赞，您还是一个出世不久的孩子哪。难道博览群书、喜爱音乐的人就不可能有点傻！况且，傻是一种夸张的说法，不如说她糊涂，她来自黑森－达姆施塔特大公国[1]和神圣罗马帝国，有点窝囊。只要一听到她的发音，我的神经就受不了。但我承认，这是一个可爱的傻瓜。首先，就从她走下德国皇帝的宝座，下嫁给一个普通人，就够可爱的了！的确是她自己相中的！哦，这可是千真万确的。”她把脸转向我说，“您不认识希尔贝吧，我给您描绘一下：有一次，我给卡尔诺夫人[2]送了一张名片，他为此事病了一场……喂，亲爱的夏尔，”公爵夫人想换个话题，说道，因为她看到她给卡尔诺夫人送名片的故事似乎使德·盖尔芒特先

[1] 黑森－达姆施塔特是黑森－达姆施塔特大公爵的领地，从1567年起，达姆施塔特成了这个大公国的首府。现今黑森是德意志联邦共和国的一个州。

[2] 卡尔诺夫人（1843—1898）：其父是著名经济学家，嫁给了弗朗索瓦·萨迪·卡尔诺（1837—1894），她丈夫于1887年当选为法兰西第三共和国总统。她开创了在爱丽舍宫举办社交性招待会的先河。

生不高兴，“您知道，您还没把我们罗得岛骑士的照片送来呢，我是因为您才喜欢上他们的，我多么想同他们认识。”

可是，公爵仍然瞪着眼睛看他的妻子：

“奥丽阿娜，至少您应该讲出全部事实，不要只讲一半。事实上，”他做更正地对斯万说，“那时的英国大使夫人，不知怎么搞的，会邀请我们和总统及其夫人一起出席她的晚会。大使夫人是一个很不错的女人，但她好像生活在月球上，经常做这种蠢事。我们感到很吃惊，连奥丽阿娜也感到意外，再说，大使夫人对我们这些人是很了解的，她不该邀请我们参加像这样不可思议的聚会。有一个部长过去当过贼，唉，这事就算了，我们事先不知道，上了圈套，况且，应该承认，那些人那天都很有礼貌。像这样也就不错了。德·盖尔芒特夫人做事经常不同我商量，她觉得那个星期应该到爱丽舍宫送一张名片。希尔贝认为这会玷污我们的姓，他这种看法可能有些过分。不过，不要忘了，即使把政治撇开不管，卡尔诺先生虽说是一个称职的总统，可他的祖父却是革命法庭的成员，一天就处死了我们十一个亲友。”

“那么，巴赞，从前您为什么每个星期都到尚蒂伊宫去吃晚饭呢？德·奥马尔公爵的祖父不也是革命法庭的成员吗？所不同的是，卡尔诺是一个正直的人，而菲利浦-平等[1]却是一个十足的

[1] 菲利浦-平等（1747—1793）：原名路易·菲利浦·约瑟夫，德·奥尔良公爵，路易十六的堂兄。大革命前因政治野心和私怨同王室交恶。1789年作为贵族代表参加三级会议，支持第三等级，1792年放弃贵族称号，更名菲利浦-平等，并被选入国民公会，投票赞成处死国王。

无赖。”

“对不起，我插一句，那张照片我已经给您寄来了。”斯万说，“我不明白，您怎么没有拿到。”

“这不会让我感到吃惊，”公爵夫人说，“我的仆人只把合乎他们想法的事告诉我。他们大概不喜欢圣约翰骑士团。”说完她摇了摇铃。

“您是知道的，奥丽阿娜，我去尚蒂伊宫吃饭时，并没有什么兴致。”

“兴致倒是不高，就是还带着睡衣，以防亲王留您过夜。其实，他很少这样做，他和奥尔良家族所有的人一样，一点没有教养……您知道今晚在圣德费尔特夫人家我们同谁一起吃饭吗？”德·盖尔芒特夫人问她丈夫。

“除了您知道的客人外，还有狄奥多西国王的兄弟，他是最后一刻才被邀请的。”

听到这个消息，公爵夫人脸上显露出满意神色，但话语中却表现了厌烦情绪：“唉！我的上帝，又是亲王。”

“但是这个亲王很可爱，很聪明。”斯万说。

“但毕竟不完全。”公爵夫人回答道，她像是在搜索枯肠，以便使她的思想推陈出新，“您注意到没有？最可爱的亲王并不完全可爱。没错，我向您保证！他们对什么都得要有自己的看法。因为拿不出看法，于是他们用前半生听取我们的看法，用后半生鹦鹉学舌般地在我们面前重复我们的看法。他们必须说，这个演得不错，那个演得差一些。其实根本分不出高低。我告诉您，那位小狄奥多西（我忘记他的名字了）曾问我，什么叫管弦乐队的动机。我回答他说，”说到这里，公爵夫人双眸闪出光芒，姣美的红嘴唇流出清朗的笑声，“我回答他说：‘这就叫管弦乐队的动机。’嘿！他心里可不高兴哩。啊！亲爱的夏尔，”德·盖尔芒特夫人无精打采地说道，“上别人家去吃饭真是乏味透了！有些晚上，我宁愿死，也不愿意出门！当然，死也可能同样令人讨厌，因为我们不知道死是怎么回事。”

一个仆人进来了。就是那位和门房吵嘴的年轻未婚夫，多亏仁慈的公爵夫人出面干涉，他们才表面上和解了。

“今晚我要不要去打听德·奥斯蒙侯爵先生的消息？”他问。

“不要去，明早再去！今天晚上我甚至不想要您待在这里。让他的仆人——您认识他——来向您报告消息，叫您去找我们好了，反正您不在。您想去哪里就去哪里，痛快地吃一吃，玩一玩，可以在外面过夜，但是，明天早晨之前我不要您待在这里。”

仆人脸上漾出无限的快乐。他终于能和未婚妻在一起待好几个小时了。自从他和门房又吵了一次架，公爵夫人和颜悦色地劝他以后最好不要出去约会，以免再次发生冲突，从此，他几乎见不到他的未婚妻了。想到终于能有一个晚上自由支配，他感到无比幸福，公爵夫人对此一目了然。她看到别人瞒着她偷偷享受快乐，又生气又嫉妒，心里一阵痛苦，四肢瘙痒难忍。“不，巴赞，得让他留在这里，不能让他出去。”

“奥丽阿娜，这太荒唐，您的人都跟您去了，另外，半夜里有管服装的男女仆人侍候您参加化装舞会。他在这里派不上什么用场。再说，就他一人和马马的听差是朋友，所以我宁愿把他打发得远远的。”

“听着，巴赞，不要管我，今晚我恰恰有事要吩咐他，但说不准几点钟。您一分钟都不要离开这里。”她对那位仆人说，仆人好似泄了气的皮球。

如果说公爵夫人家纠纷不断，仆人在她府上干不多久就被辞退，那么对这一切应负责任的人却是永远也不可能辞退的，不过此人不是门房。不错，公爵夫人把重任交给了门房，让他干粗活，做特别累的苦差，让他同别人吵嘴，甚至打起来。而且，他扮演这个角色时丝毫也不意识到是在完成别人交给他的任务。他和盖尔芒特府的其他仆人一样，非常钦佩公爵夫人待人宽厚，那些比较迟钝的仆人离开公爵府后，还常回来看望弗朗索瓦丝，对她说，要是没有门房，公爵府是巴黎最好的位置。公爵夫人利用门房，就如同人们长期利用教权主义、共济会，利用犹太人是祸害的论调……一个仆人进来了。

“为什么不把斯万先生送来的东西给我拿上来？噢，对了（您知道，夏尔，马马病得很厉害），儒尔，谁去打听德·奥斯蒙侯爵先生的消息了？回来了吗？”

“刚回来，公爵先生。估计侯爵先生随时都有可能去世。”

“太好了！他还活着，”公爵松了口气，喊道，“什么估计不估计的，你难道是撒旦吗？只要还活着，就有希望。”公爵神色愉快地对我们说，“他们把他说得好像已经死了、埋了似的。一星期后，他比我还要活蹦乱跳。”

“是那些医生说他活不过今天晚上的。有一个医生还想夜里再来看他一次。他们的头头说没有必要了。侯爵先生也许现在已经死了，他全靠用樟脑油灌肠才延长了生命。”

“住嘴，蠢货，”公爵火冒三丈，喊道，“谁让你说这些的？你根本没有听懂人家对你讲的话。”

“不是对我，而是对儒尔。”

“还不快住嘴！”公爵吼道，接着转身对斯万说，“他还活着，太叫人高兴了！他会慢慢恢复的。经历这么一场危机，还能活下来，这就够了不起了。不能要求过高。用樟脑油进行一次小小的灌肠，大概不会有什么不舒服吧，”公爵一面搓手一面说，“他还活着，还要怎样呢？经历这样一场病灾，还能活下来，这就够美的了。我甚至羡慕他有这样好的体质。啊！病人，人们总是对他们关怀备至，可对我们却漠不关心。今天上午，有一位蠢厨师，用鸡蛋黄油调汁给我烧了只羊腿，我承认，味道美极了，但正因为它太好吃，我就多吃了些，到现在还没有完全消化。尽管如此，却不会有人像对待我亲爱的阿马尼安那样前来打听我的消息。甚至打听他消息的人太多，这会使他很疲劳。应该让他喘喘气嘛，不断派人去他家，会把他这个人杀死的。”

“喂！”公爵夫人见仆人退出客厅，对他说，“我不是叫你们把斯万先生给我寄来的外面有套子的照片拿来吗？”

“公爵夫人，那东西很大，不知能不能进得了门。我把它放在前厅了。公爵夫人要我把它拿上来吗？”

“那就算了！你们早就该对我说嘛。不过，既然很大，那我待会儿下去看吧。”

“我还忘了告诉公爵夫人，德·莫莱伯爵夫人今天上午给公爵夫人留了一张名片。”

“什么？今天上午？”公爵夫人很不高兴地说，她觉得，这样年轻的女人是不允许在上午留名片的。

“将近十点钟，公爵夫人。”

“把名片拿给我看看。”

“奥丽阿娜，您说玛丽嫁给希尔贝的想法很可笑，”公爵把话题拉回到一开始说的事情上，“其实，是您自己写历史的方式奇特。如果说在这场婚姻中有谁干了蠢事的话，那也是希尔贝，他恰恰娶了一个和比利时国王血缘很近的女人，那位国王篡取了布拉邦特这个姓，可那是我们的姓。总而言之，我们和黑森家族有着相同的血缘，而且我们是长房。谈论自己肯定是愚蠢的，”他对我说，“不过，有一点我得告诉您，不管我们去达姆施塔特，还是去卡塞尔[1]和黑森选帝侯采邑的任何地方，诸侯们每次都毕恭毕敬地后退一步，让我们这些长房子孙走在前面。”

“巴赞，您不会对我说，那位曾在他们国家的军队里当过护士长，后来和瑞典国王订了婚的女人是……”

---

[1] 卡塞尔，德意志联邦共和国东部城市，位于黑森州东北。先后曾为黑森-卡塞尔首府及威斯德特伐伦工国都城。

“哦！奥丽阿娜，您太过分了，您似乎不知道瑞典国王的祖父曾在波城[1]种过地，可是，九百年以来，我们在整个欧洲一直占据首位。”

“尽管如此，如果有人在大街上喊‘瞧，瑞典国王’，大家都会一直跑到协和广场去看他，可是，如果有人喊‘瞧，德·盖尔芒特先生’，没有人会知道他是谁。”

“强词夺理！”

“此外，我不能理解，既然德·布拉邦特公爵爵位已经转入比利时王室，您怎么还不死心。”

仆人回来了，手中拿着德·莫莱伯爵夫人的名片，或者说拿着她当作名片留下的那张纸。她以身上没带名片为由，从口袋里掏出她收到的一封信，把信纸放回口袋，在写着她的名字德·莫莱伯爵夫人的信封上折了个角。那年流行大规格信纸，因而信封也很大，这张手写的“名片”比一般名片差不多大一倍。

“这就是人们所说的莫莱夫人的简朴。”公爵夫人不无揶揄地说，“她想让我们相信她没带名片，想标新立异。但是，这些我们都见过，是不是，亲爱的夏尔，我们的年纪都不小了，况且我们自己也够标新立异的，不会不了解一个半青半黄的小妇人想的是什么。她挺有魅力，但在我看来，她羽毛还没丰满，不要以为用信封充当名片和在上午十点钟留名片的做法，能轻而易举地震惊

[1] 波城为法国城市，大西洋比利牛斯省首府。

社交界。她那老耗子母亲会向她证明，干这样的事，她们一样得心应手。”

斯万想到公爵夫人（她有点嫉妒德·莫莱夫人在社交界的成就）还真能本着“盖尔芒特精神”，找到一些挖苦话来回敬这位送名片来的女来访者，不禁哑然失笑。

“关于德·布拉邦特公爵爵位问题，我已给您说过一百遍了，奥丽阿娜……”公爵又说。公爵夫人根本没有听他讲话，而是对斯万说：

“亲爱的夏尔，我等着瞧您的照片都等得不耐烦了。”

“哦！ extinctor draconis latrator Anubis[1]。”斯万说。

“对，您用威尼斯圣乔治教堂做比较，实在高明。只是我不懂为什么要说阿努比斯？”

“巴巴尔的祖宗不像阿努比斯吗？”德·盖尔芒特先生问。

“您想看他的巴巴尔？”德·盖尔芒特夫人神态冷淡地说道，这是为了表示她本人对这个同音异义文字游戏也很瞧不上。“我可是两个都想看。”她进而又说。

“听着，夏尔，我们下去等车吧，”公爵说，“我们到前厅去交谈，因为我妻子不看见您的照片是不会让我们安宁的。说实话，我可不像她那样迫不及待。”他又得意扬扬地说，“我是一个沉得住气的人，可是，再不下去，她会宁愿让我们死的。”

---

[1] 拉丁语，意为消灭残酷的发出咆哮的死神阿努比斯。阿努比斯是埃及神话中人身豺面的死神，司引导死者进入黄泉。

“我举双手赞成，巴赞。”公爵夫人说，“我们到前厅去，至少我们知道为什么我们从您的书房下去，却永远也不会知道为什么我们是德·布拉邦特伯爵的后裔。[1]”

“关于这个爵号是怎样加入黑森家族的，我已对您讲过一百遍了。”当我们去看照片的时候，公爵说道（而我却在想着斯万给我带回到贡布雷的那些照片），“一二四一年，布拉邦特家族中有一个人同图林根和黑森的最后一代诸侯的女儿结婚，因此，更确切地说，是黑森家族的亲王爵位归并到布拉邦特家族中来了。再说，您也应该记得，我们曾用‘林堡[2]属于征服者’的战斗口号，这同样也是德·布拉邦特公爵们用的战斗口号。后来，我们用布拉邦特的纹章换来了盖尔芒特的纹章，这个口号才停止使用。况且，我认为我们这样做是错误的，纵然有格拉蒙家族的先例，我也不会改变看法。”

“可是，”德·盖尔芒特夫人说，“那是因为比利时国王征服了林堡……而且，比利时王位继承人叫德·布拉邦特公爵。”

“我的宝贝，您说的这个是站不住脚的，是绝对错误的。您和我一样清楚，有些爵位是一种奢望，领地被人窃取了，但爵位却依然完好地存在。例如，西班牙国王就自称是德·布拉邦特公爵，这就意味着他的祖先也占有过布拉邦特，当然比我们要晚得多，

---

[1] 这里，公爵夫人玩了一个同音异义文字游戏，她用了动词 descendre，却是两个不同的意思，在前半句表示“下去”，后半句中表示“是……的后裔”。

[2] 林堡是比利时的一个省。历史上曾是下洛林的一个伯爵领地，继而是公爵领地，后被德·布拉邦特公爵征服，成为德·布拉邦特公爵领地。

但比比利时国王要早。他还自称是勃艮第公爵、东西印度国王、米兰公爵。然而，他已不再拥有勃艮第、印度和布拉邦特了，正如我和黑森亲王都不再拥有布拉邦特一样。西班牙国王和奥地利皇帝都宣称自己是耶路撒冷国王，但他们谁也不掌握耶路撒冷。”

他稍停片刻，由于“正在审理的案件”，怕提到耶路撒冷会使斯万尴尬，但他马上就接着往下讲了：

“您说的那些对什么都合适。我们曾是德·奥马尔公爵，公爵领地合法地归入了法国王室，正如德·儒安维尔公爵领地、德·谢弗勒丝公爵领地归入阿尔贝家族一样。我们并不要求恢复这些封号，正如我不要求恢复德·诺瓦穆蒂埃侯爵称号一样。德·诺瓦穆蒂埃侯爵领地曾属于我们家族，后来非常合法地成了拉特雷默伊耶家族的采邑。但是，尽管某些让与是有效的，但不等于说所有的让与都有效。例如，”他转过身来对我说，“我小姨子的儿子称作德·阿格里让特亲王，这个爵位也和拉特雷默伊耶家族的德·塔兰托亲王爵位一样，都来自疯女人霞娜[1]。然而，拿破仑一世却把一个士兵册封为塔兰托亲王，当然，士兵本人可能是一个很不错的大兵。但是，拿这件事和拿破仑三世册封佩里戈尔为德·蒙莫朗西公爵相比，前者超越的权限更大，因为佩里戈尔至少有一个姓蒙莫朗西的母亲，而那个士兵成为德·塔兰托亲王却全凭拿破仑一世的个人意志。但这并不能阻止谢·德·埃斯特-昂热在影射

---

[1] 疯女人霞娜（1479—1555）：历史上卡斯蒂利亚王国的王后，该王国位于今西班牙的伊比利亚半岛上，建于1035年。1496年，霞娜嫁给美男子腓力，其母去世后与丈夫共享王位。她患有神经衰弱症，丈夫去世后发疯。

您的孔代叔叔时，问帝国检察官，他是不是到樊尚[1]的排水沟里去捡过德·蒙莫朗西公爵的爵位。”

“听着，巴赞，我巴不得跟您到樊尚的排水沟，甚至跟您到塔兰托去一趟呢。对了，亲爱的夏尔，刚才您给我讲威尼斯圣乔治教堂时，我就想对您说，明年我和巴赞想去意大利和西西里岛过春天。要是您能和我们一起去，那情况就大不一样了。且不说看见您我有多么高兴，您想一想，您给我讲了那么多诺曼底人的征服史和古代史，您想一想，和您一起进行一次旅行，该多么美好！也就是说，就连巴赞，怎么说呢，就连希尔贝，也会得益。因为我感到，当我们参观古老的罗马教堂和那些就像文艺复兴派画家画出来的小村庄时，如果有您给我们当讲解员，那些乱七八糟的事，包括觊觎那不勒斯王位，都将会使我产生兴趣。现在，我们要看您的照片了。把套子拆开。”公爵夫人对一个仆人吩咐道。

“不，奥丽阿娜，今晚不要看！明天再看。”公爵哀求道。他看见照片大得吓人，早已向我做出恐惧的表情了。

“和夏尔一起看，我会感到高兴。”公爵夫人笑吟吟地说，微笑中夹杂着虚假的欲念和复杂的心理，因为她想讨好斯万。她在

[1] 樊尚是法国地名，那里有樊尚城堡，建于9世纪，法国历史上许多国王和显贵都曾死在那里。这里的“孔代叔叔”是指最后一位德·孔代亲王路易·约瑟夫的独生子德·波旁-孔代，德·昂甘公爵，生于1772年。1789年，法国大革命爆发后逃亡国外。拿破仑得到情报，怀疑他和其他人密谋将其推翻，于是将他关入樊尚监狱，于1804年3月21日在城堡的排水沟里将他枪决。

说她高兴看这张照片的时候，就像一个病人在说他高兴吃一只橘子，或者就像她一面在和朋友们偷闲，一面向一位传记作家透露她的兴趣爱好。

“他以后专门来看您一次，怎么样？”公爵说，他妻子让步了。“只要你们乐意，你们可以一起在照片前待三个钟头。”他不无嘲笑地说，“不过，这玩意儿那么大，您把它放在哪里呢？”

“放在我的卧室呗，我要随时都能看见它。”

“啊，随您的便，放在您的卧室里，我倒可以省得看见它了。”公爵说，无意中泄露了他和妻子关系不好的秘密。

“好吧，您拆的时候小心点，”德·盖尔芒特夫人吩咐仆人（出于对斯万的礼貌，她对仆人千叮万嘱），“也不要损坏套子。”

“连套子都不能损坏！”公爵双臂举向天空，对着我的耳朵说。“斯万，”他继而说，“我不过是一个平庸而可怜的丈夫，我佩服您竟找到这样大的套子。您是在哪里找到的？”

“是在照相制版店里，寄这一类东西是他们的拿手好戏。不过，他们很愚蠢，因为我看见上面只写了 la duchesse de Guermantes（德·盖尔芒特公爵夫人），前面没加 Madame。”

“我原谅他们。”公爵夫人漫不经心地说，她似乎突然产生了一个念头，喜不自胜，脸上露出了一丝微笑，但随即就抑制住了，马上又对斯万说，“怎么！您不说说，到底想不想和我们一起去意大利？”

“夫人，我确信这是不可能的。”

“德·蒙莫朗西夫人倒是比我幸运。您同她一起去过威尼斯和维琴察。她对我说，和您在一起，她看到了许多东西，如果您不在，她是永远也看不到的，别人谁也没有谈到过。她说，您让她看到了闻所未闻的东西，即使是熟悉的东西，也有许多闻所未闻的细节。如果您不在，她可能从跟前经过二十次也决不会注意到这些细节。她确实比我们幸运……您拿着斯万先生装照片的大套子，”她对仆人说，“替我折一只角，今晚十点半把它送到德·莫莱伯爵夫人家去。”

斯万哈哈大笑。

“不过，我想知道，”德·盖尔芒特夫人问斯万，“您怎么提前十个月就知道您不能去意大利？”

“亲爱的公爵夫人，您如果一定要知道，我就告诉您。首先，您已经看到，我身体很不好。”

“是的，亲爱的夏尔，我看出您的气色不好，我对您的脸色很不满意，不过，我不是要您一个星期后就做这件事，而是十个月以后。要知道，十个月的时间够您治病的了。”

这时，一个仆人前来报告说，车已经备好了。“走吧，奥丽阿娜，上马吧！”公爵说，他早已急得跺脚了，好像他自己也是那些等人上车的一匹马。

“那么，您简单说一句，什么原因使您不能去意大利？”公爵夫人一面问斯万，一面站起来准备同我们告别。

“亲爱的朋友，几个月后我就要死了。去年年底，我看了几个医生，他们说，我的病很快就会断送我的性命，不管怎样治疗，我也只能活三四个月，这还是最长的期限。”斯万微笑地回答，这时，男仆打开前厅的玻璃门，让公爵夫人过去。

“您胡说什么呀。”公爵夫人嚷道，她停下脚步，抬起她那漂亮而忧郁的、充满着怀疑的蓝眼睛，但只停了一会儿，便又向马车走去。

她生平第一次同时面临两个截然不同的责任：一个是上马车到别人家去吃饭，另一个是向一个行将死亡的人表示同情，她在礼节细则上找不到可供遵循的原则，不知道该做怎样的选择，于是，她认为应该装出不相信存在第二个责任，这样就可以服从第一个责任。况且，此刻这第一个责任需做的努力要小一些，她想，解决矛盾的最好办法是否定第二个责任。“您是开玩笑吧？”她对斯万说。

“那这个玩笑就开得太有意思了。”斯万嘲弄地回答，“我不知道为什么要给您讲这个，我一直没对您讲我的病。但是，既然您问我，而且说不定哪天我就会死去……不过，我不愿意耽搁您，您要出去吃饭。”他接着又说，因为他知道，对别人来说，他们应尽的社交责任比一个朋友的死活更重要，他懂得礼貌，因而能设身处地为他人着想。但是，公爵夫人也懂礼貌，她也隐约地感觉到，对于斯万来说，她出去吃饭，没有他的死重要。因此，她一面继续朝马车走去，一面垂下肩说：“这顿饭无关紧要，不用管它！”但是，这话惹恼了公爵，他大声嚷道：“行了，奥丽阿娜，别在那里和斯万穷聊、哀叹个没完了！您明明知道，德·圣德费尔特夫人一到八点就要开饭的。您应该清楚您要做的事，您的马车已等您足足五分钟了。请您原谅，夏尔，”他轻声对斯万说，

“差十分钟就八点了。奥丽阿娜总是迟到，到圣德费尔特妈妈家要五六分钟呢。”

德·盖尔芒特夫人坚定地朝马车走去，最后一次同斯万说再见：“这个问题我们以后再谈，您知道，您所说的我一个字也不信，但应该在一起谈一谈。他们可能把您吓傻了，哪天您愿意，来我这里吃午饭（对于德·盖尔芒特夫人，一切都是通过请吃午饭解决的），您把日期和时间告诉我。”她撩起红裙子，把脚踩在踏板上。她正待进车，公爵看见了这只脚，大吼一声：“奥丽阿娜，您出什么洋相，倒霉鬼。您怎么还穿着黑鞋！可衣服却是红的！还不回去换那双红鞋，要不这样，”他对男仆说，“快去叫公爵夫人的贴身女仆把红鞋拿下来。”

“可是，朋友，”公爵夫人看到斯万正和我要出大门，但想等马车出发后再离开，她看见斯万听到了公爵的话，感到很尴尬，便柔声回答道，“既然我们要迟到了……”

“不，还来得及，八点还差十分，到蒙索公园用不着十分钟。再说，有什么办法呢，即使八点半到，他们也得耐心等着，您总不能穿着红衣服、黑鞋子去吧。再说，我们不会最后一个到的，嘿，还有萨斯纳日夫妇呢，您知道，他们从来不会在八点四十分以前到。”

公爵夫人只好回卧室去换鞋。

“咳，”德·盖尔芒特先生对我们说，“可怜的丈夫，别人总是嘲笑他们，可他们毕竟还是有长处的，没有我，奥丽阿娜就穿着黑鞋去做客了。”

“这并不难看，”斯万说，“我注意到黑鞋了，但我丝毫也不感到有什么不合适。”

“我没说难看，”公爵回答，“但是鞋子和衣服颜色一样，显得更雅致。再说，你们放心吧，到不了目的地她自己就会发现的，到时候，又该叫我回来取鞋了。那样，我九点钟才能吃上饭。再见，孩子们，”他轻轻推开我们说，“趁她还没有下来，你们快走吧。不是她不喜欢看见你们，恰恰相反，是因为她太喜欢看见你们了，如果她看见你们还没走，她又要同你们讲话，本来她就很累了，再说话，那她吃饭时会累得半死的。再说，我坦率地向你们承认，我都快饿死了。上午刚下火车，午饭没有吃好，虽然有美味可口的用鸡蛋黄油调味汁烧的羊腿，但现在让我上餐桌，我决不会不高兴，决不会。啊！八点差五分了！女人就爱磨蹭！她会让我们两个人都饿得胃抽筋的。她的身体远没有人们想象的那样结实。”

公爵对一个濒死的人讲他妻子和他自己的身体不好丝毫也不感到不自在，因为在他看来，他妻子的身体更重要，更使他感兴趣。因此，仅仅出于良好的教养和愉快的心情，他客气地把我们送到门口后，以洪亮的嗓音对着已经走到院子里的斯万大声喊道：

“喂，您哪，别信医生那一套。让他们的话见鬼去吧！他们都是蠢驴。您的身体好着呢。您能参加我们所有人的葬礼。”

图书在版编目（CIP）数据

追忆似水年华.第三卷，盖尔芒特家那边／（法）马塞尔·普鲁斯特著；潘丽珍，许渊冲译．—南京：译林出版社，2022.9（2026.2重印）

ISBN 978-7-5447-9088-8

Ⅰ.①追… Ⅱ.①马… ②潘… ③许… Ⅲ.①长篇小说－法国－现代 Ⅳ.①I565.45

中国版本图书馆 CIP 数据核字（2022）第 038120 号

追忆似水年华（第三卷）盖尔芒特家那边 ［法国］马塞尔·普鲁斯特／著
潘丽珍　许渊冲／译

责任编辑　唐洋洋　鲍迎迎
装帧设计　山川制本workshop
插图绘制　Moeder Lin
校　　对　蒋　燕
责任印制　董　虎

原文出版　Gallimard, 1984
出版发行　译林出版社
地　　址　南京市湖南路 1 号 A 楼
邮　　箱　yilin@yilin.com
网　　址　www.yilin.com
市场热线　025-86633278
排　　版　南京展望文化发展有限公司
印　　刷　南京爱德印刷有限公司
开　　本　880毫米 ×1240毫米 1/32
印　　张　121.875（全七卷）
插　　页　10
版　　次　2022 年 9 月第 1 版
印　　次　2026 年 2 月第 5 次印刷
书　　号　ISBN 978-7-5447-9088-8
定　　价　780.00 元（全七卷）